KNAUR

Über die Autorin:
Heike Eva Schmidt wurde in Bamberg geboren und lebt heute im Süden Münchens. Nach ihrem Studium wurde sie zunächst Journalistin und schrieb unter anderem für Radio, Fernsehen und Zeitschriften. Inzwischen arbeitet sie als freie Drehbuchautorin. 2010 verwirklichte sie schließlich ihren Kindheitstraum: Romane zu schreiben.

Selbst wenn ich jeden Tag eine andere Maske trüge
und jemand alle diese Masken zeichnen würde,
hätte er mich noch lange nicht porträtiert.

Antoine Comte de Rivaról (1753 – 1801),
eigentlich Antoine Rivaroli,
französischer Moralist und Übersetzer

Prolog

Florentin von Rosenberg war ein achtjähriger Junge, und seine Welt war klar umrissen: Männer trugen Hosen, zogen in den Krieg, sie ritten und fochten und verteidigten ihr Vaterland. Frauen kleideten sich in Röcke und Kleider, sie blieben zu Hause und bekamen Kinder. So war es, und so würde es immer sein.

Doch eines Sommertages zerbarst Florentins Welt in tausend Scherben.

Er ging mit dem Nachbarsjungen Hans zum Fluss. Unterwegs duellierten die beiden sich spielerisch mit zwei Haselgerten, die sie von den Zweigen schnitten.

»Du bist ein Angeber, Florentin«, beschwerte sich Hans, nur weil dieser mit der Gerte gewandter war als der Freund.

»Wenn ich einmal groß bin, trete ich in die Dienste des Preußenkönigs«, prahlte Florentin.

Es war der Sommer des Jahres 1744, und gerade hatte Friedrich II. Böhmen überfallen und sich damit erneut gegen Österreich gewandt. Florentin sah sich schon als bester Fechter an der Seite des Herrschers in die Schlacht ziehen.

»Ich könnte mitkommen«, sagte Hans. »Als Kutscher oder Stallbursche«, fügte er hinzu, weil er wusste, dass er – als Sohn eines einfachen Verwalters von niederer Abstammung – am Königshof wohl niemals aufsteigen würde.

»Wir können ja zusammen nach Preußen gehen«, schlug Florentin großmütig vor, als die zwei das Ufer erreichten.

Obwohl es Florentin von seinem Vater, dem Freiherrn von Rosenberg, streng verboten worden war, zogen sich die beiden Kinder nackt aus, um zu baden.

Auf einmal deutete Hans auf seinen Freund und sagte lachend: »Florentin! Du kannst ja gar nicht in die Dienste des Königs treten! Du bist ja ein Mädchen!«

Natürlich glaubte Florentin ihm kein Wort, doch Hans lieferte den eindeutigen Beweis: Er konnte im Gegensatz zu Florentin seinen Namen in den staubigen Sand des Flussufers pinkeln, während Florentin selbst danebenstand – mit Tränen der Wut und Scham in den Augen, weil Florentin etwas nicht hatte, das der Freund besaß und was ihn zum Manne machte.

Mit bebenden Händen zog das Kind sich wieder an und rannte nach Hause, zur Mutter. »Bin ich wirklich ein Mädchen?«, fragte es mit zitternden Lippen und bemühte sich, die Tränen herunterzuschlucken.

Das Gesicht der Freifrau von Rosenberg wurde so weiß wie die frische Milch von Kühen, die Hans' Vater jeden Morgen auf das Gut brachte. »Es musste ja einmal so weit kommen«, murmelte sie mit Lippen, die plötzlich so schmal waren, als würde sie einen widerspenstigen Faden in das Öhr ihrer Nähnadel einfädeln.

An diesem Tag erhielt Florentin keine Antwort, aber am Abend, nach dem Schlafengehen, hörte Florentin die Mutter unten in der Stube mit dem Vater zanken. Obwohl die einzelnen Worte unverständlich waren, drang die hohe, aufgebrachte Stimme der Freifrau durch die Zimmerdecke, und dazwischen vernahm man des Vaters zornigen Bass.

Irgendwann verstummten beide, aber das Schweigen war beinahe noch schlimmer. Es kroch durch die Risse der Wand in die Kammer und umhüllte das Kind wie eine erstickende, dunkle Wolldecke, während es mit angstvoll geweiteten Augen in die Nacht starrte und sich fragte, warum es sich plötzlich von einem Jungen in ein Mädchen verwandelt hatte. War sie etwa ein Wechselbalg – etwas, das der Teufel hervorgebracht hatte? Das Kind hatte die Haushälterin manchmal über kleine Kinder, die der Satan gegen einen seiner Sprösslinge vertauschte, wispern hören. Oder hatte Florentin etwas falsch gemacht, war sie böse gewesen, und nun strafte Gott sie für alle Sünden? Würde sie als Mädchen ab morgen nicht mehr reiten und fechten dürfen, sondern müsste wie ihre Schwester Terese lange Kleider und eng geschnürte Mieder tragen? Bei diesem Gedanken rannen heiße Tränen der Verzweiflung aus Florentins Augen.

Das Kind wünschte, es hätte nicht gegen das Gebot des Vaters verstoßen und wäre nicht mit Hans zum Fluss gegangen. Dann hätte es nicht erkannt, dass es nicht war, was es acht Jahre zu sein schien. Beinahe die ganze Nacht lag Florentin wach, und als sie am Morgen in die gewohnten Beinkleider des Jungen schlüpfte, der sie bis gestern überzeugt war zu sein, hatte das Mädchen einen Entschluss gefasst: Florentin würde auch weiterhin wie ein Junge reiten und fechten. Niemand sollte das Geheimnis je erfahren.

Und so wurde aus Florentin eine Meisterin der Verkleidung, und sie begann sogar, die Rollenwechsel zu genießen. Bis sie eines Tages nicht nur ihr Herz aufs Spiel setzte, sondern auch ihr Leben.

Doch da war aus dem Spiel bereits längst Ernst geworden.

Tödlicher Ernst.

Erster Teil:
Schicksal

Kapitel 1

25. Oktober 1736,
Gut Heinrich von Rosenberg,
nahe der Freien Reichsstadt Nürnberg

Ich bringe es um! Wenn das Balg erneut ein Mädchen wird, bringe ich es um, bei meiner Seel'!«

Das Gebrüll ihres Mannes, des Freiherrn von Rosenberg, drang bis in Marias Gemach. Seit drei Stunden lag sie nun schon in den Wehen, und obwohl die Schmerzen, die in immer heftiger ansteigenden Wellen kamen, sie fast zerrissen, ängstigten sie Maria nicht annähernd so sehr wie die Drohung ihres Gemahls. An seiner Stimme konnte sie hören, dass Heinrich dem Wein bereits am Nachmittag mehr zugesprochen hatte, als ihm wohltat. Wie gut, dass Terese, ihrer beider dreijährige Tochter, im Häuschen des Gutsverwalters einen Wurf junger Hunde bestaunte. Das Geschrei ihres Vaters hätte das Kind zu Tode geängstigt. Stand das blondgelockte Mädchen ohnedies für die gescheiterte Hoffnung Heinrichs, sein Erstgeborenes möge ein Junge und damit ein würdiger Erbe für das fränkische Gut am Rande der Freien Reichsstadt Nürnberg sein und das Geschlecht der Rosenbergs erhalten.

Maria hatte wirklich versucht, ihrem Mann seinen sehnlichsten Wunsch zu erfüllen. Obwohl sie damals erschöpft und wundgerieben gewesen war von Tereses schwerer Geburt, deren Wehen sie einen ganzen Tag und die halbe Nacht gemartert hatten, hatte sie bereits eine Woche später Heinrichs Drängen nachgegeben und sich erneut von ihm beschlafen lassen. Auch wenn es geschmerzt hatte, als wäre er mit einem rauen, splitternden Holzknüppel in sie eingedrungen. Doch sie hatte sich schuldig gefühlt, weil sie nicht in der Lage gewesen war, ihm den ersehnten Sohn zu gebären. Daher hatte sie sich auf die Lippen gebissen, bis sie bluteten, und keinen Ton von sich gegeben. Und so hatte sie es auch in den folgenden Wochen gehalten, wenn sich ihr Mann beinahe jede Nacht auf sie gelegt und sich zwischen ihre Schenkel gedrängt hatte. Während sie seinen heißen, oft vom Wein süßlich riechenden Atem an ihrem Ohr fühlte, hatte sie fest die Augen geschlossen und gehofft, es möge rasch vorüber sein. Wälzte er sich endlich mit einem Stöhnen von ihr herunter, hatte Maria mit geballten Fäusten gewartet, bis sie sein Schnarchen hörte. Erst dann hatte sie sich entspannt und war trotz brennender Schmerzen schließlich selbst eingeschlafen.

Tatsächlich war sie vier Monate nach Tereses Geburt erneut guter Hoffnung gewesen. Doch dann hatten qualvolle Krämpfe im Unterleib und ein blutgetränktes Laken Heinrichs Erwartung auf einen männlichen Nachkommen innerhalb einer Nacht zunichtegemacht. Wie glücklich war Maria deshalb gewesen, dass sich ihr Bauch ein gutes Jahr später erneut gerundet hatte. Doch sie verlor auch dieses Kind, und so hatte sie vor neun Monaten zuerst gar nicht gewagt, ihrem Gemahl zu erzählen, dass sie noch einmal schwanger war. Erst als ihre schwellenden Brüste und der hervorspringende Bauch auch mit dem engsten Mieder nicht mehr zu schnüren waren, war auch Heinrich der veränderte Zustand seiner Frau aufgefallen. Doch statt sich zu freuen, hatte er nur etwas Unverständliches in seinen vor enttäuschter Hoffnung grau gewordenen Bart geknurrt und sich abgewandt. Er traute dem Schicksal nicht mehr, und auch Maria hatte jeden Tag angespannt auf den vertrauten Schmerz und das Blut gewartet, die ihr erneut zeigen würden, was für eine unfähige Ehefrau sie war.

Doch dieses Kind hatte leben wollen. Bald konnte Maria fühlen, wie es sich in ihr regte, und oft genug krümmte sie sich mit einem Wehlaut, weil das Ungeborene unvermittelt von innen gegen ihren Leib trat.

Die Laune des Freiherrn wurde von Tag zu Tag heller, so wie die Sonne, die zunehmend heißer vom Hochsommerhimmel schien. Er nahm die heftigen Tritte des Ungeborenen als Zeichen, dass sein zweites Kind ein Junge sein müsse. Nachts im Schlafgemach konnte er nicht genug davon bekommen, Marias Bauch unter dem Linnenhemd zu betrachten und sich an den Beulen und Auswüchsen zu erfreuen, die durch die Stöße des Kindes wie Blasen auf dem Wasser kamen und gingen. »Aus dem wird später einmal ein Kämpfer werden«, hatte Heinrich von Rosenberg stolz jedem prophezeit, der es hören konnte.

Auch Maria hatte gerne glauben wollen, dass sie bald einen Jungen im Arm halten würde. Doch dann war der Blick der alten Sophie, eines kleinen, verhutzelten Weibes, das den Rosenbergs frische Eier von seinen Hühnern brachte, auf Marias Bauch gefallen. »Ah, die Hüften sind ausladend, und der Leib ist hochgewölbt. Es wird also bald eine zweite Tochter auf Eurem Gut herumspringen«, hatte die Alte freundlich gesagt und sich abgewandt, ohne zu ahnen, dass sie soeben die heile Welt des Freiherrn von Rosenberg zum Einsturz gebracht hatte.

»Sophie findet kaum mehr die Eier von ihren Hennen, so blind ist sie. Sie kann es doch gar nicht wissen«, versuchte Maria ihren Gatten zu besänftigen, doch vergeblich. Ängstlich sah sie, wie sich die Miene des Freiherrn verfinsterte und er wortlos ins Haus stapfte. Spät in der Nacht war sie vom Klirren einer Flasche unten auf dem Steinboden und unverständlich gebrüllten Flüchen wach geworden. Die Bettseite neben ihr war kalt und leer gewesen.

Seit den Worten der verhutzelten Alten hatte der Freiherr sie keines Blickes mehr gewürdigt. Vorbei die Zeiten, in denen ihn ihr dicker Bauch entzückt hatte. Und als die Wehen schließlich einsetzten, hatte Maria ihren Ehemann förmlich zwingen müssen, nach der Hebamme zu schicken. Fast schien es, als wolle der Freiherr seinem Kind den Weg in die Welt verweigern. Und nun drohte er also, das Neugeborene zu töten, wenn es nicht der ersehnte Junge wäre.

Eine neue Woge des Schmerzes spülte über Maria hinweg, und sie biss stöhnend und mit aufgesprungenen, vom Keuchen trockenen Lippen in eines der Kissen, das bereits dunkel getränkt war von ihrem Schweiß. Das kastanienfarbene Haar klebte ihr in nassen, verschwitzten Strähnen am Kopf.

Lass es einen Buben werden, gütiger Herrgott, flehte sie stumm.

Die Wehen folgten nun immer dichter aufeinander, jede ein Stich mit einem glühenden Messer, und Maria wand sich ächzend und wimmernd in den Laken. Hatte Heinrich wirklich nach der Hebamme gesandt, oder wollte er sie hier alleine lassen, blutend, schweißnass und am Ende ihrer Kräfte?

Eine gewaltige Angst kroch ihr ins Herz, und gleichzeitig schien ein ungeheurer Schmerz sie in der Mitte entzweizuspalten. Mit einem lauten Schrei presste Maria all ihre Pein und Marter aus sich heraus.

Da flog die Tür auf, und Lisbeth, die Hebamme, trat just in diesem Augenblick keuchend und schwitzend vom langen Fußmarsch aus dem Dorf ins Zimmer, als schon das rote Köpfchen des Kindes zwischen Marias Beinen zu sehen war.

»Bei allen Heiligen!«, schrie sie. Mit ihren rauen Händen, die noch kalt von der Herbstluft waren, griff sie das Kleine im Nacken, und Maria spürte, wie sie es ihr aus dem Leib zog.

Wie schon bei der Geburt ihres ersten Kindes fiel in diesem Augenblick aller Schmerz von ihr ab. Getragen von einer Welle des Glücks rappelte Maria sich auf und beobachtete, wie Lisbeth sich anschickte, die Nabelschnur zu durchtrennen, als das Neugeborene schon zu brüllen begann, als wolle es seine Ankunft bis in die nahe gelegene Reichsstadt verkünden.

Die Hebamme lächelte zufrieden und steckte sich einige vorwitzige, sandfarbene Haarsträhnen zurück unter die einfache Haube: »Ein Mädchen. Und ein lautes noch dazu«, stellte sie fest.

Maria schloss die Augen und ließ sich in die Kissen zurücksinken. Das Glücksgefühl versiegte, und heiße Tränen der Verzweiflung drängten gegen ihre Lider. Also doch eine Tochter. Sie hatte versagt. Zum zweiten Mal. Was würde ihr Mann nun mit ihr tun? Und was mit dem Kind?

Die dralle Lisbeth, die nichts von ihren Ängsten ahnte, hüllte das Neugeborene mit geübten Handgriffen in saubere Tücher und legte es ihr auf die Brust. Maria blinzelte die Tränen fort und blickte staunend auf die kleine Stupsnase, die aufgeworfenen Lippen und den erstaunlich dichten, dunklen Haarschopf. Ein immerwährendes Wunder, das bis vor wenigen Stunden noch in ihrem Inneren geschlummert hatte. Und in dieser Sekunde beschloss Maria von Rosenberg, ihre zweite Tochter zu beschützen, koste es, was es wolle.

»Ist es ein Sohn, habe ich einen Sohn?« Angelockt von dem Gebrüll des Säuglings stürzte der Freiherr ins Zimmer. Sein hageres Gesicht mit den hervorspringenden Wangenknochen war gerötet, die blauen Augen huschten unruhig zu dem Säugling, der inmitten der Tücher kaum zu erkennen war. Maria versuchte, ihre Angst hinunterzuschlucken, als die Hebamme, die gerade die bereits winterlich kalte Oktoberluft ins Zimmer ließ, beflissen antwortete: »Nein, Herr, eine Tochter.«

Heinrich von Rosenberg schnappte nach Luft. »Hinaus!«, fuhr er Lisbeth an. »Möge sie sich am gewürzten Wein auf dem Tisch bedienen, aber ich will mit meiner Gemahlin alleine sein.«

Während Lisbeth mit einem zufriedenen Ausdruck auf dem teigigen Gesicht hinaushuschte, drückte Maria das kleine, hilflose Bündel schützend an sich. Der Freiherr hingegen beugte sich über sie, um seine Tochter in Augenschein zu nehmen.

»Ihr werdet ihr nichts tun!«, sagte Maria und staunte über sich selbst. Obwohl sie von der Geburt geschwächt war und ihre Stimme zitterte, fühlte sie sich wie eine Wolfsmutter, die ihr Kleines mit Zähnen und Klauen zu verteidigen trachtete.

Der Freiherr schnaubte geringschätzig. »Ein unnützer Esser mehr am Tisch. Und wer soll später einmal das Gut verwalten, eh?«, fragte er missmutig.

Maria senkte den Blick, hinab auf ihre Tochter, und da öffnete die Kleine ihre Lider. Und obwohl ihr Blick noch blind war und nichts erfassen konnte, schien sie ihrem Vater direkt in die Augen zu sehen – und traf ihn damit mitten ins Herz. Überrascht zuckte Heinrich von Rosenberg zurück, ehe er sich in widerwilliger Neugierde erneut über seine Tochter beugte, um sie in Augenschein zu nehmen.

»Ziemlich mickrig«, brummte er und stupste gegen ihre winzige Hand. Wie eine Falle, die der Jäger gegen allzu vorwitzige Füchse aufstellte, schnappten die Finger des kleinen Wesens zu und klammerten sich mit erstaunlicher Kraft an den riesig erscheinenden Zeigefinger des Vaters. Immer noch sah das Kind ihn unverwandt an, und Maria, die ihren Mann nicht aus den Augen ließ, bemerkte voller Staunen, wie sein Gesichtsausdruck sich veränderte. Aller Missmut wich aus seinen Zügen, und an seine Stelle trat ein Lächeln, ungläubig zunächst, doch dann voller Stolz. Maria wurde warm ums Herz. Sacht drückte sie ihre Lippen auf das flaumige Köpfchen ihrer Tochter, die, kaum auf der Welt, schon den Mut besaß, dem Vater entgegenzutreten.

»Eine Kämpfernatur, so wie ich es vorhergesagt habe«, murmelte ihr Mann, wie zu sich selbst, und Maria sah förmlich, wie ein Gedankenfunke in ihm zu glimmen begann. Doch noch ehe sie den Mut fand, das Wort an Heinrich zu richten, löste dieser seine Hand aus der seines Kindes, sprang auf und eilte hinaus, ohne sie auch nur eines weiteren Blickes gewürdigt zu haben.

Zwischen Bangen und Hoffen lauschte sie, wie seine festen Schritte sich entfernten, dann wandte sie sich wieder ihrer Tochter zu: »Nun ja, zumindest wollte er dich nicht mehr umbringen, meine Kleine«, flüsterte sie zärtlich, ehe sie den Säugling an ihre Brust legte und beglückt spürte, wie ihre Tochter zu trinken begann.

*

Mit festen Schritten hielt Heinrich von Rosenberg auf die Küche zu, in der die Hebamme zufrieden über einem Becher warmen, gewürzten Weines saß. Der Gedankenfunke, der sich in seinem Kopf entzündet hatte, als er vorhin die Hand seiner Tochter in seiner gespürt hatte, war zu einer lichterloh brennenden Idee geworden. »Geh hinunter ins Dorf und berichte, Heinrich von Rosenberg hat einen Stammhalter bekommen«, befahl der Freiherr.

Erstaunt blickte die Hebamme von der dampfenden, aromatisch duftenden Flüssigkeit in ihrem Tongefäß auf. »Aber … es ist doch ein Mädchen«, erwiderte sie begriffsstutzig

»Du irrst«, sagte der Freiherr und starrte sie unbewegt an, während er einen ledernen Beutel hinter dem Rücken hervorzog und ihn schüttelte, sodass die Münzen darin aneinanderklimperten. »Ich habe einen Sohn. Hast du verstanden?«

Als er sah, wie Lisbeth daraufstarrte und eilfertig nickte, warf er ihr den schweren Beutel zu. Mit unverhohlener Gier öffnete die Hebamme ihn und zählte die Münzen in das vom vielen Tragen fadenscheinige Tuch ihres Rockes. Heinrich schnaubte leise. Gewiss malte das einfältige Ding sich bereits aus, was es sich von dem Geld alles kaufen konnte.

Ihr Geplappere gab ihm recht: »Oh, ich danke Euch! Das langt zuoberst noch für einen neuen wollenen Rock für den nahenden Winter! Gott allein weiß, wie hart er im Fränkischen diesmal sein wird. Im vergangenen Jahr erst hab ich mich noch zu einer Aprilgeburt durch den knöchelhohen Schnee kämpfen müssen …«

Doch Heinrich interessierte sich nicht für die Röcke der Frau. Er packte sie grob am Handgelenk, und die Hebamme schrie erschrocken auf. Der Freiherr verengte seine stechend blauen Augen zu schmalen Schlitzen: »Wenn du auch nur *ein* Wort verlauten lässt, dass es ein Mädchen ist, wird es dir schlecht ergehen«, zischte er.

Lisbeth nickte eingeschüchtert. Dann aber schlich sich ein trotziger Ausdruck in ihr pausbäckiges Gesicht mit den schmalen Lippen und den blassen Augen, und sie streckte auffordernd die Hand aus. »Mein Schweigen sollte Euch noch etwas mehr wert sein«, forderte sie keck.

Heinrich von Rosenberg beobachtete das einfältig-verschlagene Grinsen und den berechnenden Zug um den Mund

und fasste einen Entschluss. Murrend kramte er in seinen Taschen und legte noch ein paar Heller drauf. »Lass dir in der Küche etwas Brot und Speck geben«, brummte er, »und dann mach dich auf den Weg. Über die Brücke geht man besser noch vor der Dunkelheit.«

»Zu einem Krug von Eurem Bier würde ich auch nicht nein sagen«, lächelte die Hebamme.

Heinrich kniff kurz die Lippen zusammen, dann nickte er. Mit einer Handbewegung entließ er die Hebamme, und während sie in der Küche einen Schwatz mit der soeben hereinkommenden Magd über die diesjährige Apfelernte begann, verließ er das Gut, ohne dass ihn jemand sah.

*

»Ihr wollt – was?« Maria blickte ihren Ehemann sprachlos an.

»Ich werde unsere Tochter als Jungen großziehen«, wiederholte Heinrich geduldig, aber seine vibrierende Stimme verriet ihr seine Anspannung. Maria, noch geschwächt von der Geburt, versuchte, sich in den Kissen aufzurichten, aber sie war zu benommen. Heinrich trat nah an ihr Bett und nahm ihre klammen Hände in seine. Sie schauderte. Seine Finger waren noch kälter als die ihrigen. Ganz so, als habe er noch kurz zuvor längere Zeit im Freien gestanden.

»Das Gut braucht einen männlichen Erben«, sagte er beschwörend. »Einen, der selbst darüber bestimmt! Was nützen mir zwei Töchter, von denen eine am Ende irgendeinen Grobian heiratet, dem das Gut nichts bedeutet und der es zugrunde wirtschaftet?«

Dieser Gedanke war Maria ebenfalls ein Graus, trotzdem schüttelte sie immer noch den Kopf. Aber Heinrich hatte sich in seine Idee verbissen und beschwor sie: »Wenn wir unsere Jüngste wie einen Mann erziehen, wird sie wissen, wie ein Gut zu bewirtschaften ist. Sie wird nicht heiraten müssen, um Sie, unsere Älteste und sich selbst durchzubringen, wenn ich einmal nicht mehr bin! Und wir wissen nicht, ob wir noch einen Sohn bekommen können. Denken Sie an die zwei toten Kinder, Maria!«

Unwillkürlich schossen ihr bei seinen Worten die Tränen in die Augen. Heinrich hatte recht. Sie war nicht mehr die Jüngste, und die zwei Fehlgeburten, die Erziehung von Terese sowie die Sorge um das Gut forderten ihren Tribut. Ihr Körper war ausgelaugt, und tief in ihrem Herzen wusste sie, dass sie nach diesem Kind kein drittes mehr zur Welt bringen konnte und wollte. Heinrich musste das in ihren Augen gelesen haben, denn er nickte, als hätte er soeben die Bestätigung aus ihrem Mund gehört.

»Ich sehe, wir verstehen uns. Dieses Kind ist etwas Besonderes, das habe ich sogleich gespürt. Wenn wir ihr nicht sagen, dass sie ein Mädchen ist, wird sie auch nicht mit ihrem Schicksal hadern!«

Maria starrte ihn ungläubig an. »Es ihr nicht *sagen* …? Das ist unmöglich!«, brauste sie auf.

»Warum? Gewiss sind Frauen das schwächere Geschlecht, ich bin jedoch überzeugt, dass ich es durchaus vermag, unsere Tochter mit der entsprechenden Erziehung zum Manne zu formen.«

Maria atmete schwer. »Es ist gegen die Natur! Und gegen Gott!«

»Ach, ich bitte Sie! Die Welt ist doch nichts anderes als die Wechselwirkung zwischen Geist und Materie. Gott hat für mich dort keinen Platz, das wissen Sie. Wie Descartes in seinen Schriften formuliert …«

Maria unterbrach ihn aufgebracht. »Die lästerlichen Lehren dieses Franzosen werden uns noch alle in die Hölle bringen!«

Die Zähne des Freiherrn blitzten in einem ebenso seltenen wie kurzen Lächeln auf. »Unsinn. Sie sollten anfangen, etwas revolutionärer zu denken, meine Teuerste.«

»Was Sie als revolutionär bezeichnen, nenne ich abartig. Heinrich, ich bitte Sie – unsere Tochter als Jungen aufzuziehen ist völlig undenkbar!«

»Dass sich die Planeten um die Sonne bewegen, war ebenfalls lange undenkbar. Bis Galilei kam.«

»Diese verqueren Ideen bringen nur Unglück über unsere Familie!«, jammerte die Freifrau. »Wie soll das überhaupt vonstattengehen? Eine Frau wird niemals in der Lage sein, so zu handeln wie ein Mann!«

»Es wäre einen Versuch wert! Schließlich kommt auch nicht jeder Junge als Herkules auf die Welt. Mit körperlicher Ertüchtigung und dem entsprechenden Unterricht könnte man eine Menge erreichen.«

»Sie verrennen sich in ein Hirngespinst, Heinrich! Irgendwann wird unsere Tochter zur Frau, und dann müssen wir ihr die Wahrheit sagen!«

»Aber dann wird sie bereits die Vorzüge ihres Daseins als Mann erkannt haben. Allen voran das Erbe des Gutes.«

Maria schluckte und betrachtete ihren Gatten seit langem erstmals wieder mit den Augen einer Ehefrau. Sie hatte nicht die Wahl gehabt, wie sie leben wollte. War denn ihre Heirat aus Liebe geschehen? Nein, das nicht. Aber war das denn wirklich so schlimm? In ihren Kreisen zählten andere Dinge. Natürlich wäre es schön, wenn zum Beispiel ihre ältere Tochter Terese eines Tages einen Mann heiraten könnte, den sie liebte.

Den sie *liebte* …, echote es in ihrem Kopf. Hatte sie, Maria selbst, denn überhaupt eine Vorstellung davon, was es mit dieser Liebe genau auf sich hatte?

Energisch schüttelte sie den Gedanken ab. All ihre Überlegungen waren müßig; ihre Erstgeborene würde kaum eine Wahl haben. Die von Rosenbergs waren nicht gut genug gestellt, denn Heinrich interessierte sich mehr für die Philosophie als für das Gut und las lieber in Schriften verfemter Männer wie Descartes oder Newton, als die Nase in Listen mit aufgestellten Wirtschaftsposten zu stecken. Im Grunde war ihre Familie nichts weiter als ein allmählich verarmendes Adelsgeschlecht. Und dies, so erkannte Maria schließlich, war der eigentliche Punkt, auf dessen Basis sie das Ansinnen ihres Mannes zu beurteilen hatte. Wollte sie wirklich, dass ihre beiden Töchter darunter leiden mussten, dass sich ihre Familie im kargen fränkischen Land mehr schlecht als recht behauptete? Terese war lernbegierig und alles andere als dumm. Wenn ihre kleine Schwester sich genauso entwickeln würde, hätte das Gut vielleicht doch noch eine Zukunft. Vorausgesetzt, Maria würde der Scharade zustimmen.

Der Freiherr spürte, dass seine Frau schwankte, und drückte ihre Hände so fest, dass sie aufschrie. »Sagen Sie ja, *Madame*«, bat er drängend.

Da flog die Tür auf, und Terese, ihre Älteste, stürmte durch die Tür. »Mama, habe ich ein Geschwisterchen?«, wollte die Dreijährige begierig wissen und schielte zu dem weißen Bündel in Marias Arm. Die spürte den Blick ihres Mannes auf ihrem Gesicht brennen. Heinrichs Anspannung schien im Raum zu vibrieren wie ein tiefer, hallender Ton.

Einen Wimpernschlag lang zögerte Maria, dann blickte sie ihre älteste Tochter an. »Ja, mein Schatz. Ab heute hast du einen Bruder. Er heißt Florentin. Florentin von Rosenberg.«

*

»Die Lisbeth ist tot! An der alten Brücke ist sie ins Wasser gestürzt und jämmerlich ersoffen!«

Das Flüstern und Raunen drang schließlich bis in Marias Gemach, wo sie mit dem Neugeborenen an ihrer Brust eingeschlafen war. Noch halb im Traum öffnete sie die Augen und sah ihre Kammerzofe mit einer Magd zusammenstehen, die einen Stapel frisch gebleichter Laken auf dem Arm trug.

»Die Hebamme?«, fragte Maria leicht schlaftrunken, und die beiden Frauen fuhren zusammen und drehten sich nach ihr um. Ihre Zofe streckte auffordernd die Arme nach dem Säugling aus, doch Maria schüttelte den Kopf zum Zeichen, dass sie alleine zurechtkäme. Sie würde sich noch etwas einfallen lassen müssen, warum sie selbst ihrer ersten Zofe nicht erlauben würde, das Kind zu wickeln oder zu säubern, aber vorerst gab sich die Frau zufrieden, denn sie platzte beinahe vor Mitteilungsdrang.

»Es heißt, zwei Holzplanken wären morsch gewesen und unter ihrem Gewicht gebrochen«, gab sie zur Auskunft.

»Nun ja, der Müller hat erst vor zwei Tagen gesagt, er lässt seinen Gaul lieber nicht mehr über die marode Brücke laufen. Die Lisbeth wird kaum weniger gewogen haben als die alte Schindmähre«, antwortete die Waschfrau, und unwillkürlich kicherte die Zofe schrill, ehe sie sich besann und die Hand vor den Mund schlug.

»Versündige dich nicht«, mahnte Maria pflichtschuldig, aber ihre Gedanken waren bei der Hebamme. Ihr wurde bewusst, wie nahe beieinander doch Sein und Sterben waren. Gerade hatte Lisbeth noch einem neuen Leben auf die Welt geholfen, da wartete hinter der nächsten Biegung bereits der Schnitter, um ihres zu beenden.

»Ich habe noch gesehen, wie sie den Lohn des Freiherrn eingesteckt hat. All das schöne Geld – nun ist es hin«, sagte die Kammerzofe betrübt zu Maria, nachdem die Waschfrau das Zimmer verlassen hatte.

Dabei fraß der Unterhalt für das Gut und alle Bediensteten ihnen sowieso schon die Haare vom Kopf, dachte Maria bedrückt und schämte sich gleich darauf für diesen Gedanken. Die arme Lisbeth war tot, und sie dachte nur an die verlorenen Münzen.

»Möge der Herr ihrer Seele gnädig sein«, murmelte sie daher rasch, und ihre Zofe nickte gehorsam und schlug ein nachlässiges Kreuz über ihrem üppigen Busen.

*

Niemand zweifelte daran, dass die Hebamme einem tragischen Unfall zum Opfer gefallen war, am allerwenigsten Maria. Und selbst als sie am Tag darauf das erste Mal von ihrem Wöchnerinnenlager aufstand und neben dem Küchenherd einen verlumpten, feuchtfleckigen Lederbeutel fand, der offenbar für das Feuer gedacht war, dachte sie sich nichts dabei. Denn sie hatte ja nicht gesehen, wie der Freiherr von Rosenberg der Hebamme genau solch einen Beutel mit einer Handvoll Münzen darin überreicht hatte. Daher konnte Maria auch nicht wissen, dass kurz nach dem Aufbruch der Hebamme sein Geldsäckel wieder um 60 Kreuzer schwerer gewesen war – und mit Lisbeths Tod sein Geheimnis gut gehütet bleiben würde.

Kapitel 2

19. März 1752,
Gottesacker
im Fürstentum Ansbach

Aus der Erde bist du gekommen, zu Erde sollst du werden. Asche zu Asche, Staub zu Staub. Der Herr schenke dieser Seele die ewige Ruhe.«

Florentins Blick glitt von den Trauernden, die sich auf dem Kirchhof bei eisigem Wind in ihrer dunklen Kleidung wie eine Schar frierender Krähen zusammendrängten, zu dem Pastor, der die Augen bislang himmelwärts gerichtet hatte, nun aber auffordernd zur Trauergemeinde blickte.

»Amen«, raunte es aus den Kehlen jener, die um Otto von Rosenbergs Grab standen. Auch Florentin gab dem Bruder ihres Vaters, der nach einigen Tagen qualvoller Unterleibskrämpfe begleitet von stetig steigendem Fieber gestorben war, diesen letzten Gruß mit auf den Weg. Ottos Frau Wilhelmine, die ihren Gatten morgens tot im Bett gefunden hatte, klammerte sich schluchzend an ihre Kinder. Die knapp vierzehnjährige Louise und ihr älterer Bruder Wilhelm wirkten auf Florentin nicht, als ob sie die Trauer ihrer Mutter teilten. Wilhelm war vom pummeligen Kind zum grobschlächtigen jungen Mann mit kurzem Hals geworden. Seine Arme waren so dick wie die Schenkel seiner Schwester, und er starrte mit kleinen Schweinsäuglein teilnahmslos auf den Sarg seines

Vaters. Louise, die bereits gut entwickelt war, hatte sich die glänzenden, hellbraunen Haare kunstvoll geflochten und zupfte affektiert an ihrem schwarzen Wollumhang. Florentin musste sich eingestehen, dass sie mit ihrer schlanken Taille und dem langen Schwanenhals um einiges ansehnlicher war als ihr plumper Bruder.

Soeben verdrehte Louise gelangweilt die Augen und reckte ihre von ihrer Mutter geerbte Stupsnase in den Himmel, weil der Stadtschulmeister seinen Schulkindern, welche die Lieder bei den Beerdigungen singen mussten, den Einsatz für das Sterbelied »Nun lasst uns den Leib begraben« gab. Unter den Augen des Totengräbers, eines dürren, unheimlichen Mannes mit schiefem Mund und gleichgültigem Blick, der für den Aushub des Grabes gesorgt hatte, zogen Verwandte und Nachbarn unter dem steten Läuten der Glocken zur Kirche, in der die anschließende Totenmesse für den Verstorbenen stattfinden sollte. Das laute Gebimmel schallte Florentin noch immer in den Ohren, als sie kurz darauf beim Totenschmaus im Haus ihrer Tante saß und deren zudringliches Geplapper ertragen musste. Obwohl frisch verwitwet, konnte die Tante es nicht lassen, ihre Verwandten mit impertinenten Fragen zu quälen. Und da Heinrich von Rosenberg der Beerdigung seines Bruders wegen einer starken Erkältung hatte fernbleiben müssen, hatte die Tante sich auf Florentins Schwester Terese und ihre Mutter gestürzt: Soeben bedachte sie ihre älteste Nichte mit einem falschen Lächeln und säuselte: »Nun, meine Liebe, mich wundert, dass du noch nicht verheiratet bist.«

»Terese ist verlobt«, sagte ihre Mutter schnell und fügte hinzu: »Mit einem Grafen.«

»Oh, wie schön«, trällerte Wilhelmine mit aufgesetzter Fröhlichkeit. Ihre Miene aber blieb so bitter, als hätte sie in eine der Zitronen gebissen, die sie – als Hinterbliebene einer adligen Familie – den Sargträgern am Ende der Beerdigung überreicht hatte, um so symbolisch den Leichengeruch von deren Händen zu tilgen.

»Ja, wir freuen uns auch«, erwiderte Maria von Rosenberg, und Terese nickte wohlerzogen. Nur Florentin wusste, dass ihre Schwester nicht glücklich über das Arrangement war. Sie liebte ihren Verlobten nicht, und das beruhte wohl auf Gegenseitigkeit. Die künftige Ehe war ein Geschäft: Terese erhielt den Titel, und der Graf bekam dafür eine hübsche und wohlerzogene Frau, mit der er sich in der adligen Gesellschaft zeigen konnte. Außerdem strahlte Terese mit ihren roten Wangen und den dichten, langen Haaren, die im Gegensatz zu Florentins dunklen, schulterlangen Locken hell und glatt waren, Gesundheit und Frische aus. Es war kein Geheimnis, dass der Graf, der acht Jahre älter als Terese war, sich möglichst rasch einen Sohn wünschte. Oder zwei. Oder drei.

»Du bist für ihn nichts weiter als ein Leib, der ihm Kinder gebären soll? Hat er denn überhaupt kein Interesse daran, welche Dinge du liebst? Hat er deine schönen Stickereien nicht bewundert?«, hatte Florentin fassungslos gefragt, als die Ältere von dem ersten Treffen mit ihrem künftigen Gatten berichtete. Terese hatte den Kopf geschüttelt und sich um ein Lächeln bemüht, was ihr aber nicht recht gelungen war.

»Er ist vermögend, Florentin«, hatte sie leise gesagt. »Du weißt, wie es um Vaters Gut steht. Als älteste Tochter ist es meine Pflicht, in seinem Sinne zu handeln. Und so kann ich vielleicht gutmachen, dass ich nicht das Kind bin, das er sich gewünscht hat …«

Ihre Worte versetzten Florentin einen unsichtbaren Degenstich. »Das bin ich auch nicht«, antwortete sie flüsternd.

»Aber niemand außer mir und den Eltern weiß das. Vater hat dich stets wie einen Jungen erzogen, und er würde dich nie in eine Ehe zwingen, sonst käme die Wahrheit ans Tageslicht«, sagte Terese wehmütig, und Florentin glaubte in ihren blauen Augen für einen kurzen Augenblick zu erkennen, wie sehr ihre ältere Schwester sie beneidete. Stumm umarmte sie Terese. Die legte ihre Wange an Florentins, und diesmal war ihr Lächeln echt.

»Schwesterchen, du kleiner Wechselbalg«, neckte sie die Jüngere und drückte sie kurz an sich. »Ich werde es gut haben bei ihm«, versicherte sie und sah Florentin eindringlich an. Aber diese ahnte, dass sie das nicht ihretwegen gesagt hatte, sondern um sich selbst zu beruhigen.

Florentin schluckte. »Schick deine Kinder zu mir. Ich werde sie reiten und den Umgang mit Degen und Florett lehren – auch die Mädchen«, sagte sie mit einer Stimme, die über einen Mühlstein zu schleifen schien. Doch Tereses helles Lachen war ein Trost gewesen und hatte die Tränen des Mitleids und der Schuld verdrängt, die sich in Florentins Augen gesammelt hatten.

Florentin schüttelte den Gedanken ab. Von alldem durfte ihre Tante Wilhelmine natürlich nichts wissen. Sie hätte das dunkle Geheimnis ihres Schwagers schneller in allen Dörfern des Umkreises verteilt, als die Kirchturmuhr zwölf schlagen konnte, dachte Florentin. Ottos Witwe war eine jener Personen, die sich am Ungemach der Leute ergötzten. Sie verglich sich ständig mit anderen, und wehe, jemand erschien ihr bessergestellt oder vom Schicksal gnädiger bedacht als sie! Dann kam ihre Zunge zum Einsatz, die so scharf war, dass man sich an ihr hätte schneiden können. »Schwertgosche« nannte Heinrich von Rosenberg seine Schwägerin im Geheimen.

Ihre Tochter Louise kam mit ihren gerade einmal vierzehn Lenzen bereits ganz nach ihrer Mutter. Sie war ein ausgekochtes Biest, das an Türen lauschte, heimlich in fremden Taschen und Laden wühlte und Kalamitäten förmlich witterte. Dabei war sie gnadenlos eitel und putzte sich vor jedem Spiegel, auch wenn seine Fläche noch so blind war. Für den Blick oder gar ein Kompliment eines Mannes tat sie alles. Auch Florentin hatte sie anfangs kokette Blicke zugeworfen und sich kichernd hinter ihrem Fächer versteckt. Kein Wunder, hielt Louise ihre Cousine doch für einen jungen Mann, so wie alle Übrigen in der Familie ihres verstorbenen Onkels auch.

»Es ist nicht recht, an einem Grab ein solches Maskenspiel zu treiben. Hoffentlich wird Gott uns nicht dafür strafen«, hatte Maria von Rosenberg gemurrt, weil ihre Jüngste zur Beerdigung des Onkels in Männerkleidern ging. Doch alles andere wäre unmöglich gewesen. Die wenige Verwandtschaft kannte nur Florentin von Rosenberg, Sohn und künftigen Erben des fränkischen Gutes. Der Freiherr hatte die ganzen Jahre peinlich genau darauf geachtet, niemanden in sein Geheimnis einzuweihen. Das glaubte er jedenfalls, und Florentin hatte sich gehütet, ihrem Vater von Hans und dem Bad im Fluss zu erzählen.

Sie seufzte. Ihr Magen gab Geräusche von sich wie ein unzufriedener Hund, und ebendieses Bauchgrimmen nahm sie nun zum Vorwand, sich früh von dem reichhaltigen Totenschmaus und der enervierenden Wilhelmine zurückzuziehen. Erleichtert, dass alles vorbei war, schleppte sie sich die Treppe in den ersten Stock des Hauses ihrer Tante hinauf.

In Gegenwart ihrer eitlen Cousine war es Florentin zum ersten Mal schwergefallen, ihre Rolle als sechzehnjähriger Knabe perfekt zu spielen. Sie hatte sich wirklich bemüht, ihre Verachtung für Louises albernes Getue nicht zu zeigen, doch ihre Base musste ihre Abneigung gespürt haben – ganz so wie eine Katze mit den Spitzen ihrer Schnurrhaare fühlte, wenn ein Spalt zu klein war, um hindurchzuhuschen. Louises Augen hatten sich verengt, und den Rest des Tages hatte sie Florentin mit eisiger Verachtung gestraft. Der war das nur recht gewesen, denn sie fühlte sich entschieden wohler, wenn Louise ihre Gegenwart mied. Das lag an Louises enervierender Art und nicht daran, dass Florentin befürchtete, das junge Ding könne hinter das Geheimnis ihres Cousins kommen. Sie musste nur höllisch aufpassen, dass niemand sie je beim Umkleiden sah.

Nur einmal hatte sie sich vor einem anderen Menschen ausgezogen, damals mit acht Jahren – und das war das Ende der heilen Kinderwelt gewesen, in der Florentin von Rosenberg ein ganz normaler Junge gewesen war.

Daher verstopfte sie nun sorgfältig das Schlüsselloch der Gästekammer im Haus ihrer Tante. Angesichts ihrer neugierigen Cousine war diese Vorsichtsmaßnahme mehr als angebracht, denn dieser Familie traute sie alles zu.

Glücklicherweise hatte Florentin nichts im Gepäck, was auf ihr wahres Wesen schließen ließ. Den Wickel, mit dem sie ihre knospenden Brüste flach zu binden pflegte, würde sie beim Schlafen einfach weiter tragen. Das musste reichen; so wäre sie sicher.

Mit diesem Vorsatz schlich sie sich am frühen Abend aus der familiären Enge und der Beklemmung der vorangegangenen Totenfeier und ging hinauf in das Gemach, das man ihr bereitet hatte. In der zweiten Gästekammer sollten Mutter und Schwester schlafen. Zum Glück verfügte das Stadthaus des verstorbenen Onkels über genügend Räumlichkeiten, und Florentin musste sich nicht mit ihrem Vetter Wilhelm eine Kammer teilen. Dies war ihre größte Sorge gewesen. Sie hatte sich bereits überlegt, schrecklich zu husten und in kurzen Abständen auszuspucken, damit alle glauben sollten, sie hätte sich bei ihrem Vater mit dem Katarrh angesteckt. So hätte man ihr sicherlich ihre eigene Kammer gegeben. Doch die Tante hatte den von Rosenbergs gleich nach der Ankunft ihre Betten zugewiesen, und auch wenn dieses in Florentins Kemenate beinahe den gesamten Platz einnahm und sie sich dort kaum umdrehen konnte, war sie froh, nicht mit ihrem ekelhaften Vetter zu schlafen, der ihr gegenüber in all den Jahren keinen Deut freundlicher oder höflicher geworden war.

Dagegen hatte Wilhelm ihre Schwester Terese mit Blicken fast verschlungen und versucht, ihre Aufmerksamkeit mit allerlei plumpen Komplimenten zu erlangen. Die Schwester hatte keine Miene verzogen, sich sogar weggedreht. Doch der Vetter ließ sie erst in Ruhe, nachdem Florentin sich zwischen ihn und seine Schwester gestellt und mit eisiger Höflichkeit gefragt hatte, ob er denn nicht seine Mutter bei seines Vaters Beisetzung unterstützen wolle. Zuerst hatte es ausgesehen, als wolle Wilhelm den schmächtigen Vetter einfach beiseitedrängen, doch dann hatte er sich nur mit einem Schulterzucken abgewandt und war durch die angelehnte Tür zur Küche verschwunden, hinter der man Wilhelmine schluchzen hörte, während sie der Köchin Anweisungen für den Leichenschmaus gab.

Aufgebracht hatte Florentin sich der Schwester zugewandt und schon den Mund geöffnet, um ein paar passende Worte über das unangemessene Benehmen ihres Cousins zu sagen, da hatte sie einen Schemen hinter dem geöffneten Fenster gesehen. Mit einem Sprung war sie dort gewesen, hatte den Fensterflügel aufgerissen – und in ein erschrockenes Augenpaar gestarrt: Louise. Offenbar waren die beiden Schwestern von ihrer Cousine draußen belauscht worden. Doch gleich darauf sah man von Schuldbewusstsein bei Louise keine Spur mehr. »Brauchst du frische Luft, lieber Vetter?«, hatte sie Florentin spitzfindig gefragt, ehe sie sich umgedreht hatte und davonstolziert war wie die Pfauen, die Florentin vor Jahren einmal bei dem Besuch auf dem Herrensitz eines Grafen erlebt hatte, der sich zwei dieser gefallsüchtigen Vögel in seinem Park hielt.

»Sie ist ein naseweises Ding«, hatte Terese bemerkt. »Du solltest dich vor ihr in Acht nehmen, Florentin!«

An Wilhelm hatten die beiden kaum einen Gedanken verschwendet. Ein Fehler, den nicht nur Florentin ihr Leben lang bitter bereuen sollte, sondern auch ihre ältere Schwester.

Kapitel 3

19. März abends,
Stadthaus Otto von Rosenberg,
Fürstentum Ansbach

»Florentin, geht es dir wieder besser?« Tereses besorgtes Gesicht erschien im Türspalt. Sie sah, dass ihre Schwester beide Hände auf ihre Mitte gepresst hatte. Das Gesottene und Gebackene, das Wilhelmines Köchin aufgefahren hatte, lag auch Terese wie eine Fuhre Steine im Magen, aber der Jüngeren schien es echte Pein zu bereiten.

Terese kam an die Liegestatt und legte Florentin die Hand auf die Stirn. »Zum Glück kein Fieber«, stellte sie fest.

»Ach was, mir ist nur etwas flau zumute, kein Grund zur Sorge«, wiegelte die Schwester ab.

Terese bedachte sie mit einem gespielt strengen Blick. »Ich werde dir trotzdem einen Trank aus Kamille oder Kümmel machen. Vielleicht hat die Tante etwas davon im Haus«, bestimmte Terese, und ehe Florentin protestieren konnte, war sie schon zur Tür hinaus und lief die Treppe hinab zur Küche, wo kurz darauf der würzige Geruch von Magentrank den Raum erfüllte. Im ganzen Haus war es dunkel, und Terese genoss die Stille und den Frieden nach dem stetigen Kommen und Gehen der Trauergäste. Obwohl sie ihrer Tante nicht besonders zugetan war, tat Wilhelmine ihr leid. Als Witwe würde sie es schwer haben, und auch wenn ihr Wilhelm geblieben war, bezweifelte Terese, dass dieser seiner Mutter eine große Hilfe sein würde. Gleich nach dem Leichenschmaus war er verschwunden – ins Wirtshaus, wie sie annahm. Trotzdem hatte die Tante mit ihm einen Mann im Haus, und das allein zählte.

Terese seufzte. Aus diesem Blickwinkel verstand sie, warum ihr Vater sich entschieden hatte, Florentin als Jungen großzuziehen. Ein reiner Frauenhaushalt wäre nach dem Tod des Freiherrn eine Katastrophe. Auf dem Land war es üblich, auf einen männlichen Erben zu bestehen, und so hätte der Vater das Gut per Fideikommiss an seinen Bruder Otto übergeben müssen. Mit dessen Tod wäre der einzig männliche Erbe nun ausgerechnet ihr aufdringlicher und grobschlächtiger Cousin Wilhelm gewesen. Nein, daraus wäre sicher nichts Rechtes für das Gut des Vaters und das Wohl seiner Bewohner erwachsen, dessen war Terese sich sicher.

Während sie darauf wartete, dass die Kräuter durchzogen, und dabei gedankenverloren die Arbeitsfläche des Weichholzschrankes polierte, verfluchte sie nicht zum ersten Mal die Tatsache, dass Frauen einfach nicht ernst genommen wurden – weder im täglichen Leben und schon gar nicht in der Rolle einer Gutsherrin. Sinn ergab das keinen, denn auch wenn sie das Gut durch Florentin nach Vaters Tod behalten konnten, änderte das nichts daran, dass die Schwester nur eine Scharade spielte und in der Verkleidung eines jungen Mannes immer eine vollwertige Frau stecken würde – wie perfekt die Maskerade auch sein mochte.

Für Terese war es ein Schock gewesen, als sie vor acht Jahren die Wahrheit erfahren hatte. Entgegen der strikten Anweisung des Vaters, der seine Tochter geheißen hatte, niemandem etwas zu erzählen – selbst der Schwester nicht –, war Florentin damals in Tereses Kammer geschlichen und hatte sich ihr anvertraut. Hatte erzählt, dass sie mit dem Nachbarsjungen Hans am Fluss gewesen war und was sie dort entdeckt hatte.

»Ich habe überall nach so einem Ding, wie Hans es zwischen den Beinen hat, gesucht, aber ich hab's nicht gefunden«, hatte ihr kleiner Bruder geschluchzt, der für Terese erst in dieser Nacht zur Schwester geworden war. Fast hatte sie über die Verzweiflung der Achtjährigen lächeln müssen, aber dann hatte sie deren graublaue Augen in Tränen schwimmen sehen und Florentin in den Arm genommen. »Du kannst es auch nicht finden, wenn du ein Mädchen bist«, hatte sie gesagt und ihr eine widerspenstige dunkle Locke aus der Stirn gestrichen.

Die Kleine hatte geschnieft. »Ich würde es auch zum Reiten nicht haben wollen, es muss doch im Sattel sehr lästig sein!«, hatte sie trotzig erklärt. »Und beim Rennen baumelt es sicher auch dauernd hin und her!«

Da hatte Terese wirklich gelacht.

Seit diesem Tag verstand sie auch, warum ihre Mutter nach Florentins Geburt weder eine Amme noch ihre Zofe um sich geduldet hatte, sondern sich ausschließlich selbst um ihr zweites Kind kümmerte. Jahrelang war Terese davon ausgegangen, es geschehe, weil Florentin der Sohn war, um den die Mutter so lange gebetet und der Vater zwischen Hoffnung und Verzweiflung gebangt hatte. Stets war Terese traurig gewesen, dass ihr Bruder offenbar so geliebt wurde, wie ihre Eltern sie nie geliebt hatten. Doch Florentins Zuneigung zur älteren Schwester und die Anhänglichkeit des Kindes, die sie zutiefst rührten, hatten sie davon abgehalten, dem vermeintlichen Bruder gegenüber Eifersucht zu empfinden.

Als sie schließlich erfuhr, dass sie von Anfang an eine Schwester gehabt hatte, hatte ihre Mutter ihr erklärt, warum der Vater Florentin als Jungen aufwachsen ließ, doch im Grunde hatte Terese die Worte der Mutter damals nicht wirklich verstanden und hatte sich nur gesorgt, ob ihre jüngere Schwester mit den beiden Identitäten ein Leben lang zurechtkommen würde. Immerhin konnte man Florentin mit ihrer schlanken Statur, den hohen Wangenknochen und den schmalen Gesichtszügen des Vaters ausgestattet und mit den halblangen, dunklen Haaren, die sie nach Art der jungen Männer zu einem losen Zopf gebunden trug, tatsächlich für einen nicht gerade groß gewachsenen, jedoch durchaus stattlichen Burschen halten. Auch deswegen, weil niemand auch nur im Traum auf die Idee kam, dass es anders sein könnte. Man glaubt doch immer nur, was man sieht, dachte Terese.

Dennoch legte sich ihre Stirn jetzt, während sie die Kräuter aus dem heißen Wasser klaubte, bei dem Gedanken an ihre kleine Schwester in Falten. In letzter Zeit machte sie sich zunehmend Sorgen. Bis heute galt Florentins große Liebe ausschließlich dem Reiten und Fechten. Als sich ihre bisher knabenhaften Hüften vor drei Jahren zu runden und der Busen zu wölben begonnen hatte, hatte sie einen Wutanfall bekommen. Erst Tereses Vorschlag, den knospenden Hügelchen mit einer Brustbinde zu Leibe zu rücken, hatte das Mädchen beruhigen können. Und den zweiten Verzweiflungsausbruch hatte Terese miterlebt, als Florentin panisch schluchzend zu ihr ins Zimmer stolperte, ihr blutbeflecktes Nachtgewand in der Hand und die Angst eines wilden Tieres in den Augen, das soeben vom Wolf angefallen worden war.

»Das ist bei Frauen so, Florentin!«, hatte Terese die kleine Schwester beruhigt. »Alle paar Wochen kommt Blut aus dir heraus, aber es dauert nur ein paar Tage, dann ist es vorbei!« Sie hatte ihrer Schwester alles Nötige gegeben und das zornig weinende Mädchen an sich gedrückt.

»Aber mein Bauch tut weh, und es ist scheußlich! Ich will das alles nicht! Wieso kann ich nicht ganz und gar ein Junge sein?«, hatte Florentin gerufen und zornig mit dem Fuß aufgestampft.

»Sei froh um all die Freiheiten, die du als Mädchen niemals hättest«, hatte Terese gesagt, und Florentin, die Tag für Tag sah, welchen Einschränkungen ihre ältere Schwester unterworfen war, hatte sich schuldbewusst auf die Unterlippe gebissen und genickt. Ja, dachte Terese, reiten, fechten und alleine durch die fränkische Landschaft stromern – all das stand Florentin offen und ihr nicht. Und die Schwester würde auch keinen Mann heiraten müssen, den sie nicht liebte …

Seufzend prüfte Terese mit einem Zinnlöffel, ob der Magentrank nun so weit abgekühlt war, dass Florentin ihn zu sich nehmen konnte, ohne sich den Mund zu verbrühen.

Zufrieden griff sie nach dem Becher – und hielt inne, als eine heisere Stimme hinter ihr ertönte: »Sieh an, sieh an, die Nacht wird ja immer schöner!«

Erschrocken fuhr Terese herum. Im Türrahmen stand Wilhelm. Er schwankte, und seine Augen waren glasig. Selbst auf die Entfernung konnte Terese die Mischung aus bitterem Bier und scharfem Branntwein riechen, die ihr Cousin ausdünstete. Wilhelms Leibrock – sein *Justaucorps*, wie man ihn nannte – war fleckig, das Hemd am Kragen zerrissen, und ein Stück loser Spitze baumelte von einem der Ärmel hinab. Sein linker Wangenknochen schimmerte bläulich, und als er Tereses Blick bemerkte, fasste er sich an den Bluterguss. »Verdammter Hurensohn«, lallte er, »hat wegen nichts und wieder nichts Raufhändel gesucht. Aber dem hab ich's gezeigt. Zwei Zähne konnte er im Tuch mit nach Haus nehmen!« Beifallheischend sah er seine Cousine aus rotgeränderten Augen an. Terese lächelte höflich. Der Branntwein ließ Wilhelm vermutlich selbst an seine Geschichte glauben. Doch dann sah sie den Zorn in den Augen des Cousins – und die Gier, die dahinter lauerte. Gern wäre sie wortlos mit dem Trank für Florentin aus der Küche gehuscht, aber Wilhelms massige Gestalt versperrte den gesamten Türrahmen.

»Was braust du denn da zusammen, schöne Zauberin? Einen Liebestrank?«, nuschelte er.

»Es ist für meinen Bruder. Florentin leidet unter Bauchgrimmen«, sagte Terese steif und verschränkte schützend die Arme vor ihrer Brust. Sie trug ein *Negligé*, die einfache Haus- und Straßenkleidung des Adels. Allzu deutlich spürte sie Wilhelms Blick auf sich ruhen, und die Kälte beginnender Furcht kroch an ihren Fingerspitzen empor bis in den Nacken.

»Du könntest dich zuerst etwas um mich kümmern. Immerhin bin ich auch versehrt«, griente er.

»Ich …«, stammelte sie und versuchte noch, sich hinter dem Küchentisch in Sicherheit zu bringen, doch da war es bereits zu spät. Mit zwei schnellen Schritten war er bei ihr, zog sie grob an sich und presste seine nass glänzenden, wulstigen Lippen auf die ihrigen.

Mit aller Kraft stemmte Terese sich gegen seinen Griff, und es gelang ihr, sich loszureißen. »Was fällt dir ein?«, rief sie aufgebracht und machte zugleich einen Satz in Richtung Tür. Doch mit einer Wendigkeit, die Terese ihm nie zugetraut hätte, packte Wilhelm sie am Arm und riss sie zurück. Ein dumpfes Knurren entrang sich seiner Kehle, und nun bekam Terese es wirklich mit der Angst zu tun. Wieder zog er sie an sich, und mit Entsetzen erkannte sie, dass sie seiner Kraft nichts entgegenzusetzen hatte. Sosehr sie sich auch wehrte, Wilhelm stieß sie gegen die Wand, presste seinen heißen, schwitzenden Körper dicht an den ihrigen, drängte sein Knie zwischen ihre

Schenkel, und Terese spürte durch den Stoff ihres Kleides etwas Hartes, das gegen ihr Bein rieb. Gierig betastete Wilhelm ihr Mieder und schob seine grobe Hand mit den dicken Fingern zwischen Stoff und Haut. Er begann zu keuchen, als er die samtige Weichheit ihrer Brust ertastete.

Terese wurde vor Ekel schwarz vor Augen. Sie wand sich, wollte nach dem Topf greifen und hätte nicht gezögert, ihrem Cousin in ihrer Not die heiße Flüssigkeit ins Gesicht zu gießen, damit er sie endlich losließ. Aber Wilhelm ahnte ihr Vorhaben und fegte den Topf beiseite. Die Flüssigkeit schwappte über und ergoss sich zischend auf die noch heiße Eisenplatte des Ofens.

Terese versuchte, ihre Fingernägel in Wilhelms Gesicht zu schlagen, aber er fing ihren Arm so leicht ab, als wäre er eine Stubenfliege, und drehte ihn ihr auf den Rücken. Als Terese aufschrie, packte Wilhelm sie grob an ihren langen Haaren, sodass ihr vor Schmerz die Tränen in die Augen schossen. Er stand nun hinter ihr und drückte ihren Kopf nach vorne – direkt über die noch immer glühende Ofenplatte.

»Noch einen Mucks, und ich verbrenne dir dein hübsches Gesicht«, drohte er.

Terese schluchzte, als sie verstand, dass es ihm ernst war. Es gab keinen Ausweg mehr für sie. Vor Todesangst wie gelähmt hielt sie still, während Wilhelm mit einem Ruck ihr Oberteil am Rücken zerriss. Mit einem brünstigen Stöhnen griff er nach ihrer weichen Brust und quetschte sie so hart, dass Terese unwillkürlich aufschrie. Er presste ihr eine raue, verschwitzte Hand auf den Mund und nestelte mit der anderen an seiner Hose.

Als er ihre Röcke hochschlug, versuchte Terese sich erneut aus seinem Griff zu befreien, doch Wilhelm riss an ihren Haaren wie an der Mähne einer störrischen Stute und versetzte ihr einen harten Stoß. Sie taumelte und stieß heftig mit dem Rücken gegen die Kante des groben Holztisches, der dem Küchenpersonal als Arbeits- und Essplatz diente. Der darauf folgende Schmerz raubte ihr den Atem. Wilhelms Griff war wie ein Fangeisen, und Terese war die hilflose Beute, die darin zappelte. Er warf sie rücklings auf den Tisch und hielt sie mit seinem Körpergewicht in dieser Position. Grob zwängte er mit seinem Knie ihre Schenkel auseinander, und während er ihr weiterhin mit seiner fleischigen Hand den Mund zuhielt, drang er gewaltsam in sie ein.

Tereses Schrei war lautlos, aber er kam aus der Tiefe ihrer Seele. Etwas in ihr wurde mit einem brennenden Schmerz zerfetzt, und der Riss schien durch ihren ganzen Körper bis ins Herz zu gehen. Gurgelnde Laute wie von einem Tier drangen aus Wilhelms Kehle. Immer schneller, immer heftiger stieß er zu, und das vor Angst und Schmerz zuckende Mädchen vor ihm steigerte seine grausame Lust zur Raserei, während ihm der Schweiß in Strömen über das Gesicht lief.

Terese hatte alle Gegenwehr aufgegeben. Wie eine Stoffpuppe lag sie auf der groben Holzplatte des Küchentisches, bis ihr Vetter sich endlich mit einem tiefen Aufstöhnen in sie ergoss.

*

Es war vorbei. Wilhelm zog sich die Hose zurecht und verließ wortlos die Küche. Terese richtete sich mühsam auf. Zitternd lehnte sie sich mit dem Rücken an die Wand, doch sie rutschte kraftlos daran entlang hinab und kauerte sich auf den Boden, während ihr stumme Tränen der Scham und Demütigung übers Gesicht liefen. Ihr ganzer Körper schmerzte, und ihr Unterleib brannte wie Feuer. Sie spürte etwas Heißes, Nasses zwischen ihren Schenkeln hervorrinnen und hatte das Gefühl, als wäre es ihr Leben, das da aus ihr floss. In diesem Augenblick wünschte sie sich, ebenso tot in einem dunklen Grab zu liegen wie ihr Onkel, keine Schmerzen mehr zu fühlen und alle Qual hinter sich lassen zu können. Denn wie sollte sie weiterleben – geschändet und gedemütigt von dieser Bestie, die ihr nicht nur ihre Unschuld und ihre Ehre, sondern auch ihre Zukunft genommen hatte?

Mit verweinten Augen sah sie auf, und ihr Blick fiel auf ein scharfes Messer, das in einem groben Hackklotz steckte. Sie wusste, dass es eine Todsünde war, Hand an sich zu legen, und dass man ihr ein christliches Begräbnis verweigern würde. Und doch erschien ihr diese Schmach in diesem Augenblick gering im Vergleich zu einem Leben, in dem die Erinnerung an diese Nacht nie verblassen würde.

»Terese? Bist du hier?«

Erschrocken drehte sie den Kopf und erblickte ihre Schwester, deren Blick über ihre zitternde Gestalt und das zerrissene Mieder glitt. Aus Florentins Gesicht wich jede Farbe. »Um Gottes willen, was ist passiert?«, fragte sie, während sie sich zu Terese herunterbeugte und ihr aufhalf. Taumelnd kam diese auf die Beine.

»Was zum …«, rief Florentin und blickte auf die Pfütze aus Blut und weißlichem Schleim, die sich zu Tereses Füßen gebildet hatte.

»Wilhelm«, schluchzte Terese, und da begriff die Schwester. Der Zorn ließ ihren Mund zu einem blassen Strich werden. »Ich bringe ihn um«, stieß sie hervor, und die kalte Wut, die in der geliebten Stimme lag, brachte Terese in die Wirklichkeit zurück.

»Nein, Florentin«, rief sie und griff nach dem Hemd der Schwester. »Bitte sag keinem ein Wort!« Ihre Augen tränten, und sie fühlte ihre Wangen vor Scham brennen, dennoch beschwor sie die Jüngere: »Niemand darf davon erfahren, hörst du? Wilhelm wird behaupten, ich hätte ihn herausgefordert«, sagte sie heiser. »Unsere Tante wird ihm glauben. Und Louise …«, sie schüttelte den Kopf, »kannst du dir vorstellen, wie unsere Base nur darauf lauert, allen zu erzählen, ich hätte ihren Bruder verführt?« Schluchzend raffte Terese das zerrissene Oberteil über ihrer Brust zusammen. »Du darfst mich nicht rächen, denn sonst musst du den Grund erklären. Das wäre mein Ende. Und das von unserer Familie!«

Florentin biss sich auf die Lippen, und Terese sah, wie es hinter ihren schmalen Zügen arbeitete. Schließlich nickte die Schwester widerwillig. »Gut, ich werde kein Wort verlauten lassen«, sagte sie und strich Terese sanft die verklebten Haare aus dem Gesicht. »Nun nimmst du erst einmal einen Schlaftrank zu dir«, murmelte sie dann und drückte die immer noch zitternde Terese sanft auf einen Hocker. »Unsere Mutter hat die Köchin vor ein paar Stunden um seine Zubereitung gebeten, und es ist noch etwas davon in eurer Kammer. Sie wird nicht merken, wenn du hereinkommst, denn sie schläft tief und fest.«

Terese nickte abwesend. Sie bebte noch immer heftig, und sie sah nur allzu deutlich, wie Mitleid und Schuldgefühl Florentin das Herz zerrissen und sie nach ihrem Degen tasten ließen. Doch dann riss sie sich zusammen und fasste Terese behutsam am Arm. »Ich bringe dich hinauf. Wilhelm wird dir nichts mehr tun. Nie mehr, das verspreche ich dir!«

Willenlos wie ein zahmes Hündchen folgte Terese Florentin die Stufen hinauf in die Gästekammer, in der sie mit der Mutter nächtigte. Wie Florentin es vorausgesagt hatte, schlief Maria von Rosenberg tief und fest. Behutsam half die Jüngere Terese, ihr zerrissenes, blutiges Unterkleid auszuziehen, und die ahnte, dass Florentin es später im großen Küchenofen verbrennen würde, in dem Tag und Nacht das Herdfeuer loderte. Dann brachte sie der älteren Schwester ein paar Leinentücher aus dem vollgestopften Wäscheschrank in der großen Halle. Terese sog heftig den Atem ein, als die Schwester ihr half, sich zu reinigen. »Mein gesamter Unterleib brennt und pocht, als hätte man ihn zerfetzt«, flüsterte sie erstickt, doch Florentin strich ihr sanft über das Haar und flößte ihr etwas von dem trüben, bitteren Gebräu des Schlaftranks ein. »Ich sehe gleich noch einmal nach dir«, versprach sie, als Tereses Augenlider schwerer wurden. Dann erhob sie sich leise und geschmeidig wie ein Luchs auf der Jagd und glitt aus dem Zimmer hinaus in die Dunkelheit.

*

Mit einem Schmerzenslaut fuhr Wilhelm aus seinem benommenen Branntweinschlummer. Eine schmale, harte Faust traf ihn an der sowieso schon geschwollenen Stelle seines Jochbeins, und er riss die Augen auf und starrte im trüben Mondlicht auf die schmale Silhouette seines Vetters Florentin, die über ihm aufragte. »Was willst du denn hier, mitten in der Nacht?«, nuschelte er und rieb sich verwirrt die schmerzende Wange, doch dann kamen langsam die Bilder der vergangenen Stunden zurück, und Wilhelm ahnte, dass sein schmächtiger Cousin davon erfahren hatte, was in dieser Nacht geschehen war. Und wenn schon, dachte er. Was tat seine Cousine Terese auch mitten in der Nacht alleine in der Küche – lediglich mit einem dünnen Hauskleid angetan, das ihre Formen mehr zur Schau stellte denn verbarg. Sie war selbst schuld gewesen, wenn sie mit diesem Aufzug das Begehren eines Mannes geweckt hatte!

Mit schmerzendem Kopf tastete Wilhelm nach den Erinnerungen, was eigentlich passiert war, ehe er in Küche gekommen war, den Branntwein im Blut und einen dumpfen Groll im Herzen. Langsam lichtete sich der Nebel in seinem Kopf. Er hatte beim Würfelspiel haushoch gegen ein paar Dorfburschen verloren und begonnen, sie aufs übelste zu beleidigen. Ihm war danach gewesen, einen Zorn, der bereits seit längerem in ihm geschwelt hatte, an irgendjemandem auszulassen. Die Beerdigung seines Vaters war für ihn kein Anlass zu trauern. Hatte Otto seinem Sohn doch noch ein paar Tage zuvor deutlich gemacht, was er von ihm hielt. Nämlich nicht viel. Obwohl ihn schon Krämpfe geplagt hatten und er von Fieberschüben geschüttelt worden war, die ihm den Schweiß in Bächen übers Gesicht rinnen und seinen Körper in unkontrolliertes Zittern verfallen ließen, waren seine Worte doch klar und schneidend scharf gewesen: »Bedauerlicherweise habe ich meine Hoffnungen vergeblich in dich gesetzt, Wilhelm. Sogar unser alter Hofhund hat mehr Verstand als du. Deine Mutter hat dich stets verwöhnt und aus dir einen willensschwachen Trunkenbold und Spieler gemacht. Am liebsten würde ich Louise mein gesamtes bescheidenes Vermögen vermachen, aber zu meinem Leidwesen betet sie dich an und würde dir alles geben, was du verlangst. Genau wie eure Mutter. Ich werde also in der Gewissheit sterben, dass du mein Geld so oder so durchbringst. Aber sei gewiss: Dein Lebenswandel wird dir kein Glück bringen!« Und mit diesen Worten hatte Otto von Rosenberg schwer atmend die Augen geschlossen und seinen Stammhalter mit einer matten Geste des Raumes verwiesen.

Zwei Tage später war er tot, ohne noch ein Wort mit seinem Sohn gewechselt zu haben. Es war ein unversöhnlicher Abschied gewesen, und sogar am Grab hatte Wilhelm den Unmut seines Vaters förmlich spüren können, der aus der Grube zu ihm heraufzudringen schien. Also hatte der junge Mann versucht, gegen seine Erinnerungen anzusaufen. Doch es hatte nichts geholfen; sein Zorn auf den Vater war mit jedem Humpen Bier und jedem Glas Branntwein gewachsen. Dass er nicht einmal ein simples Würfelspiel gewinnen konnte, hatte den brodelnden Hass in seinem Inneren zum Überlaufen gebracht.

Die drei Kerle im Wirtshaus hatten sich Wilhelms gelallte Unverschämtheiten eine Weile angehört, dann hatte der eine feixend bemerkt, wer ein großes Maul führe, habe meistens in der Hose nicht viel vorzuweisen. Die beiden anderen waren in wieherndes Gelächter ausgebrochen, und Wilhelm, bis ins Mark beleidigt, war so stürmisch aufgesprungen, dass der hölzerne Hocker nach hinten gekippt war, und hatte zum Schlag ausgeholt. Doch der Branntweinrausch hatte seine Bewegungen unsicher gemacht, und es war seinem Gegner daher ein Leichtes gewesen, Wilhelms Faust mit seiner riesigen Handwerkerpranke abzufangen und ihm gleichzeitig selbst die rechte Faust ins Gesicht zu rammen, wobei ein sattes Klatschen ertönt war. Wäre der Wirt nicht eingeschritten, hätte der Abend in einer Schlägerei geendet, aus der Wilhelm nicht so glimpflich herausgekommen wäre. Aber der Schenk hatte um seinen Lohn gefürchtet, den Wilhelm ihm nach vielen Gläsern schuldete, und trotz einiger Schrammen seines Gastes darauf bestanden, dass dieser bezahlte, ehe er das Gasthaus verließ.

Den ganzen Heimweg hatte Wilhelm gedemütigt zwischen Selbstmitleid und Rachegelüsten geschwankt, und als er seine zarte, hübsche Cousine am Herd hatte stehen sehen, hatte ihn eine zornige Gier übermannt. Zumindest einmal an diesem Tag hatte er jemandem beweisen wollen, dass er ein echter Mann war. Und bei Gott, genau das hatte er ihr gezeigt. Statt Schuldgefühlen verspürte Wilhelm bei der Erinnerung an Tereses Hilflosigkeit erneut eine böse Lust, die von ihm Besitz ergriff. Am liebsten hätte er das wimmernde Mädchen erneut mit Gewalt genommen und sich an seiner Angst berauscht.

Unvermittelt wurde Wilhelm aus seinen Gedanken gerissen, denn er fühlte etwas Kaltes, Spitzes an seinem Hals. Er schielte nach unten und sah erschrocken die Klinge eines blitzenden Dolchs, den Florentin ihm gegen die Kehle drückte. »Ich sollte dich aufschlitzen, du verdammtes Schwein. Oder dir den Schwanz abschneiden«, fauchte Florentin, und Wilhelm schnappte nach Luft.

»Aber weil ich kein Feigling bin, so wie du, und mich nicht über einen wehrlosen Säufer hermache, fordere ich dich im Morgengrauen zum Duell – bis zum ersten Blut. Ohne Sekundanten. Solltest du versuchen, mich zu betrügen, werde ich dich irgendwann hinterrücks umbringen. Und glaube mir, diese Gelegenheit wird kommen, du feiger Hund!«

Wilhelm hatte seine Fassung zurückgewonnen. Der kalte Zorn in Florentins Stimme entging ihm nicht, aber auch wenn er sich nicht zu bewegen traute – die Dolchspitze stach nach wie vor schmerzhaft in das Fett seines Halses –, gelang ihm doch ein überhebliches Lächeln. »Ich werde da sein, kleiner Vetter. Ohne Zeugen. Und das wird das letzte Mal gewesen sein, dass du deinen Schnabel so weit aufreißen konntest. Weil ich dich nämlich erst im Duell schlagen und dir anschließend die Zunge herausschneiden werde. Du hattest schon immer ein zu großes Mundwerk für deine Statur.«

Florentin musterte ihn abfällig. »Und du warst von Kindesbeinen an ein Grobian und Widerling. Ich erwarte dich pünktlich zu Sonnenaufgang.«

Gleich darauf war der Dolch von Wilhelms Kehle verschwunden, und er beobachtete kopfschüttelnd, wie sein schmalschultriger Cousin schattengleich davonhuschte. Bis zum ersten Blut – mit Florentin, der ihm körperlich weit unterlegen war. Das war ja lächerlich! Selbst mit mehreren Krügen Bier würde er seinen mickrigen Vetter beim Degenduell schlagen. Er war beinahe zwei Köpfe größer als Florentin, und gegen die Kraft, mit der er die Waffe führte, würde dieser keine Chance haben.

Ächzend stand Wilhelm auf. Er hatte brennenden Durst. Ein Krug Wasser mit etwas Hering in Petersil, der noch vom Leichenschmaus übrig war, würden gegen seinen schweren Schädel helfen. Während er sich schwerfällig in die Küche schleppte, malte Wilhelm sich genüsslich aus, wie er in ein paar Stunden den um Gnade winselnden Florentin mit der Klinge vor sich hertreiben würde. Nur schade, dass er ihn nicht umbringen durfte. Aber er würde seinem vorlauten Cousin ein paar Narben verpassen, die ihn ein Leben lang daran erinnern sollten, dass man sich besser nicht mit einem Wilhelm von Rosenberg anlegte.

Winter 1740
Gut Heinrich von Rosenberg, nahe der Freien Reichsstadt Nürnberg

»Kurze Beine wie ein Zwerg – das ist Florentin von Rosenberg«, sang Wilhelm laut und falsch, wobei er zu seinem kleinen Cousin schielte. Das Kind sah ihn mit aller Verachtung an, die es mit fünf Jahren aufbringen konnte.

»Ist er nicht gewitzt, mein Ältester?«, jubilierte Wilhelmine und sah den Freiherrn von Rosenberg beifallheischend an, während sie die knapp dreijährige Louise, ihren Nachzügler, auf den Knien schaukelte.

»Nun ja, verehrte Schwägerin, so könnte man es ausdrücken«, brummte Heinrich und musterte seinen Neffen, der sich gerade eine Handvoll Zuckertorte in den Mund stopfte, voller Abscheu. Wilhelm war ein unförmiger Junge von beinahe elf Jahren mit sandfarbenem Borstenhaar und feisten Wangen, die seine Augen zusammendrückten und seinem Blick etwas Verschlagenes verliehen. Nichts Edles oder Feines war in seinen Gesichtszügen. Heinrich blickte auf die dicken Finger, die sich in die Süßigkeit gruben, um sie dann direkt in den Mund zu schaufeln, und verspürte nichts als Verachtung. In seinen Augen war dieser Junge ein Ausbund an Plumpheit, Faulenzerei und primitiver Genusssucht.

Kurios, dass dies der Sohn meines Bruders sein soll, dachte Heinrich von Rosenberg missbilligend. Sein älterer Bruder Otto war, wie der Freiherr auch, von hochgewachsener Gestalt, hatte scharfgeschnittene Züge mit hohen Wangenknochen, eine kühn gebogene Nase und zeigte mit Mitte dreißig allerhöchstens einen kleinen Spitzbauch. Der Junge kommt nach seiner Mutter, über-

legte der Freiherr. Pikiert musterte er die ausladenden Hüften und die riesigen, vom Mieder kaum zu zähmenden Brüste seiner Schwägerin. Zwar hatte sie ein hübsches, wenn auch etwas nichtssagendes Gesicht mit einer leichten Himmelfahrtsnase und dichte, hellbraune Haare, aber ihre Gestalt war im Laufe weniger Jahre unförmig und matronenhaft geworden. Sie war die zweite Frau seines Bruders, nachdem Barbara, seine erste Gattin, vor neun Jahren jung und kinderlos an einer Lungenentzündung gestorben war. Wilhelmine dagegen hatte Otto bereits kurz nach der Vermählung einen Sohn geboren, was Heinrich stets mit Groll erfüllt hatte. Vor allem, als er den Blick bemerkte, mit dem Wilhelmine ihren dicken Sprössling betrachtete. Wie der Schlachter ein besonders saftiges Schwein. Und wenn er nicht aufhört, sich so vollzustopfen, verwechselt man ihn am Ende noch mit einem und er landet am Spieß, dachte Heinrich gehässig. Er schielte zu seinem Neffen und sah, wie der die Hand ausstreckte und Florentin verstohlen, aber kräftig in die Seite kniff, sodass sich das Gesichtchen des Kindes vor Schmerz verzog. Der Freiherr wollte schon auffahren und das missratene Balg seiner Schwägerin harsch maßregeln, da sah er Florentin zur Konfektgabel greifen und dem Cousin freundlich ein kandiertes Stück anbieten. Als Wilhelm gierig zugriff, drehte Florentin die Gabel geschickt herum, und die zwei Zinken bohrten sich in die pummeligen Finger des Jungen, der gellend aufschrie.

»Mein Katerchen, was hast du denn?«, rief Wilhelmine erschrocken, setzte Louise auf den Boden und zog den jammernden Wonneproppen an ihren Busen, sodass Heinrich kurz befürchtete, sie würde ihren Ältesten ersticken.

Florentin hatte wohl bemerkt, dass ihr Vater das Manöver durchschaut hatte, doch statt Schuldbewusstsein zu zeigen, reckte das Kind herausfordernd das Kinn und hielt dem Blick des Freiherrn stand. Unwillkürlich musste Heinrich lächeln und konnte sich eines Gefühls des Stolzes nicht erwehren. Während seine ältere Tochter Terese mit ihren dunkelblonden Haaren und rosigen Wangen seiner Frau Maria glich, besaß Florentin seine eigenen graublauen Augen und die dunklen, geschwungenen Brauen.

Mein Sohn, dachte Heinrich und verdrängte dabei wie immer die Wahrheit.

»Deinen Jüngsten sollte man Mores lehren«, fauchte Wilhelmine, die inzwischen von ihrem Sohn von Florentins Schandtat erfahren hatte.

»Quid pro quo«, *erwiderte der Freiherr vergnügt. Seine schlechte Laune über einen der ebenso zahlreichen wie unangekündigten Besuche seines Bruders samt Familie, die seit Jahren regelmäßig wie die Stechfliegen auf dem fränkischen Gut der Rosenbergs einfielen, besserte sich schlagartig. Am meisten aber freute ihn, dass seine Schwägerin, neugieriger als Nachbars Katze, nie hinter das Familiengeheimnis um Florentin gekommen war. Zwar hatte es sich Wilhelmine nicht nehmen lassen, ein paar Wochen nach der Geburt mit großem Auftritt bei ihnen zu erscheinen und ständig ihre lange, spitze Nase ins Gemach der Wöchnerin zu stecken, aber Maria von Rosenberg hatte es mit bewundernswerter Geschicklichkeit verstanden, ihr das Neugeborene stets frisch gesäubert und angekleidet zu präsentieren, und war nicht müde geworden, zu versichern, wie froh ihr Gatte über die Ankunft des lang ersehnten Sprösslings war. Bis heute hatte*

die Schwägerin keinen Verdacht geschöpft, und Florentin, ein temperamentvolles und furchtloses Kind, hatte nie den Eindruck erweckt, etwas anderes als ein Junge zu sein. Umso mehr gefiel es dem Freiherrn, wie tapfer Florentin seinem deutlich älteren und körperlich überlegenen Vetter entgegentrat.
Wie hätte er auch ahnen können, dass in diesem Augenblick der Grundstein einer Feindschaft gelegt worden war, die Jahre später ein tödliches Ende finden sollte.

Kapitel 4

20. März 1752 im Morgengrauen,
Stadthaus Otto von Rosenberg,
Fürstentum Ansbach

Vollständig angezogen und mit offenen Augen lag Florentin in ihrer Kammer und wartete. Sobald ein graublauer Schimmer am Horizont die tiefe Schwärze der Nacht ablöste, zog sie sich leise die Stiefel an und federte ein paar Mal probehalber in den Knien. Dann nahm sie ihren Degen und öffnete möglichst geräuschlos die Tür. Das ganze Haus lag noch schlafend, nur ein schmaler Streifen der Morgendämmerung, die durch das kleine Fenster im Gang fiel, zeigte ihr den Weg zur Treppe und von dort nach draußen. Vorsichtig einen Fuß vor den anderen setzend, schlich sie durch den Garten und zu dem Weg, der zu der großen Lichtung im Wald führte. Sobald sie außer Sichtweite war, begann sie zu laufen. Schon von weitem sah Florentin die massige Gestalt ihres Cousins, der im Gras zwischen glitzerndem Reif stand und zum Schein ein Duell focht. Als er sie kommen sah, verzogen sich seine wulstigen Lippen zu einem trägen Lächeln.

»Sieh an, kleiner Vetter. Ich hatte nicht erwartet, dass du erscheinst.«

»Ich habe dich zum Duell gefordert, und nichts könnte mich davon abhalten, dir deine hässliche Visage aufzuschlitzen«, erwiderte Florentin kalt.

Wilhelm kippte das Feixen aus dem Gesicht. »Du erbärmlicher …«, fing er an, doch Florentin schnitt ihm kühl das Wort ab: »Spar dir deinen Atem für das Duell. Du wirst ihn brauchen«, sagte sie ruhig.

Auge in Auge standen die beiden einander kurz darauf gegenüber, und ihr Atem stieg wie Drachenrauch in die kalte Morgenluft. Soeben ging die milchige Märzsonne hinter ein paar dichten, grauen Wolken auf und tauchte den Wald, die Lichtung und die Männer darauf in ein unwirklich-bleiernes Licht. Noch schien der Tag den Atem anzuhalten, nur das heisere Krächzen einer Krähe war der Beweis, dass es außer den beiden Duellanten noch Lebewesen hier draußen gab.

Florentin musste beinahe lächeln, als sie sah, wie Wilhelms Blick nervös umherschweifte. War ihr riesenhafter Cousin etwa abergläubisch und meinte, im Morgenschrei der Krähe sein Unheil nahen zu hören? Sacht schüttelte Florentin den Kopf. Wäre der grobschlächtige Mann ihr gegenüber nicht so überheblich und frei jeden Zweifels bezüglich der Rechtmäßigkeit seines Tuns, hätte er erkennen können, dass sein Schicksal nicht in Gestalt eines schwarzen Vogels auf dem Ast des toten Baumes saß, sondern mit gezücktem Degen vor ihm stand. Florentin war es recht so. Wenn Wilhelm zu dumm war, dies zu begreifen, würde er es ihr im Kampf umso leichter machen.

»Bist du bereit?«, fragte sie.

Jetzt blickte Wilhelm sie an, und seine Mundwinkel verzogen sich geringschätzig nach unten. »Schon lange«, gab er überheblich zurück.

Florentin prüfte kurz, ob ihr Degen auch gut in der Hand lag, dann streckte sie die Waffe diagonal vor sich, sodass die Spitze das Gras berührte, und Wilhelm tat es ihr gleich. Schweigend hoben beide anschließend gleichzeitig die Waffe senkrecht vor das Gesicht – die verpflichtende Respektsbekundung, die selbst dann nicht fehlen durfte, wenn ein Duell bis zum tödlichen Ende gefochten wurde.

»Bis zum ersten Blut«, wiederholte Florentin. Derjenige, der dem Gegner zuerst eine blutende Wunde zufügte, würde den Sieg davontragen.

Wilhelm nickte mit siegessicherer Miene. Die sollte ihm bald vergehen, schwor sich Florentin. *»En garde!«*, kommandierte sie, und beide stellten sich im vorgeschriebenen Abstand voreinander auf und gingen in Fechtstellung.

Florentin beobachtete ihren Cousin genau und bemerkte, dass er sein Gewicht statt mittig mehr auf das vordere Bein legte, seinen Körperschwerpunkt also nicht optimal nutzen würde.

»Prêts?«, kam Wilhelm ihr mit der Frage, ob sie zum Kampf bereit sei, zuvor, und Florentin nickte. Sie war darauf gefasst, dass er sie überrumpeln wollte und sofort angreifen würde, und sie behielt recht. *»Allez!«*, rief er.

Es ging los.

Kaum ausgesprochen, begann Wilhelm, seinen Gegner zu attackieren. Er versuchte einen Sturzangriff und warf sich in einer *Flèche* mit gestrecktem Degenarm nach vorn. Keine schlechte Eröffnung, aber statt des schnellen Schritts, den der Fechter bei diesem Angriff tun sollte, stürzte Wilhelm sich mit seinem nicht unbeträchtlichen Gewicht auf sie.

Wie dumm, dachte Florentin gelangweilt und wich seinem Angriff mühelos mit einer *Parade-Riposte* aus, wobei sie Wilhelm mit der Spitze ihres Degens spielerisch in seinen fetten Bauch piekste. Sie wollte den Vetter ärgern – und reizen. Was ihr mühelos gelang.

Mit einem Wutschrei machte Wilhelm einen großen Ausfallschritt und versuchte, Florentins Klinge mit einem *Coupé*-Stoß zu umgehen. Erneut parierte sie und griff ihn unmittelbar an, doch zu ihrer Überraschung hatte Wilhelm sich nun warm gefochten oder der Zorn verlieh ihm unerwartete Beweglichkeit. Jedenfalls erwiesen sich seine Paraden und Angriffe als gekonnter, als Florentin erwartet hatte. Doch duellierte er sich noch immer mehr mit Kraft denn mit Schnelligkeit, und diesen Vorteil musste sie nutzen. Schweigend kreuzten sie erneut die Klingen, und außer dem Keuchen der Duellanten war es still. Selbst die Krähen waren verstummt.

Die feuchte Nebelluft und die Hitze des Kampfes zeichneten ein feines Netz von Perlen auf Florentins Gesicht, und der Atem stand beiden in weißen Wolken vor den Gesichtern. Florentin lächelte schmal. Es wurde Zeit, die Sache zu beenden. Sie machte einen Ausfallschritt und führte eine Finte, um Wilhelm mit diesem Scheinangriff zu einer Parade zu verleiten. Prompt fiel er darauf herein, und Florentin schlug ihm mit einem *Battuta*-Stoß blitzschnell die Klinge seines Degens fort. Wilhelm war zu überrascht, um zu kontern, und so traf Florentin ihn genau dort, wo sie es geplant hatte. Sein Schrei hallte über dic einsame Wiese, und erschrocken flatterten zwei schwarze Vögel auf. Wilhelm hatte die Hand vor das Gesicht geschlagen, und als er sie zurückzog, tropfte von seinen Fingern frisches, warmes Blut. Der Schmiss zog sich von seinem rechten Ohr quer über die Wange. Fassungslos glotzte er auf seine blutigen Fingerspitzen; dann sah er Florentin an.

Kalt erwiderte sie seinen Blick. »Das wird dich stets daran erinnern, was du meiner Schwester angetan hast, du dreckiger Bastard«, spuckte sie ihm entgegen. Sie wusste, dass sie gut gezielt hatte. Wilhelm würde sein Leben lang eine hässliche Narbe zurückbehalten. Nicht genug Strafe für das, was er verbrochen hatte, fand Florentin, aber weiter konnte und durfte sie nicht gehen, sonst würde die Sache zu große Kreise ziehen.

Doch Wilhelm hatte sich inzwischen gefasst, und sein Entsetzen verwandelte sich in Wut. »Du verfluchte Missgeburt«, brüllte er und machte Anstalten, seinen Degen aufzuheben, der ihm bei dem schmerzhaften Treffer aus der Hand gefallen war. Blitzschnell ging Florentin erneut in Stellung. »Nur zu, Vetter, versuche es ruhig. Aber dann wird auch deine andere Gesichtshälfte eine Narbe zieren. Und ich schwöre dir, sie wird doppelt so lang und so tief wie die erste«, zischte sie.

Er musste gespürt haben, dass sie es ernst meinte, denn statt ihn aufzuheben, trat Wilhelm mit einem lauten, unflätigen Fluch gegen seinen Degen und betastete den Schnitt in seinem Gesicht. Die Wunde war nicht allzu tief, blutete jedoch heftig.

»Deine Mutter wird sicher wissen, wie sie die Blutung stillen kann. Doch wird sie nicht verhindern können, dass ihr Sohn auf ewig gezeichnet ist«, sagte Florentin spöttisch, während sie sich zum Gehen wandte. Wilhelm kauerte jammernd im Gras und wischte sich an den taufeuchten Halmen das Blut von der Hand.

Noch einmal drehte Florentin sich zu der Jammergestalt, die da hinter ihr hockte, um. »Bei jedem Blick in den Spiegel sollst du dein zerstörtes Gesicht sehen und daran denken, dass du dasselbe mit dem Leben meiner Schwester getan hast«, sagte Florentin leise. Dann wandte sie sich ab, um ihren Vetter mit seinem Blut und seiner Schuld zurückzulassen.

Doch sie war kaum drei Schritte gegangen, da hörte Florentin hinter sich ein leises Knacken. In einer fließenden Bewegung zog sie den Degen, während sie bereits herumwirbelte. Keinen Augenblick zu früh, denn Wilhelm hatte lautlos seinen Degen aufgehoben und wollte sich offenbar hinterrücks auf seinen Vetter stürzen, um ihm die Klinge zwischen die Schulterblätter zu rammen. Einzig das Geräusch seiner knackenden Knie beim Aufstehen aus der Hocke hatte ihn verraten.

Mit voller Wucht prallten die Waffen aufeinander. Florentin wusste, dass Wilhelm sich nun an keine Regeln mehr halten würde. Sein einziges Ziel war, seinen Gegner zu vernichten. Doch blinde Wut war kein guter Lehrmeister. Statt sich zu konzentrieren, hackte er in blindem Zorn auf Florentin ein. Sie parierte noch zwei Angriffe mit je einer Halbkreisparade, ehe sie ihn mit einer finalen *Riposte* endgültig außer Gefecht setzte – ein gezielter Streich mit der Klinge, und Wilhelm fiel die Waffe aus der kraftlosen Hand. Der Ärmel seines hellen Hemds färbte sich rot. Diesmal schrie er nicht, sondern starrte nur in stummer Überraschung auf die klaffende Wunde unter dem Riss im Hemd über seinem Oberarm. Sie war tiefer als der Schnitt im Gesicht, und das Blut schoss heraus, denn Florentin hatte sichergehen müssen, dass der Vetter nicht mehr würde kämpfen können. Er hätte sonst weitergemacht, bis einer von beiden auf dieser einsamen Wiese den Tod gefunden hätte.

»Geh nach Hause, und lass einen Arzt kommen. Meinetwegen kannst du behaupten, ein paar Wegelagerer hätten dich angegriffen. Ich werde über das schweigen, was an diesem Morgen geschehen ist. Und wenn du klug bist, tust du dasselbe. Ich mag in deinen Augen ein schmächtiges Kerlchen sein, aber ich vergesse nie ein Unrecht. Und wenn du dich noch einmal meiner Familie näherst, bringe ich dich um. Denk daran: Ich habe dir gerade bewiesen, dass ich es könnte!«

Damit ließ Florentin den Vetter endgültig stehen. Er würde sie nicht noch einmal hinterrücks angreifen, dafür hatte sie gesorgt. Während sie gemessenen Schrittes zum Haus zurückging, spürte sie Wilhelms bohrenden Blick in ihrem Rücken. Sie ahnte, dass er sich fragte, woher sie so gut fechten konnte – und dass sein Zorn mit der Zeit nicht abflauen, sondern wachsen würde. Aber es war ihr gleichgültig. Sollte er kommen, ihr auflauern, wann und wo immer er wollte. Sie war bereit.

Frühsommer 1743, Gut Heinrich von Rosenberg, nahe der Freien Reichsstadt Nürnberg

»Eure Mensur, verehrter Freund, achtet auf Eure Mensur!« Heinrich von Rosenberg ließ in gespielter Verzweiflung den Degen fallen und hob beide Hände. »Ich weiß, ich weiß, lieber Gottfried!«, sagte er lachend, »das habt Ihr mir bereits vor Jahren gesagt.«

»Und ich sage es immer wieder. Ohne den richtigen Abstand fechtet Ihr von vornherein auf verlorenem Posten!«

»Gut, also noch einmal. En garde. Et … Allez!«

Mit einem stählernen Sirren trafen die Degenklingen aufeinander. Nach kurzer Zeit waren die beiden Männer schweißüberströmt, aber diesmal hielt Heinrich von Rosenberg sich wacker. Die beiden Gegner schenkten einander nichts, und ihr heftiger Atem wurde nur manchmal von einem Laut des Triumphes unterbrochen, wenn einer von beiden einen Treffer landete.

Zum Glück saßen auf beiden Degenspitzen kleine, runde Eisenkugeln, die Verletzungen verhinderten und dem Duell etwas Spielerisches verliehen. Schließlich handelte es sich bei den beiden Fechtern um langjährige Freunde, die nur eine halbe Stunde Ritt voneinander entfernt wohnten und etwa alle zwei Wochen auf dem Gut der Rosenbergs die Klingen kreuzten. Mit einem Mal hielt Gottfried inne, und ein breites Grinsen huschte über sein schweißüberströmtes Gesicht. Wortlos deutete er mit einer Kopfbewegung nach rechts. Heinrich von Rosenberg drehte sich um und sah Florentin, seine siebenjährige Tochter, von der alle bis auf ihn und Maria überzeugt waren, es sei sein Sohn. In knielangen Hosen und barfuß, die Lippen in dem schmalen Gesichtchen vor Konzentration zusammengekniffen, focht Florentin mit einer Weidenrute als Waffe in heiligem Ernst ihr eigenes Duell mit einem imaginären Gegner. Ihren Vater und seinen Freund bemerkte das Kind nicht, so versunken war es.

Die beiden Männer beobachteten Florentin zunächst amüsiert, dann aber mit wachsendem Interesse. »Unterrichtet Ihr Euren Jüngsten?«, fragte Gottfried, und Heinrich schüttelte den Kopf. »Bisher nicht.«

»Dafür stellt der Bengel sich aber außerordentlich geschickt an«, stellte der Freund des Freiherrn fest. »Seht Euch nur einmal die Fußstellung an. Das muss er sich von mir abgeschaut haben. Eure Haltung ist nämlich erbärmlich, mein Lieber!«

Heinrich von Rosenberg stieß ihn zum Scherz in die Seite, doch auch er konnte kaum den Blick von Florentin wenden, die soeben einen Ausfallschritt machte, um den unsichtbaren Duellpartner mit einem geraden Stoß zu attackieren.

»Touché!«, *rief Gottfried lachend, und Florentin fuhr herum. Erschrocken gewahrte das Kind, dass es Publikum hatte. »Vater, verzeihen Sie, ich wollte nicht …«, stammelte Florentin, doch Heinrich von Rosenberg tätschelte seinem Kind wohlwollend den Kopf.*

»Du stellst dich gar nicht ungeschickt an, mein Junge«, lobte auch Gottfried. »Aber wenn du angreifst und den Arm streckst, darfst du nicht nach vorne fallen. Sonst verlierst du deinen Schwerpunkt, und es ist dem Gegner ein Leichtes, dich zu treffen. Halte den Oberkörper stets gerade. So!« Der Mann ging in Fechtstellung, und Florentin tat es dem Älteren sogleich nach.

»Und nun einen Ausfallschritt. Vorderes Bein zuerst – und sofort das andere nachziehen! Sieh, wie ich es mache.« Gottfried führte den Scheinangriff zwei Mal aus, ehe er sich Florentin zuwandte. »Jetzt du! Und vergiss nicht: Schritt und Armstreckung erfolgen beinahe gleichzeitig, in einer fließenden Bewegung. Allez, versuche es!« Heinrich von Rosenberg sah, wie Florentin mit vor Eifer roten Wangen den Anweisungen folgte, und steckte seufzend seinen Degen weg. Ein weiteres Duell mit seinem Freund konnte er für heute getrost vergessen – Florentin hatte einen Lehrer gefunden.

Kapitel 5

20. März 1752,
Stadthaus Otto von Rosenberg
im Fürstentum Ansbach

Am Morgen nach Ottos Beisetzung herrschte im Haus helle Aufregung. Wilhelmine kreischte in hohem Diskant, dass es bis in die hintersten Gemächer hallte. Notgedrungen und weil Florentin keinen Verdacht erregen wollte, musste sie sich aus ihrer Kammer nach unten begeben, wo sich bereits Maria von Rosenberg, noch leicht benommen vom Schlaf, eingefunden hatte. Auch Florentins Base Louise war da, die haselnussbraunen, langen Locken dramatisch zerzaust und ihr hübsches, wenn auch etwas einfältiges Gesicht mit den großen, leicht hervorstehenden, himmelblauen Augen in einem parfümierten Taschentüchlein vergraben, in das sie hineinschluchzte.

»Was ist denn geschehen?«, fragte Florentin pro forma, obwohl sie sich denken konnte, dass es um ihren Cousin Wilhelm ging. »Der leichtsinnige Kerl ist letzte Nacht mit fünf Burschen in Raufhändel geraten«, heulte Louise prompt.

Beinahe hätte Florentin gelacht. Der Vetter machte aus ihr also fünf riesenhafte Kerle. Sie biss sich auf die zuckenden Lippen, damit Louise ihr die Erheiterung nicht ansah. Doch die war in Gedanken bei ihrem Bruder. »Einer von ihnen hat ihm das Gesicht aufgeschlitzt!«, rief sie klagend.

Florentin wartete darauf, dass Louise auch Wilhelms deutlich schlimmere Schulterwunde erwähnte, aber sie drückte sich nur ihr Tuch vor den Mund und flennte stumm.

»Ist das alles?«, fragte sie ihre Base vorsichtig.

Zwei vorwurfsvolle Augenpaare hefteten sich auf sie. »Reicht das nicht?«, fauchte die Tante. »Was müsst ihr Mannsbilder auch stets in Schwierigkeiten geraten?« Ohne eine Antwort abzuwarten, wandte sie sich an eine Zofe, die ängstlich herumstand. »Wir brauchen Wasser, um den Schmutz aus der Wunde zu waschen«, kommandierte Wilhelmine.

Als das junge Mädchen nicht schnell genug reagierte, schrie sie es an. »Eil dich, dummes Ding!«

Die Kleine machte vor Angst einen Satz wie ein erschrockenes Reh und floh zur Tür hinaus.

»Schmutz?«, fragte Florentin, nun doch verwirrt. Die Klinge ihres Degens blitzte stets wie frisch geschmiedet. War Wilhelm etwa aufgrund des Blutverlustes mit dem Gesicht voran zu Boden gestürzt? Nun bekam sie doch noch leichte Schuldgefühle.

»Er hat drei von den Kerlen verprügelt, und sie sind weggerannt!«, berichtete Louise voll Stolz den vermeintlichen Hergang des Angriffs. »Doch dann haben die zwei anderen Wilhelm zu Boden geworfen. Einer hat den Degen gezogen und ihn verletzt. Doch er hat sich tapfer geschlagen, auch wenn sein Gesicht und seine Kleidung vor Schmutz gestarrt haben, als er heute früh nach Hause kam.«

Von wegen, dachte Florentin empört. Wilhelm hatte sich bestimmt selbst den Dreck ins Gesicht gerieben, um seiner Lügengeschichte mehr Glaubwürdigkeit zu verleihen. Wohlweislich schwieg sie jedoch und wandte sich zum Gehen. Weder verspürte sie Lust, sich weitere Geschichten über Wilhelms erfundene Heldentat anzuhören, noch wollte sie ihrem

Cousin begegnen. Offenbar war die Wunde am Oberarm doch nicht so tief, dass er es für nötig gehalten hätte, seiner Mutter davon zu berichten, geschweige denn, sie von einem Arzt versorgen zu lassen. Es konnte ihm daher nicht allzu schlecht gehen.

»Lass uns aufbrechen, Mutter. Wir haben einen langen Heimweg vor uns«, sagte Florentin und berührte die Freiherrin sanft am Arm.

»Du hast recht«, sagte Maria und wandte sich höflich an Wilhelmine: »Terese ist auch nicht wohl, und ich möchte dich, liebe Schwägerin, nicht länger inkommodieren.«

Die Tante nickte nur zerstreut, denn in diesem Moment kam das Hausmädchen mit einer Schüssel heißen Wassers und einem sauberen Linnentuch. »Ich muss zu Wilhelm. Er liegt in seiner Kammer«, seufzte seine Mutter.

»Ich komme mit«, rief Louise eifrig, und ohne einen Gruß für ihre Verwandten eilte sie voraus.

»Ihr müsst verzeihen, sie macht sich große Sorgen um ihren Bruder«, säuselte Wilhelmine, ehe sie erst der Mutter und dann Florentin die Hand zum Abschied reichte.

Nach einigen Höflichkeitsfloskeln konnten die beiden endlich das Zimmer verlassen, und Florentin ging, um nach Terese zu sehen. Bleich und geschwächt kauerte die junge Frau auf einem grünsamtenen Fauteuil mit gepolsterten Armlehnen, doch als sie ihre jüngere Schwester sah, versuchte sie ein Lächeln. »Florentin, wo warst du? Mutter hat vorhin nach dir gesucht«, sagte sie. »Ich habe ihr gesagt, du seist wieder einmal spazieren gegangen«, beruhigte Terese, als sie die erschrockene Miene der Jüngeren sah.

Florentin atmete auf. »Danke. Ich war wirklich draußen.«

Das Lächeln schwand aus Tereses Gesicht. »Was hast du dort getan?«, wollte sie wissen.

»Keine Angst, ich habe niemandem etwas von gestern Nacht gesagt«, versuchte Florentin sie zu beruhigen, aber die Ältere sah sie unverwandt an, sodass sie gestand. »Ich habe mich mit Wilhelm duelliert.«

Die Schwester sog scharf den Atem ein. »Also hast *du* ihm die Verletzung im Gesicht beigebracht«, flüsterte sie.

Florentin nickte. »Er durfte nicht ungestraft davonkommen!«, rechtfertigte sie sich.

Terese schüttelte den Kopf, aber Florentin sah ein winziges Lächeln, das ihre Mundwinkel hob. »Auch wenn ich mich versündige, aber … ich gönne ihm die Narbe!«, stieß sie hervor.

Zärtlich schloss die Jüngere ihre Schwester in die Arme. »Seine Narbe wird bleiben, aber du wirst das Schreckliche vergessen«, redete sie Terese zu, »irgendwann.«

Florentin spürte den Seufzer mehr, als dass sie ihn hörte. »Ja, irgendwann«, wiederholte die Ältere leise. Dann schob sie ihre kleine Schwester sanft von sich und begann, ihre wenigen Habseligkeiten in den alten, bereits etwas schäbigen Koffer zu packen. Auf einmal hielt sie ein Kropfband aus schwarzem Samt hoch. »Das hat Louise mir für die Trauerfeier unseres Onkels geliehen, weil ich meines daheim habe liegenlassen. Aber ich habe Angst, es zurückzubringen. Wenn Wilhelm …«

»Ich werde es ihr geben«, fiel Florentin ihr ins Wort und nahm das Halsband an sich. Tereses erleichtertes Lächeln im Rücken, huschte sie aus der Tür und den Flur entlang und in Louises Zimmer. Sie hoffte, die Base wäre noch bei ihrem Bruder, sodass sie ihr den Schmuck einfach in die Kammer legen könnte, und tatsächlich hatte sie Glück: Das Zimmer war leer. Behutsam ließ Florentin die Kette auf das Tischchen mit den zierlich geschwungenen Beinen gleiten und wandte sich schon zum Gehen, da fiel ihr Blick auf einen Bogen Papier, der mit geschwungener Schrift bedeckt war. Florentin wusste nicht, was sie bewog, näherzutreten und zu lesen, was daraufstand. War es die Angst, jemand außer Terese und ihr könnte doch von Wilhelms Schandtat erfahren haben? Oder geschah es aus purer Neugierde?

»Geliebter Wilhelm«, las Florentin und stutzte. Wieso schrieb Louise ihrem Bruder einen Brief? Oder war er nicht von ihr, und sie hatte ihn entwendet? So schändlich es auch war, fremde Post zu lesen, so wenig konnte Florentin ihre Wissbegierde zügeln.

Schnell war ihr klar, dass Louise tatsächlich die Verfasserin sein musste. Der Brief war in schwärmerischem Ton verfasst und handelte hauptsächlich davon, was für ein wundervoller Bruder Wilhelm war. Florentin wollte sich bereits angewidert abwenden, als ihr Blick an einem Satz hängenblieb: »Nie werde ich deinen Kuss vor einigen Tagen vergessen, auch wenn er nicht war wie die vorigen, brüderlichen Küsse, die du mir gabst. Oh, Wilhelm, ich ahne, dass wir dies nicht wiederholen dürfen, jedoch …«

Hier brach der Brief ab. Florentin ließ den Blick wandern und sah, dass das Tintenfass offen war. Louise schien in großer Eile gewesen zu sein, als sie aufhörte zu schreiben. Offenbar hatte sie den Brief am frühen Morgen begonnen, aber dann war ihr Bruder mit seiner blutenden Wunde nach Hause gekommen, und sie hatte über der Aufregung ihr Schreiben vergessen.

Kurz zögerte Florentin, doch dann faltete sie das Papier vorsichtig zusammen und verbarg es in dem Wams ihrer Männerkleidung. Es mochte infamer Diebstahl sein, doch Florentin tat es nicht aus Rache, sondern um ihre Schwester zu schützen. Sollte Wilhelm doch einmal Louise von der verhängnisvollen Nacht erzählen, hätte Florentin den Brief als Pfand, um die vorlaute, klatschsüchtige Base zum Schweigen zu bringen. Und deren Bruder dazu. Denn wenn die Tante von den offenbar mehr als geschwisterlichen Gefühlen ihrer beiden Kinder zueinander erfahren würde, wäre sie außer sich. Und käme das pikante Schreiben gar an die Öffentlichkeit, wäre der Skandal perfekt. Immerhin hatte Louises und Wilhelms Vater Otto eine ziemlich hohe Stellung in dem kleinen Städtchen genossen, obwohl er kein Fürst oder Herzog, sondern nur ein Freiherr von unterem Stande war. Doch ein solcher Brief und die darin offenbarte Sünde der Geschwister würde den Toten noch im Nachhinein in Verruf bringen – ganz zu schweigen von seinen noch lebenden Familienmitgliedern.

Schuldgefühle hatte Florentin nicht, denn gegen das Leid, das Wilhelm ihrer Schwester Terese zugefügt hatte, war ein Briefdiebstahl in ihren Augen ein geringes Vergehen. Vielleicht würde ihr Wissen ihr eines Tages nützlich sein.

Kapitel 6

29. März 1752,
Gut Heinrich von Rosenberg

»Wilhelm ist tot!« Mit diesem Ausruf stürzte Terese in die Küche des fränkischen Gutes, wo Florentin gerade versuchte, die kurze Abwesenheit der alten, mürrischen Köchin auszunutzen und ein wenig vom übrig gebliebenen Mittagsmahl zu stibitzen. Das junge Mädchen war zwei Stunden lang ausgeritten und hatte Hunger. Bei Tereses Worten fiel ihr jedoch die Suppenkelle in den Topf, aus dem sie sich gerade hatte bedienen wollen.

»Wilhelm?«, echote Florentin ungläubig, während gleichzeitig ein kalter Schrecken ihre Glieder lähmte, wie unversehens einsetzender Frost. »Aber …«

»Er hatte seit drei Tagen hohes Fieber, und niemand wusste, woher«, sagte Terese und wedelte mit einem Stück Pergament, das ein gebrochenes Siegel mit dem Familienwappen der von Rosenbergs trug. »Das schreibt die Tante. Der Arzt dachte, es sei der Frühjahrs-Katarrh, und verabreichte Dämpfe zum Inhalieren. Erst, als das Fieber so weit angestiegen war, dass der Vetter wirr zu reden anfing, zog man ihm die Kleider aus. Da entdeckten sie eine Wunde am Oberarm …«

Florentin schloss die Augen, aber das Bild von Wilhelms blutbeflecktem Hemd schob sich trotzdem vor ihr Gesicht.

Erneut sah sie sich mit gezücktem Degen herumwirbeln und ihrem Cousin einen tiefen, klaffenden Schnitt beibringen. Durch das Rauschen in ihren Ohren hörte Florentin Terese gedämpft berichten, dass diese Wunde sich wohl entzündet und zu eitern begonnen hatte. Wilhelm hatte niemandem davon erzählt und den blutenden Schnitt scheinbar selbst verbunden. Und so hatte die unbehandelte Wunde sein Blut vergiftet. »Es waren schon rötlich-schwarze Flecken bis zur Achsel hinauf zu sehen, schreibt die Tante«, fuhr Terese fort. »Woher die Verletzung stammte, konnten sie ihn jedoch nicht mehr fragen. Noch in derselben Nacht starb unser Vetter.«

Florentin schluckte. Ein heftiger Widerstreit von Gefühlen spielte sich in ihrem Inneren ab. Da war die Erleichterung, dass die Blutvergiftung Wilhelms eigene Schuld gewesen war und nur daher rührte, dass er seine schändliche Niederlage bei dem Duell nicht hatte eingestehen wollen. Aber es meldete sich auch Florentins Gewissen, weil sie es gewesen war, die ihm die Verletzung beigebracht hatte. Obwohl es aus reiner Not geschehen war. Wilhelm hatte sie hinterrücks angreifen und niederstechen wollen. Eigentlich hätte sie ihren Vetter sogar töten dürfen, denn eine solch feige Attacke galt beim Duell als Todsünde. Trotzdem empfand Florentin nun Schuld. Nicht darüber, dass ihr Cousin hatte sterben müssen, sondern weil sie keinen Deut Trauer über dessen Tod empfand.

Florentin hob den Kopf, sah ihre Schwester an und las in deren Augen die gleichen widerstreitenden Gefühle. Wortlos zog sie die Ältere an sich, und obschon die Schwester Kleider und Florentin selbst Hosen trug, waren ihre Herzen in diesem Augenblick gänzlich verbunden.

»Nun müssen wir erneut zur Tante und unser Beileid aussprechen«, murmelte Terese, und Florentin merkte, wie sehr es der Älteren davor graute, an Wilhelms Grab zu stehen und Betroffenheit über den Tod eines Mannes zu heucheln, der ihr nicht nur ihre Unschuld, sondern auch die Seele geraubt hatte.

»Ich komme mir vor, als könne ich nie wieder Freude empfinden – oder gar Liebe«, hatte Terese am Abend der Heimkehr auf das heimatliche Gut geschluchzt. Zwar war es der Schwester gelungen, ihre Qual vor den Eltern zu verbergen, doch kaum dass sich die Tür zu ihrer Kammer geschlossen hatte, waren ihre Tränen geflossen, als wollten sie nie wieder versiegen. Wortlos hatte Florentin bei ihr gesessen und sie im Arm gewiegt, als sei sie die Ältere und ihre Schwester noch ein Kind. Erst nach Stunden hatte Terese sich etwas beruhigt.

»Du wirst dem Vater und der Mutter sagen, dass du unpässlich bist und die lange Fahrt unmöglich überstehen würdest«, sagte Florentin jetzt, und noch ehe Terese – die gute, ehrliche Seele – protestieren konnte, fuhr sie fort: »Der Vater war bei der Beerdigung des Onkels auch krank. Du könntest dich bei ihm angesteckt haben. Die Tante hat ja schon gesehen, dass du am Tag der Abreise nicht wohlauf warst. Jeder wird dir glauben. Und diese Lüge ist allemal besser, als am Grab des Vetters stehen zu müssen, der dir Schlimmes angetan hat!«

Terese starrte zu Boden, und die Jüngere sah, wie der Brief mit der Handschrift ihrer Tante in ihren Fingern zitterte.

»Du hast recht«, sagte sie schließlich. »Ich hätte Angst, vor Abscheu das Bewusstsein zu verlieren, wenn ich so tun müsste, als empfände ich Bedauern über seinen Tod.«

Florentin nickte. Auch sie würde sich beherrschen müssen, nicht vor Verachtung in das offene Grab zu spucken. Doch da es zu auffällig gewesen wäre, wenn auch sie mit Abwesenheit glänzte, blieb die noch immer bleiche und geschwächte Terese letztlich in der Obhut der resoluten Haushälterin zurück, und Florentin machte sich allein mit ihren Eltern auf den Weg zu der Trauerfeier.

*

Wilhelmine war innerhalb weniger Tage zu einem Häuflein Gram und Elend zusammengeschrumpft. Laut weinend fiel sie erst ihrem Schwager, dann Maria um den Hals. Florentin ignorierte sie. »Mein Wilhelm, mein Sonnenschein, mein Katerchen!«, rief sie immer wieder. »Nun ist er tot, genau wie sein Vater! Auch mein Leben ist verwirkt!«

»Unsinn, liebe Schwägerin!«, polterte Heinrich von Rosenberg streng. »Sosehr ich Ihren Gram verstehen kann, aber denken Sie an Ihre Tochter! Louise braucht Sie jetzt mehr denn je!«

Das bezweifelte Florentin, als sie ihre Cousine sah. Das junge Mädchen hatte sich einen wuchtigen Lehnsessel vor ein Ölporträt seines Bruders stellen lassen, kauerte in dem Fauteuil und starrte wie im Gebet auf das gemalte Antlitz Wilhelms, das ein gnädiger Maler mit etwas markanteren Gesichtszügen und etwas weniger Verschlagenheit im Blick ausgestattet hatte.

Beim Geräusch der Schritte hob Louise den Kopf, und ihre waidwunde Miene verwandelte sich beim Anblick Florentins jäh in blanken Hass. »Du!«, stieß sie hervor. »Du wagst es, hierherzukommen!«

Also musste Wilhelm ihr vor seinem Tod etwas erzählt haben. Zum Glück waren die beiden alleine im Raum, und Florentin beschloss, erst einmal schweigend abzuwarten, was die Base ihr noch zu sagen hatte.

»Einen Wehrlosen hinterrücks zu attackieren, ist schändlich!«, rief diese mit tränenerstickter Stimme.

»Ganz recht. Dann müsstest du ja wissen, warum ich mich gegen deinen geliebten Bruder beim Duell zur Wehr gesetzt habe«, erwiderte Florentin ruhig.

Louise riss ihre blauen Puppenaugen auf, die vom Weinen geschwollen waren und dadurch noch mehr hervorstanden als sonst.

»Du lügst!«, stieß sie hervor.

»Keineswegs, Cousine. Wilhelm hat mich angegriffen, nachdem ich ihm bereits den Rücken zugewandt hatte. Wäre dein Bruder etwas beweglicher gewesen, hätte er vielleicht sogar Erfolg damit gehabt, mich zu töten.«

»Wilhelm hätte so etwas niemals getan. Er war ein guter Mensch«, widersprach Louise heftig.

Ihre Verblendung trieb Florentin zur Weißglut. Wilhelm ein guter Mensch? Der Mann, der ihrer Schwester so brutal Gewalt angetan hatte, dass sie noch drei Tage später kaum hatte gehen können? Florentin biss die Zähne zusammen und zwang sich zur Ruhe. Trotzdem konnte sie nicht verhindern, dass ihre Stimme vor Spott triefte. »Oh, natürlich. Bestimmt ist er nur mit gezückter Waffe aufgesprungen, um ein paar Fliegen zu verscheuchen, die sich auf mich stürzen wollten.«

Louises Augen verengten sich zu Schlitzen. »Du hast Wilhelm zum Duell gefordert! Und nun ist er tot. Nur, damit du nicht als Verlierer dastehst. Wenn ich dir nur das Geringste beweisen könnte, stündest du jetzt nicht hier, sondern würdest in einem Verlies schmoren!«

»Ach, dein lieber Bruder hat dir also nicht erzählt, was der Grund für das Duell war?« Die Worte waren aus Florentins Mund, ehe sie darüber nachdenken konnte, und sie hätte sich gleich darauf am liebsten auf die Zunge gebissen.

Louise starrte ihren Vetter lauernd an.

»Es geht dich auch nichts an«, fuhr Florentin fort, um Fragen zuvorzukommen. So gerne sie Louise alle Illusionen bezüglich ihres Bruders genommen hätte – sie durfte Terese nicht verraten. Deren Geheimnis musste gewahrt bleiben, vor allem vor der durchtriebenen Cousine.

Doch die witterte natürlich, dass Florentin etwas zu verbergen hatte, und ihre Augen sprühten vor Zorn, weil sie gleichzeitig wusste, dass sie es nicht erfahren würde, da der einzige Mitwisser tot war.

»Fühl dich ja nicht zu sicher! Irgendwann kommt der Tag …«, hub sie dramatisch an, aber Florentin wandte sich ab und ließ sie einfach mitten im Satz stehen. Die gesamte Familie begann allmählich, ihr ernsthaft zuwider zu werden.

Doch das Schlimmste stand ihr noch bevor. Ehe Nachbarn und Verwandte Wilhelm zu Grabe trugen, hatte seine Mutter bestimmt, dass die Trauernden sich in ihrem Hause am offenen Sarg von dem Verstorbenen »verabschieden« sollten, wie sie sagte. Florentin wäre dieser Zeremonie am liebsten ferngeblieben, aber das kam natürlich nicht in Frage. Und so stand sie kurz darauf im Salon vor dem verhassten Cousin, der inmitten weißer Seidenkissen und kostbarer Spitze in seinem Sarg lag und trotz des verschwenderisch aufgetragenen Puders und Lippenrots auch im Tod nicht ansehnlicher wirkte als im Leben. Seine Mutter, die als Erste zu seinem Leichnam ging, blickte auf ihn hinunter, dann legte sie den Kopf in den Nacken, und ihre Stimme drang laut klagend gen Himmel. Im ersten Augenblick dachte Florentin, es wäre wegen des Zuviels an weißem Puder und Wangenrot, das den Toten geradezu grotesk aussehen ließ, doch dann schalt sie sich selbst als herzlos. Die Trauer ihrer Tante war echt – und nicht zu überhören.

»Warum er? Warum mein Sohn?«, schrie sie schrill, und flüchtig überlegte Florentin, wie sich das für die arme Louise anhören mochte. Bedauerte die Tante etwa, das falsche Kind verloren zu haben?

»Er war eine reine Seele und hatte ein solch gutes Herz, mein Wilhelm«, jammerte die Tante weiter, und Florentin betete, diese Zeremonie möge endlich vorübergehen. Mit ihrem Vetter war ein ebenso grausamer wie skrupelloser Mensch gestorben. Kurz bevor sie mit ihren Eltern zur Tante aufgebrochen war, hatte Terese ihr noch berichtet, dass sie einmal als Kind beobachtet hatte, wie Wilhelm einer dieser dünnbeinigen Spinnen, die man »Weberknechte« nannte, ein Bein nach dem anderen ausgerissen hatte. »Er tat es langsam, und sein Gesicht trug dabei einen seltsamen Ausdruck von Zufriedenheit«, hatte Terese gesagt. »Dazwischen ließ er das arme Tier immer wieder los. So als wollte er wissen, wie lange es mit seinen übrigen Beinchen noch laufen könne, ehe er es wieder einfing.« Sie hatte krampfhaft geschluckt und kaum hörbar hinzugefügt: »Daran musste ich denken, als er in dieser Nacht im Türrahmen stand. Da hat er mich mit demselben Blick angesehen …«

Ein erstickter Weinkrampf Wilhelmines brachte Florentin in die Gegenwart zurück. Die Tante war offenbar einer Ohnmacht nahe. Vorsichtig fassten Heinrich und Maria von Rosenberg die Schluchzende unter den Armen und führten sie aus dem Zimmer.

Schweigend ließ Florentin alle Nachbarn und entfernten Verwandten an sich vorbei zu Wilhelms Sarg defilieren. Einzelne Wortfetzen wie »Welche Tragödie« oder »Die bedauernswerte Wilhelmine grämt sich fast zu Tode« drangen an ihr Ohr. Sie wartete, bis der Letzte das Zimmer verlassen hatte, und wandte sich dann ebenfalls zum Gehen – ohne noch einmal zu dem aufgebahrten Vetter gegangen zu sein.

»Ja, flieh nur feige vor deiner Schuld«, hörte sie da hinter ihrem Rücken eine Stimme zischeln. Einen flüchtigen Schreckensmoment lang glaubte Florentin tatsächlich, der Tote hätte gesprochen. Dann aber sah sie Louises Silhouette, die sich aus dem Schatten einer Zimmerecke schälte. Sie hatte sich in einen Winkel des Salons verzogen, von wo aus sie ihren Cousin beobachtete.

Die beiden waren allein im Zimmer. Trotzdem wollte Florentin aus Respekt vor der Tante keinen erneuten Streit heraufbeschwören. »Lass es gut sein, Cousine«, sagte sie ruhig.

Doch das junge Mädchen dachte gar nicht daran. Mit zwei schnellen Schritten war sie bei ihr, grub ihre Finger tief in Florentins Arm und krallte ihre spitzen Nägel derart tief in den Ärmel ihres Hemdes, dass Florentin Angst hatte, sie würde den Stoff zerreißen.

»Nach der Bestattung werde ich meiner Mutter berichten, dass du es warst, der sich mit Wilhelm duelliert und ihn verwundet hat«, drohte sie und sah ihren Cousin mit fiebrigen Augen an. Ein hässliches Lächeln verzerrte ihre Züge. »Der Mord an meinem Bruder wird nicht ungesühnt bleiben, verlass dich darauf!«

Einige Herzschläge lang verspürte Florentin ein erstickendes Gefühl der Angst. Wer würde ihr glauben, wenn Louise diese Anschuldigungen erhob? Wilhelmine sicher nicht. Und wenn Florentin versuchen würde, zu widersprechen, war sie gezwungen, zu erzählen, was in jener Nacht wirklich geschehen war. Dann würden alle erfahren, dass Wilhelm ihre Schwester aufs widerwärtigste geschändet hatte. Nicht auszudenken, wie Terese sich danach fühlen musste. Nein, das konnte sie nicht zulassen. Nicht zuletzt traf sie ja keine Schuld an Wilhelms Tod. Allein sein falscher Stolz war ihm zum Verhängnis geworden.

Doch ein Blick in das unversöhnliche Gesicht der Base genügte, und Florentin wusste, dass Louise nicht von ihrem Vorhaben abrücken würde. Voller Zorn über den Dickschädel des knapp zwei Jahre jüngeren Mädchens packte sie die Base grob am Arm und schleifte sie trotz deren heftiger Gegenwehr an die rechte Seite des Sarges. Mit beiden Händen griff Florentin nach dem Totenhemd, zog daran, und mit einem hässlichen Reißen gab der Stoff nach. Louise schrie auf. Die Wunde am Oberarm des Leichnams hob sich in einem dunklen Rot von der im Tod noch bleicher gewordenen Haut ab. Die Wundränder waren aufgeworfen und purpurn verfärbt. Der längliche Schnitt war mit weißlich-gelbem Eiter verklebt, obwohl man den Toten gewaschen hatte. Wahrhaftig kein schöner Anblick. Dennoch stieß Florentin Louise vorwärts.

»Sieh genau hin!«, kommandierte sie. »Die Verletzung war weder tief noch tödlich. Aber dein Bruder war zu hochmütig, sie behandeln zu lassen. Wilhelm starb durch eigene Schuld an der Vergiftung seines Blutes!«

Mit einer Kraft, die sie ihrer Cousine nicht zugetraut hätte, riss diese sich los und funkelte Florentin hasserfüllt an. »Aber durch deinen Degen wurde er verwundet. Du hast ihn mir weggenommen! Ich habe meinen Bruder geliebt! Und er mich auch.«

»Du kannst froh sein, dass es bei einem Kuss zwischen euch geblieben ist«, gab Florentin hitzig zurück. »Ich fürchte, du hättest sonst eine böse Überraschung erlebt.«

Sie hatte erneut gesprochen, ohne nachzudenken, und erst jetzt ging ihr auf, dass sie soeben eine große Dummheit begangen hatte. Louise musste klarwerden, dass nun noch jemand von den Zeilen wusste, die sie kurz vor Wilhelms Verwundung an ihren Bruder verfasst hatte.

Zuerst sagte ihre Cousine kein Wort. Nur ihr Gesichtsausdruck wechselte von Zorn über Verwirrung zu Verunsicherung. Langsam aber begriff sie. Ihr Mund klappte ein paar Mal auf und zu, ehe sie heiser flüsterte: »Du hast meinen Brief gelesen!«

»Wie gut, dass dein Vater darauf bestanden hat, dich Lesen und Schreiben zu lehren«, sagte Florentin kühl, »sonst hätte ich jetzt nichts gegen dich in der Hand.«

»Das … das verstehst du falsch. In Wahrheit verhält es sich anders, als du glaubst …«, stammelte Louise angstvoll, aber sie war nun unter ihrer Schminke beinahe so weiß wie der Puder, den sie über Stirn und Wangen gestäubt hatte.

»Siehst du wohl, da haben wir etwas gemeinsam. Auch bei mir und Wilhelm verhält es sich in Wahrheit anders, als *du* glaubst«, lächelte Florentin. »Deshalb mache ich dir ein Angebot: Schweigen gegen Schweigen. Du behältst dein Wissen über das Duell für dich. Dafür behalte ich *mein* Wissen über deine Zeilen an deinen Bruder für mich. Denn deine Frau Mutter wäre sicher nicht erbaut, wüsste sie um die Gefühle, die du Wilhelm entgegengebracht hast. So gesehen kannst du froh sein, dass ich den Brief gefunden habe und nicht eure Zofe – oder sogar deine Frau Mutter. Immerhin ist die gute Wilhelmine strenggläubig und würde deinen Brief sicher missbilligen, wenn sie ihn zu Gesicht bekäme.« Florentin hatte in freundlichem Ton gesprochen, aber die Drohung in ihren Worten war unmissverständlich.

Aus Louises Blick sprach der blanke Hass, aber sie war machtlos – und außerdem nicht dumm. Schließlich nickte sie mit zusammengepressten Lippen. Florentin nickte ebenfalls schweigend und schickte sich an, endlich das Zimmer zu verlassen. Doch kurz bevor sie die Tür erreichte, hörte sie Louises Stimme. Ihre Worte waren leise, und doch brannten sie sich Florentin tief ins Gedächtnis: »Irgendwann wird die Zeit kommen, in der du für all das büßen wirst, Florentin von Rosenberg!«

Kapitel 7

Mai 1752,
Gut Heinrich von Rosenberg

Terese, was ist mit dir?« Florentin hatte ihre Schwester hinter dem Pferdestall gefunden. Sie stand vornübergebeugt und rang nach Luft. »Hast du Schmerzen?«, erkundigte sich die Jüngere besorgt.

Terese schüttelte den Kopf und wollte etwas erwidern, doch ein Würgereiz schüttelte sie, und statt einer Antwort erbrach sie sich heftig auf den staubigen Boden der Koppel.

»Komm mit mir ins Haus, die Köchin soll dir etwas gegen Magenkrämpfe geben«, forderte Florentin und streckte den Arm aus, um die junge Frau zu stützen.

Terese blickte hoch. Ihre Augen waren rot und geschwollen. »Gegen meine Beschwerden gibt es kein Mittel, Florentin«, flüsterte sie kaum hörbar.

Florentin sah sie verständnislos an. Tereses Lippen, weiß, beinahe bläulich in ihrem ebenfalls leichenblassen Gesicht, bewegten sich kaum, als sie sprach. »Ich bekomme ein Kind.«

Nun wich auch aus Florentins Gesicht das Blut. Dank der Tatsache, dass sie als Junge aufgewachsen war, hatte sie schon mit zwölf Jahren von einigen Dorfburschen erfahren, was es mit Mann und Frau auf sich hatte und wie Kinder gezeugt wurden. Die Jungen im Dorf, mit denen sie ab und zu zum

Spiel focht oder Wettrennen mit den Pferden veranstaltete, nahmen bei den Beschreibungen, was zwischen Männern und Frauen nachts im Alkoven geschah, kein Blatt vor den Mund. Florentin hatte jedes Mal versucht, sich ihr Entsetzen nicht anmerken zu lassen. Bis dahin hatte sie keine Ahnung gehabt und stets geglaubt, sobald ein Paar heiratete, stellten sich die Kinder von alleine ein. Doch dank der ziemlich rauen Aufklärung durch die Dorfburschen musste Terese ihr nun nichts mehr erklären. Wilhelm hatte sich mit Gewalt geholt, was ausschließlich Tereses künftigem Ehemann gehört hätte, und nun würde daraus auch noch ein Kind hervorgehen. Als wäre die Erinnerung an dieses schreckliche Erlebnis vor etwa zwei Monaten bei Terese nicht sowieso stets allgegenwärtig und ließe sie nicht ohnehin jede Nacht schweißgebadet aus Alpträumen schrecken! Und jetzt würde ihre Schande auch noch durch einen sich stetig wölbenden Leib offensichtlich werden.

Wortlos schlang Florentin die Arme um ihre Schwester. Sie konnte spüren, wie deren Körper von krampfhaftem Schluchzen geschüttelt wurde.

»Vater bringt mich um«, flüsterte Terese erstickt. »Die Heirat mit dem Grafen soll in zwei Monaten stattfinden und nun …« Sie brach ab und starrte mit leerem Blick zu Boden, erschöpft und mutlos.

»Wir werden Vater zunächst nichts sagen. Aber wir müssen es der Mutter erzählen, Terese«, sagte Florentin schließlich. »Vielleicht weiß sie einen Rat.«

*

Maria von Rosenberg konnte ihrer Erstgeborenen auch nicht helfen, aber sie schaffte es irgendwie, ihren Gemahl zu überzeugen, dass die Hochzeit kein guter Plan sei. Ob sie ihm einredete, Tereses Verlobter hätte bezüglich seines Vermögens geschwindelt, oder ob sie eine Geschichte erfand, die seine Ehre in Frage stellte, erfuhren die Schwestern nicht. Nur, dass die Verlobung im gegenseitigen Einverständnis gelöst wurde.

»Wie wir deinen Zustand erklären, überlegen wir, wenn er sich nicht länger verbergen lässt«, bestimmte die Mutter, nachdem sie Terese verkündet hatte, dass sie ab sofort nicht mehr als die Zukünftige eines Grafen galt. »Und nun geh und ruhe dich etwas aus.«

Mit gesenktem Kopf schlich Terese aus der Küche. Erst als die Tür hinter ihr zugefallen war, fiel die Contenance von Maria ab, und sie schlug die Hände vor das bleiche Gesicht. »Das ist eine Katastrophe«, murmelte sie, und nun sah Florentin erstmals die abgrundtiefe Verzweiflung in ihrem Gesicht. »Gott möge mir verzeihen, aber ich bin nicht traurig, dass euer Vetter nicht mehr lebt. Wenn Heinrich erfahren hätte, was er getan hat, hätte er Wilhelm eigenhändig zum Duell gefordert!«

»Da hätte es unter Umständen ein böses Erwachen für Vater gegeben. Wilhelm war ein unehrenhafter Kämpfer!«, stieß Florentin hervor.

Maria blickte ihre jüngere Tochter, die wie immer die Kleider eines Jungen trug, stumm an. Dann fragte sie leise: »Und woher weißt du das, Florentin? Meines Wissens hast du nie mit deinem Vetter gefochten!«

Das junge Mädchen erschrak. Ihre Angewohnheit, erst zu sprechen und dann nachzudenken, würde ihr irgendwann noch einmal zum Verhängnis werden, davor hatte die ältere Schwester sie oft genug im Scherz gewarnt. Die Mutter musste den Schrecken in Florentins Gesicht gelesen haben, denn sie zog scharf die Luft ein.

»Also war es kein Raufhändel mit ein paar Burschen aus dem Wirtshaus, sondern ein Duell zwischen dir und Wilhelm«, stellte sie fest.

Florentin zuckte nur die Schultern, doch Maria wusste, dass dies ein Ja bedeutete.

»Mein Gott! Weiß Wilhelmine davon?«

»Nein, aber Louise. Doch sie wird den Mund halten. Ich habe etwas gegen sie in der Hand, das sie aufs ärgste kompromittieren würde, sollte sie einmal in Versuchung geraten, ihr Schweigen zu brechen.«

Eigentlich hatte Florentin angenommen, ihre Worte würden die Mutter beruhigen. Doch stattdessen loderte in deren Augen Zorn auf, und ihre Tochter wich erschrocken zurück.

»Ich habe immer gewusst, dass es einmal dazu kommen wird«, stieß Maria hervor. »Gleich nach der Geburt habe ich deinen Vater gewarnt, dich als Jungen großzuziehen. Ich habe das Unglück vorhergesehen. Nun ist es also eingetreten!«

»Mutter, niemand wird davon erfahren«, beschwor Florentin sie erschrocken. Sie hatte ihre Mutter noch nie so aufgebracht erlebt. Ihr Gesicht hatte jegliche Farbe verloren, und die sonst braunen Augen waren schwarz wie der Himmel kurz vor einem Gewitter. Marias Mund war ein schmaler Strich, und bei den Worten ihrer jüngeren Tochter schnaubte sie verächtlich. »Es geht mir nicht um Wilhelm! Sondern darum, dass du bei einem unerlaubten Duell beinahe getötet worden wärst! Das kann und will ich nicht länger dulden!«

»Aber … niemand konnte doch so etwas ahnen!«, stotterte Florentin überrumpelt. »Ich bin sicher, Vater hat so etwas nicht gewollt.«

»Dein Vater«, sagte Maria langsam, so als wäre Florentin ein begriffsstutziges kleines Kind, »hat überhaupt nicht nachgedacht, als er seinen Wunsch nach einem Sohn mit allen Mitteln durchsetzen wollte! Ich war nach der Geburt zu geschwächt, um mich seinen Wünschen entgegenzustellen. Doch ich habe ihn stets gewarnt, dass es einmal ein böses Ende nehmen würde, wenn er gegen Gottes Willen handelt!«

Florentin seufzte stumm. Ihre Mutter hatte sich ihre Gottesfürchtigkeit im Laufe der Jahre bewahrt. Im Gegensatz zum Vater, der eher ein Philosoph als ein gläubiger Mann war und sich lieber mit den Lehren von Descartes beschäftigte. ›Cogito, ergo sum‹, ich denke, also bin ich – mit diesem Satz war Florentin aufgewachsen. Je älter sie wurde, desto häufiger hatte der Vater ihr Descartes' Lehren nahezubringen versucht, obwohl diese vom Heiligen Stuhl vor hundert Jahren verboten worden waren. Doch das scherte Heinrich von Rosenberg wenig. Ihn faszinierte die unkonventionelle Denkweise dieses Mannes, und für den Klerus hatte er sowieso nicht viel übrig.

»Unsere Sinne täuschen uns häufig, Florentin. Wir nehmen nicht einfach wahr, sondern werden durch frühere Wahrnehmungen, die unseren Körper konstituieren, beeinflusst. Die früheren Wahrnehmungen bedingen unsere gegenwärtigen, verstehst du?«, hatte er seiner jüngeren Tochter oft erklärt. Diese hatte sich bemüht und konnte dem Vater auch in einigen Punkten folgen, aber dessen stundenlange Monologe über Descartes ermüdeten sie. Viel lieber hätte Florentin draußen noch einen Abendspaziergang gemacht oder ihr Pferd im Stall besucht.

»Aber auch dem Denken darf man nicht ungeprüft vertrauen, denn es könnte ein Dämon auf den Verstand einwirken. Und das wiederum könnte dazu führen, dass wir falsche Schlüsse ziehen und uns täuschen. Deshalb ist zunächst einmal an allem zu zweifeln«, hatte der Vater derweil unermüdlich weitergeredet. »Du siehst, dass die meisten Leute nie zweifeln, denn sonst hätten sie vielleicht schon einmal darüber nachgedacht, ob du wirklich ein Junge bist«, hatte er verschmitzt angefügt. Seine Worte waren wie der Stachel einer Biene – harmlos, aber schmerzhaft. Hatte Florentin doch bis zum Alter von acht Jahren selbst nie daran gezweifelt, der Sohn des Freiherrn von Rosenberg zu sein.

Trotzdem verteidigte sie ihn gegenüber der Mutter. »Ich bin sicher, der Vater hatte nur Gutes im Sinn.«

»Nein. Heinrich hatte nur seine eigenen Interessen im Sinn. Und seine Eitelkeit, einen Stammhalter zu haben und nicht hinter seinem Bruder Otto zurückzustehen«, gab Maria zurück, und die Schärfe in ihrer Stimme ließ Florentin zusammenzucken. So unversöhnlich war die Mutter ihr fremd.

»Und wenn ich als Mädchen aufgewachsen wäre? Was hätte es daran geändert, dass Wilhelm sich an Terese verging? Außer, dass ich meine Schwester nicht hätte rächen können«, gab sie hitzig zurück. Mit einem Mal fühlte sie sich von ihrer Mutter in Frage gestellt, ja fast abgelehnt, weil sie die Haare wie ein Mann frisierte und keine niedlichen Kleider trug.

»Du hättest vielleicht nicht so sehr an deinem Vater gehangen, weil er dich reiten und fechten lehrte. Terese liebt ihren Vater nicht, weil er sie nicht liebt. Bei dir wäre es unter Umständen genauso gewesen«, sagte Maria, ehe sie leise hinzufügte: »Und ich hätte vielleicht eher eine Entscheidung getroffen.«

»Eine Entscheidung – wessen bezüglich?«

»Deinen Vater und das Gut zu verlassen.«

*

Nur wenige Wochen später zog Maria von Rosenberg mit ihrer ältesten Tochter fort. Doch das Wort »Trennung« wurde nicht ausgesprochen. Vielleicht hatte die Freifrau sogar vergessen, dass sie der jüngeren Tochter gegenüber impulsiv davon gesprochen hatte. Obwohl Florentin wusste, dass ihre Mutter längst keine Liebe mehr für den Vater empfand und die Ehe nur noch daraus bestand, sich gegenseitig aus dem Weg zu gehen, kam eine Auflösung des vor der Kirche besiegelten Bundes nicht in Frage. Abgesehen von der Schande vor allen, die sie kannte, wäre eine Trennung für die christliche Mutter auch ein Sakrileg gewesen. Auch der Freiherr wollte nicht sehen, dass seine Frau innerlich schon längst weit fort war. Also deklarierte man in stillschweigender Übereinkunft die Abreise schlicht als eine Art späte Sommerfrische für die kränkelnde Terese. Maria wurde nicht müde, allen – Florentin eingeschlossen – zu versichern, der Klimawechsel würde Terese bestimmt guttun. Dass ihre Älteste ein unerwünschtes Kind unter dem Herzen trug, wurde von Maria ebenso wenig erwähnt wie ihre eigene gescheiterte Ehe mit Heinrich von Rosenberg.

Florentins Mutter und Schwester wollten bei entfernten Verwandten in deren bescheidener Stadtresidenz vor den Toren Bayreuths unterkommen, die diese seit einem Jahr nicht mehr nutzten. Dort würde die junge Frau ihr Kind zur Welt bringen können, ohne dass ihr Vater oder sonst jemand von der Verwandtschaft davon erfuhr. Bayreuth war zu weit weg, und in der Stadt kannte niemand die Sippe der Rosenbergs. Eine fremde Hebamme würde bei der Entbindung helfen, ihren Obolus erhalten und gehen, ohne zu ahnen, auf welche Weise das Kind gezeugt worden war und dass es keinen Vater gab.

Obwohl Florentin ihre Mutter in gewisser Weise verstand, brachte sie es nicht übers Herz, den Freiherrn mit dem Gut alleine zu lassen. Wenn sie ehrlich war, wollte sie auch die Freiheit nicht missen. In der Stadt würde sie kaum jeden Tag reiten und fechten können. Und vor allem würde ihre Mutter ihr wohl nicht mehr erlauben, in Männerkleidern herumzulaufen. Nach ihrem Zornesausbruch hegte Florentin die Befürchtung, Maria von Rosenberg würde sie dazu zwingen, fortan ausschließlich als Frau zu leben. Mit allem, was dazugehörte. Bei dem Gedanken, seine Tage mit Sticken und in langen, unbequemen Kleidern und engen Miedern verbringen zu müssen, überlief das junge Mädchen ein Schauder. Hatte sie doch die wenigen Male, die ihre Mutter versucht hatte, der Jüngsten die Stickerei beizubringen, kläglich versagt und sich dabei auch noch tödlich gelangweilt.

»Du wirst auch das lernen müssen, Florentine«, schalt Maria dann stets. Waren die beiden alleine, redete sie ihr Nesthäkchen immer mit der weiblichen Form ihres Namens an. »Schließlich wirst du nicht ewig als Junge leben können. Und es ist meine Pflicht, dich auch die Dinge zu lehren, die ein Mädchen können muss!«

Doch Florentin blieb stur und stach sich lieber mit der Sticknadel die Finger blutig, als Gefallen an dieser geistlosen Beschäftigung zu finden, bei der sie zu allem Überfluss auch noch stundenlang sitzen musste.

Florentin von Rosenberg hatte kein Mädchen sein wollen, und eine Frau wollte sie erst recht nicht werden. Und so war es auch geblieben, bis zu jenem Tag im August, als der Jahrmarkt in dem nahe gelegenen fränkischen Städtchen seine bunten Marktstände aufgeschlagen hatte.

24. August 1748, Freie Reichsstadt Nürnberg

Ganz Nürnberg schien auf den Beinen zu sein. Die Bewohner schoben und drängten sich durch die schmalen Gassen, in denen Kannengießer, Goldschmiede, Uhrmacher, Sattler und Nadler ihre Waren feilboten. Dazwischen priesen Kürschner warme, weiche Felle von Marder, Fuchs und Zobel an. »Der Winter kommt bald, und er kommt über Nacht!«, riefen sie den jungen Frauen nach, die kichernd an den Buden vorbeiflanierten.

Von den Ständen der Kuchenbäcker mit ihren Zuckerkringeln und Butterfladen zog ein verführerischer Duft durch die ganze Stadt, und zwischen den vielen Menschen trieben Drehorgelspieler und Jongleure ihre Possen. Ein Musikant hatte sogar einen kleinen Affen dabei, der ein maßgeschneidertes Wams und eine Hose aus gelbem Brokat trug und zum Takt der Musik den winzigen Dreispitz auf seinem Kopf lüpfte.

Florentin schlenderte mit Hans, dem rothaarigen Nachbarsjungen, und ein paar anderen über den Marktplatz. Zwar ließ ihr Vater sie von einem Hauslehrer unterrichten, aber Hans, Sohn des Verwalters und immer noch ihr bester Freund, ging in eine öffentliche Schule und hatte dort viele Freunde gefunden. Florentins Geheimnis, das Hans seit vier Jahren kannte, hatte er eisern für sich behalten. Nicht einmal sein Vater ahnte, dass der Bursche, mit dem sein Sprössling focht, ritt und sich manchmal lautstark stritt, ein Mädchen war. Florentin liebte Hans von Herzen für seine Treue und Verschwiegenheit. Er war wie ein Bruder, der sie beschützte, mit dem sie sich aber auch messen konnte. Jetzt zeigte er mit seiner blassen,

sommersprossigen Hand, die auch die stärkste Sommersonne nie bräunte, auf den Affen und lachte. »Seht mal!«
Sebastian, der jüngste in der Burschenschar und für seine elf Jahre ziemlich klein geraten, betrachtete das possierliche Tier mit großen Augen. »So einen hätte ich auch gern zu Hause«, sagte er.
»Deine Mutter würde den Unterschied auch gar nicht merken, wenn er statt deiner am Tisch säße«, frotzelte Wendelin, der Älteste der Gruppe. Mit seinen breiten Schultern und den schwarzen, wild gelockten Haaren zog er schon mit dreizehn Jahren die Blicke vieler Mädchen und sogar junger Damen auf sich. Er wusste um sein gutes Aussehen und strotzte vor Selbstsicherheit. Die anderen Jungen lachten, doch nur Hans legte dabei Sebastian die Hand auf die Schulter, um ihm zu zeigen, dass es nicht böse gemeint war. Der Kleine feixte gequält und versuchte, die Schamröte zu verbergen, die ihm bei Wendelins Bemerkung in die Wangen geschossen war.
Florentin interessierten weder der Affe noch die Gaukler. Weil es bereits Nachmittag war und sie sich wieder einmal zu lange mit ihrem Pferd draußen herumgetrieben und zur Strafe kein Mittagessen bekommen hatte, knurrte ihr Magen nun wie ein wütender Hofhund. Daher zog es Florentin zu den Kuchenbäckern. Sie hatte jedoch nicht genügend Geld, um sich etwas von den Köstlichkeiten, die dort feilgeboten wurden, zu kaufen. Heinrich von Rosenberg knauserte inzwischen mit jedem Groschen, und weil Florentin wusste, wie sehr ihre Mutter mit dem wenigen wirtschaften musste, das Vater ihr gab, hatte das Kind sich nicht getraut, sie um etwas zu bitten.
Hilfesuchend sah Florentin zu Hans hinüber, doch der zuckte nur bedauernd die Schultern und leerte seine Ho-

sentaschen nach außen, was bedeutete, dass er auch nichts hatte.
Neidisch beobachtete Florentin Wendelin und seinen besten Freund Andreas, die ein paar Münzen aus ihren Taschen kramten und gleich darauf in warme, duftende Kuchenstücke bissen. Beide kamen aus bürgerlichen Familien, waren aber finanziell dennoch besser gestellt als die Tochter des Freiherrn. Denn während Florentins Erzeuger sich die meiste Zeit in seine vergeistigte Welt zurückzog, betrieb Wendelins Vater einen gut gehenden Tuchhandel. Von Andreas wusste man nicht viel – nur, dass er mit Wendelins Verschwendungssucht mithalten konnte. Florentin schielte zu den beiden, die vergnügt kauten. Den anderen gaben sie natürlich nichts ab. Sie um Geld zu bitten, dazu war Florentin zu stolz, und der kleine Sebastian hatte sich unauffällig verdrückt. Wahrscheinlich hatte ihn Wendelins hämischer Scherz vorhin nach Hause getrieben.
Florentin beschloss, es ihm nachzutun. Mit knurrendem Magen und hängendem Kopf schlich sie an Hans' Seite von dannen, verabschiedete sich bald darauf von dem Freund und machte sich in der heimatlichen Küche auf die Suche nach etwas Essbarem.
Dort fand Terese sie, als sie gerade an einer dicken Rübe nagte, weil sie sonst nichts gefunden hatte.
»Was machst du denn für ein Gesicht?«, fragte die Ältere, und aufgebracht klagte Florentin ihr Leid. »Wendelin ist viel zu eingebildet, um anderen etwas abzugeben. Am liebsten hätte ich mit ihm um seinen Zuckerkringel gefochten. Ich hatte nur mein Florett nicht dabei«, murrte sie kauend.
Terese schwieg eine Weile, dann überzog ein Lächeln ihr hübsches Gesicht. »Vielleicht gibt er dir ja doch freiwillig

etwas ab«, meinte sie, strich ihrer Schwester eine widerspenstige Haarsträhne aus dem Gesicht und betrachtete sie prüfend. »Komm mit, wir werden den eitlen Wendelin mit eigenen Waffen schlagen«, kommandierte sie und schob Florentin aus der Küche und in ihre Kammer. Dort griff sie nach Bürste und Kamm, begutachtete den Inhalt ihres Kleiderschrankes und machte sich ans Werk. Als sie fertig war, strahlte sie: »Nun, kleine Schwester, was sagst du?«

Staunend drehte sich Florentin, die die ganze Prozedur nach anfänglichem Widerstand mit gemischten Gefühlen über sich hatte ergehen lassen, vor dem Spiegel in Tereses Kammer. Sie erkannte sich kaum wieder. Zum ersten Mal in ihrem Leben trug sie ein Kleid. Dabei hatte sie sich anfangs noch heftig gegen Tereses Einfall gewehrt, doch ihre sonst so sanfte Schwester war diesmal stur geblieben. »Willst du nun Zuckerwerk vom Jahrmarkt, oder nicht?«

Murrend hatte das Mädchen zugelassen, dass Terese ihm eines ihrer alten Kleider mit dem ungewohnt tiefen Ausschnitt überstreifte, und zu ihrer beider Überraschung passte es perfekt. Auch ihr Haar, das Florentin sonst zu einem nachlässigen Zopf gebunden trug, hatte Terese ihr gebunden, geflochten und geknotet, bis Florentins dunkle Locken in einer raffinierten Hochsteckfrisur gebändigt waren. Dann hatte sie ihr Werk mit Lippen- und Wangenrot vollendet und ihre Schwester vor den mannshohen Spiegel gezogen.

»Oh!«, stammelte Florentin nun. Sie sah völlig verändert aus. Zum ersten Mal blickte ihr aus dem Spiegelglas ein Mädchen entgegen. Ein richtig hübsches noch dazu. Ihre Lippen wirkten voller als sonst und die Augen größer.

Hochsteckfrisur und rosig gefärbte Wangen ließen Florentins schmales, etwas kantiges Gesicht weicher aussehen, weiblicher. »Bin das wirklich ich?«, fragte sie ungläubig und ging mit dem Gesicht so nah an das Glas, bis sie sich schmerzhaft die Nase stieß.

Terese lachte und hielt der Jüngeren ein Paar ihrer eigenen Schuhe hin. Sie passten fast, die Schwester musste nur etwas ungesponnene Wolle in die Spitzen stopfen. Doch als Florentin zur Tür stapfte, lief Terese ihr erschrocken nach und hielt sie zurück. »Nein, Florentin! Du läufst wie ein Bauer!«, tadelte sie.

»Es sind die ungewohnten Schuhe«, verteidigte diese sich.

»Unsinn. Deine Schritte sind viel zu ausgreifend! Als Mädchen musst du kürzere machen, sieh einmal her!«

Florentin versuchte, den Gang ihrer älteren Schwester nachzuahmen, doch sie glich damit einer der Enten, die man oft am Flussufer beobachten konnte. Sobald diese Tiere aus dem Wasser kamen, verloren sie ihre schwimmende Eleganz und watschelten höchst ungraziös einher. Genau wie Florentin gerade. Unwillkürlich musste Terese schmunzeln.

»Meine Hüfte wackelt so seltsam!«, beschwerte sich Florentin. Terese schüttelte den Kopf. »Das ist Sinn und Zweck, Dummchen!«, belehrte sie. »Eine Frau läuft nun einmal anders als ein Mann!«

»Ich komme nicht vorwärts! Bis ich beim Jahrmarkt bin, ist es finstere Nacht!«

»Es ist nur ungewohnt, weil du als Junge bisher stets schnell gelaufen bist. Als Mädchen wirst du dir eine langsamere Gangart angewöhnen müssen!«

»Du meinst, wie bei Ponys und Großpferden?«, wollte Florentin zweifelnd wissen.

Terese verdrehte die Augen und nickte. »Am besten, du sprichst nicht so viel, sondern lächelst einfach nur. Jetzt geh – und denk an die süßen Kuchen!«

Und so durchschritt Florentin, nun langsam und gesittet, zum zweiten Mal an diesem Tag die lärmenden Gassen. Wendelin, Andreas und zwei andere Jungen standen immer noch zwischen den Buden und beobachteten die Possenreißer, aber auch verstohlen die jungen Frauen, die das bunte Treiben genossen. Florentin verlangsamte ihren Schritt und näherte sich mit wiegenden Hüften, so wie Terese ihr es gezeigt hatte. Aus dem Augenwinkel sah sie, wie Wendelin einen der Jungen mit dem Ellbogen anstieß. Die Blicke der vier wandten sich jetzt ihr zu. Florentin warf den Kopf in den Nacken und wollte an ihnen vorbeistolzieren, doch Wendelin trat schnell und geschmeidig an ihre Seite. »Edles Fräulein, wohin so eilig?«, fragte er und lächelte strahlend. Einen Augenblick glaubte Florentin, er hätte sie durchschaut und würde nun Schabernack mit ihr treiben. Es konnte doch nicht sein, dass er den vermeintlichen Kameraden, der eben noch in Jungenkleidern neben ihm gegangen war, nicht erkannte? Doch Wendelin machte eine artige Verbeugung, und Florentin begriff, dass er ihr zweifellos den Hof machte. Vor Verblüffung blieb sie stehen.

Wendelin schien das als Aufforderung zu verstehen, denn galant bot er ihr seinen Arm. »Ist es erlaubt?«, fragte er.

»Eigentlich wollte ich soeben die Kuchen ansehen«, zirpte Florentin wahrheitsgemäß. Wendelin zeigte beim Lächeln seine makellosen Zähne und führte sie wahrhaftig zu einem der Bäckerstände, wo er ein wundervoll duftendes Stück Kuchen kaufte, das er ihr in die Hand drückte.

»Dafür verrät sie mir aber ihren Namen«, forderte er verschmitzt grinsend, wobei er geschickt die neutrale Höflichkeitsform verwendete.
Vor Schreck verschluckte Florentin sich beinahe an dem Kuchen. Sie konnte ihm wohl schlecht ihren wahren Namen sagen, kannte er »Florentin von Rosenberg« doch bisher als seinen härtesten Fechtgegner und unerschrockenen Reiter bei allerhand gewagten Galoppstrecken.
»Ich, ah … ich heiße …«, fing sie an und würgte an dem zu großen Bissen, der als harter Klumpen in ihrer Kehle saß, während sie fieberhaft nachdachte. Inzwischen waren auch die anderen Jungen näher gekommen und warteten neugierig. »Viktoria von Nanckenreuth«, sagte Florentin schließlich. Der Name war ihr eingefallen, weil sie ihren Vater einmal von diesem fränkischen Adelsgeschlecht reden gehört hatte. Allerdings glaubte sie sich zu erinnern, dass diese Familie ziemlich klein und unvermögend war und daher in den adligen Kreisen als unbedeutend galt. Florentin wurde es unter dem engen Mieder heiß, und sie hoffte inständig, dass Wendelin und die anderen Burschen sich nicht mit verarmten Adelsgeschlechtern auskannten.
Doch das Glück war ihr hold. Keiner von den Jungen durchschaute den Schwindel und forderte sie rüde auf, mit dem Possenspiel aufzuhören, oder zog sie gar an ihrer Flechtfrisur. Stattdessen starrte Wendelin das dunkelhaarige Mädchen bewundernd an. »Ich habe sie hier noch nie gesehen, Viktoria von Nanckenreuth. Ist sie auf Besuch bei Verwandten?«, wollte er wissen und streifte wie zufällig ihre Hand mit seinen Fingern.
Florentin erschrak – nicht nur wegen der ungewohnt zarten Berührung. Bisher war der Kontakt mit Wendelin

eher schmerzhaft gewesen, denn er war weder beim Fechten zimperlich noch beim Austeilen von Kopfnüssen oder »Tatzen«, den Hieben auf Arm und Hand. Mehr als alles andere geriet sie aber wegen seiner Nachfrage in Bedrängnis. Was sollte sie sich auf die Schnelle nur einfallen lassen, bei wem sie hier in Nürnberg weilte?

Ausgerechnet Andreas, Wendelins Freund, rettete sie aus der Verlegenheit, indem er ihr ebenfalls einen Zuckerkringel überreichte, den er in der Zwischenzeit bei einem der Bäcker erworben hatte. Florentin bemerkte erfreut, dass sie mit Süßwerk förmlich überschüttet wurde. Sie lächelte artig.

Da versetzte Wendelin Andreas unvermittelt eine seiner harten Kopfnüsse, sodass dieser schmerzerfüllt aufschrie. »Scher dich fort! Und ihr auch!«, forderte Wendelin die drei Jungen auf.

Zwei von ihnen nahmen in der Tat die Beine in die Hand und waren gleich darauf um die nächste Hausecke verschwunden. Andreas jedoch baute sich vor seinem Freund auf und stemmte die Hände in die Seiten. »Ein Großmaul, das Befehle erteilt«, spottete er. Scheinbar war er nicht gewillt, einfach so das Feld zu räumen.

Sofort ging auch Wendelin in Angriffsstellung. »Du willst heute wohl mit einer Tracht Prügel zu Bett gehen?«, fragte er drohend, denn er überragte den blonden Andreas um fast einen halben Kopf. Doch sein Gefährte war stämmiger gebaut, und Florentin wusste, dass in der etwas behäbig wirkenden Statur des Jungen eine trügerische Kraft schlummerte.

»Hört auf!«, rief sie, denn sie bekam Angst, dass die kleine Gruppe alle Aufmerksamkeit auf sich ziehen würde, wenn die zwei Jungen anfingen, sich zu schlagen. Im

Mittelpunkt zu stehen, war das Letzte, was sie wollte. Was, wenn am Ende doch jemand »Viktoria« als »Florentin von Rosenberg« erkennen und ihre Maskerade lauthals verraten würde? Doch zu ihrem Erstaunen hörten die zwei Kontrahenten gar nicht auf sie. In Jungenkleidern hatte Florentins Meinung in der Gruppe der Kameraden durchaus Gewicht, auch wenn sie sich oft erbittert stritten und manchmal sogar gegenseitig boxten oder wegstießen. Doch waren diese Auseinandersetzungen bisher immer spielerisch verlaufen. Dass die zwei Kontrahenten nun ernsthaft eine Rauferei beginnen wollten, und das auch noch um die Gunst eines Mädchens, ging über Florentins Verstand.

Wendelin und Andreas standen inzwischen so nahe beieinander, dass sich ihre Nasenspitzen fast berührten, und knurrten sich gegenseitig wüste Beleidigungen ins Gesicht. Hilfesuchend blickte Florentin sich um, aber die wenigen Zuschauer, die aufmerksam geworden waren, trugen gespannte Mienen zur Schau, und nun fingen ein paar derbe Bauernburschen Anfang zwanzig auch noch an, die beiden anzufeuern. »Lass dir nichts gefallen, Kerl« und »Drauflos, Bursche, zeig's ihm«, riefen sie und lachten rau.

Es wurde Zeit, den Heimweg anzutreten, befand Florentin. Ihr erster Auftritt als Mädchen war im wahrsten Sinne des Wortes ein durchschlagender Erfolg gewesen. Und so drehte sie sich hastig um und drängte sich durch die Umstehenden in die Gasse hinaus. Die beiden Kampfhähne jedoch bemerkten ihre Flucht nicht einmal.

Florentin stolperte den Weg zurück bis zu dem kleinen, bescheidenen Häuschen des Gutsverwalters, in dem ihr Freund Hans wohnte. Als dieser die Tür öffnete, streckte ihm Florentin – noch immer atemlos von dem Weg in den ungewohnten Mädchenschuhen – die in Papier gewickelte Leckerei hin: »Hier, ich habe Zuckerkringel für dich«, sagte sie. Doch Hans machte keine Anstalten, nach dem begehrten Gebäck zu greifen. Seine rötlichen Augenbrauen schossen in die Höhe, und er starrte seine Kindheitsfreundin befremdet an.

»Nun nimm schon, es war ein Geschenk«, rief diese ungeduldig und wedelte mit dem Kringel vor seinem Gesicht herum. Vergeblich. Hans sah aus, als hätte er ein Gespenst gesehen. »Florentin?«, brachte er schließlich heraus. Erst jetzt fiel dem Mädchen ein, dass er es ja noch nie in etwas anderem als in Hosen und Hemd gesehen hatte. Genauso fremd wie das eigene Spiegelbild ihr vor ein paar Stunden noch gewesen war, musste sie ihm jetzt erscheinen.

Florentin lächelte verlegen. »Es war Tereses Einfall. Sie hat mir prophezeit, ich würde als Mädchen eher etwas geschenkt bekommen und …« Sie brach ab. Das Gesicht des Freundes trug einen seltsamen Ausdruck, den Florentin nicht recht zu deuten wusste. Befremden? Oder sogar Zorn? Hans' blasse Wangen hatten sich gerötet, und seine hellen Augen waren zu Schlitzen verengt. Aber warum, dachte Florentin verwirrt. Sie hatte ihm doch nichts getan – im Gegenteil, sie wollte ihm nur etwas von dem Zuckerwerk abgeben! Doch der rothaarige Nachbarsjunge wirkte alles andere als erfreut. »Die Mutter ruft mich«, sagte er kurz angebunden und wandte sich ab.

»Ich habe nichts gehört …«, fing Florentin an, doch da krachte schon die leicht schiefe, hölzerne Tür ins Schloss und schnitt Hans' Gestalt wie mit einer scharfen Schere aus dem Viereck des Türrahmens.

Einen langen Augenblick starrte das Mädchen das Türblatt an, dann wandte es sich um und ging langsam davon. Ihre Füße fühlten sich zentnerschwer an, doch das lag nicht an den ungewohnten Schuhen. Der Kuchen, den Wendelin ihr geschenkt hatte, rumorte als bitterer Klumpen in Florentins Bauch, und sie hatte auf einmal gar kein Verlangen mehr nach dem Zuckerkringel in ihrer Hand. Stattdessen legte sie ihn in die Küche. Mochte Terese sich vom Naschwerk bedienen, ihr war der Appetit vergangen.

Die folgenden beiden Tage ließ Hans sich nicht blicken, sooft Florentin auch nach ihm Ausschau hielt.
»Hat zu arbeiten«, war die knappe Auskunft seines Vaters, des Gutsverwalters, nachdem Florentin, wie gewohnt in Hosen und Hemd, sich bei ihm nach Hans erkundigt hatte.
Wie ein getretener Hund schlich sie davon und suchte im Stall Trost bei ihrem Pferd, einer schlanken, dunkelbraunen Stute mit pechschwarzer Mähne und Schweif. Mit ihren weichen Nüstern schnoberte sie zart über Florentins Gesicht, und ihre dunklen, feuchten Augen sahen das Mädchen mitfühlend an. Florentin vergrub das Gesicht an ihrem glänzenden Hals, und das Tier rieb seinen Kopf zutraulich an ihrem Arm, ehe es begann, in den Taschen ihrer Reiterin nach Apfelstücken zu suchen, die diese stets für sie bereithielt. Florentin beneidete das Pferd, weil seine Welt so einfach war. Wurde es gefüttert, war es glücklich. Bestimmt machte sich die Stute nie Gedanken darüber, ob ihre Besitzerin ein Mädchen oder ein Junge war. In Florentins Kopf jedoch hörten die Gedanken nicht auf, um Hans zu kreisen. Er fehlte ihr, und sein merkwürdiges Gebaren vor zwei Tagen saß wie ein Dorn in ihrem

Fleisch. Jetzt, da er nicht mehr an Florentins Seite war, fiel ihr auf, wie sehr sie an ihm hing. Sein Fehlen schnürte ihr die Kehle zu, und sie verspürte ein merkwürdiges Ziehen in der Gegend, wo das Herz schlug. Florentin ertappte sich bei dem Wunsch, Hans hätte auf ihr Erscheinen in Mädchenkleidern so reagiert wie Wendelin. Dessen Gebaren hatte sie unberührt gelassen, obwohl Wendelin nüchtern betrachtet viel besser aussah als der blasse, rotblonde Nachbarsjunge. Warum also litt sie dann so sehr unter Hans' Missachtung?

*

Am dritten Tag hatte Florentin genug. Nachdem Hans sich nicht einmal zu der wöchentlichen Fechtlektion bei Meister Gottfried, dem Freund ihres Vaters, eingefunden hatte, die er seit drei Jahren noch nie versäumt hatte, beschloss sie, nicht länger stumm abzuwarten. Florentin hatte ihren Lehrer eine Stunde lang ungewohnt heftig mit ihrem Übungsflorett attackiert, bis beide vor Anstrengung durchgeschwitzt waren.

»Chapeau, *Florentin. Du wirst immer besser. Bald werde ich dir nichts mehr beibringen können«, sagte Gottfried und wischte sich mit einem Tuch die nasse Stirn, während seine Schülerin, die er nach wie vor für einen Schüler hielt, die Hände auf die Knie stützte und zu Atem zu kommen versuchte. »Ihr seid immer noch ungeschlagen, Meister«, gab Florentin zurück, aber der Mann schüttelte lächelnd den Kopf. »Nur schade, dass dein rothaariger Freund heute nicht dabei war. Ist er etwa unpässlich?«*

Nun war es Florentin, die den Kopf schüttelte. Gleichzeitig zuckte sie mit den Schultern. »Ich werde einmal hin-

übergehen und fragen«, kündigte sie an, doch sie tat es nicht für ihren Lehrer.

Eine Stunde später, nachdem Florentin ihren vom Fechten erhitzten Körper an einer versteckten Stelle im Fluss gekühlt hatte, schlüpfte sie wieder in ihre gewohnte Jungenkleidung und marschierte schnurstracks in die Scheune des Verwalters hinein, deren Tor wegen der drückenden Augusthitze sperrangelweit offen stand. Schon von weitem hatte sie die Schläge einer Axt vernommen, und tatsächlich fand sie Hans beim Holzhacken.

Als er Florentin sah, blickte er nur kurz auf, dann schwang er das Beil und drosch so heftig auf einen armdicken Holzklotz ein, dass die beiden gespaltenen Hälften durch die Luft flogen. An seinen Schläfen liefen helle, glitzernde Streifen Schweiß hinab.

»Warum bist du heute nicht zum Fechten erschienen?«, fragte Florentin, und ihre Stimme klang patziger, als sie beabsichtigt hatte.

»Keine Zeit, das siehst du doch!«

»Sonst hattest du auch viel Arbeit und warst dennoch immer pünktlich!«

»Lass mich in Ruhe, Florentin. Ich habe zu tun!«

»Ist es, weil du mich in Frauenkleidern gesehen hast?«

Hans' Gesicht färbte sich erneut so rot wie die untergehende Sonne, und er blitzte sie aus seinen blauen Augen mit kurzen, blonden Wimpern wütend an. »Pah, Frau! Du bist ja nicht einmal ein richtiges Mädchen!«

»Und du *bist kein richtiger Junge, sondern ein Feigling. Wenn es nicht wegen der Kleider war, dann hast du wohl Angst, dass ich inzwischen mit dem Florett besser bin als du! Daher schiebst du die Arbeit vor.«*

»Das stimmt nicht!«

»Das stimmt sehr wohl!«

»Nein! Ich werde es dir beweisen. Heute Abend vor Sonnenuntergang auf der Wiese hinter dem Haus!«

»Gut, ich werde da sein. Du wirst dich wundern.«

»Das wird sich zeigen.« Damit hob Hans die Axt, und Florentin wandte sich zufrieden ab. Endlich stritten sie wieder, und alles war wie früher.

Dachte sie.

*

»Du warst im Vorteil! Meister Gottfried hat mit dir geübt – und außerdem musste ich den halben Tag Holz hacken. Meine Arme waren schon lahm!«

»Pah, na und? Ich habe mich beim Fechten heute Morgen auch verausgabt, deine Ausrede zählt also nicht!«

Hans war pünktlich zur verabredeten Zeit erschienen und hatte sich mit Florentin ein erbittertes Duell geliefert. Zum ersten Mal, seit sie mit ihm focht, hatte sie den ein Jahr älteren Jungen besiegt. Aufgebracht schmetterte Hans sein Florett auf den Boden und wandte sich zum Gehen. Mit zwei Sprüngen setzte Florentin ihm nach und packte ihn am Arm. »Was ist denn nur in dich gefahren?«, entfuhr es ihr. »Du behandelst mich, als hätte ich die Krätze!«

Mit blitzenden Augen fuhr er herum. »Du bist ein Mädchen *– und daher werde ich ab heute gegen dich nicht mehr fechten!«*

Hans versuchte, Florentins Hand abzuschütteln, aber sie krallte ihre Finger um sein Handgelenk. Je heftiger er sie abzuwehren versuchte, desto stärker hielt sie ihn fest. Schließlich gelang es ihm doch, und er wollte sich davon-

machen, doch Florentin stellte ihm ein Bein, und er stolperte. Im Fallen riss er sie mit zu Boden, und ineinander verknäuelt rollten die beiden kurz auf der staubigen, sonnenwarmen Erde herum, bis Hans die Oberhand gewann und seine Gegnerin wie ein hilflos strampelnder Käfer auf dem Rücken lag. Mit einer geschmeidigen Drehung setzte Hans sich auf Florentins Beine und hielt ihre Arme fest.

»Lass los!«, rief das Mädchen in ohnmächtigem Zorn und wand sich wie ein Aal, aber er hielt es in einer eisernen Klammer. »Gibst du es jetzt zu? Du bist ein Mädchen und damit schwächer als ich!«, forderte er sie auf.

»Niemals!«, schrie Florentin ihn aus ihrer liegenden Position wuterfüllt an. »Und ich wünschte, ich hätte nie mit diesem vermaledeiten Zuckerkringel bei dir vor der Tür gestanden!«

Hans holte Luft, wollte etwas sagen und tat es dann doch nicht. Stattdessen starrte er auf seine Freundin herab, und seine Augen, deren Pupillen die Farbe eines hellen Frühsommerhimmels hatten, trafen ihren Blick. Die Wut wich aus seinen Zügen, und zu Florentins Überraschung beugte er sich über sie. Kurz darauf fühlte das Mädchen seinen Mund auf ihrem, weich und doch fest. Es war ein ungeschickter, nasser Kinderkuss, und trotzdem durchzuckte Florentin ein ungewohntes Gefühl, als tobte in ihrem Magen ein Gewitter. Erst gab es so etwas wie einen inneren Blitz, und dann wurde ihr ganz schwindelig und warm. Probeweise küsste sie zurück, und obwohl sich anfangs ihrer beider Nasen noch im Weg waren, fanden sie schnell heraus, wie sie es anstellen mussten, damit sie noch atmen konnten, während sich ihre Lippen aneinander festsaugten.

Ein Kribbeln wie von tausend Ameisen lief durch Florentins Körper, da ließ Hans sie unvermittelt los und sprang auf. Er wich zwei Schritte zurück, während Florentin sich benommen zum Sitzen aufrappelte. »Es geht nicht, Florentin«, stammelte Hans. Erst jetzt wurde Florentin bewusst, was sie soeben mit ihrem Freund aus Kindertagen getan hatte. Das warme Gefühl verschwand und machte einem eisigen Schrecken Platz. Auch Hans starrte sie an, als könnte er nicht glauben, was geschehen war. Dann drehte er sich hastig um und rannte, als sei der Leibhaftige hinter ihm her. Vielleicht war es ja auch so, dachte Florentin, vielleicht würde der Teufel auch sie bald holen – den Wechselbalg, welcher gegen die Natur und Gottes Willen handelte. Obwohl sie ein Mädchen war, hatte Florentin sich nie als solches wahrgenommen. Ihr ganzes bisheriges Leben lang war sie von ihrem Vater als Junge erzogen worden, und auch wenn die Mutter aus ihrem Widerwillen nie ein Hehl gemacht hatte, war sie doch von ihr und der älteren Schwester überwiegend wie ein Knabe behandelt worden. Und als solcher hatte sie auch stets gedacht, gehandelt und gefühlt – bis heute. Der Kuss zwischen ihr und Hans hatte zwar ihre Gefühle zu dem Nachbarsjungen verändert, dennoch sah sich Florentin nach wie vor nicht als weibliches Wesen, auch wenn ihre Schwester Terese sie in ein Kleid gesteckt und ihre Haare geflochten hatte. »Ich bin ein Junge«, murmelte Florentin trotzig, doch dann dachte sie an Hans, der ja auch einer war, und sie erschrak noch mehr. Zwar orientierte sie sich eher an ihrem freigeistigen Vater und besaß daher nicht annähernd die Gottesfürchtigkeit ihrer Mutter, dennoch wusste Florentin, dass es eine Todsünde war, wenn ein Mann einen anderen Mann liebte. Und tat sie nicht gera-

de genau das? Plötzlich fühlte Florentin sich viehisch und schmutzig, und Tränen der Scham traten in ihre Augen. Sie war nicht besser als ein Tier! Ganz abgesehen davon, welche Strafe sie und Hans erwarten würde, wenn der Kuss je herauskäme. Bei dem Gedanken daran wurde ihr übel vor Schreck und Furcht. Sie und Hans hatten widernatürlich gehandelt, sich der Sodomie schuldig gemacht, und sollte jemand das herausfinden, würden sie beide fortan als vogelfrei gelten. Das konnte und durfte nicht sein, auch wenn Florentins Gefühle für Hans nach dem Kuss so heftig waren, dass es ihr das Herz zusammenzog. Doch was hätte sie für Möglichkeiten? Wollte sie wegen ihm am Ende doch noch ein Mädchen werden, fortan nur noch Kleider und enge Schuhe tragen? Allein bei der Vorstellung sperrte sich alles in ihr. Nein, sie war ein Junge und würde es ihr Leben lang bleiben. Und so beschloss Florentin von Rosenberg an diesem Spätsommerabend, ihren Gefühlen für Hans ein für alle Mal zu entsagen.

*

In den folgenden Tagen versuchten die beiden, zu ihrer alten Freundschaft zurückzufinden, doch eine Befangenheit hatte sich eingeschlichen, die wie eine unsichtbare Bretterwand zwischen ihnen stand. Egal, ob sie sich unter Meister Gottfrieds wachsamen Blicken mit dem Florett duellierten oder auf dem Gut über den Weg liefen, sie kamen sich nie näher, als der Abstand beim Fechten es erlaubte. Außerhalb des Gutes traf Florentin ihren Jugendfreund nun nur noch in Gesellschaft. Wendelin, der noch sieben Tage nach dem Jahrmarkt ein blaues Auge mit sich herumtrug, während Andreas' blutige Lippe et-

was schneller verheilte, waren stets bei Hans. Sogar der kleine Sebastian war im Bunde willkommen, nur damit ihr Nachbar nicht mit Florentin alleine war.
Es schmerzte sie, weil ihr engster Vertrauter ihr aus dem Weg ging. Jedes Mal, wenn es ihn ansah, fühlte das Mädchen ein Ziehen im Bauch, aufregend und schmerzlich zugleich. Doch sie gewöhnte sich schnell daran, Hans aus der Ferne zu betrachten, und bald waren sein Anblick und der merkwürdige Schwindel, den sie dabei empfand, eins. Florentin redete sich ein, dass Hans' abweisende Haltung vorübergehen würde und sie irgendwann wieder Freunde sein würden – aber tief in ihrem Herzen glaubte sie nicht daran.

*

Kaum einen Monat nach dem Kuss eröffnete Florentins Mutter, dass Hans' Vater in ein paar Wochen mit seiner Familie das Gut verlassen würde. Heinrich von Rosenberg hatte bereits einige Diener und Zofen entlassen müssen, und nun fehlte ihm auch das Geld für einen Verwalter. Der Freiherr hatte kein Händchen für die Bewirtschaftung des Gutes und befand sich mittlerweile am Rande des Existenzminimums. Als kurz vor Florentins dreizehntem Geburtstag der Herbst kam und mit seinen scharfen Böen bereits den kalten Winterwinden Platz bereitete, musste sie ihrem Freund und Nachbar adieu sagen. Doch sie brachte es nicht übers Herz, sich persönlich von Hans zu verabschieden. Früh am Morgen sattelte sie ihr Pferd und ritt den ganzen Tag durch die Wälder und über die Hügel. Sie wollte auch nichts essen, sondern trank nur einige Schlucke Wasser aus klaren Bächen. Erst

als die Dämmerung nahte, kehrte Florentin zum Gut zurück. Gerade ritt sie aus dem Wald, da erblickte sie auf der schlammigen Straße, die in den Ort führte, zwei Pferdewagen, die das Hab und Gut von Hans' Familie fortbrachten. Hans saß auf dem Kutschbock, aber er sah sie nicht. Florentin wusste nicht einmal, wohin genau seine Familie ziehen wollte, doch als der rote Haarschopf des Jungen, der sie zum ersten Mal geküsst hatte, um die Biegung der Straße verschwand, war ihr, als verschwände mit ihm auch die Helle und Unbeschwertheit der vergangenen Sommertage aus ihrem Leben.
Schweigend ritt Florentin nach Hause. In ihrer Kammer nahm sie das Kleid, das Terese ihr gegeben hatte, und zerschnitt es in viele kleine Stücke. Wenn Gefühle so weh taten, dann wollte Florentin nun erst recht niemals wieder ein Mädchen sein.

Kapitel 8

3. Juni 1752,
Gut Heinrich von Rosenberg

»Nun sind also nur noch wir beide übrig, Florentin.« Heinrich von Rosenberg stützte sich schwer auf Florentins Schulter, und sie dachte flüchtig, wie alt ihr Vater doch in den wenigen Wochen geworden war, seit die Mutter mit Terese das Gut verlassen hatte. Zwar hielt er eisern an der Geschichte fest, dass die Abwesenheit seiner Gemahlin sowie der älteren Tochter nur temporär sei, doch Florentin ahnte, dass der Freiherr insgeheim ebenso gut wie sie gewusst hatte, dass die Rede von einer Rückkehr seiner Gattin ebenso eine Farce war wie die ganze Ehe. Doch sogar Heinrich von Rosenberg würde es nicht wagen, einen vor Gott geschlossenen Bund aufzulösen und damit nicht nur zum Gespött der Leute zu werden, sondern sich auch in den Augen des Klerus schuldig zu machen. Daher hatte Heinrich mit eisernem Willen den Schein gewahrt, auch wenn sein Gesicht am Tag der Abreise seiner Frau und der älteren Tochter so weiß und wächsern wie eine Totenmaske gewesen war. Mit stumpfen Augen und fest zusammengepressten Lippen hatte er am Fenster gestanden und beobachtet, wie Florentin Mutter und Schwester ein letztes Mal umarmte, ehe die beiden Frauen in eine Kutsche stiegen, die sie mehrere Tagesreisen von Nürnberg fort zu ihrem neuen, bescheidenen Domizil bringen würde. Marias Augen waren vom vielen Weinen ganz klein gewesen. »Willst du nicht doch mit uns kommen?«, hatte sie ihre Jüngste leise gefragt, und Florentins Blick war unwillkürlich zu ihrer Schwester geflogen. Terese waren stumme Tränen über die Wangen gelaufen, und ihr zartes Gesicht unter den dichten, blonden Haaren war vor Florentins Augen verschwommen, denn der Abschied hatte auch ihr das Wasser in die Augen steigen lassen. Trotzdem hatte sie den Kopf geschüttelt. »Es tut mir leid, Mutter. Aber … ich kann einfach nicht!«, hatte sie geflüstert. Maria von Rosenberg hatte ein Lächeln auf ihr Gesicht gezwungen. »Nun, es ist ja nur für ein paar Monate, höchstens ein halbes Jahr«, hatte sie mit künstlicher Munterkeit gesagt, und Florentin hatte Terese zuliebe genickt, obwohl ihr klar war, welche Scharade sie und die Mutter hier voreinander spielten. Dann hatte Maria ihr jüngstes Kind in eine letzte, harte Umarmung gezogen, die eher ein Klammern gewesen war, als habe sie das Mädchen in Jungenkleidung mit Gewalt in die Kutsche zerren wollen. Und als sie Florentin endlich freigelassen hatte, hatte Terese sich schluchzend in ihre Arme geworfen. »Ich kann mir nicht vorstellen, auch nur einen Tag ohne dich zu sein, kleine Schwester«, hatte sie gewispert und da war Florentin endgültig klar gewesen, dass auch die Ältere die Mär von der Sommerfrische zu keiner Zeit geglaubt hatte.

Florentin hatte nur stumm genickt, denn ihr ging es genauso. So gerne hätte sie Terese mit dem Kind getröstet, das diese in ein paar Monaten im Arm halten würde, aber es hätte wie Hohn geklungen. Ihre Schwester würde das Kleine zur Welt bringen, aber es war nicht willkommen. Wer konnte es Terese auch verübeln? Wie sollte sie ein Wesen lieben, das aus solch furchtbarer Gewalt entstanden war? Auch wenn das Neugeborene eine unschuldige Seele war, würde seine Mutter im

Gesicht oder der Gestalt des Kindes Ähnlichkeiten mit ihrem Peiniger finden und auf diese Weise stets an die schlimmste Nacht ihres Lebens erinnert werden.

Daher hatte Florentin ihre ältere Schwester nur auf beide Wangen geküsst, ehe sie ihr in die Kutsche half. Auch die Mutter hatte die helfende Hand ergriffen und festgehalten. »Pass auf dich auf, Florentine«, hatte sie geflüstert. »Und hüte dich vor dem Jähzorn deines Vaters. Nun kann ich dich nicht mehr davor beschützen.«

»Seien Sie unbesorgt, Mutter. Mit Vater werde ich schon fertig«, hatte Florentin erwidert und sich um ein Lächeln bemüht. Aber sie hatte selbst gemerkt, wie kläglich es geriet.

Mit einem Seufzer hatte Maria von Rosenberg dem Kutscher einen Wink gegeben, und gleich darauf hatten die beiden kräftigen Rappen im Geschirr angezogen. Das Letzte, was Florentin von ihrer Familie gesehen hatte, war ein weißes Spitzentüchlein, das Terese aus dem Fenster der Kutsche flattern ließ.

Sie hatte noch lange dem Geräusch der Räder nachgehorcht und gedacht, dass sie sich innerhalb weniger Jahre von allen Menschen hatte verabschieden müssen, die sie liebte. Erst war Hans verschwunden, und nun waren Mutter und Schwester auch noch fort. Zum ersten Mal hatte Florentin sich gefragt, ob der Preis für ihre Freiheit als Mann nicht zu hoch war.

*

»Die Freiheit besteht im philosophischen Denken darin, nicht handeln zu müssen. Zu diesem Zweck muss der Mensch auch nicht Dinge beurteilen, ob sie sich geeignet oder ungeeignet zum konkreten Zweck präsentieren.« Heinrich von Rosenberg durchmaß den Raum mit großen Schritten, während er einmal mehr Descartes zitierte. Er trug immer noch seine

Reitkleidung vom Morgen, obwohl es bereits später Nachmittag war. Florentin versuchte, nicht hinzuhören, denn sie benötigte ihre ganze Konzentration für die Wirtschaftsbücher. Mit schwarzer Tinte hatte ihr Vater darin Einnahmen und Ausgaben seines Gutes aufgelistet. Die Einträge verliefen sehr unregelmäßig, die angegebenen Posten waren oft wirr oder die Ausgaben nicht benannt, sodass die Zahlen ebenso gut der Lohn für die Dienerschaft als auch für die Reparatur eines Kutschenrads sein konnten. Resigniert lehnte Florentin sich in dem unbequemen Stuhl mit dem abgeschabten Samtbezug und der zierlichen, geschnitzten Lehne zurück und legte die Feder auf die polierte, wenn auch etwas zerkratzte Platte des Tischchens, das wie der Stuhl auf vier geschwungenen Beinen stand. Seit Mutter und Schwester vor etwas mehr als drei Wochen das Gut verlassen hatten, schien das Durcheinander von Papieren, Büchern und leeren Gläsern langsam, aber stetig die Vorherrschaft im Haus zu übernehmen, und sosehr Florentin sich bemühte, allem Herr zu werden, wollte es ihr doch nicht gelingen. Gereizt schlug sie mit der flachen Hand leicht auf die abgegriffene Kladde, die vor ihr lag.

»Vater, diese Bücher sind – verzeihen Sie den Ausdruck – eine *grande catastrophe*! Ich kann nicht erkennen, welcher Praxis Sie beim Eintragen gefolgt sind!«

»Mein lieber Florentin, nur Distanz zur Praxis schafft eine Art von Freiheit – die Beurteilungsfreiheit!«, gab Heinrich zurück und machte mit der Hand eine Geste, als wolle er eine der lästigen Fliegen verscheuchen, die um die funzelige Lampe schwirrten. Doch seine Sprechweise war schleppend, und Florentin erkannte, dass er bereits am späten Nachmittag dem Wein reichlich zugesprochen hatte; wie so oft in letzter Zeit.

Als hätte ihr Vater ihre Gedanken gelesen, ging er zu dem kleinen Schränkchen und zog eine halbvolle Flasche Rotwein hervor. Umständlich schenkte er sich einen Becher ein und leerte ihn mit einem einzigen, langen Schluck.

»Sie sollten aufhören, zu trinken«, riet Florentin mürrisch.

»Und du solltest aufhören, dich deinem Vater gegenüber so respektlos zu gebärden«, knurrte er zornig.

»Ich versuche nur, das Gut zu erhalten«, gab sie ruhig zurück. »Das war doch stets in Ihrem Sinne!«

»Ha, das Gut! Ein Haufen Steine und nichts als ein Mühlstein um meinen Hals«, lallte ihr Vater. »Wenn deine vermaledeite Schwester sich nicht so angestellt und den wohlhabenden Grafen geheiratet hätte – das wäre eine Hilfe gewesen! Aber nicht so ein Grünschnabel wie du mit kaum sechzehn Lenzen! Ich hätte mir von deiner Mutter nicht einreden lassen sollen, Tereses Verlobung zu lösen. Der Teufel soll die beiden dummen Weiber holen!«

In Florentin begann ein heißer Zorn zu brodeln. Wenn Heinrich von Rosenberg einen über den Durst getrunken hatte, wurde er oft zynisch und ausfallend. Doch sie kannte auch seine andere Seite. War er nüchtern, so zeigte er sich großzügig, klug und konnte seinen Kindern eine Menge beibringen. Dass er nun aber gegen Florentins Schwester stichelte, die sich ihr Schicksal wahrhaftig nicht ausgesucht hatte, brachte sie in Rage, auch wenn ihr Vater wegen zu vieler Gläser Wein nicht mehr ganz bei Sinnen war.

»Bitte lassen Sie Terese aus dem Spiel! Es ist nicht ihre Aufgabe, sich wegen des Gutes, das Sie zugrunde wirtschaften, in eine unglückliche Ehe zu stürzen«, forderte Florentin steif.

Bis heute wusste der Vater nicht, was damals in der Nacht nach der Beisetzung seines Bruders in dessen Haus geschehen war und dass seine älteste Tochter ein Kind der Schande erwartete. In dem einzigen Brief, den Maria von Rosenberg bisher geschrieben hatte, stand nichts, was auf Tereses Zustand schließen ließ. Es stand überhaupt sehr wenig darin. Nur, dass es ihnen in Bayreuth leidlich gut gehe und sie versuchen wollten, ihr Leben dort so gut wie möglich zu fristen. Die kargen Zeilen hatten Florentin traurig gemacht, und sie hatte den Brief zuunterst in ihre Kommode verbannt.

Ihr Vater hatte die Tatsache, dass der Brief nicht einmal einen Gruß an ihn enthielt, nur mit einem verächtlichen Schnauben kommentiert. Doch spät in der Nacht hatten Florentin Poltern und lautstarkes Fluchen geweckt. Lautlos hatte sie das Fenster ihrer Kammer einen Spalt geöffnet und im fahlen Mondlicht den Vater über den Hof torkeln sehen, der nach der alten Katze trat, die ihm unvorsichtigerweise vor die Füße gelaufen war, ehe er sich an der Ecke des Hühnerstalls übergab. Florentin war in ihr Bett zurückgeschlichen. Dort hatte sie lange schlaflos gelegen und sich wieder und wieder gefragt, ob das nun ihr Leben sein sollte: als Frau in den Kleidern eines Mannes, frei von allen Zwängen und dennoch Dienerin eines maroden Gutes mit seinem ständig betrunkenen Gutsherrn, der es geschafft hatte, seine Ehefrau samt der älteren Tochter aus dem Haus zu treiben. Wenn ihr Vater einmal tot sein würde, was wäre Florentin dann? Eine einsame, verbitterte Frau, die ihr Leben lang sich und anderen vorgemacht hatte, ein Mann zu sein? Würde sie am Ende erkennen, wie wenig Sinn ihr Dasein gehabt hatte und es ihrem Vater gleichtun, indem sie immer öfter zur Flasche greifen würde?

Mit einem Mal hielt Florentin es nicht länger aus, mit dem weinseligen älteren Mann zusammen in der Stube zu sitzen, über den Wirtschaftsbüchern, deren Einträge so wertlos waren wie das gesamte Gut.

»Ich benötige eine frische Schreibfeder, bei dieser ist der Kiel geborsten«, murmelte Florentin und sprang auf.

Kurz darauf lehnte sie sich im Entree aufatmend an die kühle Wand und hatte das Gefühl, zum ersten Mal seit Stunden wieder richtig Luft zu bekommen. Der säuerliche Alkoholatem des Vaters und sein selbstmitleidiger Zorn auf seine Gattin und sein Leben schienen die Luft in der Stube regelrecht zu vergiften. Unvermittelt packte Florentin ein gewaltiger Zorn über diesen schwachen Menschen, dessen bester Freund der Wein war. Es wurde Zeit, dass der Vater zur Vernunft kam.

Entschlossen stapfte Florentin ins Freie und überquerte den Hof. Dort befand sich der Eiskeller, in dem ihre Mutter bisher leicht verderbliche Lebensmittel wie Milch und Fleisch sowie Rüben und Kraut gelagert hatte. Maria von Rosenberg war stolz darauf gewesen, ein solches Gebäude zu besitzen und den Gästen – auch wenn das Gut selten welche beherbergte – gekühlte Speisen und Getränke anbieten zu können. Doch seit sie fort war, bestand der Speiseplan hauptsächlich aus Suppen und Eintöpfen, welche die einzige Bedienstete, eine alte, mürrische Köchin, unter viel Gejammer und Gestöhne über die »schlechten Zustände im Haus« zubereitete. Nur wenn der Gutsherr einmal nüchtern genug war, um ein Reh oder Wildschwein zu treffen, kam ein saftiges Stück Wildbret auf den Tisch, doch das geschah selten genug.

Inzwischen diente das gemauerte Gebäude, in dem einen beim Öffnen der dicken Holztür selbst im Sommer ein eiskalter Hauch empfing, vornehmlich als Lager für die Trunksucht Heinrich von Rosenbergs. Durch die wenigen, schmalen Belüftungsschlitze in den Mauern fiel kaum Tageslicht herein, und es dauerte eine Weile, bis Florentins Augen sich an das diffuse, grauschwarze Dämmerlicht gewöhnt hatten.

Nur langsam schälten sich die Umrisse von ein paar tönernen Branntweinflaschen und einem Fass Wein aus dem Schatten. Florentin überlegte, den ganzen Bestand zu vernichten. Vielleicht würde ihr Vater morgen in nüchternem Zustand erkennen, wie sehr er sich und das fränkische Gut mit seiner Trinkerei ruinierte.

Zögernd trat das Mädchen näher und nahm eine der blassbraunen Tonflaschen in die Hand. Da sah sie auf dem gestampften Lehmboden ein rechteckiges Bündel liegen, das offenbar hinter Vaters Flaschenvorrat gerutscht war. Florentin bückte sich, und es gelang ihr mit einigen Verrenkungen, eine Ecke mit den Fingerspitzen zu erreichen und es hervorzuziehen. Ihre Finger ertasteten glattes, dickes Papier, und beim näheren Hinsehen erkannte Florentin, dass es sich um einen Brief handelte. Zuerst erblickte sie das gebrochene Siegel und nahm an, dass der Brief von ihrer Mutter stammte. Vielleicht hatte sie ihrem Gemahl doch persönlich geschrieben, und der Brief war ihm hier unten aus der Tasche seines Wamses gefallen?

Florentin wollte ihn schon achtlos einstecken, um ihn morgen dem Vater auf seine Kommode zu legen, da sprang ihr der Absender entgegen, der traditionsgemäß auf die Siegelseite geschrieben wurde. Die Tinte war verlaufen, aber Florentin konnte die Buchstaben entziffern, die einen Namen ergaben, der ihr nur allzu bekannt war: Hans.

Eine Kälte, die nicht von den Temperaturen im Eiskeller kam, kroch in Florentin hoch, und mit bebenden Händen drehte sie das Schreiben um. In der Mitte der Rückseite standen die Adresse und der Name des Empfängers geschrieben: Florentin von Rosenberg. Hans hatte ihr einen Brief geschrieben! Sie stürmte aus dem eisigen Keller. An ihr Vorhaben, den Schnaps zu vernichten, dachte sie nicht mehr.

Im Freien angekommen, faltete Florentin das dicke Papier so hastig auseinander, dass ihr der Brief beinahe aus der Hand gefallen wäre. Gierig überflog sie die wenigen Zeilen, die Hans geschrieben hatte. Endlich erfuhr sie, wohin es den rothaarigen Nachbarsjungen verschlagen hatte, der von Kindheit an ihr bester Freund gewesen war.

»Ich bin nun am Hof des Preußenkönigs Friedrich II. Mein Vater ist dort als Gärtner untergekommen, und ich verdinge mich als Stallbursche …«, las Florentin. Ein Stich durchfuhr sie, als sie daran dachte, dass es ihrer beider Kindheitstraum gewesen war, in den Diensten des Königs zu stehen. Doch nur für Hans war der Traum wahr geworden. Unwillkürlich wanderte ihr Blick zum Ende des Schreibens, wohin Hans seinen Namen gesetzt hatte – und das Datum. Der Brief war fast zwei Jahre alt. Unwahrscheinlich, dass die Kaiserliche Reichspost, die ein Oberpostamt in Nürnberg unterhielt, derart lange für den Transport eines Schreibens gebraucht und es dann ausgerechnet in den Eiskeller des Freiherrn von Rosenberg geliefert hatte.

Also hatte Florentins Vater den Brief verschwinden lassen. Aber warum?

Erneut blickte sie auf Hans' Handschrift. Die Buchstaben waren durch Kälte und Feuchtigkeit teils kaum mehr leserlich, und doch konnte sie einen Satz entziffern, der ihr wie ein Degenstoß ins Herz fuhr. »Ich vermisse Dich, Florentine.«

Hans hatte ihren Namen mit »e«, also in der weiblichen Form geschrieben. Und hinzugefügt: »Ich«, hier waren die Buchstaben zu verwischt, doch den Rest konnte sie noch erkennen: »nicht vergessen.«

Florentin ließ den Briefbogen sinken und beobachtete ihre bebenden Hände, als gehörten sie nicht zu ihr. Der Vater hatte Hans' Brief abgefangen, gelesen und danach mit Absicht unterschlagen. Weil Hans wusste, dass Florentin ein Mädchen war, und ihr Vater daher Angst hatte? Aber der ehemalige

Nachbarjunge war weit fort, und wen hätte es in Preußen interessiert, ob er an einen Jungen oder ein Mädchen schrieb? Das konnte also nicht der Grund sein.

Und im selben Augenblick ging Florentin auf, dass es der beinahe unleserliche Satz sein musste, dass Hans sie nicht vergessen konnte oder wollte. Heinrich von Rosenberg hatte herausgelesen, dass Hans Gefühle für seine Tochter hegte. Nicht wie für einen Kindheitsfreund, sondern so, wie ein Junge für ein Mädchen fühlt.

Deswegen hatte der Freiherr den Brief nach dem Lesen vor ihr verborgen. Er hatte erfahren, dass Hans um ihr Geheimnis wusste, und wollte dennoch nicht akzeptieren, dass sein Kind etwas anderes war als das, was er in Florentin sah: einen Jungen und später einen Mann. Ihr Vater hatte das Schreiben nicht vor ihr geheim gehalten, weil er Florentin schützen wollte, sondern sich selbst. Aus purem Egoismus.

Aufgebracht stürmte Florentin zurück in das Zimmer, in dem ihr Vater in seinem abgewetzten Samtsessel hockte und immer noch in die Schriften von Descartes und Newton versunken war. Ein alternder Mann, der sich mehr und mehr in seine eigene Welt verstrickte, aber noch genug bei Verstand war, andere Menschen für seine Zwecke zu belügen und zu betrügen. Ohne Vorwarnung ging sie auf ihn zu und hielt ihm Hans' Brief unter die Nase.

Heinrich warf zuerst nur einen kurzen, interesselosen Blick darauf, dann jedoch erkannte er das Schreiben. Seine Augen weiteten sich, und er wurde blass. Seine Lippen bewegten sich stumm.

»Sie wollen mir nicht weismachen, der Brief wäre versehentlich hinter Ihre Schnapsflaschen gekommen, Vater?«, sagte Florentin und versuchte vergeblich, den schneidenden Spott in ihrer Stimme zu verbergen.

Der Freiherr schleuderte die Papiere, in denen er eben noch gelesen hatte, auf das zierliche Tischchen und funkelte Florentin aus rotgeränderten Augen an. »Es geschah zu deinem Schutz«, rief er theatralisch. »Es ist meine Pflicht, solch schändliche Anwandlungen von dir fernzuhalten!«

»Warum?«, gab Florentin hitzig zurück. »Es war nichts weiter als ein Brief, den ein junger Mann an ein Mädchen schrieb!«

»Nein!«, gab Heinrich aufgebracht zurück. »Dieser Hundsfott hat einen Liebesbrief an meinen *Sohn* geschrieben! Das ist ... krank!«

Florentin bemühte sich, ihren aufwallenden Zorn zu unterdrücken. Nach dem Kuss zwischen ihr und Hans hatte sie sich monatelang mit der Frage gequält, was sie eigentlich war – ein Junge in einem weiblichen Körper oder ein Mädchen mit der Seele eines Mannes? Seitdem waren mehrere Jahre vergangen, aber es hatte lange gedauert, bis Florentin mit ihrer doppelten Wesenheit Frieden geschlossen und akzeptiert hatte, dass sie zwar körperlich eine Frau war, jedoch überwiegend dachte und handelte wie ein Mann. Was ihre Gefühle betraf, so war es ihr gelungen, diese in die hinterste Ecke ihres Bewusstseins zu verbannen. Hans' Abreise damals hatte es ihr erleichtert, alle Gedanken an die Liebe aus ihrem Leben zu verbannen. Doch nun wühlte der Brief ihres Jugendfreundes Florentins Empfindungen auf wie der Sturm einen ruhigen See, und sie verspürte eine heiße Wut auf den Vater, der an ihren langen inneren Qualen nicht unschuldig gewesen war und bis heute hartnäckig Florentins Weiblichkeit leugnete. »Ist es nicht weitaus kränker, an einer Vorstellung festzuhalten, die nur in Ihrem Kopf existiert, Vater?« Obwohl sie wusste, dass sie dem Vater gegenüber nicht unverschämt werden durfte, war ihr der Satz entschlüpft, ehe sie darüber nachdenken konnte. Sogleich wusste sie jedoch, dass sie damit eine Grenze überschritten hatte. Drohend baute der Freiherr sich vor ihr auf. »Wage es nicht, frech zu werden«, fuhr er Florentin bitterböse an. »Du bist der Sohn und ich der Vater, vergiss das nicht!«

Normalerweise verließ Florentin den Raum, wenn Heinrich anfing, sich in seinen selbstgerechten Zorn hineinzusteigern. Doch mit einem Mal hatte sie es satt, von ihrem Vater ständig behandelt zu werden, als sei sie noch ein dummes Kind und als hätte es den Tag am Fluss, an dem sie erkannte, dass sie ein Mädchen war, nie gegeben. Und in diesem Augenblick erkannte sie die Wahrheit hinter Heinrich von Rosenbergs Versuch, sie als seinen Stammhalter großzuziehen. Es war der Wunsch eines Mannes, der sich in eine Illusion verbissen hatte und daran festhielt, selbst wenn alle Menschen um ihn herum daran zugrunde gingen – sogar Florentin selbst. Wie Narziss im Teich nichts anderes als sein Spiegelbild erblickte, sah der Freiherr nur sich selbst und seine Wünsche. Doch statt Florentin wenigstens als Mann ein Vorbild zu sein, wirtschaftete Heinrich das Gut durch seine Trunksucht und Weltentfremdung immer mehr zugrunde, während er gleichzeitig von seiner Tochter verlangte, ein Leben in Männerkleidern zu führen und den Familienbesitz zu retten. Florentin wäre gewillt gewesen, weiter ihrem Vater und dem Gut zuliebe ihre Rolle als Mann zu spielen, aber dass dieser nicht sehen wollte, wer sie wirklich war, ja, dass ihn Florentin und ihr Wohl überhaupt nicht interessierten, trieb sie schlagartig zur Weißglut. »Ich bin Ihre *Tochter.* Vielleicht sollten Sie endlich einmal anfangen, der Wahrheit ins Auge zu sehen, Vater, bevor Sie auch noch den Rest Ihrer Familie zugrunde richten«, gab Florentin eisig zurück. Sie dachte nun nicht mehr darüber nach, was es für Folgen haben könnte, wenn die Realität

Heinrich von Rosenbergs Traumwelt zu zerstören drohte, in der Florentin sein Stammhalter war, der einst seinem Gut zu neuem Glanz verhelfen würde. Bisher hatte sie sich ja nicht einmal ungern in dieses Bild gefügt, aber nach den Wochen alleine mit ihrem weinsüchtigen und lebensuntüchtigen Vater wollte sie nun selbst über ihr Leben bestimmen – egal, ob als Mann oder vielleicht irgendwann einmal doch als Frau.

Florentin vermutete, dass es nicht ihr ungewohnt aufsässiger Tonfall war, sondern die Tatsache, dass sie ins Schwarze getroffen hatte, die Heinrich von Rosenberg die Beherrschung verlieren ließ. Er holte mit dem rechten Arm aus, doch das junge Mädchen sah den Schlag kommen und duckte sich weg. Der Hieb ging ins Leere, aber durch den Schwung verlor der Freiherr das Gleichgewicht und stieß hart gegen den Tisch, der wackelte und beinahe umstürzte. Wirtschaftsbücher und Tintenfass fielen polternd zu Boden, die Tinte ergoss sich über das Papier und ertränkte die Einträge in flüssiger Schwärze. Wie vom Donner gerührt sah Heinrich auf die Zerstörung, dann hob er den Blick.

Florentin erschrak über das Ausmaß der Wut in seinen rotunterlaufenen Augen. Mit einem Ruck zog ihr Vater die Reitpeitsche, die er seines störrischen Rappen wegen stets mit sich trug, aus dem rechten Stiefelschaft, und noch ehe Florentin reagieren konnte, traf sie der erste Hieb und zog eine brennende Spur von Schmerz über ihren linken Arm. Sie sprang zurück und blickte ihren Erzeuger bestürzt an. Er hatte sie bis zum heutigen Tag nie geschlagen. Im Gegensatz zu Hans und den anderen Kindern, die oft schon bei kleinen Verfehlungen Backpfeifen oder sogar die Rute ihrer Väter zu spüren bekommen hatten, waren die Töchter derer von Rosenberg nie körperlich gezüchtigt worden. Heinrich hatte Florentin höchstens etwas kräftiger bei den Schultern gefasst und ihr streng in die Augen gesehen, wenn sie aufmüpfig oder er mit ihren Leistungen beim Reiten, Fechten oder Lernen nicht zufrieden gewesen war. Aber niemals hatte es Schläge gegeben. Nicht nur, weil es sich bei Florentin um sein Lieblingskind handelte, sondern weil es nicht dem Naturell des Freiherrn entsprach, sich an Schwächeren zu vergreifen.

Jetzt aber erschien es Florentin fast, als sähe sie einen Fremden vor sich. Mit einem pfeifenden Laut ließ ihr Vater die Gerte erneut durch die Luft sausen, während er auf sie zukam, und jäh wurde seiner Tochter klar, warum er auf einmal so gewalttätig war: Es war seine über Jahre aufgestaute Wut. Er wollte Florentin nicht nur für ihre Widerworte büßen lassen, sondern auch dafür, dass seine Gemahlin ihn mitsamt der älteren Tochter verlassen hatte. All seine Verbitterung, aber auch die Scham, dass er es nicht geschafft hatte, das Gut zu bewirtschaften und seine Familie zusammenzuhalten, würde er nun an Florentin auslassen. Zu ihrem Glück war der Vater durch den Wein, dem er reichlich zugesprochen hatte, nicht mehr sicher auf den Beinen, und daher streifte sie der zweite Peitschenhieb lediglich. Doch in diesem Augenblick starb etwas in Florentin. Sogar nachdem sie Hans' Brief gefunden und erkannt hatte, dass das Schreiben von ihrem Vater absichtlich unterschlagen worden war, hatte sie ihn noch geliebt und zu ihm aufgesehen. War der Freiherr trotz allem doch der Einzige gewesen, der Florentin stets als vollwertigen Jungen anerkannt hatte und sie gegenüber der allgegenwärtigen Missbilligung der Mutter verteidigt hatte. War diese gegen Reit- und Fechtstunden für Florentin gewesen, hatte der Freiherr sich durchgesetzt und seine Jüngste stundenlang alleine mit ihrem Pferd durch die Wälder streifen lassen. Selbst Terese war es nicht immer gelungen, in Florentin einen Bruder zu sehen, und sie hatte das Geschwisterchen, seit sie wusste, dass es ebenfalls ein Mädchen war, doch meist wie eine kleine Schwester behandelt. Der Vater dagegen war stets überzeugt gewesen, dass Florentin alle Herausforderungen als Mann meistern würde. Doch jetzt hatte sie in seinen Augen einen Verrat begangen, und dafür würde er sie büßen lassen. Florentin sah, wie seine Hand mit der Reitgerte erneut ausholte.

Doch sie war nicht bereit, das Opferlamm zu spielen und sich von ihrem Vater blutig prügeln zu lassen. Leichtfüßig lief sie um den Tisch herum, der nun zwischen ihnen stand. Mit einem gereizten Knurren folgte ihr der Freiherr, und wäre die Lage nicht bitterernst gewesen, hätte man glauben können, Florentin sei wieder ein Kind und spielte mit dem Vater Fangen. Doch das Spiel würde für die junge Frau bittere Folgen haben, wenn Heinrich sie in die Finger bekäme. Daher sprang sie erneut von ihm fort und war mit wenigen Schritten an der Seite der Wand, an welcher der Degen ihres Großvaters hing, den ihr Vater hütete wie einen Schatz. Auch wenn die Waffe schon etwas eingerostet war, taugte sie noch dazu, einen angetrunkenen, gewaltbereiten Mann in Schach zu halten.

»Bleiben Sie stehen, oder es wird Sie reuen!«, rief Florentin in ihrer Not und ging in Fechtstellung, obwohl es ihr fast das Herz zerriss und sie das Gefühl hatte, ihrem Vater allein mit ihren Worten den Degen bereits tief ins Fleisch gestoßen zu haben. Als wäre er gegen eine Mauer gelaufen, blieb Heinrich von Rosenberg stehen. Sein Arm sank herab, und die Reitpeitsche baumelte schlaff in seiner Hand. »Das wagst du nicht«, flüsterte er, aber Florentin brauchte nichts zu sagen, denn ihr Vater las die verzweifelte Antwort in ihrem Gesicht.

Florentins Augen brannten, und am liebsten wäre sie einfach in ihre Kammer gelaufen, hätte sich die Decke über den Kopf gezogen und sich eingeredet, das alles wäre nur ein schlimmer Traum. Doch sie wusste, dass sie hier und jetzt eine Entscheidung treffen musste. Eigentlich war ihr Entschluss schon gefallen, als sie der erste Hieb mit der Reitpeitsche getroffen hatte. Es gelang ihr, das Zittern in ihrer Stimme zu unterdrücken und ihrem Vater fest in die Augen zu sehen. »Sie wollen mich unbedingt als Nachfolger, aber gleichzeitig tun Sie alles, um unser Zuhause und sich selbst zu ruinieren. Ich ertrage das nicht länger. Daher werde ich das Gut verlassen, Vater«, sagte sie.

Auf einmal war Florentin ganz ruhig, obwohl heiße Tränen in ihrer Kehle brannten. Sie schluckte sie hinunter – tapfer wie ein Junge, aber mit dem Kummer eines Mädchens, das gerade alles verlor, vor allem die Liebe seines Vaters.

Aller Zorn wich jäh aus dem Gesicht des Freiherrn, und er stützte sich kraftlos an der Tischkante ab. »Du hast keine Ahnung, Florentin«, flüsterte er heiser. »Du weißt nicht, was ich alles dafür getan habe, damit du das Gut erben kannst und niemand erfährt, was du bist. Die Hebamme …« Er stockte.

Seine Tochter wartete, ob er weitersprach, doch er stand nur schwer atmend da, mit gesenktem Kopf und vom Alkohol leicht schwankend.

Florentin wischte sich mit einer Hand über die Augen, aber ihr Entschluss stand fest. »Ich kann nicht mein Leben lang Ihre Illusion aufrechterhalten. Und ich will es auch nicht. Die Dämonen, gegen die Sie kämpfen, sind zu stark für mich.« Rückwärtsgehend behielt sie ihn im Auge, bis sie die Tür geöffnet hatte.

Doch ihr Vater machte keine Anstalten, erneut auf sein Kind loszugehen, sondern stand nur schwer atmend und mit gesenktem Kopf an Ort und Stelle still. Die Peitsche war ihm aus der kraftlosen Hand gefallen und lag wie eine schwarze Natter am Boden. Da wusste Florentin, dass er ihr nicht folgen würde.

In ihrer Kammer packte sie zwei Satteltaschen, dann lief sie hastig in den Stall und zäumte ihre geduldige Stute auf. Obwohl die Abenddämmerung nahte, wollte Florentin keine Stunde länger auf dem Gut verweilen, sondern sich lieber unterwegs eine Scheune oder einen Unterstand zum Schlafen suchen. Noch einmal über ihren Entschluss nachzudenken, kam nicht in Frage. Denn wenn sie blieb, würde auch der Rest Liebe, den sie für ihren Vater empfand, schwinden. Die Erinnerungen an den Menschen, der Florentin Reiten und Fechten gelehrt und Tag für Tag mit ihr geübt hatte, würden verblassen. Übrig bleiben würde das Bild eines hageren, betrunkenen Mannes mit wirrem Haar und fleckiger Kleidung, der über das verwahrloste Gut torkelte – auf der Suche nach dem Glück, das er selbst zerschlagen hatte wie eine seiner tönernen Schnapsflaschen.

Obwohl ihre Augen blind vor Tränen waren, ritt Florentin hoch aufgerichtet und ohne einen Blick zurück auf das Gut, auf dem sie aufgewachsen war und wo sie die glücklichsten Jahre ihrer Kindheit verbracht hatte, davon.

Kapitel 9

21. Juni 1752,
Stadthaus
im Fürstentum Bayreuth

»Bei allen Heiligen, Florentine!« Maria von Rosenberg kam aus der Türe gestürzt, an die ihre Jüngste am späten Mittag hämmerte. Endlich hatte Florentin sich zu dem bescheidenen Stadthäuschen durchgefragt, in dem ihre Mutter inzwischen zusammen mit der Schwester lebte. Fassungslos blickte Maria von Rosenberg auf das zerzauste Haar ihrer Tochter, die nasse Joppe und ein Paar verdreckter Stiefel. Seit gestern Nachmittag fiel ein leichter, aber hartnäckiger Regen. Der Frühsommer zeigte sich kühl und abweisend und schickte in diesen Tagen unfreundliche Windböen statt Sonnenschein. Dementsprechend nass und durchgefroren war Florentin endlich in Bayreuth angekommen.

»Gibt es hier einen Stall für mein Pferd? Ich muss es trocken reiben und füttern«, erklärte sie.

Missbilligend schüttelte ihre Mutter den Kopf. »Du hast dich nicht verändert. Immer noch kommt das Pferd an erster Stelle«, stellte sie zwischen Lachen und Verzweiflung fest. »Und Männerkleidung trägst du auch wie eh und je!«

»Als Frau hätte ich schlecht alleine reisen können«, gab die Getadelte zurück und bemühte sich, ihre Gereiztheit zu verbergen. Auch die Mutter hatte sich nicht verändert, dachte

Florentin. Obwohl sie einander lange nicht gesehen hatten, mäkelte die Freifrau sofort wieder an ihrer Zweitgeborenen herum, ganz abgesehen davon, dass sie sie hartnäckig mit der weiblichen Form ihres Namens ansprach, was Florentin ebenso wenig behagte wie die Missbilligung der Mutter.

Um ihre Ankunft nicht gleich mit einem Wortgefecht zu trüben, für das sie keine Kraft mehr hatte, schwieg Florentin jedoch und führte ihre erschöpfte Stute in ein leerstehendes Gebäude neben dem Stadthäuschen, das in einem kleinen, etwas verwilderten Garten stand und offenbar als Lagerraum für allerlei Gerätschaften diente – unter anderem eine Kutsche, der ein Rad fehlte. Zum Glück fand Florentin einiges an frischem Stroh vor, mit dem sie das Tier abreiben und ihm einen einigermaßen bequemen Unterstand einstreuen konnte. Erst nachdem sie sich vergewissert hatte, dass es ihrer treuen Stute gut ging, kehrte Florentin ins Haus zurück.

Dort wartete ihre Mutter auf sie mit einem Fußbad.

Aufatmend zog Florentin die durchnässten Lederstiefel aus und tauchte vorsichtig ihre eiskalten Zehen in das heiße Wasser, das die Mutter in einem Topf auf dem Ofen erwärmt hatte. Für Dienstpersonal, das diese Arbeiten normalerweise übernahm, fehlte das Geld.

Als die Hitze ihre Haut traf, stachen Florentin sofort tausend feine Nadeln in die Beine, und es verging einige Zeit, bis sie aufhörte, vor Kälte zu zittern. Kurzerhand zog sie sich die nassen Männerkleider aus, tauchte ein sauberes Linnentuch, das die Mutter ihr hingelegt hatte, in das heiße Nass und rieb sich damit kräftig am ganzen Körper ab.

Nach einem Dreitageritt und den Übernachtungen in Heuhaufen und Strohscheunen hatte Florentin das dringende Bedürfnis, sich nicht nur aufzuwärmen, sondern auch zu säubern. Da erschien ihre Mutter auch schon mit trockener Kleidung – einem langen Kleid mit geschnürtem Mieder.

»Keine Widerrede«, befahl sie, weil sie sah, wie ihre Tochter das Gesicht verzog. Doch Florentin dachte nicht daran, zu gehorchen. »Ich werde es nicht tragen, Mutter. In meinen Satteltaschen befinden sich zwei saubere Hemden und eine Hose, und ich wickle mich eher in ein Linnentuch, um sie mir zu holen, als mich in dieses Mieder zu zwängen.«

Marias Lippen wurden schmal, und Florentin überschwemmte auf einmal die Erinnerung an ihre Kindheit und Jugend. Wie oft hatte sie damals diesen Ausdruck bei der Mutter gesehen – und meistens war es der Unmut über ihr jüngstes Kind.

»Du vergisst, dass du in meinem Haus bist, Florentine. Ich habe mich lange genug den Wünschen deines Vaters gebeugt, dich wie einen Jungen zu behandeln. Damit ist es nun vorbei. Hier bestimme ich – und du wirst dich fügen. Oder möchtest du lieber wieder gehen?«

Florentin starrte Maria von Rosenberg an. So hart und unerbittlich kannte sie ihre Mutter trotz früherer Streitereien und Maßregelungen nicht. Obwohl Florentin noch kein Wort über den Grund ihres Auftauchens in Bayreuth verloren hatte, schien die Mutter zu ahnen, dass ihre Tochter dem Gut samt des Vaters ebenfalls Lebewohl gesagt hatte, denn sie musterte das junge Mädchen eindringlich, ehe sie mit kühler Stimme fortfuhr. »Es steht dir natürlich frei, uns zu verlassen, die Frage ist nur, wo du bleiben willst. Mein Gefühl sagt mir, dass du nicht nach Nürnberg zurückkehren willst. Wenn du jedoch bei mir um Obdach ersuchst, wirst du dich künftig nach meinen Wünschen richten.«

Sosehr die Worte der Mutter Florentin verzweifelt und wütend werden ließen, erkannte sie doch nach kurzer Überlegung, dass sie keine Wahl hatte – jedenfalls für den Augenblick. Schweigend und ohne Maria anzusehen, streckte Florentin die Hand nach dem verhassten Gewand aus. Die Freifrau konnte ein kleines, triumphierendes Lächeln nicht verhehlen, während sie beobachtete, wie ihre Jüngste in das Kleid schlüpfte.

»Es wird Zeit, dass du deiner Natur folgst und endgültig als junge Frau lebst, Florentine!«

Die focht einen harten inneren Kampf, um ihrer Mutter nicht zu widersprechen. Am liebsten wäre sie dem unbequemen Mieder sofort mit ihrem Degen zu Leibe gerückt und danach in ihre gewohnte Männerkluft geschlüpft. Florentin merkte, wie wenig sie es bisher gewohnt gewesen war, zu etwas gezwungen zu werden. Nun war es ihr, als hätte sie mit den Männerkleidern auch ihren Willen abgelegt, und dieses Gefühl war ihr zutiefst zuwider. Doch weil sie spürte, dass ihre Mutter ernst machen und Florentin auf der Straße landen würde, wenn sie sich nicht beugte, biss sie die Zähne zusammen. Allerdings wusste das junge Mädchen nicht, wie lange es das durchhalten würde. Nur der Gedanke an Terese ließ sie den Mund halten und nicht noch einmal aufbegehren. »Nun möchte ich aber meine Schwester aufsuchen«, sagte Florentin, ehe ihre Mutter anfing, sich auch noch über die Haare ihrer Jüngsten zu mokieren. »Wo ist sie, warum ist sie nicht längst gekommen und hat mich begrüßt?«

Ein Schatten glitt über Marias Gesicht. »Terese ist zurzeit unpässlich. Sie muss viel ruhen.«

»Ist es … wegen der Schwangerschaft?«, fragte Florentin zögernd. Für Terese musste es schrecklich sein, zu spüren, wie in ihr ein Menschlein heranwuchs, das nicht aus Liebe oder wenigstens Zuneigung, sondern aus purer Gewalt entstanden war, dachte sie. »Ich werde zu ihr gehen«, sagte sie daher entschlossen. »Ich weiß, dass die augenblickliche Lage für sie nicht leicht ist, aber vielleicht kann ich sie ja ein wenig trösten.«

Florentin wandte sich um, da spürte sie die Hand ihrer Mutter auf dem Arm. Marias Griff war sanft, aber bestimmt. »Du musst sie nicht trösten, Florentine. Terese hat das Kind vor knapp einer Woche verloren.«

*

»Ich bin kein guter Mensch, Florentin! Nicht einmal um eine unschuldige Kinderseele kann ich trauern!« Terese lehnte müde ihren Kopf an die Schulter ihrer jüngeren Schwester.

Florentin strich ihr besänftigend über das Haar und spürte, wie stumpf und spröde es geworden war. Seit die Schwestern einander nicht mehr gesehen hatten, war Terese erschreckend abgemagert. Ihr früher so fröhliches, rundes Gesicht wirkte schmal und ausgezehrt, die Haut war fahl, und die Wangenknochen traten als zwei scharfe Kanten hervor. Ihre früher schlanken Finger waren jetzt hager und zupften unablässig an einem unsichtbaren Faden ihres Kleides. Florentin nahm Tereses Hände in die ihrigen und spürte erschrocken, wie kalt sie waren, obwohl in dem kleinen Kamin ein munteres Feuer gegen die Frühsommerkälte draußen anprasselte.

Vor mehr als einer Woche hatte Terese Schmerzen bekommen, und ihre Wäsche war von Blut getränkt gewesen. Mit heftigen Krämpfen hatte die junge Frau sich auf den Abort hinter dem Haus geflüchtet, wo ein ganzer Schwall klumpiges Blut aus ihr herausschoss, sodass Terese glaubte, sterben zu müssen. Als ihre Mutter nach zwei Tagen endlich einen Arzt aufgetrieben hatte, bestätigte dieser nur, was die junge Frau sowieso schon geahnt hatte: Das Kind war im Alter von vier Monaten im Leib der Mutter gestorben.

»Du hast dir nichts vorzuwerfen«, versuchte Florentin ihre Schwester zu trösten, aber sie hörte selbst, wie hohl und gekünstelt ihre Worte klangen.

»Ich bin erleichtert – und das ist eine Sünde«, flüsterte Terese.

»Nein, ist es nicht!«, erwiderte Florentin heftig. »Wie hättest du Wilhelms Kind denn lieben können? So etwas von dir zu erwarten, wäre unmenschlich!«

»Das verstehst du nicht, Florentin. Wie könntest du auch, du hast ja bisher nie erfahren, wie es ist, eine Frau zu sein.« Terese blickte ihre kleine Schwester an, und zum ersten Mal seit deren Ankunft schien sie sie wirklich wahrzunehmen. »Du trägst ja ein Kleid!«, stellte Terese erstaunt fest.

»Ja, weil Mutter sich geweigert hat, mir etwas anderes zu geben. Wenn ich ein Dach über dem Kopf haben will, muss ich mich fügen. Sie möchte mich mit diesem Folterinstrument«, damit zog Florentin an dem eng geschnürten Mieder, »endlich meiner ›wahren Natur‹ zuführen, sagt sie.«

Endlich huschte ein Lächeln über die bleichen Züge ihrer Schwester. »Ach Florentin, es ist schön, dass wenigstens du dich nicht verändert hast. Nun aber sag mir, wie lange wirst du bleiben?«

Die Jüngere schluckte und überlegte einen Augenblick, ob sie erzählen sollte, was sich auf dem Gut des Vaters ereignet hatte. Würde es nicht zu viel für Terese sein? Sie war bereits geschwächt und vor Kummer schier zerfressen.

Doch die Ältere hatte Florentins Mienenspiel aufmerksam verfolgt. »Es ist etwas geschehen, nicht wahr? Bitte, erzähle es mir!«

Florentin hatte vergessen, wie gut Terese sie kannte.

»Vater«, sagte sie nur. »Er ist … er hat sich nicht mehr in der Gewalt, geschweige denn das Gut. Wir sind in Streit geraten, und er ist mit der Reitgerte auf mich losgegangen. Ich musste ihn mit Großvaters Degen in Schach halten, weil ich Angst hatte, er würde mich sonst bewusstlos prügeln«, schloss sie leise.

Terese hatte entsetzt die Hand vor den Mund geschlagen. »Dass es einmal so weit mit ihm kommt!«

Florentin zuckte die Schultern und versuchte, sich die Trauer über den Verfall des Vaters nicht anmerken zu lassen.

»Aber dann bleibst du hier, ja?«, fragte Terese, und ihr Gesicht hellte sich auf.

Florentin schluckte. »Ich weiß es nicht, Schwesterherz«, gab sie zu. »Ich fürchte, Mutter wird mich zwingen, fortan ausschließlich als Frau zu leben. Und das würde bedeuten, dass ich nicht mehr fechten und reiten darf, so wie ich es gewohnt bin. Das halte ich nicht aus. Ich kann doch nicht auf einmal mein ganzes bisheriges Leben vergessen!«

Doch weil Terese beim Gedanken, ihre jüngere Schwester gleich wieder zu verlieren, die Tränen kamen, versprach Florentin ihr, zu bleiben. Sie hätte ja sowieso nicht gewusst, wohin sie hätte gehen sollen.

*

Natürlich kam es, wie sie es befürchtet hatte: Maria von Rosenberg erlaubte ihrer jüngeren Tochter nicht einmal ab und zu, in Männerkleidung reiten zu gehen. Stattdessen musste Florentin Tereses alte Kleider auftragen, sich jeden Morgen die Haare flechten und hochstecken und zu allem Überfluss ihre alten Stickarbeiten wiederaufnehmen, die ihre Mutter tatsächlich aufgehoben hatte. Nach nicht einmal zwei Wochen war das junge Mädchen in seinem neuen Leben bereits todunglücklich. Sie konnte sich nicht damit abfinden, überhaupt keine Freiheiten mehr zu haben. Die Ausritte in der Natur fehlten ihr, das von ihr erwartete Verhalten erschien ihr gekünstelt und sie beherrschte es nicht, und wenn sie sah, wie ein fremder Bursche aus der Nachbarschaft ihre Stute spazieren führte – sie zu reiten hatte Florentin nicht erlaubt, ansonsten drohte sie der Mutter mit einem Tobsuchtsanfall –, brach ihr beinahe das Herz.

»Lassen Sie mich wenigstens ab und zu in meiner gewohnten Kleidung ausreiten«, hatte Florentin gebettelt und stumm hinzugefügt, die Mutter möge sie zumindest manchmal der Mensch sein lassen, der sie war. »Im Wald sieht mich doch niemand!« Doch Maria von Rosenbergs Antwort war ein striktes Nein gewesen.

Wenigstens war es Florentin gelungen, die beiden Satteltaschen mit ihrer Männerkleidung auf dem Dachboden des Hauses zu verstecken, wo ihre Mutter sie nicht finden würde, weil die Freifrau schreckliche Angst vor Mäusen hatte, die angeblich dort oben hausten. Auch ihren Degen hatte Florentin dort oben aufbewahrt. Ganz früh am Morgen, wenn alle noch schliefen, schlich sie sich auf den Speicher und duellierte sich eine Stunde lang mit ihrem Ebenbild, das ein alter, mannshoher Spiegel ihr in seinem fleckigen Glas zeigte. Dabei stellte sie sich Meister Gottfrieds Stimme vor. Ihr Fechtlehrer war inzwischen von der Gicht geplagt und konnte seit zwei Jahren keinen Degen mehr halten, aber seine Anweisungen hatten sich Florentin für immer ins Gedächtnis gebrannt.

Zum Glück schöpfte ihre Mutter keinen Verdacht. Sie wunderte sich nur, warum Florentin stets hungrig über das Frühstück herfiel, das ihre Haushälterin zubereitet hatte – die Einzige, deren Dienste die Freifrau sich von dem bescheidenen Vermögen, das ihre Eltern hinterlassen hatten, leisten konnte. Auf eine Kammerzofe verzichteten Maria und Terese seit dem

Umzug, dafür kam eine »*Mademoiselle*« aus der Stadt ins Haus, eine ältliche Jungfer mit kleinen, flinken Knopfaugen und spitzer Nase, die Terese – und zu Florentins Missmut nun auch ihr – das Tanzen und die französische Konversation nahebringen sollte, wie es in adligen Kreisen üblich war.

Maria von Rosenberg hatte offensichtlich die Hoffnung nicht aufgegeben, Terese doch noch anständig zu verheiraten. Jetzt, da sich das Problem ihrer ungewollten Schwangerschaft erledigt hatte, verdoppelte ihre Mutter die Anstrengungen, und *Mademoiselle*, von der Florentin und Terese nie den Namen erfahren sollten, erschien nun drei statt zwei Mal in der Woche.

Für Florentin waren diese Stunden in der stickigen Stube eine Qual. Sie lernte schnell und hatte Französisch bereits als Kind leidlich beherrscht, aber die ewigen Wiederholungen und Floskeln, die man bei Hofe benutzte, ließen sie jedes Mal beinahe in einen ohnmachtsähnlichen Schlaf fallen. Schlimmer waren nur die Handarbeitsstunden. Die flinken, engstehenden Rosinenaugen der mageren, ältlichen Jungfer sahen jeden kleinsten Fehler in der Stickerei, und sofort machte sie Florentin darauf aufmerksam und ließ sie und Terese nicht eher gehen, bis sie befand, dass es nun genügte.

Einzig die Tanzstunden machten Florentin Freude. Sie tat sich durch ihre zahlreichen Fechtstunden mit dem Erlernen der Schritte leicht, und vor allem das Menuett gefiel ihr. Aber *Mademoiselles* eintönige Stimme, die in einem schrillen Singsang »*Un, deux, trois* – und nun drehen, drehen und noch einmal …« intonierte, machte Florentin fast verrückt. Obwohl sie gerne tanzte, fühlte sich Florentin nach wie vor in den langen Kleidern und den zierlichen Schühchen kostümiert, wie der kleine Jahrmarktsaffe damals auf der Drehorgel. Wenn sie versuchte, in ihrem gewohnten Tempo zu laufen, verfingen sich die Unterröcke aus raschelndem Musselin um ihre Knöchel, und anfangs wäre sie ein paar Mal fast hingefallen, weil die Sohlen der Damenschuhe rutschig waren und Florentin die bequemen Reitstiefel gewohnt war.

Ihre Mutter blieb jedoch eisern, und da sie kaum ausging, weil sie sich vom gesellschaftlichen Leben beinahe völlig zurückgezogen hatte, behielt Maria ihre Jüngste zu Hause ständig im Blick. Sie wachte mit Argusaugen darüber, dass Florentin ja stets korrekt gekleidet herumlief und keine einzige Stunde bei *Mademoiselle* versäumte.

Terese fügte sich ohne Murren deren Zitat. Florentin jedoch musste die Zähne zusammenbeißen, um nicht manchmal vor Unmut laut zu schreien. Draußen im Stall stand ihr Pferd, und statt mit ihm über die Felder zu galoppieren oder durch die Wälder zu traben, die ihr erstes, zartgrünes Blättergewand angelegt hatten, saß sie bei herrlichem Sonnenschein in der dumpfen Stube und stickte zu *Mademoiselles* enervierender Stimme Kreuz- und Perlstiche.

Einmal mehr fragte sie sich, ob nun *das* ihre Zukunft sein sollte – die Alternative zum Leben auf dem verarmten Gut ihres Vaters? Florentin war, als müsse sie wählen, ob sie den Rest ihres Lebens sauren Wein trinken oder schimmeliges Brot essen wollte. Beide Möglichkeiten schienen wenig verlockend.

Als die dritte Woche anbrach, hielt sie es nicht mehr aus. Obwohl sie wusste, dass ihre Mutter später toben würde, beschloss Florentin, dass heute ein Tag frei von allen Pflichten wäre. Die Sonne lockte mit ihren warmen Strahlen, und so schlich sie kurz vor Beginn der französischen Konversationsstunde auf den Dachboden. Dort schlüpfte sie in das Hemd, ihren bereits ziemlich abgetragenen Reitrock sowie die knielange Hose und zog sich ihre schäbigen, aber bequemen Stiefel an, die sie nach ihrer Ankunft in Bayreuth von allem Schmutz befreit hatte. Zum Schluss stülpte sie sich noch einen einfachen, schwarzen Dreispitz auf den Kopf. Obwohl Florentin hier niemanden kannte, weil sie sich seit ihrer Ankunft noch nicht in der Stadt gezeigt hatte, wollte sie sichergehen, dass jeder sie für einen jungen Mann hielt.

Lautlos huschte sie anschließend in die Küche, die ebenerdig zum Garten lag, und kletterte durch das offene Fenster hinaus ins Freie. Ihre Stute hob den Kopf und wieherte leise, als sie ihre Reiterin kommen hörte.

»Wir machen einen herrlichen Ausritt«, versprach Florentin ihr, während sie das Tier zäumte. Zum Glück lag das verfallene Gebäude, das ihr immer noch als Stall diente, abseits von den Räumen der Mutter, sodass Maria von Rosenberg das Verschwinden ihres Kindes erst bemerken würde, wenn Florentin schon auf und davon war. Musste *Mademoiselle* heute eben einmal Terese alleine triezen, dachte das junge Mädchen und schwang sich in den Sattel.

Ihr Pferd, überdrüssig vom langen Stehen, tänzelte übermütig und sprengte augenblicklich los. Sie ließ die Zügel schießen, und im gestreckten Galopp ging es zum Tor hinaus und an *Mademoiselle* vorbei, die soeben mit ihren steifen, kurzen Schritten angetrippelt kam, um die zwei Töchter der Freifrau Manieren zu lehren. Kreischend sprang sie zur Seite, als Florentin zu Pferd an ihr vorbeipreschte.

»Unverschämter Bengel, grober Kerl! Dich sollte man …«, kreischte sie in hohem Diskant; den Rest hörte die junge Reiterin nicht mehr, weil ihre Stute längst davongaloppiert war. Florentin lachte, bis sie an die große Straße kam und ihr Reittier in einen gemächlichen Trab verfiel.

*

Es dämmerte bereits, als Florentin die Haustür öffnete. Sie hatte einen herrlichen Tag verlebt. Stundenlang war sie durch die milde Frühsommerluft geritten, hatte an kleinen Bachläufen oder auf sonnigen Wiesen Rast gemacht und ihre Stute im grüngelben Sonnenglanz grasen lassen, während sie auf der Wiese ihre etwas eingeschlafenen Fechtbewegungen übte. Danach hatte sie sich regelrecht zwingen müssen, in die Stadt und zu dem bescheidenen Häuschen ihrer Mutter zurückzukehren. Gerade wollte Florentin zur Stiege schleichen, da flog die Tür des kleinen Salons auf, in dem Maria von Rosenberg oft Tee zu trinken pflegte, und Florentin fuhr ertappt herum. Doch statt in das zornige Gesicht ihrer Mutter blickte sie in zwei erstaunte blassbraune Augen eines unbekannten Mannes, der in einem samtenen *Justaucorps*, dem knielangen Leibrock, vor ihr stand. Florentin starrte ihn genauso verblüfft an wie er sie. Dann machte der junge Mann eine elegante Verbeugung, und Florentin sah, dass er sie nur knapp überragte. Seine haselnussbraunen Haare begannen sich seitlich über der Stirn bereits zu lichten, obwohl er nicht viel älter als Florentins Schwester Terese sein konnte. Von der Gestalt her war er schlank mit schmalen Schultern, und auch sein Gesicht würde Florentin wahrscheinlich bereits am nächsten Tag wieder vergessen haben, so gewöhnlich war es.

»Balthasar Imhoff, *enchanté*«, stellte er sich Florentin vor. Hinter ihm erschien das entgeisterte Gesicht ihrer Mutter im Türspalt, deren Blick an den Männerkleidern ihrer jüngsten Tochter hängenblieb. Das war *die* Gelegenheit, den verhassten Stunden bei *Mademoiselle* künftig zu entkommen, dachte das Mädchen und sah Balthasar direkt in die Augen. »Florentin von Rosenberg«, sagte sie kühn und hörte ihre Mutter hinter dem jungen Mann nach Luft schnappen.

Inzwischen war auch Terese unter der Tür zum Salon erschienen, und Florentin sah an ihrer Miene, dass ihre Schwester zwischen Schrecken und Belustigung schwankte. Terese trug ein schlichtes, plissiertes Oberkleid, die *Kontusche*, mit roséfarbenem *Jupe*, dem Unterrock, und einem etwas dunkleren *Manteau*. Ihre Haare waren lose frisiert und mit einer Haube aus zarter Spitze bedeckt, trotzdem sah sie heute viel besser aus als in den Tagen nach Florentins Ankunft. Der rosenholzfarbene Kleiderstoff färbte Tereses Wangen im gleichen Ton, und ein Hauch Puder in ihren Haaren ließ die blonden Flechten glänzen. Maria von Rosenberg hatte eines ihrer wenigen feinen Kleider aus dunkelgrünem Stoff angelegt, das am Kragen und an den Ärmeln mit aufwendiger Spitze eingefasst war. Knapp unter der Brust saßen zwei prunkvolle, altroséfarbene Schleifen. Trotz der milden Temperaturen hatte die Freiherrin ihren Pelzschal umgelegt – eines der wenigen kostbaren Dinge, die sie besaß. Florentin wunderte sich. Hatte ihre Mutter sich wegen des Besuchers so herausgeputzt?

»Oh«, sagte der junge Mann in diesem Augenblick verwirrt. »Ich wusste ja gar nicht, dass das bezaubernde Fräulein Terese einen Bruder hat. Ihre verehrte Frau Mutter erzählte nur etwas von einer Schwester …?«

»Ich bin sozusagen das schwarze Schaf der Familie«, sagte Florentin lächelnd zu Balthasar und zwinkerte ihm komplizenhaft zu. Der hielt das wohl für einen Scherz, denn er lachte hell auf, ehe er etwas verlegen erklärte: »Nun, ich durfte auch heute zum ersten Mal Gast im Hause Ihrer freundlichen Frau Mutter sein. Daher bin ich mit den Familienverhältnissen natürlich nicht vertraut. Noch nicht«, fügte er kühn hinzu.

Florentin zog die Augenbrauen hoch, und ihr Blick flog zu Terese, deren Wangen sich purpurn verfärbten. Daher wehte also der Wind, dachte sie. Ihre Mutter ließ die *Mademoiselle* kommen, weil sich augenscheinlich ein aussichtsreicher Heiratskandidat für Terese gefunden hatte. Florentin hoffte nur, ihre Schwester würde ebenfalls Sympathie für diesen Imhoff entwickeln.

Nachdem er sich mit vielen Komplimenten und einer tiefen Verbeugung verabschiedet hatte, hätte sie Terese am liebsten sofort nach ihren Gefühlen gefragt, doch leider hatte Maria von Rosenberg vorher noch ein Hühnchen mit Florentin zu rupfen. »Wie kannst du es wagen, gegen meine Anordnungen zu handeln und in Männerkleidung hier hereinzuspazieren?«, sagte sie, und ihre jüngere Tochter spürte, dass die Freifrau ihre Beherrschung nur mühsam aufrechterhielt. »Du bringst uns alle in eine peinliche, ja sogar unmögliche Situation!«

Florentin wollte widersprechen, aber Maria hob die Hand. Ihr Gesicht war gerötet, offenbar war sie diesmal wirklich aufgebracht. »Nein, Florentine, ein derartiges Verhalten dulde ich nicht mehr! *Ce n'est pas possible*, dass du deine *leçon* bei *Mademoiselle* schwänzt. Unentschuldigt!« Ihre Stimme wurde schrill. »Stattdessen handelst du meinen Geboten zuwider, verkleidest dich als Junge und reitest heimlich davon!«

Am liebsten hätte Florentin ihr gesagt, dass es nicht die Männerkleidung war, mit der sie sich maskierte, sondern die unseligen Röcke und Mieder. Aber sie hielt den Mund, um die Mutter nicht noch mehr zu erzürnen.

Doch diese war noch nicht fertig mit ihrer Strafpredigt. »Zu allem Überfluss hält Imhoff dich nun für meinen Sohn! Zum Glück habe ich vorher deinen Namen nicht erwähnt. Aber wie soll ich dieses Missverständnis nun berichtigen, ohne dass wir völlig bloßgestellt werden?«

»Gar nicht«, antwortete Florentin unbekümmert. »Ich schlage vor, wir lassen diesen Balthasar in dem Glauben, Sie hätten noch ein drittes Kind und ich sei Tereses Bruder.«

Der Mund der Freifrau wurde zu einem blassen Strich, den Florentin bereits von den damaligen Auseinandersetzungen zwischen ihren Eltern kannte. »Du dummes, ungeschicktes Ding«, fauchte Maria ihre Jüngste an, und Florentin zuckte zusammen, denn so böse hatte sie ihre Mutter noch nie erlebt.

Auch Terese presste verschreckt die Fingerspitzen an die Lippen und blickte die Mutter mit großen, ängstlichen Augen an. Langsam ging Florentin auf, dass sie vielleicht doch einen Fehler begangen hatte, als sie sich Imhoff gegenüber als Mann ausgab. Was, wenn er Terese heiraten wollte? Musste Maria von Rosenberg ihm dann nicht die Wahrheit über ihr jüngstes Kind sagen – schließlich würde der junge Mann dann ja regelmäßig im Hause der von Rosenbergs verkehren.

»Mutter, es tut mir leid«, entschuldigte Florentin sich zerknirscht. »Wenn Sie es wünschen, werde ich dem jungen Mann bei seinem nächsten Besuch erklären, dass ich mir einen Schabernack erlaubt habe. Ich konnte doch nicht ahnen, dass Terese Besuch von einem Mann empfängt.«

Auf ihre Worte folgte eine lange Stille, in der die Minuten so zäh zu verfließen schienen, als seien sie aus dickem Kerzenwachs. Florentins Blick ging zu Terese, die die Augen geschlossen hatte und leicht den Kopf schüttelte. Die Freifrau dagegen blickte zur Decke und stieß geräuschvoll die Luft aus. Florentin war verwirrt. Was hatte sie nun wieder falsch gemacht?

»Balthasar Imhoff«, sagte ihre Mutter schließlich langsam und sprach seinen Namen überdeutlich aus, »wurde nicht Tereses wegen eingeladen. Sondern deinetwegen, Florentine.«

*

»Hast du davon gewusst?«

Terese hatte lange an die Tür von Florentins Kammer geklopft, bevor diese endlich öffnete. »Sag mir, Terese, wurdest du von Mutter über ihre Pläne in Kenntnis gesetzt?«

»Florentin, bitte! Sieh mich nicht so an!« Ihre ältere Schwester lief händeringend im Zimmer auf und ab. »Mutter hat mich nicht *en detail* eingeweiht. Ich hatte ihrer Bemerkung, dass man sich um deine Zukunft kümmern müsse, auch keine Bedeutung beigemessen. Ich dachte, sie würde auf den Unterricht bei *Mademoiselle* anspielen!«

Verzweifelt raufte Florentin sich die Haare. »Es kann nicht Mutters Ernst sein, mich mit diesem … Balthasar zu verheiraten! Er ist schmächtig, und ich könnte dir nicht einmal mehr seine Gesichtszüge beschreiben, so nichtssagend ist er!«

»Er ist ein sanfter, höflicher Mensch, Florentin. Du hast kein Recht, über jemanden zu urteilen, den du nicht kennst. Das ist dumm und anmaßend!«, erwiderte Terese.

Die ungewohnte Schärfe ihrer Worte verblüffte die jüngere Schwester. Sie nahm die Ältere genauer in Augenschein, und diese errötete, wie vorhin, als Florentin sie im Türrahmen des Salons erblickt hatte.

»Hast du ihn etwa gern?«, fragte Florentin ihre Schwester ungläubig.

Terese zuckte leicht mit den Schultern. »Er wirkt freundlich und gebildet. Außerdem schien er sich wirklich für mich zu interessieren, denn er fragte nach meiner Stickerei und ob mir die Tanzstunden bei *Mademoiselle* Freude machen. Er ist ganz anders als …«, sie stockte, ehe sie leise fortfuhr, »andere Männer.«

Florentin wusste, woran sie dachte: an ihren plumpen, grobschlächtigen Vetter Wilhelm. Sogleich verspürte Florentin ein heftiges Schuldgefühl, weil sie so unsensibel über Balthasar Imhoff gesprochen hatte. War es ihm doch scheinbar gelungen, Tereses verletzte Seele zu berühren.

»Verzeih mir, ich war ein Esel. Jeder konnte außerdem sehen, wie angetan er von dir war!«

Terese lächelte. »Glaubst du wirklich?«

Florentin nickte, und es war nicht einmal gelogen. »Aber hat Mutter ihm nicht gesagt, warum sie ihn eingeladen hat? Woher kennt sie Imhoff überhaupt?«

»Ich weiß nicht, wie sie seine Bekanntschaft gemacht hat. Vielleicht durch unsere Verwandten, denen das Haus hier gehört. Offenbar hat Mutter gegenüber Imhoff den Grund der Einladung jedoch im Dunkeln gelassen. Weil du nicht auffindbar warst, habe ich ihm zunächst Gesellschaft geleistet. Wir kamen ins Gespräch und …« Terese stockte verlegen.

»… und so hat er Gefallen an dir gefunden«, beendete Florentin den Satz lächelnd. Heimlich dachte sie, dass dies ihr Glück war, und doch wollte sich bei ihr keine Erleichterung einstellen. Denn ihre Mutter würde nicht aufgeben. Wenn es nicht Imhoff war, dann ein anderer Bewerber, der bald einer Einladung der Freifrau folgen würde. Auf einmal kam Florentin sich vor wie ein Fuchs, der in eine Falle geraten war, aus der er nicht entkommen würde, bis die Jäger ihn fanden.

Da fühlte sie die schmale, kühle Hand ihrer Schwester, die die ihre umschloss.

Diesmal war es Florentin, die zitterte.

Terese strich ihr über die Wange. »Wenn Balthasar Imhoff wiederkommt und um meine Hand anhalten sollte, dann werde ich nicht nein sagen.«

Überrascht sah Florentin sie an. Die Ältere biss sich auf die Unterlippe. »Er gehört einer wohlhabenden Patrizierfamilie an, wie ich erfahren habe. Eine Heirat mit ihm würde nicht nur mich, sondern auch Mutter vor der drohenden Verarmung retten. Und ich darf nicht wählerisch sein.«

»Das stimmt nicht«, rief Florentin, aber Terese sah ihre kleine Schwester nur stumm an. Beide wussten, dass Terese bereits neunzehn war – und nicht mehr jungfräulich in die Ehe ging. Dass ihr die Unschuld gewaltsam genommen worden war, war unwichtig. Wenn sie Glück hatte, würde ihr Bräutigam in der Hochzeitsnacht nichts merken. Doch wie oft würde wohl eine neugierige Zofe am nächsten Morgen nach Blut auf dem Laken schielen und es dem Rest der Dienerschaft brühwarm weitererzählen, wenn die verräterischen Flecken ausblieben.

Unwillkürlich musste Florentin an einen Witz denken, den der schöne Wendelin einmal zum Besten gegeben hatte, als sie mit ihm, Hans und noch ein paar älteren Burschen ausgeritten war. Es war kurz nach Florentins denkwürdigem Auftritt als »Viktoria von Nanckenreuth« gewesen, und sie hatte ängstlich darauf gewartet, dass Wendelin sie trotz ihres männlichen Aufzugs erkennen würde. Aber der war völlig ahnungslos und außerdem damit beschäftigt gewesen, sich vor den Älteren hervorzutun. »Warum schneidet sich die russische Zarin Elisabeth vor jeder Nacht mit einem neuen Liebhaber in den Finger?«, fragte er und grinste, während er gleich selbst die Antwort gab: »Sie will ihn mit dem befleckten Laken glauben machen, sie sei noch Jungfrau!«

Die älteren Knaben hatten vor Lachen gebrüllt, während Hans Florentin einen schiefen Blick zugeworfen hatte und beide gleichzeitig errötet waren. Ihr Kuss war erst einige Tage her und das Geflecht der Freundschaft noch immer brüchig gewesen. Wenig später war Hans fortgezogen.

»Du scheinst mit den Gedanken ganz woanders zu sein«, riss Tereses Stimme Florentin aus ihrer Erinnerung.

»Bist du sicher, dass du Imhoff lieben kannst?«, platzte die Jüngere heraus.

Tereses Mund versuchte zu lächeln, aber ihre Augen waren voller Trauer. »Liebe? Ach, Florentin, das ist doch nur eine Vorstellung – ein Traumgespinst!«, sagte sie heftig. »Sie wird uns eingeredet, von irgendwelchen Dichtern, hoffnungslosen Narren, die ein Gefühl beschwören, das wahrscheinlich gar nicht, oder wenn, dann nur für kurze Zeit existiert! Wir suchen ein Leben lang danach. Und wozu? Um am Schluss festzustellen, dass wir einer Illusion hinterhergelaufen sind, einem bunten Schmetterling, der nur einen Sommer lang durch die Luft gaukelt, ehe er stirbt.«

Florentin konnte ihre Schwester nur mit offenem Mund anstarren. Von Terese hätte sie solche Worte nie und nimmer erwartet. Stets war sie die Romantikerin gewesen, ein sanftes Mädchen, das minutenlang eine Blume oder die eben erwähnten Schmetterlinge betrachten und davon schwärmen konnte. Während Florentin, der Wildfang, die Blumen lieber ihrem Pferd als Futter überließ, nachdem sie mit ihm im schnellen Galopp über die Wiese geprescht war und dabei wahrscheinlich sämtliche Insekten in die Flucht gejagt hatte.

Terese, die merkte, wie erschrocken die Jüngere war, legte ihr die Arme um den Hals und drückte sie kurz an sich. »Mach dir um mich keine Sorgen, kleine Schwester. Wir sollten vielmehr überlegen, wie wir die Mutter davon abhalten, dich gleich zusammen mit mir zu verheiraten!«

Ihre Worte sollten scherzend klingen, für Florentin aber waren sie eine dunkle, graue Wolke, die sich vor die Sonne schob. Denn beide Mädchen wussten: Wenn sich ihre Mutter einmal etwas in den Kopf gesetzt hatte, würde sie sich nicht davon abbringen lassen.

Kapitel 10

25. Juni 1752,
Stadthaus
im Fürstentum Bayreuth

Willst du, Florentine von Rosenberg, Tochter des Freiherrn Heinrich und seiner Gemahlin Maria, diesen dir angetrauten Balthasar Imhoff zu deinem Manne nehmen, ihn lieben und ehren, bis dass der Tod euch scheidet …«

Der prächtige Altar, vor dem Florentin stand, verschwamm vor ihren Augen. Die Stimme des Pastors sank herab zu einem undeutlichen Murmeln. Sie blickte nach links und sah eine schmale Gestalt mit mausbraunem Haar neben sich stehen. Imhoffs Gesichtszüge konnte Florentin nicht erkennen, aber sein Arm umklammerte ihren Leib, als wolle er die Antwort aus ihr herauspressen.

»Nein, ich will nicht!«, schrie Florentin laut – und erwachte.

Schweißgebadet befreite sie sich von dem feuchten Laken, das sich eng um ihren Körper gewickelt hatte. Tief durchatmend fuhr sie sich mit den Händen über ihr Gesicht und versuchte, den Traum abzuschütteln, dessen letzte Fäden noch wie klebrige Spinnweben in ihrem Bewusstsein hingen. Dann stand sie auf und trat an das Fenster. Der neue Tag zog mit einer blaugrau gefärbten Morgendämmerung über den Himmel, und am Horizont zeigte sich bereits der erste feuerrote Streifen der aufgehenden Sonne. Florentin hielt nichts mehr in ihrer stickigen Kammer. Barfuß erklomm sie die schmale Stiege zum Speicher, und keine halbe Stunde später führte sie ihr Pferd in der gewohnten Reitkluft am Zügel vom Hof. Es war ihr egal, ob sie später Schelte von der Mutter bekommen würde. Sie musste hinaus in die Natur, um die düsteren Gedanken mit einem scharfen Ritt aus dem Kopf zu bekommen.

Kurz darauf hatte Florentin ein schmales Wäldchen durchquert und sah zwischen zwei schlanken Birkenstämmen den Wiesenrain liegen. Dort wollte sie ihre Stute zu einem schnellen Galopp treiben. Doch als das Tier zwischen den Stämmen hervortrat, vernahm Florentin Geschrei und das Trommeln von Hufen auf der Erde. Sofort spannte sich auch ihre Stute an und begann zu scheuen. Florentin zog die Zügel an und murmelte beruhigende Worte, während sie nach dem Reiter Ausschau hielt, der offenbar in halsbrecherischem Galopp unterwegs war. Da fegte auch schon ein schlanker Schimmel heran – im Sattel ein Mann in feiner, blauseidener Reitkleidung, der, das erkannte Florentin mit einem Blick, offenbar die Kontrolle über das Tier verloren hatte. Er klammerte sich mit beiden Händen am Sattel fest und hatte sowohl Zügel als auch Steigbügel verloren. Die wild baumelnden Eisen schlugen dem Tier im Galopp wieder und wieder in die Seiten, während es augenrollend über die Wiese jagte und weißer Schaum aus seinem Maul flog. Die Zügel hingen bereits knapp vor den Ohren des Tieres, und wenn sie ihm über den Kopf rutschten, würde es nicht lange dauern, bis sich das rasende Pferd darin verfing, stürzte und sich vielleicht ein Bein brach. Und seinem Reiter das Genick.

Der Mann sah sowieso aus, als könne er sich nicht mehr lange im Sattel halten.

Ohne zu überlegen, presste Florentin ihrer Stute die Hacken in die Seite. Mit einem Satz sprang das Tier zwischen den

Bäumen hindurch, und Pferd und Reiterin nahmen die Verfolgung auf.

Der fremde Schimmel war erschöpft, trotzdem rannte er wie von Furien gehetzt über die Wiese. Doch in einiger Entfernung begann erneut ein Waldstück. Wenn das Tier in vollem Lauf zwischen die Stämme jagte, wären die Folgen für seinen Reiter unabsehbar.

Florentins Stute holte auf. Schon war ihr gestreckter Hals in Höhe des Schimmelschweifs. Schaumflocken von den angstvoll geweiteten Nüstern des Schimmels klatschten Florentin ins Gesicht, doch sie trieb ihre Stute unbarmherzig an. Flüchtig erhaschte sie einen Blick auf das Gesicht des Reiters, das ebenso weiß war wie das Fell seines Pferdes. Mit aufgerissenen Augen blickte er zu Florentin, sein Blick ein einziger stummer Hilfeschrei. Wie eine schwarze Wand tauchten die Baumreihen vor ihnen auf. Noch ein paar Meter, und die Pferde würden samt ihrer Reiter mit voller Wucht ins Unterholz krachen.

Florentin stellte sich aufrecht in die Steigbügel und beugte sich nach links. Durch die Gewichtsverlagerung zog auch ihr Pferd in dieselbe Richtung und kam dem Schimmel gefährlich nahe. Beide Tiere trennten nur noch wenige Fingerbreit, während sie schnaubend nebeneinanderher rasten. Klirrend schlugen die Steigbügel gegeneinander, als Florentin ihre linke Hand ausstreckte und tatsächlich die Zügel des Schimmels zu fassen bekam. Sofort setzte sie sich zurück in den Sattel und lehnte sich nach hinten. Mit ihrer Rechten zügelte sie ihr eigenes Reittier, das seinen Lauf gehorsam verlangsamte, ihre Linke hielt die Zügel des Schimmels umklammert, der durch den harten Zug am Gebiss gezwungen war, seinen rasenden Lauf zu verlangsamen. Florentin ließ nicht los, obwohl ihr das Leder durch die Finger rutschte und sich heiß in ihre Haut zu brennen schien.

»Hooo, ruhig, ruhig«, rief sie mit tiefer Stimme, und endlich verfiel das fremde Pferd in Trab, obwohl es noch ein paar Mal heftig den Kopf hochwarf. Erst als Florentins Stute in Schritt verfiel und schließlich stehen blieb, tat der Weiße es ihr gleich. Die Flanken beider Pferde bebten, und ihr Fell dampfte vom rasenden Lauf in der kühlen Morgenluft.

Der Reiter des Schimmels hockte zusammengesunken im Sattel und rang nach Luft.

»Seid Ihr wohlauf?«, fragte Florentin und merkte, dass auch ihre Stimme etwas atemlos klang. Kein Wunder, keine fünf Schritte vor den Reitern ragten die mächtigen Baumstämme auf. Nicht auszudenken, was passiert wäre, hätten die Pferde nicht im letzten Moment ihren rasenden Lauf beendet.

Der Angesprochene hatte sich aus dem Sattel gleiten lassen und stand nun schwer atmend vornübergebeugt, die Hände auf die blausamtenen Knie seiner Reithose gestützt. Er war zu keinem Wort fähig. Nur mühsam richtete er sich auf und wischte sich mit einer zitternden Hand über die Stirn. Sein am Hinterkopf geflochtener Zopf hatte sich beinahe vollständig aus der Taftschleife gelöst, und sein rundes Gesicht mit den leicht vorstehenden Augäpfeln war immer noch unnatürlich bleich. Er schluckte ein paar Mal, ehe er die Worte herausbrachte. »Habt Dank. Ihr habt mir das Leben gerettet, glaube ich.«

»Das glaube ich auch«, erwiderte Florentin trocken. »Was hat Euren Schimmel denn so in Schrecken versetzt?«

»Ein Reh, das unvermittelt aus dem Wald gesprungen kam. Das Pferd ist noch jung und wird erst seit acht Monaten geritten.«

Florentin nickte, dachte aber bei sich, dass der Edelmann doch gewusst haben musste, auf was er sich bei einem Jungpferd einließ.

Der Fremde las ihr die Zweifel wohl am Gesicht ab, denn er machte eine entschuldigende Geste. »Um der Wahrheit Genüge zu tun, muss ich gestehen, dass ich mich überschätzt habe. Ich bin kein erfahrener Reiter, der mit so einem ungebändigten Tier fertig wird. Zuerst verlor ich meine Steigbügel, dann die Zügel, weil das Pferd zu allem Überfluss bockte. Ich habe nur noch versucht, im Sattel zu bleiben.«

Florentin nickte langsam. »Ich verstehe. Steigt auf.«

»Ich soll ... was?«

»Steigt wieder in den Sattel. Wenn Ihr es jetzt nicht tut, dann wagt Ihr es nie mehr. Ihr müsst die Angst überwinden, und zwar gleich. Vertraut mir, ich passe auf Euch auf.«

Der fein gekleidete Herr zögerte und schien widersprechen zu wollen, doch dann kniff er die Lippen zusammen und stellte den linken Fuß in den Steigbügel. Etwas ungelenk schwang er sich in den Sattel.

»Die Zügel nicht zu straff, sonst beißt sich das Tier nur wieder am Gebiss fest. Abwechselnd annehmen und locker lassen! So ist es richtig. Wir werden nun die Pferde wenden und sie zu einem gemächlichen Trab antreiben.«

»Aber ...«

»Keine Angst, ich bin dicht neben Euch, und meine Stute wirkt beruhigend auf Euer Tier. So, nun antraben!«

Florentin lenkte ihr Pferd neben seines und trieb ihre Stute in eine schnellere Gangart. Der Schimmel warf einmal kurz den Kopf hoch, hielt dann aber artig mit, ohne loszupreschen.

»Sehr gut, Herr! Und nun verlagert Euer Gewicht etwas nach rechts. Tretet fest in den rechten Steigbügel und nehmt den Zügel auf dieser Seite etwas kürzer!«

Der Mann tat wie ihm befohlen, und gehorsam bog der Schimmel erst den Hals, dann den Leib und machte eine halbe Drehung.

»Seht Ihr?«, lobte Florentin und trabte erneut an, während sie weiterredete: »Dasselbe könnt Ihr im Galopp tun. Sollte Euer Tier wieder einmal losjagen, dann klammert Euch nicht an den Zügel, sondern haltet die Hände tief, zieht an – aber lasst gleich kurz wieder nach. Wieder annehmen – und nachlassen. Verlagert Euer Gewicht, wie ich es Euch gezeigt habe. So lenkt Ihr das Tier in eine *Volte*, und es muss seinen Lauf verlangsamen, weil es nicht mehr geradeaus preschen kann. Versucht es!«

Der Mann tat erneut wie ihm geheißen, und statt wie vorhin mit gestrecktem Hals einherzurennen, beugte sein Pferd nun den Nacken und verlangsamte seinen flotten Trab, während es eifrig am Gebiss kaute – ein Zeichen, dass es am Zügel ging und die Hilfen seines Reiters annahm.

Zufrieden zügelte Florentin ihre Stute. »Nun, Ihr könnt es«, lächelte sie.

»Habt vielen Dank!«, rief der kostbar gekleidete Mann und streckte die Hand aus. »Wem habe ich eigentlich meine Rettung zu verdanken?«

»Oh, verzeiht. Mein Name ist Florentin von Rosenberg.«

Noch ehe der Edelmann sich seinerseits vorstellen konnte, ertönten aufgeregte Rufe, und ein zweiter Mann in ebenso kostbarer Reitkleidung kam über die Lichtung auf sie zugerannt. Er zog einen hochbeinigen Braunen am Zügel hinter sich her. Als er den Reiter wohlbehalten im Sattel seines Schimmels erblickte, blieb er stehen und warf die Arme in die Luft. »Friedrich! Gott sei gelobt, Ihr seid unversehrt!«, rief er, und nun sah Florentin, dass seine Reitjacke am Ärmel einen tiefen Riss aufwies und ein großer, dunkler Schmutzfleck die dunkelgrüne Samthose an einer Seite zierte.

»Ich wurde abgeworfen, hatte aber glücklicherweise die Zügel nicht losgelassen, sodass mein Pferd Eurem Schimmel nicht nachjagen konnte«, keuchte der Mann. »Ich bin fast vergangen vor Sorge, was Euch wohl geschehen sein mag!«

»Dieser junge Mann hat mich und mein Pferd vor einem schlimmen Unglück bewahrt«, sagte der mit »Friedrich« Angesprochene feierlich und deutete auf Florentin.

Nun trat auch der zweite Reiter an sie heran und schüttelte überschwenglich mit beiden Händen Florentins Rechte. »Habt Dank«, rief er. »Ihr habt den Markgrafen von Brandenburg-Bayreuth gerettet!«

Florentin fand sein Verhalten etwas theatralisch, daher ging ihr erst nach einigen Augenblicken die Bedeutung seiner Worte auf. Ihr Blick flog zu dem Schimmelreiter. »Ihr seid … Friedrich der Dritte?«, stammelte sie.

Der in blauen Samt Gekleidete nickte. »Sehr erfreut, Florentin von Rosenberg. Ich schulde Euch einen Gefallen!«

»Aber nein, *je vous en prie* – ich bitte Euch …«, wehrte Florentin ab, während sie innerlich vor Scham fast verging. Sie hatte einem Markgrafen auf der Wiese Reitunterricht erteilt! Dem Gemahl von Wilhelmine von Preußen, ihrerseits Schwester des amtierenden Preußenkönigs Friedrich II. Warum nur hatte Florentin nicht die nötigen Schlussfolgerungen gezogen, als sie seine feine Kleidung und die edlen, schwarz glänzenden Reitstiefel gesehen hatte? Stattdessen hatte sie ihn angeherrscht, als er nicht sofort wieder in den Sattel gestiegen war – einen Markgrafen, weit über Florentins Stand! Am liebsten wäre sie im Boden versunken.

Doch als Florentin mit brennenden Wangen den Kopf hob, sah sie den Mann lächeln. »Wann immer Ihr einmal Hilfe braucht, zögert nicht, Euch an mich zu wenden. Ich meine es ernst, junger Mann!«, sagte er und sah seinen Retter eindringlich an. »Ein solches reiterliches Können wie das Eurige ist selten.« Lachend wandte er sich an seinen Begleiter. »Mein

Schwager, der König, wäre sicher glücklich, einen jungen Kerl wie diesen in seinen Diensten zu haben!«

Mit diesen Worten wandte er sein Pferd, und auch der zweite Reiter stieg nun auf seinen hochbeinigen Braunen.

Florentin stand mit ihrer Stute wie ein Reiterdenkmal. Die Worte des Grafen dröhnten in ihren Ohren. Wie eine Sternschnuppe am Nachthimmel blitzte eine völlig neue Möglichkeit auf. In die Dienste des Königs zu treten, wie sie es sich damals als Kind schon erträumt hatte! Am preußischen Hof, fernab von allem Reglement der strengen Mutter. Vielleicht würde sie sogar Hans wiedersehen? Bei dieser Vorstellung schien Florentins Magen einen kleinen Hüpfer zu machen. Endlich würde sie wieder so leben können, wie sie es gewohnt war – und liebte: in Männerkleidung auf dem Pferd, ohne die enervierenden Lektionen von *Mademoiselle* und die missbilligenden Blicke der Mutter. Florentin atmete tief durch, um ihre rasenden Gedanken zu beruhigen, die wild in ihrem Kopf kreisten. Konnte – ja, *durfte* sie wirklich diese Chance ergreifen? Je länger sie darüber nachdachte, desto mehr sank ihr das Herz. Bayreuth zu verlassen würde bedeuten, auch noch das letzte Band zu zerschneiden, das sie mit ihrer Familie verband. Denn dass die Mutter ihren Entschluss billigen würde, war ausgeschlossen. Im Gegenteil. Maria von Rosenberg würde ihre ungehorsame Jüngste wahrscheinlich sogar verstoßen. Ihre Drohung, dass Florentin in ihrem Haus nicht willkommen war, sollte sie sich nicht den mütterlichen Vorstellungen beugen und Frauenkleider tragen, war deutlich gewesen. Doch welches Leben erwartete Florentin, wenn sie blieb? Terese würde diesen Imhoff heiraten und ihm eine gute Ehefrau sein, wahrscheinlich ein paar Kinder gebären und den Haushalt beaufsichtigen. Und für Florentin war dasselbe Schicksal vorgesehen. Die Mutter würde ihr einen wohlhabenden Mann suchen, das hatte Maria ihrer jüngeren Tochter ja bereits zu verstehen gegeben. Kraft ihrer Autorität als Mutter würde sie Florentin in eine Ehe zwingen, in der diese keine Entscheidungen mehr über ihr Leben treffen konnte – außer, welche Köchin angestellt und was gekocht werden sollte. Fortan würde Florentin ihre Tage zu Hause verbringen, nähend, stickend und auf ihren Gatten wartend, der alle Freiheiten eines Mannes genoss, während sie im Haus eingesperrt war. Dem Manne untertan, schossen ihr die Worte durch den Kopf, die sie als Kind einmal bei einer Dorfhochzeit aus dem Mund des Pfarrers vernommen hatte. Schon damals war ihr diese Vorstellung befremdlich erschienen, und nun bäumte sich alles in ihr dagegen auf, wie das störrische Pferd des Grafen vorhin. Sie konnte und wollte nicht in eine Rolle schlüpfen, die sie nie gelernt hatte zu spielen! Auch der Graf hatte sie für einen Mann gehalten – war das nicht der beste Beweis, dass sie tatsächlich einer war? Und sollte sie die Begegnung und sein Angebot nicht als Wink des Schicksals verstehen? Tief in ihrem Herzen spürte Florentin, dass sie in diesem Moment an einem Scheideweg stand. Welchen Entschluss sie auch immer treffen mochte, er würde über ihr ganzes zukünftiges Leben entscheiden.

Die Pferde waren schon ein ganzes Stück entfernt, als Florentin aus ihrer Starre erwachte. Hastig trieb sie ihre Stute an, bis sie den Markgrafen eingeholt hatte.

Freundlich lächelnd wandte dieser den Kopf, und Florentin holte tief Luft, obwohl ihr Herz zum Zerspringen schlug. »Verzeiht meine *courage*, edler Herr, aber … Ihr könntet mir tatsächlich einen großen Gefallen tun!«

Zweiter Teil:

Am Hof des Preußenkönigs

Kapitel 11

18. Juli 1752,
Schloss Sanssouci
bei Potsdam

Der strahlend schöne Sommertag ließ die hellgrüne Kuppel des Schlosses und das satte Dottergelb der mit Putten verzierten Fassade leuchten. Staunend stand Florentin am Fuß der geschwungenen Freitreppe, die sich wie in Kaskaden vom Schloss hinab in den Park zu ergießen schien. Rechts und links von den Stufen rankten belaubte Reben, und zu ihrer Verblüffung erkannte Florentin, dass der Preußenkönig seine Sommerresidenz Sanssouci auf einem Weinberg erbaut hatte. Unterhalb, dort wo der Schlosspark begann, plätscherte ein künstlich angelegter, von mannshohen Marmorstatuen bewachter Teich. Wie erschlagen von dieser Pracht verharrte Florentin eine Weile ebenso reglos wie die steinernen Figuren. Endlich war sie am Ziel, doch nun wusste sie nicht, wohin sie sich wenden sollte. Durfte sie, die in den gewöhnlichen Reitkleidern eines Mannes steckte, ohne weiteres die Stufen erklimmen und sich im Schlosshof nach Hans durchfragen? Oder hatte Florentin den falschen Eingang gewählt und würde gleich von den Wachen des Preußenkönigs gestellt und fortgejagt werden, ehe sie ihr Anliegen vorbringen konnte?

Mit vor Aufregung schweißnassen Händen tastete Florentin nach dem Empfehlungsschreiben des Markgrafen von Bayreuth, das in ihrem Wams steckte. Sie hätte nie zu hoffen gewagt, dass er ihrer Bitte tatsächlich nachkommen würde.

Immer noch über die Wege des Schicksals staunend, dachte sie an jenen Tag zurück, an dem sie Friedrich III. im Wald begegnet war. Nach ihrer Rückkehr ins Haus der Mutter hatte diese schon mit einer deftigen Strafpredigt auf sie gewartet, die um keinen Deut milder ausfiel, obschon Florentin von der Rettung des Markgrafen erzählte. »Solange du in meinem Hause weilst, wirst du tun, was ich dir sage, Florentine«, hatte Maria von Rosenberg wie erwartet gerufen, doch es war noch schlimmer gekommen. »Keine Männerkleidung mehr, keine unerlaubten Ausflüge alleine – und dein Pferd wird verkauft!«, hatte sie Florentins Befürchtungen bestätigt. Dass die Mutter als Nächstes plante, einen geeigneten Bräutigam für ihre Jüngste zu finden, brauchte sie nicht auszusprechen. Ihre zornige Miene erlaubte keinen Einwand und erst recht keinen Widerspruch.

Also hatte Florentin sich schweigend in ihr Gemach begeben. Erst hinter verschlossenen Türen hatte sie ihrer Verzweiflung freien Lauf gelassen, sich auf ihre Liegestatt geworfen und mit den Fäusten hilflos auf die mit Rosshaar gefüllte Matratze eingetrommelt. Liebte ihre Mutter sie denn nicht? Sonst hätte sie ihre Jüngste doch sein lassen, wie sie war! Warum musste Florentin all diejenigen verlassen, die sie liebte, um ein selbstbestimmtes Leben führen zu können? Sie hätte ja nichts dagegen einzuwenden gehabt, sich ab und an als Frau herauszuputzen und in einem schönen Kleid zum Ball zu gehen. Aber sie wollte auch nicht auf den anderen Teil ihres Lebens verzichten, der aus Reiten und Fechten bestand. Und wie hätte sie das in einem geschnürten Mieder und mit einem steifen *Springrock*, diesem Reif, der bis über die Hüften reichte und unter den Festtagskleidern getragen wurde, bewältigen sollen? Nicht zuletzt fühlte Florentin sich wohl in der Welt der Männer, hielt leicht mit der raubeinigen Art ihrer Konversation Schritt, wogegen sie mit der vornehmen Zurückhaltung, die von jungen Damen erwartet wurde, nicht zurechtkam. Stets erschienen ihr die gezierten Bewegungen und die trippelnden Schritte wie eine Scharade, und auch wenn sie sie nunmehr leidlich gut beherrschte und manchmal sogar kurz Gefallen daran fand, war die Rolle der »Florentine« für sie dennoch ein Gastauftritt in ihrem Leben als Florentin – dem Leben, das sie führte, seit sie ein Kind war, und nun nicht mehr missen wollte.

Vor allem aber wehrte sich etwas in ihr, mit jemandem verheiratet zu werden, den sie sich nicht ausgesucht hatte, auch wenn dies so üblich war. Doch Florentin hatte durch ihren unangepassten Vater nie gelernt, sich Konventionen zu beugen, und ihr Herz gehörte Hans, das war ihr seit dem Abschied vor einigen Jahren und dessen damaligem Brief an sie umso bewusster geworden.

Die Bemerkung des Markgrafen, der Preußenkönig könne jemanden wie den jungen Florentin von Rosenberg in seinen Diensten gut brauchen, hatte sie daher getroffen wie der Blitz, der einen trockenen Reisighaufen in Flammen setzt. Hans hatte in seinem Brief geschrieben, dass er und sein Vater am Königshof seien, und an jenem Tag mit Friedrich III. im Wald war Florentins Hoffnung, ihre Jugendliebe endlich wiederzusehen, mit einem Mal in greifbare Nähe gerückt. Gleichzeitig würde sie dem strengen Diktat der Freifrau von Rosenberg entfliehen – und damit einem fremdbestimmten Leben als Ehefrau und Mutter.

Und doch hatte sie die Angst gequält: Würde sich der Graf an sein Versprechen erinnern? Was, wenn ihn nachträglich noch der Unmut über Florentins naseweises Verhalten beim

Ausritt übermannte, oder die Scham, weil er sich gedemütigt fühlte, sein Pferd nicht in der Gewalt gehabt zu haben?

Immer neue Befürchtungen waren in ihrem Kopf aufgetaucht und hatten dem jungen Mädchen wie bösartige Gespenster allerlei Gründe eingeflüstert, warum sie sich keine Hoffnungen machen durfte. Den Rest des Tages hatte Florentin keinen Hunger gehabt und die Nacht schlaflos und mit dem Schmieden allerlei sinnloser Pläne verbracht, wie sie den Wünschen der Mutter gerecht werden konnte, ohne ihre eigenen aufzugeben. Doch am nächsten Morgen im Stall hatte sie an den Hals ihrer treuen Stute gelehnt bittere Tränen vergossen, nachdem sie mit der Bitte, ihr wenigstens das Pferd zu lassen, bei der Freifrau gescheitert war.

»Morgen kommt der Pferdeknecht und holt das Tier ab«, hatte Maria ihrer Jüngsten eröffnet, ehe sie in die bereitstehende Kutsche stieg, um hinab in die Stadt zu fahren. »Besorgungen«, hatte sie Terese nur knapp beschieden, als die zu fragen wagte, wohin die Mutter am frühen Tag wollte.

»Sie wird mich in ein Leben zwingen, das mich unglücklich macht«, klagte Florentin wenig später in der Küche, während ihre Schwester tröstend die Arme um sie legte. »Sieh mich nur an«, sagte die Jüngere und raffte ihr langes Kleid, das die Mutter sie zu tragen geheißen hatte. »Bald wird irgendjemand in Mutters Schlepptau hier auftauchen, und ich muss ihn heiraten!«

Noch ehe Terese antworten konnte, unterbrach sie ein lautes Klopfen an der Türe.

»Heda, ist wer da?«, hörten die Mädchen eine raue, männliche Stimme. Terese zuckte heftig zusammen und wich unwillkürlich ein paar Schritte zurück. Nach dem, was ihr verstorbener Vetter ihr angetan hatte, war sie ängstlich und schreckhaft geworden.

Weil außer den beiden niemand im Haus war, griff Florentin nach einem der Messer, die säuberlich aufgereiht neben dem Herd lagen, und lief zur Tür, an die bereits erneut gehämmert wurde. Vorsichtig öffnete sie.

Ein junger Bursche stand vor dem massiven Türblatt. Seine schlichte, aber edle Livree aus brauner Kniehose mit passendem Wams wies ihn als Dienstboten aus gutem Hause aus. »Ich bringe Nachricht für Florentin von Rosenberg. Ist er wohl zu sprechen?«

»Er ist … gerade außer Haus«, sagte Florentin und verfluchte einmal mehr ihr langes Kleid. »Um was geht es denn?«

»Das würde ich dem jungen Herrn lieber persönlich mitteilen«, zierte sich der Bedienstete und zog ein gefaltetes Pergament aus seiner ledernen Umhängetasche. »Ich komme vom Markgrafen und habe den Auftrag, ihm persönlich ein Schreiben zu überreichen.«

Florentins Herz machte einen Überschlag und galoppierte ebenso wild drauflos wie gestern der Schimmel des Grafen. Hatte der Edelmann etwa Wort gehalten und sich ihrer Bitte angenommen? Doch wie sollte sie an den Brief kommen? Sie konnte den Burschen ja schlecht hereinbitten, sich rasch umkleiden und ihm dann als »Florentin von Rosenberg« wieder unter die Augen treten. Ratlos sah sie den Boten an, da bemerkte sie, dass sein Blick nicht auf ihr Gesicht, sondern etwas tiefer gerutscht war. Florentin hatte keine üppigen Formen vorzuweisen, doch weil sie sich in Frauenkleidern die Brust nicht schnürte, wölbte sich nun an dieser Stelle etwas, das sie in ihrer Rolle als Junge stets gut zu verbergen wusste. Unwillkürlich musste Florentin beim Anblick des Boten schmunzeln. Wie damals auf dem Jahrmarkt, bei dem sie als »Viktoria von Nanckenreuth« dem schönen Wendelin den Kopf verdreht hatte, begann ihr das Spiel Spaß zu machen.

Wie unabsichtlich drückte sie also das Kreuz etwas durch und sah den Burschen von unten herauf mit einem Augenaufschlag an, der sein Gesicht unter dem nachlässig gebundenen Halstuch sanft erglühen ließ. Florentin schenkte ihm ihr schönstes Lächeln.

»Ich bin Florentins Schwester. Vertraut mir, ich werde meinem Bruder das Schreiben Eures Herrn sicher nicht vorenthalten. Allerdings verschweige ich ihm lieber, was für einen stattlichen Boten ich in seiner Abwesenheit empfangen habe«, kokettierte sie.

Der junge Mann schien in die Höhe zu wachsen und rückte sofort näher an Florentin heran. Mit einem strahlenden Lächeln drückte sie die Tür etwas zu und drängte ihn damit gezwungenermaßen zurück. »Vorsicht! Mein Bruder gilt als Hitzkopf und scheut sich nicht, einen Fremden zum Duell herauszufordern – und er ist ein guter Fechter.«

»Ha, mit dem werde ich noch lange fertig«, prahlte der Diener des Markgrafen. »Schickt ihn nur zu mir, und ich werde ihn meinen Degen spüren lassen!«

»Oh, daran zweifle ich nicht. Mit Sicherheit bist du ebenso kräftig wie wendig. Aber du willst dich doch nicht etwa mit einem jungen Mann duellieren, den dein Herr, der Graf, protegiert, oder?«, verwies sie den naseweisen Kerl auf seinen Platz, indem sie ihn nun duzte.

Sein Gesicht wurde nun blass statt rot, und kleinlaut schüttelte er den Kopf. Florentin spielte kokett mit einer vorwitzigen Locke, die ihr aus der Frisur gerutscht war und sich nun neben ihrer Wange kringelte, und lachte den Jungen unbefangen an. »Also werde ich meinem Bruder das Schreiben überreichen und ihm die Grüße des Markgrafen überbringen – ohne seinen etwas *zu* vorwitzigen Dienstboten zu erwähnen, einverstanden?«

Eingeschüchtert nickte dieser und überreichte ihr ohne Widerrede das dicke, gefaltete Pergament. Dessen Siegel zeigte einen geflügelten Löwen, Teil des Wappens von Bayreuth.

Florentin riss es ihm förmlich aus der Hand. »Hab Dank und leb wohl«, sagte sie, und ohne den Boten noch eines Blickes zu würdigen, schlug sie rasch die dicke Holztür zu und schnitt sein protestierendes »Aber …« mitten im Wort ab.

Mit zitternden Händen brach Florentin das Siegel und überflog den Inhalt des Schreibens. Der Graf hatte Wort gehalten. Er hatte seinen Schwager, den Preußenkönig Friedrich, gebeten, den jungen Florentin von Rosenberg in seinen Dienst zu stellen. Das Entree des Hauses begann sich um das junge Mädchen zu drehen, und Florentin lehnte sich haltsuchend an die kühle Wand und schloss die Augen. Das Schreiben war ihr Schlüssel zur Freiheit.

»Florentin! Bist du krank?« Die besorgte Stimme ihrer älteren Schwester riss sie aus ihrem Taumel.

Florentin blickte Terese an, die mit unendlicher Liebe und zärtlicher Sorge auf die Jüngere herabsah, und das Herz wurde ihr schwer. Maria von Rosenberg würde ihrer jüngeren Tochter niemals erlauben, in den Dienst des Königs zu treten. Denn das bedeutete, dass Florentin gegen den Willen der Mutter handeln würde. Sie würde erneut in Männerkleider schlüpfen und die Rolle eines Jungen spielen, die der Freifrau so verhasst war und gegen die sie sich seit Florentins Geburt zu wehren versucht hatte. Wenn sie also das Haus der Mutter Richtung Preußen verließ, dann heimlich. Zudem würde die Entscheidung für ein neues Leben auch bedeuten, ihr altes radikal zu verlassen – und damit auch ihre Schwester Terese. Der Preis, den das junge Mädchen zu zahlen hatte, um selbst glücklich zu werden, war ein Menschenopfer.

Florentin hoffte nur, dass Balthasar Imhoff ihre ältere Schwester wirklich liebte und sie mit einer Heirat glücklich machen würde. Bei dem Gedanken, Terese vielleicht nie wiederzusehen, stiegen Florentin dennoch die Tränen in die Augen.

»Aber was ist denn, Schwesterchen? Ist es wegen deines Pferdes? Vielleicht kann ich Mutter überzeugen …«

»Nein, es ist … ich habe gerade ein Schreiben erhalten. Vom Markgrafen höchstpersönlich. Ich hatte dir doch erzählt, wie ich sein Pferd gestern eingefangen habe?«

»Ja, aber … wenn er dir dankt, warum weinst du dann?«

Florentin sah in die blauen, arglosen Augen der Älteren. »Weil ich dich verlassen werde, Terese. Dich und Mutter. Der Markgraf hat mir versprochen, ich dürfte ihn um einen Gefallen bitten – ganz gleich, was es ist. Und das habe ich getan.«

Sie schluckte und holte tief Luft. »Ich habe ihn gebeten, mich an den Hof des Preußenkönigs zu empfehlen.«

*

Der Abschied von Terese war schmerzlich gewesen, auch wenn diese sich tapfer und verständnisvoll gezeigt hatte. »Du wirst hier nicht glücklich, das weiß ich«, hatte sie gesagt, Florentin ein letztes Mal in die Arme genommen und unter Tränen geküsst. »Ich werde Mutter nichts verraten, aber ich flehe dich an, pass auf dich auf, Schwester!«

Florentin hatte nur stumm genickt, sonst wäre sie in helles Weinen ausgebrochen.

»Und wenn es einmal gar zu arg wird, dann kommst du zurück, versprich es mir!«

Wieder hatte die Jüngere bejaht, und Terese hatte ihr einen letzten schwesterlichen Kuss auf die Stirn gedrückt. »Möge

Gott dich behüten, kleiner Wechselbalg!«, hatte sie geflüstert, dann war sie die Treppe hinauf und in ihre Kammer gegangen, ohne sich noch einmal umzusehen.

Florentin hatte bis zum Morgengrauen wach gelegen, so wie damals, als sie ihren Vetter Wilhelm zum Duell gefordert hatte. Doch diesmal würde sie nicht kämpfen, sondern fliehen. Ein zweites Mal kehrte sie einem Elternteil den Rücken, als Preis für ein eigenbestimmtes Leben.

Als die Nacht ihre Siebensachen packte und sich mit dem ersten blaugrauen Dämmerstreifen davonmachte, schlich auch Florentin sich wie ein Dieb aus dem Haus, ohne von ihrer Mutter Abschied genommen zu haben. Obwohl Maria von Rosenberg ihre Jüngste zu etwas zwingen wollte, das sie nicht war, hatte Florentin sich doch die Tränen verbeißen müssen, als sie einen letzten Blick zum Haus zurückwarf. Genau wie ihren Vater liebte sie auch die Mutter, aber wenn sie jetzt nicht ging, wäre es für sie zu spät. Also hatte Florentin ihr Pferd gesattelt und war in dem Wissen aus dem Hoftor geritten, dass sie so bald nicht zurückkehren würde.

*

Tagelang war sie gen Potsdam gereist. Terese hatte ihr einige Münzen zugesteckt, Gott weiß woher, sodass die junge Frau in Männerkleidern wenigstens nicht ständig im Freien oder in irgendwelchen Heuschobern nächtigen musste, sondern einige Male für die Nacht in einfachen Herbergen und Gasthäusern anklopfen konnte.

Jetzt, da Florentin vor dem Schloss stand, wusste sie es zu schätzen, dass ihre Kleidung einfach, aber sauber war. So musste sie nicht wie ein Bettler am Königshof vorstellig werden. Ihr Pferd hatte Florentin vorsichtshalber unten im Ort bei einem Bauern untergestellt. Sie wollte als einfacher Bursche im Schloss erscheinen und nicht prahlerisch zu Pferd.

Vorerst jedoch kam Florentin nicht einmal bis zum Hauptgebäude. Da sie es nicht wagte, die breiten Treppen hinaufzusteigen – sie ahnte, dass diese für hochrangige Schlossbesucher vorgesehen waren –, wanderte sie um den ausschweifenden Park mit künstlich angelegtem Teich herum bis zu dem Seitenflügel. Zu ihrer Überraschung stand in direkter Nähe des Sommerschlosses eine Mühle. Gerade betrachtete sie die riesigen Windmühlenflügel, als eine kräftige Männerhand auf ihre Schulter herabfiel. Mit einem erschrockenen Laut wirbelte sie herum, wobei sich ihre Rechte unwillkürlich nach dem Degen stahl, den sie umgegürtet hatte.

Ein hochgewachsener Mann stand vor Florentin und fuhr sie unfreundlich an. »Heda, Kerl! Was lungerst du hier vor dem Schloss herum und hältst Maulaffen feil?«

Noch ehe Florentin eine Antwort einfallen konnte, stutzte sie. Seine Stimme war ihr vertraut. Sie sah den Mann genauer an, und ihr klappte der Mund auf. Der stattliche Bursche, dessen rötlich blondes Haar zu einem Zopf gebunden auf seine breiten Schultern fiel – war …

»Hans! Ja, erkennst du mich denn nicht?«

Ein paar lange Augenblicke blieb der Angesprochene stumm und musterte den vermeintlichen Burschen in der abgetragenen Reitkleidung mit zusammengekniffenen Augen. Dann erhellte ein breites Grinsen sein Gesicht. Er breitete die Arme aus und schloss sein Gegenüber in eine kräftige Umarmung. »Florentin!«

Er drückte das schlanke Mädchen an seine Brust, das in den Jahren, die sich die beiden nicht gesehen hatten, breit und muskulös geworden war. Florentin erkannte staunend, dass aus dem schlaksigen Nachbarsjungen ein richtiger Mann geworden war. Zu ihrer Überraschung verspürte sie kurz das Verlangen, sich an ihren Jugendfreund zu schmiegen. Und zwar so, wie es eine Frau zu einem Mann drängt.

Hastig machte Florentin sich los, verwirrt von dem seltsamen und doch aus damaligen Tagen vertrauten Gefühl. Ihr Herz klopfte merklich schneller, und ihre Knie zitterten, während sie einen Schritt zurücktrat und ihren ehemaligen Nachbarn musterte. »Ich hätte dich auch beinahe nicht erkannt«, sagte Florentin. »Du bist so … groß geworden«, fügte sie etwas verlegen hinzu, und nun lachte Hans laut auf.

»Dasselbe kann ich auch von dir behaupten. Dein Gesicht ist schmaler als vor ein paar Jahren, Florentin. Aber«, fügte er leise hinzu, »wie ich sehe, bist du immer noch der Wildfang von früher. Ein Mädchen, das lieber fechten und reiten will, als brav in der Stube seine Stickarbeiten zu verrichten!«

Unwillkürlich überfiel Florentin bei seinen Worten die Erinnerung, wie sie in Mädchenkleidern vor der Tür des Nachbarhauses gestanden hatte und an Hans' Kuss kurz darauf. Zu ihrem Ärger spürte Florentin, wie sie errötete.

In gewöhnlicher Lautstärke fuhr Hans fort: »Aber was führt dich hierher? Mein Brief wird es wohl kaum gewesen sein, immerhin ist es schon fast zwei Sommer her, dass ich ihn geschrieben habe.« Sein Tonfall war leichthin, aber sein Blick fragend.

»Mein Vater hat deine Nachricht abgefangen und monatelang vor mir verborgen«, erklärte Florentin. »Er begann, immer mehr zu trinken. Da habe ich schließlich das Gut verlassen. Meine Mutter ist bereits vor einigen Monaten mit meiner Schwester nach Bayreuth fortgezogen, weil Terese das Klima dort besser bekommt. Doch bei ihr konnte ich auch nicht bleiben.«

Hans hatte schweigend zugehört, nun zog er eine seiner rötlichen Augenbrauen hoch.

»Sie wollte mich verheiraten«, gab Florentin widerwillig zu und sah erbost, wie Hans' Mundwinkel zuckten. »Findest du das etwa amüsant?«, fuhr sie ihn an.

»Bitte sei mir nicht böse, aber die Vorstellung, wie du deinen künftigen Verlobten erst in Männerkleidung empfängst und ihm gleich darauf beim Fechten den Garaus machst, ist sehr komisch«, feixte ihr Jugendfreund, und nun musste auch Florentin lachen. Gleich darauf wurde sie ernst. »Es war nicht das Leben, das ich mir erhofft habe, Hans. Zum Glück konnte ich vor kurzem den Markgrafen von Brandenburg-Bayreuth vor einem schweren Reitunfall bewahren. Zum Dank hat er ein Empfehlungsschreiben für den König aufgesetzt. Ich hoffe, das genügt, um in die Dienste Friedrichs treten zu dürfen.«

Hans' Blick besagte, dass das ehemalige Nachbarsmädchen bei ihm schlagartig an Achtung gewonnen hatte. Trotzdem zögerte er. Florentin fragte sich schon ängstlich, ob sie ihn nicht mit ihrem unerwarteten Auftauchen völlig überrumpelt hatte, da lächelte er schon wieder.

»Komm mit. Ich werde dich zunächst unserem Stallmeister vorstellen. Zeig ihm das Schreiben des Markgrafen – und alles andere findet sich.«

Das junge Mädchen nickte erleichtert und folgte Hans. Sie ließen die Mühle, die der Preußenkönig einem Müller abgekauft hatte, weil er sie als »Zierde« für sein Schlossgelände empfand, wie Hans zu berichten wusste, rechter Hand liegen und gelangten schließlich in einen weitläufigen Innenhof. Links ging es zum Schloss, das Friedrich II. ganz bewusst »Sanssouci« genannt hatte, also »ohne Sorgen«.

Hans bedachte das Gebäude mit einer umfassenden Geste. »Dies ist die Sommerresidenz des Preußenkönigs, und Friedrich pflegt die Monate von Mai bis Oktober hier zu verleben.«

Florentin hatte sich das Schloss größer und prächtiger vorgestellt, trotzdem brannte sie vor Neugierde, es von innen zu sehen. Doch Hans machte ihre Hoffnungen zunächst zunichte, als er ihr berichtete, dass es nur dem inneren Kreis von Vertrauten des Königs gestattet war, seine Residenz zu betreten.

Etwa dreißig Schritte vor dem Hauptgebäude bog Hans ab, und kurz darauf standen beide vor dem königlichen Marstall. Ein hagerer Mann mit eisgrauem Haarzopf und kaum größer als Florentin tauchte auf. Am Zügel führte er ein schlankes, kastanienbraunes Pferd, das nervös schnaubte und kurz tänzelte. Mit einem scharfen Ruck am Geschirr brachte der Alte das bereits gesattelte Tier zur Raison.

»Harsdorf, unser Stallmeister«, raunte Hans. »Ein brillanter Reiter, aber ein alter Haudegen.«

Jetzt entdeckte der Mann Hans' Begleitung und kniff die Augen zusammen, die erstaunlich wach leuchteten und über einer Hakennase eng zusammenstanden. Seine Gesichtszüge waren von scharfen Falten durchzogen. Er erinnerte Florentin an einen Raubvogel, dem nichts entging, was in seiner Umgebung geschah. Das Pferd hinter sich herziehend, musterte er den Fremden misstrauisch.

»Das ist Florentin von Rosenberg. Mein Vater war der Verwalter seines Vaters«, sagte Hans.

Florentin machte eine knappe Verbeugung.

»Aha. Und was will er hier, *Florentin von Rosenberg*?«, fragte der sehnige Stallmeister spöttisch.

»Mich als Stallbursche in den Dienst des Königs stellen. Ich habe hier eine Empfehlung des Markgrafen von …«

»Pah, Buchstaben! Papier! Wertloses Zeug! Brauche keine Empfehlungen. Will Taten sehen. Er ist ja recht schmächtig, nicht wahr?«

Florentin wurde bang. Erkannte der ältere Mann etwa, dass sie nicht war, was sie zu sein vorgab? Sah er unter ihrem Dreispitz nicht das Gesicht eines bartlosen Jungen, sondern das einer Frau?

Angriff ist die beste Verteidigung, beschloss sie. »Mit Verlaub, Herr Stallmeister, Ihr seid auch kein Herkules, aber gewiss ein ausgezeichneter Reiter. Schon mein Vater hat mir beigebracht, dass beim Pferd ein fester Wille mehr zählt als ein starker Arm!«

Aus dem Augenwinkel sah sie Hans missbilligend den Kopf schütteln, aber der Stallmeister schien ihre Worte nicht übelzunehmen. Die zahllosen Fältchen um seine Augen vertieften sich. »Aufs Maul ist er schon mal nicht gefallen«, stellte er fest. »Nun soll er beweisen, dass er auch nicht vom Gaul fällt. Worauf wartet er?« Damit deutete Harsdorf auf den schlanken, aufgezäumten Braunen, der mit den Vorderhufen stampfte und aufsässig schnaubte, obwohl ihn der Stallmeister in eisernem Griff hielt.

Florentin war sogleich klar, dass Harsdorf sie mit dem wahrscheinlich schwierigsten Tier im Stall auf die Probe stellen wollte. Und wenn sie versagte, war es vorbei. Dann konnte sich die Freiherrentochter als Küchenjunge in der Schlossküche verdingen, aber nicht mehr im Marstall.

Florentin musterte den Hengst. Der schlanke Kopf mit den geblähten Nüstern ruckte nervös, und die sehnigen Beine schienen nur darauf zu warten, in einen scharfen Galopp zu verfallen. Mit seinen dunklen Augen blickte das Tier unruhig um sich, und seine Flanken hoben und senkten sich schnell. Wenn Florentin sich jetzt in den Sattel schwingen würde, hätte sie verloren. Das Pferd war aufgeregt und unruhig, also galt es zunächst einmal, sein Vertrauen zu gewinnen.

»Lasst mich kurz mit dem Tier alleine«, verlangte sie und sah, wie sich die Augen des Stallmeisters vor Überraschung weiteten. »Bitte«, fügte sie daher hinzu, ehe er den Mund für eine scharfe Erwiderung aufbekam.

Einen Moment herrschte Stille, dann warf Harsdorf ihr die Zügel zu und winkte Hans mit sich. »Er bekommt so viel Zeit, wie ich brauche, um den Mist nach hinten zu bringen. Dann will ich ihn im Sattel sehen«, knurrte der Stallmeister an Florentin gewandt und verschwand, gefolgt von Hans, der ihr über die Schulter einen ermutigenden Blick zuwarf.

Florentin atmete tief ein und trat etwas zur Seite, sodass sie dem Hengst nicht mehr frontal gegenüberstand. Das Mädchen war erfahren genug, um zu wissen, dass ein Pferd diese Haltung sonst als Angriff werten und noch unruhiger werden würde. »Na, mein Schöner, wollen wir uns bekannt machen?«, wandte sie sich an das Tier, das die junge Reiterin misstrauisch und mit angelegten Ohren beobachtete.

Florentin machte keinerlei Anstalten, es zu berühren, sondern hielt es nur locker am langen Zügel. Der Abstand zwischen ihnen betrug mehr als drei Schrittlängen.

Mit ruhiger, tiefer Stimme redete sie auf den Hengst ein, und langsam stellte er die Ohren auf, und sein Hals wurde immer länger. Schließlich überwog seine Neugierde. Langsam ging er erst einen, dann noch einen Schritt auf Florentin zu, bis er sie vorsichtig beschnuppern konnte.

Die junge Frau rührte sich nicht vom Fleck. »So ist es fein, siehst du, ich beiße nicht«, murmelte sie, ehe sie langsam die flache linke Hand ausstreckte.

Der warme Atem des Hengstes fuhr darüber, dann senkte er den Kopf und schnoberte interessiert an Florentins Reithose, die nach einigen Tagen auf dem Rücken ihrer Stute wohl durchdringend nach ihr roch.

Das Mädchen wandte sich um. »Komm«, lockte sie, und nach kurzem Zögern folgte der Braune. Nach ein paar Schritten versuchte er prompt, nach Art der Hengste die Führung zu übernehmen und sich an Florentin vorbeizudrängen. Doch sofort verstellte sie ihm mit ihrem Körper den Weg und rempelte ihm sanft, aber unmissverständlich vor den Bug.

Kurz stemmte er sich dagegen, aber mit einem energischen Hieb ihres Ellbogens gegen seinen Hals machte die junge Reiterin ihm schnell deutlich, dass er sich besser nicht mit ihr anlegte.

Schließlich gab das Pferd nach. Es hatte den Menschen als stärker anerkannt – zumindest, solange dieser nicht auf seinem Rücken saß. Florentins Gefühl sagte ihr, dass ihr dabei noch ein weitaus härterer Kampf bevorstand.

Sie führte den Hengst auf das umzäunte Rondell, das direkt neben den Stallungen lag und zum Bewegen der Pferde diente. Gerade als sie sich in den Sattel schwang, traten Hans und der Stallmeister heran. Der Braune trabte sofort mit hocherhobenem Kopf an und bockte, als Florentin versuchte, ihn in eine langsamere Gangart zu zwingen. Das geschah nicht aus Bosheit, wie Florentin wusste. Er war eben mit heißblütigem Temperament gesegnet. Dennoch wusste Florentin, dass sie nicht nachgeben durfte, sonst hatte sie zweifach verloren: bei dem Pferd ebenso wie bei dem alten Stallmeister, der Ross und Reiter feixend beobachtete. Offenbar wartete er nur darauf, dass der Hengst den jungen, vorlauten Burschen in hohem Bogen abwarf.

Florentin beschloss grimmig, dass Harsdorf auf dieses Spektakel bis zum jüngsten Tag warten könnte, und ließ dem bockenden Braunen für einen kurzen Moment die Zügel schießen.

Sofort galoppierte das Tier los.

Behutsam gab Florentin eine Parade mit dem Zügel, ließ nach, parierte wieder, während sie das Pferd, wie sie es auch vor kaum einer Woche dem Markgrafen gezeigt hatte, in eine enge Wende ritt. Doch selbst jetzt war der Hengst nicht bereit nachzugeben, sodass die junge Reiterin die Prozedur wiederholte – diesmal nach der anderen Seite.

Außer dem harten Schnauben des Pferdes und Florentins vor Anstrengung keuchendem Atem war nichts zu hören. Auch der alte Stallmeister und Hans beobachteten stumm, wie Mensch und Tier verbissen um die Vorherrschaft rangen. Die Flanken des Pferdes färbten sich dunkel von Schweiß, und auch Florentin rannen bereits zwei dünne Bäche die Schläfen entlang. Immer wieder versuchte der Hengst auszubrechen, aber seine Reiterin ließ ihm keine Gelegenheit mehr, sondern zwang ihn hart am Zügel in eine Biegung nach der anderen, so lange, bis er vom Galopp erst in Trab und schließlich in Schritt verfiel.

Florentin ließ ihn eine Runde ruhig gehen, dann trieb sie ihn erneut zu einem leichten Trab. Und diesmal spielte der Hengst mit, ohne zu bocken oder loszupreschen. Mit elegant gebogenem Hals kaute er am Gebiss, dass der Speichel flockte, und ließ sich willig lenken.

Schweißgebadet, aber zufrieden brachte das junge Mädchen ihn nach einem kurzen, gemäßigten Galopp schließlich direkt vor dem Stallmeister zum Stehen. Hinter seinem Rücken warf Hans ihr ein anerkennendes Lächeln zu, während der Alte nachdenklich auf den Boden spuckte.

»Hm. Nicht übel, Junge. Mit diesem Satansbraten wurde bisher nicht einmal unser ältester Stallbursche ohne Peitsche und Sporen fertig.« Der Alte schwieg. Kurz war nur das Summen der Bienen in der milden Luft zu hören, dann hob der Stallmeister den Kopf. »Häng dir das Schreiben dieses Grafen meinetwegen an die Wand deiner Kammer. Ich habe gesehen, was ich sehen musste. Den Hengst führst du trocken und bringst ihn dann hinein. Und morgen bei Sonnenaufgang will ich dich im Stall antreffen – und wehe dir, wenn du nicht pünktlich bist!«

Zum ersten Mal sprach er nicht mehr in der dritten Person von Florentin.

Mit einem breiten Lächeln legte diese kurz die Hand an ihren Dreispitz und salutierte.

Brummelnd wandte Harsdorf sich ab und stapfte Richtung Marstall.

Hans schwang sich über den Zaun und fasste den Braunen am Zügel, während Florentin abstieg und dem Pferd den schweißnassen Hals klopfte.

»Kann Harsdorf so einfach bestimmen, wer für den König arbeitet?«, fragte sie Hans.

Der nickte. »Friedrich von Preußen vertraut seinem Stallmeister mehr als so manchem seiner Minister. Und Harsdorf mag knurren, aber er erkennt einen Menschen mit Pferdeverstand.« Hans lächelte breit. »Auch wenn er vorhin im Stall noch geschworen hatte, wenn wir hinauskämen, würdest du bereits das zweite Maulvoll Sand spucken!«

»Nun, diesbezüglich war Lenz wirklich ein guter Lehrer. Erinnerst du dich an Lenz?«

»Herr im Himmel, natürlich!«, rief Hans in gespieltem Entsetzen. »Ich habe nie zuvor und nie danach einen solchen Teufel in Pferdegestalt gesehen! Dieses Tier hat dein Vater bei einer Auktion direkt aus der Hölle erstanden«, lachte Hans.

Florentin grinste. »Mich hat er gemocht. Und als er sich fünf Jahre nach unserem ersten und letzten Machtkampf ein Bein brach und mein Vater ihn erschießen musste, habe ich drei Nächte lang mein Kissen nass geweint.«

»Aha. Am Tag ein Junge, des Nachts ein echtes Mädchen«, foppte Hans, wobei er Florentin lächelnd in die Augen sah. Deren Magen machte einen kleinen Hüpfer, dann aber erschrak sie. »Du wirst doch niemandem die Wahrheit über mich erzählen, Hans?«, beschwor sie ihn ängstlich.

»Aber nein, wo denkst du hin! Dein Geheimnis ist bei mir gut aufgehoben!«

»Dank dir«, murmelte Florentin und fügte dann, um von der Hitze abzulenken, die bei seiner Neckerei in ihre Wangen geschossen war, ruppig hinzu: »Und jetzt zeig mir den Stall, wohin ich den Heißsporn hier bringen soll.« Sie sah Hans nicht an, sondern tätschelte den Braunen, der angefangen hatte, ihre Taschen nach Leckerbissen zu durchsuchen.

Spätherbst 1745, Gut Heinrich von Rosenberg

»Du musst ihm zeigen, wer der Herr ist, Florentin! Sonst wird es dich niemals respektieren!«

Die strenge Stimme Heinrich von Rosenbergs drang nur gedämpft an Florentins Ohren, weil sie bäuchlings im Dreck lag und ihr der Geruch von modrigem Laub in die Nase stach. Lenz hatte sie gerade zum dritten Mal abgeworfen. Florentin hatte das kräftige Pony erst wenige Tage zuvor zu ihrem zehnten Geburtstag geschenkt bekommen, und seit sie das erste Mal in den Sattel gestiegen war, hatte das Tier es darauf abgesehen, seine Reiterin so schnell wie möglich wieder loszuwerden: mit Bocken, Steigen und indem es in vollem Galopp abrupt stehen blieb. Am liebsten wäre das Mädchen nach diesem letzten Sturz einfach liegen geblieben und hätte seine Wut und die Demütigung in die nassen, fauligen Blätter geheult. Doch weil Florentin ahnte, wie enttäuscht der Vater von ihr sein würde, biss sie die Zähne zusammen und rappelte sich auf. Mit dem schmutzigen Ärmel ihrer Reitjacke wischte sie sich den Rotz von der Nase, da kam die Mutter aus dem Haus gestürzt. »Florentine! Mein Gott, du blutest ja!«, rief sie entsetzt.

Das Kind blickte an sich herunter und sah, dass die Reithose am linken Knie zerrissen war und Blut aus einer Schürfwunde tropfte.

»Es ist nichts«, wehrte der Freiherr ab, aber seine Gemahlin stemmte zornig die Hände in die Hüften und baute sich vor ihm auf. »Heinrich, es reicht. Sehen Sie nicht, dass Sie das Kind viel zu hart behandeln?« Sie trat nahe an den Vater heran und sagte leise, aber bestimmt:

»Sie ist nun einmal kein Junge, und Sie sollten endlich ein Einsehen haben!«

Ein wütender Trotz kroch in Florentin hoch, und ehe die Mutter weiter schelten oder ihr Vater etwas erwidern konnte, war sie zu Lenz hinübergestapft, der zum Zaun getrottet war und seelenruhig ein paar späte Äpfel verspeiste, die unter den Ostbäumen lagen. Mit einem harten Ruck am Zügel riss das Mädchen seinen Kopf hoch. »Das war das letzte Mal, dass du mich abgeworfen hast!«, zischte Florentin das Pony an, und für einen Moment glaubte sie, in den Augen unter der dichten Mähne des Tieres Furcht zu erkennen. Doch als sie sich erneut in den Sattel schwang, fing Lenz sogleich wieder zu bocken an, senkte den Kopf und schlug mit beiden Hinterbeinen gleichzeitig aus.

Florentin hörte wie aus weiter Entfernung ihre Mutter aufschreien, doch sie achtete nicht darauf. Wie eine Eisenklammer schloss die kleine Reiterin ihre Beine um den molligen Leib des Ponys, während sie auf seinem Rücken hin- und hergeworfen wurde. Bei den wilden Sprüngen des Ponys schlugen Florentins Zähne aufeinander, aber sie hielt sich eisern im Sattel und nahm beide Zügel in die linke Hand. Mit der Rechten umklammerte das Mädchen die Peitsche und verabreichte Lenz eine Tracht Prügel auf seinen gut genährten Pferdehintern, dass dem Tier Hören und Sehen verging.

Anfangs gebärdete es sich noch wilder, scheute und drehte sich im Kreis, doch Florentin hatte die Zügel gnadenlos kurz gefasst, sodass das Gebiss dem widerspenstigen Pony hart ins Maul schnitt. Dabei verdrosch ihn seine Reiterin mit aller Kraft, die sie mit ihren zehn Jahren aufbrachte. Schließlich wurde ihr der Arm lahm, und sie ließ die Ger-

te sinken. Zitternd kam Lenz zum Stehen und hielt demütig still.

»So«, sagte Florentin nach einigen Minuten etwas außer Atem. »Willst du nun laufen oder noch einmal die Peitsche spüren?«

Sie trieb ihn an, und folgsam trabte das Pony los. Anfangs wartete Florentin darauf, dass Lenz es erneut auf einen Machtkampf ankommen lassen würde, aber er hatte seine Lektion gelernt. Zur Belohnung klopfte Florentin ihm den Hals und angelte nach einem besonders saftigen Apfel vom Baum, den sie Lenz nach dem Absteigen zu fressen gab.

Sie führte ihn am Zügel zum Zaun und sah ihren Vater an. Der Freiherr strahlte vor Stolz und drückte seine Tochter mit einem Arm an sich, während die Mutter unwillig schnaubte und schweigend ins Haus zurückging.

Seit diesem Tag ließ Lenz sich lammfromm von Florentin zäumen und reiten. Das Mädchen dankte es ihm mit Leckerbissen und liebevoller Zuwendung. Nach kurzer Zeit waren beide die besten Freunde geworden, und Florentin war kaum noch aus seinem Stall wegzubekommen. Doch als Hans ein einziges Mal versuchte, Lenz ebenfalls zu reiten, zwickte ihn das Pony beim Aufsteigen so kräftig in seinen Allerwertesten, dass der rothaarige Junge zwei Tage lang kaum bei Tisch auf seinem Schemel sitzen konnte.

Kapitel 12

19. Juli 1752,
Marstall
Schloss Sanssouci

Am nächsten Morgen stand Florentin bereits vor Sonnenaufgang im königlichen Marstall und striegelte den kastanienbraunen Hengst. Sie hatte sich keine Mühe geben müssen, pünktlich zu sein. Ihre Kammer, die ihr der Stallmeister zugewiesen hatte, war alles andere als behaglich. Es war ein enger, dunkler Raum, in dem Florentin sich kaum umdrehen konnte. Das Mobiliar bestand aus einer schmalen Pritsche und einem Holzbrett, das als Ablage diente. Beim Auspacken ihrer wenigen Habseligkeiten hatte Florentin entdeckt, dass ihre ältere Schwester es nicht hatte lassen können, ihr ein geschnitztes Kästchen mit Schminkutensilien einzupacken. Lachend schüttelte sie den Kopf, aber sie brachte es nicht übers Herz, Tereses Geschenk fortzuwerfen, auch wenn sie das Kästchen mit dem verräterischen Lippen- und Wangenrot gut vor neugierigen Blicken verbergen musste.

Die Kammern der Stallknechte lagen in einem Gebäude abseits des Schlossgeländes und rochen nach Staub und alten Kleidern. Zuerst fegte Florentin mit einem zerrupften Reisigbesen die Mäuseköttel zusammen, die überall verstreut lagen, anschließend schleppte sie die Matratze, gefüllt mit hartem Rosshaar, nach draußen zum Lüften, und nachdem das getan war, sah sie sich seufzend in dem dämmrig-dumpfen Raum um. Nur eine dünne Wand trennte das Mädchen von den Räumen der anderen Stallburschen.

Florentin hatte ihre drei Mitbewohner gestern nur flüchtig gesehen, da Hans darauf bestanden hatte, seine Jugendfreundin zu seinen Eltern zu schleppen, die in einem kleinen, einfachen Häuschen wohnten, das recht weit vom Schloss entfernt stand. Der einstige Verwalter ihres Vaters war nun in den Diensten des Preußenkönigs als Kutscher beschäftigt und pflegte daneben zusammen mit einigen anderen Gärtnern die Schlossanlagen rund um Sanssouci. Hans' Vater kümmerte sich darum, dass zur Pflege des Parks genügend Personal vorhanden war und stets eine Kutsche bereitstand, wenn der König eine Ausfahrt wünschte.

Seine Frau war vor Freude außer sich gewesen, eines der Rosenberg-Kinder gesund und munter wiederzusehen. »Florentin, mein Junge!«, rief Hans' Mutter, und aus dem Augenwinkel sah die junge Frau, wie ihr Freund aus Kindertagen ihr verstohlen zuzwinkerte. Er hatte sein Schweigen über das, was er damals am Fluss gesehen hatte, tatsächlich nie gebrochen.

Seine Mutter hatte kräftig aufgetischt, und erst bei Dunkelheit war Florentin in ihre neue Behausung zurückgekehrt und todmüde auf die harte Liegestatt gesunken.

Noch weit vor Sonnenaufgang hatte sie das Schnarchen eines Kammernachbarn geweckt. Er grunzte schlimmer als die Säue, die Hans' Vater früher einmal gehalten hatte, und es war Florentin unmöglich, wieder einzuschlafen.

Müde und gereizt taumelte sie aus ihrer engen Kammer. Die Latrine war über den Hof, und bei dem Gestank, der aus ihr drang, drehte sich Florentins Magen um. Obwohl noch alles schlief, hatte sie Angst, beim Wasserlassen in der Hocke von jemandem ertappt und als Frau enttarnt zu werden. Zum Glück wurde am preußischen Hof offenbar auch bei den Dienstboten auf deren Privatsphäre Rücksicht genommen, denn man hatte die Bretterbude immerhin nicht nur mit einer »Scham-Wand« zwischen den einzelnen Kabinen, sondern zur Erleichterung des Mädchens sogar mit einfachen Türen versehen. Trotzdem graute Florentin nicht nur davor, dort ihre Bedürfnisse zu verrichten, sondern auch vor den lästigen Blutungen, die sie allmonatlich quälten. Zwar pflegte sie diesen Umstand mit mehreren Leinenwickeln zu verbergen, aber es würde hier ungleich schwerer werden, die blutigen Tücher zu waschen und zu trocknen, damit sie diese wiederverwenden konnte.

In diesem Augenblick überfielen Florentin heftige Zweifel, und sie fragte sich, ob sie den Hof des Preußenkönigs nicht lieber sofort wieder verlassen sollte. Hatte sie sich das Leben hier zu einfach vorgestellt?

*

Der Hengst spürte sogleich, dass Florentin an diesem Morgen nicht bei der Sache war, und schob seinen Kopf vor. Das Mädchen konnte gerade noch ausweichen, ehe er es spielerisch in die Seite zwicken konnte. Ein leichter Klaps auf seine lange Nase brachte das vorwitzige Tier zur Vernunft – und Florentin dazu, ihre Gedanken nicht mehr abschweifen zu lassen. Nachdem der Kastanienbraune brav alle vier Hufe gehoben hatte, damit seine Pflegerin sie von nassem Stroh und festgetretenem Mist befreien konnte, lobte Florentin ihn ausgiebig.

»Was machst du hier? Scher dich hinaus – sofort!« Erschrocken wandte sie den Kopf. Die barsche Stimme gehörte einem der Stallburschen, den sie gestern nur flüchtig gesehen hatte. Bei Tageslicht erkannte Florentin ein mit vielen punktförmigen Narben überzogenes Gesicht mit tiefliegenden Augen, die sie finster musterten, und einer fliehenden Stirn, in die schmutzig blondes Haar fiel, das bereits schütter wurde.

Florentin schätzte sein Alter auf etwa fünfundzwanzig Lenze. Er war von massiger Gestalt, und der Zustand seiner Kleidung ließ darauf schließen, dass er keine Frau hatte, die ihm die Wäsche wusch. Zudem besaß er riesige Pranken, von denen eine reichte, um Florentins Hals zu umschließen und ihr die Gurgel zusammenzudrücken. Sie beschloss, dem Burschen keine Gelegenheit dazu zu bieten.

»Verzeihung«, sagte sie und lächelte ihn freundlich an. »Ich bin der neue Stallbursche und…«

»Raus da, habe ich gesagt! Bist du taub?!«

Florentins Blick ging von dem großen Mann zu dem Pferd, das beim Klang der Stimme des Stallburschen die Ohren flach an den Kopf gelegt hatte und zwei Schritte zurückgewichen war. Offenbar hatte das Tier Angst vor ihm. Instinktiv hatte das junge Mädchen den Wunsch, den Hengst vor dem grobschlächtigen Kerl zu beschützen.

Dem riss nun die Geduld. Hart packte er die schlanke Florentin am Arm und zerrte sie aus dem Unterstand. »Komm mir ja nicht in die Quere, du Hänfling«, zischte er, und sie roch seinen säuerlichen Atem.

Florentins Unbehagen wuchs. Sie durfte nicht gleich am Anfang Schwierigkeiten bekommen, daher bemühte sie sich um einen beruhigenden Tonfall. »Das war keineswegs meine Absicht. Ich wollte mich nur nützlich machen.«

»Der Gaul ist mir unterstellt!«, fuhr der Knecht sie an.

»Damit ist es ab heute vorbei«, unterbrach die Stimme des Stallmeisters in diesem Augenblick den Disput. Harsdorf war lautlos näher getreten und wies mit dem Kopf auf Florentin. »Der junge Rosenberg wird sich fortan um Luzifer kümmern.«

Nun wusste das Mädchen wenigstens, wie sein neuer Schützling hieß. Offenbar war der Name passend zum Temperament des Hengstes ausgesucht worden. Ein solch edles Pferd versorgen zu dürfen, war für Florentin als Neuling eine große Auszeichnung – und zugleich eine Demütigung für den altgedienten Stallburschen.

»Nur ich konnte das Biest bisher reiten«, knurrte er.

Der alte Stallmeister sah ihn ruhig an. »Ja, allerdings hat das Tier dir nur unter Schlägen und Tritten gehorcht. Mit Gewalt macht man sich ein Pferd vielleicht gefügig, aber deshalb ist man noch kein guter Reiter.«

Die Augen des grobschlächtigen Knechtes blitzten vor Wut, doch obwohl er den alten Stallmeister um mehr als eine Haupteslänge überragte, wagte er nicht, zu widersprechen. Aber in dem Blick, den er Florentin zuwarf, lag unversöhnlicher Hass, und sie wusste, dass sie ab jetzt einen Feind am Königshof haben würde.

Auch Harsdorf hatte den Blick wohl bemerkt. Als der Bursche sich abwenden wollte, sagte der Alte fast beiläufig: »Ach, Martin? Sollte ich feststellen, dass du in alte Gewohnheiten verfällst und am Hof Raufhändel suchst, kannst du auf das verfallene Gestüt deines Vaters in Mecklenburg zurückkehren und fortan ein Leben als räudiger Säufer führen. Und du«, damit wandte sich Harsdorf an Florentin, »wirst dich ebenfalls anständig verhalten. Sonst nützt dir auch keine markgräfliche Empfehlung.«

Das junge Mädchen nickte, denn es hatte nicht vor, sich mit dem grobschlächtigen Stallknecht anzulegen. Ob sie allerdings seinen Rachegelüsten entkommen konnte, würde sich zeigen. Florentin beschloss, dem Kerl so gut es ging aus dem Weg zu gehen.

Dennoch fand Martin in den folgenden Tagen und Wochen immer wieder Gelegenheit, ihr das Leben schwerzumachen. Sei es, dass er das feuchte Stroh und die Pferdeäpfel der anderen Gäule in die Box von Luzifer warf, sodass Florentin mit dem Misten kaum nachkam, oder das Zaumzeug von einem der vier Pferde, die sie zusätzlich betreute, am Morgen verdreckt und feucht in der Sattelkammer hing. Nie konnte Florentin ihm etwas nachweisen, denn Martin war zwar nicht der Klügste, aber verstand es mit Bauernschläue, sie beständig zu triezen.

»Ich fürchte, du musst damit fertig werden«, sagte Hans, als sie ihm davon erzählte. »Neid und Intrigen sind am Hof nichts Außergewöhnliches. Unter den Kammerdienern Friedrichs muss es besonders schlimm sein. Ich bin froh, nur ein einfacher Kutscher und Gärtner zu sein. Je höher man in der Rangordnung steht, desto mehr ist man bösen Gerüchten ausgesetzt. Hüte dich daher lieber, dem König zu nahe zu kommen.«

Florentin nickte und vergaß die Warnung des Freundes kaum einen Atemzug nachdem sie sie gehört hatte. Schließlich war sie weit davon entfernt, Friedrich II. überhaupt einmal zu Gesicht zu bekommen. Und so würde es wohl auch bleiben – dachte sie.

Kapitel 13

18. Juli 1752,
Schloss Sanssouci

Wütend schlug Florentin die Tür ihrer muffigen Kammer zu, sodass die morschen Bretter zitterten. Es waren nicht Martins Bosheiten oder die komplette Missachtung der anderen Stallknechte, die sie seit ihrer Ankunft am preußischen Hof kränkten, sondern Hans' Verhalten. Er behandelte Florentin freundlich, hielt aber stets einen gewissen Abstand. Seinen Brief, den er ihr damals nach Franken geschickt hatte, erwähnte er nicht mehr, und als sie einmal all ihren Mut zusammennahm und ihn auf den Satz ansprach, der bis auf die Worte »nicht vergessen« unleserlich gewesen war, behauptete er leichthin, er wisse nicht mehr, was er damals geschrieben habe.

Und obwohl Florentin häufig zu Gast bei ihm und seinen Eltern war, weil Hans' Mutter nicht von der Überzeugung abzubringen war, dass »der Junge«, wie sie Florentin liebevoll zu nennen pflegte, zu wenig aß und die Mahlzeiten, welche die Stallburschen sich in der Schlossküche abholen durften, kärglich waren, wechselten Hans und sie kaum ein persönliches Wort.

Dafür mästete seine Mutter das junge Mädchen mit allerlei Köstlichkeiten, und Florentin dankte im Stillen dem alten Stallmeister, dass er ihr Luzifer zugeteilt hatte, sonst wäre sie fett wie ein Brathuhn geworden.

Den Hengst zu reiten, erforderte Florentins ganzes Können, und nicht selten war sie ebenso durchgeschwitzt wie ihr Ross, wenn die beiden ihren täglichen Ritt beendeten. Trotzdem mochte die junge Frau den temperamentvollen Braunen am liebsten von allen Pferden im Marstall, und auch Luzifer hing an seiner Pflegerin und wieherte laut, sobald er ihre Schritte in der Stallgasse hörte.

Während der Arbeit gelang es Florentin sogar, nicht an Hans zu denken. Doch wenn sie bei seinen Eltern in der Stube saß und er sie freundlich und doch gleichzeitig so herablassend behandelte wie einen jüngeren Bruder, ging sie stets mit vollem Bauch und schwerem Herzen schlafen.

Nach ein paar Wochen reduzierte Florentin die Besuche im Verwalterhäuschen. Stattdessen ging sie abends noch in ein kleines Wäldchen, das ein paar hundert Schritte vom Sommerschloss entfernt lag. Sie hatte eine kleine Lichtung entdeckt, die bis Sonnenuntergang vom Abendlicht beschienen war. Dort focht sie mit dem Degen ein bis zwei Stunden gegen ihren eigenen Schatten, bis die Müdigkeit ihre Einsamkeit besiegte, sodass sie hernach in ihrer schmucklosen Kammer wie bewusstlos auf die Liegestatt fiel und traumlos bis zum Morgen schlief.

Eines Abends, nachdem sie ihren Dienst im Marstall beendet hatte, wollte sich Florentin wieder einmal fortschleichen. Sie musste sich den Zorn aus dem Leibe fechten, denn Martin, dessen Feindseligkeit auch nach einem guten Monat nicht verschwunden war, hatte ihr vorhin eine Forke derart perfide in den Weg gelegt, dass sie beinahe auf das Werkzeug getreten wäre. In diesem Falle hätten sich unter Umständen nicht nur die spitzen Eisenzinken in ihren Fuß gebohrt, sondern ihr wäre auch der hölzerne Stiel mit voller Wucht ins Gesicht geschlagen. Nur dem Misstrauen, das Florentin grundsätzlich hegte, wenn der Knecht in ihrer Nähe war, verdankte sie es, dass sie seine niederträchtige Falle rechtzeitig entdeckt hatte.

Wortlos hatte das Mädchen die Forke aufgehoben und gewissenhaft an ihren vorbestimmten Platz in der Gerätekammer gestellt. Doch sie schwor sich, es Martin irgendwann einmal heimzuzahlen. Am liebsten hätte sie ihn zum Duell gefordert und ihn mit ihrem Degen quer über den Schlosshof gehetzt, aber Harsdorfs Worte waren ihr noch sehr präsent, und Florentin wusste, welch großer Fehler es wäre, den kräftigen Stallburschen offen herauszufordern.

Trotzdem brodelte eine dumpfe Wut in ihr, während sie zu den Kammern stapfte, um ihren Degen zu holen, den sie unter einem losen Bodenbrett verborgen hielt.

Niemand begegnete ihr. Die Stallknechte, die noch ledig waren und nicht zu Frau und Kindern nach Haus mussten, gingen sofort nach ihrer Arbeit in die Schlossküche, um sich bei ein paar kichernden, jungen Mägden ihr Essen abzuholen. Anschließend verzechten sie einen Großteil ihres Lohnes in einer der düsteren Spelunken, die nicht weit vom Schloss entfernt am Rande von Potsdam lagen. Dass sich Florentin ihnen nie anschloss, trug noch mehr als ihre überragenden Reitkünste zu der Rolle als widerwillig geduldeter Außenseiter bei. Wenigstens sah Florentin normalerweise niemanden, wenn sie den Marstall Richtung Wäldchen verließ. Doch heute war es anders, denn als sie aus ihrer Kammer huschte, vertrat ihr eine vertraute Gestalt den Weg.

»Mutter lässt fragen, warum du nur mehr selten zum Essen kommst. Und mir gehst du auch aus dem Weg«, sagte Hans. Er klang freundlich, und trotzdem entlud sich Florentins aufgestauter Zorn über ihm. Obwohl er nichts getan hatte – oder vielleicht gerade deswegen.

»Was kümmert es dich? Geh und reiß im königlichen Park das Unkraut heraus oder was du sonst den ganzen Tag über tust. Meine Belange haben dich doch bisher auch nicht interessiert«, fuhr sie ihm unfreundlich über den Mund.

»Ah, und deswegen bist du beleidigt. Also schleichst du dich fort und fichtst gegen ein paar tote Bäume oder forderst die Waldgeister zum Duell«, spottete Hans.

Sein breites Grinsen machte seine Kindheitsfreundin noch wütender. »Hier im Schloss gibt es niemanden, mit dem ich üben könnte«, erwiderte Florentin heftig. »Nicht einmal *du* kannst mir schließlich das Wasser reichen, wie wir ja bereits vor Jahren festgestellt haben.«

Hans schnappte nach Luft. »Na warte, du …! Ich werde es dir beweisen. Los, komm mit. Ich hole meinen Degen, und dann fechten wir die Sache hinter dem Haus meines Vaters aus. Danach kann meine Mutter dir dein großes Mundwerk mit ihrem selbstgebackenen Brot stopfen!«

*

Eine halbe Stunde später war Hans das Spotten vergangen. Er war bereits zwei Mal vernichtend geschlagen worden.

»Du hast seit deinem Fortgang aus Franken nicht geübt!«, rief Florentin vorwurfsvoll, während Hans zu Atem zu kommen versuchte.

»Wann auch?«, keuchte er. »Ich habe viel Arbeit am Hof und nicht die Zeit für diesen Firlefanz!«

»Fett und träge bist du geworden«, reizte sie ihn. »Vielleicht hättest du ab und an besser das Backwerk deiner Mutter ausschlagen sollen!«

»Das reicht! Von dir lasse ich mich nicht beschimpfen. Heb deinen Degen auf!«

Feixend tat Florentin wie geheißen. Hans und sie gingen erneut in Fechtstellung, und wenig später prallten die Klingen der Waffen erneut aufeinander. Sein Zorn ließ Hans besser kämpfen als in den zwei Runden zuvor, dennoch fehlte ihm nach Monaten, wenn nicht gar Jahren ohne Fechtlektionen die Selbstverständlichkeit im Umgang mit dem Degen. Immerhin gelang es ihm, zwei Treffer zu landen, und Florentin war froh, dass beide ihre Oberkörper zusätzlich zur Kleidung mit ein paar Streifen Sackleinen geschützt hatten, das Hans' Vater im Spätsommer über die Bodenbretter der Erntewagen spannte, damit keine Körner verlorengingen.

Trotz seiner Fortschritte behielt das Mädchen im Duell die Oberhand. Genau wie damals auf dem fränkischen Gut, nachdem Hans Florentin zum ersten Mal in Mädchenkleidern gesehen und sie links liegengelassen hatte, bis sie ihn zum Degenkampf gefordert hatte, musste er schließlich aufgeben. Er war puterrot im Gesicht, und seine Haare waren an den Schläfen schweißverklebt. »Gut, du hast gewonnen, Florentin. Gratulation«, knirschte er.

Auch Florentins Atem ging hastig, und sie spürte das Kitzeln eines Rinnsals Schweiß, das ihr den Nacken hinunterlief. Verdrossen warf Hans seine Waffe auf den Boden. »Können wir jetzt bitte hineingehen, meine Mutter wartet mit dem Essen.«

»Einen Augenblick noch!«

Beim Klang der fremden Männerstimme fuhren die beiden Duellanten herum. Ein etwa vierzigjähriger Mann in einfachem blauen Soldatenrock kam auf sie zugeschlendert. Er trug keine Perücke, wiewohl seine grauen Haare an der Seite zu kunstvollen Rollen eingedreht waren. Eine lange, schmale Nase saß über dem Mund mit dünnen Lippen, doch das Auffälligste waren seine Augen, groß und mit ausdrucksvollen, blaugrauen Pupillen, die seinem Blick etwas Hellwaches, beinahe Stechendes verliehen. Zwei fadendünne Hunde, beides Windspiele, umsprangen ihn und kläfften übermütig.

Florentin hatte ihn nie zuvor im Marstall oder bei Hans' Vater gesehen. Sie nahm an, es wäre ein Soldat des Preußenkönigs.

Hans jedoch verfiel in eine tiefe Verbeugung. »*Sire*!«

Florentin war so verblüfft, dass sie eine ungehörige Zeit lang stocksteif dastand und Friedrich II. anstarrte. Dieser in eine einfache Soldatenuniform gekleidete Mann sollte der König von Preußen sein? Erst als Hans sie unwirsch anstieß, erwachte Florentin aus ihrer Bewegungslosigkeit und verbeugte sich hastig, während sie sich verzweifelt zu erinnern versuchte, was *Mademoiselle* den Rosenberg-Schwestern über die Regeln am Hof beigebracht hatte. Ein Hofknicks kam natürlich nicht in Frage, aber musste sie dem König nicht die Hand küssen? Als Florentin aufsah, blickte sie direkt in das spöttische Lächeln des Regenten.

»Sein Fechten ist eleganter als seine schiefe Verbeugung«, stellte Friedrich fest, und Florentin schoss das Blut ins Gesicht.

»Hoheit … *Sire*, bitte verzeiht mir. Ich war … ich bin noch neu am Hofe und wusste nicht …«, stotterte sie und spürte zu ihrer grenzenlosen Scham ihr Gesicht immer heißer werden.

Doch der König winkte lässig ab. »Diener, Hofknicks, Küssen des Siegelrings, pah! Alles einstudierte Posen, nichts als ein Theaterstück, eigens für den König. Ich war immer der Meinung, auch ein Herrscher müsse sich den Respekt seines Volkes verdienen.« Der Preußenkönig musterte die junge Fechterin von oben bis unten. »Meine Achtung hat er jedenfalls, Bursche! Selten habe ich jemanden so gewandt mit dem Degen umgehen sehen. Wer hat ihn die Fechtkunst gelehrt?«

»Meister Gottfried, ein Freund meines Vaters, *Sire*. Er hat mich auf unserem fränkischen Gut unterrichtet, seit ich acht Jahre alt war«, antwortete Florentin. Sie schwankte zwischen Erleichterung, weil der König sie ganz selbstverständlich für einen Jungen hielt, und Verlegenheit über sein Lob.

»Offensichtlich mit Erfolg«, stellte der König fest. »Wie lautet der Name seines Vaters?«

»Heinrich von Rosenberg, *Sire*.«

Friedrichs Augen blitzten amüsiert auf. »Dann ist sein Sohn also der Bezwinger Luzifers!«

Florentin war durcheinander, und so brauchte sie einen Augenblick, um zu begreifen, dass der König nicht vom Teufel sprach, sondern den Hengst meinte. Überrascht stellte das junge Mädchen außerdem fest, dass der Herrscher über die Vorgänge im Marstall bestens Bescheid zu wissen schien.

Als hätte er ihre Gedanken gelesen, lachte Friedrich kurz auf, was fast wie das Bellen eines seiner Hunde klang. »Ich bin über alles unterrichtet, was an meinem Hof vor sich geht. Von den wachsenden Früchten in den Gewächshäusern«, dabei warf er Hans einen verschmitzten Blick zu, »bis zum hintersten Winkel der Schlossküche.«

Florentin nickte eingeschüchtert. Der Preußenkönig legte die rechte Hand an sein Kinn und musterte sie eine Weile prüfend. Unter seinem forschenden Blick wurde der jungen Fechterin unbehaglich. Seine blaugrauen Augen schienen bis auf den Grund ihrer Seele zu blicken, und kurz erfasste Florentin eine wilde Angst, Friedrich II. könnte spüren, dass sich unter der formlosen Männerkleidung in Wahrheit eine Frau verbarg. Sie warf Hans einen hilfesuchenden Blick zu, doch der zuckte mit ratloser Miene unmerklich die Schultern.

»Ich hätte vielleicht eine Aufgabe für ihn, Junge«, sagte Friedrich endlich, und Florentin atmete bei dieser Anrede unter ihrer dicken Kleiderschicht erleichtert auf.

»Karl Alexander, der Sohn meiner Schwester Friederike Louise und ihres ebenso flegelhaften wie nutzlosen Gemahls *Markgraf Karl Wilhelm Friedrich von Brandenburg-Ans-*

bach«, der König betonte den Titel seines Schwagers spöttisch, »könnte etwas Bewegung gebrauchen. Mein Neffe ist sechzehn und studiert in Utrecht. Geistig ist er zwar rege, körperlich aber zu bequem für meinen Geschmack. In ein paar Tagen reist er an und bleibt für ein paar Wochen zu Besuch in meinem Schloss. Ich möchte, dass Karl Alexander Unterricht im Fechten erhält.« Der König machte eine Kunstpause und musterte Florentin. »Und zwar von ihm!«

»Oh«, brachte diese nur heraus. Flüchtig sah sie, wie Hans zweifelnd das Gesicht verzog, und auch ihr war nicht wohl bei der Vorstellung, den königlichen Neffen zu unterrichten. Immerhin stand Florentin, was Herkunft und Bildung anging, weit unter ihm. Doch Friedrich schien das nicht bedacht zu haben. »Wie alt ist er, Bursche? Fünfzehn, sechzehn? Dann ist er gleich alt wie Karl Alexander, und dieser dürfte auch seine Körpergröße haben. Jetzt ist es an ihm, meinem Neffen die Beweglichkeit beizubringen, über die er verfügt!«

Ohne eine Antwort oder einen Dank abzuwarten, wandte der König sich ab und pfiff nach seinen Hunden. Hastig machte Florentin noch eine ungeschickte Verbeugung, und als sie sich wieder aufrichtete, sah sie, dass Friedrich sich noch einmal umgedreht hatte. »Ach, und ehe ich es vergesse: Ab morgen wohnt er in den Gemächern der Kammerdiener, Florentin von Rosenberg.« Damit drehte er sich um und schritt davon.

Verblüfft drehte das junge Mädchen sich zu seinem Freund um. »Der König weiß meinen Vornamen!«

»Er hat doch selbst gesagt, ihm bleibt nichts verborgen«, sagte Hans schmunzelnd. Dann aber wurde er ernst. »Den Neffen des Königs zu unterrichten ist eine große Ehre, Florentin. Aber versprich mir, dass du vorsichtig sein wirst.«

Sein sorgenvoller Ton ließ sie aufhorchen. »Wie meinst du das?«

»Herrgott, wenn ich das nur wüsste!«, sagte Hans ungewohnt heftig. »Ich habe einfach kein gutes Gefühl, wenn du dem König so nahe kommst. Friedrich ist klug und gewitzt. Du wirst jede Minute, bei Tag und Nacht, auf der Hut sein müssen, dass niemand dein Geheimnis entdeckt. Ich wage mir gar nicht auszumalen, was passiert, wenn der alte Frauenfeind merkt, dass du kein Mann bist!«

Florentin schluckte, dann aber erwachte in ihr der Ehrgeiz. Das Angebot des Königs war zu verlockend. Endlich würde sie wieder fechten können, wie es ihr gefiel. Nun, da sie bessergestellt war, konnte sie wohl auch endlich ihre geliebte Stute von dem Bauern im Ort hier ins Schloss holen. Als königlichem Fechter würde man Florentin bestimmt einen Platz für ihr eigenes Pferd zuweisen. Zudem war die Aussicht, aus der schäbigen, zugigen Stallknechtkammer in ein etwas komfortableres Dienstbotengemach umzuziehen, auch nicht zu verachten.

»Wie soll der König das merken? Ich fechte besser als so mancher junge Mann.« Damit versetzte sie Hans einen spielerischen Stoß. »Und ich bin wie ein Junge aufgewachsen, vergiss das nicht. Es würde mich wahrscheinlich mehr Mühe kosten, ab jetzt nur noch als Frau zu leben. Meine Schwester und meine Mutter können ein Lied davon singen!«

Damit brachte sie Hans zum Lachen, und die angespannte Stimmung, die seit seiner Warnung wie eine unsichtbare Mauer zwischen ihnen gestanden hatte, verflog.

*

Am nächsten Morgen konnte Florentin ihre bescheidene Habe in eine der Kammern bringen, die den höhergestellten Dienstboten vorbehalten waren. Auch dieser Raum war nicht groß, aber was für ein Unterschied zu der muffigen, ärmlichen Behausung, die sie vorher bewohnt hatte! Die Kammern im Dienstbotentrakt waren heller und luftiger, die Türen hingen nicht schief in den Angeln, sondern waren recht stabil, und zu Florentins Entzücken befand sich in ihrer Kammer sogar eine eigene Waschgelegenheit. In einer Art Wandschrank verborgen stand ein Waschtisch mit einer Vertiefung für die Schüssel und daneben ein tönerner Krug für frisches Wasser. Mit einem behaglichen Seufzer ließ sie ihr Kleiderbündel fallen, lief zu der kleinen Fensterluke und stieß sie auf. Von ihrem Fenster aus ging der Blick über eine sanft abfallende Wiese bis zum Innenhof des Schlosses. Dass Florentin die Stelle sah, an der sie bald den königlichen Neffen im Fechten unterrichten würde, nahm sie als gutes Vorzeichen.

Als sie den Stall betrat, musterte sie der alte Harsdorf aus zusammengekniffenen Augen. »Habe gehört, du bist umgezogen, Bürschchen.«

»Keine Sorge, Herr, ich werde meine Arbeit im Stall nicht vernachlässigen«, sagte Florentin hastig. Der Alte sollte nicht denken, sie würde sich auf den besseren Zustand ihrer neuen Behausung etwas einbilden.

Harsdorf nickte nur bedächtig. Florentin wollte sich schon abwenden, da beugte sich der Stallmeister zu ihr und sagte leise: »Der König scheint dich zu mögen, aber vertraue ihm nicht zu sehr. Er kann dich großmachen, aber ebenso schnell vernichten, wenn ihm danach ist.«

Etwas Ähnliches hatte Florentin schon von Hans gehört, und ihr wurde mulmig.

Offenbar sah Harsdorf ihr das Unbehagen an, denn er klopfte seinem Schützling freundlich auf die Schulter. »Unser Herrscher ist kein Despot. Aber die beiden Schlesischen Kriege haben ihn mehr zermürbt, als er zugibt.«

Florentin horchte auf. Fragend sah sie den Alten an. Natürlich wusste jeder aus der Bevölkerung etwas über die Kriegsjahre. Friedrich hatte nach dem Tod seines Vaters Wilhelm gerade erst den Thron bestiegen, als er bereits die Weltmacht Habsburg herausforderte. Der junge König wollte den Tod des Kaisers Karl VI. im Jahre 1740 ausnutzen, nach dem Österreich geschwächt von der Nachfolgerfrage war. Daher war Friedrich ohne Kriegserklärung in Schlesien einmarschiert, um sich die nördlichste Provinz der Habsburger ein für alle Mal zu holen. Ein unverzeihlicher Vertragsbruch und Verrat gegenüber den Österreichern und dem Kaiser des Heiligen Römischen Reiches, dem eigentlich auch Friedrich untertan war. Nach seinem Tod hatte Karl VI. das riesige Reich seiner Tochter Maria Theresia hinterlassen.

»Eine Frau auf dem Thron der Habsburger«, spuckte Harsdorf aus, als hätte Florentin diesen Gedanken laut ausgesprochen, »so etwas hat es vorher nie gegeben! Unser König hatte schon recht, ihren Anspruch auf die Kaiserkrone nicht ernst zu nehmen.«

»Trotzdem hat sie es geschafft, binnen kurzer Zeit aus allen Winkeln Europas ihre Truppen nach Schlesien zu schicken«, merkte Florentin an. Die Verachtung des alten Stallmeisters für eine Frau, die niemand auf das Regieren vorbereitet hatte, die sich aber dennoch wacker schlug, brachte sie ungewollt in Harnisch. Nicht weil Florentin Sympathien für Maria Theresia oder gar Österreich hegte, dazu war sie zu wenig interessiert an Politik und besaß auch nicht genügend Wissen über die Details der Machtverhältnisse. Aber auch Florentin war eine Frau und hatte schon oft bewiesen, dass sie nicht nur im Reiten und Fechten, sondern auch vom Geist her manchen Mann übertraf. Nur offen zeigen konnte und durfte sie es nie.

Der Alte sah das schmale Persönchen, das kriegerisch das Kinn gereckt hatte, an und schnaubte. »Na und?«, blaffte er. »Trotzdem hat die preußische Armee in beiden Schlachten gesiegt!«

Florentin nickte eilig, um Harsdorf nicht gegen sich aufzubringen. »Ebenso wie in den späteren Schlachten bei Hohenfriedberg und Kesselsdorf«, beeilte sie sich zuzustimmen.

Zu ihrer Erleichterung hellte sich das Gesicht des Alten auf. »Das preußische Heer hat der Welt bewiesen, dass es sich vor nichts fürchtet«, sagte Harsdorf zufrieden. Dann aber verdüsterte sich sein Gesicht. »Ich kenne unseren König seit Kindesbeinen. Er hat das Flötenspiel und die Dichtung geliebt. Er war kein Kriegsherr. Erst sein Vater hat ihn mit grausamem Drill zu einem gemacht.«

Florentin war neugierig geworden, aber der Stallmeister merkte scheinbar, dass er mehr erzählt hatte, als er wollte. Grimmig sah er das junge Mädchen an. »Der Herrscher braucht das Gefühl, Leuten vertrauen zu können. Er gibt seinen Neffen in deine Obhut. Also mach was daraus!« Damit schlug er Florentin kurz und hart auf die Schulter und wandte sich ab.

Nachdenklich ging sie zu Luzifer, um ihn aufzuzäumen. Doch Harsdorfs warnende Worte klangen noch lange in ihr nach.

*

Zwei Tage später reiste Karl Alexander an. Er war ein hübscher Junge, mit dunklen, gewitzt dreinblickenden Augen und einem recht kleinen Mund, dessen volle Lippen immer zu lächeln schienen. Er besaß eine auffallend helle Haut, und auf seiner Nase tummelten sich einige Sommersprossen. Sofort als Florentin ihm vorgestellt wurde, streckte er die Hand aus und sagte lachend: »Bitte keine Verbeugungen und kein Siezen! Mein Onkel hat mir befohlen, mit dir zu fechten, und ich möchte, dass wir Freunde werden.«

Florentin fand seine Unbefangenheit charmant, trotzdem schüttelte sie Karl Alexander nur zögernd die Hand. Der grinste seinen künftigen Lehrer schelmisch an. »Eins gleich vorweg, Florentin: Ich weiß, dass du der bessere Fechter bist. Du darfst mich auch gerne stets im Duell vernichtend schlagen. Aber wenn sich ein weibliches Wesen nähert, musst du so tun, als seien wir im Können gleichauf.«

Nun musste Florentin lachen. »Wenn das alles ist, was du von mir verlangst …«

»Hast du die Küchenmagd mit den blonden Zöpfen schon gesehen? Von den Äpfeln, die sie in ihrem Mieder trägt, würde ich gerne einmal kosten …!«

Florentin spürte, wie sie rot wurde. Einen jungen Mann derart unverblümt über weibliche Reize reden zu hören, machte sie immer noch verlegen, wie damals die Gespräche der Burschen im Fränkischen. Innerlich schalt sie sich, dass ihr vermaledeites Schamgefühl sie eines Tages noch verraten würde, und so bemühte sie sich um einen besonders strengen Tonfall: »Karl Alexander! Du bist hier, um zu fechten, nicht um den Mägden schöne Augen zu machen. Also – *concentration s'il vous plaît*! Fechtstellung, *en garde* …«

»Sag einmal, Florentin, wer ist denn diese hübsche, dunkelhaarige Kammerzofe, die für die Gemächer der Gäste …«

Seine Frage endete in einem überraschten Aufschrei, denn unvermittelt begann Florentin, ihn mit dem Degen zu attackieren. Sie hatte genug von seinem Gerede über hübsche Mädchen.

Eine Weile trieb die junge Fechterin den königlichen Neffen spielerisch vor sich her, während er durch hastige, ungezielte

Paraden versuchte, seinen Gegner abzuwehren. »Behalte die Fechtstellung bei, Karl Alexander! Nicht nach vorne fallen. Jetzt eine *Parade-Riposte*!«, wies Florentin ihn an, doch ihr Schüler ließ die Waffe fallen und klopfte ihr lachend auf die Schulter. »Du bist einfach zu schnell für mich, mein Freund!«

Florentin hob seine Waffe auf. »Du hast ein gutes Auge für Angriffe. Aber du darfst nicht kopflos vor deinem Gegner zurückweichen. Schlage aber auch nicht impulsiv drauflos, denn wenn du mir zu nah kommst, bietest du mir eine allzu leichte Angriffsmöglichkeit!«

Den Rest der Stunde ließ Florentin ihn die korrekte Fechtstellung und ein paar schnelle Schrittfolgen üben. Nach etwa einer Stunde hob Karl Alexander beide Hände. Sein Gesicht hatte sich gerötet, und sein Atem ging schnell. »Gnade, Florentin. Der Schweiß hat schon meine gesamte Kleidung getränkt, und ich sterbe vor Durst! Lass uns zusammen zur Küche gehen und sehen, ob wir den hübschen Küchenmägden nicht ein wenig Wein verdünnt mit Wasser abschwatzen können! Oder du zeigst mir, wo die nächste Schenke ist! Bestimmt gibt es dort auch ein paar ansehnliche Weiber.«

Das junge Mädchen konnte über diesen Heißsporn nur den Kopf schütteln. Bereits mit sechzehn Jahren schien Karl Alexander jeder Schürze hinterherzujagen – im Gegensatz zu seinem Onkel. Der Monarch zog ein Leben ohne Frauen vor. Inzwischen hatte Florentin herausgefunden, dass im Schloss Sanssouci nicht einmal ein Gemach für Elisabeth Christine, die Gemahlin des Königs, existierte. Sie – und auch andere Frauen – waren hier eindeutig nicht erwünscht. Von den Küchenmägden einmal abgesehen, die sich jedoch kaum außerhalb der Schlossküche blicken ließen.

»Ein Jammer, dass es hier keine Hofdamen gibt«, stellte auch Karl Alexander wehmütig fest. »Wenigstens ist mein

Onkel gezwungen, ab und an Gesellschaften zu geben, sodass ich mich wenigstens bei diesen Gelegenheiten schadlos halten kann!«

Und das tat er. Wenn Friedrichs Neffe den Fechtunterricht nur halb so energisch und mit demselben Ehrgeiz betrieben hätte wie die Jagd nach dem nächsten Rock – er hätte ein Meister des Duells werden können. Anfangs forderte er Florentin noch auf, es ihm bei den Mädchen gleichzutun, womit er sie in arge Bedrängnis brachte. Allein die Vorstellung, als Frau in Männerkleidern einer Küchenmagd Komplimente zu machen und dabei wie zufällig ihre Hand oder ihr Haar zu berühren, wie es Karl Alexander zu tun pflegte, wenn ihm eine gefiel, schien Florentin absurd.

»Was stimmt eigentlich nicht mit dir?«, fragte der junge Markgraf schließlich, als Florentin sich zum dritten Mal mit einer Ausrede einem Küchen- und Wirtshausbesuch entzogen hatte.

Sie sah Karl Alexander an, dass er diesmal nicht aufgeben würde, bis sie ihm Rede und Antwort stand, warum »ihn« die Frauen nicht zu interessieren schienen.

Dem Mädchen wurde bang, und flüchtig schoss ihm die Erinnerung an den Kuss mit Hans durch den Kopf und wie schlecht es sich danach wochenlang gefühlt hatte. Inzwischen wusste sie, dass sie weder ein Sodomist war noch eine Todsünde begangen hatte, doch wie lange würde sie gegenüber dem königlichen Neffen die Maskerade in Hemd und Hose noch durchhalten können? Sie musste sich etwas einfallen lassen, und zwar schnell.

»Viktoria«, stotterte Florentin schließlich. »Sie war … ich meine, ich hatte damals …«

Karl Alexander spitzte die Lippen. »Oh, verstehe! Sie war deine erste große Liebe, hm? Was ist daraus geworden?«

»Sie zog mit ihrer Familie fort. Ich habe nie erfahren, wohin. Mein Vater hat einen Brief von ihr unterschlagen. Er fand unsere Verbindung wohl nicht standesgemäß oder hatte andere Pläne. Ich fand ihn erst nach Jahren, und da war die Tinte bereits verlaufen und ihre Worte schier unleserlich«, dichtete Florentin die Geschichte von Hans und sich etwas um.

»Habt ihr vorher zumindest …«, setzte Karl Alexander an. Florentin warf ihm einen vernichtenden Blick zu, in der Hoffnung, er möge den Mund halten. Augenrollend gehorchte er, doch kurz darauf gewann seine Neugier wieder die Oberhand. »Hast du sie wenigstens geküsst?«

Florentin nickte zögernd, und unwillkürlich stand ihr Hans' Kuss erneut vor Augen. Warum war er jetzt nur so abweisend zu ihr, dachte sie. Hatte es ihm nichts bedeutet? Unwillkürlich biss sie sich auf die Lippen.

»Nun nimm es nicht so schwer! Die Frauen kommen und gehen, und der Kummer ebenso. Man darf das Leben nicht so ernst nehmen!«

Florentin seufzte. »Genau das ist ja *dein* Problem! Was soll ich bloß dem *Sire* erzählen, wenn er mich fragt, was deine Fortschritte im Fechten machen?«

»Oh, du sagst ihm, sein Neffe bemüht sich redlich, ist ein ausdauernder Kämpfer und hat schon so manches weibliche Herz besiegt!«

Florentin schüttelte nur den Kopf, und lachend winkte Karl Alexander ihr zum Abschied, ehe er Richtung Schlossküche trabte, wo die blonde Magd schon auf ihn wartete. Immerhin schien ihn ihre Geschichte der unglücklichen Liebe angerührt zu haben, denn künftig ließ er Florentin mit seinen Weibergeschichten in Frieden. Sie war darüber heilfroh, und er fragte nicht weiter nach Viktoria.

So bekam Florentin auch nicht mit, dass ihr Fechtschüler den Besuch bei der königlichen Gemahlin Elisabeth Christine in deren Sommerschloss Schönhausen dazu nutzte, um mit der Tochter einer Baronesse anzubändeln, die dort mit ihrer Mutter für einen Kurzaufenthalt weilte. Karl Alexander traf die beiden bei einem Anstandsbesuch, den er seiner Tante abstattete, und begann sofort, heimlich mit der jungen Dame zu tändeln. Das Mädchen war gerade vierzehn Jahre alt geworden und verliebte sich offenbar auf den ersten Blick in den sommersprossigen, charmanten Karl Alexander. Ein paar Tage lang trafen die beiden einander hinter dem Rücken der gestrengen Mutter und Tante, und bereits am dritten Abend schmuggelte das verliebte Mädchen den Galan in ihr Gemach. Dort ertappte die Baronesse die beiden, als Karl Alexanders Kopf gerade unter den Röcken des Mädchens steckte, das halbnackt hingegossen auf dem Bett lag. Zuerst bemerkte keiner von beiden die unwillkommene Besucherin, denn Karl Alexander hatte mehrere Schichten Stoff über dem Kopf, und das Mädchen hatte die Augen geschlossen und wegen seines rhythmischen Keuchens das Öffnen der Türe nicht gehört. Die Baronesse sah das offene Mieder ihrer Tochter, sah die milchweißen Brüste sich hastig heben und senken, während aus ihrem langen Rock ein paar Männerbeine mit einem nackten Oberkörper ragten. Die Mutter stieß daraufhin einen Schrei aus, der noch bis ins hinterste Schlossgemach zu hören war. Die junge Baronesse fuhr hoch und schrie ebenfalls auf, während Karl Alexander sich verzweifelt bemühte, sein Gesicht aus den Schichten Taft und Seide zu befreien, um zu sehen, was geschehen war. Als er der Baronesse-Mutter ansichtig wurde, fiel er vor Schreck aus dem Bett.

Was danach folgte, schilderte Karl Alexander als »eine beispiellose Hetzjagd durch das ganze Schloss«, während die alte

Baronesse nach den Soldaten schrie und die junge sie beschwor, ihrem Liebsten nichts anzutun. Karl Alexander floh zu Pferd nach Sanssouci und beschwerte sich später bitterlich bei Florentin. »Wenn die alte Furie nur ein wenig später aufgetaucht wäre, hätte ich das Mädchen so weit gehabt!«

Die junge Fechterin wusste nicht, ob sie lachen oder ihren Schüler einen beispiellosen Tölpel schimpfen sollte, denn natürlich blieb dieser Skandal am Hof nicht ohne Folgen. Elisabeth Christine höchstpersönlich reiste in der Kutsche bei ihrem Gatten in Potsdam an, um ihm von der schändlichen Tat seines Neffen zu berichten.

Florentin hatte Dienst im Marstall und soeben Luzifer vom täglichen Ritt in den Stall zurückgebracht, als Martin auftauchte. »He, Hänfling. Raus mit dir, gleich kommt die königliche Kutsche. Geh und versorg die Gäule!«

Seit Florentin die schäbige Knechtskammer gegen ein Dienstbotengemach getauscht hatte, war der grobschlächtige Stallknecht noch unfreundlicher geworden. Zwar wagte er nicht mehr, sie mit allerlei bösen Streichen zu quälen, dafür nutzte er aber jede Gelegenheit, seinem Rivalen die schmutzigsten und niedersten Arbeiten aufzutragen, die es im Stall gab.

Folgsam ging Florentin hinaus, nachdem sie Luzifer schnell noch einen Leckerbissen zugesteckt hatte. Rasch füllte sie am Trog draußen zwei Holzkübel mit Wasser, damit der Kutscher die Pferde nicht ausspannen musste, denn die Tränke für die Tiere des Marstalls lag auf der Weide.

Keinen Augenblick zu früh trat sie mit den schweren Eimern auf den Schlosshof, denn schon rollte eine prächtige Kutsche durch die Einfahrt, gezogen von zwei glänzenden Rappen. Mit einem energischen »Brrrr!« brachte der Kutscher die Tiere zum Stehen, und behende sprang der kräftige

Mann vom Kutschbock und öffnete mit einer tiefen Verbeugung die Tür auf der linken Seite. Ein seidener Schuh, in dem ein ziemlich breiter Fuß steckte, war das Erste, das Florentin von Elisabeth Christine, der Gemahlin Friedrichs, sah. Die Frau brauchte eine Weile, um sich aus der Kutsche zu quälen, wobei sie den Kutscher und ihre Zofe, die ihr behilflich waren, unablässig beschimpfte. »Nun pass er doch besser auf, ungeschickter Kerl! Ich habe gleich gesagt, wir sollen den Vierspänner nehmen. Dieses Gefährt ist einfach zu unbequem. Sophia, achte auf mein Kleid, du dummes Ding! Ach, mein Rücken, ich kann mich gar nicht bücken …«

Dass sie kaum aus der Kutsche kam, lag Florentins Ansicht nach eher an ihrer plumpen Gestalt und dem überdimensionierten Reifrock, den sie trug. Ihr Gesicht war früher sicher einmal hübsch gewesen, doch inzwischen neigte die Königin zum Doppelkinn, und die zwei scharfen Falten zwischen Nase und Mundwinkel verliehen ihrem Gesicht einen Ausdruck dauerhafter Unzufriedenheit.

Florentin trat mit den zwei schweren Wasserkübeln heran, und unwillkürlich traf ihr Blick den der Königin.

»Was steht der Kerl hier und schaut dumm? Geh er und melde dem *Sire* meine Ankunft. Mein Gemahl hätte mich längst empfangen sollen«, keifte sie.

»Euer Kommen wird dem König bereits gemeldet, Majestät«, erwiderte Florentin mit einer höflichen Verbeugung. Ihr als Stallbursche stand es nicht zu, das Schloss zu betreten, das sollte die Königin eigentlich wissen. Doch jetzt hatte diese einen neuen Sündenbock gefunden.

»Wagst du es etwa, mir zu widersprechen? Unverschämter Kerl!«, fuhr sie Florentin heftig an, und die erschrak. Es war nicht gut, den Zorn der königlichen Gemahlin auf sich zu ziehen.

Zum Glück schritt just in diesem Augenblick Friedrich II. über den Schlosshof, zwei livrierte Diener und seine Hunde im Gefolge. Doch wenn Florentin gehofft hatte, sein Anblick würde beruhigend auf Elisabeth Christine wirken, hatte sie sich getäuscht. Ihr Gatte schien ihren Zorn sogar noch weiter anzufachen.

»Ihr Neffe!«, schrie die Königin, ohne ihn überhaupt begrüßt zu haben. »Ist Gast in meinem Schloss und hat nichts Besseres zu tun, als ein unschuldiges junges Mädchen zu verführen, Majestät! Was sagen Sie dazu?«

Friedrichs Miene war ausdruckslos. Er strich sich mit der Hand über das Kinn und musterte seine erzürnte Gattin von oben bis unten. »*Madame* sind korpulent geworden«, stellte er mit ausdrucksloser Stimme fest.

Florentin schnappte nach Luft. Der Zynismus des Herrschers war in ganz Sanssouci ebenso berühmt wie berüchtigt, aber seiner eigenen Gemahlin so etwas ins Gesicht zu sagen, grenzte an Bösartigkeit. Aus dem Augenwinkel sah das Mädchen Friedrichs Diener feixen, während sich die Pausbacken der Königin von Hellrot zu Purpur färbten.

»Sparen Sie sich Ihre Worte. Ich möchte, dass Ihr Neffe Potsdam verlässt. Sofort. Verwandtschaft hin oder her! Die Angelegenheit ist kurz davor, bis nach Berlin zu dringen und einen Skandal auszulösen, und ich werde nicht dulden, dass ...«

»Ich habe Sie verstanden, *Madame*. Ich werde meinen Neffen anweisen, gleich morgen früh abzureisen. Und nun gehaben Sie sich wohl.«

Mit diesen Worten drehte Friedrich sich um und ging davon.

Elisabeth Christine blickte ihm fassungslos hinterher.

Die Kutschgäule hatten inzwischen das Wasser ausgesoffen, und Florentin beeilte sich, die leeren Eimer zu nehmen und ebenfalls zu verschwinden, ehe sie noch einmal Opfer des königlichen Zorns wurde. Aus sicherer Entfernung sah sie nach einer Weile die herrschaftliche Kutsche mitsamt Friedrichs Gemahlin darin zum Schlosstor hinausrollen.

*

Elisabeth Christine kehrte vorerst nicht nach Berlin zurück, sondern machte halt im Stadtschloss Potsdam. Dort sollte es ein paar Tage später einen Empfang geben, zu dem der König nicht explizit eingeladen war. Friedrich, dessen sarkastisches Verhalten offenbar zum Umgangston mit seiner Gattin gehörte, legte sowieso keinen Wert auf eine Teilnahme, wie Florentin von Karl Alexander hörte. Es war das letzte Mal, dass die beiden miteinander sprechen sollten. Zu ihrem Bedauern hatte der König es in der Tat für klüger befunden, wenn sein Neffe vorzeitig seinen Besuch in Preußen abbrach und nach Utrecht zurückkehrte, um den Eklat um die junge Baronesse in Grenzen zu halten. Karl Alexander trug es mit Fassung. Vielleicht waren seine Jagdgründe in Sanssouci auch erschöpft.

»Nun, Florentin, es war sehr lehrreich, dich als Fechtlehrer gehabt zu haben. Du bist mit dem Degen ebenso unschlagbar wie ich im Umgang mit den Frauen«, sagte der königliche Neffe vergnügt. Er nahm ihre Rechte mit beiden Händen und schüttelte sie kräftig. »Nur schade, dass ich bei dem Empfang im Schloss nicht mehr dabei sein kann. Meine Tante ist wahrhaftig keine Schönheit, aber einige ihrer Zofen sollen bildhübsch sein!«

»Du bist unverbesserlich«, sagte Florentin kopfschüttelnd. Sie war ein wenig traurig über den Abschied. Karl Alexander war ihr als Freund und Fechtgefährte ans Herz gewachsen, obwohl es Florentin schleierhaft geblieben war, warum die Mädchen bei seinem Anblick dahinschmolzen. Das Schlitzohr stand ihm ins Gesicht geschrieben, und jede Frau mit einem gesunden Verstand konnte erahnen, dass sie nicht die einzige und bestimmt nicht die letzte Eroberung dieses jungen Mannes sein würde.

»Wenn du willst, kannst du Susanna etwas trösten. Du weißt schon, die Magd mit den blonden …«

»Den Teufel werd ich tun! Ich will nicht wochenlang das Gejammer von deinen Eroberungen ertragen, die du versetzt hast!«

»Ach, und noch etwas! Ich habe für die junge Baronesse …«

Doch Florentin unterbrach ihn. »Nein, Karl Alexander, nun ist es genug. Ich will nichts mehr hören. Du wirst jetzt deine Sachen packen und brav weiter studieren. Mich lass aus deinen amourösen Angelegenheiten heraus! Ich habe genug Ärger mit Martin, der mir im Stall das Leben schwermacht!«

Schulterzuckend und mit seinem typisch strahlenden Lächeln winkte der königliche Neffe ihr noch einmal zu, ehe er zu seinem Gästegemach ging, um zu packen.

Als Florentin am Abend zusammen mit Harsdorf aus dem Stall trat, vernahmen sie ein dumpfes Platschen und dann einen erstickten Schrei. Kurz darauf tauchte Martin im Durchgang zu den Knechtkammern auf. Sein Haar war allerdings nicht mehr blond, sondern schlammbraun – genau wie der Rest seiner Kleidung, die ihm tropfend am Leib hing. Ein durchdringender Geruch nach Jauche traf Florentins Nase, und sie brauchte einen Augenblick, um zu begreifen, dass der Stallbursche selbst die Quelle dieses Gestanks war. Sein Mund klappte in ohnmächtigem Zorn auf und zu, doch der Zinkeimer, den er in der Hand hielt, sprach für sich. Offenbar war der Kübel über der Schwelle seiner Kammer aufgehängt worden, und als Martin die Tür aufstieß, hatte sich der Inhalt – wenn Florentin ihre Nase nicht trog, war es flüssiger Kuhdung – über ihn ergossen.

Wie ein wütender Stier kam er auf die junge Frau zugetaumelt. »Du!«, schrie er und fuchtelte mit einer schmutzigen Faust vor ihrem Gesicht herum.

»Ich habe deine Kammer nicht betreten. Ich war den ganzen Tag im Stall«, wehrte Florentin sich energisch.

»Das kann ich bestätigen«, knurrte Harsdorf. »Aber wer könnte sich diesen Schabernack dann erlaubt haben?«

In dem Augenblick waren Hufschläge sowie das harte Knirschen von Kutschrädern auf dem Kies der Schlosseinfahrt zu hören. Ein eleganter Zweispänner rollte in einigem Abstand vorbei, und kurz leuchtete das helle, sommersprossige Gesicht Karl Alexanders in einem der offenen Fenster auf. »Wer Sturm sät, wird Mist ernten«, rief er lachend.

Die Kutsche war schon auf der Schlossallee, da verstand Martin endlich die Bedeutung dieser Worte, und selbst unter der braunen Brühe konnte Florentin sehen, wie sich sein Gesicht vor Wut verfärbte.

»Dieser Hundsfott …«, setzte er an, doch Harsdorf unterbrach ihn scharf.

»Hüte dich. Du sprichst vom Neffen des Königs«, zischte er, und Martin verstummte.

Florentin aber sandte Karl Alexander einen stummen Dank nach, denn der junge Mann hatte Martin all die Boshaftigkeiten, die dieser Florentin angetan hatte, reichlich vergolten.

Doch nicht nur deswegen hinterließ seine Abreise bei der jungen Fechterin ein leises Gefühl der Traurigkeit. Schließlich war der königliche Neffe außer Hans der einzige Freund gewesen, den sie für kurze Zeit hier in der Fremde gehabt hatte.

Kapitel 14

August 1752,
Schloss Sanssouci

Ein paar Tage nach seiner Abreise wurde Florentin noch einmal an Karl Alexander erinnert. Sie wollte soeben in ihre Stube gehen, da sah sie Daniel, einen jungen Kammerdiener des Preußenkönigs, der erst seit kurzem am Hof war und sich nun mit einem etwas geckenhaft gekleideten Mann ein heftiges Wortgefecht lieferte.

»Der königliche Neffe ist abgereist, und ich werde den *Sire* nicht mit Angelegenheiten inkommodieren, die jemanden betreffen, der nicht mehr hier ist!«

»Und ich werde mir nicht nachsagen lassen, dass ich meinen Auftrag nicht erfüllt habe«, gab der Mann zurück, der zu einem blauen Samtrock eine goldgelbe Kniehose trug.

»Vielleicht kannst du helfen, Florentin. Du hast den jungen Markgrafen doch betreut«, wandte sich der Diener hilfesuchend an die junge Frau in Stallburschenkluft, wobei er klang, als sei Karl Alexander ein ungezogener junger Hund gewesen.

Florentin war auf der Hut, denn sie wollte keine Schwierigkeiten, doch es war bereits zu spät. Augenblicklich wandte sich der bunt gekleidete Herr an sie, und Daniel suchte erleichtert das Weite.

»Sehen Sie, junger Mann, ich habe hier ein Kleid, das der junge Herr bei mir in Auftrag gegeben hat. Es ist für eine Dame maßgefertigt worden, und ich hatte die Order, es persönlich bei ihm abzuliefern«, sagte der Buntgekleidete, und Florentin schwante, dass er wohl ein Schneider aus der Stadt war. Offenbar hatte Karl Alexander eine seiner zahlreichen Eroberungen mit einem kostspieligen Geschenk beeindrucken wollen.

»Es ist ein Festkleid«, fügte der Schneider hinzu, und da begriff sie, dass es für die junge Baronesse bestimmt gewesen sein musste. Schließlich war heute Abend der Empfang, den die Gattin Friedrichs II. im Stadtschloss Potsdam ausrichtete. Wahrscheinlich hatte Karl Alexander darauf gesetzt, dass seine Angebetete spätestens beim Anblick des großzügigen Präsents ihren letzten Widerstand auf- und sich ihm ganz hingeben würde.

Unwillkürlich musste Florentin schmunzeln. »Ist das Gewand denn schon bezahlt?«, fragte sie den unglücklich dreinblickenden Schneider.

Der zögerte einen Wimpernschlag, und seine schmalen, listigen Augen musterten den jungen Burschen in seiner schäbigen Reitkleidung. Sicher fragte er sich, ob er noch etwas herausschlagen könnte. Doch beim Anblick des zerschlissenen Hemdes und der abgeschabten Stiefel, die Florentin trug, gab der Mann sein Vorhaben auf und nickte.

Ohne groß darüber nachzudenken, traf Florentin einen Entschluss. »Gebt das Kleid mir. Ich will es für den jungen Markgrafen verwahren, bis er wiederkommt.«

Der Schneider zierte sich nur so lange, bis Florentin ihm eine Münze in die Hand drückte. Dann aber konnte er das Kleid gar nicht schnell genug in ihre Obhut geben und sich davonmachen.

*

Alleine in ihrer Kammer, verhängte Florentin sorgfältig das einzige, schmale Fenster mit einem weißen Leinenhemd und schob den dreibeinigen Hocker, der an der grob verputzten Wand stand, vor die Türe. Erst dann schlüpfte sie aus ihrer Reitkleidung. Nachdem sie sich über der Waschschüssel den Staub von Händen und Gesicht und den Schweiß vom Körper gewaschen hatte, zog sie behutsam das Kleid aus seiner Hülle aus grobem Linnen, mit der der teure Stoff geschützt war. Obwohl Florentin sich immer noch nicht viel aus Stoffen und all dem Tand machte, mit dem sich die Frauen normalerweise zu schmücken pflegten, hielt sie den Atem an. Das Kleid war wunderschön. Seine Taftseide schimmerte in demselben Grün, das die Blätter der Bäume im Frühling trugen. Ein schlichtes Oberteil mit einem eckigen Ausschnitt ging in einen weiten Rock über, der mit Kaskaden von unzähligen, winzigen Perlen bestickt war. Auch wenn diese sich bei genauerem Hinsehen als Fälschungen aus Wachs herausstellten, war das Gewand doch der *Grand Parure*, der höfischen Galakleidung, würdig.

Florentin konnte nicht widerstehen und schlüpfte hinein. Zu ihrer Verwunderung schien das Kleid wie für sie gemacht zu sein, nur die Taille war etwas weit. Aber weil sie sowieso nichts mehr hasste als eng geschnürte Mieder, in denen sie kaum atmen konnte, war es gerade richtig für sie. Als sie das Kleid entgegengenommen hatte, war es aus einem vagen Impuls heraus geschehen, nun aber bekam Florentin mit einem Mal unbändige Sehnsucht danach, einmal etwas anderes zu sehen als den Marstall und die Pferde. Nur einmal dem Schweiß und Staub der harten Arbeit entfliehen, die seit Wochen ihre Tage beherrschte, endlich wieder einmal den Geschmack von Wein auf der Zunge zu haben, statt des faden Wassers, das Florentin nach der anstrengenden Stallarbeit krugweise in sich hineinschüttete. Nach den einsamen Abenden in ihrer Kammer spürte Florentin, wie sie förmlich nach Gesellschaft und Ablenkung hungerte. Doch als einfacher Stallbursche würde sie nie und nimmer Zugang zu dem königlichen Ball erhalten. Sie strich über die Taftseide des Rocks, und ein kühner Plan begann in ihrem Kopf Gestalt anzunehmen. Probehalber machte sie ein paar Tanzschritte, die ihr *Mademoiselle* im Haus der Mutter Woche für Woche eingebleut hatte, und fand Gefallen an der Vorstellung, ihr Können einmal zur Musik eines Orchesters in einem prächtigen Kleid wie diesem unter Beweis zu stellen. Bei einer eleganten Drehung wirbelte der bestickte Rock wie Sternennebel um ihre Knöchel.

Zum ersten Mal bedauerte sie, dass es in der Knechtekammer nur einen winzigen, fast blinden Spiegel gab. Sie würde also bis zum Abend warten müssen. Denn Florentin hatte nicht vor, das Kleid nur in ihrer verschlossenen Kammer zu tragen. Sie würde damit am preußischen Hof erscheinen – beim heutigen Empfang von Elisabeth Christine im Stadtschloss Potsdam.

*

In ihrem langen Kleid stand Florentin vor den Toren des Stadtschlosses und verfluchte sich für ihre Dummheit. Wie hatte sie glauben können, ohne weiteres Zutritt zu einem königlichen Ball im Schloss zu erhalten? Zwar hatte sie es geschafft, im Schutz der Dämmerung in Männerkleidung auf ihrer Stute nach Potsdam zu reiten, ohne dass sich ihre Flechtfrisur aufgelöst hatte, vor sich im Sattel das sorgsam in seine Linnenhülle verpackte Kleid. Kurz vor dem Schloss hatte sie es im Schutz der Bäume gegen ihre Reitkleidung getauscht und diese bei ihrem Pferd gelassen. Florentins Stute war es gewohnt, einige Stunden angebunden auf ihre Reiterin zu warten, doch so wie es aussah, würde das junge Mädchen gleich wieder in den Sattel steigen und umkehren müssen, denn der Eintritt ins Schloss war nur mit einer Einladung möglich. Florentin war bereits durch den mächtigen Torbogen getreten und hatte sich dem Schlossportal genähert, als sie gesehen hatte, wie alle ankommenden Gäste eine kleine Karte vorzeigten. Erst, als die beiden Wachen einen Blick darauf geworfen und manches Billett sogar in die Hand genommen hatten, war es den prächtig gekleideten Ballbesuchern gestattet gewesen, den Schlosseingang zu passieren.

Florentin, die nichts dergleichen vorzuweisen hatte, wollte nicht riskieren, von den Wächtern brüsk abgewiesen zu werden, weshalb ihr wohl nichts anderes übrigbleiben würde, als unverrichteter Dinge nach Sanssouci zurückzureiten, sich die mühsam aufgetragene Schminke aus dem Gesicht zu waschen und das schöne Kleid ein letztes Mal in ihrem winzigen Spiegel zu bewundern, ehe sie es unter einer losen Bodendiele ihrer Kammer versteckte. Mit einem Seufzer drehte sie sich um – und prallte beinahe gegen einen jungen Mann, der in diesem Augenblick um die Ecke des Palastes bog. Als er ihrer ansichtig wurde, blieb er abrupt stehen und starrte sie an. Dann breitete sich ein Strahlen auf seinem runden Gesicht aus.

»*Mon Dieu*, welch eine Fügung des Schicksals. Dachte ich bis eben, ich komme zu spät zum Empfang, wird mir selbiger von einer so bezaubernden jungen Dame bereitet!«

Florentin musterte den etwas beleibten Kavalier. Seine feisten Wangen umspielten lange, kastanienbraune Locken, die ihm bis über die Schultern fielen und zu einer kunstvollen Perücke gehörten. Die dunkelroten, samtenen Kniehosen und der passende Rock, aus dem die spitzenbesetzten Ärmel seines Hemdes ragten, schienen maßgeschneidert und wiesen ihn als Mitglied aus reichem Hause aus. Trotzdem erinnerte Florentin seine kräftige Statur und die überladene Haarpracht an ihr dickes Pony mit seiner dichten Mähne, und sie musste schmunzeln.

Offenbar fasste der Edelmann das als Ermutigung auf, denn sein Lächeln vertiefte sich und seine Augen glitten mit unverhohlener Bewunderung über ihr Kleid.

»Ihr seid wunderschön«, sagte er aufrichtig, während er ihr seinen Arm bot und sie ohne viel Federlesen an den beiden Schlosswachen vorbeigeleitete, denen er mit einer lässigen Geste sein Einladungsbillett präsentierte. Ehe Florentin noch fürchten konnte, von einer der Wachen aufgehalten zu werden, hatte sie bereits am Arm ihres Begleiters den Eingang zum Ballsaal passiert, und ebenso selbstverständlich griff dieser nach zwei Gläsern mit honiggelber Flüssigkeit, die ein livrierter Domestik auf einem Silbertablett herumtrug, und reichte ihr eines, während er ihr tief in die Augen sah. »Wie lautet Euer Name?«

»Viktoria«, sagte Florentin und trank einen Schluck auf ihre erste Lüge an diesem Abend, die nicht die letzte bleiben würde. »Viktoria von Nanckenreuth.«

Ihr Verehrer hieß Eberhard und war der Sohn eines Fürsten, worüber Florentin erschrak, denn mit einem solch hohen Adelsstand hatte sie als Kind eines einfachen Freiherrn in Franken nie etwas zu tun gehabt. Mit einem Mal fühlte sie sich, als stünde sie vor einem Fechtkampf, der selbst für Florentin nicht zu gewinnen war. Wie töricht es von ihr gewesen war, sich aus purem Übermut an den königlichen Hof zu schleichen! Bis eben war der flüchtige Einfall nur ein Spiel gewesen, eine willkommene Abwechslung zu der harten Arbeit als königlicher Stallbursche. Und eine kleine, persönliche Rache an Elisabeth Christine, die Florentin in der Kleidung eines Stallburschen behandelt hatte wie Unrat, der an ihrem Brokatschuh klebte. Daher hatte sich die junge Frau an dem Gedanken ergötzt, sich als »Viktoria von Nanckenreuth« an den königlichen Speisen und Getränken zu laben, auf dem Ball zu tanzen und auf diese Weise der Königin ihre Unfreundlichkeit heimzuzahlen.

Doch jetzt wurde ihr bewusst, dass aus ihrem Spiel schnell gefährlicher Ernst werden konnte. Was, wenn dieser Eberhard genauer nach ihrer Herkunft fragte? Kannte er als Adliger am Ende jemanden aus der Nanckenreuthschen Linie? Florentin fragte sich bang, wie viele Lügen sie ihm erzählen konnte, bis sie sich in dem Netz aus Lug und Trug verfing wie eine Fliege im Spinnennetz. Am liebsten hätte sie sich nun auf der Stelle umgedreht und wäre geflohen, doch der Fürstensohn hatte einen Narren an ihr gefressen und schleppte sie trotz ihres Protestes zum Tanz. Immerhin brauchte sie auf diese Weise nicht mehr viel zu reden. Mehrere Streicher spielten auf einer Empore, die an einer Seite des Saales über den Gästen zu schweben schien, eine *Sarabande*, danach wechselten sie zur *Gavotte*. Im Stillen leistete Florentin bei der *Mademoiselle* aus Bayreuth Abbitte. Sie mochte eine unerträgliche Person gewesen sein, aber ihr hatte das junge Mädchen es nun zu verdanken, dass es sich beim Tanz, der aus zierlichen Schritten und kleinen Sprüngen bestand, nicht blamierte.

Auch Terese hätte heute an ihrer kleinen Schwester ihre helle Freude gehabt, und Florentin gestand sich ein, dass sie die Abwechslung zu den einsamen Abenden in ihrer engen, einfachen Kammer durchaus genoss.

Hunderte von Kerzen und Fackeln erleuchteten den königlichen Festsaal, über den sich, ähnlich wie in Sanssouci, eine vergoldete, stuckierte Kuppel wölbte. Auf ihrem Gesims befanden sich marmorne Putten und Amoretten, die auf die Besucher hinabzulächeln schienen. Überall standen, saßen und tanzten prächtig gekleidete Menschen, Schmuck funkelte, Seide glänzte, und auf dem einen oder anderen Frauenkopf wippte eine lange Feder – ein Tribut an die neueste Mode, auf diese Weise das Haar zu schmücken. Florentin, die ihre Locken hochgesteckt und ungepudert trug, so wie es ihr die ältere Schwester damals frisiert hatte, konnte sich auch während des Tanzens kaum an allem sattsehen. Wie hatten die Damen – oder ihre Zofen – nur all diese kunstvollen Frisuren zustande gebracht? Florentin hatte länger gebraucht als erwartet, denn die Handgriffe, um sich in eine Frau zu verwandeln, ihre dunklen Flechten zu bändigen sowie Puder und Schminke aufzulegen, waren ihr fremd. Aus dem Kästchen, das Terese ihr bei der Abreise zugesteckt hatte, hatte sie das Karminrot für Wangen und Lippen entnommen sowie gepulverten Talk, eine Art Speckstein, der erst durch Wasser und Weinessig in einem aufwendigen Verfahren seine reinweiße Farbe erhielt, ehe er den Damen verkauft wurde.

Zunächst hatte Florentin vor dem winzigen Spiegel ihrer Kammer etwas ungeschickt mit den Schminksachen hantiert und hätte beinahe ihr Vorhaben aufgegeben, vor allem, als sie derart herausgeputzt auf ihr Pferd gestiegen und nach Potsdam geritten war. Zwar war die Sonne bereits untergegangen gewesen, doch hatte sie die Hauptwege gemieden, damit nur ja niemand sie sah: in Männerkleidern, doch mit Lippen- und Wangenrot herausgeputzt wie eine Frau.

Auch jetzt fühlte Florentin sich mit all der Farbe im Gesicht eher wie ein Hofnarr, doch als sie die anderen Tänzer betrachtete, stellte die junge Frau fest, dass fast alle Gäste sogar noch dicker aufgetragen hatten als sie. Schönheitspflaster, blutrote Lippen und kalkweiß gepuderte Gesichter unter kunstvoll eingedrehten oder wallenden Perücken waren keine Seltenheit. Selbst die Männer hatten häufig etwas nachgeholfen, um ihr Haar üppiger und die Wangen röter zu machen.

Auch Eberhard hatte weder an der Perücke noch den Schönheitspflästerchen gespart, von denen sich soeben eines löste und in Richtung seines Kragens wanderte, weil dem dicken jungen Mann vom Tanzen der Schweiß in Strömen übers Gesicht lief. Er besaß nicht annähernd die körperliche Konstitution Florentins, die durch das Reiten und Fechten gestählt war, dennoch nötigte er sie zum nächsten Tanz. Zum Glück bedeckte das bodenlange Kleid Florentins Füße, denn sie trug Männerschuhe. Da sie nur Reitstiefel besaß, hatte sie sich in Sanssouci bei Daniel, dem jungen Kammerdiener des Preußenkönigs, ein Paar Schuhe … nun ja, dachte Florentin, *ausgeliehen*. Allerdings ohne ihm etwas davon zu sagen. Sie würde das Paar später einfach wieder vor seine Türe stellen.

Friedrich II., dessen Vorlieben für die neueste Mode im ganzen Schloss bekannt waren, verlangte auch von seinen Kammerdienern stets gepflegte und saubere Kleidung. Im Gegenzug stattete er seine Bediensteten mit Livreen nach französischem Vorbild aus. Das schloss auch die Schuhe ein. Da zurzeit Männer wie Frauen bevorzugt höhere Absätze trugen, konnte Florentin sowieso keinen großen Unterschied zwischen dem Schuhwerk feststellen. Unbequem war es allemal, es quetschte ihr vorn die Zehen ein und drückte an der Ferse, sodass sie sich heftig nach ihren Reitstiefeln sehnte. Als die Streicher zu einer erneuten *Gavotte* ansetzten, verwehrte Florentin aus purer Not Eberhard diesen Tanz – sie hätte sonst in den engen Schuhen vor Schmerz aufgejault wie eines der königlichen Windspiele, wenn man ihnen auf die Pfoten trat. Beflissen führte ihr Begleiter »Viktoria« zu einer geschwungenen Chaiselongue und hieß sie, Platz zu nehmen.

»Ich hole Euch eine Erfrischung.«

Dankbar lehnte Florentin sich zurück und ließ den Blick wandern. Mehrere Männer starrten sie unverhohlen an. Einer fuhr sich mit der Zungenspitze über die Oberlippe, zwei andere zwinkerten anzüglich. Erschrocken schlug Florentin die Augen nieder. Ging das den Frauen immer so, dass sie beäugt wurden wie ein saftiges Stück Wildbret von einem Rudel ausgehungerter Wölfe? Zu allem Überfluss sah sie den dicken Eberhard zurückkommen. In der Hand balancierte er einen Teller voll Zuckerwerk, wobei er eifrig kaute. Offenbar hatte er sich bereits reichlich bedient. Den Blick starr auf die Süßigkeiten gerichtet, schob er sich in Florentins Richtung. Die hatte jedoch plötzlich weder Lust auf das Essen noch auf weitere Fragen des Edelmanns zu ihrer Person. Sie hatte das dumpfe Gefühl, dass sie ihr Maskenspiel langsam zu weit trieb, und fürchtete, sich am Feuer ihrer eigenen Lügen die Finger zu verbrennen. Daher erhob sie sich hastig und drängte durch die tanzenden Paare, bis sie Schutz hinter einer massigen Säule fand, die mit einer Blattranke aus reinem Gold verziert war. Von dort aus konnte sie die Gäste ungestört beobachten.

Florentin suchte nach dem Preußenkönig, aber sie konnte Friedrich II. nirgends entdecken. Nur seine Gattin, Elisabeth Christine, saß hoch aufgerichtet und mit verbissener Miene am Kopfende des Saales, und ihr Blick aus schmalen Augen wanderte durch die Reihen der festlich gekleideten Menschen. Sie wirkte nicht im Geringsten, als würde sie ihren Ball genießen. Vielmehr schien sie auf eine bittere Zitrone aus dem Gewächshaus ihres königlichen Gemahls gebissen zu haben.

Als Florentin den Kopf drehte, sah sie zu ihrem Schrecken die kastanienbraunen Locken von Eberhards Perücke nicht weit entfernt in ihre Richtung wogen. Er hatte Florentin noch nicht entdeckt, schien jedoch nach ihr zu suchen, denn er drehte unablässig den Kopf.

Rasch duckte das junge Mädchen sich und suchte nach einer Fluchtmöglichkeit. Drei Schritte entfernt befand sich eine schmale Tür in der Wand. Probeweise drückte Florentin die Klinke nach unten, und zu ihrer Erleichterung schwang sie auf. Hastig floh sie durch die Öffnung; dann blickte sie sich um.

Sie stand in einem Raum, dessen Wände mit schimmerndem Stoff bespannt waren, den weiße und hellgelbe Streifen zierten. Mehrere Chaiselongues und Sessel mit geschwungenen Beinen standen lose verteilt an den Wänden. Ein unablässiges Ticken kam von vier oder fünf goldenen Standuhren, die teils mit Putten, teils mit kleinen Vögeln verziert waren und auf grazilen Tischchen mit Schnitzereien an der Seite standen. Offenbar war das Zimmer einst als Schlafgemach für Gäste gedacht gewesen, denn Florentin entdeckte etwas versteckt an der Seite einen schmalen Alkoven mit einem halb zugezogenen Vorhang aus schwerem Taft, in dem sich allerdings keine Schlafauflage befand. Scheinbar beherbergte die Königin hier keine Besucher mehr. Den Alkoven zierten winzige Schnitzereien, und das junge Mädchen beugte sich soeben vor, um sie näher zu betrachten, da hörte es ein Scharren vor der Tür, und gleich darauf wurde die Klinke hinabgedrückt. Der Schreck, es könnte Eberhard sein, der immer noch auf der Suche nach »Viktoria« war, fuhr Florentin in die Glieder. Gleichzeitig überwältigte sie die Scham, unbefugt in einen Raum des Schlosses eingedrungen zu sein. Daher schlüpfte sie, ohne nachzudenken, in den Hohlraum des Alkovens.

Sie konnte eben noch ihren langen, sperrigen Rock raffen und den Vorhang vorziehen, als sie bereits das Knarren der Türe und Schritte vernahm. Zwar war Florentin vollständig in der Nische verborgen, doch gleich darauf wurde ihr bewusst, dass sie sich damit nur noch tiefer in die Misere begeben hatte, sollte sie gleich ein Diener oder eine Zofe entdecken. Zuvor hätte sie einfach so tun können, als wäre sie eine junge Dame, die sich versehentlich in diesem Gemach verirrt hatte, oder sie hätte wahrheitsgemäß erklären können, vor einem aufdringlichen Verehrer auf der Flucht gewesen zu sein. Jetzt aber zusammengekauert im Alkoven aufgegriffen zu werden, entbehrte jeglicher Entschuldigung. Blieb nur die verzweifelte Hoffnung, dass die Person, welche die Tür geöffnet hatte, sich ebenfalls nur verirrt haben mochte und den Raum rasch wieder verlassen würde.

Doch Florentins Wunsch erfüllte sich nicht. Sie hörte Stuhlbeine über den Boden scharren und eine etwas schrille Frauenstimme sagen: »Hole er mir einen Stuhl, und berichte er mir!«

Vorsichtig blinzelte Florentin durch einen Spalt im Vorhang. Zu ihrer Überraschung sah sie Elisabeth Christine neben einem der Sofas stehen. Ob ihr Gemahl inzwischen eingetroffen war und die beiden ungestört miteinander reden wollten? Bei dem Gedanken, Zeuge des königlichen Zwiegesprächs und womöglich ertappt zu werden, begann die junge Frau zu zittern. Nicht auszudenken, was geschah, wenn der Preußenherrscher sie sah – und am Ende in ihr seinen Stallburschen erkannte! Florentins ganzer Körper wurde bei dieser Vorstellung vor Angst kalt und starr, und sie hielt krampfhaft den Atem an, bis sie fast erstickte.

Doch der Mann, der jetzt sprach, war eindeutig nicht Friedrich. Dafür war seine Sprechweise zu einfach und der Dialekt zu ausgeprägt. Florentin wagte einen erneuten Blick durch die Falten des Vorhangs.

Ein hagerer Mann, dessen weißes Haar zu einem dünnen Zopf gebunden war, stand mit dem Rücken zu ihr. Umständlich und mit gichtigen Fingern zog er einen der zierlichen Stühle für die Königin heran und rückte ihn zurecht. Dabei sah die junge Fechterin sein Profil und wusste auf einmal, woher sie ihn kannte: Der Alte war der oberste Kammerdiener des Preußenkönigs in Sanssouci. Wollte er der Königin die Ankunft seines Herrn melden? Aber warum zogen sie sich dafür in dieses Zimmer zurück?

Elisabeth Christine setzte sich vorsichtig und ordnete ihr Kleid mit dem ausladenden Rock. »Ich höre«, sagte sie, ohne den Alten anzublicken.

Etwas an ihrem Gesichtsausdruck machte Florentin stutzig. Die Gemahlin des *Sire* sah aus wie eine der fetten Schlosskatzen, die heimlich an der Sahne genippt hatte. Dagegen ähnelte Friedrichs Kammerdiener mit seiner spitzen Nase und den nervös zwinkernden Knopfaugen einer Ratte, die durch verbotenes Terrain huschte.

»Der neue Diener in Sanssouci«, brachte er schließlich heraus.

Florentin zuckte zusammen. Sprach er etwa von ihr? Sie dachte an die Ankunft der Königin im Sommerschloss und wie zornig Elisabeth Christine sie angefahren hatte, als Florentin mit den Tränkeimern für die Pferde aufgetaucht war. Hatte die königliche Gemahlin etwa vor, sich bei Friedrich über den Stallknecht zu beschweren? Nur weil Florentin sich geweigert hatte – ja, aufgrund ihrer niedrigen Stellung bei Hof weigern *musste* –, dem König ihre Ankunft zu melden?

»Der König lässt Daniel jeden Abend zu sich kommen«, fuhr der alte Diener in diesem Augenblick fort, und Florentin in ihrem Versteck atmete auf.

»Was tun die beiden?« Die Stimme der Königin klang gepresst.

»Ich … Ich weiß nicht recht, Majestät.«

»Dummkopf! Habe ich ihm nicht klar und deutlich gesagt, was er zu tun hat?«, fauchte die Königin, und Florentin wurde klar, dass der Kammerdiener des Königs diesen offenbar im Auftrag seiner Gattin beobachtete.

»Ich hörte, wie der König Daniel seine neueste Flötenkomposition vorspielte«, stammelte der Alte.

»Ha! Ich wette, das ist nicht die einzige Flöte, die mein Gemahl bläst«, rief Elisabeth Christine schrill, und Florentin klappte der Mund auf. Es war nicht nur das Erstaunen über die vulgäre Ausdrucksweise der Königin, sondern auch Florentins Verblüffung, dass diese ihren Gatten offenbar verdächtigte, in der Liebe Männern den Vorzug zu geben. Doch ehe sie weiter darüber nachdenken konnte, sprach Elisabeth Christine weiter, und Florentin spitzte die Ohren.

»Mit wem außer Daniel umgibt der *Sire* sich noch?«

»Nun, oft sitzt er mit Voltaire, Euler und Algarotti bis spät in die Nacht beim Essen zusammen. Oh, und La Mettrie ist natürlich auch dabei.«

»Ach, mein Gatte und seine Tafelrunde aus Philosophen und Gotteslästerern. Ich möchte gar nicht wissen, welche Art Männergespräche dort geführt werden. Nein, ich will etwas über seine jungen Männer erfahren. Wen protegiert er außer diesem Kammerdiener noch?«

»Niemanden«, versicherte der alte Dienstbote rasch. Ein kurzes Schweigen entstand, dann hörte Florentin ihn sagen: »Doch, halt! Da gibt es einen neuen Pferdeburschen im Stall, noch ein halbes Kind. Kennt offenbar einen der Schlossgärtner oder Kutscher«, sagte der Alte, und Florentins Herz machte ein paar schnelle, angstvolle Schläge. Kein Zweifel, diesmal war wirklich von ihr die Rede.

»Der König hat dieses Kerlchen beauftragt, seinen Neffen im Fechten zu unterrichten«, fuhr der Spitzel der Königin fort. »Aber ich habe ihn nie zusammen mit dem König gesehen.«

»Pah, wenn dieser Bursche nur ein halb so schlimmer Weiberheld ist wie der schändliche Karl Alexander, habe ich von ihm nichts zu befürchten. Nein, dieser Daniel bereitet mir Kopfzerbrechen. Wir müssen dafür sorgen, dass er verschwindet.«

Nun herrschte eine lange Weile Schweigen, und Florentin merkte, wie ihre Handflächen klamm und feucht wurden. Sie betete, dass keiner von beiden aufstand und im Zimmer umhergehen würde, und sie bildete sich ein, ihre Furcht würde durch den Alkovenvorhang strahlen, verräterisch wie die helle Sonne.

»Ich weiß eine Möglichkeit«, hörte sie da die Stimme der Königin. »Ich werde meinem Gatten morgen in Sanssouci einen Besuch abstatten. Bedauerlicherweise werde ich später bei der Abreise mein kostbares Armband vermissen und ein großes Wehklagen anstimmen. Später wird man es finden – in Daniels Kammer!«

»Aber wie ist der Armreif dorthin gekommen?«, fragte der Alte verständnislos.

»Tölpel! *Er* hat ihn natürlich dort versteckt! Ich werde ihm den Schmuck jetzt geben. Alles, was er tun muss, ist, ihn in der Kammer dieses jungen Dieners zu deponieren, aber so, dass man ihn leicht findet. Ich wiederum werde dafür sorgen, dass man nach einem Dieb sucht – und ihn auch findet. Und dann kann der König nicht umhin, seinen jungen Kammerdiener vom Königshof zu verbannen. Mindestens.«

Aus ihrem Versteck heraus beobachtete Florentin, wie Elisabeth Christine ein goldenes Armband, an dem mehrere Edelsteine funkelten, von ihrem Handgelenk nahm, ehe sie aus einem flachen Täschchen vier Silbermünzen herausfischte. Beides drückte sie dem Diener in die Hand.

Judasgeld, dachte Florentin.

Der Alte ließ es mit einer kriecherischen Verbeugung in die Tasche seines Rocks gleiten und stand auf. Die Münzen klimperten.

»Aber nein! Will er, dass alle merken, dass er Geld hat?«, fauchte die Königin und zog ein Tüchlein hervor. »Hier, wickle er das darum und pass er auf, dass ihn morgen niemand in der Kemenate des Dieners sieht, hört er?«

Der ältere Mann nickte und nahm aus Elisabeth Christines Hand das weiße Linnentuch mit kunstvoller Stickerei. Mit hastiger Gier wickelte er das Geld hinein, ehe er das Bündel zurück in seine Tasche stopfte.

»Wenn mein Plan aufgeht, erhält er noch einmal dasselbe. Und nun gehe er!«

Mit einer tiefen Verbeugung schlurfte der hagere Diener aus dem Raum, und wenig später erhob sich auch Elisabeth Christine von ihrem Stuhl und schritt hinaus, ohne einen Blick zurückzuwerfen.

Vor Erleichterung wurde Florentin schwindelig, und es dauerte eine geraume Weile, bis die Schreckensstarre aus ihren Gliedern wich. Mühsam erhob sie sich aus der kauernden Stellung und kletterte mit zerknittertem Rock aus dem Versteck. Durch eine zweite Tür am anderen Ende des Zimmers gelangte sie ungesehen in einen leeren Gang und von dort aus durch einen Ausgang ins Freie. Es war Zeit, ihre Stute loszubinden und das Ballkleid gegen ihre gewohnte Reitkleidung zu tauschen. In den Festsaal zurück wollte sie nicht mehr; sie hatte genug gesehen – und gehört.

*

Am nächsten Tag konnte Florentin sich kaum auf die Stallarbeit konzentrieren. Immer wieder schielte sie zum offenen Stalltor und lauschte auf das Rollen der Kutschenräder, das die Ankunft von Friedrichs Gemahlin ankündigen würde. Unzählige Gedanken schwirrten ihr durch den Kopf, und sie fragte sich, ob Elisabeth Christine ihren Gatten von Anfang an abgelehnt hatte oder ob es zuerst nicht doch Liebe gewesen war, die unerwidert blieb und sich allmählich in Wut und Hass verwandelt hatte. Florentin wusste nur eines: Sie mochte Daniel und konnte nicht zulassen, dass die Zukunft eines jungen, unbescholtenen Dienstboten durch eine rachsüchtige, verbitterte Frau zerstört werden würde.

Der Hengst Luzifer spürte Florentins Unruhe und war ungezogen wie selten zuvor. Auf dem Reitplatz bockte er und weigerte sich, eine gemäßigte Gangart anzuschlagen. Doch statt zur Peitsche zu greifen, sattelte Florentin ihn ab und scheuchte ihn anschließend quer über das Rondell. Anfangs war das Tier verwirrt, doch dann genoss es ausgelassen die ungewohnte Freiheit von Zügel und Geschirr. Pferd und Reiterin spielten Fangen wie zwei übermütige Kinder, und langsam wich auch Florentins Anspannung. Sie würde versuchen, die Intrige zu verhindern. Ob es ihr gelänge, würde sich zeigen.

Gerade als sie den Hengst in den Marstall zurückbringen wollte, erblickte sie einen schwarzen Zweispänner, der die Schlossallee entlangrollte. Elisabeth Christine kam, um ihren perfiden Plan auszuführen. Sogleich eilten ein paar Kammerdiener Friedrichs herbei, um der Königin beim Aussteigen behilflich zu sein und sie ins Schloss zu geleiten. Unter ihnen war wie zu erwarten auch Daniel.

Hastig zog Florentin Luzifer hinter sich her zum Stall und schüttete eine große Portion Futter in seine Raufe, damit er Ruhe gab. Dann huschte sie in ihre Dienstbotenkammer, schloss die Tür jedoch nicht ganz, sodass sie durch den schmalen Spalt ein Stück vom Gang sehen konnte. So wartete sie auf das Erscheinen des alten Dieners.

Lange.

Gerade als die junge Frau dachte, die Königin hätte ihr Vorhaben doch aufgegeben, hörte sie leise Schritte, und kurz darauf sah Florentin den alten Kammerdiener Friedrichs durch den engen, düsteren Gang schleichen. Zur Sicherheit klopfte der Alte zweimal an Daniels Tür. Doch der junge Kammerdiener befand sich – wie Florentin soeben mit eigenen Augen gesehen hatte – beim Empfang der königlichen Gemahlin.

Florentin lugte vorsichtig durch den Türspalt und sah den Rücken des alten Domestiken gerade noch in Daniels Kammer verschwinden. Sie zog den Kopf zurück und lauschte mit angehaltenem Atem. Es dauerte nicht lange, da hörte sie erneut Schritte auf den knarrenden Dielen, und nur wenig später sah sie von ihrem Fenster aus den Alten über den Hof zum Schloss zurückgehen.

Rasch lief Florentin aus ihrer in Daniels Kammer und sah sich um. Das Armband der Königin zu finden war nicht schwer. Daniels Stube war ebenso winzig wie die ihrige, und außer einem einfachen Regal, in dem einige Kleidungsstücke lagen, blieben nur wenige Möglichkeiten, etwas zu verbergen. Unter der Matratze seines Bettes, die mit Wolle statt mit grobem Rosshaar gefüllt war, wurde Florentin fündig. Der alte Diener hatte sich bei der Wahl des Verstecks, das Daniels Verderben besiegeln sollte, kaum Mühe gegeben.

Schnell verbarg Florentin das goldene Armkettchen mit den eingefassten Rubinen in ihrem Reitrock, ehe sie aus Daniels Kammer huschte und zurück in den Marstall lief.

Dort prallte sie beinahe gegen Hans, der dabei war, die Kutschpferde der Königin zu bürsten, damit ihr Fell glänzte. »Wo steht die königliche Kutsche?«, fragte Florentin atemlos und ohne ihren Freund zu begrüßen.

Hans runzelte die Stirn. »Hinter dem Stall, warum?«

»Oh, ich wollte nur sichergehen, dass die verehrte Gattin unseres Königs auch ein sauberes Gefährt vorfindet«, lächelte Florentin scheinheilig.

Hans sah sie verständnislos an. »Die Königin lässt sich gerade die Gewächshäuser zeigen. So schnell wird sie nicht zurückfahren!«

»Das muss sie auch gar nicht. Es ist nur zur Vorsorge, weißt du?«

Hans schüttelte den Kopf, doch ehe er ihr weitere Fragen stellen oder Florentin den Schmuck in der Kutsche deponieren konnte, ertönten draußen aufgebrachte Stimmen. Über allem schwebte die schrille Tonlage Elisabeth Christines. »Nein, es wurde gestohlen! Ich bin mir sicher!«

Florentin und Hans wechselten einen Blick, dann liefen sie gemeinsam zum vorderen Stalltor und blickten auf das Spektakel, das sich soeben im Schlosshof abspielte. Elisabeth Christine, ihr Gatte Friedrich und mehrere Dienstboten standen auf dem Schlosshof.

»Mein kostbares Armband«, heulte die Königin, »man hat es mir entwendet!«

Der Preußenkönig gab sich keine Mühe, seine Langeweile zu verbergen. »Hat *Madame* Ihren Schmuck heute überhaupt getragen?«

»Natürlich habe ich das! Ich habe das Armkettchen noch während der Fahrt angesehen und gedacht, ob es wohl meinem Gemahl gefallen wird! Und auf einmal war es fort!«

Friedrich schnaubte verächtlich. »Sie werden es in den Gärten verloren haben!«

»Aber nein, da habe ich bereits danach suchen lassen!«, rief die Königin. Mit einer erstaunlichen Behendigkeit, wenn man ihre dickliche Gestalt betrachtete, fuhr sie herum, und ihr plumper Zeigefinger wies auf Daniel. »Er! Der Kerl hier hat mir vorhin aus der Kutsche geholfen. Wer sagt mir, dass er dabei nicht lange Finger gemacht hat, eh?«

»*Madame*, ich muss doch sehr bitten«, fuhr Friedrich auf, ehe der erschrockene Daniel auch nur den Mund aufbekam. »Meine Kammerdiener sind allesamt aufrichtige Männer!«

»Ach, und warum fehlt dann mein Schmuck? Just nachdem dieser junge Bursche meinen Arm genommen hatte, um mir – wohlgemerkt angeblich – behilflich zu sein? Er ist danach auffallend schnell verschwunden!«

Der junge Kammerdiener stand mit aufgerissenen Augen da, gelähmt vor Entsetzen. Elisabeth Christine warf ihm aus schmalen Augen einen hasserfüllten Blick zu, ehe sie ihre Worte sorgfältig wählte, um dem jungen Mann damit den Todesstoß zu versetzen. »*Sire*, ich bestehe darauf, dass man ihn durchsucht! Ihn und seine Kammer! Immerhin hätte er in der Zwischenzeit Gelegenheit gehabt, den Schmuck zu verstecken.«

Florentin beschloss, dass es Zeit war, dem falschen Spiel der Königin ein Ende zu machen. »Entschuldige mich kurz«, sagte sie lächelnd zu Hans und zog den Schmuck aus der Tasche, ehe sie durch das Stalltor nach draußen und direkt auf die Versammlung zurannte.

»Majestät, Majestät!«, rief Florentin schon von weitem und bemühte sich, ihre Stimme atemlos klingen zu lassen. Kurz vor dem Königspaar kam sie zum Stehen und verbeugte sich tief. »Seht, was ich soeben auf dem Weg in den Marstall neben Eurer königlichen Kutsche fand! Ihr müsst es wohl verloren haben!«

Mit diesen Worten öffnete sie die Faust. Auf ihrer Handfläche funkelten das Gold und die Rubine des Armkettchens.

Florentin hörte Elisabeth Christine nach Luft schnappen. Sie konnte ihre Neugierde nicht bezähmen und schielte aus der unterwürfigen Haltung hoch. Das Gesicht der Königin war wutverzerrt, und sie warf dem alten Kammerdiener, der ebenfalls im Spalier der Dienstboten stand, einen hasserfüllten Blick zu.

Der Alte zuckte zusammen und trat eingeschüchtert einen Schritt zurück. Dabei war ihm die Verwirrung deutlich anzumerken. Natürlich konnte er sich nicht erklären, wie ein Schmuckstück, das er doch so sorgfältig in Daniels Kammer plaziert hatte, nun vermeintlich vor die Scheune gekommen war.

Nur der ahnungslose König freute sich sichtlich. »Nun also! Damit hat sich die Sache aufgeklärt«, rief er. Dann aber wurde seine Stimme schneidend, und er musterte seine Gattin mit unverhohlener Abneigung. »Und beim nächsten Mal, *Madame*, seid Ihr hoffentlich klug genug, keinen meiner unbescholtenen Diener voreilig des Diebstahls zu bezichtigen!«

Seine Zurechtweisung vor dem Personal ließ Elisabeth Christine jegliche Beherrschung verlieren. »Das geht nicht mit rechten Dingen zu«, kreischte sie, und ihr zorniger Blick fiel auf Florentin. »Kerl!«, zischte sie. »Er lügt doch! Wo hat er es gefunden, sprich er!«

Ehe das erschrockene Mädchen sich aber eine Antwort überlegen konnte, trat Friedrich vor seine Gemahlin hin und sagte mit einer Stimme, die vor Kälte klirrte: »Das geht zu weit. Fahrt zurück in Euer Sommerschloss, aber behelligt mich nicht weiter mit Euren Petitessen, *Madame*!«

Damit gab er seinen Bediensteten einen Wink und schritt ohne einen Gruß oder Blick für die Königin davon.

In ohnmächtiger Verbitterung sah sie ihm nach, dann schrie sie nach ihrer Kutsche.

*

Zufrieden ging Florentin zurück in den Marstall und nahm ihre Arbeit wieder auf, während Hans in aller Eile die Kutschpferde anschirrte. Kurz darauf sah sie die Königin davonfahren. Doch als Florentin zu Luzifer gehen wollte, spürte sie einen festen Griff um ihren Oberarm und wurde in die Kammer gezerrt, in der Sattel- und Zaumzeug hingen. Erschrocken blickte sie auf und sah direkt in Hans' durchdringende, blaue Augen.

»Was war da gerade eben los?«

»Das ist eine lange Geschichte. Ich erzähle sie dir ein andermal«, versuchte das Mädchen auszuweichen, aber Hans stellte sich vor die Tür und versperrte ihm den Weg. »Nicht später. Jetzt«, bestimmte er, und Florentin blieb nichts anderes übrig, als ihm die Wahrheit zu berichten. Angefangen von dem Kleid, Karl Alexanders Geschenk für die Baronesse, das sie an sich genommen hatte, bis hin zu dem Ballbesuch als »Viktoria von Nanckenreuth« und dem belauschten Gespräch zwischen der Königin und Friedrichs Kammerdiener.

Hans hörte mit fassungslosem Gesichtsausdruck zu.

»Bist du närrisch, dich als Frau ins Stadtschloss zu schleichen? Was hast du dir dabei gedacht?«, rief er, als seine Jugendfreundin geendet hatte, und schüttelte sie leicht, als wolle er Florentin aus einem Traum aufwecken.

»Nicht viel«, gab die zerknirscht zu. »Mich hat der Hafer gestochen!«

»Zu allem Überfluss lässt du dir von irgendeinem Galan Avancen machen, versteckst dich dann vor ihm in einem Privatgemach und belauschst auch noch die Königin!«

Florentin hatte das Gefühl, sich verteidigen zu müssen. »Immerhin habe ich Daniel auf diese Weise vor großem Unrecht bewahrt!«

Aber Hans war nicht zu besänftigen. Seine Augen sprühten blaues Funkenfeuer. »Herrgott, Florentin! Manchmal möchte ich dich …« Er bremste sich und stieß geräuschvoll den Atem aus.

»Was?«, rief sie unwillig, denn allmählich fing sein Unmut an, ihr auf die Nerven zu gehen.

Doch statt einer Antwort zog Hans Florentin unvermittelt an sich und küsste sie. Vor Überraschung konnte sie sich nicht rühren – und wollte es auch gar nicht. Sein Mund fühlte sich fremd und doch vertraut an, und seine Lippen, die ihre suchten, sorgten für eine prickelnde Wärme in Florentins Körper. Nicht nur sie war älter geworden, auch Hans. Er küsste nicht mehr wie ein Junge, sondern wie ein Mann. Und Florentin war sich in diesem Moment – anders als früher – sehr bewusst, dass sie eine Frau war.

Ohne nachzudenken, schmiegte sie sich eng an ihn und drückte ihre Lippen fester auf seine. Sie spürte, wie sich sein Mund zu einem Lächeln verzog, und nun lächelte auch sie. Seine Zunge fuhr über ihre Unterlippe, erkundete ihren

Mund, und Florentin wurde schwindlig. Während Hans ihre Oberlippe sanft zwischen die Zähne nahm, strich er über Florentins Rücken und zeichnete ihre schlanke, aber muskulöse Silhouette nach. Ein nie gekanntes Verlangen ergriff von beiden Besitz, und ungestüm schob Hans ihr Hemd nach oben. Seine Hände wanderten unter den groben Stoff und fühlten weiche, zarte Frauenhaut. Mit einem Aufstöhnen drängte er sich an Florentin und ließ seine Fingerspitzen über ihren Bauch und die Rippenbögen wandern. Sie sog scharf die Luft ein, denn die ungewohnten Berührungen des ehemaligen Nachbarsjungen entfachten kleine, heiße Feuer unter ihrer Haut.

Auch Hans konnte es augenscheinlich kaum erwarten, noch mehr von Florentin zu spüren. Er ließ seine Finger höhergleiten – bis zu dem festen Stoff ihrer Brustbinde.

Da ließ Hans sie abrupt los, ja, fast stieß er sie von sich.

Florentin taumelte kurz, noch ganz überrascht von dem abrupten Sinneswandel.

»Wir können nicht … Wenn uns jemand sieht«, stammelte er.

Sie sah ihn verwirrt an. »Aber hier kommt doch niemand herein …!«

Doch da hatte Hans sich bereits umgedreht und war durch die Tür der Sattelkammer nach draußen verschwunden.

Mit einem Gefühl der Leere schlurfte Florentin durch die dämmrige Stallgasse in Luzifers Unterstand und legte ihren Kopf an den Hals des Tieres. Warum war Hans ihr immer nur für so kurze Zeit nahe, ehe er sich wieder abrupt, ja, fast grob zurückzog? Florentin war mit den Gedanken weit weg, und so bemerkte sie den Preußenkönig erst, als Luzifer den Kopf hob und schnaubte.

»Sire«, rief sie und verbeugte sich hastig.

Friedrichs große, blaugraue Augen fixierten seinen Stalldiener, ohne zu blinzeln. »Gibt es etwas, das ich bezüglich des Armbands der Königin wissen sollte?«

Florentin erschrak. Verdächtigte der Regent etwa *sie*, es entwendet zu haben?

»Nun schau er nicht wie ein Reh vor der Büchse des Jägers, Florentin von Rosenberg. Er weiß doch mehr, als er zugibt!«

»*Sire*, seid versichert, der Vorwurf des Diebstahls ist absolut ungerechtfertigt. Eure Gemahlin hat sich gewiss geirrt …«

»Papperlapapp! Meine Gemahlin«, er zog das Wort spöttisch in die Länge, »bezweckte etwas Bestimmtes. Oder warum sonst hat sie behauptet, es ginge nicht mit rechten Dingen zu, als er ihr den Schmuck überreicht hat?«

Florentins erster Impuls war Bewunderung für den scharfen Verstand des Preußenkönigs. Gleich darauf aber verspürte sie Bestürzung, denn nun blieb ihr entweder, Friedrich anzulügen, oder, mit der Wahrheit seinen alten Kammerdiener anzuschwärzen und seine Gattin der Lüge zu bezichtigen. Welche Folgen würde das für sie selbst haben? Die junge Frau in Männerkleidung senkte den Kopf.

»Bursche, sieh er mich an«, befahl Friedrich.

Florentin hob den Blick, und zu ihrer Verblüffung lächelte der König, und seine Stimme klang sanft. »Ich habe nur wenige Prinzipien an meinem Hof. Eins davon ist, dass jeder – egal ob Edelmann oder Bauer – in meiner Gegenwart die Wahrheit sagen darf, ja, sogar soll. Also …?«

»Es ist wegen Daniel«, brachte sie schließlich heraus. Die Augenbrauen des Königs schossen in die Höhe, und Florentin sah, wie sich sein Körper anspannte. »Die Königin scheint eine Abneigung gegen ihn zu hegen. Daher hat sie Euren alten

Kammerdiener beauftragt, das Armband in Daniels Kammer zu bringen. Es *sollte* gefunden werden, versteht Ihr?«, schloss sie leise.

Friedrich hatte mit unbewegter Miene zugehört. Nur ein winziger Muskel an seinem linken Auge zuckte, und seine Lippen waren noch schmaler als sonst. »Hat er einen Beweis für diese Behauptung?« Seine Stimme war leise und beherrscht, aber Florentin konnte spüren, wie viel Mühe ihn das kostete.

Sie schluckte, aber es gab kein Zurück mehr. »Der alte Diener besitzt ein Taschentuch der Königin. Darin sind einige Münzen eingewickelt, die er für seinen Dienst von ihr erhalten hat.«

»Woher weiß er das, von Rosenberg?«

»Ich ... ich wurde unfreiwillig Zeuge eines konspirativen Gesprächs zwischen Eurer Gattin und dem Kammerdiener. Es war nicht beabsichtigt, es hat sich ... zufällig ergeben.«

Florentin hoffte inständig, der Preußenkönig würde nicht ins Detail gehen und von ihr wissen wollen, wo sie das Gespräch belauscht hatte. Sie konnte ihm ja schlecht sagen, dass sie als »Viktoria von Nanckenreuth« im Stadtschloss gewesen war – in den Kleidern einer Frau.

Friedrich schwieg, und Florentin zitterten die Knie.

Schließlich hob der König den Kopf. »Nun denn. Ich werde das prüfen lassen«, sagte er und verließ den Stall.

Erschöpft, als hätte sie soeben einen langen, harten Galopp absolviert, ließ Florentin sich gegen Luzifers tröstlich warmen Leib sinken. »Eins ist sicher«, murmelte sie. »Dieser Tag hatte es in sich.«

*

Dass dieser Satz sich als geradezu prophetisch erweisen sollte, dafür sorgte der Preußenkönig höchstpersönlich. Bereits am nächsten Morgen vor Sonnenaufgang musste der alte Kammerdiener das Schloss verlassen und wurde auf Befehl Friedrichs in die Verbannung geschickt. Tatsächlich hatte man bei ihm die Münzen gefunden – eingeschlagen in das Linnentüchlein mit Christine Elisabeths Monogramm.

Der Alte hatte den Plan mit dem Armreif sofort gestanden. Ein anderer Herrscher hätte den Spitzel vielleicht hinrichten oder zumindest mit der Knute prügeln lassen, doch Friedrich war jegliche Gewalt gegen Schwächere zuwider. Er verhängte stattdessen den Bann über den Dienstboten, der fortan und bis an sein Lebensende das Herrschaftsgebiet des Preußenkönigs nicht mehr betreten durfte, sonst drohte ihm tatsächlich der Tod.

Florentin erfuhr alles von Daniel. Der junge Kammerdiener passte sie ab, als sie am Abend in den Dienstbotentrakt kam, und schüttelte ihr voll Dankbarkeit die Hand. »Wie kann ich dir das nur je vergelten, Florentin«, rief er, und das Mädchen glaubte, Tränen in seinen Augen zu sehen.

Verlegen entzog sie ihm ihre von der Stallarbeit schmutzigen Finger. »Schon gut. Ich konnte doch nicht zulassen, dass dein Leben durch die Rachegelüste einer gekränkten Ehefrau zerstört wird.«

Daniels Miene verfinsterte sich. »Diese Schlampe, verzeih, Florentin. Sie wittert überall Ungemach und spinnt Intrigen wie eine fette, schwarze Spinne! Sie schreckt nicht einmal davor zurück, ihren eigenen Gatten bespitzeln zu lassen!«

»Wie nimmt es der König auf?«

»Er ist verbittert. Nicht über seine Gemahlin, aber wegen seines Kammerdieners. Er hat ihm vertraut.«

Florentin nickte und beschloss, in Zukunft noch mehr auf der Hut zu sein als bisher. Gut möglich, dass die Königin nun sie im Visier hatte. Elisabeth Christine musste ahnen, dass der junge Stallbursche, der ihr angeblich gestohlenes Armband zurückgebracht hatte, in die Sache verwickelt war. Ob der König mit ihr nochmals gesprochen oder ihr einen Brief geschickt hatte, wusste allerdings niemand. Fortan erwähnte Friedrich seine Gattin mit keinem Wort mehr, und beim nächsten Empfang behandelte er sie mit eisiger Nichtachtung.

Doch er war auf Florentin aufmerksam geworden, denn am Abend stand ein neues Paar Reitstiefel vor ihrer Tür. Es war aus feinstem Leder und so bequem, als hätte ein Schuster die Stiefel für sie maßgefertigt. Die junge Frau war überwältigt und schickte einen Dankesbrief an den König. Als Hans jedoch die Schuhe erblickte, runzelte er die Stirn.

»Sag nicht, dass dies ein Geschenk ist!«

»Um der Wahrheit Genüge zu tun ... doch.«

Er schlug sich die Hand vor die Stirn. »Florentin, habe ich dich nicht gewarnt? Es ist gefährlich, dem König zu nahe zu kommen, gerade für dich! Geht das nicht in deinen sturen Schädel?«

»Was soll ich denn tun? Dem *Sire* die Stiefel samt eines Briefes zurückschicken, in dem ich ihm erkläre, warum ich sie nicht annehmen kann? Hans, ich fühle mich hier wohl. Endlich kann ich das Leben führen, das ich immer wollte – in Freiheit und mit Möglichkeiten, die ich als Frau nie hätte!«

»Ah, und dennoch kannst du es nicht lassen, ab und zu doch deine wahre Natur zu leben. Oder warum bist du sonst im Kleid zum Ball gegangen?«

»Und wenn schon?«, fragte Florentin trotzig. »Es hatte schließlich auch sein Gutes. Und vielleicht ist es für meine Laufbahn hier am Hof gar nicht übel, wenn der König mich schätzt.«

Hans verzog das Gesicht. »Dann pass nur auf, dass er dich nicht allzu sehr ins Herz schließt, *Florentine.*« Hans sprach den Namen nun absichtlich in der weiblichen Form aus. »Ich will mir gar nicht ausmalen, wie er reagiert, wenn er erfährt, was du in Wahrheit bist!«

»Ich bin vorsichtig!«

Ihr Freund verzog das Gesicht. »Sieh dich doch an! Mit fast siebzehn Jahren wachsen jungen Männern normalerweise Bärte! Du kannst froh sein, dass der König sich täglich den Bart schabt, weil er haarige Gesichter nicht leiden kann! Doch selbst wenn ein Mann noch so gründlich vorgeht, so glatt wie deine Haut wird die eines Mannes niemals sein. Hier, fühl einmal!« Hans griff nach Florentins Hand und legte sie an seine Wange. Er führte ihre schlanken Finger an seiner Schläfe entlang, über den Wangenknochen zum Kinn. Obwohl er keinen Bart trug, konnte das Mädchen die rauen Stoppeln fühlen, und bei genauem Hinsehen lag über der unteren Gesichtshälfte ein rotblonder Schimmer.

»Spürst du etwas?«

Florentin schluckte und nickte. Natürlich tat sie das – und zwar mehr, als ihr lieb war. Ihr Herzschlag beschleunigte sich fühlbar, und ihr gesunder Menschenverstand, der ihr sagte, sie solle das nicht tun, setzte aus. Mit den Fingerspitzen fuhr Florentin die Konturen von Hans' Gesicht ab, zeichnete die Form seiner rötlichen Augenbrauen nach, prägte sich den Schwung seiner Lippen ein …

»Nicht«, sagte Hans leise und hielt ihre Hand fest. Aber ehe er sie losließ, führte er Florentins Fingerspitzen an seine Lippen. »Denk daran: Sei vorsichtig«, flüsterte er, ehe er sie stehen ließ – wieder einmal.

*

Sobald Florentin an diesem Tag ihre Arbeit beendet hatte, besorgte sie sich ein Rasiermesser mit einem Griff aus Horn und einen der üblichen Rasierpinsel. Es diente zur Tarnung, doch sollte ein neugieriger Dienstbote einmal ihre Kammer betreten, würde er die normalen Utensilien eines jungen Mannes dort vorfinden. Heimlich fing Florentin an, die Stallknechte und Dienstboten genauer anzusehen, und stellte fest, dass gerade die dunkelhaarigen unter ihnen stets einen kaum wahrnehmbaren Schatten um Mund und Kinn mit sich herumtrugen. Doch wie sollte eine junge Frau dasselbe vortäuschen?

In ihrer Kammer versuchte sie es mit einem Stück Kohle, doch statt auszusehen wie ein bärtiger Mann, glich Florentin nur einem schmutzigen Jungen, der in einem Kaminrost herumgekrochen war. Wütend wusch sie sich die schwarzen Spuren aus dem Gesicht.

Später beobachtete sie zufällig eine der Küchenmägde beim Leeren des Aschekübels. Ein Windstoß wirbelte einen feinen, grauen Schleier auf. Das Mädchen schrie ärgerlich auf und wischte sich über Stirn und Wangen, an der nun Asche haftete wie dunkler Puder. Sobald die Magd verschwunden war, trug Florentin ein paar Handvoll Aschestaub in ihre Kammer und rieb sich mit den Fingerspitzen das Grau auf die Wangen. Zu ihrem Unmut glich sie trotzdem nur einem ungeschickten Küchenjungen.

Florentin war schon drauf und dran, aufzugeben, als ihr Blick auf den bisher unbenutzten Rasierpinsel fiel. Behutsam tupfte sie die feinen Härchen in den dunklen Staub und fuhr sich anschließend mit den dichten Borsten über das Gesicht.

Das Ergebnis war verblüffend. Statt einer verschmierten Aschespur zeigte sich über Florentins Oberlippe und unterhalb ihrer Wangen nun ein dezenter Schatten, der sie älter und ihre Gesichtszüge sogleich herber wirken ließ.

Den Rest des Tages brachte Florentin damit zu, ihre Verwandlung in einen jungen Mann zu perfektionieren. Eine noch bessere Wirkung erzielte das Mädchen, indem es die Asche mit etwas Kohlenstaub mischte und auf sein Gesicht auftrug. Sie lernte, dass ein »Bart« umso deutlicher hervortrat, wenn sie das Aschepuder auf ihr angefeuchtetes Gesicht auftrug. Allerdings ging die Farbe so auch schneller wieder ab. Bis Florentin darauf kam, etwas von der Haarpomade aus gewaschenem Schweinefett und Wachs zu verwenden, mit der sie üblicherweise ihre widerspenstigen Locken in den langen, gebundenen Zopf zwang, den die Männer üblicherweise trugen. Hauchdünn auf die Gesichtshaut aufgetragen, bot ihr die Pomade nun eine Grundlage für den mit dem Rasierpinsel aufgetupften Bartschatten aus Asche. Eher aus Neugierde tupfte sie sich zudem etwas von der dunklen Farbe auf die Schläfen, um Koteletten anzudeuten. Dann sah Florentin in den Spiegel. Ein männliches Antlitz blickte sie aus dem fleckigen Glas an und riss verwundert über seinen eigenen Anblick die blaugrauen Augen auf – genau wie sie.

»Gut gemacht, Florentin«, flüsterte das Mädchen, und der junge Mann im Spiegel lächelte.

*

»Florentin! Mein Junge, du bist ja richtig erwachsen geworden«, rief Hans' Mutter, als sie sich am Abend endlich einmal wieder bei ihren ehemaligen Gutsverwaltern blicken ließ.

Florentin schüttelte der gutmütigen Frau die Hand, wobei sie jedoch darauf achtete, ihr nicht zu nahe zu kommen.

»Ich soll Euch von Mutter und Schwester grüßen. Terese hat geheiratet«, erklärte Florentin. Sie war nicht überrascht gewesen, als der Brief mit der Handschrift ihrer Schwester eingetroffen war, in dem diese von der Vermählung mit Balthasar Imhoff berichtete. Florentin wünschte ihr alles Glück der Welt. Vielleicht konnte dieser junge Mann mit seiner Liebe dafür sorgen, dass ihre Schwester die furchtbare Nacht im Haus ihrer Verwandten endlich vergaß.

Florentin hatte den Brief als Vorwand benutzt, um bei ihren ehemaligen Verwaltern anzuklopfen. Seit zwei Wochen hatte sie das kleine Häuschen gemieden, um Hans nicht über den Weg zu laufen, der Florentin seit seinem Kuss und dem nachfolgenden Gespräch ebenfalls mied, wo es nur ging. Jetzt starrte er seine Freundin aus Kindertagen nur stumm an, und sein Blick blieb an ihrem Kinn haften, ehe er seine Aufmerksamkeit wieder auf den Zügel lenkte, den er gerade ausbesserte. Nur an der Heftigkeit, mit der er das Leder bearbeitete, konnte Florentin seinen Gemütszustand ablesen.

Das ganze Essen über blieb Hans schweigsam, was jedoch nur ihr auffiel, denn seine Mutter redete umso lebhafter und versuchte, aus Florentin herauszubekommen, wie es ihr am Hof des preußischen Königs gefiel. Die hielt sich jedoch bedeckt und verabschiedete sich bald unter dem Vorwand, morgen bei Sonnenaufgang bereits wieder im Marstall sein zu müssen.

Beim Abschied bedachte sie Hans, der mit finsterer Miene am anderen Ende des Tisches saß, mit einem herausfordernden Blick, ehe sie das Haus verließ. Wenn er sie schon als Frau nicht wollte, hoffte Florentin wenigstens, dass sie ihm mit ihrer vollendeten Maskerade als junger Mann gründlich den Abend verdorben hatte.

*

Florentin streunte auf dem Weg in ihre Kammer über den Schlosshof und trat missgelaunt nach einem der kleinen Steine, mit denen die Auffahrt bestreut war.

»Aber nicht doch! Die schönen Stiefel werden das gar nicht gernhaben!«, hörte sie jemanden auf Französisch sagen.

Erschrocken blickte sie auf. Ein schlanker, älterer Mann, nur wenig größer als Florentin, musterte den vermeintlichen Burschen mit mildem Spott. Der Edelmann trug unter seinem weißen Dreispitz, den eine Feder schmückte, eine üppige Lockenpracht zur Schau und war in kostbaren Brokat gekleidet. Das Auffallendste war jedoch seine Nase, die geradezu riesig aus dem hageren Gesicht hervorsprang. Die dunklen Augen funkelten belustigt, und sein schmaler Mund zog sich beim Lächeln beinahe grotesk in die Breite, was ihm den Ausdruck eines bösartigen Harlekins verlieh. Florentin hatte ihn noch nie gesehen, daher antwortete sie nur mit einer knappen Verbeugung und den ebenfalls französischen Worten: »Ich wünsche Euch eine gute Nacht, *Monsieur.*«

»Oh, der junge Mann will doch nicht etwa schon schlafen gehen? Ich dachte, alle Burschen zieht es in der Dunkelheit in die Kammern der Mägde? Oder ist er der holden Weiblichkeit noch zu jung?«

Florentin bemühte sich um ein unverbindliches Lächeln und wollte sich entfernen, doch der Edelmann fand offenbar Gefallen daran, sein Gegenüber noch etwas zu foppen. »Als Stallknecht müsste er doch wissen, dass man auf alten Stuten am besten das Reiten lernt!«

Eine flammende Röte schoss Florentin in die Wangen, und sie verspürte einen hilflosen Zorn auf diesen Menschen, der sie aus purem Zeitvertreib verhöhnte.

»Lassen Sie den Jungen in Frieden, Voltaire«, hörte Florentin da eine bekannte Stimme. Der Preußenkönig kam über den Hof geschlendert und musterte den Unbekannten amüsiert.

Florentin hielt unwillkürlich die Luft an. Dieser Mann mit der Hakennase war also Voltaire, französischer Philosoph und berühmter Freigeist, der seit einiger Zeit als hochgeschätzter Gast am Hof des Preußenkönigs weilte. Sie hatte den alten Stallmeister von ihm erzählen hören.

»Ein brillanter Kopf, aber man hüte sich vor seinem Spott! Der beißt schärfer als jeder Hofhund.«

Florentin hatte den Verdacht, dass Harsdorf schon einmal Opfer von Voltaires gefürchteter spitzer Zunge geworden war. So wie sie jetzt.

»Was heißt hier Frieden! *Sire*, ich führe keinen Krieg gegen junge Burschen, die noch grün hinter den Ohren sind. Ich habe nur versucht, seine finstere Miene etwas … aufzuhellen!«

»Mein lieber Voltaire, es wäre das erste Mal, dass Sie sich als Menschenfreund erweisen«, lachte Friedrich. »Normalerweise treffen Ihre Worte härter als so mancher Pfeil – und verursachen den heftigeren Schmerz!«

Die Männer musterten Florentin belustigt. Sie kam sich vor wie eine Maus, mit der zwei Katzen noch ein wenig spielen, ehe sie ihrer Beute das Genick durchbeißen. In diesem Augenblick wurde der jungen Frau klar, dass auch der Preußenkönig nicht immer loyal war. Ihm schien es heute Freude zu machen, seinen Stallburschen in Bedrängnis zu sehen.

Voltaire sprach als Erster. »Ach, *Sire*, der Schmerz. Auch eine Erfahrung, die man machen muss, um sie benennen zu können. Denn der Mensch kann aus sich selbst heraus weder Gefühle noch Vorstellungen haben, er muss alles erst empfangen. Daher kann er auch über nichts berichten, das er nicht schon einmal selbst erlebt hat.«

Friedrich wandte sich Florentin zu. »Du hast Glück, Junge. Üblicherweise kommen nur ich und eine Handvoll meiner Gäste in den Genuss von Voltaires philosophischen Gedanken.«

»Deswegen hat es dem Kleinen auch die Sprache verschlagen. Außer einem etwas ungeschickten Gruß hat er bisher kein Wort gesprochen. Er ist wohl besser bei den Pferden aufgehoben, diese sind auch nicht gerade intelligent«, feixte der Franzose.

Florentin stieg erneut das Blut ins Gesicht, diesmal jedoch vor Wut, und in ihrem Magen bildete sich ein heißer Klumpen. Ohne zu überlegen, öffnete sie den Mund. »Wenn es wirklich wahr ist, was Ihr über das Erleben sagt – wie erklärt Ihr Euch dann, dass schon kleine Kinder zu Mitgefühl und Trost fähig sind, auch wenn sie nichts über Leid wissen? Ein Kind reicht einem Weinenden die Hand, ohne selbst den Schmerz zu fühlen. Selbst bei Pferden kann man oft beobachten, wie gesunde Tiere sich zu einem verletzten Artgenossen gesellen und ihn durch Berührungen zu trösten versuchen. Übrigens etwas, das nicht viele Menschen fertigbringen. So viel also zu Eurer These, diese Tiere wären dumm.«

Friedrich und Voltaire starrten das Mädchen in seiner einfachen Burschenkleidung an, und Florentin wurde schlagartig bewusst, welchen Affront sie soeben begangen hatte.

Friedrich öffnete den Mund, und sie erwartete, dass er zu toben begänne oder sie mit einer harschen Geste vom Hof und aus seinen Diensten weisen würde. Stattdessen begann der Preußenkönig schallend zu lachen.

Voltaires verblüffte Miene musste ein Spiegelbild zu Florentins sein. Der Herrscher wischte sich die Lachtränen aus den Augenwinkeln und zwinkerte dem Pferdeknecht zu, während er sich an seinen französischen Gast wandte. »Verehrter Voltaire, unterschätzen Sie diesen Burschen nicht, nur weil er nach Pferd riecht und sein Rock aus einfachem Tuch ist. Sein Verstand ist scharf, also geben Sie acht, dass Sie sich nicht schneiden!«

Mit einem leichten Lächeln wandte sich der König ab, und Voltaire folgte ihm wortlos, nicht ohne Florentin noch einen giftigen Blick zuzuwerfen.

Die junge Frau ging in ihre enge Kammer, aber ihr Herz klopfte immer noch von dem ausgestandenen Schrecken. Lange lag sie noch wach und grübelte darüber nach, ob es nicht besser gewesen wäre, den Mund zu halten und eine Geistesgröße wie Voltaire nicht herauszufordern. Doch jetzt war es zu spät. Florentins Stolz zwang sie zu oft dazu, sich aufzulehnen und selbst den Unwillen von höhergestellten Leuten herauszufordern. War es, weil sie eine Frau war und sich stets in der Defensive fühlte, weil die Männerwelt dem angeblich schwachen Geschlecht nicht den gleichen Rang einräumte? Oder wollte sie vor allem sich selbst beweisen, dass sie ebenso klug und gewitzt war wie ein Mann? Und warum fühlte sie sich dennoch schlecht, wenn Hans sie wie einen Jungen, nicht aber wie eine Frau behandelte? Den Kopf voller Fragen und das Herz schwer vor Kummer wegen ihres Jugendfreundes, fiel Florentin schließlich in einen unruhigen Schlummer.

*

Der Herbst packte seine bunten Farben aus, mit denen er das grüne Laub gelb, braun und rot färbte. Der September legte morgens einen zarten Schleier aus Nebel über die Pferdeweide und ließ die Trauben am Weinberg Sanssoucis zu saftig prallen Früchten heranreifen. Kurz nach Florentins Geburtstag Ende Oktober verließ der König samt seiner Gefolgschaft schließlich die Sommerresidenz und zog ins Potsdamer Stadtschloss, um dort die Wintermonate bis zum Frühjahr zu verbringen. Das gesamte Personal von Marstall, Küche und selbst die Kutscher und Gärtner kamen mit, sodass sich für Florentin nicht viel änderte: Sie versorgte die ihr zugeteilten Pferde, wobei Luzifer ihr Liebling war und blieb, und sie musste weiterhin mit Hans' distanzierten Blicken leben, die er ihr zuwarf, wann immer die beiden einander zufällig über den Weg liefen. Sein Gruß war bei diesen Gelegenheiten so kühl wie der erste Schnee, der die Schlosskuppel bedeckte und sie in kugeliges, weißes Zuckerwerk verwandelte. Weil Florentin die Kälte in seiner Stimme schlimmer schmerzte als die eisigen Temperaturen des Winters, mied sie ihren Jugendfreund, wo es nur ging.

Kapitel 15

26. März 1753,
Schloss Sanssouci
bei Potsdam

Nicht nur zwischen Florentin und Hans herrschte Eiszeit: Als das neue Jahr angebrochen war, kam es zum endgültigen Zerwürfnis zwischen dem König und Voltaire. Schon länger waren am Hof Gerüchte kursiert, dass sich der französische Philosoph schwer mit der Rolle des Höflings tat, die er am preußischen Hof spielen sollte, auch wenn er dort viele Privilegien genoss. Aber als »Werkzeug, das vortrefflich dazu taugt, den König zu entspannen und zu amüsieren«, wie Friedrichs Schwester Wilhelmine von Bayreuth einmal in einem Brief schrieb, den Daniel zufällig gelesen und von dem er Florentin brühwarm berichtet hatte, war Voltaire sich wohl zu schade. Zum Eklat kam es im Frühjahr, nachdem er den Mathematiker und Philosophen Maupertuis, ebenfalls ein Günstling des Preußenkönigs am Hof, mit einer Schmähschrift öffentlich angriff. Damit war Voltaire zu weit gegangen, denn er stellte nicht nur seinen Landsmann, sondern auch die königliche Akademie und damit Friedrich in der Öffentlichkeit bloß. Der König reagierte äußerst erzürnt, und als Voltaire ihn um seinen Abschied vom Hof bat – angeblich, um auf Anraten seiner Ärzte die Bäder von Plombières in Lothringen aufzusuchen –, willigte Friedrich, ohne zu zögern, ein. Jedoch nicht, ohne Voltaire deswegen noch lauthals im ganzen Schloss zu verspotten, obwohl er seit seiner Jugend als Kronprinz eine glühende Bewunderung für den französischen Philosophen gehegt hatte, wie Florentin ebenfalls von Daniel erfuhr. Doch damit war es nun vorbei.

»Man hüte sich davor, beim König in Ungnade zu fallen«, kommentierte der junge Domestik den Groll seines Herrn. Der treue Kammerdiener hatte Florentin sogar über Einzelheiten eines Briefs unterrichtet, den Friedrich an Voltaire geschrieben hatte.

Seit die junge Frau, deren Maskerade er nie durchschaute, seinen Ruf als unbescholtener Dienstbote gerettet hatte, hing Daniel mit geradezu rührender Dankbarkeit an ihr. Er vertraute Florentin bedingungslos. Manchmal kam sie sich geradezu schäbig vor, weil sie ihn, genau wie allen anderen am Hof, stets über ihre wahre Identität belog. Doch es ging nicht anders. Immerhin kam sie durch Friedrichs Kammerdiener an einen wahren Schatz: die Bücher aus der königlichen Bibliothek. Friedrich besaß sowohl in Sanssouci als auch im Stadtschloss eine umfangreiche Sammlung an Literatur. Daniel schmuggelte oft ein oder zwei ledergebundene Bücher hinaus, die Florentin verschlang, wann immer sie Zeit dazu fand. Oft las sie bei einem blakenden Talglicht bis spät in die Nacht. Sie behandelte die Bücher mit äußerster Sorgfalt, und der König schöpfte nie Verdacht – bei mehr als tausend Werken fielen ihm diese »Leihgaben« auch gar nicht auf.

Florentins Vorliebe gehörte der griechischen Literatur von Homer, Platon und Sophokles. Aber auch Werke von Cicero, Horaz und Ovid fanden den Weg in ihre Kammer. Sie versuchte sich sogar an Voltaire, aber sie konnte mit dem Schreibstil des französischen Philosophen genauso wenig anfangen wie mit seiner Person. Trotzdem war Florentin selig über die

Möglichkeiten, die sich ihr im Dienst des Preußenherrschers boten. Nicht nur, dass sie die größtmögliche Freiheit für ihre liebsten Beschäftigungen Reiten und Fechten besaß, nun hatte sie auch noch Zugang zu den Büchern, von denen ihr Hauslehrer früher immer gesprochen hatte. All dies wäre ihr als Frau verwehrt geblieben. In ihrem Alter waren andere adlige Mädchen bereits verheiratet und hatten Kinder. Und die meisten Gatten sahen es gar nicht gerne, wenn eine Frau allzu belesen war.

»Sie fürchten sich davor, wenn die Hand klüger ist als der Kopf«, hatte Heinrich von Rosenberg seiner Tochter einmal erklärt, und Florentin hatte sich sehr wohl gemerkt, welche Stellung den Frauen mit diesen Worten zuerkannt wurde. Daher genoss sie in Preußen nicht nur die Literatur, sondern auch den geheimen Triumph über die Männerwelt, der sie auf diese Weise ein Schnippchen schlug.

Zudem erfuhr Florentin durch Daniels Freundschaft viel von jenen Dingen, die hinter den verschlossenen Türen der königlichen Gemächer vor sich gingen. Unter anderem, dass Elisabeth Christine in einer Woche einen großen Ball im Berliner Schloss ausrichten ließ. Zwar hatte Friedrich seine Gemahlin mehr oder weniger abgeschoben, indem er ihr Schönhausen als ihr eigenes Schloss mit Zofen und Personal zur Verfügung stellte, dennoch kam er nicht umhin, einigen Empfängen sowie dem einen oder anderen Ball beizuwohnen. Meistens versuchte er jedoch, den höfischen Verpflichtungen fernzubleiben, und besaß einen schier unermesslichen Vorrat an Ausreden, sobald ein Brief mit dem Siegel von Elisabeth Christine in Potsdam eintraf.

»Der König hat einen Wutanfall bekommen, als er von dem Ball erfuhr. Es ist bereits der zweite in diesem Monat, und er hat geschworen, keinesfalls daran teilzunehmen«, erzählte Daniel. »Er ist sowieso schon missgelaunt, weil einer seiner

Kabinettsminister eine neue Mätresse hat und darauf besteht, dass sie im Schloss wohnt. Am liebsten hätte der *Sire* das junge Ding nach Berlin geschickt, doch der Minister jammerte und drohte damit, schwermütig zu werden. Nun hat der König sie im entlegensten Seitenflügel untergebracht, aber seine Laune ist dadurch nicht besser geworden.«

Florentin hörte gar nicht richtig hin. Daniel schwatzte den lieben langen Tag, wenn man ihn ließ, und da sie außerdem die königlichen Kabinettsminister kaum von den Kammerherren unterscheiden konnte, kümmerten Florentin weder der Mann noch seine Mätresse. Wozu auch? Sie hatten nichts mit Florentins Leben am Hof zu tun.

Zwei Tage später wurde sie jedoch eines Besseren belehrt. Hans war in den königlichen Gewächshäusern beschäftigt, und daher blieb es Florentin als Pferdeknecht überlassen, die ankommende Kutsche des Kabinettsministers in Empfang zu nehmen, um die Gäule zu versorgen. Sie war dabei, die Tiere auszuspannen, da sah sie, wie der Minister, ein Mann Mitte vierzig, mit hageren Schultern und einem Schmerbauch, eilfertig einer Frau mit hellbraunem Haar aus der Kutsche half. Sie drehte den Kopf, und Florentin fühlte sich schlagartig an jenen Tag zurückversetzt, da ihr Vetter Wilhelm begraben worden war. Nun drohte die Vergangenheit unversehens, Florentin heimzusuchen wie ein böser Geist. Denn die junge Dame, die aus der Kutsche stieg, war niemand anders als ihre Cousine Louise.

*

Florentin starrte ihre kostbar gekleidete Base an. Vor einem Jahr hatte sie Louise zum letzten Mal gesehen, und diese hatte Florentin damals bittere Vergeltung für den Tod ihres Bruders geschworen. Und nun tauchte sie hier im Stadtschloss des Preußenkönigs auf. Ein Zufall?

In diesem Augenblick fanden ihre Augen den Blick ihres vermeintlichen Cousins, und ein träges Lächeln umspielte Louises stark geschminkte Lippen. »Florentin. Was für eine Überraschung.«

Doch die Angesprochene wusste, dass Louise log. Offenbar hatte sie genau gewusst, wo sie Florentin finden würde – das konnte sie in Louises Augen sehen.

»Cousine. Die Überraschung ist ganz meinerseits«, antwortete Florentin steif. »Du hast dich kaum verändert.«

»Du schon. Als ich dich das letzte Mal sah, warst du noch fast ein Junge. Jetzt bist du ein Mann, wie mein Bruder, als er starb«, sagte Louise und lächelte schmallippig.

Obwohl Florentin bei ihren Worten ein Schauer böser Vorahnung überlief, freute es sie doch, dass sie die Maske des jungen Mannes mit Hilfe von Asche und Kohlenstaub inzwischen so gut beherrschte, dass nicht einmal eine Verwandte Verdacht schöpfte.

»Du kennst diesen Kerl?«, mischte der Kabinettsminister sich jetzt ein und warf Florentin einen finsteren Blick zu.

»Er ist nur ein entfernter Cousin«, beschwichtigte sie ihn.

Er lächelte ihr zu. »Komm, meine Liebe. Du musst dich wahrhaftig nicht mit einem einfachen Stallknecht abgeben. Auch wenn es sich um Verwandtschaft handelt.«

Am Arm ihres älteren Geliebten trippelte Louise davon, und Florentin blickte ihr mit einem mulmigen Gefühl nach. Ihre Base war in ein plissiertes Kleid mit roséfarbenen Bändern gekleidet, und sowohl der Pelz, in den sie gehüllt war, als auch ihr Halscollier mussten den Minister einen Batzen Geld gekostet haben. Mit gerade einmal sechzehn Jahren verkaufte Louise ihren Körper mit der gleichen Berechnung, mit der sie früher schon die Preziosen gezählt hatte, die ihr vom Vater geschenkt worden waren. Offenbar erhoffte sie sich als Mätresse des deutlich älteren Ministers eine bessere Stellung in der höfischen Gesellschaft.

Wie Florentin später von ihrer unerschöpflichen Nachrichtenquelle Daniel erfuhr, hatte Louise noch am Tag ihrer Ankunft im Schloss darauf bestanden, zum anstehenden Empfang der Königin mitgenommen zu werden. »Der Minister hat gejammert, weil er schon jetzt ein Vermögen für die Kleider seiner Mätresse ausgeben muss«, erklärte Daniel schadenfroh. »Wenn er wüsste, dass der halbe Speicher des Schlosses voll von kostbaren Gewändern ist …«

Florentin horchte auf. »Wie meinst du das?«

»Nun, Friedrichs Mutter, die Königin Sophie Dorothea, hat sie in Auftrag gegeben. Gleich nachdem ihr Gatte, der Soldatenkönig Wilhelm, eine Braut für seinen Sohn ausgesucht hatte.«

»Und hat Elisabeth Christine sie je getragen?«

Daniel kicherte. »Die Mutter des *Sire* hat die Statur ihrer Schwiegertochter unterschätzt!«

*

Als es dunkel war, huschte ein junger Mann lautlos die schmale Holztreppe des Speichers hinunter – in den Armen ein Bündel aus Taft und Seide, mit dem er wenig später im Schutz der Nacht auf seinem Pferd davonritt. Zwei Stunden später durchschritt eine junge Edelfrau das Hauptportal des Schlosses. Ihre Lippen glänzten in üppigem Rot, das zu der Farbe der kleinen Rosen passte, mit denen ihr Kleid bestickt war. Die Haare im Zopf um den Kopf gewunden, die Wangen gefärbt und mit zwei Schönheitspflästerchen aus schwarzem Taft im Gesicht würde niemand vermuten, dass es dieselbe

Person war, die eben noch in Hemd und Kniehosen gesteckt hatte. Aus Florentin von Rosenberg war einmal mehr Viktoria von Nanckenreuth geworden.

*

Das Licht der Talgkerzen brach sich in den kostbaren Kristallgläsern und ließ den Festsaal des Schlosses wie einen Eispalast funkeln. Elisabeth Christine thronte in einem Berg aus Seide und Spitze auf einem riesigen Samtsessel und hielt Hof. Gerade näherte sich ihr der Kabinettsminister zusammen mit Louise. Offenbar stellte er seine Geliebte der Königin vor, denn Florentins Cousine versank in einem tiefen, anmutigen Knicks, während die Königin sie misstrauisch beäugte. Doch offenbar machte Louise ihr Komplimente, denn allmählich verzog sich der verkniffene Mund der königlichen Gemahlin zu der Andeutung eines Lächelns, und kurz darauf waren die beiden Frauen in ein vertrauliches Gespräch verwickelt.

»Es ist infam«, hörte Florentin jemanden zischen. Sie blickte zur Seite und sah zwei ältere Damen, die zu ihrer Base schielten und sich hinter ihren vorgehaltenen Fächern unterhielten. Vorsichtig rückte Florentin näher und stellte sich schräg hinter die beiden Alten.

»Das junge Ding hat keine Zeit verloren«, flüsterte die eine, deren aufgetürmte Frisur leicht schief saß.

»Ich hörte, sie sei die Frau eines greisen Adligen und sogar mit seinem Wissen dem Minister zugeführt worden«, erwiderte die andere, eine Frau mit runzeligem Dekolleté, die zwei Kreise in einem grellen Rot auf den Wangen und ein halbes Dutzend Schönheitspflaster im Gesicht trug.

»*Quelle affaire*«, seufzte diejenige, die zuerst gesprochen hatte.

»Quelle perte des manières«, beklagte die Zweite den offensichtlichen Sittenverfall am Hof.

Zu Florentins Bedauern entfernten sich die beiden Damen tuschelnd, sodass sie nicht weiter zuhören konnte. Sie wandte sich um und prallte beinahe gegen einen hochgewachsenen Mann, der eine zum Zopf gebundene Perücke mit seitlichen Lockenrollen und elegante Kleidung trug.

»*Mademoiselle,* Sie haben ja gar nichts zu trinken! Das müssen wir schleunigst ändern«, lächelte er, und ehe Florentin protestieren konnte, nahm er ihren Arm und führte sie quer durch den Saal zu einem der Dienstboten, die den Gästen auf Silbertabletts Erfrischungen reichten. Wie es das Schicksal wollte, stand in diesem Augenblick auch Louise mit ihrem Gönner da und nahm huldvoll ein gefülltes Glas entgegen.

Zu Florentins Entsetzen begrüßte der Kabinettsminister ihren Begleiter freudig. Nicht genug damit, dass sie einander kannten, weil beide Ministerialbeamte des Königs waren – nun holte Florentins neuer Verehrer auch die Vorstellung nach, die er »soeben schmählich vernachlässigt hatte«, wie er mit einem zerknirschten Lächeln zugab. Florentin blieb nichts anderes übrig, als erneut ihre Rolle als »Viktoria von Nanckenreuth« zu spielen und zu hoffen, dass ihre Cousine sich von einem kostbaren Kleid, roten Lippen und allerlei Tand täuschen ließ.

Unter dem Wangenrot brach Florentin der Schweiß aus. Erkannte ihre Cousine die Form ihrer Nase oder Augen als die ihres vermeintlichen Vetters »Florentin von Rosenberg« wieder?

Doch Louise schenkte ihr nur einen flüchtigen Blick und hängte sich demonstrativ bei ihrem Gönner ein. Aber weil sich die beiden Männer sofort in einen politischen Diskurs über die Verteilung von Ämtern im Bürgerstand verstrickten, neigte sie sich schließlich doch der vermeintlichen Fremden zu, auch wenn sie den Blick nicht von den Tanzenden wenden konnte. »Es ist mein erster Ball am preußischen Hof, und ich hatte schon Furcht, mein Kleid würde nicht genügen«, vertraute sie Florentin an.

Die versteckte ihr Gesicht hinter einem Fächer und flüsterte in vertraulichem Ton: »Ihr seht wunderschön aus.« Ehe sie naiv fortfuhr: »Euer Gatte muss sehr stolz sein.«

Louise warf dem Minister einen Blick zu und kicherte. »Oh, er ist nicht mein Gemahl. Er ist nur großzügiger, als mein Ehemann es je war«, wisperte sie, und Florentin bemühte sich, in Louises glockenhelles Lachen einzufallen und mit hoher Stimme zu sprechen, so wie Louise es tat, sobald ein Mann in ihre Nähe kam.

»Welches Glück für Euch, einen so spendablen Kavalier kennengelernt zu haben!«, hauchte Florentin. »Seid Ihr ihm im Schloss begegnet?«

»Aber woher denn! Es war auf einem Empfang nahe meiner Heimatstadt. Der Name wird Euch nichts sagen, es ist nichts weiter als ein unbedeutender Fleck auf der Landkarte. Der Minister war im Auftrag des Preußenkönigs auf Reisen, und auf der Rückreise machte er extra noch einmal bei uns halt. Ich gab seinem Drängen schließlich nach und folgte ihm hierher.«

»Ah, dann kennt Ihr also niemanden in Potsdam oder Berlin?«

Mit Unschuldsmiene schüttelte Louise den Kopf. »Niemanden.«

Florentin war sich jedoch sicher, sie würde früher oder später versuchen, ihrem »Cousin« Florentin zu schaden. Daher beschloss sie, ihr als »Viktoria« die Freundschaft anzutragen.

Vielleicht konnte sie auf diese Weise das eine oder andere von Louise erfahren, was ihr nützlich wäre. Und was könnte für so ein durchtriebenes Biest wie ihre Base wirkungsvoller sein als der neueste Hofklatsch?

Florentin senkte vertraulich die Stimme. »Vor wenigen Wochen war ich auf einem Empfang im Schloss. Wer, glaubt Ihr, hat mir den Hof gemacht?« Zufrieden merkte sie, dass Louise ganz Ohr war. Florentin senkte ihren Fächer ein Stück und lächelte maliziös: »Der Neffe des Königs. Karl Alexander!«

Louises Augen glitzerten begierig. »Oh, ich hörte von dem Skandal mit der jungen Baronesse! Hat der Markgraf Euch etwa auch …?«

»Aber nein, wo denkt Ihr hin! Ich habe seine Absichten sogleich durchschaut und ihn abgewiesen! Ich habe nur später erfahren, welchen Eklat es am Hofe gab. Angeblich musste der junge Mann *tout de suite* abreisen!«

Louise saugte jedes Wort auf wie die Biene den Nektar. Sie hatte bereits drei Gläser eines Likörs getrunken, der Florentin zu süß und zu stark war, weshalb sie an ihrem Glas lediglich nippte.

»Manches Mal fällt der Apfel wohl doch weit vom Stamm«, sinnierte Louise mit schwerer Zunge.

»Was meinen *Mademoiselle*?«

»Nun, nach seinem Onkel scheint der Markgraf nicht zu kommen. Immerhin ist die königliche Vermählung schon mehr als zehn Jahre her, ohne dass daraus auch nur ein einziger Nachkomme hervorgegangen ist.« Sie sah sich rasch um, ehe sie fortfuhr. »Man munkelt, dass der König die Ehe nie vollzogen hat!«

Florentin zog in gespieltem Erstaunen die mit Kohlestift geschwärzten Augenbrauen hoch. »Ach.«

Louise nickte. »Mein … also, der Minister hat es mir im Vertrauen erzählt. Der König hat damals wohl eine Frau verehrt: die Tänzerin Barbarina. Sie war oft zu Gast an seinem Hof. Doch dann fiel sie in Ungnade, weil sie beim König ein Gesuch einreichte, welches ihren Liebhaber protegieren sollte. Eine beispiellose Dummheit, wenn Ihr mich fragt.«

»Er weiß sehr viel, Euer Minister«, sagte Florentin und bemühte sich um einen bewundernden Gesichtsausdruck.

Louise lächelte maliziös, und ein sensationslüsternes Glitzern trat in ihre Augen. »Oh, das ist noch nicht alles …«

*

Wenig später war »Viktoria« über sämtliche Affären am Hof im Bilde: Ein weiterer Minister Friedrichs hielt sich gleich zwei Mätressen neben seiner Ehefrau, die aus Kummer darüber immer dicker wurde. Ihr Mann hatte sich schon beschwert, weil ein Großteil seiner Einkünfte für die Änderungen und den Neuerwerb ihrer Garderobe eingesetzt werden musste. Und der zweite königliche Kammerherr verehrte die erste Zofe der Königin und drängte sie ständig, ihn zu heiraten; sie aber wollte nicht, weil sie bereits einem anderen versprochen war.

Florentin kommentierte Louises Sätze mit entzückten Ausrufen wie »Nein!« und »Nicht möglich!«. Wahrscheinlich hätte sie bis zum niedrigsten Küchenjungen alles erfahren, wenn nicht in diesem Moment Louises Geliebter zurückgekommen wäre.

»Nun, amüsieren sich die Damen?«, lallte er, auch schon leicht angetrunken.

Florentin schenkte ihm hinter ihrem Fächer ihren zartesten Augenaufschlag. »Ich muss schon sagen, ich bewundere

Euch. Nichts, was im Schloss vorgeht, scheint Euch zu entgehen.«

Der Minister lächelte selbstgefällig und rülpste leise. »Nicht nur das, schönes Kind, nicht nur das! Ich weiß auch über Dinge, die außerhalb des Hofes geschehen, manchmal besser Bescheid als der König.«

Florentin lachte so glockenhell wie Louise vorhin. »Ihr scherzt!«

»Keineswegs«, sagte er beleidigt, schien jedoch nicht weiter darüber sprechen zu wollen.

Florentin beschloss, ihn etwas zu provozieren. »Ach, was kann das schon sein? Affären zwischen Mägden und Knechten oder bestenfalls ein Gerücht über den ersten Kammerherrn!«, sagte sie daher leicht abfällig.

»Ich muss doch sehr bitten!«, erregte der Minister sich und stürzte beleidigt ein weiteres Glas Likör hinunter. »Im politischen Schachspiel habe ich gerade einen Wissensvorsprung. Ich bin praktisch der Springer, der den König schlägt!«

Florentin lachte auf, obwohl sie innerlich gespannt war wie eine Bogensehne. Sie musste den eitlen Protz zum Reden bringen.

Schnell griff sie nach einem gefüllten Glas und reichte es ihm. Bereitwillig trank er und musterte das schlanke Mädchen in dem rosenbestickten Kleid selbstgefällig. »Ich will Euch etwas verraten«, lallte er. »Kurz vor diesem Ball erhielt ich ein Schreiben – von wem, spielt keine Rolle. Aber ich weiß nun, dass Österreich offenbar aufmuckt.«

Florentin legte fragend den Kopf schief, obwohl ihr Herz anfing, schnell und hart zu schlagen. Sollte der Aachener Frieden von 48 etwa in Gefahr sein?

»Kaiserin Maria Theresia ist eine dumme, fette Gans. Wie kann sie uns gefährlich werden?«, warf Louise verächtlich ein. Auch sie hatte mehr getrunken, als ihr guttat, und ihr Blick war verschwommen und unstet.

Der Minister tätschelte ihre Schulter. »Mein Täubchen, Ihr Weibsbilder versteht leider gar nichts von Politik. Denn sonst wüsstet Ihr, dass diese Frau darauf brennt, sich Schlesien zurückzuholen!«

Florentin zuckte desinteressiert die Schultern. »Wenn das alles war, was in Eurem geheimen Brief stand, habt Ihr nicht viel Neues erfahren.«

Die rotgeränderten Augen des Ministers funkelten, und der Alkohol löste seine Zunge. »Ha, von wegen! Darin stand, dass von Kaunitz angeblich versuchen will, ein Bündnis zwischen Frankreich und der Habsburger Monarchie voranzutreiben. Was sagt Ihr nun?«

»Von Kaunitz?«, echote Louise verständnislos.

»Der österreichische Kanzler, mein Täubchen. Ach, ich beneide Euch Frauen um Eure Ahnungslosigkeit. Ich wünschte, ich wüsste, ob ich dem König davon erzählen soll oder nicht!«

»Aber warum denn nicht?«, rief Florentin. Gleich darauf biss sie sich auf die Lippen und fuhr etwas einfältig fort: »Glaubt Ihr nicht, dass er gerne davon erfahren würde?«

»So können nur Weibsbilder denken«, seufzte der Minister. »Eine solche Entscheidung will wohlüberlegt sein. Unser König ist ein Heißsporn. Er könnte sich zu leichtfertigen Maßnahmen hinreißen lassen, wenn er von Österreichs Bemühungen erfährt. Ganz abgesehen davon ist Frankreich seit jeher der Erzfeind Habsburgs. Eher geht die Sonne nicht mehr auf, als dass diese beiden Mächte sich verbünden!«

Louise kicherte betrunken, Florentin aber hatte Mühe, ihren schwelenden Zorn zu unterdrücken. Der Minister glaubte in seiner Eitelkeit, beurteilen zu können, wie prekär die Lage war. Und dem König wurden durch diesen Dummkopf unter

Umständen wichtige Informationen vorenthalten. Ehe sie jedoch etwas sagen konnte, ergriff der Minister Louises Arm. »Kommt, mein Täubchen, gewährt mir noch einen Tanz!«

Die beiden entfernten sich, wobei Louise sichtbar am Arm ihres Gönners schwankte.

Florentin wollte sich nach draußen schleichen, doch unglücklicherweise entdeckte sie der königliche Beamte, dessen Namen sie bereits wieder vergessen hatte. Das schien ihn jedoch nicht zu stören, und die junge Frau war gezwungen, sich in der Maske von »Viktoria« mehr als eine Stunde lang endlose Monologe über die Militärverwaltung anzuhören, bis sie sich unter einem Vorwand entziehen konnte.

Wie beim letzten Mal flüchtete Florentin durch eine Seitentür des Schlosses ins Freie. Im Schatten der Bäume lief sie zu einem halbverfallenen Gebäude, das für allerlei Werkzeug genutzt wurde. Dort zog sie das Kleid aus und ihre Männerkleidung an und band ihre Stute los, die dort brav und ohne zu mucken auf sie gewartet hatte. Anschließend wischte sie sich noch Lippen und Wangen sauber, ehe sie in den Sattel stieg. In ihrer Dienstbotenkammer lag Florentin jedoch bis zum Morgengrauen wach und grübelte über die Worte des Kabinettsministers nach. Selbst wenn dieser sich entschließen würde, Friedrich irgendwann von dem konspirativen Schreiben zu unterrichten, könnte es bereits zu spät und die Allianzen gegen Preußen geschlossen sein.

Andererseits: Hatte der Mann nicht auch recht, wenn er vorsichtig war? Immerhin war Friedrich damals mit dem Herzen eines Hasardeurs in Schlesien einmarschiert, ohne die Antwort Österreichs auf sein vorher gestelltes Ultimatum abzuwarten.

Bei Sonnenaufgang hatte Florentin einen Entschluss gefasst. In ihrer gewohnten Reitkleidung ging sie in den Marstall und zog den alten Stallmeister beiseite. »Wer ist der engste Vertraute des Königs?«

Harsdorfs Blick durchbohrte den jungen Stallknecht. »Wozu willst du das wissen?«

»Ich habe etwas gehört, von dem ich nicht weiß, ob der *Sire* davon erfahren sollte. Es könnte wichtig sein, aber es darf auch nichts überstürzt werden.«

»Und mir willst du es nicht sagen?«

Florentin zögerte, doch weil sie ihm vertraute, erzählte sie schließlich von dem Schreiben – allerdings ohne den Minister zu erwähnen oder auf welche Weise sie von dem Gerücht um Österreich erfahren hatte. Nachdem Florentin geendet hatte, schwieg Harsdorf und rieb sich das Kinn.

»Ich werde zu Fredersdorf gehen«, entschied er endlich. »Er ist der geheime Kämmerer des Königs und kennt ihn, seit Friedrich noch ein junger Kronprinz war. Er wird wissen, was zu tun ist.«

*

Ein paar Tage vergingen, ohne dass etwas Nennenswertes geschah. Florentin wusste nicht einmal, ob der alte Stallmeister ihre Botschaft an diesen Fredersdorf weitergegeben hatte. Sie versuchte ein paar Mal, den Alten zu fragen, doch der scheuchte Florentin stets mit einer unwirschen Handbewegung zur Arbeit und den Pferden. Am vierten Abend jedoch erhielt Florentin eine Nachricht: Der König befahl seinen Stallknecht am Abend ins Schloss. Das Schreiben war knapp und unpersönlich abgefasst, und Florentin beschlich ein ungutes Gefühl. Würde Friedrich sie drängen, ihm zu verraten, woher sie von dem Plan Österreichs wusste? Oder musste sie gar befürchten, dass der König die Untergebene für einen Aufschneider hielt?

Mit einem Mal bedauerte Florentin, nicht den Mund gehalten und es dem Kabinettsminister überlassen zu haben, dem König von dem Brief zu erzählen. Doch nun war es zu spät für Reue. Sie hatte aus Loyalität zum Preußenkönig gehandelt und konnte nur hoffen, dass er ihr Tun anerkannte. Ansonsten musste sie wohl schon morgen ihre Sachen packen. Dann hieß es Abschied von Harsdorf und Luzifer zu nehmen – und von Hans. Bei diesem Gedanken wurde Florentin das Herz noch schwerer. Doch es half nichts.

In ihrer Kammer wusch sie sich und schlüpfte in das einzige saubere Hemd, das nicht einen Riss im Saum oder am Ärmel aufwies. Mit Hilfe ihrer eigens entwickelten »Schminke« verlängerte Florentin für die Audienz beim König zwar ihre Koteletten, auf den Bartschatten verzichtete sie jedoch, weil sie wusste, wie sehr Friedrich jeglichen Ansatz von Bärten verabscheute. Der *Sire* achtete peinlich genau darauf, selbst stets glatt und sauber rasiert zu sein. Also tat Florentin es ihm gleich, was sie weniger Mühe kostete, als einen Jungen mit schlecht geschorenem Bart zu spielen. Anschließend begab sie sich klopfenden Herzens zum Schloss.

Zu ihrer Erleichterung erwartete Daniel sie im Entree.

»Bitte sag mir, was der *Sire* von mir will«, flüsterte Florentin drängend, während sie neben ihm durch einen der weitverzweigten Gänge des Stadtschlosses schritt. An den Wänden hingen Gemälde, die heitere Szenen in der Natur und auf Jahrmärkten zeigten.

»Ich weiß es nicht«, raunte Daniel. »Aber keine Angst, der König hat Wein kommen lassen. Das lässt hoffen.«

»Solange er ihn nicht mit Schierling versetzt hat«, murmelte Florentin mit einem Anflug von Galgenhumor.

Für weitere Gespräche blieb keine Zeit, denn sie waren vor dem Empfangszimmer angekommen, und nach kurzem Anklopfen schob der junge Diener sie durch die Tür. »Florentin von Rosenberg, *Sire*!«, verkündete er und zog sich diskret zurück.

Nun befand sie sich in einem Raum, dessen Wände mit kostbarem Berliner Damast in hellem Blau bespannt waren. Auf Sockeln standen römische Gottheiten aus Marmor, darunter Mars mit dem Kriegsschild. Unter einem Tischchen mit zierlich geschwungenen Füßen räkelte sich eine goldverzierte Statue des Bacchus, erkennbar an dem Weinkelch und den Trauben, die ihn umgaben.

Der ganze Saal war eine Ansammlung von Kunstwerken, doch Florentins Aufmerksamkeit galt dem Mann, der neben dem Preußenkönig stand. Er war von plumper Gestalt und hatte ein rundes Gesicht, das durch die vollen Lippen und dunkle, geschwungene Augenbrauen beinahe weiblich wirkte. Doch seine tiefbraunen Augen funkelten hellwach und straften den leicht dümmlichen Ausdruck, den er zur Schau trug, Lügen.

Florentin verbeugte sich tief. »*Sire*.«

Friedrich musterte seinen Stallknecht mit undurchdringlicher Miene. »Er weiß, warum ich ihn rufen ließ?«

»Ich kann es nur vermuten. Aber ich versichere Euch, dass ich nicht aus Geltungssucht gehandelt habe, sondern …«

»Genug, genug, mein lieber Junge«, beschwichtigte der König, und das Mädchen hob überrascht den Blick.

»Ich weiß seine unverbrüchliche Redlichkeit zu schätzen, Florentin von Rosenberg. Mehr noch bewundere ich aber seine Fähigkeit, an solche Informationen zu kommen.«

Florentin schluckte. Hatte sie nicht befürchtet, dass der König darauf drängen würde, zu erfahren, woher sie das alles wusste?

Doch Friedrich schüttelte den Kopf und hob seinen Kristallkelch, in dem roter Wein schimmerte. »Er muss mir nichts sagen. Er soll nur versprechen, mich weiter auf dem Laufenden zu halten. Der geschätzte Fredersdorf« – damit wies er auf den Mann an seiner Seite – »ist ab dem heutigen Tag zu jeder Zeit für ihn zu sprechen, Bursche.«

Der Angesprochene lächelte und neigte bestätigend den Kopf. Das war also der engste Vertraute des Königs, dachte Florentin.

»Offiziell ist Fredersdorf nur der Kämmerer. Doch er verwaltet auch die private Schatulle des Königs. Nichts geht an ihm vorbei, ohne dass er es merkt«, hatte sich der alte Stallmeister doch einmal hinreißen lassen, Florentin zu verraten, nachdem diese wissen wollte, wer dieser Verbündete des Preußenherrschers war. Verstohlen musterte das junge Mädchen Fredersdorf. Wäre man ihm im Schlosshof begegnet, hätte wohl kaum jemand geglaubt, dass er zum engsten Kreis des Herrschers zählte. Aber vielleicht war seine Erscheinung ja auch nur Maskerade? Wahrscheinlich vermuteten die wenigsten hinter der dicklichen Gestalt mit dem fleischigen Kinn und dem etwas törichten Lächeln einen blitzgescheiten Menschen, der im Hintergrund die Fäden zog.

Unwillkürlich bewunderte Florentin den Kämmerer. Schließlich wusste sie wie kaum ein anderer um die Kunst des Verstellens, und sie achtete jeden, der sie ebenfalls beherrschte.

»Ich werde die Augen offen halten«, versicherte sie Friedrich.

»Er wird es nicht bereuen, Florentin von Rosenberg«, erwiderte der Herrscher, und mit einer Handbewegung war sie auch schon wieder entlassen.

Florentin sollte nicht mehr erfahren, was der Preußenkönig wegen des geheimen Schreibens aus Österreich zu unternehmen gedachte. Nur wenige Tage nach ihrer Audienz brach unvermittelt ein offener Konflikt zwischen Frankreich und Großbritannien aus. Die beiden Kolonialmächte rangen um die Vorherrschaft in Nordamerika, und da der Krieg nunmehr unausweichlich schien, suchten sowohl die französische als auch die britische Regierung Verbündete in Europa. Doch die Verhandlungen gingen nur zäh voran, und der Preußenkönig erwies sich als wankelmütiger Zweifler. Aber auch England und Frankreich hielten ihre Allianzpläne unter Verschluss und legten sich nicht fest. Europa hielt den Atem an, doch Florentin erschien es wie die Ruhe vor dem Sturm.

*

Währenddessen ging das Leben im Schloss weiter, als wüsste der Hof von keiner Gefahr. Vor allem Elisabeth Christine verschloss die Augen vor der Politik und gab beinahe jede Woche ein Fest in ihrem Berliner Sitz. Das machte den König rasend, doch er war machtlos. Wollte er seine Gemahlin unter Kontrolle haben, wäre er gezwungen, sie nach Potsdam zu holen – und das kam ihm niemals in den Sinn. Also sah er zähneknirschend zu, wie die Königin Preußens Geld für Prunk und Feste verschleuderte.

Etwa einmal im Monat mischte Florentin sich als »Viktoria von Nanckenreuth« unter die Gäste. Inzwischen hatte der Frühling Einzug gehalten, der Weg nach Berlin war nicht mehr so beschwerlich wie im Winter, und so ritt das junge Mädchen in den Kleidern eines einfachen Pferdeburschen aus dem Schlosstor und verwandelte sich kurz vor Berlin in eine betörend schöne junge Frau. Sie hatte sogar einen verfallenen Stall nahe des Berliner Schlosses entdeckt, in dem sie sich umziehen sowie ihr Pferd unterstellen konnte. Bald war Florentin so geübt, dass sie nur mehr einen kleinen Handspiegel benötigte, um ihre Verwandlung vom Stallburschen in eine Adlige zu vollziehen, und auch ihre Hochsteckfrisur sah weitaus ordentlicher aus als am Anfang. Einzig der Transport der Kleider, derer Florentin sich nach wie vor aus dem Vorrat im Dachboden der Potsdamer Residenz bediente, war etwas umständlich. Sie musste jedes Mal aufpassen, dass die Stoffe während des etwa zweistündigen Ritts nicht schmutzig wurden.

Doch die Mühe lohnte sich. Florentin verstand es immer besser, sich unauffällig zu den Hofdamen der Königin zu gesellen und den einen oder anderen Satz ins Gespräch einfließen zu lassen. Sie hatte sich angewöhnt, sogar ihre Stimme anders klingen zu lassen, wenn sie als »Viktoria« unterwegs war. Statt in den Bauch zu atmen, wie sie es bisher als Florentin gewohnt war, sog sie in der Rolle der Viktoria nur wenig Luft in den Brustkorb. Der Vorteil war nicht nur, dass sich dadurch ihr Busen wölbte, auch ihre Stimme klang höher und weiblicher. Florentin hatte ihr Maskenspiel perfektioniert. Die anderen Frauen hielten die junge Dame in den prächtigen Kleidern für die Tochter eines Grafen aus der Nähe von Potsdam und waren erpicht darauf, Neuigkeiten vom Hof zu erfahren. Florentin versorgte sie mit harmlosen Klatschgeschichten und erfuhr im Gegenzug, was man in Berlin über den König sprach.

Was die junge Frau jedoch am meisten erstaunte, war, wie unbefangen Männer in Gegenwart von Frauen über Politik sprachen. Offenbar trauten sie dem weiblichen Geschlecht keinen Funken Verstand zu. Florentin bemühte sich nach Kräften, diesen Eindruck nicht zu gefährden. Mit großen, unschuldigen Augen stellte sie einfältige Fragen oder lächelte verständnislos. Mit verblüffendem Effekt: Die Männer nahmen sie gar nicht wahr, sondern debattierten über politische Interna, als wären sie bei einer Kabinettsversammlung. Dass das hübsche Mädchen mit den dunklen Locken sich jedes Wort genau einprägen könnte, schien den Männern nicht einmal im Traum einzufallen.

Meist waren es banale Dinge, über die gesprochen oder gelästert wurde, doch konnte Florentin stets auch die eine oder andere Äußerung oder ein Vorhaben eines Beamten bei diesen Empfängen aufschnappen, sodass Friedrich stets in Kenntnis darüber war, was ihn erwartete, wenn der Zuständige bei ihm vorstellig wurde. Auch verblüffte der Preußenkönig seine Minister einige Male, indem er geschickt vorgebrachte Argumente sogleich zu entkräften wusste. Diese Schlagfertigkeit hätte ihm niemand zugetraut. Allerdings war Friedrich dank Florentin auch gut vorbereitet gewesen.

Mit ihrer Cousine Louise, die, wie es schien, auf keinem Hofball fehlte, freundete sich Florentin in der Maske der »Viktoria« weiter an. Sie wurde zunehmend kühner, obwohl sie sich stets wunderte, wie leicht ihre Base sich von Perücke, Kleid und Schminke blenden ließ. Offenkundig vermutete Louise keinen Augenblick hinter den Schönheitspflästerchen aus schwarzem Taft und den roten Lippen von »Viktoria« ihren verhassten Cousin Florentin. Im Gegenteil. Bei ihrem dritten Zusammentreffen beklagte sie sich sogar bitter bei ihrer neuen Freundin über ihren Vetter.

»Er hat meine Familie zerstört. Wäre er nicht gewesen, dann würde mein Bruder noch leben, und meine Mutter müsste nicht vor Gram vergehen!«

Florentin hätte ihr gerne gesagt, dass Wilhelmine sich auch grämen müsste, wäre ihr missratener Sohn noch am Leben. Schon damals hatte sich abgezeichnet, dass aus Wilhelm ein Trinker und Raufbold werden würde. Doch weil sie heute Abend Viktoria war, schwieg sie nur mitfühlend.

»Ich warte nur auf den Tag, an dem sich die Gelegenheit ergibt. Dann werde ich es ihm heimzahlen«, murmelte Louise.

»Warum schwärzt Ihr ihn nicht beim König an? Er steht doch in dessen Diensten, wie Ihr mir erzähltet.«

»Pah, der König! Der Minister erzählt beständig, wie vernarrt der *Sire* in meinen Cousin ist. In einen *einfachen Stallknecht*, wie findet Ihr das?«

»Unerhört«, pflichtete Florentin ihr vergnügt bei, weil von dieser Seite also keine Gefahr drohte. Sie verbarg ein zufriedenes Lächeln hinter ihrem Fächer.

Doch gleich darauf verging ihr der Spaß, denn zu ihrem Schrecken sah Florentin just in diesem Augenblick den Preußenkönig höchstpersönlich durch den Eingang des Saales schreiten. Sofort verstummte die Musik, und die Anwesenden versanken in tiefe Knickse und Verbeugungen. Beinahe hätte Florentin aus Gewohnheit ebenfalls einen Diener gemacht. Gerade noch rechtzeitig besann sie sich und beugte das Knie, wobei sie krampfhaft zu Boden starrte, damit Friedrich ihr Gesicht nicht sah.

Doch der König schritt ohne einen Blick nach rechts und links durch die Menge und setzte sich mit missmutiger Miene auf einen der zierlichen Stühle, möglichst weit von seiner Gemahlin entfernt. Er ließ sich einen Becher Wein kommen und versank in dumpfes Brüten.

Trotzdem entschied sich Florentin, den Ball zu verlassen. Vertraulich legte sie Louise die Hand auf den Arm. »Bitte entschuldigt mich, liebe Freundin, ich muss nach Hause und nach dem Vater sehen. Wie Ihr wisst, liegt er krank danieder, und meine Mutter wird bereits auf mich warten.«

Louise nickte uninteressiert, denn ein junger Mann in dunkelgrünem Samtrock und mit etwas verrutschten Strümpfen machte ihr schon seit geraumer Zeit schöne Augen.

Florentin sah sich nach dem Preußenkönig um. Der Kabinettsminister stand bei ihm und schnatterte auf ihn ein wie eine der nervösen Enten im Schlosspark. Friedrich jedoch schien gar nicht zuzuhören. Er ließ sich zum wiederholten Mal seinen Becher füllen und trank schweigend, in seine eigene Düsternis versunken, wo ihn nicht einmal das Licht der zahllosen Kandelaber im Saal erreichen konnte und keine Flamme ihn zu wärmen vermochte.

*

Florentin huschte über den Schlosshof, so schnell es die halbhohen Tanzschuhe zuließen. Sie hatte sich die Schuhe jetzt, da sie des Öfteren zu Bällen ging, notgedrungen anfertigen lassen. Doch an das lange Stehen und die häufigen Tänze hatte sie sich immer noch nicht gewöhnt, weshalb auch jetzt ihre Füße schmerzten. Allein in die Rolle als Frau hatte sie sich mittlerweile sicher eingefunden und empfand sogar Freude daran, auch wenn sie sie weiterhin als Stippvisite in einem Leben begriff, das sie zum Glück nicht in Gänze zu führen hatte.

Der Schlossplatz lag im Dunkeln, nur spärlich vom Licht eines blassen Vollmondes beschienen, der sich hinter ein paar Wolken versteckte. Wie ein dunkler Schatten ragte inmitten des Hofes eine Kutsche auf. Zwei Gäule dösten im Geschirr, und der Kutscher war nicht zu sehen. Mit einem lautlosen Seufzer stellte Florentin für einen Augenblick ihren rechten Fuß auf das Trittbrett, zog den engen Schuh aus und massierte sich die schmerzende Ferse.

»Was tut Ihr hier?« Eine heisere Männerstimme ließ Florentin vor Schreck zusammenzucken, und instinktiv wirbelte sie herum – den Schuh mit dem spitzen Absatz wie eine Waffe erhoben. Vor ihr stand ihr rothaariger Freund und ehemaliger Nachbar. »Hans! Herr im Himmel, was erschreckst du mich so?«, keuchte Florentin.

»Pardon? Sollten wir uns kennen?«, antwortete der junge Mann hörbar verwirrt. Offenbar war das Mondlicht nicht hell genug, um ihn erkennen zu lassen, wen er vor sich hatte – oder

Florentins Maskerade hatte einen Grad der Vollkommenheit erreicht, die nicht einmal er mehr durchschaute. Unwillkürlich musste sie lachen. Bei dem Klang schnellte Hans' Kopf vor, und verblüfft nahm er das schöne Mädchen genauer in Augenschein. Langsam machte sich auf seinem Gesicht Erkennen breit.

»Florentin?«

»Nein, Viktoria. Aber ich sehe es als Kompliment an, dass du erst einmal nicht wusstest, wen du vor dir hast!«

Hans' Augen wurden schmal, und er holte tief Luft. Florentin ahnte, dass sie gleich eine Strafpredigt bekommen sollte, und rasch legte sie ihm die Hand auf den Mund. »Sag nichts. Der König ist dort drin und wird sich wahrscheinlich sinnlos betrinken. Es wäre gut, wenn du in der Nähe bleibst.«

Hans drehte unwillig sein Gesicht beiseite. »Ich bin heute Nacht sowieso der Kutscher des *Sire*. Es ließ sich nicht vermeiden, dass er zum Empfang der Königin erscheinen musste – und ich befürchte, er lässt sie das nun bitter büßen, indem er sich ordentlich danebenbenehmen wird.«

Florentin lächelte, doch dann nahm Hans sie genauer in Augenschein, und seine zusammengezogenen Augenbrauen sagten, dass er das Benehmen seiner Jugendfreundin alles andere als billigte.

Sie war zwar nicht gewillt, ihm den Grund für ihre Anwesenheit bei dem Fest zu nennen, doch sein schweigendes Missfallen ärgerte Florentin. Sie stemmte die Hände in die Seiten und starrte herausfordernd zurück. Eine grimmige Miene konnte sie auch in Frauenkleidern zur Schau tragen.

»Du machst mich wahnsinnig, Florentin, weißt du das? Einen schlimmeren Sturschädel als die Maultiere der Bauern hast du! Zudem begibst du dich aus purem Übermut in Gefahr! Du legst es offenbar darauf an, dass ich vor Sorge um dich nachts nicht mehr schlafen kann!«

»Du sorgst dich um mich?« Florentin war ehrlich verblüfft. Sie wusste, dass sie Hans mit ihrem Verhalten oft reizte, vielleicht sogar zornig machte. Deswegen war er ihr schließlich die letzte Zeit stets aus dem Weg gegangen, oder nicht?

Hans suchte nach einer Antwort, aber die Worte wollten seinen Mund nicht verlassen. Er fasste Florentin um beide Oberarme, wobei ihm in diesem Augenblick scheinbar selbst nicht klar war, ob er sie nun schütteln oder an sich ziehen wollte. Als er jedoch die seidig zarte Haut ihrer nackten Arme unter seinen Fingern spürte, war es mit seiner Beherrschung offensichtlich vorbei. Ungestüm presste er seinen Mund auf Florentins, und beide versanken in einem nicht enden wollenden Kuss. Ohne seine Lippen von den ihren zu lösen, hob Hans sie auf das Trittbrett und öffnete mit der rechten Hand die Tür der Kutsche, während er mit seiner Linken das Mädchen um die Mitte gefasst hielt.

Willig ließ sich Florentin von Hans auf den Sitz drücken und spürte gleich darauf die Wärme seines Körpers, der dicht neben dem ihrigen war. Im Inneren des Gefährts war es dunkel und leicht stickig. Nur ein schmaler Streifen silberblauen Mondlichts beschien einen Teil ihrer Gesichter, während sie und Hans einander küssten, als wollten sie sich verzehren. Mit fliegenden Fingern nestelte Hans am Mieder ihres Kleides, und Florentin ließ es geschehen, überwältigt von dem Gefühl, das sie schon einmal bei seinen Berührungen überfallen hatte. Sie fühlte seine Hände auf der bloßen Haut ihres Halses, wie sie tieferglitten und dorthin vorstießen, wo sie vorher noch niemand berührt hatte. In Frauenkleidern waren ihre Brüste von der störenden Binde befreit, und Hans' Hände konnten endlich dorthin vordringen, wohin sie in ihren Gedanken in mancher schlaflosen Nacht bereits gewandert waren. Mit den Fingerspitzen streichelte er Florentins zarte Rundungen, und sie seufzte lustvoll.

Just in dem Augenblick wurden sie von der lauten Stimme eines Mannes unterbrochen, der draußen herumschrie. »Kutscher! Wo steckt der Kerl denn, verdammt noch eins? Kutscher!«

Florentin zuckte zusammen und raffte in aller Eile ihr Mieder über ihren Brüsten, während Hans noch ganz benommen aus dem Inneren der Kutsche kletterte.

»Ich bin hier«, hörte Florentin ihn sagen, »ich bin nur eingeschlafen, verzeiht!«

»Der König benötigt Hilfe. Er muss auf dem schnellsten Weg nach Hause«, sagte die Männerstimme, und in Florentin machte sich Angst breit. War Friedrich etwa krank?

Rasch richtete sie ihr Kleid und stahl sich auf der anderen Seite aus der Kutsche ins Freie. Verborgen hinter dem massigen Gefährt konnte sie Hans neben einem Lakaien zum Schloss laufen sehen. Wenig später kamen die beiden Männer zurück – zwischen sich hatten sie einen Dritten, der kaum mehr alleine zu gehen vermochte. Er taumelte, dann stolperte er. Hätten Hans und der Lakai ihn nicht mit eisernem Griff unter den Armen gefasst, wäre er wohl mit dem Gesicht voran hart zu Boden gestürzt.

Florentin erkannte die schlaffen Gesichtszüge Friedrichs, doch der König war nicht etwa schwach – sondern sturzbetrunken. Mit einiger Mühe bugsierten seine zwei Dienstboten ihn zur Kutsche, und während der Lakai den Herrscher stützte, öffnete Hans den Schlag und half dem Betrunkenen anschließend, in die Kutsche zu steigen.

»Seid vorsichtig, *Sire*, Ihr stoßt Euch sonst den Kopf. So ist es gut, macht es Euch bequem, bald seid Ihr in Eurem Schloss.« Hans' Stimme klang ruhig und gefasst, und er sprach mit dem König, als sei dieser völlig nüchtern. Sollte sich Friedrich am nächsten Morgen noch an die Nacht erinnern, würde er es Hans hoffentlich hoch anrechnen, dass dieser mit keinem Wort den Zustand seines Königs erwähnte, dachte Florentin.

Der Herrscher war sicher in der Kutsche verstaut, und der fremde Lakai ging zurück zum Schloss, während Hans sich auf den Kutschbock schwang. Von dort fiel sein Blick auf Florentin, die zwei Schritte in die Dunkelheit der Nacht zurückgetreten war, damit der König sie aus dem Fenster nicht sehen konnte. Sie hob nur stumm die Hand und wandte sich ab, um zu dem verfallenen Stall zu gehen, in dem die gewohnte Männerkleidung sowie ihre treue Stute auf sie warteten.

*

Mit müden Gliedern und dem Kopf voller Gedanken kam Florentin etwa drei Stunden später mit ihrer Stute am Zügel in den Stall. Sie hatte das Tier abgesattelt, seine Hufe überprüft und tränkte es gerade, da hörte sie ein merkwürdiges Röcheln. Sogleich ließ Florentin den Wasserkübel sinken und horchte. Da war das Geräusch wieder – und es kam aus Luzifers Unterstand! Florentin stürzte zu ihrem Liebling hinüber. Der Hengst sah ihr mit gespitzten Ohren entgegen und wieherte leise. Seine Augen glänzten, und nichts deutete darauf hin, dass es ihm schlecht ging. Prüfend ließ Florentin ihren Blick über sein Fell gleiten, dann zu den Beinen. Vielleicht hatte er sich einen Splitter eingetreten?

Da sah sie ihn. Vor Schreck hielt Florentin die Luft an. Zu Luzifers Füßen, auf einem Haufen Stroh, den Kopf an die Wand gelehnt, saß der Preußenkönig und schlief. Soeben schnarchte er kurz und atmete dann pfeifend aus. Das Pferd stand vollkommen still, so als wolle es den hohen Herrn in seinen unruhigen Träumen nicht stören. Florentin staunte einmal mehr über die Klugheit der Tiere, welche die Menschen ihnen so gerne absprachen, nur weil das Vieh manchmal nicht so wollte wie der Herr. Doch Luzifer, der sonst so ungestüme Hengst, spürte offenbar, dass ein Mensch hilflos war, und hatte sich als sanfter Beschützer erwiesen.

»Braver Junge«, lobte Florentin ihn leise, während sie sich an dem Braunen vorbeischob, bis sie vor dem König stand. Sie ging in die Hocke und legte dem Schlafenden behutsam eine Hand auf die Schulter.

»Sire«, flüsterte sie und schüttelte ihn leicht.

Friedrich grunzte kurz, dann schlief er weiter.

Florentin biss sich auf die Lippen. Sie konnte den Betrunkenen unmöglich hier liegen lassen. In wenigen Stunden würden die anderen Pferdeburschen ihre Arbeit aufnehmen. Es wäre eine unsägliche Schmach für den Preußenherrscher, von ein paar Knechten auf einem schmutzigen Strohhaufen bei den Gäulen gefunden zu werden. Florentin musste ihn wecken, selbst wenn der König sie in seinem Rausch anschreien würde. Wenn er wieder nüchtern war, würde er hoffentlich einsehen, dass sie ihm nur helfen wollte.

»Sire«, sagte sie erneut, lauter diesmal, und rüttelte den Schläfer nun energisch an den Schultern. »Aufwachen, Majestät!« Als das immer noch nicht half, ging Florentin hinaus und kam mit dem Kübel für ihre Stute zurück. Mit Schwung schüttete sie dem König zwei Handvoll kalten Wassers ins Gesicht.

»Gottverdammt, der Teufel soll dich holen!« Friedrich fuhr hoch und schlug blind nach dem Spitzbuben, der ihm diesen Streich spielte.

Florentin, die mit der Reaktion gerechnet hatte und zudem eine geübte Fechterin war, sprang jedoch behende zurück, und der ungeschickte Schlag ging ins Leere.

»*Sire*, ich bin es. Florentin von Rosenberg. Ich will Euch nichts Böses, aber hier könnt Ihr nicht bleiben!«

Friedrich blinzelte und starrte seinen Pferdeburschen an. Langsam wurde sein Blick klarer, und er erkannte, wer vor ihm stand. »Ach, du«, murmelte er. Seine Worte klangen verwaschen vom Alkohol, und er duzte Florentin, aber zumindest schien er allmählich zu sich zu kommen. »Hat dich mein Schlag erwischt? Wenn ja, bitte ich um Verzeihung.«

Florentin musste unwillkürlich an ihren Vater denken, der schwankend und betrunken mit erhobener Peitsche vor ihr gestanden hatte. Das Bild würde sie wohl ihr Lebtag nicht aus dem Kopf bekommen. »Keine Sorge, *Sire*, ich bin geschickt im Ausweichen von Hieben.«

So betrunken der König war, schien er doch in Florentins Stimme einen Ton zu hören, der ihn aufhorchen ließ. »Wer war es?«, fragte er nur.

»Mein Vater. Als ich nicht mehr bereit war, sein marodes Gut zu verwalten, das er durch seine Trunksucht in den Ruin getrieben hatte, griff er im Rausch zur Peitsche.«

»Und? Was hast du getan?«

»Ihn mit dem Degen in Schach gehalten. Dann bin ich davongeritten und bis heute nicht zurückgekehrt.«

Friedrich schüttelte leicht den Kopf. »Es sind immer die Väter«, sagte er leise, wie zu sich. »Despoten und Tyrannen. Lassen die Söhne für ihre Erwartungen büßen, bis diesen nichts mehr bleibt als die Flucht.« Er schlug mit der geballten Faust neben sich ins Stroh.

Florentin blieb stumm. Sie ahnte, dass der König tief in das Verlies seiner eingesperrten Erinnerungen hinabgestiegen war.

»Ich wollte auch einmal desertieren«, sagte Friedrich unvermittelt und hob den Kopf. Doch sein Blick war nicht auf Florentin gerichtet, sondern ging in eine ihr unbekannte Vergangenheit. »Es war alles geplant. Doch es endete in der Festung Küstrin. Ein Unschuldiger wurde meinetwegen hingerichtet …« Kurz versagte dem König die Stimme.

Florentin hörte mit angehaltenem Atem zu. Offenbar ging es um Friedrichs Jugendzeit. Vom Stallmeister hatte Florentin bereits gehört, dass der alte Soldatenkönig Wilhelm seinen Sohn oft gezüchtigt und gedemütigt hatte. Offenbar hatte der junge Prinz geplant, dem Diktat des Vaters ein für alle Mal zu entkommen. Mit schrecklichen Folgen.

»Hans Herrmann von Katte. So lautete sein Name«, sagte Friedrich. »Er war der beste Freund, den ein Mann sich wünschen konnte. Und ich war der schlechteste. Hätte ich ihn nicht in mein Vorhaben eingeweiht, wäre er noch am Leben.«

»Was ist geschehen?«, flüsterte Florentin.

»Ich war im Tross meines Vaters auf dem Weg nach Mannheim. Einer meiner Pagen war angewiesen, morgens um drei mit zwei Pferden vor meinem Quartier zu erscheinen. Doch den dummen Kerl plagte die Reue, und so verriet er meine Pläne. Von Katte weilte in Berlin, doch mein Vater war der festen Überzeugung, er würde mit mir unter einer Decke stecken. Also verhaftete man ihn und brachte ihn nach Küstrin, wo mein Vater mich in der Festung gefangen hielt.« Der König verstummte, und die Qual verzerrte seine Gesichtszüge.

Florentin schluckte. »Ihr … habt seinen Tod gesehen?«

»Eine gnädige Ohnmacht ersparte mir den Anblick. Als ich erwachte, sah ich nur seinen Körper. Er war mit einem schwarzen Tuch bedeckt. Doch der Sand war rot. Es war das Blut von Kattes, das den Boden färbte. ›Ein Exempel statuieren‹ – so hat mein Vater es genannt. In diesem Augenblick wollte ich ihn umbringen. Und mich dazu.«

Florentin hielt ob dieser Todsünde die Luft an, doch dann stellte sie sich vor, wie es wäre, wenn sie den Anblick von

Hans' kopflosem Rumpf ertragen müsste. Und die Schuld, für seinen Tod mitverantwortlich zu sein. Ob der König nicht trotz allem ebenso grausam urteilen würde, wenn er um Florentins Geheimnis wüsste – und dass Hans der einzige Mitwisser war, so wie von Katte damals bei ihm?

Doch als sie die Trauer in den blauen Augen Friedrichs sah, wusste sie, dass den Preußenkönig diese Erinnerung auf ewig martern würde und er niemals eine ähnliche Entscheidung treffen könnte, ohne an seinen toten Freund zu denken.

»Freundschaft, Florentin von Rosenberg«, sagte Friedrich schließlich leise, »das ist das Einzige, das uns das Leben ertragen lässt. Die Liebe ist flüchtig und trügerisch. Einen Freund aber hast du für alle Ewigkeit.«

Mit diesen Worten rappelte sich der König mühsam auf.

Florentin sprang herbei, um ihn zu stützen, doch Friedrich schüttelte nur den Kopf und taumelte nach draußen. Florentin hörte das Geräusch seiner schlurfenden Schritte, das langsam verklang.

Luzifer senkte den Kopf und begann, an seinem Heu zu kauen. Das Tier hatte den Preußenkönig bereits vergessen. Nicht so Florentin. Friedrich hatte ihr in dieser Nacht einen Einblick in seine gequälte Seele offenbart, und sie konnte nur hoffen, dass er sich in nüchternem Zustand entweder nicht mehr erinnerte oder ihr genug vertraute, um zu wissen, dass sein vermeintlicher Pferdebursche schweigen würde wie ein Grab.

Florentin wandte sich zum Gehen, als sie etwas auf dem Boden des Pferdestalls liegen sah. Sie bückte sich, und als sie sah, was es war, wusste sie, dass der Preußenkönig diese Nacht dennoch nicht so schnell vergessen würde – dafür hatte Luzifer gesorgt: Der Hengst hatte einen Teil von Friedrichs Perücke gefressen.

Kapitel 16

Die Jahre 1754 und 1755,
Schloss Sanssouci

In den folgenden Monaten fiel es Florentin nicht schwer, dem Herrscher aus dem Weg zu gehen, denn Friedrich war mit politischen Scharmützeln beschäftigt. Unter dem Kommando eines jungen Offiziers aus Virginia namens George Washington überfiel im Mai 1754 ein etwa vierzig Mann starker Zug von Milizen in Begleitung einiger Indianer in einem Waldgelände einen französischen Trupp. Dabei wurden deren Führer Jumonville und etwa ein Dutzend weiterer Franzosen getötet. Die Überlebenden kamen in Gefangenschaft. Auf britischer Seite hingegen gab es nur einen Toten und kaum Verletzte. Prompt folgte auf dieses Gefecht eine Vergeltungsexpedition der Franzosen im Juni.

Noch sorgten diese Nachrichten in Potsdam nicht für Unruhe, doch beobachtete Frankreichs Herrscher Ludwig XV. misstrauisch die Aktivitäten am preußischen Hof. Offenbar fürchtete er, Friedrich dächte über eine Allianz mit England nach. Doch der ließ sich nicht in die Karten blicken, und selbst Florentin erfuhr nichts über mögliche Bemühungen auf seiten Englands, obwohl sie sich als »Viktoria« bei einem Empfang im Herbst reizend um den britischen Gesandten bemühte, der als Gast in Berlin weilte. Leider vergeblich – der Mann aß und trank reichlich, sprach jedoch mit niemandem ein Wort. Zudem schwirrten nach dem Jahreswechsel Gerüchte durch das Schloss, Frankreich würde mit Österreich bezüglich eines Defensivbündnisses verhandeln, um das Land aus dem drohenden Konflikt mit Großbritannien herauszuhalten, doch niemand wusste, was Wahrheit und was purer Klatsch war.

*

Nicht nur Florentin, auch Hans hätte sich vielleicht mehr Sorgen um den brüchig gewordenen Frieden gemacht, wäre aus ihrer beider Kinderfreundschaft nicht eine heftige Leidenschaft füreinander geworden. Wann immer es möglich war, trafen sie einander, wobei sie darauf achteten, stets Orte zu wählen, die ein gutes Stück abseits des Schlosses lagen und nur zu Pferd erreichbar waren.

Der Frühsommer 1755 hatte sein Füllhorn über dem Land ausgegossen, sodass Hans und Florentin an warmen Abenden und in milden Nächten genügend weiches Moos, hohes Gras oder den einen oder anderen versteckten Weiher fanden, wo sie ungestört ihrem Verlangen nacheinander nachgeben konnten. Bei ihrem zweiten heimlichen Stelldichein an einem kleinen Teich mitten im Wald, auf dem die Seerosen im Mondlicht ihre weißen Kelche ausbreiteten, gingen sie schwimmen, und zum ersten Mal seit ihrem Bad am Fluss vor vielen Jahren sah Hans seine Gefährtin aus Kindertagen wieder nackt. Ihre Haut schimmerte im bleichen Licht der Himmelsscheibe milchig weiß wie die der Marmorstatuen im königlichen Schloss. Im Gegensatz zu den meisten anderen Frauen war Florentins Körper durch das ständige Reiten und Fechten schlank und muskulös. Ihr Bauch war flach und fest wie der eines jungen Mannes, ihre Arme schmal, aber kräftig. Keine weichen Fettpolster saßen auf ihrer Hüfte oder machten ihr Hinterteil rund und weich, wie es bei Mädchen ihres Alters sonst üblich war. An ihren langen Beinen sah Hans im nächtlichen Zwielicht das Spiel der Wadenmuskeln, als sie ins Wasser rannte. Ihr Busen war hoch angesetzt und voll, und Hans bedauerte schmerzlich, dass Florentin in ihrer Rolle als Mann stets die Brustbinde trug, um diese Pracht zu verbergen.

Ehe Florentin bemerken konnte, dass sich auch bei ihm etwas zu regen begann, stürzte er sich ebenfalls in das kühle Nass. Doch als die nackte junge Frau ihre Arme um seinen Hals schlang und ihren nassen Körper an ihn drängte, konnte er seinen Zustand nicht länger verbergen. Im Wasser stehend, das ihnen beiden bis über die Brust ging, erkundeten sie mit ihren Händen den Körper des anderen. Und Hans lehrte sie den Gegensatz von Männlich und Weiblich, von Weich und Hart. Unter seinen streichelnden Fingern fühlte er ihre Hitze aufsteigen, die sich von ihrem Schoß ausbreitete, wie eine Fontäne, die nach oben stieg und sie in seinen Armen schwindeln ließ. Als Florentin aufschrie, vergrub auch Hans sein Gesicht in ihrem Haar und stöhnte. Schwer atmend standen sie kurz darauf voreinander, mit zitternden Knien, während sich ihre Lust verflüchtigte wie morgendlicher Nebeldunst über dem Wasser.

Hans betrachtete Florentin, wie sie dort stand und die Arme um sich schlang, als fröstele sie. Fast schien es ihm, als wäre sein eindringlicher Blick ihr mit einem Mal unangenehm, ja, als schäme sie sich ihrer Ungezügeltheit. Als sehnte sie sich nach ihrer Männerkleidung, beeilte sie sich, aus dem Weiher zu kommen, doch Hans hielt sie zurück. »Florentin, ich liebe dich!«

Er sah ihre Überraschung und wie der Ausdruck in ihrem Gesicht von Freude zu Angst wechselte. Sanft setzte er nach: »Bleib bei mir. Wir können von hier weggehen, dann musst du dich nicht mehr als Mann verkleiden, sondern kannst als Frau leben. Als *meine* Frau!«

Sie rang erst nach Atem, dann um Worte und schüttelte schließlich stumm den Kopf.

Das Herz wurde ihm schwer. »Ich weiß, dass ich nicht von Adel bin. Aber mein Vater ist ein guter Gutsverwalter, und ich habe viel von ihm gelernt. Wir könnten zusammen auf das Gut deines Vaters zurückkehren und dafür sorgen, dass es wieder zu voller Blüte gelangt!«

Nun biss sie sich auf die Lippen. »Du verstehst nicht, Hans. Es geht mir nicht darum, ob du einen Titel besitzt oder ich im Leben einen höheren Stand bekomme.«

Er sah, wie sie um Worte rang, und er ahnte, was sie ihm sagen wollte: Dass das, was er von ihr verlangte, die Art von Leben war, welches sie nie hatte führen wollen: als Ehefrau, gebunden an Mann und Haus, vielleicht sogar noch mit einem halben Dutzend Kinder. Dass alles in ihr sich dagegen aufbäumte. Selbst wenn sich ihre Wünsche vielleicht in ein paar Jahren ändern würden, spürte er, dass Florentin jetzt noch die Freiheit genießen wollte, die ihr die Rolle des Mannes verschaffte. Es traf ihn härter als gedacht, und sein Gesicht verfinsterte sich. »Du liebst mich nicht«, warf er ihr vor, obschon er im Innersten seines Herzens ahnte, dass es anders war. Aber der Stachel saß. Er war ihr nicht das Wichtigste auf dieser Welt – und würde es vielleicht niemals sein.

Nun schüttelte sie heftig den Kopf. »Doch! Sehr wohl liebe ich dich! Aber ich kann nicht deinetwegen zu etwas werden, das mir widerstrebt!«

»Du musst dich vor mir nicht verstellen. Und du kannst weiterhin ausreiten! Wenn du willst, auch mit mir zusammen. Ich will dich, Florentin. Aber nicht als Halbwesen zwischen Frau und Mann. Sondern ganz!«

Noch ehe er zu Ende gesprochen hatte, wusste Hans, dass seine Worte sie nicht erreichten, und er behielt recht. Zornig schlüpfte sie in Hemd und Hose und zwängte ihre noch feuchten Füße in die ledernen Stiefel. »Was erwartest du von mir, Hans? Dass ich dankbar in deine Arme sinke? Weil du mich liebst, obwohl ich nicht bin wie die anderen Frauen? Ich mag mein Leben, so wie es ist. Warum soll ich alles aufgeben – den Dienst für den König, Luzifer ... nur damit ich *dich* zufriedenstelle?«

»Wenn du mich ebenfalls liebtest, würdest du diese Frage nicht stellen!«

»Und wenn *du* mich liebtest, würdest du nicht von mir verlangen, mich selbst aufzugeben!«

Einen langen Moment musterten sie einander wie Duellanten.

»Das führt zu nichts«, sagte Hans schließlich müde.

»Ich habe nicht damit angefangen«, murmelte Florentin und stapfte zu ihrer Stute, die ein paar Schritte weiter an einen Baum gebunden friedlich graste.

»Ja, lauf nur weg, Florentin. So wie damals vom Gut! Aber so werden wir niemals eine Lösung finden!«

»Das werden wir sowieso nicht. Weil deine Lösung bedeutet, dass ich mich *deinem* Willen beuge. Und das werde ich nicht!« Und mit diesen Worten sprang sie in den Sattel und galoppierte davon.

Nackt und fröstelnd blieb Hans zurück und dachte, dass Florentin zwar kapriziös wie eine Frau war, aber den eisernen Willen und den Dickschädel eines Mannes besaß. Seufzend zog er sich ebenfalls an und stieg auf sein Pferd. Er rechnete nicht damit, dass seine Freundin aus Kindertagen auf ihn warten würde, denn Florentin ritt zu allem Überfluss auch noch besser als so mancher Bursche. Mit einem Gefühl der Niederlage und des

Kummers gab Hans seinem Pferd die Sporen. Warum verstand sie nicht, dass er sie nicht einsperren, sondern lieben wollte? Weshalb bedeutete es ihr nichts, dass er, der als einziger Mann neben ihrem Vater ihr Geheimnis kannte, sie so zu nehmen bereit war, wie sie eben war? Obwohl er Florentin nun schon so lange kannte, wurde er immer noch nicht klug aus ihr.

*

»Nun, Vetter, ich habe dich lange nicht zu Gesicht bekommen.«

Florentin führte ihre Stute am Zügel über den Hof und hatte um diese nächtliche Zeit nicht damit gerechnet, jemandem zu begegnen. Schon gar nicht Louise. Die Frisur ihrer Cousine war halb aufgelöst, ihr Wangenrot leicht verschmiert, und sie hatte das Oberteil ihres Kleides nur nachlässig geschnürt. Florentin vermutete zu Recht, dass das junge Mädchen soeben von seinem Gönner kam. Dafür würde er sie wohl demnächst mit einem Paar neuer Ohrringe oder Geschmeide behängen, wie der Jäger seine erlegte Trophäe.

Dass der Base die Verachtung in Florentins Gesicht nicht entgangen war, war offensichtlich, und sie warf hochmütig den Kopf in den Nacken. »Fast hatte ich gehofft, der König hätte einen nichtsnutzigen Stallknecht mehr aus seinen Diensten entlassen.«

»Mitnichten, verehrte Cousine. Der *Sire* ist meiner ebenso wenig überdrüssig wie ein gewisser Minister seiner Mätresse!«

Louises Wangen wurden bei Florentins scharfen Worten scharlachrot vor Zorn. »Sei ja auf der Hut«, zischte sie leise. »Ich habe nicht vergessen, was du Wilhelm angetan hast.«

»Und ich habe nicht vergessen, was in deinem Brief an ihn stand. Weiß dein Kabinettsminister, wie du zu deinem Bruder standest?«, fragte Florentin freundlich.

Louise schnappte nach Luft. »Wage es nicht …«, fing sie an, doch Florentin unterbrach sie. »Ich halte still, wenn du es tust. Und nun entschuldige mich, Cousine, ich muss mein Pferd versorgen.« Mit diesen Worten drängte sie sich an ihrer wutschäumenden Base vorbei in den Stall, denn sie sah in der Ferne die vom Mond beschienene Silhouette von Hans, der mit seinem Pferd die Allee entlanggeritten kam.

Hastig zerrte sie den Sattel vom Rücken ihrer Stute und befreite sie vom Geschirr. Sie wollte Hans nicht mehr begegnen, doch es war zu spät. Gerade als sie aus dem Stall trat, kam er mit seinem Pferd am Zügel herein. Sein Blick suchte den ihrigen und hielt ihn fest. »Kann ich noch einmal mit dir sprechen?«

»Nein«, erwiderte sie und wollte an ihm vorbei, doch er verstellte ihr mit seinem Körper den Weg. »Florentin, ich war noch nicht fertig mit dem, was ich zu sagen hatte.«

»Aber ich!« Erneut machte sie einen Schritt vorwärts, aber Hans packte sie am Arm – fester als vorhin, wenn auch nicht grob. »Du kannst dich nicht einfach davonmachen!«

Stumm maßen sie einander mit Blicken.

»Oh, ich störe doch nicht etwa?« Im Durchgang zum Stall war Louise aufgetaucht, und Hans ließ Florentins Arm los, als hätte er sich verbrannt. Wütend funkelte diese ihre Cousine an.

Louise lächelte maliziös. »Lasst euch nicht abhalten. Ihr habt sicher wichtige Dinge zu besprechen«, sagte sie, rührte sich aber keinen Fußbreit von der Stelle.

»Ganz recht. Diese Dinge sind streng vertraulich. So wie zum Beispiel Briefe, deren Inhalt ja auch nicht jedermann wissen soll, nicht wahr?« Florentin hatte sich wieder gefangen, und die Drohung in ihrer Stimme war selbst für die naseweise Louise nicht zu überhören. Sie schnaubte zornig und wirbelte herum. Mit zusammengepressten Lippen stöckelte das junge Ding ohne ein Wort auf ihren vulgär hohen Absätzen, die mit falschen Edelsteinen verziert waren, von dannen.

»Was hast du damit gemeint?«, fragte Hans, doch Florentin winkte ab und machte sich daran, den Sattel ihrer Stute in der kleinen Kammer zu verstauen.

Hans folgte ihr. Wortlos nahm er den Sattel und hob ihn mühelos mit einer Hand auf dessen angestammten Platz an der Wand. Dann zog er Florentin an sich und küsste sie lang und tief.

»Kannst du wirklich leugnen, was zwischen uns ist?«

Florentin spürte etwas in ihrem Inneren wanken und schmelzen. Sie konnte nicht anders, als nachzugeben. Leidenschaftlich erwiderte sie seinen Kuss. Hans' Hände fuhren unter ihr Wams und ihr Hemd, und seine Finger liebkosten die weiche Haut. Florentin seufzte unwillkürlich vor Lust.

Er löste seine Lippen von den ihrigen und flüsterte: »Willst du das wirklich aufgeben, Florentin?« Seine streichelnden Hände an ihren Brüsten lockten und neckten, als wollten sie ihren Widerspruch im Keim ersticken. Trotzdem zwang sie sich, nicht über das körperliche Verlangen den Verstand zu verlieren. »Ich will vor allem *mich* nicht aufgeben«, gab sie ebenso leise zurück.

Als hätte ihn etwas gebissen, zog Hans abrupt die Hände zurück. »Solange du das so siehst, hat es keinen Sinn mit uns«, sagte er heiser, und noch ehe Florentin etwas erwidern konnte, war er aus der Tür der Kammer gestürmt, und sie hörte seine raschen Schritte im Stallgang verklingen. Dort, wo seine Finger ihre Haut eben noch liebkost hatten, fühlte sich die Stelle nun kalt und taub an, als hätte Florentin sie mit Schnee abgerieben.

*

»Mein Täubchen, was hat sie denn? So missmutig habe ich ihr hübsches Gesichtchen ja noch nie gesehen!« Der Kabinettsminister musterte seine junge Geliebte, während er sich insgeheim fragte, ob er mit seinem neuesten Geschenk – einem Paar falscher Smaragdohrringe – nicht doch zu geizig gewesen war. Was, wenn Louise das grüne Funkeln der Glassteine als billige Fälschung erkannt hatte und ihn daraufhin verlassen würde, um sich einen neuen Galan zu suchen? Einen, der großzügiger war und ihr echten Schmuck schenkte? Dem älteren Mann wurde bang. Er machte sich keine Illusionen darüber, aus welchem Grund das junge Mädchen seine Mätresse war. Weder sein Gesicht noch sein Körperbau konnten der Grund sein, denn beides gab nicht viel her. Jeder niedere Küchenjunge hatte körperlich mehr zu bieten als der Minister mit seinen beinahe fünfzig Lenzen, der schlaffen Haut an Armen und Brust und seinem Spitzbauch, der von zu vielen guten Mahlzeiten an der Tafel des Königs kam. Wenigstens hatten Louises Jugend, ihre straffen Brüste und die zarte Haut geschafft, was der Minister bei seiner eigenen Frau nicht mehr zustande brachte: seine Lust zu entfachen. Der Rausch, ein schönes, junges Mädchen in seinem Bett zu haben, verlieh ihm meist die Standfestigkeit, die er brauchte, um Louises Bedürfnissen gerecht zu werden.

Das glaubte er zumindest. Wie entsetzt wäre der Mann gewesen, hätte er gewusst, dass seine Mätresse beim Akt an nichts anderes dachte als an die Preziose, die am nächsten Tag in einem geschnitzten Kästchen liegen würde. Oder die Münzen, von denen sie sich prächtige Kleider und Schuhe mit funkelnden Absätzen kaufen konnte, wie sie gerade Mode waren. Dafür nahm sie ihn in all seiner Eitelkeit und seinem körperlichen Verfall in Kauf. Sonst bedeutete der Kabinettsminister ihr nichts, er war nur ihr Entree zum königlichen Hof und zu den Bällen. Louise gierte nach Einfluss, sie wollte eine der

Oberen sein und als Edeldame behandelt werden. Auch wenn der Preis dafür war, den alternden, schlaffen Körper eines Mannes zu ertragen, der ja auch nur ihre Jugend und Schönheit wollte. Es war ein Geschäft auf Gegenseitigkeit, doch Louises Einsatz war nicht Liebe, sondern Rache. Seit sie am Hofe war, trieb sie ihren Plan voran, ihrem verhassten Vetter Florentin eins auszuwischen. Und endlich glaubte sie, dass die Gelegenheit gekommen war.

Jetzt verzog Louise ihren hübschen Mund noch etwas mehr und schmollte.

Der Minister sprang besorgt auf.

»Mein Liebes, mein Vögelchen, nun sage sie mir doch, was sie drückt!«

»Ach, ich meine, der König sollte etwas erfahren, aber ich weiß nicht, wie ich's anstellen soll!«

»Dann sage sie es mir. Ich werde ihr schon einen Rat geben!«

»Einer der Stallburschen … Ich sah ihn gestern Nacht mit dem Sohn des Kutschers. Die beiden wirkten vertraut. *Zu* vertraut, wenn Ihr mich fragt, geradezu unanständig. Ich finde, der König sollte darüber Bescheid wissen, immerhin ist so etwas zwischen zwei Männern gegen die Natur und Gottes Willen!«

Der Minister seufzte und betrachtete Louise wie ein junges Kätzchen, das ein Staubknäuel für lebende Beute hält. »Meine Liebe, den König interessieren derlei Dinge überhaupt nicht. Munkelt man doch, dass er selbst dem eigenen Geschlecht nicht abgeneigt sei. Obwohl ich noch nie einen Beweis dafür gefunden habe. Doch mit dieser Geschichte lockt sie nicht einmal einen seiner alten Hunde hinter dem Ofen hervor, geschweige denn den *Sire*. Und an Gott glaubt er übrigens auch nicht.«

Louise sah ihren Gönner fassungslos an. Sie hatte sich genau zurechtgelegt, wie sie den Samen der Bosheit setzen wollte, damit er sich zu üblen Gerüchten auswüchse, die gedeihen würden, bis auch der König seine Ohren nicht mehr davor verschließen konnte. Und nun zerstob bereits der erste Ansatz ihres Plans wie Asche im Wind?

Der Minister deutete ihren Gesichtsausdruck falsch. »Als ich damals erzählte, dass man am Hofe munkelt, der König und seine Gemahlin hätten die Ehe nie vollzogen, wollte ich sie nicht mit weiteren Details schockieren. Doch wird immer wieder darüber geflüstert, dass der König den einen oder anderen seiner jungen Dienstboten … nun ja, *bevorzugt*. Und auch seinem Kämmerer Fredersdorf soll er mehr als nur freundschaftlich verbunden sein.«

Louise presste die Lippen zusammen und schwieg. Der Minister sah nachdenklich in das kleine Feuer, das trotz der Sommerwärme draußen im Kamin flackerte. »Sollte das wahr sein, dann ist wohl die Heirat die schlimmste Strafe für den *Sire* gewesen«, sagte er mehr zu sich als zu seiner Mätresse.

Dass Louise bei seinem letzten Satz aufhorchte und ein katzenhaftes Lächeln über ihr Gesicht ging, bemerkte der Alte nicht.

*

Inzwischen war der Spätsommer ins Land gegangen, und die Nächte wurden bereits merklich kühler. Beim nächsten Empfang im Schloss, zu dem Florentin erneut in der Maske der »Viktoria« erschien, war die Unruhe, welche die politischen Strömungen auslösten, deutlich zu spüren. Erneut war Schlesien zum Zankapfel geworden, und die österreichische Kaiserin machte nun kein Hehl mehr daraus, dass sie das verlorene Land zurückwollte.

Zuerst hatte der Preußenkönig Florentins vorsichtige Hinweise diesbezüglich nicht ernst genommen. »Maria Theresia, die Pompadour und die alte Zarin sind die Erzhuren Europas«, spuckte er verächtlich aus. »Man muss die Damen wohl lehren, statt zum Degen wieder zur Spindel zu greifen!«

Florentin kniff kurz die Lippen zusammen. Der König war wie alle Männer – sie trauten einer Frau nichts weiter als die Aufzucht von Kindern und die Beaufsichtigung der Kochtöpfe zu. Sobald eine Frau genau dasselbe wollte – und erreichte – wie ein Mann, wurde sie verfemt und beschimpft. Zum ersten Mal bekam Florentin eine Ahnung davon, dass den meisten Männern der Machtwille von Frauen Angst machte und sie deswegen versuchten, das weibliche Geschlecht in seine angeblich vorbestimmte Rolle zu drängen. Sie wollten die Frauen kleinhalten – aus Furcht, dass diese ihnen ihre Rolle streitig machten.

Auch Friedrich stellte diesbezüglich keine Ausnahme dar. Er hatte nicht damit gerechnet, dass die beiden Kaiserinnen – sowohl in Österreich als auch in Russland – sich als fähige und durchsetzungsstarke Regentinnen erweisen würden. Ihr politischer Erfolg versetzte ihn in Raserei, ebenso wie die Tatsache, dass der französische König seiner Mätresse Pompadour so viel politischen Einfluss gewährte – einer Bürgerlichen, deren Vater nicht einmal der leibliche war, sondern einen Bastard großgezogen hatte! Und so etwas ernannte Ludwig XV. zur Marquise.

Obwohl Florentin treu zu ihrem Land und dem Preußenkönig stand, musste sie insgeheim die Durchsetzungskraft und die Klugheit der drei Frauen bewundern. Schließlich wusste sie am besten, was es bedeutete, sich in einer Männerwelt zu behaupten. Daher konnte sie es nicht lassen, Friedrich zu widersprechen.

»*Sire*, Ihr solltet weder den Willen noch den Zorn einer Frau unterschätzen!«

»Oho, Florentin von Rosenberg! Spricht er etwa aus Erfahrung?«

»Absolut, Majestät«, sagte Florentin aus tiefstem Herzen.

Lachend winkte der König ab. »Hunde, die bellen, beißen nicht. Und diesen läufigen Hündinnen aus Russland und Frankreich wird sowieso bald niemand mehr Beachtung schenken!«

Doch da sollte der Preußenkönig sich gewaltig irren. Beim Empfang im Schloss bekam Florentin etwas zu hören, das sie aufs äußerste beunruhigte. Sie hatte sich in die Nähe von zwei Männern gestellt, die ihr aufgefallen waren, weil sie sich gewollt jovial begrüßt, dabei jedoch allzu nervöse Blicke umhergeworfen hatten. Florentin war inzwischen geübt darin, zu erkennen, bei wem es sich lohnte, zu lauschen. Diejenigen, die wertvolle Hinweise für sie hatten, zeichneten sich durch rastlose Hände aus, die unablässig ein Glas drehten, sowie unstete Blicke, mit denen sie den Raum absuchten. Oder es waren Männer, die eine unbewegte Miene zur Schau trugen, aber ihre Füße nicht stillhalten konnten. Zu denen gesellte Florentin sich in der Maske der Viktoria, wobei sie vorgab, die Tanzenden zu beobachten. Sprach sie einer auf Französisch an, lächelte sie entweder verständnislos oder zuckte hochmütig die Schultern. Meist reichte das aus, die Männer in Sicherheit zu wiegen und sich weiter zu unterhalten, als wären sie alleine. Manchmal schlich Florentin jedoch auch dem einen oder anderen nach, wenn sie bemerkte, dass ein konspiratives Gespräch in einem der vielen Zimmer fortgesetzt werden sollte. Inzwischen kannte sie sich im Schloss gut aus und wusste um die zahlreichen Möglichkeiten, ungesehen in ein Zimmer hinein- und wieder herauszugelangen. Es gab Wandbehänge, die nur dazu da waren, Türen zu verbergen, die in einen Seitengang führten und hinter denen man eine hervorragende Position innehatte, um

Gespräche im Raum zu belauschen. Ein Salon, der von Gästen oft für kurze, vertrauliche Plaudereien benutzt wurde, besaß eine hervorragende Akustik, wenn man sich im Stockwerk darüber, dort, wo der Kronleuchter hing, auf den Boden legte und sein Ohr an einen schmalen Spalt im Fußboden drückte.

Diesmal jedoch war es nicht einmal nötig, dass Florentin den Raum verließ. Die beiden Männer, die ihr aufgefallen waren, hatten offenbar nicht viel Zeit. Sie postierten sich lediglich hinter einer der vielen Säulen, etwas abseits vom Rest der Gästeschar. Für das junge Mädchen im rosafarbenen Kleid, das ganz in ihrer Nähe stand und völlig in die Betrachtung eines kleinen Hundes versunken schien, den einer der Anwesenden an einem diamantverzierten Seidenband führte, hatten die beiden keinen Blick.

Einer der beiden, ein feister Kerl mit rotem Gesicht, der ein haarsträubendes Französisch mit einem harten, rollenden »R« sprach, fuchtelte mit dem Zeigefinger vor der Nase des anderen herum, der deutlich jünger wirkte und dessen Lockenperücke leicht verrutscht war. »Lieber Freund, Ihr tätet gut daran, das Land zu verlassen. Es wird Krieg geben – und das schon bald! Der britische Diplomat Charles Hanbury Williams hat bei der Zarin ein offenes Ohr gefunden. Er ist ein alter Fuchs und hat auch den Kanzler Bestuschew schon auf seine Seite gezogen. Es sieht alles nach einem Subsidienvertrag zwischen England und Russland aus.«

Der zweite Mann schnaubte. »Bündnisse werden heutzutage ebenso schnell geschlossen wie verworfen, mein Lieber. Und wir wissen beide, dass Zarin Elisabeth den Preußenkönig ebenso sehr hasst, wie sie die Kaiserin Maria Theresia verachtet!«

»Dennoch werden zunehmend Stimmen in Russland laut, die verlangen, Preußen von der Landkarte zu löschen. Seid also auf der Hut, sonst findet Ihr Euch schneller auf dem Schlachtfeld wieder, als Ihr denkt!«

»Unsinn. Die Zarin ist eine wankelmütige Schnepfe und der König von Frankreich zu träge. Außerdem sagt mein Vater, unser *Sire* hat aus dem Schlesischen Krieg gelernt.«

Der Mann mit der harten Aussprache schüttelte den Kopf und wandte sich zum Gehen. »Ich habe Euch gewarnt.«

Florentin, die nicht mit dem unvermittelten Ende der Unterhaltung gerechnet hatte, wollte sich schnell davonmachen – doch zu spät. Ein weiblicher Gast mit einem ausladenden Kleid versperrte ihr den Weg. Im letzten Augenblick sah Florentin, dass es sich um die Dame handelte, die den kleinen Hund mit sich führte. Ohne zu überlegen, kniete das junge Mädchen sich hin und streichelte das Tier, das ihm die Zärtlichkeiten mit einem begeisterten Wedeln seines kurzen Schwanzes und ein paar feuchten Nasenstupsern vergalt.

Da tauchten auch schon zwei Paar schwarzer, glänzender Stiefel in ihrem Blickfeld auf, und als sie aufsah, standen die beiden Männer, die sie belauscht hatte, vor ihr und starrten auf sie – eine mögliche Ohrenzeugin – hinab.

Florentin, besser gesagt: Viktoria, setzte ihr schönstes Lächeln auf und sagte auf Deutsch: »Ist das nicht niedlich? Ich warte nur darauf, dass er zu tanzen beginnt!«

Die Dame mit dem Hund brach daraufhin in perlendes Gelächter aus, und auch die Mienen der beiden Herren entspannten sich. »Was gäbe ich darum, noch einmal so unbedarft zu sein«, sagte der Feiste auf Französisch zu seinem Begleiter.

»Das Vorrecht des weiblichen Geschlechts«, seufzte der andere und musterte Viktoria lüstern.

»Was für eine schöne Sprache Französisch doch ist. Zu schade, dass ich sie nicht verstehe«, kokettierte diese und blickte die Männer mit großen, unschuldigen Augen an.

Die beiden grinsten einander zu, dann ging der Dicke davon, während sein Gesprächspartner näher an Florentin heranrückte und nun auch ins Deutsche wechselte. »Ich könnte Euch gerne etwas auf Französisch beibringen«, bot er an und zwinkerte anzüglich.

»Unverschämtheit, für wen haltet Ihr mich?«, gab Florentin zurück, und diesmal war ihre Empörung nicht gespielt. Sie warf den Kopf in den Nacken und ließ den Mann stehen. Hastig schlüpfte sie aus dem Saal und verließ das Schloss. Nicht weil sie eine weitere plumpe Annäherung fürchtete, sondern weil es höchste Zeit war, mit dem König zu sprechen.

Doch als sie in ihrer gewohnten Männerkleidung im Schloss ankam, war es bereits Mitternacht, und einer der Kammerdiener gab ihr hochmütig zu verstehen, dass er nicht gewillt war, den königlichen Kämmerer Fredersdorf zu wecken, nur weil ein einfacher Stallbursche darauf beharrte, mit dem Vertrauten des Königs sprechen zu müssen. »Da könnte ja jeder kommen«, sagte der Diener, den Florentin vorher noch nie gesehen hatte, und musterte den vermeintlichen Jungen in seiner abgetragenen Reitkleidung herablassend. Zu erschöpft, um sich mit dem dummen Kerl anzulegen, drehte Florentin sich um und ging. Morgen war auch noch Zeit, ihr Anliegen vorzubringen.

Immerhin gelang es Florentin am nächsten Tag, zu dem königlichen Kämmerer vorzudringen. Mit besorgter Miene hörte Fredersdorf sich Florentins Bericht an. »Die Stimmung gegen Preußen ist aufgeheizter, als ich dachte«, sagte er und rieb sich das Kinn. »Ich muss den *Sire* unverzüglich darüber unterrichten. Bedauerlicherweise ist er zurzeit mit der Kutsche unterwegs. Er besteht darauf, einmal die Woche eine Inspektionsfahrt zu machen und persönlich nach seinen Untertanen zu sehen.«

Florentin nickte. Sie wusste bereits durch Hans davon, der den König schon einige Male durch die Gegend kutschiert hatte. Friedrich scheute sich nicht, mit der einfachen Bevölkerung über deren Belange zu sprechen. Dafür liebten und verehrten ihn die meisten, einige aber verspotteten den Preußenherrscher als »Diener des Volks« und mokierten sich darüber, wie wenig es sich schickte, dass ein Regent sich mit Müllern und Bauern abgab. Friedrich war das egal, und die pikierten Bemerkungen seiner Gattin konnten ihn am allerwenigsten von seinen Inspektionsfahrten abhalten.

»Zum Glück muss er jeden Augenblick wieder hier sein«, sagte Fredersdorf mit einem Blick auf eine der prächtigen Uhren aus reinem Gold, die auf dem Kaminsims eifrig tickte und die Stunden zählte.

Als hätte er das Stichwort gegeben, wurde die Tür aufgerissen, und Friedrichs Kammerdiener Daniel stürmte ohne Anklopfen herein. »Der *Sire*!«, brachte er nur heraus. Sein Gesicht war bleich und seine dunklen Augen voller Angst. »Er wurde angegriffen!«

Fredersdorf sprang auf, und Florentins Hand tastete automatisch zu ihrer rechten Seite, bis ihr einfiel, dass sie bei ihrer Arbeit als Stallbursche natürlich ihren Degen nicht umgeschnallt hatte.

»Was ist passiert?«, fragte der Kämmerer knapp. »War es ein politisches Attentat?«

Daniel sah ihn überrascht an. »Nein, ein Keiler«, sagte er etwas dümmlich. »Der König war wohl aus der Kutsche ausgestiegen, um … nun ja, aus einem menschlichen Bedürfnis heraus. Da kam aus dem Gebüsch diese riesige Wildsau hervor und stürzte sich auf ihn.«

Florentin schlug sich die Hand vor den Mund. Sie hatte nur einmal auf dem Gut ihres Vaters ein solches Tier gesehen, das ihr Vater nach einer Treibjagd mit Gästen erlegt hatte. Aber sie erinnerte sich noch gut an die mächtigen, spitzen Hauer, die wie zwei Messer rechts und links aus dem Unterkiefer des Tieres herausgeragt hatten.

»Ist der *Sire* schwer verletzt?«, wagte sie zu fragen.

»Er ist mit einem Schrecken davongekommen«, berichtete Daniel, »aber sein Kutscher wurde übel zugerichtet.«

»Hans?« Es klang eher wie ein Schrei als eine Frage.

Daniel nickte. »Er ist vom Kutschbock gesprungen und hat das Tier mit seinem Säbel attackiert, ehe es beim König angelangt war. Aber das rasende Vieh hat ihn am Bein erwischt, bevor der tapfere Mann ihm trotzdem die Spitze der Waffe mitten durchs Auge stoßen konnte!«

Ohne ein Wort zu Fredersdorf drängte sich Florentin an Daniel vorbei und rannte nach draußen und über den Schlosshof. Sie verlangsamte ihren Lauf erst, nachdem sie atemlos vor der Tür des Häuschens stand, in dem ihr Freund mit seinen Eltern lebte.

Sie brauchte nicht einmal an das Türblatt zu hämmern. Offenbar hatte Hans' Mutter sie bereits kommen sehen, denn sie öffnete sogleich und zog das junge Mädchen ins Haus.

»Ach Florentin«, sagte sie und wischte sich die Tränen ab. »Du bist Hans ein wahrlich treuer Freund!«

»Wie geht es ihm?«

»Der Hauer hat seinen Oberschenkel aufgerissen, aber er hat zum Glück nicht viel Blut verloren. Der König hat sofort seinen Leibarzt geschickt, der sich um unseren Jungen gekümmert hat. Nun darf er mindestens eine Woche nicht aufstehen, aber sonst geht es ihm gut.«

»Kann ich … darf ich zu ihm?«

»Natürlich, mein Junge. Du bist doch wie ein Bruder für Hans!«

Wenn seine Mutter wüsste, wie falsch sie damit lag, dachte Florentin und musste trotz ihrer Sorge beinahe lächeln.

Sie ging durch den dunklen Gang und erklomm die steile, schmale Stiege zu Hans' Kammer im oberen Stockwerk. Der kräftige junge Mann lag mit einem kapitalen Verband ums Bein auf seinem Bett. Unter seinen rötlichen Haaren war er ungewöhnlich blass, und um die Augen lagen tiefe, bläuliche Schatten, die Florentin zum ersten Mal an ihm bemerkte. Obwohl er vom Blutverlust geschwächt war, lächelte er sie an. »Florentin! Haben meine Heldentaten also im Marstall schon die Runde gemacht!«

»Pah, Heldentaten! Wenn du deine Fechtübungen nicht so schmählich vernachlässigt hättest, dann wäre der Keiler auf den ersten Hieb tot gewesen – und nicht erst, nachdem er dir das halbe Bein abgerissen hat!«

Hans sah sie einen Wimpernschlag lang verblüfft an, dann verzog sich sein Mund zu einem breiten Grinsen. »Komm her, du großmäuliges Weibsbild!«

Florentin lief die zwei Schritte zum Bett und kniete sich neben Hans. Zärtlich legte sie eine Hand an seine Wange und beugte sich über ihn. »Ich habe mir solche Sorgen gemacht«, murmelte sie.

Mit überraschender Kraft zog Hans ihren Kopf zu sich hinunter und küsste sie mit der Leidenschaft eines gesunden Mannes. »Die ganze Sache hat auch sein Gutes«, sagte er leise. »Jetzt steht einer Heirat zwischen uns nichts mehr im Weg. Der König hat mich aus Dankbarkeit, weil ich ihn gerettet habe, noch auf dem Weg zum Schloss zum ›Edlen‹ ernannt.«

Florentin konnte sich nicht rühren. Natürlich war das eine große Ehre für Hans, diesen Titel vom Herrscher verliehen zu bekommen, und sie war auch sehr stolz auf seine Tapferkeit. Aber hatte ihr Freund denn gar nichts verstanden? Es war ihr nie um den Standesunterschied zwischen ihnen gegangen. Doch durfte sie dem verletzten, geschwächten Hans erneut eine Absage erteilen?

»Ich weiß, was du denkst«, sagte dieser und griff nach Florentins Hand. »Aber ich sagte dir schon: Du brauchst deine Freiheit nicht aufzugeben, wenn du einmal meine Frau bist!«

»Hans, du träumst! Glaubst du wirklich, ich kann dann noch all das tun, was ich jetzt tue? Du machst dir etwas vor – und mir auch!«

Hans schloss die Augen. Auf seiner Oberlippe glitzerten ein paar Schweißperlen. Er atmete tief ein. »Ich will eine Familie, Florentin. Ich möchte Kinder, denen ich ein guter Vater sein kann. Aber ich werde nicht ewig warten.«

»Siehst du? Das meine ich. Du willst Kinder, und ich soll deswegen mein Leben ändern. Tue ich das nicht, verliere ich dich. Und das nennst du Liebe?«

»Ja, denn ich weiß, dass du es sonst irgendwann bereuen wirst. Du kannst nicht dein Leben lang die Rolle eines Mannes spielen, das wird dich nur unglücklich machen. Abgesehen davon, dass es gegen die Natur ist.«

»Ach, wer sagt das? Du?«

»Florentin, wach auf! Dein Vater hat dir etwas in den Kopf gesetzt, was nicht möglich ist. Und jetzt musst du dich entscheiden.«

Seine Worte schnürten ihr die Kehle zu. Wie sollte sie eine Wahl zwischen zwei Leben treffen, die unterschiedlicher nicht sein konnten? Sie liebte ihre Freiheit in der Männerrolle, aber sie liebte auch Hans. Doch was empfand er für sie? War es wirklich Liebe – oder wollte er sie nur besitzen? Etwas in Florentin sträubte sich dagegen, ja zu einer Heirat zu sagen. War es die Erinnerung an ihre Schwester Terese, die froh sein musste, einen Mann gefunden zu haben, der sie zur Frau genommen hatte? Oder war ihr das Schicksal der Mutter eine Lehre gewesen, die ihren Mann verlassen hatte und nun jeden Taler umdrehen musste, um zu überleben – gesellschaftlich geächtet und verbittert ob der vertanen Jahre an der Seite eines Trunkenbolds auf einem heruntergekommenen Gut?

Eines jedenfalls wusste Florentin: So wie die Frauen ihrer Familie wollte sie nicht enden. Doch wie sollte sie dies erklären? Sie hatte ihm nie von Tereses schrecklichem Geheimnis und dem Grund für den Tod ihres Vetters erzählt.

Hans' Antrag löste zwiespältige Gefühle in ihr aus, und Florentin war zumute, als stünde sie mit je einem Bein auf zwei Booten, die unaufhaltsam auseinandertrieben und sie in der Mitte entzweizureißen drohten, wenn sie nicht bald auf eine Seite wechseln würde. Aber welche sollte sie wählen?

Der Vater ihres Freundes, der die Stufen hochgepoltert kam, rettete Florentin. »Wie nett, dass du unseren Wildsau-Bezwinger besuchst, mein Junge«, sagte der ehemalige Gutsverwalter und zwinkerte Florentin zu, während er seinem Sohn unbeholfen den Arm tätschelte und ihm einen Tonbecher mit einer dampfenden Flüssigkeit hinstellte. »Das schickt die Mutter. Damit du rasch wieder auf die Beine kommst«, sagte er zu Hans, ehe er sich Florentin zuwandte. »Nun, Florentin, was machen die königlichen Rösser?«

Weil der Verwalter sie in ein Gespräch über den Marstall verwickelte und danach noch darauf bestand, dass Florentin wie früher zum Essen blieb, hatte Hans keine Gelegenheit mehr, das Thema »Heirat« zu vertiefen. Florentin war erleichtert, doch tief in ihrem Herzen wusste sie, dass sie nur einen Aufschub bekommen hatte. Schon bald würde er auf eine Antwort drängen, und dann bliebe ihr nichts anderes übrig, als sich zu entscheiden: für die Liebe oder die Freiheit.

Kapitel 17

Die Jahre 1755 und 1756,
Schloss Sanssouci

Schon am nächsten Tag war der Aufstieg des einfachen Kutschers zum »Edlen« Gesprächsthema am Hof. Einige echauffierten sich über den König, der einen solchen Titel »vergibt wie eine Marktfrau ihr Zuckerwerk«, wie Florentin einen Adligen sagen hörte, dessen Kutsche sie in Empfang nahm. Gleich darauf bemerkte sie, dass der Mann Fredersdorf unterwürfig begrüßte, der ihn zu einer Audienz des Königs bringen sollte. Niemand am Hof spielte mit offenen Karten, dachte Florentin, nicht einmal Friedrich. Zwischen all den Empfängen und Audienzen warf ein neuer Krieg seine Schatten voraus, und der König hielt sich bedeckt, mit wem er eine Allianz zu schließen gedachte – England oder Frankreich. Gesandte kamen und gingen, und hinter verschlossenen Türen wurde debattiert und gefeilscht. Immer häufiger begegnete Florentin missmutig oder besorgt dreinblickenden Ministern, von denen aber jeder seine eigenen Interessen verfolgte. Es wurde gemunkelt, in Russland würde sich ein britischer Gesandter bei der Zarin Elisabeth um ein Bündnis zwischen England und Russland bemühen, während Großfürst Peter die Bevölkerung gegen sich aufbrachte, indem er ein Regiment Holsteiner nach Sankt Petersburg beordert hatte. Der künftige Zar machte aus seiner Verehrung für Preußen kein Hehl, und Friedrich amüsierte die Vorstellung, wie die blauen Uniformen der Holsteiner die russische Kaiserin zur Raserei trieben.

Aufgrund der angespannten politischen Lage wurden keine Hofbälle mehr veranstaltet, und Florentin, ihrer wichtigsten Nachrichtenquelle beraubt, blieb nur die Arbeit im Stall. Hans lag immer noch danieder, und obwohl es ihm von Tag zu Tag besser ging, vermied Florentin einen erneuten Besuch im Kutscherhäuschen. Sie ahnte, dass Hans von ihr eine Antwort erwartete. Doch die wollte und konnte sie ihm nicht geben. Noch nicht. Stattdessen konzentrierte sie sich auf ihr tägliches Pensum mit Luzifer. Der königliche Hengst hatte sich inzwischen zu einem ausgezeichneten Reitpferd entwickelt, auch wenn er immer noch ungestüm und temperamentvoll war. Nach einer anstrengenden Stunde auf dem schlosseigenen Rondell, aus der Ross und Reiterin einmal mehr schweißgebadet hervorgingen, entdeckte Florentin zu ihrer Überraschung den König. Wie lange hatte Friedrich schon am Rand gestanden und ihr zugesehen?

»Er macht sich gut«, stellte er fest, ehe Florentin noch vom Pferd springen und sich verneigen konnte. Da sie nicht wusste, ob er das Pferd oder seinen Knecht meinte, nickte sie nur.

»Zwischen England und Frankreich wird es Krieg geben, Florentin von Rosenberg«, fuhr der König fort. »Und vermutlich wird Preußen mit hineingezogen. Dann brauche ich fähige Männer, auf die ich mich verlassen kann.«

Florentin zuckte unmerklich zusammen. Sah der *Sire* sie etwa schon als Soldaten auf den Schlachtfeldern? Diese Möglichkeit hatte sie noch gar nicht in Betracht gezogen. Mit dem Degen umzugehen, war das eine, aber mit der Hellebarde auf Menschen zu schießen? Florentin wurde bang. Wie sollte sie außerdem in den Soldatenlagern ihre Weiblichkeit verbergen?

Friedrich schien ihr Unbehagen zu spüren, denn er schüttelte den Kopf. »Er ist mir zu schade für den Krieg, Bursche. Ich brauche einen klugen Kopf wie seinen hier am Hof. Er wird für mich Augen und Ohren offen halten, während ich mit meinen Soldaten Seite an Seite kämpfe.«

Florentin schluckte. Das alles kam zu unvermittelt und überraschend, und daher nickte sie nur vorsichtig. »Ich will tun, was Ihr befehlt, *Sire*.«

»Gut. Mein Kabinettsminister hat mir gestern einen Vorschlag unterbreitet, den ich unter den gegebenen Umständen für einen ausgezeichneten Einfall halte. Nämlich, ihn zu verheiraten!«

Hätte Luzifer mit beiden Hinterbeinen ausgeschlagen und Florentin getroffen, die Wirkung wäre nicht heftiger gewesen. Sie schnappte nach Luft. Hans, konnte sie nur verschwommen denken. Hatte er dem Minister gegenüber ihr Geheimnis verraten und ihn beauftragt, den König zu ersuchen, die Heirat zwischen ihm und Florentin zu bewilligen? Doch gleich darauf wurde ihr klar, dass das nicht sein konnte, denn sonst hätte der König anders mit ihr gesprochen. Hätte Friedrich gewusst, dass Florentin eine Frau war, wäre er voller Zorn gewesen, weil sie ihn so lange über ihre wahre Natur getäuscht hatte, und er hätte sie niemals so wohlwollend gemustert, wie er es jetzt tat.

Aber welche Interessen verfolgte der Kabinettsminister? Er kannte Florentin doch nicht einmal. Im Gegensatz zu seiner Mätresse – Louise. Schlagartig wurde Florentin klar, dass ihre Cousine diese Heirat eingefädelt haben musste. Florentin hatte deren Drohung, sich eines Tages für den Tod ihres Bruders zu rächen, nicht ernst genommen. Ein Fehler. Während Florentin ihr Leben am Hof genoss, hatte Louise wie eine Spinne ihr Netz gewoben. Hatte sie herausgefunden, was sich in Wahrheit hinter der Maske ihres vermeintlichen Vetters verbarg – oder war es das vertrauliche Gespräch mit Hans gewesen, aus dem Louise ihre Schlüsse gezogen hatte? In jedem Fall hatte das intrigante kleine Biest alles in die Wege geleitet, um Florentin ins Verderben zu stürzen. Und der König würde ihr diesmal keine Hilfe sein. Offenbar war er von dem Gedanken, seinen Stallburschen mit einer jungen Adligen zu vermählen, sehr angetan, denn er lächelte freundlich. »Nun, ich denke mir, dass er überrascht ist. Aber keine Sorge, das Mädchen ist eine gute Partie für ihn! Ottilie, die Nichte meines Ministers, kommt aus Hannover und ist absolut unbescholten. Er wird natürlich befördert, damit das Mädchen keinen einfachen Pferdeburschen zum Manne nehmen muss, auch wenn dieser aus einem fränkischen Freiherrn-Geschlecht stammt. Daher werde ich ihn zum Verwalter des königlichen Marstalls ernennen, Florentin von Rosenberg.«

Sie wusste, dass der Herrscher ihren Dank erwartete, doch ihr Entsetzen war zu groß. »Aber *Sire* …«, rief sie in höchster Not, denn was der König für einen grandiosen Plan hielt, würde ihren Untergang bedeuten. Sie konnte als junge Frau doch kein Mädchen heiraten! Gar nicht auszudenken, was geschah, wenn es dazu käme. Doch wie sollte sie dem Preußenkönig eine Abfuhr erteilen, ohne dass er sie für dreist und undankbar hielt?

»Das … das kann ich nicht annehmen«, stotterte Florentin daher. »Harsdorf ist als Verwalter viel besser geeignet. Er ist älter und erfahrener als ich. Ich würde es nie wagen …«

»Oh, Harsdorf ist einverstanden. Ich habe bereits mit ihm gesprochen.«

»Aber … ich kenne das Mädchen doch gar nicht!«

Friedrichs Augen wurden schmal, und er schürzte unwillig die Lippen. »Ich höre immer nur ›aber‹! Vertraut er mir etwa nicht, Bursche? Ottilie ist ein reizendes Geschöpf, und er wird durch die Ehe Zugang zu politischen Kreisen bekommen. Eine ausgezeichnete Gelegenheit, sich etwas umzuhören und mich mit Briefen auf dem Laufenden zu halten!«

Florentin schloss die Augen. Das war es also. Daher hatte Friedrich über ihren Kopf hinweg, ohne zu zögern, in den Vorschlag des Ministers eingewilligt. Dem *Sire* ging es nicht um das Wohl und den Willen seines Pferdeburschen, sondern darum, auch in seiner Abwesenheit die Fäden im Schloss zu ziehen. Und dafür benutzte er seine Bediensteten als Marionetten, sogar seinen geschätzten Stallburschen.

Friedrich lächelte schmal. »Am besten setzen wir die Hochzeit so rasch wie möglich fest, ehe wir alle im Krieg sind, statt mit dem Brautpaar zu feiern. Der Minister hat bereits veranlasst, dass seine Nichte in Kürze aus Hannover anreist.«

Und damit drehte der König sich um und schritt ohne ein weiteres Wort davon.

In abgrundtiefer Verzweiflung sah Florentin ihm nach. Dass Widerspruch zwecklos war, war ihr bewusst. Nur was sie jetzt tun sollte, das wusste sie nicht.

Erst Luzifers Nasenstupser brachte sie wieder einigermaßen zur Besinnung. Sie führte das Pferd in den Stall, rieb sein verschwitztes Fell mit Stroh trocken und tränkte den Hengst. Doch sie war mit den Gedanken nicht bei der Sache. Bilder von ihr und einem gesichtslosen jungen Mädchen im Brautkleid gingen ihr durch den Kopf. Sie sah sich in Männerkleidung in der Kammer stehen, vor ihrer »Braut«, die erwartete, dass Florentin der ehelichen Pflicht nachkam …

Ihr wurde übel. Es würde einen immensen Skandal geben und der König würde sie sofort in Festungshaft nehmen, wenn herauskäme, wie sehr sie ihn getäuscht hatte. Dann konnte ihr nicht einmal mehr Hans helfen ...

Florentin stockte, dann hängte sie hastig Luzifers Zaumzeug auf und stürmte aus dem Marstall.

*

»Aber Florentin, wie stellst du dir das vor?« Hans, inzwischen wieder halbwegs genesen und soeben dabei, die Rosen zu düngen, sah das aufgelöste junge Mädchen in seiner Reitkleidung befremdet an.

»Hans, es gibt keine andere Möglichkeit. Hätte ich mich sofort geweigert, diese Ottilie zu heiraten, wäre ich beim König in Ungnade gefallen. Womöglich wird er mich vor Zorn aufs Schlachtfeld schicken, sollte es tatsächlich Krieg geben!«

»Aber wie soll *ich* deine Heirat mit der Nichte des Ministers verhindern?«

»Der *Sire* hat dich zum Edlen ernannt. Du bist also kein einfacher Dienstbote mehr. Nähere dich dieser Ottilie bei einem Ausflug oder wo es sich eben ergibt. Verwickle sie in ein Gespräch oder beobachte sie. Vielleicht hat sie schon einen Liebsten, oder sie will auch keinen Fremden wie mich heiraten! Hauptsache, du bekommst etwas heraus, das unsere Verbindung verhindern kann!«

Hans sah ihre Not und Verzweiflung, und weil er wusste, was dieses vom König bestimmte Arrangement für das junge Mädchen in Männerkleidung bedeuten würde, nickte er. »Ich werde mein Bestes tun. Aber ich kann nichts versprechen, Florentin!«

Stürmisch fiel sie ihm um den Hals. »Danke, Hans!«

Sie wandte sich zum Gehen, doch er hielt sie zurück. »Was, wenn dein Plan nicht aufgeht?«

»Dann muss ich den Hof verlassen.«

»Aber nur mit mir. Ich sage es dir zum dritten Mal, Florentin – heirate mich! Dann gehen wir beide von hier fort.«

Das junge Mädchen sah Hans an – und nickte schließlich. »Gut. Aber eine heimliche Flucht aus dem Schloss ist nur die letzte Möglichkeit, wenn es keinen Ausweg für mich mehr gibt. Lieber würde ich bleiben oder zumindest mit der Erlaubnis des *Sire* seine Dienste verlassen.«

»Der König benutzt dich, Florentin! Warum also bist du ihm so verpflichtet?«

Sie zögerte. Sollte sie Hans die Wahrheit sagen? Dass sie nicht schon wieder alles verlassen wollte, an dem sie hing? Dass sie nicht aus Freude an Kleidern und Schmuck zu den Hofbällen ging, sondern um für den preußischen Herrscher zu spionieren? Und ganz tief in ihrem Herzen blieb sie noch aus einem anderen Grund: Mit dem König verband sie mehr, als ihr bewusst war. Beide versteckten hinter einer Maske ihre wahre Persönlichkeit. Genau wie Florentin sich als furchtloser Degenfechter und Reiter präsentierte, war Friedrich gleichzeitig Kriegsherr, Philosoph und Schöngeist. Der König spielte mit seinen unterschiedlichen Wesenszügen, die er – ebenso wie Florentin – unter dem Regiment eines beherrschenden Vaters entwickelt hatte.

Doch weil Florentin Hans all das kaum erklären konnte, antwortete sie ausweichend. »Ich weiß zu viel über den König, Hans. Persönliche Dinge. Friedrich könnte befürchten, ich sei übergelaufen oder würde Geheimnisse ausplaudern. Ich möchte nicht, dass er nach mir suchen lässt. Selbst wenn ich die Maske eines Mannes abgestreift hätte, würde ich nicht wagen, mir auszumalen, was geschieht, wenn er seine Leute auf das Gut meines Vaters schickt.«

»Das würde der *Sire* niemals tun! Er hat Wichtigeres im Kopf.«

»Kannst du wirklich beurteilen, zu was er fähig ist?«

Hans, der zu merken schien, dass er im Augenblick nicht weiterkam, hob beschwichtigend die Hände. »Also gut. Ich werde mich nach dieser Ottilie umsehen. Mag sein, dass sie ein grässliches Weibsbild mit einem Pferdegesicht und dem Appetit von drei Gäulen ist. Dann wird der König sicher nicht auf einer Heirat bestehen«, scherzte er, aber Florentin konnte kaum darüber lächeln. Sie fühlte sich wie zwischen zwei Schraubzwingen eingeklemmt, die sich unaufhaltsam zuzogen.

*

Ausgerechnet der drohende Krieg zwischen Frankreich und England kam Florentin zu Hilfe und verschaffte ihr eine Gnadenfrist. Die überraschende Kehrtwendung des englischen Königs George II. hin zu Preußen im Januar 1756 bedeutete den Bruch mit Russland. Friedrich versetzte der Schlag gegen die Zarin, die fest mit einem England-Bündnis gerechnet hatte, in Hochstimmung. Und seiner Meinung nach stellte sein Abkommen mit England keinen Affront gegen Frankreich dar, weil Friedrich noch immer Österreich für dessen Hauptgegner hielt.

»Auch den russischen Truppen habe ich einen Riegel vorgeschoben, denn sie können sich nicht gegen mich wenden, ohne ihre Verträge mit Großbritannien zu verletzen«, hörte Florentin Friedrich zufrieden zu Fredersdorf sagen. Zum ersten Mal wehrte er sich nicht gegen die Pläne seiner Gemahlin Elisabeth Christine, seinen Geburtstag am 24. Januar im Stadtschloss zu feiern.

»Das ist die Gelegenheit, Hans. Ottilie wird da sein, und ich soll ihr vorgestellt werden. Im letzten Augenblick wird

Florentin von Rosenberg jedoch erkranken und nicht zum Ball kommen können. Stattdessen wirst *du* dort auftauchen und das Mädchen beobachten.« Florentins Gesicht war vor Anspannung blass, ihre Lippen schmal.

Hans nickte seufzend, auch wenn Florentin ihm ansah, dass er sie lieber ohne Umschweife gepackt, auf sein Pferd gesetzt und mit dem widerspenstigen Weib fortgeritten wäre, bis Potsdam und ihre Existenz als Stallknecht nur noch eine ferne Erinnerung waren. Doch statt ihr erneut Vorwürfe zu machen, drückte Hans nur in stummem Einverständnis ihre Hand. Von Kindheit an hatten sie miteinander gekämpft. Ging es damals jedoch darum, wer der bessere Fechter war, drehte ihr Wettstreit sich heute darum, wer seinen Willen bekam: Hans, der sie heiraten und Kinder mit ihr haben wollte, oder Florentin, die ihre angebliche Freiheit mit Klauen und Zähnen verteidigte.

Kopfschüttelnd sagte Hans: »Gut, ich werde mir Ottilie die Schreckliche ansehen. Aber erwarte nicht zu viel!«

Florentin schüttelte den Kopf, dann verabschiedete sie sich.

Was Hans nicht wusste, war, dass Florentin dennoch zum Ball gehen und ihre künftige Braut in Augenschein nehmen würde, wenn auch in der Maske der Viktoria. Sie wählte vom Dachboden des königlichen Schlosses ein besonders elegantes Kleid mit einem Rock aus schwerem, indigofarbenem Samt und einem hellblauen Seidenoberteil, auf das winzige Blüten aus Gold gestickt waren. Diesmal puderte sie sogar ihr Haar und färbte sich sorgfältig Lippen und Wangen. Weder Hans und schon gleich gar nicht der *Sire* sollten bei dem jungen Edelfräulein eine Ähnlichkeit mit Florentin von Rosenberg entdecken.

*

Das Stadtschloss war anlässlich des 44. Geburtstags von Friedrich so prächtig geschmückt wie nie zuvor. Zahllose Fackeln erhellten den Schlosshof. Der riesige Kronleuchter im Ballsaal war auf Hochglanz poliert, und sein Licht brach sich in den schweren Silberschalen, die von exotischen Früchten aus den königlichen Gewächshäusern überquollen. Überall blitzte kostbarer Schmuck an faltigen sowie straffen Damenhälsen, und der Samt von Rock und Hosen der Männer schimmerte.

Am Kopfende der Halle thronte Königin Elisabeth Christine in einem weißen Kleid, das sie wie eine übergroße Zuckertorte aussehen ließ. Der Preußenkönig saß an ihrer Seite, und obwohl er seiner Gemahlin keinen Blick schenkte, wirkte er ausnahmsweise zufrieden und beinahe fröhlich, statt missmutig vor sich hin zu starren wie sonst bei diesen Empfängen.

Die aufgeputzte Florentin hielt sich bewusst im Hintergrund und begann eine neckische Plauderei mit einem blutjungen Baron, der zum ersten Mal auf einem Schlossball war und ganz aus dem Häuschen geriet, weil er die Aufmerksamkeit eines so schönen Mädchens gewinnen konnte. Florentin, die sich natürlich wieder als »Viktoria« ausgab, lauschte scheinbar gebannt seinen Monologen über die Jagden, die er im vergangenen Herbst geritten, und der detaillierten Aufzählung des Wildes, das er dabei erlegt hatte, doch in Wahrheit hielt sie nach Hans Ausschau. Den Kabinettsminister hatte sie bereits erspäht. Er stand zusammen mit seiner Mätresse und einem schmalen, blassen Mädchen, das sein rotblondes Haar schlicht frisiert und ungepudert trug, in der Nähe des Königspaares.

Das musste seine Nichte Ottilie sein. Der Minister redete unablässig auf das unscheinbare, junge Ding ein, und Florentin sah belustigt, wie Louise das Gesicht verzog, weil der Minister sie nicht beachtete und keinerlei Anstalten machte, sie dem König vorzustellen. Beleidigt wandte sie sich schließlich ab und begann, mit einem etwa dreißigjährigen Mann zu schäkern, der ihr schon eine Weile begehrliche Blicke zugeworfen hatte. Kein Wunder, Louises Kleid war so weit ausgeschnitten, dass ihre sahnig weißen Brüste dem Betrachter schier entgegensprangen. Ihre mit Hagebuttenöl gefärbten Fingernägel glänzten, als sie bereitwillig die Hand ihres neuen Verehrers ergriff, um sich von ihm zum Tanz führen zu lassen.

Endlich wurde auch der Kabinettsminister aufmerksam und eilte seiner Mätresse nach. Seine Nichte blieb etwas ratlos zurück. Das war die Gelegenheit, das Mädchen unauffällig anzusprechen, dachte Florentin. Doch wo war Hans? Vor Anspannung grub sie ihre Fingernägel in die Handballen.

»Das war ein kapitaler Bock, das kann ich Ihnen versichern«, hörte sie den jungen Kavalier an ihrer Seite sagen und nickte zerstreut. Sie erwog bereits, sich auf die Suche nach Hans zu machen, da entdeckte sie seinen roten Schopf, aber dann musste sie doch zwei Mal hinsehen, um in dem gut gekleideten Mann ihren Freund und Geliebten zu erkennen. Hans trug den Titel des Edlen zu Recht, dachte sie, als sie sah, wie er festen, aber gemessenen Schrittes den Saal durchquerte und vor Ottilie stehen blieb. Er verneigte sich vor dem jungen Mädchen, und obwohl Florentin nicht hören konnte, was er sagte, vermutete sie, dass er es um einen Tanz bat, denn die Kanzlernichte nickte, wobei eine zarte Röte ihre blassen Wangen färbte.

Kurz darauf schritten die beiden zur Tanzfläche, und Florentin verlor sie aus den Augen, da ihr Galan darauf drängte, sie solle mit ihm ein Glas Likör trinken.

Obwohl Florentin lieber Hans beobachtet hätte, hielt sie es für klüger, dem jungen Adligen nachzugeben. Hinter seinem breiten Rücken verborgen, konnte sie unauffällig das Geschehen im Saal beobachten. Aus dem Augenwinkel entdeckte sie Ottilie, die sich mit ihrem Tanzpartner an einer etwas komplizierten Drehung versuchte. Wider Willen musste Florentin zugeben, dass die beiden mit ihren rötlichen Haaren und der vornehm blassen Haut ein schönes Paar abgaben. Doch Hans' Gesichtsausdruck war ernst und beinahe abweisend, während die Nichte des Kanzlers angestrengt vor sich auf den Boden starrte und sich ganz auf die Ausführung der richtigen Schritte zu konzentrieren schien.

Florentin ließ ihren Blick schweifen und entdeckte den Kabinettsminister, der in einen heftigen Disput mit seiner Mätresse verstrickt schien. Sein Gesicht war gerötet, und seine Lippen bewegten sich unablässig, während Louise hochmütig über ihn hinwegsah. Halb hinter einer Säule verborgen lauerte ihr vorheriger Tanzpartner und warf ihr hinter dem Rücken des aufgebrachten Ministers eine Kusshand zu. Kopfschüttelnd wandte sich Florentin ab. Louise war einfach nicht zu trauen.

Ihr Blick suchte erneut Hans, doch jetzt konnte sie weder ihn noch seine Begleiterin entdecken. Scheinbar nahm ihr Freund und Helfer seinen Auftrag ernst, die Nichte des Kanzlers etwas auszuhorchen. Zufrieden wandte Florentin sich ab. Nun galt es nur noch, den jungen Baron loszuwerden.

»Habt ihr auch schon einmal einen Keiler erlegt?«, fragte sie ihn mit der süßesten Stimme, die ihr als »Viktoria« zur Verfügung stand. Der bartlose Junge starrte sie an und schüttelte den Kopf, deutlich kleinlauter geworden.

»Nun, ich hörte den König sagen, niemand könne sich einer guten Jagd rühmen, der nicht schon einmal Auge in Auge mit einer Wildsau gestanden hat.«

Ihrem Kavalier sanken die Mundwinkel nach unten, und Florentin wandte sich ab, um ihr Lächeln zu verbergen. Als sie wieder aufsah, hatte er gekränkt den Rückzug angetreten. Einen Mann hätte der junge Baron wohl stattdessen zum Duell gefordert. Florentin trank einen Schluck Likör und lächelte in sich hinein. Manchmal war es doch sehr bequem, eine Frau zu sein.

*

»Wo war er gestern beim Ball? Wir hatten fest mit seiner Anwesenheit gerechnet.«

Florentin ließ das kurze Schreiben sinken, das vom königlichen Kämmerer verfasst und von Daniel überbracht worden war. »War der König sehr aufgebracht?«, fragte sie den jungen Kammerdiener, wobei sie ihren Worten ein hohles Husten folgen ließ. Am Morgen hatte Florentin sich bereits beim alten Stallmeister entschuldigen lassen und war im Bett geblieben. Mit Hilfe eines im Ofen gewärmten Steins, den sie sich unter die Decke legte, bis seine Hitze sie zum Schwitzen brachte, und ein paar Utensilien, mit denen sie sich normalerweise in »Viktoria« verwandelte, war es ihr gelungen, sich in einen Fieberkranken mit heißem Kopf und tiefen Ringen unter den Augen zu verwandeln. Selbst Harsdorf war darauf hereingefallen und hatte Florentin befohlen, sich nicht von der Liegestatt zu rühren, bis das Fieber abgeklungen war.

Auch Daniel schlug die Hände über dem Kopf zusammen. »Der *Sire* wird jegliches Verständnis für deine Absenz beim gestrigen Ball haben, wenn ich ihm berichte, wie schlecht es dir geht!«, sagte er voller Überzeugung.

Kurz stach Florentin das schlechte Gewissen, weil sich der junge Dienstbote solche Sorgen um sie machte. Daher beeilte sie sich, ihm zu versichern, dass es bestimmt nur ein vorübergehender Fieberschub war. »Morgen werde ich mich sicher schon besser fühlen, also mach dir keine Sorgen.«

»Trotzdem werde ich eine der Köchinnen anweisen, dir einen Trank zu brauen, der dir helfen wird«, beschloss Daniel.

Zu Florentins Entsetzen machte er ernst, brachte ihr eine Stunde später den dampfenden Becher persönlich vorbei und bestand darauf, dass sie ihn bis zum letzten Tropfen austrank. Florentin gehorchte seufzend und dachte sich, dass sie damit wohl die gerechte Strafe für ihre Lüge erhalten hatte: Das Gebräu schmeckte schauderhaft.

*

»Nun, wie ist Ottilie die Schreckliche? Hast du etwas herausfinden können?« Florentin hatte sich am späten Nachmittag aus ihrer Kammer geschlichen und Hans im Gewächshaus aufgestöbert, wo dieser in stiller Versunkenheit einige zarte Pflänzchen betrachtete, die trotz der Januarkälte draußen auszutreiben begannen.

Der hochgewachsene Mann zuckte zusammen; offenbar hatte er sie nicht kommen hören. »Nein. Ich meine, ich habe noch nichts herausgefunden. Die Nichte des Ministers ist sehr scheu, und ich hatte meine liebe Mühe, sie zu einem weiteren Tanz zu überreden.«

»Aber was soll ich denn tun? Gestern beim Ball konnte ich mich entziehen, aber der König wird weiterhin auf eine rasche Vermählung drängen«, rief Florentin. Trotz der feuchten Wärme im Gewächshaus schien eine eisige Hand nach ihrem Herzen zu greifen. Es war die Furcht vor dem, was ihr bevorstand, wenn sie die Heirat nicht noch verhindern konnte. Und dazu brauchte sie Hans. »Du musst etwas unternehmen! Meinetwegen schmuggelst du ein seidenes Tüchlein oder etwas in der Art in deine Tasche, und ich behaupte, Ottilie hätte einen Liebsten und ich könne sie nicht ehelichen. Oder du bezirzt sie, damit sie sich in dich verliebt und mich nicht will …«

»Florentin! Hör auf!«, unterbrach Hans sie schroff. »Es gibt keinen Grund, das Mädchen zu diffamieren. Sie kann nichts für die Pläne des Königs. Gib mir noch etwas Zeit, mir wird schon etwas einfallen.«

Florentin – gekränkt, weil Hans ihre Not nicht ernst nahm – stemmte die Hände in die Seiten und funkelte ihn an. »Dann solltest du dich beeilen, sonst muss ich in Bälde vom Hof fliehen. Alleine.« Sie drehte sich auf dem Absatz um und stapfte davon.

Aus den Augenwinkeln sah sie noch, wie Hans ihr nachsah und seufzte. Sie hoffte, dass er versuchen würde, ihrem Wunsch entsprechen – aber zu welchem Preis?

*

Fast empfand es Florentin als Glück, dass der Kabinettsminister am Tag darauf auf dem gefrorenen Boden ausrutschte und sich heftig den rechten Fuß verstauchte. Für mehrere Tage, vielleicht auch ein oder zwei Wochen würde er kaum gehen und somit auch seine Nichte nicht begleiten können, um sie ihrem Bräutigam offiziell vorzustellen.

»Seine Mätresse, dieses vulgäre Ding, ist außer sich, weil der Minister sie von früh bis spät vom Bett aus nötigt, ihn zu unterhalten«, berichtete der Kammerdiener Daniel schadenfroh.

Florentin konnte ein Feixen nicht unterdrücken. Das geschah ihrer Cousine recht. War es aller Wahrscheinlichkeit nach doch sie gewesen, die den unseligen Einfall einer Heirat zwischen Florentin und Ottilie gehabt hatte. Nur warum? Florentin nahm sich vor, Louise beim nächsten Ball, zu dem sie als »Viktoria« kommen würde, etwas auszuhorchen. Vorerst jedoch konnte sie nur hoffen, dass der Aufschub, den sie durch die Verletzung des Kabinettsministers bekommen hatte, möglichst lange dauerte.

Zum Glück drängte auch Friedrich nicht mehr auf eine sofortige Heirat, da sich die politische Situation zuspitzte und er vollauf damit beschäftigt war, sich mit allen möglichen Gesandten und Beratern zurückzuziehen. Oft dauerten die Debatten den ganzen Tag, und Friedrich kam erst am späten Abend erschöpft und gereizt aus dem Salon, in dem die Beratungen stattfanden. Florentin, die sich durch Daniel auf dem Laufenden hielt, erfuhr, dass Frankreich sich durch den kürzlich geschlossenen Vertrag zwischen Preußen und England nun nicht mehr an die bestehenden Verträge gebunden sah.

»Das bedeutet, *Louis Quinze* würde Preußen in einem Krieg gegen Österreich nicht mehr unterstützen«, gab der junge Kammerdiener weiter, was er hinter verschlossenen Türen gehört hatte.

Florentin war einerseits begierig auf diese Neuigkeiten, und andererseits ärgerte es sie, weil diesmal ein Domestike derjenige war, dem als Erstem die Neuigkeiten zuflogen. Auch Hans ließ sich seit Tagen nicht blicken, und Florentin fühlte sich wie ein überflüssiges Relikt aus dem Sommerpalast, das man in die Ecke gestellt hatte. Wegen des eisigen Winterwetters konnte sie kaum ausreiten, und auch Fechten war bei der Kälte kein Vergnügen. Ihrem Schützling Luzifer fehlten die täglichen Ritte, und er wurde aufsässig wie ein gelangweiltes Kind. Er zwickte den alten Stallmeister Harsdorf und ärgerte die anderen Pferde, bis sie quiekend nach ihm auskeilten. Nur Florentin gegenüber war er anhänglich wie nie zuvor. Wollte sie den Stall verlassen, wieherte er ihr kläglich nach, sodass sie es nicht übers Herz brachte und noch eine Stunde bei dem Hengst blieb, um sein bereits glänzendes Fell noch einmal zu striegeln, nur, damit er nicht alleine war.

Insgeheim war auch Florentin in diesen Tagen jede Gesellschaft recht, und sei es die eines Tieres. Alleine in ihrer Kammer, quälten sie zu viele dunkle Gedanken an ihre Zukunft, vor denen sie sich nicht einmal in die geliehenen Bücher flüchten konnte. Der bevorstehende Krieg zwischen Franzosen und Briten würde seinen Schatten auch auf Preußen werfen, und ob Florentin am Hof bleiben konnte, stand in den Sternen, denn schließlich war die Hochzeit mit Ottilie nur aufgeschoben. Was, so fragte Florentin sich wieder und wieder, sollte sie tun, wenn sie bei Hofe nicht mehr bleiben konnte? Wo sollte sie hin? Zurück auf das väterliche Gut? Seit ihrer Flucht hatte sie nichts mehr von dem Freiherrn gehört und hatte auch tunlichst vermieden, ihrem Vater zu schreiben. Er sollte nicht wissen, wo seine Jüngste sich aufhielt, denn wer wusste schon, was in seinem vom Wein vernebelten Kopf vorgehen mochte? Am Ende stand der Freiherr von Rosenberg noch vor den Toren des Schlosses und begehrte sein Kind zu sehen – und wer wusste, ob er nicht aus Zorn Florentins wahre Natur offenbaren würde?

Auch Hans' Vorschlag, ihn zu heiraten und zusammen nach Franken zu gehen, war keine Lösung. Florentin empfand es beinahe als Glücksfall, dass sie ihren Gefährten seit mehreren Tagen nicht zu Gesicht bekommen hatte. So konnte er sie wenigstens nicht weiter bedrängen. Nein, es führte kein Weg daran vorbei: Erst musste sie die leidige Vermählung mit Ottilie der Schrecklichen, wie Florentin sie für sich nannte, abwenden, dann konnte man weitersehen.

*

Am fünften Tag nach dem Ball wurde Florentin ungeduldig. Obwohl Hans wissen musste, dass der Gedanke an die drohende Heirat sie wie auf glühenden Kohlen sitzen ließ, hatte er sich nicht bei ihr blicken lassen. Als sie am gestrigen Abend bei seinen Eltern angeklopft hatte, wusste Hans' Vater nur, dass sein Sohn das Haus verlassen hatte, aber nicht, wohin er gegangen war und wann er wiederkommen würde. Verdrossen kehrte Florentin in ihre kalte, zugige Kammer zurück und ging zu Bett. Doch trotz des gewärmten Steines an ihren Füßen fand die junge Frau keine Ruhe, und wirre Träume verfolgten sie im Schlaf. Florentin fantasierte, ihr toter Vetter stünde vor der Tür und begehre Einlass. Schweißgebadet fuhr sie hoch, und erst nach einigen Augenblicken merkte sie, dass das Klopfen an der Tür keine Einbildung war.

»Florentin! Ich bin es, Hans!«, hörte sie die gedämpfte Stimme ihres Freundes.

Hastig sprang sie aus dem Bett.

Da in ihrer Kemenate klamme Kälte herrschte, war sie vollständig bekleidet zu Bett gegangen. Nun strich sie sich schnell noch die wirren Haare zurück, während sie den Riegel zurückschob, den Hans vor ein paar Monaten an ihrer Tür angebracht hatte, um ungebetene Besucher davon abzuhalten, die Nase in ihre Kammer zu stecken.

Ihr Freund wollte allerdings nicht hereinkommen. »Ich muss mit dir sprechen, aber nicht hier«, sagte er leise.

Florentin nickte. Die dünnen Wände der Dienstbotenkammern boten kaum Schutz vor neugierigen Zuhörern, und sie wusste nur zu gut, wie leicht es war, Gespräche mitzuhören. »Im Gewächshaus«, flüsterte sie. Dort wären sie um diese frühe Stunde ungestört, und die Fenster boten genügend Aussicht, um rechtzeitig zu bemerken, wenn sich jemand näherte.

Hans nickte ebenfalls und verschwand genauso rasch, wie er gekommen war.

Florentin ging zur Wasserschüssel, über deren Oberfläche eine dünne Eisschicht lag, und wusch sich rasch das Gesicht. Dann wand sie das schwarze Zopfband um ihre dunklen Haare und schlüpfte mit etwas Mühe in ihre von der Kälte steifen Lederstiefel. Während sie über den Schlosshof huschte, hoffte sie, Hans hätte nach tagelangem Schweigen endlich gute Nachrichten.

Als Florentin das königliche Gewächshaus betrat, wartete der junge Mann schon auf sie. Seine Miene war angespannt, und zum ersten Mal entdeckte Florentin zwei steile Falten, die sich zwischen seine Augenbrauen gruben. Ihr sank das Herz. Bestimmt würde Hans ihr gleich erklären, dass die Nichte des Kabinettsministers das unbescholtenste Geschöpf im ganzen Lande war und er nichts gefunden hatte, womit sich die drohende Vermählung verhindern ließ. Dann hätte Louise gewonnen, Florentin würde Potsdam verlassen müssen und alles, woran ihr Herz hing …

»Florentin, du kannst Ottilie nicht heiraten!«, platzte Hans da heraus.

Die junge Frau brauchte einen Augenblick, um die Bedeutung seiner Worte zu begreifen. »Aber warum ziehst du denn solch eine Leichenbittermiene? Das ist doch eine großartige Nachricht!«, rief sie und fiel ihm überschwenglich um den Hals. »Welchem Skandal bist du auf die Spur gekommen, sag schon! Ist Ottilie die Schreckliche etwa ein Mann, der sich als Frau ausgibt?« Sie lachte vergnügt. Für sie zählte nur, dass keine Hochzeit stattfinden würde.

Sie wollte ihn küssen, aber zu ihrer Verblüffung drehte Hans den Kopf fort und machte sich sanft, aber bestimmt von ihr los.

»Florentin«, begann er stockend, »ich muss dir etwas sagen.«

»Du willst nun auch ein Spion werden und mir Konkurrenz machen?«

»Herrgott, kannst du nicht einmal ernst sein?«, fuhr Hans auf, und jetzt erst merkte Florentin, dass er immer noch diesen verbissenen Ausdruck im Gesicht hatte, und sie erschrak und wurde nun endlich ernst.

»Du brauchst Ottilie nicht zu heiraten, weil … weil sie seit kurzem an einen anderen vergeben ist.« Hans schluckte. »Und zwar an mich.«

Wie ein Stein in einen dunklen Brunnenschacht fielen seine Worte in Florentins Bewusstsein, und sie verstand zuerst ihre Bedeutung nicht. Doch der Aufprall war umso heftiger.

»Du – und Ottilie?«, flüsterte Florentin. »Aber …« Es sollte doch nur eine Finte sein, wollte sie sagen. Ein raffinierter Plan, eine Manipulation, die die junge Frau vom Pfad der Tugend abbringen sollte, damit eine andere nicht alles aufgeben musste, was ihr lieb und teuer war. Doch Florentins Stimme versagte ihr den Dienst. Mit einem Mal war es umgekehrt. Ottilie war die Siegerin – und Florentin hatte verloren: zwar nicht ihre Stellung am Hof, aber den Mann, von dem sie geglaubt hatte, er würde sie lieben. Verständnislos schüttelte sie den Kopf. »Aber Hans, warum? Vor kurzem wolltest du noch mich heiraten?«

Der hochgewachsene Mann hob die Hände in einer Geste der Hilflosigkeit. In seinem Gesicht spiegelten sich Kummer und Ratlosigkeit. »Ich kann es selbst nicht erklären. Ich weiß, wie sehr ich dich verletze, Florentin, und es tut mir unendlich leid. Aber so wie für Ottilie habe ich noch nie für eine Frau gefühlt. Es kam einfach über mich.«

Seine Worte waren ein Degen aus Eis, dessen Spitze in Florentins Herz fuhr. Tränen verstopften ihr die Kehle, dennoch mussten die Worte heraus. »Und was hast du dann für mich gefühlt? War ich nur … ein Spielzeug für dich? Die Kindheitsfreundin, mit der man etwas herumschäkert, ehe die wahre Liebe kommt?«

»Florentin, bitte! Natürlich war es nicht so!«

»Dann erkläre es mir!«

*

Hans senkte den Kopf. Wie sollte er Florentin beschreiben, was ihm in den vergangenen Tagen widerfahren war? Zunächst hatte er sich der Nichte des Ministers nur widerwillig genähert. Für Florentins Pläne eingespannt zu werden wie ein Gaul ins Geschirr, hatte ihm überhaupt nicht behagt. Trotzdem wusste er, was für seine Gefährtin davon abhing. Also war er beim Ball zu Ottilie gegangen, um sie aufzufordern. Sie hatte nur zögernd genickt und bei der ersten *Allemande* kaum gewagt, ihm in die Augen zu sehen. Erst als Hans bei einer schwierigen Figur beinahe ins Straucheln kam und sich mit den Worten »Ich fürchte, jeder Tanzbär wäre geschickter als ich« entschuldigt hatte, erstrahlte ein spitzbübisches Lächeln auf ihrem Gesicht, das sie völlig veränderte. Auf einmal bemerkte Hans die zarte Schönheit ihrer klaren Gesichtszüge mit den grünen Augen, die feingezeichneten Lippen und die kaum sichtbaren, wenn auch vollendet geschwungenen rötlich blonden Augenbrauen, und er hatte kaum den Blick von ihr wenden können.

»Wollen Sie tanzen oder mich ansehen?«, hatte Ottilie verlegen gefragt, während ihre Wangen anfingen zu glühen.

Hans hatte sich hastig entschuldigt, doch wenn er ihre Frage ehrlich hätte beantworten sollen, wäre die Antwort anders ausgefallen. So aber hatten sie noch ein Menuett zusammen getanzt, bevor er Ottilie fragte, ob sie einen Augenblick mit ihm auf die Schlossterrasse kommen wollte.

Ich tue das nur für Florentin, hatte Hans sich eingeredet, doch als er Ottilie bat, ihm etwas von ihr zu erzählen, war sein Interesse nicht geheuchelt gewesen.

Zunächst stockend und mit leiser Stimme hatte das junge Mädchen von seinem Elternhaus in Hannover berichtet. Sie entstammte einem niederen Adelsgeschlecht, doch sie und ihre vier jüngeren Geschwister führten ein wohlbehütetes Leben. Ottilie schien Hans' aufrichtige Teilnahme gespürt zu haben und wurde zunehmend lebhafter. Ihr Alltag war keineswegs spannend, aber das junge Mädchen verstand es, die kleinen Dinge des Lebens wahrzunehmen, und erzählte lebhaft und amüsant von seinen drei jüngeren Brüdern und der kleinen Schwester, denen es in inniger Liebe verbunden war. Vor allem an ihrem Hund Bijou hing sie sehr, und es betrübte sie, dass er während ihres Aufenthalts bei ihrem Onkel zu Hause geblieben war.

Natürlich hatte Ottilie inzwischen auch von der Liaison des Ministers mit der jungen Louise erfahren. »Ich mag unerfahren sein, aber ich bin nicht blind«, hatte sie keck zu Hans gesagt. »Doch man könnte meinen, meine Tante sei es. Sie tut so, als sähe sie nicht, was sich vor ihren Augen abspielt!«

Er hatte einen Augenblick geschwiegen. »Sie schützt sich vor dem Schmerz«, hatte er schließlich erwidert, und Ottilie hatte ihn überrascht angesehen.

»Sie sind ein sehr feinfühliger Mann«, hatte sie schließlich leise gesagt.

Eigentlich hatte Hans dies abwehren oder mit einem Scherz über ihre Bemerkung hinweggehen wollen. Er hatte den Mund geöffnet, doch herausgekommen war: »Würden Sie mir erlauben, Sie wiederzusehen?«

Ottilie war rot bis an die Haarwurzeln geworden, aber sie hatte genickt. Schweigend hatte er ihr den Arm geboten, und sie waren wieder hineingegangen. Sie hatten kaum ein Wort mehr gewechselt – aber bis spät in die Nacht miteinander getanzt.

Am nächsten Nachmittag war Hans beizeiten aus dem Schloss geschlichen. Im Winter fiel im Garten und den königlichen Gewächshäusern kaum Arbeit an, und auch als Kutscher wurde er zurzeit nicht viel gebraucht. Es war nicht ganz leicht gewesen, mitten im eisigen Januar ein heimliches Stelldichein mit Ottilie zu planen, doch das junge Mädchen hatte ihn noch einmal überrascht, indem sie ihn kurzerhand ins Haus der Tante einlud.

»Wir sagen einfach, Sie sind derjenige, den mein Onkel als Gemahl für mich ausgesucht hat. Der Minister ist im Schloss, aber meine Tante setzt keinen Fuß dort hinein. Sie wird völlig ahnungslos sein!«

»Aber was, wenn sie am Abend ihrem Gemahl von meinem Besuch erzählt? Der Kabinettsminister wird uns auf die Schliche kommen!«

Ottilie hatte ihn angesehen, ein schalkhaftes Funkeln in ihren grünen Augen. »Oh, keine Sorge. Seit er seine Mätresse hat, spricht die Tante kein Wort mehr mit ihm!«

Die Komödie war ihnen vortrefflich geglückt. Die Tante hatte Kopfschmerzen und daher die beiden jungen Leute nach dem Austausch von Höflichkeiten alleine mit einer älteren Zofe gelassen. Hans hatte seine Möglichkeiten schon schwinden sehen, frei und ungezwungen mit Ottilie zu sprechen, doch das Mädchen hatte der ältlichen Jungfer mit einem strahlenden Lächeln ein Glas von dem warmen, gewürzten Wein gereicht, den es auch Hans anbot. Es war keine halbe Stunde vergangen, und die Zofe hatte selig in dem hochlehnigen Fauteuil geschlafen, von dem aus sie eigentlich Ottilie und ihren vermeintlichen Bräutigam beaufsichtigen sollte.

»Ich habe sie neulich beobachtet, wie sie ein Glas davon trank und sofort einschlummerte. Nur gut, dass mein Onkel einen reichlichen Weinvorrat besitzt«, hatte das junge Mädchen geflüstert und Hans schelmisch angelacht.

Und in diesem Augenblick hatte er sich in sie verliebt.

Den Rest des Nachmittags erzählten sie sich alles voneinander, und Ottilie fragte Hans über seine Familie und seine Arbeit im Schloss aus. Als er ihr erzählte, wie er den König vor dem wütenden Keiler gerettet hatte und zur Belohnung von ihm zum »Edlen« ernannt worden war, legte Ottilie überschwenglich ihre Hände auf seine.

»Oh, das war mutig. Sie sind wirklich ein ganz besonderer Mensch«, rief sie.

Hans sah ihre zarten, weißen Finger auf seinen kräftigen Händen liegen, und tief in ihm regte sich ein Sehnen, das er noch nie empfunden hatte. Er wollte dieses zerbrechliche Geschöpf beschützen, mit allem, was in seiner Macht stand.

Er hob den Blick und sah, dass sie erneut tief errötet war. »Verzeihung, das war sehr vorlaut von mir«, flüsterte sie. »Ich weiß auch nicht, was in mich gefahren ist.«

»Ich hoffe, dasselbe wie in mich«, hatte Hans ebenso leise geantwortet, ehe er ihre Hände an seine Lippen geführt und geküsst hatte.

Mehr war zwischen ihnen an diesem Nachmittag nicht geschehen, aber am folgenden Tag hatte er Ottilie ein einfaches, aber hübsches Armkettchen geschenkt und am Abend von einem kleinen Jungen mit schmutzigen Hosen einen Brief erhalten. Die zierliche, geschwungene Handschrift war ihm unbekannt, dennoch hatte er sofort gewusst, von wem das

Schreiben kam. Fast meinte er, Ottilies zarten Duft zu riechen, den ihre Hände verströmt hatten.

Er hatte dem Jungen ein paar Münzen in die Hand gedrückt – viel zu viele – und gewartet, bis das über beide Ohren strahlende Kind davongerannt war. Dann hatte er sich in seine Dachkammer geschlichen und Ottilies Worte in sich aufgenommen. Er hatte sie genossen wie den starken, süßen Wein vom Tag zuvor, um sich die ganze Nacht trunken zu fühlen vor Glück, obwohl ihn zur gleichen Zeit heftige Gewissensbisse wegen Florentin überfallen hatten. Andererseits konnte dieser nichts Besseres passieren, als dass Ottilie seine Gefühle erwiderte – was der Fall war, wenn er ihren Zeilen glauben wollte. Auf diese Weise würde Florentin einer arrangierten Vermählung und dem damit verbundenen Dilemma entgehen. Immerhin hatte sie ihn ja sogar gebeten, Ottilie beim Ball auf sich aufmerksam zu machen, in der Hoffnung, er möge ihr gefallen.

Doch natürlich wusste Hans, dass dies nur ein erbärmlicher Vorwand war, um die Augen davor zu verschließen, was er ihr antat, wenn er sich in eine andere verliebte. Sosehr er sich aber den Kopf zermartert hatte, er kam immer zu demselben Ergebnis: Er hatte sich längst für Ottilie entschieden.

»Hans, du schuldest mir eine Antwort. Wenigstens das!«, riss ihn Florentins Stimme aus seinen Erinnerungen.

»Wie soll ich es dir beschreiben? Wenn ich Ottilie anblicke, sehe ich meine Zukunft. Kinder. Uns beide, wie wir ihnen beim Aufwachsen zusehen.«

Florentins Stimme kratzte vor unterdrückten Tränen. »Und all dies siehst du mit mir nicht.«

»Florentin, sei ehrlich! Hast *du* so etwas jemals gesehen, wenn du dir ein Leben mit mir ausgemalt hast? Konntest du dir wirklich vorstellen, mit mir Kinder großzuziehen? Oder hast du eher das Bild von uns beiden auf dem Pferd oder bei einem Fechtduell vor Augen?«

Sie sah ihn nicht an, sondern starrte in den Himmel, weil ihr sonst die Tränen aus den Augen gelaufen wären. Doch sie musste ihm noch eine Frage stellen, eine einzige, die aber die wichtigste für sie war. »Hast du mich je geliebt?«, flüsterte sie.

»Ja. Und das meine ich ernst. Aber die Liebe zu dir war ... heftig wie eine Gier. Als hätte man seit Tagen nichts zu essen bekommen und wollte deswegen alles auf einmal verschlingen, was auf dem Tisch steht. Verstehst du?«

»Oh ja, ich verstehe. Ich war das saftige Brathuhn, und nachdem du satt warst, hast du dir die zarte, sanfte Ottilie ausgesucht, die dir Kinder gebären wird.«

Hans schmerzte die Bitterkeit in Florentins Worten und der Kummer, den er in ihren Zügen sah, obwohl sie ihn vor ihm zu verbergen suchte. »Es tut mir leid, Florentin. Aber du hast meine Heiratsanträge zuvor stets abgelehnt, vergiss das nicht. Was soll ich also deiner Meinung nach tun? Auf Ottilie und eine Zukunft mit ihr verzichten, nur um dich nicht zu kränken?«

»Deine Zukunft steht dir klar vor Augen, und um die meinige brauchst du dich ab jetzt nicht mehr zu scheren. Du bekommst, was du willst: eine sanfte Gemahlin und viele Kinder. Und ich brauche in nächster Zeit keine arrangierte Heirat zu befürchten, die mich meiner Rolle als Mann beraubt. Wahrscheinlich sollte ich dir sogar dankbar sein, aber das kannst du nun wahrhaftig nicht von mir verlangen.«

Damit drehte Florentin sich um.

»Warte!«, rief Hans und lief ihr nach. »Ich wollte nicht, dass es so zwischen uns endet«, sagte er ruhig.

Florentin sah ihm endlich in die Augen. »Viel Glück, Hans«, sagte sie leise.

Diesmal ließ er sie gehen. Das Wissen, ihr weh getan zu haben, schnürte ihm die Kehle zu. Und dennoch hätte er um nichts in der Welt auf Ottilie verzichten wollen. Sie hatte sein Herz gewonnen und damit das von Florentin gebrochen.

*

Drei Monate später wurde die Hochzeit gefeiert. Florentin hatte Hans all die Zeit nur von weitem gesehen. Soweit es ihr möglich war, ging sie ihm aus dem Weg. Sie hatte ihm nicht einmal erzählt, dass ihre treue Stute vor ein paar Wochen gestorben war. Das Tier war fast fünfzehn Jahre alt gewesen und eines Morgens einfach nicht mehr aufgewacht. Trotzdem weinte Florentin zwei Nächte lang in ihrer Kammer – lautlos, damit die anderen Diener sie nicht hörten, und alleine, da Hans nicht mehr da war, mit dem sie ihren Kummer hätte teilen können.

Der Frühling brachte viel Arbeit in den königlichen Schlossgärten, und so war der junge Gärtner kaum mehr im Marstall, sondern kümmerte sich um die zahllosen Beete und Rabatten, damit die Blumen im Sommer ihre volle Pracht entfalten und die Gewächshäuser vor exotischen Früchten überquellen würden.

Trotzdem zog eine unsichtbare Macht Florentin am Tage der Vermählung von Hans und Ottilie zu der kleinen Kapelle, in der sich das Paar das Jawort geben sollte. Doch der Zeremonie beizuwohnen, brachte Florentin nicht über sich. So wartete sie in der Nähe des steinernen Gotteshauses, in der Kleidung eines einfachen Jungen und im Schatten einiger dichter Haselnussbüsche, bis das Paar aus dem Kirchenportal nach draußen trat.

Unwillkürlich staunte Florentin über Ottilies Veränderung. Aus dem farblosen Mädchen mit blassem Gesicht, das sie beim Ball im Winter gesehen hatte, war eine bildschöne junge Frau mit glänzenden Haaren, rosigen Wangen und einem vollen, lachenden Mund geworden. Schmerzlich wurde Florentin bewusst, dass es das Glück war, das sie verwandelt hatte. Sie sah das strahlende Gesicht von Hans und den Stolz in den Augen seiner Eltern. Ihnen folgte eine hochgewachsene Dame, das rote Haar von weißen Fäden durchzogen. Das musste Ottilies Mutter sein. Neben ihr ging ein älterer Mann, der trotz seiner schlohweißen Haare immer noch hoch aufgerichtet einherschritt und die Braut mit dem Lächeln eines Vaters betrachtete, der seiner Tochter alles Glück der Welt schenken möchte. Was ihm gelungen war, denn als Florentin sah, wie zärtlich Hans seine Angetraute umfasste, wusste sie, dass sie ihm niemals das hätte geben können, was dieses junge Mädchen ihm zu schenken bereit war: bedingungslose Liebe und Hingabe bei all seinem Wirken und Sein. Ottilie fand Gefallen an einem Leben, das Florentin nicht hätte führen wollen.

Nun war es zu spät für Reue. Hans entdeckte seine Freundin aus Kindertagen nicht, denn sie hielt sich hinter den dichten Zweigen der Sträucher, die schüchtern die ersten, zartgrünen Blätter austrieben, gut verborgen. Doch in dem Augenblick, da er seine junge Frau vor aller Augen küsste, zerbrach etwas in Florentin, und sie wusste, dass sie den Mann, mit dem sie aufgewachsen war und der sie fast ihr ganzes Leben lang begleitet hatte, unwiederbringlich verloren hatte.

*

Friedrich ließ es sich nicht nehmen, seinen Pferdeburschen und heimlichen Spion persönlich aufzusuchen, um sein Bedauern über die geplatzte Hochzeit mit Ottilie auszudrücken.

Florentin musste sich keine Mühe geben, ihre Verbitterung zu verbergen. Allein der Gedanke, wie leicht Hans sich von ihr abgewandt hatte, ließ den Schmerz in Florentins Herzen auflodern wie ein trockenes Holzscheit in der schwelenden Glut. Der König legte ihr kurz die Hand auf die Schulter. »Ach, Junge, die Weiber und ihre Wankelmütigkeit! Wie Voltaire schon sagte: ›Eine Frau ist ein menschliches Wesen, das sich anzieht, schwatzt und sich auszieht.‹« Er musterte seinen vermeintlichen Pferdeburschen. »Wenn er will, besorge ich ihm eine andere zum Heiraten!«

»Bloß nicht!«, rief Florentin, und ihr Entsetzen war so aufrichtig, dass der König lachte. »Nun, man wird sehen. Wenigstens scheint er nicht enttäuscht zu sein. Im Gegensatz zu meinem Minister. Er hätte am liebsten gegen die Hochzeit gestimmt. Vor allem seine Mätresse scheint sich sehr echauffiert zu haben, weiß der Teufel, warum!«

Trotz ihres Kummers musste Florentin schmunzeln. Ein Gutes hatte die Heirat von Hans und Ottilie: Louises Intrigenspiel war ordentlich in die Binsen gegangen. Bei dem Gedanken an den Wutausbruch ihrer Cousine, weil ihr verhasster Vetter noch einmal davongekommen war, verspürte Florentin einen Anflug von Schadenfreude.

»Vielleicht dachte die junge Dame, Heiraten liegt in der Familie, und hat sich vom Minister ebenfalls ein Eheversprechen erhofft?«, sagte sie scheinheilig.

Der König schnaubte verächtlich. »Verstehe einer die Frauen! Ottilie hätte den Sohn eines Freiherrn haben können, aber sie gab einem einfachen Gärtner den Vorzug.«

»Den Ihr zum ›Edlen‹ gemacht habt, Majestät«, konnte Florentin sich nicht verkneifen.

»Auf diese Weise hat es wenigstens keinen Skandal gegeben.«

»*Sire*, ich will aufrichtig sein. Ich fühle mich noch nicht bereit, eine Familie zu gründen«, sagte Florentin. Das war zwar die Wahrheit, sie wollte damit aber auch verhindern, dass der König sie sofort mit der nächsten Nichte oder Tochter eines seiner Beamten verheiratete, nur damit Florentin den Schlüssel zu dem erlauchten Kreis von Friedrichs politischen Vertrauten erhielt und ihm über alles Rapport erstattete.

Friedrich schien denselben Gedanken gehabt zu haben. »Er hätte mir durchaus nützlich sein können«, brummte er, und Florentin beeilte sich, ihm zu versichern: »Das kann ich auch ohne Vermählung. Habe ich Euch nicht schon einige Male über die politischen Ränkespiele unterrichtet, noch ehe Eure Minister davon wussten?«

Der Herrscher musterte Florentin scharf. »Wird er das auch weiterhin tun?«

»Ich verspreche es Euch bei meinem Leben.« Die junge Frau in den Kleidern eines Mannes sah dem König fest in die Augen.

Der schwieg eine Weile, dann nickte er. »Ich nehme ihn beim Wort, Florentin von Rosenberg. Sollte es Krieg geben, kann ich nicht genug Verbündete haben, die treu zu mir stehen.«

Florentin nickte, und schon bald kam der Augenblick, an dem sie ihr Versprechen einlösen konnte.

Kapitel 18

Mai bis Dezember 1756,
Schloss Sanssouci

Nicht einmal einen Monat später war es so weit. Am ersten Mai 1756 schlossen Österreich und Frankreich nach wochenlangen Geheimverhandlungen den *Vertrag von Versailles*, der eine gegenseitige Truppenhilfe der Vertragspartner beinhaltete. Kaiserin Maria Theresia trachtete danach, Schlesien zurückzugewinnen, und wollte dafür die österreichischen Niederlande an Frankreich abtreten. Der kaiserliche Kanzler Kaunitz, ein erklärter Preußen-Feind, hatte diese Allianz über die Mätresse des französischen Königs eingefädelt – Madame Pompadour. Als Friedrich davon erfuhr, tobte er, denn der österreichischen Diplomatie war es mit diesem Handstreich gelungen, Preußen weitgehend zu isolieren.

Kurz danach erklärte Großbritannien Frankreich offiziell den Krieg, was der französische Hof Anfang Juni prompt mit einer eigenen Kriegserklärung beantwortete.

Nun brauchte der Preußenkönig wirklich alle Verbündeten, derer er habhaft werden konnte.

Florentin und Fredersdorf beobachteten den *Sire* mit Sorge. Friedrichs Elan schien gebrochen, und er war in dumpfes Brüten verfallen. Er vertraute sich niemandem an, nicht einmal Fredersdorf. Stattdessen unternahm er stundenlange

Streifzüge mit seinen Hunden, und wenn er zurückkam, schloss er sich mit den Tieren in sein Gemach ein und ließ niemanden zu sich.

An einem sonnigen Junitag wurde Florentin durch einen Diener ins Schloss beordert. Friedrichs Kämmerer nahm sie persönlich im Vestibül in Empfang. Zehn Paar Säulen aus Stuckmarmor mit vergoldeten Sockeln und Kapitellen sowie ein üppiges Deckengemälde, auf dem Blumengöttinnen die Erde mit Blüten und Früchten beschenkten, hießen den Gast willkommen.

Zu Florentins Überraschung führte Fredersdorf sie durch einen schmalen Flur abseits des offiziellen Ganges in die Bibliothek des Königs. Florentin riss beim Anblick der vielen Bücher die Augen auf. Der Grundriss des Raumes war rund, und an den Wänden mit prächtigen Goldornamenten standen Aberhunderte ledergebundener Schätze der Literatur. Endlich wusste Florentin, woher der junge Kammerdiener Daniel die »Leihgaben« für sie hatte – und warum dem König das Fehlen eines einzelnen Buches tatsächlich kaum auffallen konnte. Fast hätte sie Fredersdorf vergessen, der zu reden begonnen hatte. Nur mit Mühe riss sie sich vom Anblick der Bücher los, um dem Vertrauten des Königs zu lauschen.

»Wir wissen von den Verträgen, aber nicht, was Russland plant. Man munkelt, die Zarin hofft auf das polnische Herzogtum Kurland und Semgallen. Preußen hat seine Spione an den europäischen Höfen, doch inzwischen haben sie zu viel Angst, enttarnt zu werden. Briefe wurden abgefangen, jedes Zimmer hat Ohren. Allerdings ist ein kleiner Teil des holsteinischen Heeres, das Großfürst Peter in seinem Domizil Oranienbaum aufgebaut hat, inzwischen in Berlin angekommen. Die Soldaten haben wohl Angst vor einem drohenden Krieg, wollten aber auch nicht unter die dänische Herrschaft in Holstein zurückkehren.

Der *Sire* hat ihnen ein Quartier zur Verfügung gestellt. Man munkelt, dass sich unter den Soldaten und Offizieren des Großfürsten der eine oder andere russische Spion befindet. Der König hat morgen im Berliner Schloss einen Empfang für das Heer angeordnet. Er selbst wird jedoch nur kurz anwesend sein und das Schloss beizeiten verlassen. Er hofft, dass seine Abwesenheit und der Wein die Zungen lösen. Wenn also jemand, sagen wir, ein Stallbursche oder ein junger Degenfechter, bei einem der Soldaten etwas herausfinden könnte, wäre dem *Sire* sehr geholfen.«

Florentin biss sich auf die Lippen. Sie wusste, was von ihr erwartet wurde, doch dieser Auftrag war gefährlicher als alle bisherigen. Sich unter einen Haufen Soldaten zu mischen und gezielt nach einem Spitzel zu suchen, war kein Kinderspiel. Doch sie hatte es dem König versprochen – und wenn sie Erfolg hatte, würde das ihre Laufbahn am Hof des Preußenkönigs sicher beflügeln. Daher hob sie den Kopf und sagte entschlossen: »Ich werde mein Bestes tun.«

Fredersdorf sah Florentin ernst an. »Ich weiß nicht, wie du es bewerkstelligen willst, Bursche, aber jeder Hinweis ist nützlich für uns.«

»Ich brauche die Livrée eines Bediensteten sowie eine Kutsche. Hans, der Sohn des Gärtners, soll mich nach Berlin fahren. Das ist meine Bedingung, sonst kann ich Euch nicht helfen.«

Fredersdorf nickte wortlos, und Florentin wandte sich zum Gehen. Zwar hatte sie gehofft, Hans nicht mehr begegnen zu müssen, aber sie brauchte einen Vertrauten, der keine Fragen stellte.

*

Als einfacher Domestik gekleidet stand Florentin am nächsten Abend im Berliner Stadtschloss. Junge und alte Männer in den blauen Uniformen der Holsteiner mit den mattroten Ärmelaufschlägen und den silbernen Verschlüssen tummelten sich im Empfangssaal mit dem Marmorboden, aber auch einige Frauen waren darunter. Offenbar handelte es sich um Familienangehörige der Offiziere und Soldaten, denn die Frauen und Mädchen waren deutlich einfacher gekleidet als die Edeldamen bei den Hofbällen in Potsdam.

Unauffällig mischte sich Florentin unter die Anwesenden und lauschte mit unbewegter Miene der kurzen Begrüßung des Preußenkönigs, der sich jedoch sofort danach entschuldigte und den Festsaal verließ – nicht ohne die Anwesenden aufzufordern, bei Speis und Trank kräftig zuzugreifen.

Das ließen sich die Männer nicht zwei Mal sagen. Florentin hatte sich ein Tablett mit Weingläsern genommen und schlenderte zwischen all den blauen Uniformen umher. Sie ließ ihren Blick scheinbar beflissen umherschweifen, in Wirklichkeit hielt sie jedoch Ausschau nach Männern, die alleine gekommen waren. Das Fehlen einer Ehefrau oder Verlobten könnte einen Soldaten aus Russland verraten, ebenso ein auffallender Akzent.

Doch Florentin hatte kein Glück. Egal, welchen Gesprächen sie lauschte oder wen sie ansprach: Keiner verriet sich. Entweder hatte Fredersdorf mit seinem Verdacht unrecht, oder die russischen Spione waren ausgezeichnet auf ihre Aufgabe vorbereitet worden, sodass sie im holsteinischen Heer nicht auffielen.

Nach zwei Stunden gab Florentin verdrossen auf. Sie hatte Berichten gelauscht, die sich um die kindische Vorliebe des russischen Großfürsten drehten, der mit Zinnsoldaten in seinen Gemächern allabendlich imaginäre Schlachten schlug, statt seine Frau Katharina zu schwängern. Auch über Kaiserin Elisabeth, die zwischen hemmungsloser Lust auf junge

Männer und tagelanger Anbetung von Ikonen schwankte, gab es mehr als genug hämische Bemerkungen. Doch niemand konnte oder wollte über den Krieg reden, der wie eine düstere Gewitterwolke über allen zu schweben schien.

Da Florentin bisher weder einen Russen entdeckt noch irgendwelche Neuigkeiten aufgeschnappt hatte, beschloss sie, nach Sanssouci zurückzukehren. Gerade wollte sie ihr Tablett abstellen, da sah sie einen großen, schlanken Offizier mit braunem Haar und auffallend hellen Augen, der ihr als vermeintlichem Lakai ein Zeichen machte, ihm und seinen zwei Gefährten drei Becher Wein zu bringen. Der Mann hielt seine Hand mit den ausgestreckten Fingern hoch, dann knickte er erst den kleinen, dann den Ringfinger ab, sodass nur noch drei Finger in die Höhe standen.

Florentin eilte mit dem vollen Tablett herbei, und die Männer nahmen sich ihre Kelche, ohne das Gespräch zu unterbrechen.

Florentin stutzte. Irgendetwas an dem Offizier kam ihr merkwürdig vor, nur was? Sein Äußeres war unauffällig, ebenso seine Sprache, und mit seinen braunen Haaren und den hellen Augen konnte er ebenso aus Holstein wie aus jedem anderen Teil des Heiligen Römischen Reiches stammen. Und dennoch …

Der Mann lachte über eine Bemerkung eines seiner Gefährten und trank einen Schluck Wein. Florentin hielt unwillkürlich die Luft an. Das war es. Die Geste, mit der er ihr die Anzahl der Gläser angezeigt hatte! In Deutschland zählte man mit dem Daumen beginnend, dann folgte der Zeige- und anschließend die restlichen Finger. Dieser hochgewachsene Offizier hatte es umgekehrt gemacht, er hatte mit allen fünf Fingern begonnen und dann zwei abgeknickt, um die Zahl Drei zu zeigen. Florentin wusste bisher nicht viel über Russland, doch sie ahnte, dass die

Geste des Mannes ihn als Sohn dieses Landes verraten hatte, auch wenn er die holsteinische Uniform trug.

In der folgenden Stunde ließ sie ihn nicht aus den Augen. Zu ihrem Verdruss vertrieb der Offizier sich jedoch die Zeit mit Trinken und harmlosen Scherzen der übrigen Soldaten. Es wurde Zeit, zum zweiten Teil ihres Planes überzugehen.

*

»Florentin! Wie lange soll ich denn noch hier stehen und auf dich warten? Und was tust du überhaupt so lange da drinnen?« Unwillig wandte Hans vom Kutschbock aus den Kopf, doch es war zu dunkel, um zu erkennen, was die junge Frau im Inneren des Gefährts tat. Eigentlich hätte der junge Mann sich am liebsten geweigert, als der königliche Kämmerer auf ihn zugekommen war und ihm angetragen hatte, »den jungen von Rosenberg« nach Berlin zu kutschieren. Doch er ahnte, dass Florentin ihn wirklich brauchte, denn sonst hätte sie es niemals auf eine Begegnung mit ihrem ehemaligen Liebsten angelegt. Mit gemischten Gefühlen hatte Hans die Gäule angespannt, und als Florentin in der Kleidung eines Dieners und mit einem großen Leinensack aufgetaucht war, wusste er, dass sie einmal mehr dabei war, sich in Schwierigkeiten zu bringen.

Florentins Begrüßung war knapp und unpersönlich ausgefallen, und ihr Tonfall hatte Hans nicht erlaubt, Fragen zu stellen. Sein schlechtes Gewissen, sie wegen Ottilie verlassen zu haben, hatte ihn davon abgehalten, sich ihrer unausgesprochenen Forderung zu widersetzen. Jetzt jedoch war er langsam mit seiner Geduld am Ende. Er sprang vom Kutschbock, da flog die Tür zur Kutsche auf, und Hans blieben die ärgerlichen Worte im Hals stecken.

»Herrgott« war das Einzige, was er herausbrachte.

»Der ist nicht eingeladen«, gab Florentin trocken zurück. Sie war im gesellschaftlichen Halbputz *Parure* gekleidet, der auch den Bürgerlichen erlaubt war, und trug ein einfaches, aber tief ausgeschnittenes Kleid aus gelbem Stoff mit einer einzigen Schleife am Vorderteil. Ihre Haare waren nachlässig hochgesteckt, und sie hatte großzügig Lippenrot aufgelegt.

»Kannst du mir erklären …«, fing Hans an, doch sie drängte sich an ihm vorbei.

»Nein. Ich bin im Dienst des Königs, daher entschuldige mich.«

Leichtfüßig lief sie über den Schlosshof und verschwand im Inneren.

Wütend schlug Hans mit der flachen Hand gegen die Tür der Kutsche, und die beiden Pferde, die gelangweilt gedöst hatten, schnaubten erschrocken. Beruhigend klopfte Hans ihnen den Hals. »Ganz ruhig«, murmelte er und wünschte, die Worte würden auch bei ihm wirken. Doch er hatte das untrügliche Gefühl, dass er erst zur Ruhe kommen würde, wenn er Florentin wieder wohlbehalten in Potsdam abgeliefert hatte.

*

Der Offizier, der Florentin aufgefallen war, befand sich inzwischen in einem deutlich angetrunkenen Zustand. Eine Strähne hatte sich aus seinem Zopf mit der schwarzen Schleife am Hinterkopf gelöst, und er blickte mit unverhohlenem Vergnügen einer jungen Frau nach, die am Arm ihres Begleiters hing und wohl ebenfalls etwas viel getrunken hatte, denn sie schwankte leicht.

Florentin lächelte und nahm die Schultern etwas zurück, während sie an dem Offizier vorbeiging, ohne ihn eines Blickes zu würdigen. Allerdings streifte sie im Vorbeigehen seinen Arm, sodass ihm durch den unerwarteten Stoß der Kelch mit dem Wein aus der Hand fiel, von dem er schon reichlich genossen hatte. Gespielt erschrocken drehte Florentin sich bei dem Klang des zerbrechenden Kristalls um.

»Oh, Verzeihung, wie ungeschickt von mir!«

Sie beugte sich vor, wie um den Schaden zu inspizieren, und gewährte dem Offizier dabei einen erfreulichen Einblick in den Ausschnitt ihres Kleides.

»Aber Mademoiselle, *je vous en prie*, ich bitte Euch. Die Ungeschicklichkeit war ganz meinerseits. Ich habe das Glas fallen lassen, als ich so viel Schönheit erblickte!« Bei diesen Worten sah der Offizier ihr endlich in die Augen.

Florentin lächelte und schenkte ihm einen Blick unter gesenkten Wimpern. Oh, sie hatte inzwischen die Hofdamen und Mätressen genau beobachtet und gelernt, wie sie einen Mann zu bezaubern wussten.

»Mein Name ist Andreas«, fuhr der Mann fort, und Florentin antwortete artig mit »Viktoria«, obwohl sie ein paar Taler darauf gesetzt hätte, dass »Andreas« in Wirklichkeit einen russischen Namen trug. Aber um das herauszufinden, musste sie das Spiel weitertreiben.

Der Offizier winkte einem Lakaien und deutete wortlos auf die Scherben und die rote Pfütze, die wie Blut auf dem Marmorfußboden zerfloss.

Florentin schluckte. Auf einmal hatte sie Angst vor ihrer eigenen Courage. Diesmal belauschte sie nicht einfach ein Gespräch, sondern versuchte, durch ihr eigenes Maskenspiel ein anderes aufzudecken. Doch was, wenn ihr Vorhaben scheiterte?

Da drückte der Mann ihr aber bereits ein gefülltes Glas in die Hand und trank selbst einen großen Schluck aus seinem frischen Kelch. »Schöne Viktoria, was führt Sie zu diesem …« Er machte eine weit ausholende Geste, die den Saal umfasste und ebenso spöttisch wie anerkennend sein konnte. »… Ereignis?« Seiner Anrede zufolge hielt er sie offenbar für eine Bürgerliche.

Florentin tat nichts, um ihn zu berichtigen, denn sie hatte sich längst eine passende Lüge zurechtgelegt, und so kamen ihr die Worte flüssig über die Lippen. »Oh, ich bin mit meinem Bruder hier. Dummerweise ist er seit geraumer Zeit verschwunden.«

»Unvorstellbar. So ein böser Kerl!«, sagte der Offizier mit einem maliziösen Lächeln und rückte unauffällig näher an »Viktoria« heran.

»Ja, ich fürchte, ich muss mich ohne ihn amüsieren. Was für ein Unglück«, kicherte sie und klimperte mit den Wimpern.

»Glück im Unglück, Schönste. Ich würde gerne noch mehr über Sie erfahren. Allerdings ist es hier so laut. Und überall diese grobschlächtigen Soldaten …«

»Zufällig weiß ich einen Ort, wo man ungestört plaudern kann. Wenn Ihr Euren Wein austrinkt, zeige ich es Euch.«

Der Offizier ließ sich nicht lange bitten. Mit einem tiefen Zug leerte er sein Glas, warf es achtlos weg und lachte, als es ein zweites Mal klirrte. Während er ungeniert seinen starken Arm um Florentins Taille legte, bemerkte die junge Frau, dass er nicht mehr ganz sicher auf den Beinen war.

Sie lotste ihn in einen etwas abgelegenen Salon, den sie von ihren früheren Besuchen im Stadtschloss kannte. Andreas, oder wie auch immer ihr Kavalier in Wahrheit heißen mochte, ließ sich auf eine der Chaiselongues fallen, die an der Kopfseite des Raumes stand, und zog Florentin mit sich auf das Fauteuil. Rechts von ihnen hing ein schwerer, kostbarer Wandteppich, links ein riesiges Gemälde, das eine Ausflugsgesellschaft in feiner Kleidung zeigte.

»Nun, Viktoria«, sagte Andreas und fuhr mit seinem rechten Zeigefinger langsam über ihre Wange, »erzählen Sie mir mehr von sich.«

»Oh, ich bin ganz und gar uninteressant«, gab sie neckisch zurück, während sie ihm ihr gefülltes Weinglas, das sie mitgenommen hatte, an die Lippen setzte und ihn verspielt nötigte, daraus zu trinken.

»Uninteressant?«, protestierte der schmucke Offizier, nachdem er das Glas fast zur Hälfte geleert hatte, wobei seine Aussprache inzwischen leicht verwaschen klang. »Das glaube ich nicht! Was ist mit Ihrem Bruder, ist er Soldat?«

»Allerdings«, gab Florentin kurz angebunden zurück und bemühte sich um einen verächtlichen Unterton.

»Oh, Sie mögen Soldaten wohl nicht?«, fragte Andreas und umfasste spielerisch Florentins Kinn. Doch sein Griff war fester und das Lächeln kühler als zuvor.

»Oh, natürlich schätze ich schmucke, kräftige Männer in Uniform. Vor allem, wenn sie solch eine kräftige Brust und starke Arme besitzen wie Ihr! Aber im Dienste des Preußenkönigs? Ich bitte Euch!«

»Sieh einer an. Was hat eine schöne, junge Frau denn gegen den kleinen preußischen Prinzen, der ein großer König werden wollte?«

Ermutigt von dem spöttischen Feixen des Soldaten, wagte Florentin, ihre Netze noch etwas weiter auszuwerfen, in der Hoffnung, ihn damit einfangen zu können. Sie sah ihm geradewegs in die Augen, während sie mit den Fingerspitzen über seinen muskulösen Oberarm strich. »Ist die Welt nicht schon voll genug von zu kleinen Männern, die allzu Großes erreichen wollen?«

Gleich darauf hielt sie sich geziert die Hand vor den Mund. »Verzeihung, das hätte ich wohl besser nicht sagen sollen. Sie sind sicher ebenso wie Großfürst Peter von Russland und sein Holstein-Heer ein glühender Verehrer Friedrichs. Niemand hier versteht, warum ich nicht so denke ...«

Andreas nahm sanft ihre Hand. »Ich verstehe Sie besser, als Sie glauben«, flüsterte er. Dann beugte er sich unvermittelt vor und küsste sie.

Florentin saß wie erstarrt. Mit dieser Offensive hatte sie nicht gerechnet. Während sich der Mund des Offiziers auf ihren presste und sie den Wein auf seinen Lippen schmecken konnte, rasten die Gedanken durch ihren Kopf. Sollte sie ihn zurückstoßen und den Salon verlassen? Dann jedoch würde sie die Fährte, auf der sie soeben noch war, verlieren. Doch wie sollte sie ihn zum Reden bringen, ehe er zudringlich wurde? Er war beinahe zwei Kopf größer als sie und besaß Kräfte, denen sie hoffnungslos unterliegen würde. Vor allem, weil sie ihren Degen nicht dabeihatte. Würde es ihr nun so gehen wie ihrer Schwester damals im Haus ihrer Tante? Eine kalte Angst drohte Florentin zu überwältigen, dann kam ihr ein Einfall, und sie riss sich von dem jungen Offizier los.

»Das sagt Ihr doch nur, um diesen Kuss von mir zu stehlen«, rief sie vorwurfsvoll und funkelte ihn an.

Andreas hob die Hände. »Nein, bestimmt nicht«, beteuerte er leicht lallend.

Beiläufig hielt Florentin ihm das Glas mit dem restlichen Wein hin, und Andreas stürzte es hinunter, ehe er ihre Hände ergriff. »Bald müssen Sie Ihre Abneigung gegen den Preußenkönig nicht mehr verbergen«, sagte er leidenschaftlich.

Florentin sah ihn weidwund an. »Friedrich hat schon einmal bewiesen, dass er den Kampf nicht scheut!«

»Ha, diesmal wird man ihn das Fürchten lehren! Allein der französische König hat mehr als zwanzigtausend Mann, mit denen er Österreich beistehen will«, plapperte Andreas weinselig, ohne den Blick von Florentins Dekolleté zu nehmen.

»Oh, gut«, brachte diese heraus, obwohl ihr bei der Zahl das Herz sank, »aber wird die russische Kaiserin auch eingreifen?« Sie schmiegte sich bei dieser Frage eng an ihren Kavalier, der die Gelegenheit nutzte, seine Lippen an ihrem Hals aufwärtswandern zu lassen, wobei sein Atem heftiger wurde.

Florentin strich ihm mit den Fingerspitzen über den Nacken, und der Mann stöhnte wollüstig auf. »Sagt es mir, Andreas«, forderte sie, wobei sie den Kopf hob und ihm fest in die Augen blickte. »Werdet Ihr mich beschützen, oder sind das nur leere Worte?«

Mit einem Ruck zog Andreas sie an seine breite Brust, sodass Florentin halb in seinen Armen zu liegen kam. »Keine leeren Worte, meine Schöne. Es sind bereits russische Truppenbewegungen im Gange. Und wenn es zum Kampf kommt, dann komme ich und hole dich, damit dir nichts geschieht!« Erneut beugte er sich zu der jungen Frau hinab und küsste sie leidenschaftlich.

Florentin durchzuckte kurz der Gedanke an Hans und seine Küsse, doch dann dachte sie daran, dass diese Zeit endgültig vorbei war. In einem Anflug von Trotz erwiderte sie die Zärtlichkeit des Offiziers, denn eigentlich küsste er gar nicht so schlecht. Als sich seine Finger allerdings unter ihr Mieder stehlen wollten, machte Florentin sich hastig von ihm los und sprang auf.

»Wir machen ein Spiel«, sagte sie hastig, weil seine Miene sich prompt verdunkelte. »Ihr schließt die Augen und zählt laut bis hundert. Und wenn Ihr sie wieder öffnet …«, beiläufig begann sie, ihr Haar zu lösen, »habe ich eine Überraschung für Euch.«

Andreas' Augen leuchteten hungrig auf. »Einverstanden!«

»Dreht Euch um, und wehe Euch, wenn Ihr zu früh nachseht, mein Kavalier!«

»Soldatenehrenwort!« Gehorsam drehte der Offizier ihr den Rücken zu. Er hielt sich beide Hände vor die Augen und begann, laut zu zählen.

Behutsam zog Florentin ihre Absatzschuhe aus, schlich die drei Schritte zu dem großen Wandteppich und hob ihn an. Dahinter befand sich, wie sie wusste, eine der verborgenen Türen des Schlosses. Sie öffnete sich zu einem Geheimgang, der nach draußen führte. Lautlos schlüpfte Florentin hinter den Behang und durch die Tür. Danach schloss sie diese ebenso geräuschlos, während der junge Offizier inzwischen bei fünfzig angekommen war. Auf Strümpfen rannte sie den Gang entlang ins Freie, wobei ihr der lange Rock um die Beine flatterte. Sie bedauerte nur, dass sie das dumme Gesicht des russischen Offiziers nicht sehen würde, wenn er bei hundert die Augen öffnete und feststellte, dass sich das Abenteuer, dessen er sich eben noch sicher gewesen war, förmlich in Luft aufgelöst hatte.

Im Laufschritt bog sie um die Ecke und sah Hans mit der Kutsche warten. »Rasch, lass uns fahren«, rief sie atemlos und schwang sich ins Innere.

Hans rollte zwar mit den Augen, aber gehorsam schwang er die Peitsche, und die Pferde, froh, weil es endlich nach Hause ging, verfielen in einen flotten Trab.

Mit klopfendem Herzen lehnte Florentin sich ins Polster der Kutsche zurück. Sie hatte ihre Aufgabe gemeistert, doch was sie Fredersdorf zu berichten hatte, würde nicht nur den Hof, sondern ganz Preußen erschüttern. Der Krieg, bislang nur ein vager, schwarzer Schatten, war zu einem hungrigen Tier geworden, und der König musste handeln, ehe es ihn und sein Land verschlang.

*

»Also ist es wahr. Es existiert eine Allianz zwischen Österreich, Russland, Frankreich und Sachsen.« Fredersdorf fuhr sich über sein Gesicht, das in den vergangenen Stunden um

Jahre gealtert schien. »Man mag mich einen Narren heißen, aber ich hatte immer noch gehofft, diese angeblichen Verträge wären nur eines der Gerüchte, die am Hof umherschwirren.«

»Ich fürchte, nein. Der Offizier, von dem ich vermute, dass er ein Russe war, hat sich verplappert. Der Wein mag dazu beigetragen haben, aber ich glaube, er sagte die Wahrheit.«

Fredersdorf nickte bedächtig. »Es hilft nichts. Ich muss mit dem König darüber sprechen.« Er hatte sich abgewandt und war bereits halb zur Tür hinaus, da drehte sich der grauhaarige Kämmerer noch einmal um. »Du bist ein erstaunlicher junger Mann, Florentin von Rosenberg. Ich würde dich ja fragen, auf welche Weise du diese Erkundigungen einholen konntest, aber ich ahne, dass ich keine befriedigende Antwort erhalten würde.« Mit einem leisen Lächeln verschwand Fredersdorf, und Florentin blickte ihm bewundernd nach. Der königliche Kämmerer überraschte sie immer wieder.

Es sollte jedoch vorerst ihr letztes Gespräch mit Fredersdorf gewesen sein, denn kurz darauf befahl Friedrich den Aufmarsch seiner Regimenter in Ostpreußen und Schlesien. Er wollte einem drohenden Angriff von mehreren Seiten zuvorkommen. Am 29. August überschritt sein Heer ohne vorherige Kriegserklärung die Grenze Sachsens, das Teil des Heiligen Römischen Reiches Deutscher Nation war. Prompt wurde dem Preußenkönig wegen Landfriedensbruch nun ebenfalls der Krieg erklärt.

»Was hat der *Sire* vor?«, fragte Florentin den alten Stallmeister, als die Nachricht, von Friedrich persönlich verfasst, eine Woche später Potsdam erreichte.

Harsdorf zuckte die Schultern. »Erzgebirge und Sächsische Schweiz sind ein natürlicher Grenzwall zu Böhmen.«

»Ist das alles? Ein Wall zu einer österreichischen Provinz?«

»Denk nach, Bursche! Dort liegt Magdeburg, und hindurch fließt die Elbe. Nun? Was kann man über solch einen großen Fluss transportieren?«

»Proviant, Kanonen und Munition?«

»Exakt. Außerdem weiß der König, wie wohlhabend Sachsen ist. Eine Eroberung wird unsere Kriegskasse füllen. Ist das preußische Heer dann erst einmal in Böhmen siegreich, wird Maria Theresia zu Friedensverhandlungen gezwungen sein. Und auch Russland wird danach niemals mehr versuchen, uns ohne Verbündete anzugreifen.«

»Aber …« Was, wenn der König sich und seine Armee überschätzte, wollte Florentin fragen, doch ein warnender Blick des alten Stallmeisters brachte sie zum Schweigen. Niemand durfte in diesen Tagen den König kritisieren, nicht einmal Florentin. Sie könnte sonst schneller als gedacht vom Jäger zur Gejagten werden und in preußisch-blauer Uniform auf dem Schlachtfeld enden.

Entgegen ihrer Befürchtungen besetzte Friedrich mit seinem Heer jedoch bereits Anfang September kampflos Dresden. Doch die eingeschlossene sächsische Armee unter Führung des Grafen Rutowski, der aus der Verbindung des polnischen Königs Friedrich August »der Starke« mit seiner Mätresse hervorgegangen war, wollte nicht kapitulieren.

Die Sachsen rechneten fest damit, dass die österreichische Armee in Kürze nahen würde. Als dies geschah, zog Friedrich ihr mit der Hälfte seiner Armee entgegen, und Anfang Oktober kam es in Böhmen zur Schlacht. Die preußische Infanterie stürmte Lobositz, und die Schlacht endete mit dem Sieg von Friedrichs Heer, obwohl es siebentausend Mann weniger als das der Österreicher zählte.

Ohne es zu wollen, fieberte Florentin jeden Tag neuen Nachrichten entgegen. Einerseits bedrückte sie der Gedanke an die vielen Soldaten, die täglich auf dem Schlachtfeld starben, andererseits wusste sie, dass der Frieden längst brüchig geworden und Preußen in Gefahr war, von Österreich und Russland niedergewalzt zu werden. Sicher hatte Friedrich den Krieg eröffnet, aber nachdem es nun unausweichlich war, den Kampf fortzuführen, hoffte Florentin das Beste für Preußen, das sie inzwischen als ihre Heimat empfand. Sie war sich gewiss, dass weder der König noch Fredersdorf sie zum Heer einziehen würden, dazu war sie als Spion hinter der Maske eines einfachen Pferdeburschen zu wertvoll. Und auch um Hans musste sie sich nicht sorgen. Der war mit Ottilie inzwischen nach Hannover gegangen, wo deren Eltern und Geschwister lebten.

Der Abschied zwischen ihm und Florentin war kurz ausgefallen. »Ich weiß, dass du nicht auf mich hören wirst, aber bitte gib auf dich acht!«, hatte Hans zu ihr gesagt.

Florentin hätte ihm gerne von Herzen alles Glück der Welt gewünscht, aber der Schmerz saß noch zu tief. »Pass auch du auf dich auf«, hatte sie stattdessen gesagt und ihm die Hand hingestreckt.

Hans hatte daraufgestarrt, dann hatte er seine Freundin aus Kindertagen ohne Umschweife in die Arme genommen und sie kurz und kräftig an sich gedrückt. »Ich hoffe, du kannst mir irgendwann verzeihen«, hatte er gemurmelt, ehe er Florentin abrupt losgelassen hatte und gegangen war.

Mit einer Mischung aus Zuneigung und Wehmut hatte Florentin ihm nachgesehen. Bestimmt würde Ottilies Vater als Schwager des Kabinettsministers seinen Einfluss geltend machen, um zu verhindern, dass Hans auf den Schlachtfeldern kämpfen musste. Schon deswegen, weil der Verlust ihres Gatten das Herz seiner Tochter brechen würde.

Ottilie hatte einen Vater, der für sie sorgte, dachte Florentin. Und nur mit Mühe drängte sie die Einsamkeit zurück, die sich wie ein dunkler, erstickender Mantel um sie legen wollte, um sie in schwarze Leere einzuhüllen.

Doch es gab noch etwas, das Florentin Kopfzerbrechen bereitete, und das war ihre Cousine. Louises Intrigenspiel saß wie ein eiternder Dorn in ihrem Fleisch, und Florentin war auf der Hut. Kurz nach Preußens erster siegreicher Schlacht lief sie ihrer Verwandten prompt über den Weg. Louise schritt soeben zur Kutsche, als Florentin mit Luzifer am Zügel über den Schlosshof kam.

Ihre Base zögerte, dann aber drehte sie sich um, und statt einzusteigen, musterte sie Florentin mit dem Ausdruck einer Katze, die ihre Beute bereits im Visier hat. »Ah, Vetter. Du reitest wohl noch immer auf deinen dreckigen, stinkenden Gäulen. Wie ich sehe, sind deine Beine schon ganz krumm.«

Florentins Blick blieb an Louises Hals haften, den ein schimmerndes Perlenhalsband schmückte. »Nun, liebe Cousine, mir schwant, wir spreizen beide unsere Schenkel, um unser Dasein am Hof zu fristen.«

Louise schnappte nach Luft und starrte Florentin hasserfüllt an, während sie um die nächsten Worte rang. »Glaub ja nicht, dass dich der König auf ewig schützt. Er mag deine Neigungen kennen, aber …«

Florentin erschrak. Woher wusste Louise, dass Florentin die Männerrolle nur spielte? Und vor allem: Wie lange wusste der König schon davon?

»Neigungen?«, fragte sie erstickt.

Louise hatte sich in Rage geredet, und die Worte purzelten nur so aus ihrem geschminkten Mund. »Ich bin nicht blind. Ich habe dich und diesen rothaarigen Kerl dicht beieinanderstehen sehen. Eure Blicke haben einander nicht losgelassen.

Du solltest dich schämen, genau wie ich es tue – für meinen Vetter, den Sodomisten, der sich zu Männern hingezogen fühlt!«

Florentin hätte beinahe gelacht. Ihre Base unterstellte ihr also dieselbe Neigung, wie böse Zungen sie dem *Sire* nachsagten. Sie hatte Florentins Verkleidung nicht durchschaut! Trotzdem war es an der Zeit, diesem kleinen Biest ihre Grenzen aufzuzeigen. Daher trat Florentin dicht an sie heran und sagte leise: »Interessant. Nun weiß ich endlich, warum du deinem Geliebten angetragen hast, mich mit seiner Nichte zu verheiraten. Aber sei auf der Hut! Sonst bist du am Schluss die Dumme. Ich habe Verbündete am Hof, die mich schützen, und sie sind mächtiger als dein Minister!«

»Drohst du mir etwa?«, rief Louise mit schriller Stimme.

Der ältere Kutscher auf dem Bock drehte den Kopf und musterte die stark geschminkte junge Frau und den einfachen Stallburschen erstaunt. Florentin lächelte erst ihn, dann ihre Cousine an. »Nimm es als gut gemeinten Rat, und lass dir von deinem Minister noch ein Paar Perlenohrringe schenken. Mit denen wirst du sicher mehr glänzen als mit deinem Verstand!«

Luzifer am Zügel hinter sich herziehend, ging sie davon, während Louise ihr wutschnaubend nachsah.

Kapitel 19

Die Jahre 1757 bis 1758 in Preußen

Letztlich war es nicht Florentins Drohung, die ihre Cousine vorerst ruhigstellte, sondern der Krieg. Waren sie anfänglich siegreich gewesen, mussten die Preußen ihre Vorstellung, Prag wäre ebenso leicht einzunehmen wie Schlesien, rasch aufgeben. Im Juni endete die Schlacht von Kolin mit einem Verlust von dreizehntausend Mann auf seiten Preußens, darunter nicht wenige erfahrene Truppenführer, sodass Friedrich und seine Truppen die Belagerung Prags aufgaben. In Potsdam liefen die Minister händeringend durch die Schlossflure und zogen sich täglich mehrere Stunden zu geheimen Beratungen zurück. Friedrichs Vertrauter Fredersdorf versuchte den König in einem Brief behutsam zum Nachgeben in einem aussichtslosen Krieg zu bewegen, doch der stellte sich stur. Kopfschüttelnd zeigte der Kämmerer Florentin die Zeilen, mit denen Friedrich geantwortet hatte. *»Und wenn Himmel und Erde zusammenstürzen, lasse ich mich mit Kaltblütigkeit darunter begraben«*, las Florentin halblaut. In ihrem Magen machte sich ein dumpfes Gefühl breit. Bewunderung für den eisernen Willen des *Sire*, aber auch Furcht, dass er sich und sein Heer überschätzen und somit weitere Tausende in den sicheren Tod führen könnte.

Was, wenn Friedrich Nachschub brauchte? Würde er nicht doch irgendwann auf Florentin zurückkommen, die dem König Treue und Gehorsam gelobt hatte, als sie an seinen Hof kam?

Ihre Sorge galt nicht dem Kampf, denn sie war kein Feigling, aber im freien Feld würde man ihre Rolle als Mann zweifelsohne innerhalb kürzester Zeit durchschauen. In diesem Falle müsste sie desertieren, und fortan würde man ihrer am Hof nur noch mit Verachtung gedenken – und das war eine unerträgliche Vorstellung für Florentin. Sie wartete angespannt auf einen etwaigen Brief oder Befehl des Königs, sie in die Schlacht zu schicken, doch nichts geschah.

Der König stieß mit seinem Heer auf kräftezehrenden Märschen nach Thüringen vor. Dann ereilte ihn ein zusätzlicher Schlag: Seine Mutter, Königin Sophie Charlotte, starb im Schloss Monbijou, und einige Soldaten berichteten später, dass sie den *Sire* nach Erhalt dieser Nachricht zum ersten Mal hatten weinen sehen.

Doch dann errang die preußische Armee unter der Führung des Generalmajors Seydlitz bei Roßbach einen Sieg über den Feind, und Friedrich schöpfte Hoffnung und wurde wieder kühner.

»Das Heer verehrt seinen König. Er lagert bei klirrender Kälte unter freiem Himmel wie ein einfacher Soldat und macht ihnen mit seinen Reden Mut«, berichtete Florentin dem alten Stallmeister. Das hatte sie durch Zufall vom Leibarzt des Königs gehört, der sich auf Friedrichs Befehl um ein halbes Dutzend verwundeter Kavalleristen kümmern sollte.

Es war eines der wenigen Dinge, die Florentin in diesen Zeiten erfuhr. Erneut waren alle Festivitäten am Königshof eingestellt worden. Niemandem war in diesen Tagen nach Feiern zumute, und auch die Diplomaten waren nicht mehr gerne gesehen. Zu tief war der Riss, der durch Europa ging.

Dazu kam der dramatische Währungsverfall, ein weiterer gnadenloser Tribut des Krieges.

Florentin war im Schloss weiterhin gut versorgt, auch wenn die Lebensmittel knapper waren als früher. Zum Glück hatte der Preußenkönig im März 1756 einen sogenannten »Kartoffelbefehl« erlassen, wonach jeder Bauer unter Androhung von Strafe Kartoffeln anbauen musste. Anfangs hatten sich die Landwirte nämlich strikt geweigert, die Feldfrüchte, deren Knollen so hart waren, dass sie nicht einmal die Säue fressen wollten, auf ihre Felder zu pflanzen. Doch nachdem man gemerkt hatte, wie gut sie gekocht schmeckten und dass sie auch auf den Sandböden Preußens und bei schlechter Witterung gediehen, war das Land froh darum, machten die »Tatoffeln«, wie der König die Knollen selbst nannte, doch viele hungrige Mäuler satt.

Was Florentin in dieser Zeit am meisten verdross, war nicht die Knappheit an üppigen Speisen bei Hof, sondern das Fehlen jeglichen Abenteuers in ihrem Leben. Sie vermisste die Schauer der Aufregung, die sie bei jedem Rollenwechsel zu »Viktoria von Nanckenreuth« verspürte, wenn es darum ging, Neuigkeiten zu erfahren und selbst gewiefte Männer zum Reden zu bringen. Jetzt fühlte sie sich nutzlos, obwohl sie sich bei den Pferden wohl fühlte und außer ihr sowieso niemand imstande war, den ungebärdigen Luzifer zu reiten. Sie wurde von Harsdorf gebraucht und geschätzt – und trotzdem war eine Lücke in ihrem Leben entstanden.

Die Monate vergingen, sie wurden zu einem Jahr, und Florentin hatte immer stärker das Gefühl, ihr Leben verliefe, als würde sie sich in zäher Sülze bewegen. Nichts ging voran, und jeder Tag glich dem anderen. In den spärlichen Zeilen des Königs an Fredersdorf, die unregelmäßig in Potsdam eintrafen, schwankte der *Sire* zwischen Triumph und Niedergeschlagenheit. Österreich hatte das zuerst weitgehend eroberte Schlesien nicht halten können, sodass es kurz vor Weihnachten 1757 wieder in preußischer Hand gewesen war. Wenige Monate später musste der König aber nicht nur den Tod seiner Lieblingsschwester Wilhelmine verkraften, sondern auch die deutlich größere Armeestärke des Feindes. Die Aussichten auf das Ende des Krieges oder gar einen Sieg schienen in weite Ferne gerückt. Dennoch begingen Österreich, Frankreich und Russland immer wieder Fehler, verzögerten Entscheidungen und konnten sich nicht entschließen, ihren Handlungsspielraum auszuschöpfen.

»Welch ungeheuren Fehlern verdanken wir unsere Rettung«, schrieb der Preußenkönig in dieser Zeit.

Weil er sein Heer wegen großer Verluste ergänzen und neu formieren musste, wollte er den Winter über in Breslau bleiben und versuchen, die Verluste von Familie und Weggefährten zu verkraften.

»Kann denn niemand den *Sire* dazu bewegen, diesen Krieg abzubrechen?«, wagte Florentin doch einmal zu fragen, als der Frühling 1758 mit überraschend milden Tagen Einzug hielt. Friedrichs Kämmerer Fredersdorf, der in einem Jahr um das Dreifache gealtert zu sein schien, schüttelte müde den Kopf. »Es ist seine Ungeduld«, sagte der ältere Mann leise. »Er will seinem Vater ebenbürtig sein, auch wenn dieser es nicht mehr erlebt. Und dafür ist Friedrich bereit, alles zu opfern. Sogar sein eigenes Leben.«

»Aber dieser Krieg ist sinnlos!«, fuhr Florentin auf, doch Fredersdorf sah sie nur an und schüttelte den Kopf. »Nicht für den *Sire*.«

Der Hof hatte monatelang keine Nachrichten vom König mehr erhalten, die Besorgnis ließ das Gesicht des Kämmerers noch bleicher werden, und auch vom Minister bis hinunter zu den Bediensteten huschten alle bedrückt durch die Schlossflure und wagten nur, sich im Flüsterton zu unterhalten.

Florentin wusste, dass alle das Schlimmste fürchteten.

*

An einem überraschend warmen Frühlingsabend rollte unerwartet eine schäbige Kutsche in den Schlosshof. Auf dem Bock hockte ein Mann mit einem struppigen Bart und in abgerissener Kleidung, der mit heiserer Stimme Unverständliches brüllte. Florentin, die soeben zu einem ihrer einsamen Fechtkämpfe mit sich selbst in das abgelegene Wäldchen aufbrechen wollte, sah den zerlumpten Mann vom Kutschbock springen und mit finsterem Gesicht auf den Eingang von Sanssouci zusteuern.

Sogleich stellte sie sich dem Kerl in den Weg. »Heda, wohin?«

»Halt's Maul, Bursche, oder ich stopf es dir«, gab der Bärtige zurück.

In einer fließenden Bewegung zog die junge Frau den Degen. Die tiefstehende Oktobersonne ließ die Klinge beinahe rötlich glänzen, so wie das Blut, das bald darauf kleben würde, sollte der Mann versuchen, an ihr vorbeizukommen.

»Herrgott noch mal, Kerl! Steck das Ding weg. Euer König braucht Hilfe!«

»Der *Sire* ist – hier?«

»Natürlich! Glaubst du, ich fahre zum Spaß in der Gegend herum, du Tölpel? Na los, hilf mir!«

Im Laufschritt eilte Florentin zu der Kutsche und riss die schäbige Tür auf, die reichlich verzogen war und knarrte. Darin entdeckte sie den Preußenkönig, der halb liegend, halb sitzend auf dem zerschlissenen Sitz kauerte. Sein Gesicht war fahl und hager, und blauschwarze Ringe lagen um seine Augen, als hätte er Raufhändel gehabt und wäre von einer Faust getroffen worden.

Florentin erschrak bis ins Mark. »Um Gottes willen, *Sire*! Seid Ihr schwer verwundet?«

»Ach was, verwundet! Diese vermaledeite Gicht hat mich in den Klauen! Hilf er mir hier heraus, Bursche. Noch ein paar Augenblicke in diesem rollenden Folterinstrument, und ich vergesse mich!«

Mit Hilfe des Bärtigen schoben und zogen sie den Preußenkönig aus der Kutsche, der sich nach tagelanger Fahrt kaum mehr zu rühren vermochte. Florentin sah, wie er sich die Schmerzenslaute verbiss.

Nachdem er endlich stand, atmete er tief ein. Auf seiner Stirn glitzerten Schweißperlen. »Hol er Fredersdorf und meine Diener. Sie sollen mich ins Schloss schaffen. Er kümmert sich um die Gäule, dass der Mann entlohnt wird und etwas zu essen bekommt!«

»Natürlich, Majestät!«, antwortete Florentin und lief los, um Hilfe zu holen. Doch das war nicht nötig. Das Gebrüll des Bärtigen und das schäbige Gefährt hatten bereits Neugierige angelockt. Mehrere Kammerdiener und zwei Küchenmägde drängten sich an der Flügeltür zum Schloss und starrten auf ihren König, der in einer schäbigen, fleckigen Uniform steckte und offenbar kaum mehr gehen konnte.

»Was gafft ihr denn, Narren? Kennt ihr euren eigenen König nicht mehr?«, fauchte Friedrich, und eingeschüchtert verfielen die Domestiken in tiefe Verbeugungen und Knickse. »Was macht ihr denn? Ihr sollt mir helfen und nicht vor mir in die Knie gehen, Herrgott!«

Das war schon eher der Preußenherrscher, wie Florentin ihn kannte, und sie musste schmunzeln. »Seid nicht so hart mit ihnen, *Sire*. Immerhin haben sie Euch zwei Jahre lang nicht zu Gesicht bekommen!«

Friedrich sah sie an, und um seine immer noch leuchtend blauen Augen bildeten sich kleine Falten. »Ach was, sie sollen nur nicht irgendwelche Verrenkungen vorführen, welche die Gicht mir zurzeit unmöglich macht«, brummte er, und Florentins Lächeln wurde breiter.

Da kamen auch schon Fredersdorf und Daniel herbeigeeilt. Beim Anblick seiner beiden engsten Vertrauten leuchtete das Gesicht des Preußenkönigs auf. Ohne Murren ließ er sich von ihnen unterhaken und mühsam, einen Schritt vor den anderen setzend ins Schloss bringen.

*

Der nächste Tag brach ebenso warm und sonnig an wie der vorige, und nach getaner Stallarbeit beschloss Florentin, ein Bad in dem kleinen See zu nehmen, wo sie ihr heimliches Stelldichein mit Hans gehabt hatte. Bisweilen suchte sie ihn noch zum Schwimmen auf, um sich den Schweiß der harten Arbeit bei den Pferden vom Leib zu waschen. Doch insgeheim zog es sie noch aus einem anderen Grund an diesen Ort. Dort war sie mit Leib und Seele Frau gewesen. Und war – zum ersten Mal – als die, die sie wirklich war, von einem Mann begehrt und berührt worden. Dass die Erinnerungen an Hans sie auch deshalb immer wieder zu dem verwunschen gelegenen Weiher zogen, hätte Florentin jedoch nicht einmal vor sich selbst zugegeben.

Sie sattelte Luzifer, der die Aussicht auf eine weitere Reitstunde mit einem unwilligen Schnauben quittierte. Nachdem er allerdings merkte, dass es nicht auf das Dressurrondell, sondern in die Natur ging, schritt er umso williger aus.

Im Schritt bummelten Pferd und Reiterin etwa eine halbe Stunde durch den Wald, dessen Laubbäumen der Frühling bereits einen zartgrünen Schimmer verlieh. Ein paar Vögel zwitscherten zufrieden in den Kronen, und die ersten warmen Sonnenstrahlen des Jahres liebkosten Florentins Gesicht. Für kurze Zeit war der Krieg vergessen, und sie tauchte ein in das allzu kurze Glück eines vollkommenen Augenblicks.

Am See angelangt, zog sie ihre Stiefel aus. Zuerst führte sie Luzifer ins knietiefe Wasser, wo er sogleich begann, ausgelassen mit den Vorderhufen herumzuplatschen und Florentin dabei von Kopf bis Fuß nasszuspritzen. Nachdem der Hengst in tiefen Zügen vom Seewasser gesoffen hatte, band sie ihn an einen Baumstamm und zog sich bis auf ihr ärmelloses Linnenunterhemd aus, ehe sie ins Wasser ging und mit ein paar kräftigen Zügen auf den See hinausschwamm.

Das kühle Nass war herrlich erfrischend, und Florentin wäre am liebsten den ganzen Abend durch den stillen See geschwommen. Erst als sie anfing, mit den Zähnen zu klappern, kletterte sie ans Ufer. Soeben griff sie nach ihren Kleidern, da hörte sie Luzifer schrill wiehern – eine Warnung und ein Laut der Furcht zugleich.

Florentin riss den Kopf hoch.

Zwischen den schlanken Birkenstämmen mit den hellgrünen Blättern stand der Pferdeknecht Martin.

»Sieh einer an«, sagte er leise, und ein gemeines Feixen verzerrte sein pockennarbiges Gesicht. »Eigentlich wollte ich nur einmal wissen, warum du dich am Abend immer fortschleichst. Ich habe ein kleines Stelldichein zwischen dir und einem Weib erwartet. Aber diese Überraschung ist beinahe noch besser.« Dabei starrte er unverwandt auf Florentins dünnes Leinenhemd, unter dem sich deutlich ihre Brüste abzeichneten. Die Kühle des Wassers hatte ihre Brustwarzen hart werden lassen, und Martin fuhr sich unwillkürlich mit der Zunge über die Lippen, während er die junge Frau begaffte.

Mit zwei Schritten war Florentin bei ihrem Degen, der im Gras lag, und bückte sich zu der Waffe hinunter. Mit einem zischenden Laut fuhr die Klinge aus der Degenscheide. »Einen Schritt näher, und du bist ein toter Mann«, sagte sie.

Martin zuckte zusammen, dann aber wurde sein hämisches Lächeln noch breiter. »Wer sagt denn, dass ich näher komme? Im Gegenteil, gleich bin ich fort. Nämlich beim König, um ihm zu erzählen, dass sein hochgeschätzter Stallknecht in Wahrheit ein Weibsbild ist, das ihn zum Narren hält. Du weißt ja, was der König von Frauen an seinem Hofe hält. Ich freue mich schon auf deinen Empfang im Schloss – *Florentin* von Rosenberg!«

Und mit diesen Worten drehte sich der massige Stallknecht erstaunlich behende um und löste Luzifers verknotete Zügel.

Florentin, die vor Schreck erstarrt dagestanden hatte, kam in Bewegung. »Nein! Fass Luzifer nicht an«, schrie sie, doch der Stallknecht schenkte ihr keine Beachtung.

Florentin rannte los, doch sie kam zu spät. Obwohl der Hengst mit rollenden Augen zurückwich und scheute, gelang es Martin, ihn mit einem harten Ruck am Zügel zur Raison zu bringen. Er setzte einen Fuß in den Steigbügel und schwang sich in den Sattel. Martin hieb dem bockenden Pferd ein paar Mal grob die Hacken in die Seite, und Luzifer sprengte los.

»Nein! Halt!«, schrie Florentin verzweifelt, doch nur das Geräusch des durch das Unterholz brechenden Hengstes war zu hören. Dann herrschte auf einmal wieder Stille, die nur von den hellen Stimmen einiger aufgeschreckter Vögel durchbrochen wurde.

In fliegender Hast schlüpfte Florentin in ihre Kniehose und streifte sich das Oberhemd über das klatschnasse Leibchen.

Ihre Gedanken schossen umher wie die verschreckten kleinen Fische, die sie vorhin im See gesehen hatte.

Was konnte sie tun, um Martins Verrat noch abzuwenden? Zu Pferd wäre er weit vor ihr in Sanssouci, und Florentin ahnte, dass Martin nicht zögern würde, sofort beim König vorstellig zu werden, um sie anzuschwärzen. Oder wollte der Stallknecht noch warten, ehe er sie enttarnte? Vielleicht erwartete er, dass sie ihn anbetteln würde, ihm vielleicht sogar zu Willen wäre, nur damit er den Mund hielt?

Bei dieser Vorstellung presste Florentin den Kiefer so hart zusammen, dass sie ihre Zähne knirschen hörte. Nein, niemals würde sie ihre Jungfräulichkeit, die Hans trotz aller Zärtlichkeiten stets respektiert hatte, nun an diesen hässlichen, groben Stallknecht verlieren und all das durchmachen, was ihre ältere Schwester hatte erleiden müssen.

Doch egal, was sie tat – die Sache würde für sie in einer Katastrophe münden, wenn nicht noch ein Wunder geschähe.

Mit Gewalt zwängte Florentin ihre feuchten Füße in den Lederschaft der Stiefel und raffte Degen, Brustbinde und Dreispitz an sich.

Dann rannte sie los.

Sie musste nicht lange laufen, bis sie auf Martin stieß. Mitten im Wald, dort, wo der Weg eine scharfe Biegung machte, lagen Pferd und Reiter am Fuße eines Abhangs, der nicht steil, aber von Baumstümpfen und gebrochenen Ästen durchsetzt war.

Florentin sah auf den ersten Blick, dass der Pferdeknecht tot war. Er lag im modrigen Laub, das der Winter übrig gelassen hatte, auf dem Rücken. Sein Kopf saß seltsam schief auf dem Hals, was ihm einen beinahe fragenden Ausdruck verliehen hätte, wären die weit aufgerissenen Augen nicht starr und blicklos in den tiefblauen Himmel gerichtet gewesen. Sein Genick war gebrochen.

Florentin hatte kein Mitleid mit dem grobschlächtigen und grausamen Mann, daher verschwendete sie keine weitere Aufmerksamkeit auf ihn, sondern stürzte zu Luzifer. Der Hengst lag inmitten von Ästen und einer umgeknickten jungen Fichte auf der Seite. Als er die junge Frau kommen hörte, die er liebte und an der er hing wie an keinem anderen Menschen, hob er den Kopf und wieherte. Doch es ähnelte eher dem Schrei eines sterbenden Kätzchens, so dünn und kläglich klang es.

Florentin sank neben ihrem Schützling auf die Knie und schrie leise auf: Aus seinem Vorderbein sprudelte Blut in einer dünnen, aber stetigen Fontäne.

Kurz hegte Florentin die Hoffnung, es möge nur eine tiefe Schürfwunde sein, und sie könnte sie mit einem Streifen ihres Leinenhemdes verbinden. Als sie jedoch genauer hinsah, bemerkte sie das Knochenstück, das weiß und blank aus dem Rot hervorstach. Luzifer hatte sich das Vorderbein gebrochen, und der gesplitterte Knochen war nach außen gedrungen und hatte sein Fell durchbohrt.

Florentin wusste, was das bedeutete.

Und das Tier wusste es auch. Seine weit aufgerissenen Augen spiegelten Florentins namenlose Angst.

»Oh, Luzifer«, brachte sie nur heraus, ehe ein wildes Schluchzen in ihrer Kehle aufstieg. Mit Gewalt unterdrückte sie das Weinen, um das Tier nicht noch mehr in Schrecken zu versetzen. Stattdessen kraulte sie es hinter den Ohren und murmelte tröstende Worte, bis das Tier ruhiger wurde. Schließlich sank Luzifers Kopf in ihren Schoß, und er schloss die Augen.

Florentin beugte sich zu ihm und küsste ihn unter Tränen auf die weiße, schmale Blesse seiner Stirn. »Leb wohl, mein

Freund«, flüsterte sie. Behutsam schob sie den Kopf des Hengstes zur Seite und richtete sich aus der knienden Position auf. Sie zog ihren Degen, nahm Maß – und stieß Luzifer die Klinge mit einem einzigen, kraftvollen Stoß mitten ins Herz. Der kastanienbraune Hengst zuckte einmal kurz und heftig, dann erschlaffte sein Leib. Nun würde er sich nicht über Stunden quälen müssen, bis er verblutet war.

Sein Leiden war beendet, doch das von Florentin hatte erst begonnen.

Sie brach in die Knie und krallte ihre Hände in das feuchte, krause Moos des Waldbodens, während sie ihren ganzen Schmerz und ihre Wut über den sinnlosen Tod ihres Lieblings herausschrie, wobei ihr die Tränen in Bächen über die Wangen strömten. Sie weinte um Luzifer, durch den sie Zutritt zum Königshof erhalten hatte und der ihr trotz seiner gelegentlichen Ungebärdigkeit stets ein treuer Gefährte gewesen war. Er hatte sie über ihre Einsamkeit hinweggetröstet, und vor ihm hatte Florentin sich nie verstellen müssen, denn das Tier hatte sie geliebt und ihm war es gleich gewesen, wer oder was Florentin war. Doch sie trauerte nicht nur über Luzifers sinnlosen Tod, sondern gleichzeitig auch um die verlorene Liebe zu Hans und ihr Zuhause. Bereits mehrere Male in ihrem jungen Leben hatte sie geliebte Orte und Menschen verlassen müssen, um sich nicht selbst aufzugeben. Und was hatte es ihr gebracht? Nichts als Einsamkeit und Tränen.

*

Erst als das helle Blau des Himmels zu einem verwaschenen Grauviolett wurde und sich die ersten rosafarbenen Streifen des beginnenden Abendrots zeigten, stand Florentin auf und wischte sich über das tränennasse Gesicht. Mühsam wie der gichtkranke König trat sie den Fußmarsch zum Schloss an, um Harsdorf und ein paar Bedienstete über den toten Stallknecht und das verendete Pferd im Wald zu benachrichtigen. Sie würde ihnen alles so erzählen, wie es geschehen war: dass Martin sie am See überrascht hatte und ihr eins auswischen wollte. Ehe Florentin ihn zurückhalten konnte, war er in den Sattel gesprungen und davongaloppiert. Was im Wald geschehen war, konnte niemand wissen. Entweder war der Hengst mit voller Wucht die Böschung hinuntergeprescht, über einen Baumstumpf gestolpert und gestürzt, wobei der Stallknecht aus dem Sattel geschleudert wurde und sich das Genick brach, oder Luzifer war kerzengerade in die Höhe gestiegen, wobei er das Gleichgewicht verloren hatte und mitsamt seines Reiters im Sattel rücklings umgefallen war. Solche Unfälle passierten nicht selten, wenn ein Pferd in großer Angst und Schrecken auf die Hinterbeine stieg. Reagierte der Reiter nicht augenblicklich und warf sich nach vorne, um das Tier wieder auf alle viere zu zwingen, gab das menschliche Gewicht oftmals den Ausschlag, dass das Pferd die Balance verlor und rückwärts umfiel.

Schon so mancher Reiter war zu Tode gekommen, indem sein stürzendes Pferd ihn unter sich begrub. Der alte Stallmeister wusste das ebenso gut wie der König, und genau so würde Florentin es berichten.

Was der Stallknecht gesehen und warum er so schnell zurück zum Marstall wollte, würde dagegen niemand erfahren. Martin war tot, und Florentin musste nicht lügen – sondern nur einen Teil der Wahrheit verschweigen.

*

Am nächsten Morgen hoffte Florentin, der gestrige Vorfall möge nur ein böser Traum gewesen sein. Doch als sie in den Stall kam, war Luzifers Unterstand leer. Nicht einmal mehr Stroh lag auf dem Boden.

»Ich dachte, wenn du nichts mehr aufräumen musst, ist es leichter für dich, Junge«, brummte Harsdorf, als er sah, wie Florentin schluckte.

Die junge Frau, die am Morgen Mühe gehabt hatte, sich mit Ruß und Asche den üblichen, hauchfeinen Bartschatten aufzumalen, weil ihre Hände gezittert hatten wie das frische, zarte Laub an den Hecken, nickte. »Dank Euch, Stallmeister. Wie hat der König die Nachricht aufgenommen?«

»Er sagte, wenn Martins Genick nicht schon gebrochen gewesen wäre, hätte er ihm selbst den Hals umgedreht. Es war eine bodenlose Dummheit von dem Kerl, zu versuchen, dieses Pferd noch einmal zu reiten. Jeder hier am Hof weiß, dass nur du mit Luzifer fertig geworden bist und dass das Tier Martin hasste. Nun hat der König seinen wertvollsten Zuchthengst verloren. Ich bin mir sicher, dem *Sire* tut es mehr um das Tier leid als um seinen Knecht.«

Florentin konnte es dem König nicht verdenken. Menschen waren oft grausam und niederträchtig zueinander. Tiere mochten miteinander kämpfen und sich beißen, aber sie zerstörten nie aus purer Bosheit die Seele eines anderen. Martin dagegen hatte Florentin bewusst schaden wollen und mit seinem Leben dafür bezahlt.

Und doch hatte er ihr mit Luzifer das Wertvollste genommen, das sie zurzeit am Hof des Königs hatte: ein Lebewesen, das sie bedingungslos geliebt und das sie gebraucht hatte. Nun stand die junge Frau vor dem verwaisten Unterstand und staunte über die Größe des Verlustes, den der Tod ihres Schützlings in ihrem Leben hinterlassen hatte.

Kapitel 20

Die Jahre 1758 bis 1759
am preußischen Hof

Eine Woche später ersuchte Florentin um eine Audienz bei Friedrich, die ihr sogleich gewährt wurde. Zum ersten Mal betrat Florentin das königliche Gemach, das dem *Sire* als Arbeits- und Schlafzimmer zugleich diente. Es war mit mehreren goldgerahmten Spiegeln versehen, und auf zahlreichen Tischchen mit kostbarer Goldverzierung stapelten sich in einem wilden Durcheinander jeweils ein halbes Dutzend Bücher. Die Stühle und ein ausladender Sessel waren nicht gerade sauber, und als einer der Windhunde des Königs kläffend von draußen hereinstürmte und auf ein zierliches Sofa sprang, um es sich dort gemütlich zu machen, wusste Florentin auch, warum.

Ihr Blick glitt durch den Raum, aber sie sah nur Fredersdorf und Daniel, der ihr ermunternd zulächelte. Da vernahm sie Friedrichs Stimme, die hinter einem reichverzierten Wandschirm hervorkam: »Möge er näher treten!«

Zu ihrer Überraschung befand sich hinter dem Paravent keineswegs eine königlich prächtige Liegestatt mit Baldachin und Damastdecken, sondern ein einfaches Feldbett. Eine rote Taftdecke, die offenbar als Überwurf diente, lag zerknüllt auf dem Boden. Auch sie zierten mehrere schmutzige Pfotenabdrücke, und einer der Hunde lag zu Füßen des *Sire*, der von mehreren Kissen gestützt auf seinem bescheidenen Schlaflager thronte.

Mit der rechten Hand winkte er Florentin zu sich. »Mein linker Arm ist noch durch die Gicht gelähmt. Ebenso wie der rechte Fuß. Dafür meldet sich das Knie beständig und quält mich mit Schmerzen. Aber reden wir nicht von Krankheiten. Das ist, als reiche man seiner Geliebten eine Tasse Kräutertee. Was führt ihn zu mir, Florentin von Rosenberg?«

Die junge Frau in Männerkleidung hatte sich die Worte genau zurechtgelegt, die sie zum König sagen wollte, doch nun brachte sie keines davon heraus. Die vergangenen Tage hatte sie mit Nachdenken verbracht. Vor allem die Nächte, in denen sie aus Trauer um Luzifer keinen Schlaf gefunden hatte, waren von düsteren Vorstellungen erfüllt gewesen, die Florentin heimgesucht hatten wie böse Geister. »Deine Tage am Hof sind gezählt«, zischten sie in der nächtlichen Schwärze nah an Florentins Ohr. »Der König wird dich aufs Schlachtfeld schicken, jetzt, da Luzifer tot ist. Einen neuen Pferdeknecht findet er allemal, und als Spionin werden deine Dienste schon seit längerem nicht mehr benötigt!«

Schweißgebadet hatte sich Florentin in diesen Stunden auf ihrer schmalen Liegestatt hin- und hergewälzt, und selbst die frische, klare Nachtluft des frühen Herbstes, die durch die Fensterluke in ihre winzige Kammer strömte, hatte ihr keine Erleichterung bringen können. Zwar versuchte sie sich einzureden, dass sie sofort wieder an wichtige Neuigkeiten kommen würde, sobald es erneut Bälle und Empfänge gäbe, doch wann sollte das sein? Die Staatskasse war leer, die Währung verfiel, und der Krieg drückte auf die Stimmung. Sogar Elisabeth Christine, die sich sonst über jeden Wunsch ihres Gatten hinwegsetzte und süchtig nach Pomp und Festivitäten war, hatte sich in ihr Schloss Schönhausen zurückgezogen, das sie bereits zwei Mal während des Krieges in Richtung Spandau und Magdeburg hatte verlassen müssen, wenn auch nur für kurze Zeit. Inzwischen residierte sie mit ihrem Hofstaat wieder in Berlin, allerdings in völliger Abgeschiedenheit. Sie machte keinerlei Anstalten, ihren gichtkranken Gemahl zu besuchen, was Friedrich nur recht zu sein schien, denn auch er fragte kein einziges Mal nach seiner Gattin.

Florentin gereichte das jedoch zum Nachteil, denn auf diese Weise würde es nicht einmal einen kleinen Empfang geben, bei dem sie als »Viktoria« erscheinen konnte. Sie fühlte sich ausrangiert. Was konnte die Zukunft am preußischen Hof noch für sie bereithalten? Der *Sire* war ein wankelmütiger Charakter, und seine Freundlichkeit konnte schlagartig in beißenden Zynismus umschlagen, was Florentin bereits mehrfach miterlebt hatte. Selbst der große Philosoph Voltaire, zuerst ein hochgeschätzter Gast am Hof, hatte innerhalb eines Tages seine Sachen packen und gehen müssen, sobald er sich nicht mehr den Vorstellungen und Wünschen Friedrichs gebeugt hatte.

Florentin machte sich keine Illusionen, dass der König sie als seinen Spion noch protegieren würde, wenn sie für ihn überflüssig geworden wäre. Sie könnte höchstens als einfacher Pferdeknecht ihr Dasein im Marstall fristen, immer in Gefahr, dass Friedrich sie loswerden wollte, weil sie inzwischen zu viel über ihn und die politischen Vorgänge am Hof wusste.

Und was sie erfahren hatte, gefiel ihr immer weniger.

Nicht allein durch Ungeduld und die Überschätzung der eigenen Stärke hatte der Preußenkönig einen Krieg entfacht, der als einer der verlustreichsten und grausamsten in die Geschichte einzugehen drohte. Europa war so tief gespalten wie nie zuvor, und keine der Kriegsparteien war bereit einzulenken, am allerwenigsten Friedrich selbst.

Daher war in den vergangenen Tagen ein Plan in Florentins Kopf gereift, aber nun schien er ihr beinahe zu kühn, um ihn dem Preußenherrscher vorzutragen.

»Was ist, hat es ihm die Sprache verschlagen? Oder ist die Sache derart heikel?«, fragte Friedrich, und Florentin wurde jäh aus ihren Gedanken gerissen.

»Verzeiht, *Sire*, aber in der Tat fällt es mir schwer, mich kurzzufassen.«

Friedrich lächelte. »Er mag es versuchen, und ich werde ihm dann schon sagen, was ich davon halte«, sagte er und lauschte, was Florentin ihm vorzuschlagen hatte.

»Nein!«, hallte es kurz darauf donnernd durch das Gemach. Bleich und zornig starrte der König seinen jungen Pferdeknecht an. Florentin aber war nicht bereit, so schnell aufzugeben. »Aber *Sire* …«

»Ich habe *nein* gesagt, und dabei bleibe ich. Ist er närrisch geworden, mir so etwas anzutragen, Kerl?«

»Ich weiß, es ist ein kühnes Vorhaben …«

»Kühn? Sich aus purem Übermut ins Lager des Feindes zu begeben – das ist Selbstmord! Ich hatte drei Männer an den europäischen Königshöfen, die für mich arbeiteten. Zwei sind geflohen, und einer lebt unerkannt in Frankreich, aber in ständiger Furcht, entdeckt zu werden!«

»Ich würde mich gründlich vorbereiten, und ich weiß auch schon, wie ich …«

»Genug! Ich lehne es ab. Mehr gibt es dazu nicht zu sagen. Und nun geh er, ich habe Schmerzen und brauche Ruhe!«

Mit gesenktem Kopf schlich Florentin hinaus. Trotzdem sah sie noch den Blick, den Fredersdorf dem jungen Daniel zuwarf, und wie dieser leicht den Kopf schüttelte. Nicht einmal Florentins Verbündete hatten Verständnis. Dabei hatte sie wirklich gedacht, den *Sire* für ihren Vorschlag erwärmen, wenn nicht gar begeistern zu können.

»Schickt mich als Spion an den Zarenhof. Nach Russland«, hatte sie gesagt, nachdem Friedrich sie aufgefordert hatte, zu sprechen. Sie hatte diesen Plan lange und gründlich durchdacht. Österreich war an Russland gebunden und folgte den Befehlen seines Allianzpartners. Wenn also Kriegsstrategien entwickelt würden, dann am russischen Hof. Florentin hatte sich vorgenommen, von einem der holsteinischen Soldaten, die aus Oranienbaum zurückgekehrt waren, Russisch zu lernen. Zwar nicht von Andreas, denn dieser saß seit dem Empfang, bei dem er »Viktoria« im Rausch zu viel von seinem Wissen preisgegeben und sich damit tatsächlich als russischer Spion enttarnt hatte, in der Festung Küstrin. Doch bestimmt würde sich einer finden, der dieser Sprache mächtig war. Dann wollte Florentin sich als Degenfechter in den Dienst des russischen Großfürsten Peter stellen, in der Hoffnung, an seinem Hof zu erfahren, welche Winkelzüge Russland und Österreich planten.

Auch wenn sich das Heer von Kaiserin Elisabeth vorerst zurückgezogen hatte, würden Preußens Gegner niemals aufgeben. Der augenblickliche Stillstand war nichts weiter als ein Atemholen auf beiden Seiten. Die Feinde sammelten genau wie Friedrich ihre Kräfte, um später erneut angreifen zu können. Florentin setzte darauf, dass Großfürst Peter, der aus seiner Verehrung für Preußen nie ein Hehl gemacht hatte, sie mit offenen Armen in Oranienbaum aufnehmen würde. Und um an Kaiserin Elisabeth in Sankt Petersburg heranzukommen, könnte sie einfach wieder in die Rolle der »Viktoria von Nanckenreuth« schlüpfen und sich als Angehörige eines deutsch-russischen Adelsgeschlechts ausgeben. War nicht auch Großfürstin Katharina ursprünglich eine Prinzessin aus Stettin namens Sophie von Anhalt-Zerbst gewesen?

Da der Großfürst und seine Tante an zwei verschiedenen Orten in Russland weilten, die genügend weit entfernt voneinander waren, würde nur eine geringe Gefahr für Florentin bestehen, in ihrer Doppelrolle enttarnt zu werden. Und wenn sie erst einmal am Zarenhof weilte, gäbe es sicher Möglichkeiten, Briefe außer Landes zu schmuggeln. Sie müsste sich vorher nur mit dem *Sire* auf eine Art Geheimsprache einigen, damit niemand die wahre Bedeutung der Zeilen entziffern konnte.

Doch von Begeisterung auf seiten Friedrichs konnte gar nicht die Rede sein. Der König hatte Florentin rüde aus seinem Gemach komplimentiert und ihr damit deutlich gezeigt, was er von ihrem Vorhaben hielt. Vor Enttäuschung hätte sie am liebsten mit dem Degen in ihrer Kammer alles kurz und klein gehauen – auch wenn sie damit in kürzester Zeit fertig gewesen wäre, denn der enge Raum besaß ja nicht mehr als Bett, Hocker und ein Holzregal. Stattdessen rannte sie ins Wäldchen und focht gegen ihre zerronnene Hoffnung und ihre Zukunftsangst, bis sie schweißgebadet war und kaum noch die Waffe halten konnte.

Ein paar Tage später kehrte der König nach Breslau ins Quartier seines Heeres zurück. Florentin beobachtete vom Marstall aus, wie er deutlich aufrechter als noch vor einer Woche in die Kutsche stieg. Er hatte sie nicht mehr zu sich rufen lassen, und Florentin hatte sich gehütet, von sich aus zu versuchen, ihr Vorhaben nochmals vorzutragen. Sie sah das königliche Gefährt über die Schlossallee rollen, und mit dem bitteren Geschmack von Enttäuschung auf der Zunge wandte sie sich ab, um im Stall ihrer Arbeit nachzugehen.

Wieder verging ein Jahr, und die Zeit zog Furchen in Florentins Seele wie der Krieg Schneisen der Verwüstung durch das Land, und noch als der Sommer kam, ahnte Florentin nicht, wie bald ihr weiteres Leben an das Geschick Preußens geknüpft sein sollte.

Der Juli des Jahres 1759 war ein heißer Monat gewesen, doch im August schien die Hochsommersonne noch gnadenloser auf die verfeindeten Heere, die sich nahe Frankfurt an der Oder ein unerbittliches Duell mit Kanonen und Hellebarden lieferten. Gelang es dem Preußenkönig anfangs noch, die russische Gefechtsaufstellung mit seiner Infanterie zu zerschmettern, wendete sich am späten Nachmittag das Blatt. In einem Hohlweg bei Kunersdorf entschieden Preußens Gegner die Schlacht für sich, das Heer Friedrichs flüchtete kopflos und ließ die gesamte Feldartillerie mit beinahe zweihundert Kanonen zurück. Die Verluste auf beiden Seiten waren entsetzlich, und als wolle der Himmel selbst über den Schrecken des Krieges urteilen, tobte in der Nacht ein Gewitter, dessen Blitze die Gesichter der Toten in grelles Licht tauchten, während rollender Donner die Schreie der Verwundeten übertönte.

»Zwanzigtausend Tote. Mein Gott, wie soll das nur enden?«, rief Fredersdorf erschüttert aus, als er vom Ausgang des Kampfes erfuhr.

Auch Florentin erschrak ob dieser unvorstellbar hohen Zahl. Wie viele Opfer würde dieser Krieg noch fordern?

Am meisten aber erschreckte sie, dass Friedrich jeden Lebenswillen verloren zu haben schien. Von seinem Generalleutnant Friedrich August von Finck kam ein Schreiben, dass der *Sire* sich offenbar mit Selbstmordgedanken trage.

»Er spricht immerfort davon, seine Dose mit Gift, die er stets bei sich trägt, zu benutzen«, schrieb der Leutnant an Fredersdorf. Zwar war es offenbar noch nicht zum Schlimmsten gekommen, aber die Todessehnsucht des Königs bereitete seinen Ministern große Sorgen.

»Lasst mich nach Russland gehen«, drängte Florentin Fredersdorf, als sie von dem Schreiben erfuhr. »Ich kann Euch bestimmt nützlich sein und das eine oder andere Vorhaben der russischen Armee herausfinden. Der König hat selbst geschrieben, wie lange das feindliche Heer oft benötigt, um Entscheidungen zu fällen. Meine Briefe könnten Euch oder den König so manches Mal rechtzeitig erreichen, um Vorkehrungen zu treffen, damit es nicht noch einmal so einen blutigen Sommer wie diesen gibt!«

Fredersdorf rang die Hände. »Bursche, du stürzt dich in ein Abenteuer, das für dich tödlich enden könnte!«

Florentin lächelte freudlos. Was habe ich zu verlieren, dachte sie. All das, was ihrem Leben Sinn gegeben hatte, war verweht wie Asche im Wind. Hans hatte eine andere geheiratet, ihre Eltern hatten sie geächtet, und Terese hatte als Ehefrau und hoffentlich bald Mutter ihr eigenes Leben. Luzifer war seit einem Jahr tot, und die Arbeit im Marstall war ohne ihren Liebling für Florentin hart und eintönig. Laut aber sagte sie: »Seid unbesorgt. Mir wird schon nichts geschehen. Habt Ihr nicht selbst gesagt, ein kluger Kopf sei unsterblich?«

»Ich habe damit Voltaire gemeint und nicht einen Stallburschen, der den Hasardeur spielen will. Noch dazu im Herzen des Feindeslandes!«

»Was schlagt Ihr vor? Tatenlos zuzusehen, wie der *Sire* von seinen Gegnern zermalmt und Preußen von der Landkarte gelöscht wird – nur weil der Feind uns immer eine Nasenlänge voraus ist?«

Fredersdorf warf beide Hände in die Luft. »Du gibst nicht auf, wie?«

Lächelnd schüttelte Florentin den Kopf. Wohlweislich verschwieg sie dem Kämmerer, dass sie bereits vor mehreren Wochen begonnen hatte, heimlich Russisch zu lernen. Sie hatte ihren Plan nicht aufgegeben, er war das ganze Frühjahr über in ihrem Kopf herumgespukt. Inzwischen war Florentin bereits einigermaßen in der Lage, mit Max, einem ehemaligen Angehörigen des holsteinischen Heeres von Großfürst Peter, ein einfaches Gespräch auf Russisch zu führen. Nun war ein günstiger Zeitpunkt, zumindest Fredersdorf für ihr Vorhaben zu gewinnen, auch wenn dafür erst Tausende auf dem Schlachtfeld hatten sterben müssen.

»Der *Sire* hat sich zwar geweigert, aber hört mich erst einmal an. Es ist ein Kinderspiel, Ihr werdet sehen!«, behauptete Florentin, obwohl sie wusste, dass dies eine Beschönigung sondergleichen war. Ihr Aufenthalt in Russland wäre ein gefährliches Spiel und Wagnis, aber ein Abenteuer. Sollte sie es aber überleben, wäre ihr die Gunst des Preußenkönigs bis an ihr Lebensende sicher – und sie müsste nicht mehr fürchten, namen- und mittellos auf einem verfallenen Gut zu enden.

Der Kämmerer nickte langsam, dann lauschte er Florentins Plan, bei dem sie ihre Rolle als »Viktoria« bei Kaiserin Elisabeth jedoch wohlweislich verschwieg. Schließlich seufzte der ältere Kämmerer tief. »So sei es. Dein Gedanke, dich als holsteinischer Degenfechter bei Großfürst Peter anzudienen, ist nicht dumm. Ich werde mich darum kümmern, dass du die nötigen Geleitpapiere bekommst.«

Florentin nickte und beschloss, wenn sie als »Viktoria von Nanckenreuth« bei der Zarin vorstellig werden würde, zu behaupten, sie hätte Hals über Kopf und ohne Papiere nach dem Tod ihres Vaters vor dem Zorn des Preußenkönigs fliehen müssen, da ihre Familie sich geweigert hatte, ihre Abneigung gegen den Herrscher zu leugnen.

Fredersdorfs Stimme riss Florentin aus ihren Gedanken. Der ältere Mann sah sie ernst und eindringlich an. »Sobald du Ungemach oder Gefahr am russischen Hof witterst, wirst du unverzüglich zu uns nach Hause zurückkehren, mein Junge. Hast du mich verstanden?«

Florentin nickte. Sprechen konnte sie in diesem Augenblick nicht, denn dass der Vertraute des Königs sie im Schloss zu Hause wähnte, rührte sie mehr, als sie zugab. Ehe sie jedoch wankelmütig werden konnte, wandte der ältere Kämmerer sich ab, und die Audienz war beendet.

*

Bereits eine Woche nach der blutigen Niederlage von Friedrichs Heer an der Oder brach Florentin nach Russland auf. Der Kämmerer hatte ihr eingeschärft, jedem, der sie fragen sollte, zu erzählen, dass sie auf das fränkische Gut ihres Vaters zurückkehren würde, weil dieser krank daniederlag. Daher hielt Florentin sich die letzten Tage in Preußen möglichst von allen fern und verabschiedete sich nur von dem alten Stallmeister Harsdorf.

»Komm wieder, sobald es dir möglich ist«, sagte der Alte nur und klopfte Florentin kurz und herzlich auf die Schulter.

Sie nickte schweigend und wandte sich ab, damit Harsdorf nicht die Lüge in ihren Augen sah. Gleichzeitig war sie sich bewusst, dass ihr Leben mit Ankunft in Russland nur noch aus Halbwahrheiten, erfundenen Geschichten und frei erdachten Ereignissen bestehen würde. Trotz und Kummer hielten sich die Waage, als sie daran dachte, dass dies ja eigentlich schon von ihrer Geburt an so gewesen war. Und bis zum heutigen Tag hatte sie schließlich jede Herausforderung in ihrem Leben gemeistert. Außer vielleicht, fügte sie in Gedanken hinzu, die der Liebe.

Dritter Teil:
Am Zarenhof

Kapitel 21

Herbst 1759,
Residenz des Großfürsten Peter III.,
Oranienbaum

Die Kutsche rollte an der Weichsel entlang nach Mewe und weiter nach Memel, das noch im vorigen Jahrhundert von den Hohenzollern regiert worden war. Russland hielt den Landstrich schon seit zwei Jahren besetzt, und kaum hatte Florentin die Ortsgrenze passiert, wurde sie von einem Trupp Russen in schäbigen Uniformen angehalten. Mit vor Aufregung klopfendem Herzen versuchte sich Florentin zum ersten Mal an der für sie noch fremden und ungewohnten Sprache, wobei sie sich als ein politisch Verfolgter ausgab, der vor dem Preußenkönig floh. Die junge Frau, die als Degenfechter reiste und die einfache Kleidung eines Stallknechts gegen Kniehosen, Wirkstrümpfe und einen schlichten *Justaucorps* getauscht hatte, erwartete Misstrauen, im besten Falle widerwillige Duldung, um Memel passieren zu dürfen. Stattdessen stieß Florentin bei dem Trupp auf hemmungslose Begeisterung. Auch die Sorge, die Soldaten könnten ihre Kiste durchsuchen und im doppelten Boden die verborgene holsteinische Uniform finden, erwies sich als grundlos. Mit Tränen in den Augen drückten die russischen Männer Florentin einen Becher nach dem anderen in die Hand, auf dass sie mit ihnen anstieß.

Die Russen tranken auf ihre verehrte Herrscherin Elisabeth und auf den jungen Deutschen, der den Preußenkönig hasste – und darüber hinaus sogar der Sprache aus ihrer geliebten Heimat mächtig war! Das Getränk wurde *Kwass* genannt und schmeckte leicht malzig mit einem Hauch jener Zitronen, wie sie in den Gewächshäusern Friedrichs wuchsen. Doch in dieser kargen Landschaft, wo die Birken weiße Strümpfe trugen, während sie mit nachlässiger Geste schon ihr Laub abwarfen und über ihren Kronen nun der Klang russischer Worte schwebte, schien Preußen bereits unendlich weit entfernt zu sein. Und noch etwas war geschehen: Die Lüge hatte sich wie ein Schatten an Florentins Fersen geheftet und würde ab jetzt ihre ständige Begleiterin sein. Mit vielen guten Wünschen und Hochrufen der russischen Garde fuhr Florentin schließlich weiter.

Dank des prallen Lederbeutels, den der Kämmerer Fredersdorf mit vielen Münzen gefüllt hatte, und den Florentin gut verwahrt hielt, fanden sich stets eine Kutsche und ausgeruhte Pferde, sodass die künftige Spionin des Königs bei Tag und Nacht unterwegs sein konnte. Zudem waren im Spätsommer die Wege weder von Regen noch von Schnee ausgewaschen oder unpassierbar, und so traf Florentin bereits drei Wochen später in Riga ein, das seit Anfang des Jahrhunderts an das Zarenreich angeschlossen war. Auch Prinzessin Sophie von Anhalt-Zerbst, die jetzige Großfürstin Katharina, hatte auf ihrem Weg nach Russland fünfzehn Jahre zuvor hier Station gemacht, ehe sie als künftige Ehefrau von Großfürst Peter in Moskau eingetroffen war. Das und noch vieles, vieles mehr über Russland, seine Geschichte, seine Kultur und seine Eigenarten hatte Florentin in den letzten Monaten am Hofe des Königs gelesen, und jedes einzelne Detail erwies sich ihr als nützlich und half ihr dabei, die Rolle des Flüchtenden mit russischen Wurzeln auszufüllen.

Florentins Ziel lag jedoch noch weiter nordwestlich, in Oranienbaum. Nach weiteren neun Tagen erreichte sie jene Residenz, die Peter einst als Geschenk von seiner Tante erhalten hatte. Glaubte man den Erzählungen der Soldaten aus seinem holsteinischen Heer, zog sich der Großfürst dort bereits seit ein paar Jahren vor seinen Pflichten am Hof und vor allem vor seiner Gemahlin Katharina zurück.

Florentin erinnerte der Palast an Sanssouci, allerdings fehlte in Russland das geschäftige Treiben. Die ganze Anlage lag wie ausgestorben. Vielleicht residierte der Großfürst dort nur mit einer sehr bescheidenen Anzahl an Dienstboten?

Weiter hinten sah die junge Deutsche ein schmales, niedriges Gebäude, das als Marstall dienen mochte, doch es wirkte verfallen, und Florentin konnte zunächst keine Tiere ausmachen, die dort untergebracht waren.

Ihr wurde bang. Ob der Großfürst überhaupt für sie Verwendung haben mochte?

Doch für derlei Bedenken war es nun zu spät; der Kutscher lud bereits Florentins Reiseutensilien sowie ihre Kiste aus. Eine zweite mit Reitkleidung und einigen ausgewählten Frauenkleidern, die ebenfalls unter einem doppelten Boden verborgen waren, hatte sie sich nachschicken lassen, um nicht gleich mit auffallend viel Gepäck am Hof des Großfürsten vorstellig zu werden.

Weil der Kutscher ungeduldig wurde, entlohnte ihn Florentin, und der Mann schwang sich zurück auf den Bock. Schon knirschten die Räder der anfahrenden Kutsche, und das Hufgeklapper der Pferde entfernte sich rasch.

Ratlos stand die junge Frau vor dem prächtigen Bau, dessen halbrundes Kuppeldach in der Frühherbstsonne glänzte.

»Kann ich Euch behilflich sein?«, vernahm Florentin da eine männliche Stimme. Sie klang bestimmt, aber nicht unfreundlich, und als sie sich umwandte, sah sie einen rundlichen Mann auf sich zukommen, dessen seitliche Roll-Locken ein pausbäckiges Gesicht umrahmten. Mit leichtem Misstrauen musterte der etwa fünfzigjährige, elegant gekleidete Herr Florentin, die in ihren samtenen Kniehosen und dem bestickten Leibrock nicht mehr als einfacher Pferdeknecht auftrat, sondern als junger Adeliger.

»Florentin von Rosenberg, zu Ihren Diensten«, antwortete sie auf Russisch und verbeugte sich.

»Oh, ein Landsmann«, rief der Rundliche erfreut, wobei er ins Deutsche wechselte. »Jacob von Staehlin-Storcksburg, sehr erfreut. Ich bin der ehemalige Erzieher unseres verehrten Großfürsten und nun sein Bibliothekar. Wo seid Ihr geboren, Florentin von Rosenberg?«

»Nahe der Freien Reichsstadt Nürnberg.«

»Ah, interessant. Meine Wiege stand in Memmingen, doch bin ich seit meiner Berufung an die Russische Akademie der Wissenschaften nun schon beinahe ein Vierteljahrhundert in diesem herrlichen Land.«

Florentin sah die Gelegenheit, sich einen Verbündeten zu schaffen. »Verehrter Professor«, begann sie daher und sah, wie bei dieser Anrede ein geschmeicheltes Lächeln über das freundliche Mopsgesicht von Staehlins huschte, »vielleicht könnt Ihr mir behilflich sein. Ich komme vom Hof des Preußenkönigs, doch in den Ahnen meiner Vorfahren floss russisches Blut«, flunkerte Florentin drauflos. »Ich selbst bin dieser schönen Sprache noch nicht wirklich mächtig, aber ich gelte als ausgezeichneter Fechter und Reiter. Mein Vater musste nach dem Tod meiner Mutter das heimische Gut veräußern und hat sich auf seine russischen Wurzeln besonnen.

Ich ging zunächst nach Sanssouci, wo ich als Fechtlehrer im Dienst des Königs für seinen Neffen stand. Vor ein paar Monaten reiste dieser jedoch wieder ab, und ich wollte in der Nähe meines Vaters sein. Daher möchte ich den Großfürsten ersuchen …« Weiter kam sie nicht.

»Aber natürlich, aber natürlich!«, rief von Staehlin überschwenglich. »Der Großfürst freut sich über jeden preußischen Mann in seiner Garde!« Er senkte die Stimme zu einem vertraulichen Raunen, obwohl er weiterhin deutsch sprach. »Er ist ein glühender Bewunderer Friedrichs, was die Zarin in diesen Zeiten verständlicherweise nicht gerne sieht, doch Peter wird Euch gerne empfangen.«

»Die Freude ist ganz meinerseits«, murmelte Florentin und dankte insgeheim dem Schicksal, dass ihre erste Begegnung sie ausgerechnet mit dem freundlichen Hauslehrer des Großfürsten zusammengeführt hatte.

»Ich bringe Euch zu ihm«, bot von Staehlin an. »Die Diener werden sich um das Gepäck kümmern.«

Staunend durchschritt Florentin das elegante Palais Oranienbaum. Sein Inneres war mit Edelholz, Porzellan, Seide, zahlreichen Vergoldungen und Lackmalereien ausgestattet und übertraf an Pracht und Üppigkeit sogar die Sommerresidenz des Preußenkönigs. Bei allem, was sie bisher über Peter gehört hatte, hätte Florentin ihm einen solchen Sinn für Schönheit gar nicht zugetraut.

»Hat der Großfürst die Einrichtung in Auftrag gegeben?«, fragte sie den älteren Mann.

Der lachte leise und schüttelte den Kopf, ohne jedoch den Verantwortlichen zu nennen. »Wir sind da«, verkündete er stattdessen und klopfte an eine Tür, die mit üppigen Schnitzereien verziert war.

»Man möge eintreten«, ertönte es etwas steif auf Russisch. Die Stimme war die eines Mannes, doch sie klang schrill und betonte die russischen Silben hart.

Von Staehlin öffnete die Tür und ließ Florentin mit einer Handbewegung den Vortritt.

Noch ehe sie sich nach dem Großfürsten umsehen konnte, stoben drei mittelgroße russische Windhunde, von denen Florentin aufgrund ihrer Studien wusste, dass sie »Barsoi« hießen, kläffend auf sie zu.

»Aufhören! In die Ecke«, ertönte der scharfe Befehl, und unterwürfig kuschten die Tiere und schlichen winselnd davon.

Nun trat ein magerer, hochgewachsener Mann hinter einem seidenen Wandschirm hervor. Die helle Nachmittagssonne offenbarte schonungslos die Verwüstungen in seinem blassen, länglichen Gesicht. Die Haut erschien durch unzählige Narben, die wohl eine Pockenerkrankung hinterlassen hatte, uneben und fleckig. Dunkle, leicht hervortretende Augen und fleischige Lippen erweckten den Eindruck eines trotzigen Kindes, das ohne viel Verstand in die Welt blickt.

Das also war der Neffe der russischen Kaiserin, dachte Florentin, und eine vage Enttäuschung machte sich in ihr breit.

»Lieber Großfürst, ich bringe Euch einen jungen Degenfechter vom Hofe des Preußenkönigs«, sagte der Professor da hinter Florentins Rücken und schob sie nach vorne.

Peter begann zu lächeln, und schlagartig verschwand der leicht dümmliche Ausdruck in seinem Gesicht. »Welche Freude!«, rief er, wobei er nun ebenfalls deutsch sprach. »Ihr müsst mir alles über Friedrich erzählen! Und ich brenne darauf, Neuigkeiten aus meiner Heimat zu erfahren. Ach, wie ich die Weite Holsteins vermisse. Den Kieler Hafen und das saftige Grün der Wiesen im Sommer …« Er brach ab, und sein Blick ging in die Ferne.

»Großfürst, seit geraumer Zeit ist Russland Eure Heimat«, mahnte Peters ehemaliger Erzieher sanft.

»Pah, diese Ansammlung von Barbaren! Wie soll ich mich hier zu Hause fühlen?«, spuckte Peter verächtlich aus. »Ihr redet schon genauso wie meine Gemahlin, die falsche Schlange. Wie es einem Deutschen hier gefallen kann, wird mir stets ein Rätsel bleiben!«

Florentin wagte einen Blick zu von Staehlin. Der ältere Mann blickte kummervoll auf seinen ehemaligen Zögling und seufzte leise. Dieses Thema schien schon länger ein Zankapfel zwischen den beiden zu sein.

Ein unbehagliches Schweigen breitete sich im Zimmer aus, bis Florentin entschlossen vortrat. »Ich werde Euch so viel erzählen, wie Ihr wünscht, Hoheit. Es wäre mir eine Freude und Ehre, in Eure Garde aufgenommen zu werden.«

Peter nickte und schüttelte Florentin überschwenglich die Hand. Sie sah, dass seine blassen Finger ebenso schmal wie die ihrigen waren. Seine Nägel allerdings waren bis aufs Fleisch abgekaut; die Haut rund um die Finger wirkte wund und rot entzündet.

»Kommt. Ihr müsst Euch die Schlacht bei Zorndorf ansehen«, kommandierte er.

Florentin fragte sich flüchtig, ob Peter ein Gemälde meinte, denn die Schlacht hatte bereits vor einem Jahr stattgefunden, doch er führte sie quer durch sein Gemach zu einer Ecke, in der Hunderte von Zinnsoldaten aufgebaut waren, samt winziger Pferde und Kanonen.

»Der Preußenkönig muss das Eindringen der russischen Armee in die Mark Brandenburg verhindern«, erklärte der Großfürst eifrig, während er einige der Zinnfiguren bewegte, deren Körper im leuchtenden Blau der Holsteiner bemalt waren. Er zog eine besonders prächtig gestaltete Miniatur eines

Uniformierten heran. »Seht Ihr hier? Das ist General von Seydlitz. Er führt soeben eine Kavallerieattacke auf dem rechten Flügel durch! Los, helft mir, Florentin!«

Die junge Frau warf von Staehlin einen unsicheren Blick zu, doch der zuckte nur die Schultern, und sein Gesichtsausdruck besagte, dass Florentin sowieso nichts anderes übrigbleiben würde, als mitzuspielen. Also griff sie gehorsam nach zwei Zinnpferden, auf deren Rücken zwei Soldaten saßen.

Peter hieß sie, die Figuren zu bewegen. »Da! Der General steht mit seiner Kavallerie im Rücken der russischen Hauptmacht! Sie sind schon weit in die preußischen Linien vorgedrungen, aber Seydlitz gibt in einem günstigen Augenblick den Befehl zum Angriff!«

Florentin starrte den Großfürsten fasziniert an. Seine blassen Wangen hatten sich vor Aufregung gerötet, und seine Stimme klang noch höher als zuvor, sodass man sie beinahe für die einer Frau halten konnte. Mit dreißig Jahren war Peter zu dem geworden, was er früher aus Pflichterfüllung vielleicht nie hatte sein dürfen: ein glückliches Kind, verloren in der Traumwelt seines Spiels.

Prompt verpasste Florentin ihren Einsatz.

»Angriff!«, wiederholte Großfürst Peter, und ein dezenter, sanfter Stoß Professor von Staehlins in ihrem Rücken brachte sie dazu, ihre beiden Zinnpferdchen nach vorne preschen zu lassen.

Peter tat es ihr nach und jubelte. »Ja, die Russen werden in die Moräste getrieben! Sieg! Sieg für Preußen!«

»Nicht so laut, verehrter Großfürst, ich bitte Euch«, mahnte von Staehlin leise, und Peter blickte auf, als erwache er aus tiefem Schlaf. Ein kurzer Anflug von Missmut huschte über seine Züge, dann aber lächelte er und wandte sich Florentin zu. »Das macht Freude, nicht wahr?«

Sie nickte artig.

Peters Miene wurde ernst, und er musterte Florentin von oben bis unten. »Ich bedaure. Einen Soldaten, der an derart kindischen Spielen Gefallen findet, kann ich in meiner Garde nicht brauchen«, befand er knapp und stand auf.

Florentin erschrak und sprang ebenfalls auf die Füße. Hatte Peter sie etwa mit diesem infantilen Kriegsspiel nur prüfen wollen, und sie hatte versagt?

Ratlos blickte sie zu von Staehlin, da schlug ihr der Großfürst schon lachend auf die Schulter. »Ich habe nur Schabernack mit Euch getrieben!« Er wurde ernst und sah Florentin geradewegs in die Augen. »Glaubt Ihr, ich weiß nicht, was man über mich erzählt?«

Dann wandte er sich an seinen alten Erzieher. »Gebt Florentin von Rosenberg eine Kammer im kleinen Palais. Ich freue mich, ihn morgen als neuen Soldaten in meiner Garde beim Appell zu sehen.«

Mit diesen Worten ging er zu einer Tür, die gegenüber jener lag, durch die Florentin mit dem Professor eingetreten war. Kurz drehte er sich noch einmal um und zwinkerte ihr freundlich zu.

Die junge Fechterin starrte ihm nach und fragte sich, welche Rolle Peter tatsächlich nur gespielt hatte: die des Narren – oder die des Großfürsten.

*

In den folgenden Wochen sollte sich Florentin diese Frage noch öfter stellen. Einmal sah sie den Großfürsten wie einen übermütigen kleinen Jungen mit seinen Windhunden durch den Park tollen, ein andermal stellte er ihr bedeutsame und durchaus kluge Fragen zu Friedrichs Politik.

Florentin kam zu dem Schluss, dass Peter in der Tat zwei Gesichter besaß.

Zu seiner Garde war er jedoch stets freundlich und zuvorkommend, besonders zu Florentin. Sie war in ein kleines Palais eingezogen, das der Großfürst extra für seine holsteinischen Soldaten hatte erbauen lassen. Es war viereckig, besaß zwei Stockwerke und stand in einem weitläufigen Park, dessen Bäume im Sommer angenehmen Schatten spendeten.

Zwar war Florentins Kammer noch winziger als in Sanssouci, dafür musste sie diese aber mit niemandem teilen. Hinter dem Palais floss ein kleiner, künstlich angelegter Bach, sodass sie mit Hilfe eines Kübels, den sie an einem Seil befestigt durch ihr kleines Kammerfenster ins Wasser warf und gefüllt wieder herauszog, stets frisches, klares Wasser zur Verfügung hatte. Sie konnte ihre Leibwäsche reinigen und auch die blutigen Mulltücher, die sie Monat für Monat benötigte, um die Tatsache zu verbergen, dass sich unter den Kleidern des preußischen Gardesoldaten eine junge Frau verbarg.

In den ersten Tagen hatte sie absichtlich den hölzernen Riegel ihrer Tür hochgeklappt gelassen, wenn sie nach draußen ging – wohl wissend, dass der eine oder andere Bursche, mit dem sie fortan in Peters Heer diente, sich in ihrer Kammer umsehen würde. Zuvor hatte sie ihr Rasierzeug sichtbar aufgestellt, jedoch alle wertvollen oder verräterischen Dinge entfernt und in einem Schuppen weit weg vom Palast versteckt, darunter auch Tereses Schminkkästchen, das zurückzulassen sie nicht übers Herz gebracht hatte. Zwar gab Florentin sich Mühe, auch die Gardisten für sich einzunehmen, ohne sich jedoch anzubiedern.

Doch in den ersten Tagen beachtete niemand den Neuzugang aus Preußen. Wenn Florentin die anderen Soldaten grüßte, wandten diese den Blick ab.

Die junge Degenfechterin machte sich nichts daraus; sie kannte das ja bereits aus dem königlichen Marstall in Potsdam. Doch im Gegensatz zu dem Stallknecht Martin, der ein ebenso unrühmliches wie gewaltsames Ende gefunden hatte, schienen die Soldaten Peters dem Neuzugang nicht feindselig gesinnt zu sein. Ab und zu bemerkte Florentin, wie einige Männer sie aus dem Augenwinkel beobachteten, obwohl sie gerade eben noch ihren Gruß mit Nichtachtung gestraft hatten.

Eines Morgens kam Florentin auf ihrem Weg in den Palasthof an zwei fechtenden Männern vorbei. Sie hatte die beiden schon einige Male im Soldatenpalais gesehen, weil ihre Kammer nicht weit von der ihrigen entfernt lag. Florentin blieb in einiger Entfernung stehen und sah zu. Beide fochten ein spielerisches Duell, doch war ersichtlich, dass der Jüngere von beiden unterliegen würde. Er war fast noch ein Junge, und seine schwarzen Haare hatten sich beinahe vollständig aus der Zopfschleife gelöst.

Schließlich warf er gereizt seinen Degen ins Gras. »Du fichtst nicht redlich!«, warf er seinem Gegner vor, einem breitschultrigen Hünen mit blonden Haaren und breitem Gesicht, in dem etwas schief eine gebogene Nase saß.

Der Blonde lachte, dann erblickte er Florentin. »Da kommt ja unser Grünschnabel! He, Bursche, glaubst du auch, dass ich ein unredlicher Kämpfer bin?«

Es war das erste Mal, dass einer der Gardisten das Wort an sie richtete, und Florentin wägte ihre Antwort genau ab. »Nein, aber du weißt um die Schwächen deines Gegners und nutzt diese aus«, sagte sie vorsichtig.

»Schwächen? Und welche wären das, hm?«, fragte der Schwarzhaarige angriffslustig und funkelte Florentin aus dunklen Augen an.

Sie deutete auf den Degen, der im Gras lag. »Darf ich?«

Noch ehe der Junge nicken konnte, hatte Florentin die Waffe aufgehoben.

»Du bist zu ungeduldig«, erklärte sie ihm. »Du greifst deinen Gegner an, ohne dich auf *seine* Schwächen zu besinnen!«

»Ich habe keine!«, fiel ihr der Blonde protestierend ins Wort.

Florentin lächelte nur, während sie weiter zu dem dunkelhaarigen Burschen sprach. »Warte ab, was dein Gegenüber tut. Lass ihn den ersten Degenstoß führen. Achte darauf, wie er angreift, dann siehst du ziemlich rasch, welche Taktik er verfolgt.«

Jetzt drehte sie sich zu dem Blonden um. »Würdest du so freundlich sein?«

»Aber mit Vergnügen, *Péna*, du kleine preußische Rübe«, gab der hünenhafte Kerl mit einem breiten Feixen zurück.

Florentin ging in Fechtstellung. *»Prêts?«*

Der andere nickte.

»Gut, also … *allez*!«

Florentin wartete, bis der blonde Mann den ersten Degenstoß führte. Schon vorhin hatte sie beobachtet, dass er zwar ein wendiger Fechter war, jedoch dazu neigte, mit dem Oberkörper nach hinten zu fallen, um einem Angriff auszuweichen, und dabei sein Gleichgewicht für wenige Momente aufgab. Beim ersten *Coupé*-Stoß konterte Florentin daher mit einer schnellen Parade und einem Doppelangriff.

Perplex wich ihr Gegner dem ersten Stoß mit dem Oberkörper aus, doch weil Florentin sogleich nachlegte, war er gezwungen, rückwärts auszuweichen, wobei er prompt die Balance verlor.

Sanft touchierte ihn Florentin mit der flachen Klinge zweimal an den Rippen. »Hier und hier wärest du getroffen worden. Du musst mit deinen Beinen arbeiten, nicht mit dem Oberkörper«, riet sie ihm. »Halte stets die Mensur, also den

Abstand. Komme ich dir zu nahe, neige dich nicht zurück – sondern gehe einen oder zwei Schritte nach hinten, wobei du aber den Oberkörper aufrecht hältst und immer denselben Schrittabstand wahrst. So!« Sie zeigte es ihm.

»Und du«, damit wandte sie sich an den Schwarzhaarigen, der dem Zweikampf stumm gefolgt war, »steh beim Duell nicht mit gestrecktem Arm da. Halte ihn in der Elle stets leicht gebeugt, und mach stattdessen entweder zwei kleine Schritte nach vorne oder einen großen Ausfall. Siehst du?« Auch ihm zeigte sie, was sie meinte.

»Und nun stellt euch auf«, kommandierte sie und drückte dem Jungen seinen Degen in die Hand.

Beide Soldaten gehorchten widerspruchslos. Florentin gab die Kommandos, und beide begannen zu fechten.

»Laufen, nicht ausweichen! Bei der *Riposte* den Arm nicht durchstrecken. Und du, achte auf gerade Schultern und Hüften! Ja, so geht es!«

Florentin verbesserte, gab Ratschläge und korrigierte die beiden unermüdlich. Nach kurzer Zeit waren die Kämpfer nass geschwitzt, aber zum ersten Mal hatte der Schwarzhaarige nicht schmählich verloren, auch wenn sich der Blonde erneut wacker geschlagen hatte.

Als beide das Duell mit dem rituellen Gruß beendeten, bei dem die Degen erst zu Boden gereckt und dann vor das Gesicht gehoben wurden, wandte sich Florentin zum Gehen.

»He, *Péna«*, rief der Blonde hinter ihr her, wobei er Florentin erneut auf Russisch als »Rübe« bezeichnete.

Florentin drehte sich um.

»Du bist wirklich nicht schlecht!«, lachte der Soldat, und der schwarzhaarige Junge nickte und lächelte scheu.

Florentin verzog ebenfalls die Mundwinkel. »Ihr beide aber auch nicht!«, gab sie zurück und verneigte sich leicht.

Von diesem Morgen an war sie in den Kreis der Garde aufgenommen. Simon, der Schwarzhaarige, und der blonde Philipp hatten Florentins Fechtkünste offenbar bereitwillig unter den anderen Soldaten zum Besten gegeben, und schon bald wurde die junge Frau, die ihre wahre Identität stets gut zu verbergen wusste, von dem einen oder anderen Holsteiner zum spielerischen Duell ohne Blutvergießen gefordert.

Doch es gab kaum jemanden, der es mit ihr aufnehmen konnte. Selbst die besten Fechter der Garde beendeten ein Duell mit Florentin höchstens unentschieden.

Was die Männer ihr an Kraft überlegen waren, machte sie durch Schnelligkeit, Wendigkeit und präzise geführte Degenangriffe wett. Die junge Frau hütete sich zwar, ihren Duellpartnern allzu deutliche Niederlagen zu bereiten, ließ jedoch auch keinen aus Gutmütigkeit gewinnen. Selbst bei dem schwächsten Gegner blieb sie stets rechtschaffen und gab bereitwillig Hinweise, was derjenige besser machen konnte.

Abends saß sie oft mit den Burschen beim Würfelspiel und erfuhr auf diese Weise den einen oder anderen Palastklatsch. Peters Holstein-Heer hasste und verachtete die alte Zarin ebenso inbrünstig wie umgekehrt. Einige Soldaten, die schon länger in Russland weilten, erzählten von bösen Bemerkungen Elisabeths gegen ihren Neffen, welche Großfürstin Katharina bereitwillig nachplapperte. Florentin hörte vom kaiserlichen Küchenpersonal, das sich weigerte, »die Deutschen« zu bedienen, und dass Peter seine Tante manchmal »fette Schlampe« nannte – allerdings nur hinter verschlossenen Türen.

Florentin gab daraufhin den Witz aus ihrer Kindheit, den der hübsche Wendelin über die Zarin und ihre vorgetäuschte Jungfräulichkeit erzählt hatte, zum Besten, und die Männer brüllten vor Lachen und klopften der jungen Fechterin auf die Schulter. »Nun, du wirst sicher nicht Gefahr laufen, einer der Auserwählten der Kaiserin zu werden, obwohl sie junge Soldaten sehr schätzt«, griente der blonde Hüne Philipp und stieß Florentin in die Seite.

Der altbekannte Schreck, trotz Bartschatten und Brustbinde enttarnt worden zu sein, durchzuckte sie wie ein greller Zahnschmerz. »Wie meinst du das?«

»Nun, die Kaiserin bevorzugt groß gewachsene, starke Männer. Nicht solche mickrigen Rüben wie dich, mein Junge!«

Florentin verbarg ihre Erleichterung hinter einem Scherz. »Oh, dann sprichst du wohl aus Erfahrung?«

»Niemals«, überschrie Philipp das raue Gelächter der anderen Burschen, »der Schlag soll mich treffen, ehe ich mich zu diesem Haufen welken Fleisches ins Bett lege!«

»Bevorzugst du etwa die Großfürstin?«, neckte ihn ein aufgeschossener, magerer Soldat mit schütteren, rötlich blonden Haaren.

Philipp schüttelte den Kopf. »Zu knochig. Ich möchte von einer Frau liebkost und nicht aufgespießt werden!« Dabei bewegte Philipp das Becken anzüglich vor und zurück, was bei den anderen Gardisten für einen erneuten Heiterkeitsausbruch sorgte.

Auch Florentin, die derlei Scherze inzwischen zur Genüge kannte, kostete es nicht viel Mühe, nicht rot zu werden, sondern mitzulachen.

»Außerdem«, fuhr der blonde Soldat fort, »ist Katharina ja schon *versorgt*. Mit einem, der es ihr *be*sorgt!«

Florentin nahm an, es wäre von dem Großfürsten die Rede, doch dann sah sie zwei Soldaten ausspucken. »Orlow, dieser räudige Hund«, sagte einer von beiden, »und seine Brüder sind auch nicht besser!«

Alle murmelten und nickten, nur Florentin verstand nicht, was er damit meinte.

»Es ist kein Geheimnis, dass Grigori Orlow der neue Geliebte der Großfürstin ist«, erklärte ihr Simon. »Sein Bruder Alexei ist leicht an seiner langen Narbe im Gesicht zu erkennen. Beide Männer sind ebenso wie ihre zwei anderen Brüder der Großfürstin zutiefst ergeben und hetzen sie andauernd gegen ihren Gemahl auf.«

Florentin horchte auf. »Was ist mit der Kaiserin? Schreitet sie nicht ein? Immerhin geht es um ihren Neffen.«

Ein verächtliches Schnauben Philipps war die Antwort, doch der schwarzhaarige Simon war gesprächiger. »Die Kaiserin ist wie eine dünne Birke im Wind. Einmal neigt sie sich diesem zu, einmal jenem. Man denke nur an Bestuschew. Lange war er nicht nur Kanzler, sondern auch ihr Günstling. Und dann, vor kaum einem Jahr, ließ sie ihn wegen Hochverrats in den Kerker werfen und im Anschluss verbannen. Obwohl sie ihm nichts beweisen konnte. Dasselbe hat sie mit Apraxin gemacht, nur hat der die Haft nicht überlebt.«

Apraxin – dieser Name kam Florentin bekannt vor. In Preußen hatte sie einmal Fredersdorf über den russischen Feldmarschall reden hören. Obwohl er die Preußen bei Großjägersdorf schlagen konnte, war er nicht weiter vorgerückt, sondern nach Russland zurückgekehrt. Offenbar hatte die Kaiserin ihm das übelgenommen.

»Launisch wie eine ihrer verdammten Palastkatzen«, nickte der lange, dünne Soldat.

Gleich darauf wandte sich die Aufmerksamkeit der Gardisten wieder dem Würfelspiel zu, aber Florentin hatte einige aufschlussreiche Dinge gehört – und sie war entschlossen, bald einmal im kaiserlichen Palast nahe Sankt Petersburg vorstellig zu werden.

Zunächst aber bekam sie die Gelegenheit, dem Großfürsten näherzukommen. Eines Abends duellierten sich Florentin und Karl, einer der besten Fechter der Garde, im Park hinter dem kleinen Palais. Beide kämpften konzentriert und verbissen um den Sieg, doch obwohl Karl in den vergangenen Tagen viel geübt hatte, unterlag er Florentin am Ende knapp.

»Du bist wendig wie eine Katze«, beklagte sich der Geschlagene zum Scherz, während er sich den Schweiß vom Gesicht wischte.

In diesem Augenblick knackte ein Zweig, und beide Duellanten drehten sich um. Zwischen den Bäumen stand Professor von Staehlin und winkte Florentin zu sich.

Karl verbeugte sich hastig vor dem älteren Mann und ging zum Bach, um sich zu waschen. Froh, keine Ausrede finden zu müssen, warum sie es ihrem Kameraden nicht gleichtat, der sich kurzerhand das Hemd vom Leib riss, ehe er prustend und spritzend das kalte Bachwasser über Kopf und Brust schöpfte, wandte sich Florentin an von Staehlin. »Kann ich etwas für Euch tun, Professor?«

»Nicht für mich, aber für den Großfürsten. Er wird für meinen Geschmack zu träge. Hält sich nur noch in seinem Gemach auf und schlägt eingebildete Schlachten mit seiner Zinn-Armee. Er verliert sich in seiner eigenen Welt, wenn Ihr versteht. Meines Erachtens bräuchte er mehr frische Luft und Bewegung.«

Florentin sah den Professor nur abwartend an.

Der seufzte. »Gebt ihm Lektionen im Degenkampf, Florentin von Rosenberg. Ich habe von der Garde gehört, Ihr seid nicht nur ein ausgezeichneter Fechter, sondern in der Tat ein ebenso guter Lehrmeister. Zudem habt Ihr bereits nach eigenen Aussagen den Neffen des Preußenkönigs unterrichtet. Ihr werdet wissen, wie ihr Großfürst Peter behandeln müsst, damit er wieder Freude am echten Leben hat.« Der

Professor senkte die Stimme. »Immerhin ist es gut möglich, dass er bald den Thron besteigt. Und als Zar muss er nicht nur in guter körperlicher Verfassung sein – er darf sich auch nicht weiter in seinen kindischen Spielen und Träumen verlieren!«

Florentin nickte, obwohl ihr der Gedanke, mit dem mageren, schwachen Peter ein Duell zu fechten, nicht behagte. Doch zugleich sah sie auch die Möglichkeiten, die ihr die Nähe zum Großfürsten versprach. Auf diese Weise würde sie endlich an Neuigkeiten aus dem Zarenpalast kommen und könnte vielleicht rechtzeitig herausfinden, was die Russen als Nächstes planten, um dann ein geheimes Schreiben nach Preußen zu entsenden.

Mit Hilfe von Fredersdorf und seinen Verbindungen hatten er und Florentin vereinbart, wie sie ihre Briefe außer Landes bringen sollte: Florentin würde sich verschlüsselter Begriffe bedienen, die der Kämmerer und sie in Preußen festgelegt hatten. Diese Briefe würden formell an ihren angeblich kranken Vater geschickt werden, der nahe der russischen Grenze lebte. Doch ihr »Erzeuger« war in Wahrheit einer der geflohenen Spione Friedrichs, der die Briefe von dort nach Preußen weiterleiten würde.

»Ihm kannst du vertrauen, aber sonst keiner Menschenseele! Auch dem Großfürsten nicht, mag er den *Sire* noch so sehr bewundern. Zu niemandem ein Wort, hast du mich verstanden?«, hatte der alte Kämmerer ihr in Sanssouci eingeschärft, und Florentin hatte es ihm in die Hand versprechen müssen.

Der Fechtunterricht für Peter würde sie ihrem Ziel ein ganzes Stück näher bringen.

»Ich werde mein Bestes geben«, sagte Florentin zu dem Professor, und sie meinte es ehrlich, auch wenn sie nicht nur von den Lektionen sprach. Auch das sinnlose Blutvergießen eines ebenso gewaltigen wie grausamen Krieges sollte möglichst bald ein Ende finden.

Doch es war komplizierter als gedacht, den Großfürsten dazu zu bewegen, mit Florentin draußen im Park zu fechten. Obwohl der späte Herbst mild und der Aufenthalt im Freien ein Genuss war, maulte und jammerte Peter jedes Mal, wenn der Professor und Florentin ihn mit vereinten Kräften zu einer Fechtstunde überreden wollten. Erst als Florentin dazu überging, ihm zu jeder Lektion etwas von Friedrich, Sanssouci und der weiten, klaren Landschaft Preußens zu berichten, zeigte der Großfürst sich williger.

Florentin rührte es, wie er jedes Detail über ihre Heimat förmlich aufsog. Florentin musste ihm jede Frucht in den königlichen Gewächshäusern beschreiben, und bei den Schilderungen der Landschaft rund um Potsdam und Berlin, durch die sie mit Luzifer so oft geritten war, bekamen Peters leicht hervortretende Augen einen sehnsüchtigen Glanz.

»Nicht, dass ich mich nach meinem Vormund zurücksehne, Florentin, das dürft Ihr mir glauben. Brümmer war Oberhofmarschall und ein schrecklicher Despot. Er hat mich oft gezüchtigt und angeschrien, weil ich seiner Meinung nach meinem Vater nur Schande machte, würde er noch leben. Aber ich war doch damals noch ein Kind!«

Betroffen erfuhr Florentin, dass Peters Mutter bei seiner Geburt gestorben und der Vater ihr wenige Jahre darauf nachgefolgt war. Bereits mit elf Jahren hatte Peter dessen Nachfolge als Herzog von Holstein-Gottorf antreten müssen, das seine Territorien noch vor seiner Geburt an die dänische Krone verloren hatte und nur mehr ein Rumpfstaat gewesen war. Als vierzehnjähriger Knabe war er von seiner Tante, Kaiserin Elisabeth von Russland, zum Nachfolger erklärt worden, da diese keine eigenen Kinder hatte. »Stets musste ich mich den Wünschen anderer beugen, ob es mein Wille war oder nicht«, sagte Peter leise. »Wie oft habe ich mich danach gesehnt, nur einen einzigen Tag einmal ein Kind sein zu dürfen, das unbeschwert spielt – und von seinen Eltern einfach deshalb geliebt wird, weil es auf der Welt ist.«

Florentin schluckte. Sie hatte Mitleid mit diesem unglücklichen Mann, denn auch seine Gemahlin Katharina hatte keinen Funken Zuneigung für ihn übrig. Wahrscheinlich war sie dazu auch nicht in der Lage, denn Peter war nicht nur durch seine Pockennarben entstellt, er hatte sich auch innerlich eine abweisende Rüstung zugelegt, die es anderen schwermachte, ihn zu mögen. Aber Florentin blickte allmählich hinter diesen Panzer aus Trotz und unreifem Verhalten und sah einen in der Seele verletzten Menschen, den das Heimweh fast zerriss. Leider war auch die heile Welt Holsteins mit seinen grünen Wiesen, den blühenden Bäumen und den weiten Feldern im milden Sonnenglanz inmitten von Menschen, die ihn gernhatten, mehr Wunschtraum denn Wirklichkeit.

Trotzdem versetzten Peters Worte Florentin auch aus einem anderen Grund einen Stich. Sie fragte sich nämlich nicht zum ersten Mal, ob *sie* von ihren Eltern ohne Vorbehalte geliebt worden war. Oder hatte ihr Vater seine Zuneigung ebenfalls davon abhängig gemacht, wie gut seine Tochter sich in der Rolle eines Jungen bewies? Florentin erinnerte sich noch gut, wie verächtlich er sie angesehen hatte, wenn sie als Kind einmal weinte, und wie barsch sie jedes Mal von ihm aufgefordert wurde, sich »gefälligst zusammenzureißen«. War das bedingungslose Liebe gewesen? Und ihre Mutter hatte umgekehrt verlangt, dass Florentin sich wie eine junge Dame benahm. Sie sah noch den entsetzten Blick der Freifrau vor sich, als sie damals in Bayreuth in Männerkleidern vom Ausritt gekommen und diesem Imhoff über den Weg gelaufen war. Egal, in welcher Rolle Florentin also aufgetreten war, weiblich oder männlich – nie hatte sie vermocht, es beiden Eltern zugleich recht zu machen. Dennoch war sie kein unglückliches Kind gewesen. Der Zwiespalt zwischen den Geschlechterrollen war erst später in ihr Leben getreten und damit auch der Konflikt mit dem Vater. Doch obwohl Florentin nicht vergessen konnte, wie sie den Freiherrn zuletzt erlebt hatte – betrunken und gewalttätig –, war ihr inzwischen doch auch klargeworden, dass der Vater ihr zwar einiges genommen, aber auch sehr viel mitgegeben hatte. Nicht nur den unbändigen Willen zur Freiheit, sondern auch die Möglichkeit, diese als Frau zu leben. Der Großfürst dagegen hatte von Anfang an keine Wahl gehabt.

»Ich verstehe, Hoheit. Vielleicht besser, als Ihr denkt«, sagte sie daher und sah Peter offen ins Gesicht. »Aber unter Umständen hat jeder Mensch ein Schicksal im Leben. Und Eures ist es, Zar von Russland zu werden.«

Peter lächelte verkniffen. »Aber nicht mit Katharina der Oberklugen an meiner Seite.«

»Wie meint Ihr das?«

Peter starrte Florentin an, dann schlug er sich an die Stirn. »Natürlich, du bist ja erst seit kurzem hier. Komm mit, ich werde es dir zeigen«, sagte er vertraulich und zog Florentin eifrig am Ärmel mit zum Palast.

An der Rückseite standen die Flügeltüren offen, denn es war ein milder Spätherbsttag. *»Bubliki«*, rief Peter.

Im ersten Augenblick dachte Florentin, der Großfürst würde etwas zu essen bestellen, denn die *Bubliki*, nach denen er rief, waren weiche Kringel aus einem weißen, leicht gesüßten Teig. Doch was gleich darauf erschien, war kein Gebäck, sondern eine etwas dickliche, junge Frau. Ihr weißgepudertes Haar war nachlässig hochgesteckt und ihre üppigen Formen in ein zu enges Kleid aus hellblauer Seide mit spitzenbesetzten Ärmeln gepresst. Der Ausschnitt war tief, und jede Mutmaßung über ihre schwellenden Formen erübrigte sich. Ihr Gesicht war ungeschminkt und beim besten Willen nicht hübsch zu nennen, sondern bestenfalls gewöhnlich. Alles an ihr war rund: der Bauch, die Hüften, ihre kleinen Augen, das weiche Kinn und die bereits leicht hängenden Wangen. Der Kosename passte zu ihr, dachte Florentin. Sie sah wirklich aus, als bestünde sie aus weichem Teig.

»Darf ich vorstellen – Elisabeth Woronzowa. Und das ist Florentin von Rosenberg, der neu in meiner Garde ist. Stell dir vor, *Bubliki*, er kommt direkt vom Hof des Preußenkönigs. Ist das nicht faszinierend?«

Florentin machte eine Verbeugung. »Sehr erfreut«, murmelte sie und dachte bei sich, woher Peter seine Mätresse wohl geholt hatte. Die junge Frau sah aus, als stamme sie vom Hof eines Bauern aus der tiefsten russischen Provinz.

Die Woronzowa hatte ihre Schweinsäuglein zusammengekniffen und musterte Florentin mit tiefem Misstrauen. »Er ist das also, der meinen Peter immer entführt, um ihn zum sinnlosen Herumfuchteln mit dem Degen zu verleiten!«, sagte sie griesgrämig und verzog ihren kleinen Mund mit den vollen Lippen zu einem Schmollen.

»Nun, es war der Vorschlag Professor von Staehlins«, gab Florentin zurück und hoffte, die Autorität des ehemaligen Erziehers würde die Woronzowa ruhigstellen. Sie wollte nicht das Missfallen von Peters Mätresse auf sich ziehen, doch tat sie ebenfalls gut daran, den Wünschen von Staehlins zu entsprechen.

Noch ehe der missgelaunten Geliebten eine Antwort einfiel, lachte Peter hell auf. »›Sinnloses Herumfuchteln‹! Das gefällt mir. Aber du hast unrecht, *Bubliki*, denn unter Florentin von Rosenberg werde ich noch ein ausgezeichneter Fechter werden. Stimmt es nicht?«

Florentin beeilte sich zu nicken. »Oh ja, Hoheit!«

»Und wenn ich erst einmal Zar bin, jage ich die ganze Orlow-Meute mitsamt meiner reizenden Gattin, dieser Schlange, zum Palast hinaus. So …« Peter fuchtelte mit einem unsichtbaren Degen in der Luft herum und zog eine grimmige Miene.

Die Woronzowa kreischte und schlug sich in gespielter Furcht die Hände vor das Gesicht. »Verschont mich, Hoheit, ich werde auch alles tun, was Ihr verlangt«, flehte sie mit hoher Stimme.

»Dann bring mir zuerst etwas zu essen, ich bin nämlich hungrig. Und am meisten Appetit habe ich auf … *Bubliki*!«, knurrte der Großfürst. Er fasste seine Mätresse um ihre üppige Taille und biss spielerisch in eine der Rundungen, die aus ihrem Dekolleté hervorquollen.

Die Woronzowa brach in schrilles Gekicher aus, und quietschend und brummend verschwanden Peter und sie ineinander verknäuelt durch eine Tür in das großfürstliche Gemach.

Florentin wandte sich seufzend ab. Die Fechtstunde war für heute wohl beendet. Allerdings musste sie zugeben, dass die Woronzowa, so plump und vulgär sie auch sein mochte, immerhin eines geschafft hatte: Großfürst Peter hatte so glücklich und gelöst gewirkt, wie Florentin ihn noch nie zuvor gesehen hatte.

*

Doch schon am nächsten Tag beim Fechten war Peters gute Laune verschwunden. »Sie hat es wieder getan«, rief er schrill und fuchtelte mit dem Degen vor Florentin herum.

»Wer hat was getan, Hoheit?«

»Meine vermaledeite Tante! Sie veranstaltet einen ihrer unerträglichen Hofbälle! Aber ich werde nicht teilnehmen, selbst wenn man mich fesselt und mit Gewalt nach *Zarskoje Selo* schleift!«

Florentin hatte bereits vom Katharinenschloss, *Zarskoje Selo,* gehört. Es lag einen knappen Tagesritt von Oranienbaum entfernt und diente Kaiserin Elisabeth seit ihrer Thronbesteigung als Sommerresidenz. Auch ihre Vorliebe für Hofbälle war Florentin schon zu Ohren gekommen, denn die Zarin pflegte des Öfteren eine etwas merkwürdige Art der Maskerade für ihre Gäste zu befehlen: Die Männer mussten als Frauen verkleidet tanzen, und die Frauen sollten sich wie Männer kostümieren.

Als Florentin den Großfürsten darauf ansprach, lief er vor Zorn auf seine Tante puterrot an. »Das macht sie nur, um mich zu demütigen! Ihr gefällt es, wenn ich auf den hohen Schuhen hinfalle und mir das Kleid zerreiße. Und meine Gemahlin, diese *Dura*, lacht dann besonders laut.«

Dass Peter seine Gattin als »Närrin« bezeichnete, zeigte, wie tief die Verachtung der Eheleute füreinander inzwischen war. Peters standhafte Weigerung, am Hofball der Zarin teilzunehmen, brachte Florentin auf einen Gedanken. »Wie wäre es, wenn *ich* zu dem Ball ginge, Hoheit?«

Peters Augen wurden vor Verblüffung noch etwas größer. »Du?«

»Nun, ich könnte mich für Hoheit etwas umhören, wenn Ihr das wünscht. Was man über Eure Hoheit spricht, und mit wem sich Eure Gemahlin auf dem Fest zeigt«, machte Florentin einen kühnen Vorstoß.

Der Großfürst schwieg nachdenklich.

Florentin ballte vor Anspannung die Fäuste. Würde er rüde ablehnen, oder …

»Das ist gar kein dummer Einfall«, murmelte Peter. Er runzelte die Stirn, dann leuchtete unvermittelt ein breites Lächeln in seinem Gesicht auf. »Aber dann musst du dich ja als Frau verkleiden!«

Florentin blickte gespielt zerknirscht zu Boden. »Ja, das fürchte ich auch. Aber für Hoheit nehme ich es auf mich, sogar ein Kleid zu tragen.«

»Florentin von Rosenberg, du bist ein wahrer Freund«, sagte Peter feierlich und schüttelte ihr kräftig die Hand.

Ein Anflug schlechten Gewissens durchzuckte die junge Fechterin, denn sie tat es ja nicht nur dem Großfürsten zuliebe, sondern weil es eine einmalige Gelegenheit war, sich Zugang zum Hof der Kaiserin zu verschaffen und dadurch unter Umständen an wertvolle Neuigkeiten für Preußen zu gelangen. Auf der anderen Seite profitierte ja auch der Großfürst von ihrem Auftauchen auf dem Fest, und so machte Florentin ihren Frieden mit ihrer List.

»So sei es«, sagte Florentin also, verdrehte in gespielter Verzweiflung die Augen und lächelte Peter freimütig an. »Ich gehe für Euch auf den Ball und trage dabei sogar ein Frauenkleid.«

*

Zwei Tage später drang lautes Lachen aus dem Gemach des Großfürsten. Peter amüsierte sich vortrefflich über seinen vermeintlichen Soldaten Florentin, der ungeschickt auf hohen Schuhen balancierte, während er in einem hochgeschlossenen Kleid steckte, das einer der Kammerzofen Elisabeth Woronzowas gehörte.

In Wirklichkeit hatte Florentin natürlich keinerlei Mühe, sich in dem langen Gewand mit dem *Panier à coudes* genannten Reifrock, der die Hüften stark betonte, zu bewegen, doch sie spielte die Scharade des ungeschickten jungen Mannes überzeugend. Unter dem langen Gewand, das ihr etwas zu weit war, trug sie die Brustbinde, und auch auf den Bartschatten aus Asche und kleingeschnittenen Pferdehaaren hatte sie absichtlich nicht verzichtet, um in dem reizlosen Kleid keinesfalls wie eine Frau zu wirken.

Peter wischte sich die Lachtränen aus dem Auge und wandte sich der Woronzowa zu, die wie immer ein mürrisches Gesicht zog. »*Bubliki*, findest du das nicht auch ausgesprochen komisch?«

»Ich wäre gern zum Tanz gegangen«, quengelte die pummelige junge Frau und betrachtete Florentin mit der Miene einer verwöhnten Katze, deren Milch sauer geworden ist.

»Ich versichere Euch, verehrtes Fräulein, dass Ihr Euch das überlegen würdet, wenn *ich* Euch aufforderte«, antwortete Florentin und machte dabei absichtlich zwei ungeschickte Schritte, ehe sie zu stolpern schien.

Nun verzogen sich sogar die Mundwinkel der Woronzowa zu der Andeutung eines Lächelns.

»Weißt du was, *Bubliki* – wir veranstalten einfach unseren eigenen Ball!«, rief Peter da und klatschte freudig in die Hände. »Ich werde zwei Streicher und einen Flötisten kommen lassen, und dann trinken und tanzen wir. Wie in den Weißen Nächten vor ein paar Wochen, weißt du noch?«

Und mit diesen Worten packte er seine dralle Mätresse und begann sie wild im Kreis herumzuschwenken.

»Hoheit, Sie machen mich schwindelig«, kreischte die Woronzowa, aber sie kicherte ausgelassen und klammerte sich an Peter, wobei ihre üppigen Brüste beinahe aus ihrem Mieder sprangen.

Peters Hände wanderten ihren Rücken hinunter und umfassten ihr breites Hinterteil. Mit einem Ruck zog er sie noch enger an sich und presste ihren Unterleib an seinen. Mit einem trägen Lächeln hob die Woronzowa den Kopf und blickte den Großfürsten aus halbgeschlossenen Augen an.

»Würdet Ihr mich bitte entschuldigen«, murmelte Florentin, der die offensichtliche Zurschaustellung dieser Intimitäten langsam zu viel wurde.

»Ja, geh nur und erzähle mir bei deiner Rückkehr, wie es bei dem Ball war«, nuschelte Peter, der sein Gesicht am fleischigen Hals seiner Geliebten vergraben hatte.

Florentin entfernte sich hastig. Sie würde sofort nach *Zarskoje Selo* aufbrechen, um am Abend rechtzeitig beim Ball anwesend zu sein. Dass sie das Kleid der Zofe nicht brauchen würde, verschwieg sie dem Großfürsten. Sie würde dem Wunsch der Kaiserin entsprechen, dass alle Frauen als Männer verkleidet kommen mussten, und als reizender Page im Katharinenschloss auftauchen. Es war Zeit, ihr zweites Ich erneut zum Leben zu erwecken: Viktoria, die Spionin des Königs.

Kapitel 22

Oktober und November 1759, zwischen Oranienbaum und Katharinenschloss

Bevor Florentin aber in ihre Rolle schlüpfen konnte, musste sie am nächsten Tag zunächst fünf Stunden Ritt in Kauf nehmen. Erst am frühen Abend kam sie in *Zarskoje Selo* an. Der Anblick des Palastes verschlug ihr die Sprache. Die blauen Mauern standen in atemberaubendem Kontrast zu den weißen Säulen mit goldenen Sockeln. Sie wurden von riesigen, ebenfalls goldfarbenen Statuetten bekrönt, welche den unteren Teil der Fensterbögen auf ihren Schultern zu tragen schienen. Das mehrstöckige Schloss erstreckte sich schier endlos in die Länge und bot dem zahlreichen Hofstaat der Kaiserin ein geräumiges Quartier. Der Park, der die Größe mehrerer Felder hatte, zog sich um den gesamten Palast, und überall konnte Florentin kleine Pavillons, Brunnen und Marmorstatuen ausmachen, die dem Garten etwas Verspieltes und doch Majestätisches verliehen. Stumm vor Staunen zügelte sie ihr Pferd und betrachtete die Pracht. Was für ein Gegensatz zu der Armut, die den Erzählungen von Peters Gardesoldaten nach in den Straßen von Sankt Petersburg herrschen musste!

Karl, mit dem sie häufig focht, hatte von seinem letzten Besuch in der Stadt berichtet und dass dort Bettler, alte Männer und Frauen das Stadtbild beherrschten. »Zerlumpte Kinder spielen im Schmutz oder suchen in den Gassen nach etwas Essbarem. Ab und zu sieht man graugesichtige Frauen durch die Straßen eilen, die ein wenig Gemüse oder ein mageres, gerupftes Huhn an sich drücken, als sei es ihr größter Schatz«, hatte Karl gesagt. Und wahrscheinlich war es das auch, dachte Florentin. Im Palast dagegen herrschte offenbar kein Mangel an Fisch, Fleisch und Süßspeisen, stellte Florentin fest, während sie zu den hell erleuchteten Fenstern spähte.

Erst als eine raue Stimme sie auf Russisch rüde aufforderte, Platz zu machen, sah die junge Frau, die in den Kleidern eines Edelmannes ritt, dass die ersten Ballgäste bereits in ihren Kutschen eintrafen. Florentin war froh, keinen abgelegenen Pavillon finden zu müssen, um sich in ein Kleid und hohe Schuhe zu zwängen. Zum ersten Mal in ihrem Leben konnte sie offen als Frau in Männerkleidern auftreten – der Zarin und ihren ausgefallenen Wünschen sei Dank. Nur ihre Haare würde Florentin vorher noch aus dem strengen Männerzopf lösen und aufstecken sowie sich den Bartschatten aus Asche rasch abwischen müssen. Den hatte sie sich vorsichtshalber geschminkt, um auf dem langen Ritt unbehelligt reisen zu können. Im Gegensatz zu Preußen kannte sie hier noch keine verborgenen Pfade und wusste daher nicht, wem sie auf der Straße von Oranienbaum zur kaiserlichen Sommerresidenz alles begegnen würde.

Gerade als sie nach einem etwas abgelegenen Brunnen oder Bach Ausschau hielt, in den sie vor ihrem Eintritt ins Schloss unauffällig ein Leinentüchlein tunken konnte, stiegen einige Gäste der Zarin aus ihren Kutschen. Zu ihrer Verblüffung stellte Florentin fest, dass die Männer keineswegs lange Kleider trugen, ebenso wenig wie die Frauen in Kniehosen gekleidet waren. Im Gegenteil. Nie hatte die junge Fechterin derart prachtvolle Roben gesehen. Die meisten Damen trugen einen mit Blumenmustern oder goldenen Ranken üppig bestickten *Manteau* über ihren herrlichen Kleidern oder breite Schals aus weichem weißen Pelz, der in der beginnenden Abenddämmerung schimmerte wie silberblaues Mondlicht. Die Männer hatten sich mit *Justaucorps* aus Brokat samt passenden Westen herausgeputzt, und die Schnallen ihrer Schuhe waren teilweise edelsteinbesetzt.

Florentin starrte die prächtig gekleideten Gäste ratlos an. Offenbar hatte der Großfürst etwas missverstanden, oder die Zarin hatte sich einen Scherz mit ihrem Neffen erlauben wollen. Doch nun drohte Florentins Plan zu scheitern, denn natürlich hatte sie in der Annahme des Rollentausches kein Kleid für »Viktoria« dabei. Was sollte sie also tun?

»Auch zum Ball ins Schloss, edler Herr?«, fragte da ein livrierter Domestik, und Florentin hatte nur einen Wimpernschlag Zeit, eine Entscheidung zu treffen. Sie zögerte kurz, dann zog sie entschlossen das handgroße Kärtchen hervor, auf dem mit Feder und Tinte eine Amorette gemalt war – die Einladung der Zarin zum Ball. Es standen keine Namen darauf; wer im Besitz des kostbaren Papiers war, wurde als Gast willkommen geheißen. Der Großfürst hatte es ihr gestern noch zugesteckt und spöttisch »viel Vergnügen« gewünscht.

Der Diener warf einen Blick darauf, dann nickte er und nahm Florentin das Pferd ab. Mit einer Verbeugung ließ er die junge Frau in Männerkleidern passieren. Florentin versuchte, ihren raschen Herzschlag zu beruhigen. Sie atmete tief ein, dann ging sie entschlossenen Schrittes durch das goldene Eingangstor und betrat den Zarenpalast.

Der Ballsaal übertraf an Prunk und Schönheit noch die äußere Fassade. Ein Deckengemälde, das fremdartige Landschaften zeigte, stand mit seinen eher dunkel gehaltenen Farben in einem auffallenden Kontrast zu den goldverzierten Rundbögen, die den ganzen Raum durchzogen und im tiefen Blau des heraufziehenden Abends von draußen umso heller glänzten. Unzählige Öllampen und mit Arsenik geweißte Kerzen verwandelten den Saal in einen funkelnden Traum und schimmerten auf den Amorettenstatuen, die über den Rundbögen angebracht und mit verschiedenen Instrumenten ausgestattet waren.

Ein steter Strom Gäste spülte herein, und bald war die Luft von mannigfaltigen Duftwässerchen geschwängert. Helles Gelächter aus Frauenkehlen vermischte sich mit tiefen Männerstimmen, Schönheitspflästerchen in allen Formen, von Kreis bis Halbmond, glänzten in den Gesichtern, und gepuderte Perücken wurden hier und da zurechtgezupft.

Mit einem Mal verstummte jedoch das Plappern, Raunen und Lachen. Alle Aufmerksamkeit richtete sich auf die großen, ebenfalls reich verzierten Flügeltüren des Saales. Zwei Lakaien rissen sie auf ein stummes Kommando hin auf, und herein schritt Elisabeth, Kaiserin von Russland. Sie trug ein Kleid in einem schimmernden Bernsteinton, das ausgezeichnet zur Ausstattung ihres Ballsaales passte, aber ihre Statur war unförmiger, als Florentin sie sich vorgestellt hatte. Ein breiter Kragen aus dunkel glänzendem Pelz lag um den Hals der Zarin, darunter schimmerten mehrere Reihen kostbarer Perlen. Eine einzelne, schwarze Feder in ihrem Haar ließ sie größer wirken.

Trotz ihrer ausladenden Figur schritt Elisabeth mit leichtfüßiger Eleganz, und ihre Kopfhaltung drückte Stolz und Hochmut zugleich aus.

Die Gäste verfielen in Hofknickse und Verbeugungen, als sie an ihnen vorbeiging, und sie neigte kaum sichtbar den Kopf. Ein kleines Lächeln umspielte ihre geschminkten Lippen, als gemurmelte Komplimente über ihre Schönheit laut wurden.

Florentins Aufmerksamkeit galt jedoch der jungen Frau, die hinter der Kaiserin schritt. Das musste Großfürstin Katharina sein. Sie war sehr schlank und trug ein einfaches Kleid aus changierendem Silberstoff und mit spitzenverziertem Ausschnitt. Ihre dunklen Haare waren ungepudert und fielen kunstvoll frisiert über die etwas knochigen Schultern. Es waren nur winzige Makel, die verhinderten, dass man sie eine Schönheit hätte nennen können: Ihr Kinn war etwas zu spitz, die Oberlippe einen Hauch zu schmal, und die Lider über ihren dunklen Augen hingen leicht. Doch ihre Haut war glatt und von einer ebenmäßig milchweißen Blässe, sie besaß eine gerade, edle Nase, und die Augenbrauen wölbten sich in zwei kühnen Bögen unter einer hohen Stirn. Sie war zwar keine Augenweide, dennoch besaß Katharina etwas, das Florentin faszinierte, sodass sie ihren Blick nicht von der Großfürstin wenden konnte. Erst als die beiden Frauen an ihr vorbeigeschritten waren und hoheitsvoll am Kopfende des Saales auf zierlichen Stühlen Platz genommen hatten, fiel Florentin ein, was sie an Katharina so gefangen genommen hatte: Es war der Ausdruck in den dunklen Augen der jungen Frau. Florentin las darin einen brennenden Ehrgeiz, genau das Leben zu führen, das sie sich vorstellte – mit allen Konsequenzen. Und selbst wenn Katharina diese Regung geschickt hinter der Maske der Wohlerzogenheit und Demut verbarg, einen Menschen im Raum konnte die Großfürstin nicht täuschen – und das war Florentin von Rosenberg. Die junge Fechterin kannte diesen Blick nur zu gut. Sie hatte ihn stets in ihren eigenen Augen entdeckt, wenn sie in den Spiegel sah.

*

Zwei Stunden später war Florentin klar, dass sie an diesem Abend keine Gelegenheit haben würde, auch nur in die Nähe der Zarin zu gelangen. Selbst wenn sie als Frau beim Ball erschienen wäre, hatte sie es sich zu leicht vorgestellt, denn im Gegensatz zum Preußenkönig pflegte Kaiserin Elisabeth keinen ungezwungenen Umgang mit ihren geladenen Gästen. Katharina hatte sowieso für niemand anderen Augen als für den hünenhaften Mann mit den gut geschnittenen Gesichtszügen und stechend blauen Augen, der nicht von ihrer Seite wich.

Das musste Grigori Orlow sein, ihr Liebhaber.

Neben ihm trat ein zweiter Mann aus dem Schatten einer Säule, der ebenso groß und gut aussehend war wie Grigori, nur dass die eine Seite seines Gesichtes durch eine lange Narbe entstellt wurde.

Das war eindeutig sein Bruder Alexei.

Sich den Orlows zu nähern, wagte Florentin nicht. Die Brüder galten als ebenso schlau wie gnadenlos, und Florentin hatte Bedenken, trotz ihrer Männerkleidung bei ihnen Verdacht zu erregen. Sie würde sich also etwas Besonderes überlegen müssen, wenn sie die Aufmerksamkeit der Kaiserin gewinnen wollte.

Zunächst jedoch zog die junge Frau in den Kleidern eines Edelmannes das Interesse von jemand ganz anderem auf sich, wenn auch ungewollt.

»Warum steht Ihr hier herum, statt mit mir zu tanzen?«

Florentin drehte sich um und prallte beinahe gegen ein junges Mädchen mit dichten, blonden Flechten, das ein weißes, plissiertes Kleid trug, an dessen Ärmeln kostbare Spitze baumelte. Sie hatte eine kecke Stupsnase, rote Wangen und lachte Florentin unbefangen an.

»Ah …«, brachte Florentin nur heraus, so überrumpelt war sie von den Avancen der jungen Frau.

»Na also«, rief diese, hakte sich ohne viel Federlesen bei Florentin ein und zog die Widerstrebende zu der freien Fläche, auf der sich bereits viele Paare zu den Klängen des Orchesters auf einer Empore drehten.

Notgedrungen machte Florentin die obligatorische Verbeugung des Mannes vor der Dame, und sie begannen zu tanzen. Die erste *Gavotte* brachte Florentin noch mit einigem Anstand hinter sich, doch beim zweiten Tanz, dem Menuett, beherrschte die junge Fechterin nur die Schritte der Frauen. Beim Versuch, zu einem anderen Paar zu schielen, um zu sehen, wie der Mann tanzte, stolperte sie und wäre beinahe mit ihrer Tanzpartnerin zusammengestoßen.

»Verzeihung«, murmelte sie auf Russisch und hörte selbst, wie hart und ungewohnt die fremde Sprache aus ihrem Mund klang. Doch das Mädchen lachte nur hell auf und schien sich über seinen ungeschickten Kavalier köstlich zu amüsieren. »Ihr seid nicht von hier, nicht wahr?«

»Nein. Ich komme aus einem Teil des Heiligen Römischen Reiches Deutscher Nation. Meine Familie hat aber ihren Ursprung in … Moskau«, fabulierte Florentin, wobei sie noch nach dem einen oder anderen russischen Wort suchen musste.

»Oh, aber dann ist Russland Euer Zuhause!«, bestimmte die kleine Tänzerin. »Darauf trinken wir!« Erneut zog sie Florentin hinter sich her, bis sie einen Diener mit einem silbernen Tablett entdeckte. »Igor! Zwei Gläser für mich und meinen neuen Freund!«, rief sie übermütig und hielt gleich darauf zwei Kelche mit einer klaren Flüssigkeit in der Hand, von denen sie eines Florentin reichte. *»Sa sdorowje«*, auf die Gesundheit, sagte sie und sah Florentin tief in die Augen.

Der wurde mulmig, und schnell nahm sie einen großen Schluck aus dem Glas. Sofort schien ihre Kehle in Flammen aufzugehen und eine glühend heiße Spur in ihren Magen hinabzuwandern. Tränen schossen ihr in die Augen, und sie schnappte nach Luft.

Das blonde Mädchen kicherte entzückt. »Das ist das Spezialgetränk unserer verehrten Kaiserin. Sie nennt es *Zhiznennia vodá*, Wasser des Lebens, und reicht es nur bei ihren Hofbällen!«

Am liebsten hätte Florentin gefragt, ob die Zarin damit ihre Gäste umzubringen gedachte. Stattdessen rang sie zunächst weiterhin um Atem und fragte dann: »Woher kennen Sie sich so gut bei Hofe aus?« Dabei wählte sie bewusst die etwas vertraulichere Anrede, wie sie es schon häufiger bei Männern beobachtet hatte, die bei Hofe eine Frau für sich gewinnen wollten.

»Oh, ich bin eine Kammerzofe der Großfürstin Katharina.«

Florentin musste sich nicht einmal bemühen, beeindruckt auszusehen. »Wie aufregend. Dann sind Sie sicher über alles im Bilde, was im Palast vorgeht. Auch … hinter verschlossenen Türen, nicht wahr?« Sie zwinkerte, und die blonde Zofe kicherte kokett.

»Ich habe keine Ahnung, von was Ihr sprecht!«

»Nun, wenn ich den Namen *Orlow* erwähnen würde, wüssten Sie es dann?«

»Oho, Ihr werdet indiskret!«

»Nicht doch. Das ist nun wirklich … wie sagt man? Keine geheime Sache mehr!«

»Geheimnis«, buchstabierte die junge Zofe das russische Wort und lachte. »Nein, da habt Ihr recht.« Mit vor Vergnügen funkelnden Augen sah sie Florentin an.

Die junge Fechterin schwitzte inzwischen in ihren Männerkleidern, und das lag nicht nur an der Luft, die durch die Leiber der Tanzenden und die blakenden Kerzen und Lampen immer stickiger wurde. Mit einer Frau zu schäkern, befremdete Florentin noch mehr als ihre ersten Erfahrungen in Frauenkleidern und die Reaktionen der Männer auf ihre weiblichen Reize. Doch hier war die Gelegenheit, etwas mehr über die Vorgänge im Palast zu erfahren, und daher versuchte Florentin, sich ins Gedächtnis zu rufen, wie sich Wendelin und der Offizier Andreas ihr gegenüber benommen hatten, als sie damals ihre weiblichen Reize hatte spielenlassen.

Florentin schenkte der blonden Zofe ein bemüht männlich-knappes Lächeln. »Sie haben mir noch gar nicht gesagt, wie Sie heißen, schönes Kind.«

»Mascha. Und Ihr?«

»Hans. Aber nun verraten Sie mir außer Ihrem Namen noch eins, Mascha. Wie steht die Kaiserin zu den ganzen amourösen Verwicklungen an ihrem Hof? Immerhin ist nicht nur die Großfürstin anderweitig … *engagiert*, sondern auch ihr Gemahl.«

»Ach, die Kaiserin hatte doch selbst zahlreiche Liebhaber! Seit Katharinas Heirat mit ihrem Neffen hasst und liebt die Zarin die Großfürstin abwechselnd. Doch Katharina versteht es stets ausgezeichnet, sich wieder einzuschmeicheln, wenn Hoheit böse auf sie ist. Die deutsche Prinzessin ist sehr klug. Im Gegensatz zu ihrem Gemahl Peter.« Als es seinen Namen aussprach, verzog das blonde Mädchen verächtlich das Gesicht. »Er ist ein Narr. Und hässlich dazu. Sogar die Kaiserin verachtet ihn.«

»Aber er soll ihr Nachfolger werden, heißt es. Wie kann sie ihn gleichzeitig zum Zaren ernennen und verachten?«

»Oh, ob Peter wirklich regieren wird, da wäre ich mir nicht so sicher«, raunte Mascha.

»Ach. Aber … wer dann?«

»Nun, man munkelt, die Kaiserin will Paul, den Sohn Katharinas, zu ihrem Nachfolger machen. Aber das wird seiner

Mutter gar nicht gefallen und …« Erschrocken brach Mascha ab. »Aber was rede ich da, Ihr habt mir noch gar nichts über Euch erzählt! Werde ich Euch nun öfter im Schloss sehen?«

Florentin nickte abwesend. Sie war in Gedanken voll und ganz mit der Frage beschäftigt, warum Katharina offenbar nicht wollte, dass ihr eigener Sohn Thronfolger wurde. War es, weil man munkelte, dass er das Kind ihres ersten Liebhabers Saltykow war? Inzwischen war Florentin dank Peters Holstein-Soldaten über den Palastklatsch bestens unterrichtet. Oder – dieser Gedanke durchzuckte Florentin wie ein Blitz, der für wenige Augenblicke einen schwarzen Gewitterhimmel in taghelles Licht tauchte – wollte Katharina etwa selbst Zarin werden? Und was würde dies für den Krieg mit Preußen bedeuten?

Käme Peter an die Macht, würde er den Krieg mit Friedrich sofort beenden, dessen war sich Florentin sicher. Aber Katharina? Zwar hatte die Großfürstin als junges Mädchen sogar den Hof des Preußenkönigs besucht, und dieser hatte sich ganz entzückt von der klugen Prinzessin gezeigt, doch damals war Katharina fast noch ein Kind gewesen – und nicht Großfürstin im Land des Feindes.

»Ihr hört mir ja gar nicht zu!«, unterbrach Maschas vorwurfsvolle Stimme Florentins Grübelei.

»Verzeihung, ich habe nur gerade darüber nachgedacht … wie schön Sie sind«, rettete Florentin sich in eine Ausrede. Sie hatte eigentlich die junge Zofe nur dazu bringen wollen, weiterzureden, doch das Mädchen lächelte strahlend. »So ein nettes Kompliment habe ich lange nicht bekommen«, hauchte Mascha.

Dann beugte sie sich vor – und küsste Florentin mitten auf den Mund.

Für einen Augenblick war Florentin so erschrocken, dass sie sich nicht rühren konnte. Maschas Lippen waren voll und weich, viel weicher als die von Hans. Das junge Mädchen küsste auch nicht fordernd wie ein Mann, sondern zärtlich und abwartend. Es war nicht unangenehm, trotzdem fühlte es sich für Florentin falsch an, und sie sah sich nicht in der Lage, die Scharade noch weiter fortzuführen. Hastig wich sie einen Schritt zurück und blickte zerknirscht in Maschas enttäuschtes Gesicht.

»Ich bitte um Vergebung«, sagte Florentin nun schon zum dritten Mal an diesem Abend, »aber ich kann nicht. Zu Hause wartet ein Mädchen auf mich.«

Mascha zog ihre hellen Brauen zusammen. »Na und?«

»Nun, also«, stammelte Florentin, die dieser Gleichmut überraschte, »ich bin ihr schon lange versprochen, wenn Sie verstehen …«

»Und?«, wiederholte Mascha verständnislos. »Sie kann uns doch nicht sehen. Oder ist sie etwa hier?«

Als Florentin den Kopf schüttelte, zuckte Mascha die Schultern. »Was sie nicht weiß, kann sie nicht ärgern. Und warum solltet Ihr Euch vor der Hochzeit nicht noch ein wenig Abwechslung und Vergnügen gönnen? Es könnte das letzte Mal sein, ehe Ihr den Treueschwur ablegt …« Und damit schmiegte sie sich dicht an Florentin.

Aus Angst, Mascha könne trotz der Weste und des *Justaucorps* Florentins weibliche Formen spüren, wich die junge Deutsche rasch zurück und versuchte sich in einem scherzenden Ton. »Ist dieser lose Umgang mit Treue hier am Hof üblich?«

Doch Mascha stemmte die Hände in die Hüften und sah Florentin verächtlich an. »Ihr seid ebenso prüde wie die holsteinischen Soldaten Peters. Die benahmen sich im Frühjahr in Peterhof auch stets, als hätten sie ihren eigenen Säbel verschluckt. Ihr Deutschen habt eben keine *duscha*, keine Seele. Lebt wohl, Hans aus dem Heiligen Römischen Reich!«

Damit reckte Mascha ihre Stupsnase in die Luft und schritt davon.

Florentin wischte sich über die Stirn, auf der ihr der Schweiß stand. Die Russen waren wirklich nicht zu unterschätzen.

*

Nach einer unbequemen Nacht, die Florentin im Pferdestall verbrachte, zäumte sie noch vor Sonnenaufgang ihr Ross und ritt zurück nach Oranienbaum. Zum ersten Mal hatte sie als Spionin versagt. Außer von den Machtgelüsten der Großfürstin Katharina hatte Florentin nichts über weitere Kriegspläne in Erfahrung bringen können. Dementsprechend zerknirscht fiel ihr verschlüsselter Brief an den »lieben, kranken Vater« aus, in dem sie bedauerte, »ihm in seiner Malaise im Augenblick nicht helfen zu können«. Friedrichs Vertrauter Fredersdorf, an den das Schreiben in Wirklichkeit ging, würde hoffentlich in der Lage sein, die Botschaft aus ihren wenigen Zeilen herauszulesen.

Es war ein Glück, dass in diesem Herbst und im folgenden Winter an den Kriegsschauplätzen nicht mehr viel passieren würde. Fredersdorf schrieb ihr in verschlüsselter Form, dass die Russen sich nach der letzten Schlacht überraschend zurückgezogen hatten und der König den Winter an der Oder verbrachte, wo er einen neuen Feldzug vorbereitete. Besonders sorgenvoll aber dechiffrierte Florentin die Passage, in der Fredersdorf berichtete, dass, obwohl der Feind schwere Verluste erlitten hatte, das Kräfteverhältnis noch immer zuungunsten Friedrichs stand.

Florentin ließ das Schreiben des preußischen Kämmerers sinken, das viele Wochen unterwegs gewesen war. Es gewährte ihr einen Aufschub, doch wenn im kommenden Jahr der Frühling ins Land zog, würde der Kampf weitergehen und das Blut vieler Soldaten erneut die Erde tränken. Dass die Kaiserin bald abdankte und Peter als neuer Zar von Russland an die Macht käme, darauf konnte man sich nicht verlassen. Nach einigen Schwächeanfällen, die Elisabeth im vergangenen Jahr mehrere Wochen ans Bett gefesselt hatten, war sie nun wieder erholt und guter Dinge. Zwar hatte sie während des Balls nicht getanzt, doch bei den reichhaltigen Speisen und Getränken kräftig zugegriffen, und ihr Lachen, das mit jedem Glas Branntwein lauter wurde, hatte ausgedrückt, dass sie danach trachtete, das Fest bis zur Neige zu genießen.

Sicher hatten auch die Späße eines gewissen Iwan Iwanowitsch Schuwalow dazu beigetragen, der ein enger Vertrauter der Kaiserin zu sein schien, so wie die beiden miteinander umgingen. Florentin hatte nach dem Abgang der beleidigten Zofe Mascha noch gesehen, wie Schuwalow die Entourage der Zarin mit einer Parodie des Preußenkönigs amüsiert hatte. Zunächst war der in kostbaren Brokat gekleidete Mann auf und ab marschiert und hatte »Angriff« gebrüllt, scheinbar das einzige deutsche Wort, das er beherrschte. Anschließend hatte Schuwalow sich einen jungen Lakaien gegriffen, auf den Schritt seiner Hose gezeigt und etwas auf Russisch in die Runde gerufen. Was, das hatte Florentin nicht verstanden, doch der junge Page war vor Verlegenheit feuerrot angelaufen, während die ganze Gesellschaft in schallendes Gelächter ausgebrochen war. Offensichtlich spielte Schuwalow auf die Gerüchte um Friedrich und seine Vorliebe für junge Diener an.

Der derbe Scherz und die offenkundige Schadenfreude der Kaiserin sorgten bei Florentin für eine Eingebung: Auch im Heiligen Römischen Reich war es schon in der Zeit des ersten

Schlesischen Krieges zu bitteren Witzen und Missfallensäußerungen über den Preußenherrscher gekommen. Vor allem einer hatte aus seiner Verachtung kein Hehl gemacht: Jean Ignace Roderique. Er war Herausgeber der weit verbreiteten, anti preußisch ausgerichteten *Gazette de Cologne*, die bereits in frühen Regierungsjahren Friedrichs regelmäßig österreichische Kriegserfolge überhöht dargestellt und preußische Siege unterschlagen hatte, was den König zur Raserei gebracht hatte. Ein Vertrauter Friedrichs hatte daraufhin einen Mann angeheuert, der Roderique auf offener Straße in Köln zusammenschlug. Florentin hatte einst von ihrem Vater, dem Freiherrn von Rosenberg, davon gehört, da es im fränkischen Raum ein ähnlich kritisches Blatt, die *Gazette d'Erlangen* gab, die ebenfalls den Groll des Preußenkönigs auf sich gezogen hatte. Dessen Herausgeber Johann Gottfried Groß floh immer wieder in die Reichsstadt Nürnberg, wenn er erfuhr, dass der *Sire* einmal mehr wegen einer Schmähschrift in seinem Blatt erzürnt war und über seine Schwester Wilhelmine in Bayreuth mit Repressalien drohte.

Florentin erinnerte sich außerdem an die Erzählungen ihres Vaters, dass die Kölner Zeitung bis in die europäischen Königshöfe Beachtung fand, und dies wiederum brachte sie auf einen Gedanken, wie sie Zugang zur russischen Kaiserin finden könnte.

Und als Florentin am späten Mittag durch das Parktor Oranienbaums ritt, war ihr vager Gedanke zu einem konkreten Vorhaben geworden. Der Plan war gefährlich, ja, vielleicht sogar dumm und leichtsinnig, aber etwas trieb Florentin zu dieser Tollkühnheit. Sie konnte nicht mehr untätig herumsitzen mit dem beständigen Gefühl, jeden Tag aufs Neue zu versagen und Fredersdorf zu enttäuschen.

Daher sattelte Florentin am nächsten Tag erneut eines der großfürstlichen Pferde und ritt in der Kleidung eines einfachen russischen Mannes ein paar Ortschaften weiter in ein größeres Dorf, dessen Häuser und Bewohner jedoch derart ärmlich wirkten, dass Florentin sich sicher sein konnte, keiner von ihnen würde jemals in die Nähe Oranienbaums oder gar des Katharinenschlosses kommen. Dennoch war ihr bewusst, welch hohes Risiko sie einging. Aber da sie in Russland bisher in ihrer Rolle als Spionin keinen Erfolg gehabt hatte, war sie bereit, nun alles auf eine Karte zu setzen.

Sie sah zwei Jungen in etwas zerlumpter Kleidung, die runde Tonmurmeln in den Händen hielten, die sie in ein kleines Loch zu werfen versuchten, das sie in der staubigen Erde gegraben hatten. Sie zügelte ihr Pferd, zog ein paar kleine Münzen aus ihrer Tasche und beugte sich zu den beiden Kindern, die Florentin ebenso neugierig musterten wie die zwei Kopeken, die sie ihnen entgegenhielt. »Die gehören euch, wenn ihr mir jemanden in eurem Ort zeigt, der gut zeichnen kann …«

*

»Verzeiht die Störung, Hoheit, aber hier ist eine junge Dame, die ich Euch unbedingt vorstellen muss: Viktoria von Nanckenreuth.« Schuwalow hatte einige Mühe, den Namen auszusprechen, während er Florentin vor sich her zu der Chaiselongue schob, auf der Kaiserin Elisabeth lag, das lange, mit goldenen Litzen verzierte Kleid malerisch drapiert. Ein paar leere Teller sowie ein halbvolles Glas standen auf dem Boden, und der süßliche Geruch ihres Duftwässerchens schwebte in der Luft.

Langsam hob die Herrscherin den Kopf, und beim Näherkommen sah Florentin ihre geröteten Lider und das aufgedunsene Gesicht. Doch ihr Blick war wach und strafte die Trägheit ihrer Bewegungen Lügen.

Florentin versank in einen tiefen Hofknicks. Sie hatte absichtlich nur ein schlichtes, graues Straßenkleid angezogen, ihre Haare zu einer strengen Krone geflochten und weder Lippen- noch Wangenrot aufgelegt. Niemand, der die Gunst der Kaiserin erringen wollte, durfte in ihrer Gegenwart hübsch sein, das hatte sie instinktiv begriffen.

»Stellt Euch vor, Hoheit, in ihrer Heimat wird das arme Ding politisch verfolgt!«, rief Schuwalow theatralisch aus und warf die Hände in die Luft.

»Komm näher, Kind«, befahl die Kaiserin leise, und Florentin gehorchte mit klopfendem Herzen. Würde sich ihr Einfall als kluger Schachzug oder als bodenlose Dummheit erweisen?

Der Vertraute der Kaiserin plapperte unterdessen in einem fort. »Sie ist die Tochter eines Vertrauten des Herausgebers der *Gazette d'Erlangen*, und der Preußenkönig ließ ihren Vater bereits einmal auf offener Straße verprügeln, nur weil er es gewagt hatte, eine kritische Äußerung zu tätigen! Kann man sich so etwas vorstellen?«

»Mein lieber Schuwalow, ich glaube, das kann das Mädchen mir auch selbst erzählen. Oder etwa nicht?«, wandte die Kaiserin sich an Florentin.

Die schluckte. »Doch, Hoheit. Verzeiht, ich bin Eurer herrlichen Sprache jedoch noch nicht in der Weise mächtig, wie ich es gerne wäre. Mein Vater, dessen Wurzeln in Eurem schönen Land liegen, liebte die russische Sprache. Und er hat Euch verehrt. ›Viktoria, es gibt keine schönere Frau auf Gottes Erden als die Kaiserin von Russland‹, hat er nach dem Tod meiner Mutter immer zu mir gesagt. Ich bin froh, dass ich nun mit eigenen Augen sehen darf, was meinem Vater nicht mehr vergönnt war. Er starb vor zwei Monaten.«

Das Gesicht der Kaiserin hatte bei dem Kompliment aufgeleuchtet. Nun wurden ihre Züge weich. »Ach, du armes Lämmchen!«, rief sie impulsiv und streckte ihre Hände nach Florentin aus.

Die trat einen Schritt näher und küsste ehrerbietig die rechte Hand Elisabeths.

»Das hat mein Vater kurz vor seinem Tod angefertigt. Ich dachte, vielleicht würde es Euch erfreuen …« Mit diesen Worten zog Florentin eine Zeichnung hervor, die sie gegen einige Kopeken von einem alten Russen hatte anfertigen lassen, zu dem sie die beiden Kinder vor zwei Tagen geführt hatten. Zunächst hatte der Alte sich geziert, als er Florentins Ansinnen begriff, aber die ordentliche Handvoll Münzen, die sie ihm entgegenhielt, besiegten seine Zweifel schnell. »Die Hälfte des Geldes ist für deine Arbeit. Die andere dafür, dass du den Mund hältst«, hatte Florentin ihm klargemacht, als er fertig war und nach den Kopeken greifen wollte. »Sollte ich in Schwierigkeiten geraten, weil du jemand gegenüber geplaudert hast, werde ich nicht zögern, die Soldaten zu demjenigen zu führen, dessen Hand den Kohlestift geführt hat!«

Der alte Russe hatte erschrocken geblickt, doch für einen Rückzug war es zu spät gewesen; Florentin hatte die Zeichnung bereits zusammengerollt und in ihrem einfachen Wams verstaut. Und ein Blick auf den Degen, den sie umgegürtet hatte, ließ den Mann wohl einsehen, dass er besser das Geld nahm und vergaß, was er dafür getan hatte.

Sie hatte dem Alten genau beschrieben, was er zeichnen sollte, und was Elisabeth von Russland nun in Händen hielt, war eine grausame Karikatur des Preußenkönigs. Das Blatt zeigte Friedrich, der mit verzücktem Gesicht und geschlossenen Augen Flöte spielte, während ihm zu Füßen ein nackter junger Mann kauerte, von dem man jedoch nur die Rückansicht sah. Die Zeichnung gab keine weiteren Einzelheiten preis, aber der Satz, den Florentin auf Französisch hinzugefügt hatte, sagte genug aus:

»Mit Lust stellt Friedrich sich in Pose, doch tut er dies mit offner Hose.«

Florentin wusste von Großfürst Peter, dass seine Tante Schlüpfrigkeiten liebte, und da sie sich beim Ball über Schuwalows groben Scherz amüsiert hatte, hoffte Florentin, mit der Zeichnung ebenfalls Elisabeths Geschmack zu treffen und sie für sich einzunehmen.

Die Kaiserin warf einen Blick auf die Zeichnung, runzelte die Stirn und hielt das Blatt näher vor ihre Augen.

Florentins Magen schien sich in einen Stein zu verwandeln, und eine kalte Furcht ließ die feinen Härchen auf ihrem Unterarm zu Berge stehen. Hatte sie etwa einen Fauxpas begangen und die Kaiserin inkommodiert?

Da begann Elisabeth schallend zu lachen. Schuwalow kam neugierig näher und warf einen Blick auf die Karikatur, woraufhin auch er in lautes Gelächter ausbrach.

Florentin atmete insgeheim auf.

Die Kaiserin hob den Kopf. »Köstlich! Dein Vater war ein kluger Mann mit scharfem Blick, mein Kind. Wie bedauerlich, dass er tot ist. Hat der Preußenkönig etwa …?«

Florentin schüttelte den Kopf. »Nein, aber mein Vater lebte seit dem Attentat in beständiger Furcht. Ich fürchte, dass sein Herz deswegen seinen Dienst versagt hat. Und auch ich war als Waise stets in Angst vor dem Zorn des Königs. Daher beschloss ich, an meines Vaters statt hierherzukommen – in das Land, dem ein Leben lang seine Sehnsucht galt.«

Elisabeth hatte nach Florentins bewegten Worten Tränen in den Augen, und einen kurzen Augenblick plagte die junge

Fechterin das Gewissen ob ihrer schamlosen Lügen. Dann aber sagte sie sich, dass dies der Preis war, wenn sie ihre Heimat Preußen nicht an fremde Besatzer verlieren wollte. Dafür musste sie ständig eine Maske tragen, sei es die des preußischen Soldaten am Hofe Peters oder die der politisch Verfolgten im Schloss der Kaiserin. Als Spionin war sie nun einmal gezwungen, den König zu diffamieren, dem Großfürsten ihre wahren Beweggründe zu verschweigen und der Zarin zu schmeicheln – immer in Gefahr, enttarnt zu werden.

Vielleicht, so dachte sie, war ihr ganzes Unterfangen auch sinnlos, und Preußen würde den Krieg verlieren, von der Landkarte verschwinden und Florentin mit der Frage zurücklassen, wie sie dann leben sollte: als Mann oder als Frau. Und vor allem, wo. Denn wenn Preußen fiel, wäre sie heimatlos. In Russland würde sie nicht bleiben können, denn wenn Peter Zar wurde, müsste er in den Kaiserpalast zurückkehren. Sollte Florentin etwa ihr ganzes weiteres Leben als Mann in der Holstein-Garde dienen und womöglich irgendwann für Russland in einen neuen Krieg ziehen? Auf einmal kroch eine dumpfe Hoffnungslosigkeit in ihr hoch, und unwillkürlich begann Florentin zu zittern. Streng befahl sie sich, nicht mehr an die Zukunft zu denken, sondern alles zu versuchen, Preußen und den König, so gut es ihr möglich war, zu schützen, indem sie Hinweise auf die Vorhaben Russlands sammelte. Schließlich, so rief sie sich zur Raison, hatte sie diesen Weg selbst gewählt, und so schlecht war es ihr damit bislang nicht ergangen. Immerhin schien sie auf dem besten Weg zu sein, das Vertrauen der Kaiserin zu gewinnen.

»Schuwalow, geben Sie dem armen Ding etwas zu essen, sie ist viel zu dünn und bebt ja schon vor Hunger«, befahl Elisabeth. Hoheitsvoll wandte sie sich an Florentin. »Du bekommst eine Kammer im Dienstbotentrakt. Ich lasse niemanden im Stich. Erst recht nicht die Tochter eines Mannes, der mein Land so geliebt hat, wie ich es tue!«

Mit einem Kopfnicken war Florentin entlassen. Tief knicksend entfernte sie sich. Nur noch einmal warf sie einen verstohlenen Blick zurück und sah die Kaiserin schmunzelnd über die Karikatur gebeugt.

Als sie durch die Tür hinaustrat, prallte Florentin beinahe mit einer Zofe zusammen, die offenbar soeben anklopfen wollte. Die ältere Frau warf Florentin einen bösen Blick zu, doch die bemerkte es nicht, denn ihre Aufmerksamkeit galt der jungen, dunkelhaarigen Frau in einem prächtigen nachtblauen Kleid mit Silberbändern, die hinter der Zofe stand – Großfürstin Katharina.

»Hoheit.« Schuwalow verneigte sich, doch es war eher eine nachlässige Geste. Man sah ihm förmlich an, wie gering er die Großfürstin schätzte.

Auch Florentin knickste stumm, doch Katharina sah hochmütig über sie hinweg. Für den Vertrauten der Kaiserin hatte sie ebenfalls nur ein knappes Kopfnicken übrig, ehe sie an ihnen vorbeirauschte und das kaiserliche Gemach betrat.

»Kalt wie eine Eisscholle auf der Newa – und nicht zu unterschätzen«, flüsterte Schuwalow Florentin zu.

Aus der halboffenen Tür drang Gemurmel, dann hörte man Katharinas helles Lachen. »Ach, Hoheit, Ihr habt wahrhaftig ein weiches Herz. Nehmt Vertriebene auf wie streunende Katzen …«

Nun lachte auch Elisabeth. »Oh, aber dafür habe ich auch etwas zu lachen gehabt. Ist diese Zeichnung nicht köstlich?«

Doch Katharinas Stimme klang weiterhin kühl. »Sehr amüsant. Aber gebt dem Mädchen eine Aufgabe, meine Kaiserin. Sie soll nicht denken, sie könnte Euch ausnutzen …«

Florentin schnaubte leise. Das sagte die Richtige! Was sie in Oranienbaum über die Gattin Peters erfahren hatte, zeigte, dass Katharina offenbar eine Meisterin darin war, die Kaiserin gegen Peter und für sich einzunehmen.

Schuwalow sah Florentin von der Seite an und zuckte die Schultern. »Mach dir nichts daraus, Mädchen. Die Großfürstin meint es nicht so.«

Doch Florentin wusste, dass der kaiserliche Günstling irrte. Katharina wusste genau, was sie sagte. Peter hatte sie *»Dura«*, eine Närrin genannt. Doch seine Gemahlin war nicht dumm. Im Gegenteil, sie war äußerst durchtrieben.

Kapitel 23

Winter 1759 bis Frühjahr 1760,
zwischen Winterpalast
und Oranienbaum

Mehr als eine Woche blieb Florentin als »Viktoria« in *Zarskoje Selo*. Sie hatte zuvor Großfürst Peter in Oranienbaum gebeten, zu ihrem angeblich kranken Vater in die Nähe von Sankt Petersburg reisen zu dürfen, wogegen er nichts einzuwenden gehabt hatte. Ihm würde das Fehlen eines seiner Gardesoldaten gar nicht auffallen, und den Fechtunterricht mit Florentin vermisste er sowieso nicht, beschäftigte er sich doch viel lieber mit seiner drallen Mätresse Woronzowa.

Im Katharinenschloss wurde Florentin zu ihrer Verzweiflung allerdings in die Näh- und Stickstube geschickt. Grimmig saß sie am dritten Tag über ihrer Arbeit, einem Deckchen für eines der Palasttischchen, und bemühte sich um saubere, gleichmäßige Stiche. Ihr war, als hätte sie nun die späte Rache der verhassten *Mademoiselle* aus Bayreuth getroffen. Terese wäre hier sicher besser aufgehoben gewesen, war sie doch stets viel geschickter bei der Handarbeit gewesen als Florentin.

Bei dem Gedanken an ihre Schwester fühlte die junge Frau ihr Herz schwer werden. Seit sie in Russland war, hatte sie von der Älteren nichts mehr gehört. Ob Terese wohl glücklich war? Das liebe Gesicht ihrer Schwester mit den blonden

Haaren stand Florentin so deutlich vor Augen, dass sie kurz glaubte, Terese wäre hier. Doch als sie aufsah, erblickte sie nur die gebeugten Köpfe der anderen Näherinnen, die sich über die kaiserlichen Kleider, bunte Bänder oder Stickdeckchen beugten.

Ein zentnerschweres Gewicht aus Einsamkeit und Heimweh lastete mit einem Mal auf Florentin, und unvermittelt rollte eine Träne über ihre Wange. Da fühlte sie eine raue Hand auf ihrer Schulter, und als sie erschrocken aufblickte, sah sie in das breite, gutmütige Gesicht einer älteren Näherin.

»Hast du auch Kummer?«, stellte die fest.

Florentin wischte sich über die Augen, dann nickte sie vorsichtig.

Die korpulente Frau nickte ebenfalls und seufzte. »Wie fast alle hier. Mein ältester Sohn ist bei der Schlacht vor zwei Jahren gefallen.«

»Bei mir ist es mein Mann! Deine Kinder sind wenigstens schon groß, Wanja, aber was soll ich mit meiner Kleinen machen?«, rief Irina, eine große, kräftige Frau mit dunkelbraunen Haaren.

»Und ich wollte Sergej heiraten. Doch dann ist er nicht mehr zurückgekommen«, murmelte eine schmale Frau, deren Gesicht trotz ihrer Jugend blass und verhärmt wirkte und die Anna hieß.

Florentin schluckte. So viele verschiedene Schicksale, die jedoch eins einte: der Tod in der Schlacht. »Dieser verfluchte Krieg muss doch einmal aufhören!«, rief sie impulsiv.

Die drei Frauen wandten sich ihr zu. Wanja zuckte die Schultern. »Unsere Kaiserin hasst den Preußenkönig. Und bist du nicht auch vor seinen Grausamkeiten geflohen?«

Offenbar hatte sich Florentins angebliches »Schicksal« bereits im Schloss herumgesprochen. Daher bejahte sie leise.

Wanja seufzte. »Elisabeth wird nicht eher ruhen, bis einer der beiden Gegner völlig besiegt ist. Entweder die Deutschen – oder wir.«

»Das wird nicht geschehen«, sagte die zierliche Anna heftig. »Russland wird siegen! Mein Schwager untersteht Leutnant Orlow, und er hat gesagt, wir werden zusammen mit Österreich die preußische Armee vernichten!«

Wanja schnalzte mit der Zunge. »Ich halte nicht viel von den Brüdern Orlow. Grigori ist ein läufiger Bock, und seine Brüder sind schlimmer als wilde Tiere, aber von Kriegsführung verstehen sie etwas.«

Anna nickte heftig. »Mein Schwager sagt, im Frühjahr marschieren unsere Heere in Schlesien ein und holen sich das Land zurück.«

Florentin zuckte zusammen, sodass sie sich mit der Sticknadel in den Finger stach. So einfach erfuhr man also von den Plänen Russlands?

Während sie den dicken Blutstropfen von ihrem Finger leckte, dachte sie daran, wie seltsam das Schicksal manchmal spielte. Als Spionin beim Hofball hatte sie versagt, aber als Dienstmädchen in der Nähstube war sie erfolgreich. Unwillkürlich musste Florentin lächeln.

»Da siehst du, Kindchen, aller Kummer geht einmal vorüber«, sagte die gemütliche Wanja und tätschelte ihre Wange. »Und wenn die Kaiserin in ein paar Tagen in den Winterpalast nach Sankt Petersburg umzieht, wirst du dich auch nicht mehr so gottverlassen fühlen wie wir alle an diesem Ort!«

»Oh ja, die Stadt ist wunderbar. Ich freue mich schon auf das große Neujahrsfeuerwerk der Kaiserin!«, sagte Anna, und ihre bleichen Wangen bekamen vor Aufregung sogar etwas Farbe.

Florentin nickte artig, doch eigentlich hörte sie gar nicht mehr zu. In Gedanken formulierte sie bereits ein Schreiben, das den Preußenkönig warnen und ihm hoffentlich den nötigen Vorsprung verschaffen würde, sein Heer in ein paar Monaten zum Sieg zu führen.

*

Zunächst hielten die Kriegsparteien jedoch still, genau wie die Landschaft, über die der einbrechende Winter ein kaltes, weißes Tuch aus Schnee breitete. Die Kaiserin zog mit ihrem Hofstaat in den Winterpalast nach Sankt Petersburg, der nur einen zweistündigen Ritt von Oranienbaum entfernt lag. Das machte es für Florentin einfacher, zwischen dem großfürstlichen und dem Kaiserpalais sowie ihren beiden Persönlichkeiten des jungen Fechters von Rosenberg und der Näherin Viktoria hin- und herzuwechseln. Ihr erfundener kranker Vater musste immer dann herhalten, wenn sie sich ein paar Tage von Peters Garde entfernte.

Im Winterpalast der Kaiserin fiel ihr tagelanges Fehlen sowieso kaum auf, und wenn, redete sich »Viktoria« bei der älteren Wanja, die der Nähstube vorstand, mit einer »dringlichen Familienangelegenheit« heraus.

Da Florentin allerdings unterschätzt hatte, wie schnell Nachrichten sich im Palast verbreiteten, wussten bereits alle, dass die junge Deutsche eine Waise war. Augenzwinkernd nahmen die Frauen in der Nähstube daher ihre Entschuldigung auf, und bald fand Florentin heraus, dass sie ihr ein heimliches Liebesverhältnis mit einem geheimnisvollen Unbekannten andichteten.

Zunächst erschrak sie darüber, dann aber erkannte sie, wie hilfreich dieses Gerücht war. Mochten die russischen Frauen tuscheln. Solange sie nicht die Wahrheit entdeckten – nämlich dass aus der jungen Näherin Viktoria, kaum dass sie den Palast der Kaiserin verlassen hatte, der Degenfechter Florentin wurde, der nicht nur geheime Depeschen an den König sandte, sondern auch versuchte, den Großfürsten dazu zu bewegen, für einen baldigen Frieden zwischen Russland und Preußen zu sorgen.

Mit Briefen, die in Wahrheit Fredersdorf schrieb, und kleinen Geschenken gelang es Florentin, Peters Verehrung für Friedrich aufrechtzuerhalten und sogar noch zu befeuern. »Wenn ich Kaiser wäre, ich würde dem König sogleich die Hand reichen«, beteuerte Peter stets. »Zu dumm, dass meine Tante nicht endlich abtritt!«

Doch die Kaiserin, so krank sie auch war, besaß einen unbeugsamen Willen, vor dem sich Peter in Wahrheit fürchtete. Obwohl er seine Tante oft genug eine »brünftige Schlampe« oder »fette Gans« nannte, wagte er nicht, ihre Entscheidungen in Frage zu stellen oder gar mit einem Friedensgesuch bei ihr aufzutauchen.

Im Gegenzug duldete Elisabeth zähneknirschend das Holstein-Heer ihres Neffen sowie seine Mätresse Woronzowa. Es war ein stummer Pakt zwischen beiden, doch sollte Peter dagegen verstoßen, das sah Florentin deutlich, würde er seine Privilegien aufs Spiel setzen, die er abseits des Kaiserpalastes genoss. Diese Erkenntnis trieb Florentin beinahe zur Verzweiflung, denn ein Ende des Krieges zwischen Preußen und seinen verbündeten Gegnern rückte somit in weite Ferne.

Allein der Tod Elisabeths hätte eine Wende herbeiführen können, doch die Kaiserin schien mit jedem Tag, den das neue Jahr voranschritt, kräftiger und munterer zu werden. Um weiterhin in ihren Gunsten zu stehen, versorgte Florentin als »Viktoria« die Herrscherin mit weiteren Schmähschriften und entstellenden Karikaturen über Friedrich, die sie inzwischen reichlich in den Gazetten von Sankt Petersburg fand, denn der Krieg bot genügend Anlass für allerlei Hetzschriften gegen Preußen und seinen König.

Als die junge Frau an einem eisigen Februartag des Jahres 1760 mit einem der Blätter vorstellig wurde, war die Kaiserin zwar kurzatmig, aber bester Laune. In einem prächtigen dunkelgrünen Kleid aus schwerem Samt logierte sie auf einer breiten Chaiselongue, die Füße unter einer pelzgefütterten Decke vergraben. Neben ihr stand ein leeres Glas, in dem sich ein letzter Rest süßen Likörs befand.

»In zwei Tagen werde ich anlässlich des Geburtstages meines Neffen ein großes Fest geben. Du hast großes Glück, mein Kind, denn auch du darfst daran teilnehmen.«

Florentin durchfuhr jedoch ein kalter Schreck. Ein Fest zu Ehren Peters würde bedeuten, dass der Großfürst anwesend war. Was, wenn er in »Viktoria« seinen Fechtlehrer und Gardesoldaten Florentin wiedererkannte? »Hoheit, das ist zu viel Ehre für ein einfaches Mädchen wie mich. Ich kann Eure Großzügigkeit unmöglich annehmen«, stotterte sie.

»Ach was. Alle meine Diener und Zofen werden teilnehmen. Die Männer werden in Frauenkleidern gehen, und du und die anderen Zofen müsst euch wie Pagen kleiden«, kicherte die Zarin angetrunken.

Ihre Worte trugen nicht dazu bei, Florentin zu beruhigen, im Gegenteil. Würde sie in Männerkleidung für den Großfürsten nicht erst recht zu erkennen sein? Ablehnen konnte Florentin jedoch nicht, das wäre ein unerhörter Affront gegenüber der Kaiserin gewesen. Also knickste sie tief und bedankte sich mit belegter Stimme für die Auszeichnung. Insgeheim beschloss sie jedoch, dem Ball mit einer Entschuldigung fernzubleiben.

Doch Florentin hatte die Rechnung ohne die resolute Wanja gemacht. Als Florentin sich mit der Ausrede davonstehlen wollte, eine dringende Angelegenheit dulde keinen Aufschub, weshalb sie ein paar Tage fortmüsse, stemmte die rundliche Frau die Hände in die Hüften und schüttelte den Kopf. »Oh nein, Mädchen. Diesmal wird dein Liebster bis nach dem Ball warten müssen. Ich brauche dich hier. Die Kaiserin ist noch unentschlossen, welches Kleid sie anziehen wird. Wie du weißt, trägt sie nie zwei Mal dasselbe Gewand. Wir werden also ein halbes Dutzend Roben fertigschneidern, deren Bänder gebügelt und die alle gesäumt werden müssen. Zudem ist mir zu Ohren gekommen, dass alle Zofen in Männertracht kommen sollen. Du eingeschlossen.«

»Aber ... ich will mich nicht als Mann verkleiden«, protestierte Florentin. Wahrhaftig hätte sie zum ersten Mal in ihrem Leben lieber Frauen- als Männerkleidung getragen.

Doch die dicke Wanja lachte. »Frag einmal Igor und Fedor, was die davon halten, in einem langen Kleid und mit hohen Schuhen bedienen zu müssen. Aber niemand darf es wagen, sich den Wünschen der Kaiserin zu widersetzen. Sie möchte, dass sich ihre Gäste amüsieren, und du musst tun, was sie sagt.«

Wanja lächelte, doch Florentin spürte die Warnung in den Worten der älteren Frau. Und gerade Florentin konnte es sich nicht erlauben, bei Elisabeth in Ungnade zu fallen. Also nickte sie seufzend und beschloss, sich bei dem Fest so weit entfernt von Großfürst Peter zu halten wie möglich.

Und so drückte sie sich am übernächsten Abend aufgeregt in der Nähstube herum und wartete mit bangem Herzklopfen auf ihren Einsatz als Ballbedienstete und das Erscheinen des Großfürsten. Sie trug Kniehosen, Werkstrümpfe und einen einfachen, kurzen Leibrock – die typische Kleidung eines Pagen, die sie von einem der vielen Dienstboten erhalten hatte. Im Gegenzug hatte »Viktoria« eines ihrer Kleider an einen schlanken, jungen Lakaien verleihen müssen.

Obwohl sie es gewohnt war, in Männerkleidern aufzutreten, hatte sie sich bemüht, heute dennoch weiblich auszusehen, um möglichst wenig Ähnlichkeit mit Peters Gardesoldaten Florentin von Rosenberg aufzuweisen, falls der Blick des Großfürsten sie doch einmal streifen sollte. Daher hatte sie ihre Haare kunstvoll aufgesteckt, ihre Augenbrauen mit schwarzer Kohle nachgezogen und auch nicht an Karmesin für Wangen und Mund gespart.

Sie blickte in den fleckigen Spiegel, der in der Nähstube hing, und beim Anblick der jungen, geschminkten Frau in der Kleidung eines Mannes überkam Florentin ein merkwürdiges Gefühl. Zum ersten Mal spiegelte diese Aufmachung ihre wahre Persönlichkeit. War sie nicht im Grunde ihr ganzes Leben lang schon ein Mischwesen? Aufgewachsen mit allen Rechten und Freiheiten eines Mannes, aber im Körper und mit den Gefühlen einer Frau?

Hastig wandte sie sich ab und machte sich auf den Weg in den kaiserlichen Ballsaal. Schließlich war sie nicht zu ihrem eigenen Amüsement hier, sondern hatte für das der kaiserlichen Gäste zu sorgen.

*

»Na chuj!« Der derbe Fluch kam von Fedor, der über den Saum seines langen Kleides gestolpert war. Nun lagen ein Dutzend leerer Gläser zerbrochen auf dem Boden, die er noch kurz zuvor auf einem silbernen Tablett getragen hatte. Die adligen Gäste klatschten dem Lakaien im engen Mieder, aus dessen Spitzenbesatz seine Brusthaare wie Schafwolle quollen, lachend Beifall. In ihren festlichen Roben ergötzten sich die elegant gekleideten Damen mit ihren Edelmännern an dem grotesk kostümierten Personal, während die Domesti-

ken auf hohen Absätzen herumstolperten und die Zofen und Dienstmädchen gezwungen waren, ihre Beine in Kniehosen und Strümpfen zur Schau zu stellen, egal wie dick oder krumm sie waren.

Einzig Florentin und die magere, blasse Schneiderin Anna machten in ihren Pagenuniformen eine gute Figur. Selbst die Kaiserin, die in einer Parade vor dem Ball ihre aufgereihten Dienstboten begutachtet hatte, hatte gnädig genickt, als sie die junge Deutsche gemustert hatte.

Nun jedoch thronte Elisabeth in einem Kleid, das mit echten Diamanten bestickt war, auf einem breiten Stuhl mit gepolsterten Armlehnen und ließ ihre Blicke stirnrunzelnd über ihre Gästeschar schweifen. Offenbar hielt sie Ausschau nach ihrem Neffen, der bisher nicht aufgetaucht war. Florentin fragte sich, ob Peter es wagen würde, seine Tante an dem eigens für ihn ausgerichteten Geburtstagsfest zu kompromittieren.

Just in diesem Augenblick wurden die Flügeltüren zum Ballsaal aufgerissen, und der Großfürst stolzierte herein. An seinem Arm hing die Woronzowa, in einem engen, roséfarbenen Kleid, das ihre Reize deutlicher zur Schau stellte, als wenn sie gar kein Mieder getragen hätte.

Hastig wich Florentin hinter eine der goldverzierten Marmorsäulen zurück und beobachtete, wie die Kaiserin beim Anblick des Großfürsten und seiner Mätresse die Lippen zusammenkniff.

Der Woronzowa schien die Missbilligung nicht aufzufallen, oder es machte ihr nichts aus, denn sie blickte stolz um sich, während sie am Arm des Großfürsten durch die Menge der Anwesenden schritt. Erneut fiel Florentin auf, dass die dickliche junge Frau leicht hinkte, offenbar ein angeborener Gehfehler.

Nun waren die beiden bei der Zarin angelangt, und Peter begrüßte seine Tante mit einer Verbeugung, die derart tief geriet, dass sie fast schon spöttisch wirkte. Die Woronzowa knickste ungeschickt, und hätte Peter sie nicht festgehalten, wäre sie wohl umgefallen. Florentin hörte einige der Anwesenden hämisch kichern, es wurde getuschelt, und einige perückenverzierte Köpfe wurden geschüttelt. Der Großfürst genoss im Kaiserpalast offenbar wenig Zuneigung.

Erneut flogen die Flügeltüren auf, und alle Blicke richteten sich auf den Eingang zum Ballsaal. Dort stand Katharina in der Kleidung eines Pagen, obgleich sie die Haare offen über die Schultern fallend trug. Jeder konnte sehen, wie kostbar der Samt ihrer Jacke war, der genau zu ihrer Kniehose mit den feinen Strümpfen passte. Ihre Schnallenschuhe hatten edelsteinbesetzte Absätze. Selbst Florentin musste zugeben, dass die Großfürstin mit ihrem schlanken, biegsamen Körper in Männerkleidern reizend aussah. Und neben der Großfürstin ging ein hochgewachsener Mann in den Ballsaal, den Florentin schon einmal gesehen hatte: Grigori Orlow.

Florentin hielt den Atem an, als die beiden auf den kaiserlichen Thron zuschritten. Das Flüstern und Raunen im Saal war verstummt, und es herrschte gespannte Stille. Nur das Klappern von Katharinas Absätzen auf dem Marmorboden des Ballsaales war zu hören. Dann waren sie und Orlow bei Katharinas Gemahl und seiner Mätresse angelangt.

Die Großfürstin und ihr Liebhaber verbeugten sich ehrerbietig vor der Kaiserin. »Ich hoffe, Ihr nehmt mir meine Maskerade nicht übel, Hoheit«, sagte Katharina mit heller, klarer Stimme. »Denn gleichgültig, welches Kleid ich gewählt hätte – es hätte niemals an Eure Schönheit herangereicht.«

Das Gesicht Elisabeths verzog sich zu einem geschmeichelten Lächeln, und sie streckte Katharina majestätisch ihre

Hand entgegen. Die Großfürstin ergriff sie und drückte sie ehrerbietig an ihre Stirn. Dann richtete sie sich auf und bedachte ihren Gatten samt seiner Geliebten mit einem honigsüßen Lächeln. »Hübsche Verkleidung«, sagte sie zur Woronzowa, ehe sie Orlows Arm wieder ergriff und sich von ihm zum Tanz führen ließ.

Die Kaiserin versteckte ihr Lächeln schnell hinter einem Fächer, aber jeder hatte es gesehen, und es gab unterdrücktes Gelächter. Peters Mätresse hingegen brauchte eine Weile, bis sie begriff – dann wurde ihr rundes Gesicht dunkelrot vor Scham und Zorn. Zwar blieb sie in Anwesenheit der Zarin stumm, ihr Blick folgte jedoch hasserfüllt der Großfürstin, die sich in Orlows muskulösen Armen zur Musik drehte.

Florentin musterte die beiden Paare. Augenfälliger konnte der Gegensatz zwischen der anmutigen Katharina mit ihrem stattlichen Kavalier und dem mageren, aufgeschossenen Peter, dessen lange Arme und Beine ihm stets im Weg zu sein schienen, und der plumpen Woronzowa nicht sein.

Scheinbar sahen das die anwesenden Gäste genauso, denn aus ihren Mienen sprach die blanke Verachtung, während sie den Großfürsten anstarrten. Florentin jedoch konnte sich nicht dagegen wehren, dass ein anderes Gefühl für Peter von ihr Besitz ergriff: Mitleid.

*

»Seid Ihr aus Überzeugung ein Mann – oder war es ein Befehl?«

Florentin schrak heftig zusammen, als sie die dunkle Stimme hinter ihrem Rücken vernahm. Ohne zu wissen, wer gesprochen hatte, war ihr erster Gedanke, dass sie enttarnt worden war. Zitternd vor Schreck drehte sie sich um.

Ein ihr unbekannter Mann musterte sie belustigt, als er aber ihr blasses Gesicht und die aufgerissenen Augen sah, wich sein Lächeln einer bestürzten Miene. »Verzeiht, wenn ich Euch erschreckt habe. Ich wollte nur … nun, ich glaube, ich habe nach einem Vorwand gesucht, Euch anzusprechen.«

Erst jetzt wurde Florentin bewusst, dass sie den Mann immer noch wortlos anstarrte. Er überragte sie um beinahe einen Kopf, hatte dunkle Augen, ein schmales Gesicht mit einer kühn gebogenen Nase und dunkles, fast schwarzes Haar, das er zu einem knapp schulterlangen, losen Zopf zusammengefasst trug. Florentin schätzte ihn auf Mitte zwanzig. Die Kleidung ließ auf eine edle Herkunft schließen, und seine Haltung war ungezwungen und selbstsicher. Er war schlank, und seine langen Beine steckten in schwarzen Kniehosen, die ausgezeichnet zu dem schwarzen, mit Goldbrokat besetzten *Justaucorps* passten.

Langsam beruhigte sich Florentins jagender Herzschlag. »Ihr habt mich nicht erschreckt«, widersprach sie, denn das spöttische Funkeln in den braunen Augen des Mannes ärgerte sie. »Ich bin es nur nicht gewohnt, dass jemand mit meinem Rücken Konversation hält.«

»Da ich Euch nun auch von vorne zu Gesicht bekommen habe, würdet Ihr mir meine Frage beantworten? Gehört Ihr zur Entourage der Kaiserin?«

»Ich gehöre niemandem«, gab Florentin knapp zurück. Sie hatte kein Verlangen danach, sich von einem Fremden ausfragen zu lassen, mochte er noch so gut aussehen.

Nun lächelte der Mann breit. »Vielleicht sollte ich mich zunächst vorstellen. Nikolaus Iwanowitsch. Ursprünglich komme ich aus Moskau. Und auch wenn Ihr mir meine Fragen ungern beantwortet, nehme ich doch aufgrund Eures bezaubernden Akzentes an, dass Eure Heimat nicht in Russland liegt.«

Florentin sah ihn herausfordernd an. »Ich stamme aus der Freien Reichsstadt Nürnberg. Was Euch bestimmt nichts sagen wird, aber ich möchte nicht unhöflich sein.«

»Ah, eine junge Deutsche. Was verschlägt Euch nach Sankt Petersburg?«, fragte er, dann aber schlug er sich scherzhaft die Hand vor die Stirn. »Schon wieder eine Frage, die Ihr nicht beantworten werdet! Verratet Ihr mir wenigstens Euren Namen?«

»Viktoria von Nanckenreuth.«

»Ah, *die Siegreiche*. Nun, Viktoria, es würde mich brennend interessieren, welchen Sieg Ihr Euch wünscht – den des Preußenkönigs oder den unserer verehrten Kaiserin samt ihrer Verbündeten?«

»Ihr habt eine Deutsche in Russland vor Euch. Was also ist Eure Vermutung?«

Nikolaus musterte sie mit schief gelegtem Kopf und vor Vergnügen funkelnden Augen. »Ihr seid hierhergekommen, weil Euch der deutsche Winter nicht kalt genug war?«

Wider Willen musste Florentin lachen. Dieser Nikolaus Iwanowitsch reizte sie zwar zum Widerspruch, aber seine gewitzten Antworten wiesen darauf hin, dass er kein Dummkopf war und Humor besaß. »Falsch. Ich bin hier, weil ich hörte, die Männer Russlands seien galanter als die in meiner Heimat. Soeben habe ich aber herausgefunden, dass dies nur ein Gerücht ist. Nun kann ich beruhigt wieder abreisen.«

Diesmal war es Nikolaus, der einen Wimpernschlag lang sprachlos war. Dann aber brach er in Gelächter aus, das so ansteckend war, dass Florentin ebenfalls schmunzeln musste.

»Ihr gefallt mir, Viktoria. Möchtet Ihr tanzen?«

»Nein, bitte nicht«, sagte sie schnell, denn sie wollte vermeiden, ins Blickfeld des Großfürsten zu geraten. Zwar hatte Peter nur Augen für seine Mätresse, aber Florentin wollte das Wagnis lieber nicht eingehen, seine Aufmerksamkeit zu erregen.

Nikolaus Iwanowitsch schien ihr die Abfuhr nicht übelzunehmen. »Nun, wenn Ihr lieber sitzen statt tanzen wollt, was haltet Ihr dann davon, wenn ich Euch in den kommenden Tagen einmal zu einer Schlittenfahrt entführe? Die Newa ist zugefroren, und es ist ein einzigartiges Vergnügen, das Ihr Euch nicht entgehen lassen solltet.«

Unwillkürlich erschrak Florentin erneut. Diesmal jedoch nicht aus Angst, sondern weil sie sich, ohne nachzudenken, über Nikolaus' Einladung freute. Sogleich rief sie sich zur Ordnung. Dieser Russe war unverschämt, aufdringlich und ein Spötter noch dazu. Und mit ihm sollte sie in einem engen Pferdeschlitten in der einsamen Winterlandschaft mehrere Stunden verbringen?

»Ich bedaure, das wird nicht möglich sein«, gab sie schnippisch zur Antwort. »Immerhin befinden sich unsere beiden Heimatländer offiziell miteinander im Gefecht.«

Nikolaus wurde ernst. »Es ist ein Krieg der Herrscher, Viktoria«, sagte er leise. »Kaiser und Könige führen ihn, aber sie kennen den Schmerz der Menschen nicht, die Väter, Brüder und Söhne auf den Schlachtfeldern verlieren. Vereint uns die Trauer nicht, egal ob wir russisch oder deutsch sprechen? All unsere Soldaten fallen doch demselben sinnlosen Tod zum Opfer. In einem Kampf, der nicht mehr Menschenleben zählt, sondern nur, wie viele *Deßjatine* Land verloren oder gewonnen wurden.«

Florentin starrte ihn an. Von einem Russen hätte sie solche Worte nicht erwartet. Zwar war dieser Iwanowitsch anscheinend von zu hohem Stand, als dass er im Krieg hätte dienen müssen, doch den meisten Adligen waren die Schicksale der Soldaten gleich. Hauptsache, ihr Leben ging weiter wie bisher. Dieser Mann schien anders zu denken.

»Ihr habt recht«, musste sie zugeben, »auch ich würde es begrüßen, wenn der Krieg endlich beigelegt werden würde.

Aber die Kaiserin will Preußen vernichtet sehen, und der Großfürst ist zu schwach, um sich offen gegen sie zu stellen.«

»Er wartet auf ihren Tod. Peter träumt schon jetzt davon, was er als Zar von Russland alles tun will. Dazu gehört, als Erstes seine Gemahlin abzuschieben.«

Florentin musterte Nikolaus misstrauisch. »Woher wisst Ihr das alles?«

»Oh, ich weiß es nicht, aber ich besitze zwei gesunde Augen, Viktoria. Seht Euch den Großfürsten und seine Mätresse an, dann wisst Ihr, dass ich recht behalten werde.«

Doch Florentins Blick glitt stattdessen zu Katharina und Grigori. Die beiden tanzten noch immer miteinander, und obwohl Orlow die Großfürstin beim Menuett führte, hatte Florentin das Gefühl, es war nur der Form halber. In Wirklichkeit war es Katharina, die lenkte, und nicht zum ersten Mal fragte Florentin sich, ob die Großfürstin nicht längst ihre eigenen Pläne hatte, für den Fall, dass die Kaiserin stürbe.

»Nun habe ich Euch den Abend verdorben«, stellte Nikolaus fest und musterte Florentins ernstes Gesicht.

»Ich bin gezwungen, hier in den Kleidern eines Pagen und ohne etwas zu trinken herumzustehen. Wie sehr kann mein Abend noch verdorben werden?«, gab diese zurück, und damit schaffte sie es, die dunklen Schatten aus Nikolaus' braunen Augen zu vertreiben und das schalkhafte Blitzen zurückzuholen.

»Ich kann Euch schlecht aus den Kleidern befreien, obwohl mir das sehr verlockend erscheint. Aber gegen den Durst lässt sich etwas machen.« Damit verschwand der hochgewachsene Russe in der Menge und ließ Florentin, der bei seinen scherzhaften, aber ziemlich eindeutigen Worten das Blut in die Wangen geschossen war, allein.

Als Nikolaus mit zwei gefüllten Gläsern Kwass zurückkam, hatte sie sich wieder gefangen und nahm sich vor, ihm bei der nächsten Anzüglichkeit sofort das kalte Getränk über seinen samtenen Leibrock zu schütten. Doch Nikolaus hielt sich höflich zurück, und Florentin fragte sich insgeheim, ob sie seine vorige Bemerkung nicht falsch verstanden hatte. Obwohl sich in den Monaten, die sie in den beiden Schlössern Petersburg und Oranienbaum weilte, ihr Russisch deutlich verbessert hatte, bereitete die fremde Sprache ihr manchmal noch Schwierigkeiten.

»Auf die Freundschaft jenseits aller Grenzen. Und auf die Schönheit im Verborgenen«, sagte Nikolaus und sah ihr tief in die Augen, während er mit ihr anstieß.

Florentin trank und kam zu dem Schluss, dass sie seine Worte vorhin doch nicht missverstanden hatte, sondern dass dieser Nikolaus Iwanowitsch einfach ein ausgemachter Filou war.

*

Am nächsten Tag betrat Florentin unausgeschlafen von der langen Ballnacht die enge Nähstube. Auch die anderen Frauen hatten müde Augen. Wanja war sogar erst bei Sonnenaufgang ins Bett gekommen und zwei Stunden später schon wieder aufgestanden. »Die Kaiserin hat sich beim Ball wieder einmal sinnlos betrunken«, berichtete Anna, die schmale, blasse Schneiderin, »und Wanja musste sie mit drei anderen Frauen zu Bett bringen.«

»Aus ihrem Kleid mussten wir sie schneiden«, brummte die stämmige Ältere, »weil sie zu berauscht war, um sich selbst auszuziehen.«

»Es wird immer schlimmer mit ihr«, nickte Irina. »An einem Tag säuft sie bis zur Bewusstlosigkeit, dann betet sie wieder tagelang zu ihren Ikonen oder tritt eine Wallfahrt an.«

Auch Florentin hatte gestern Abend bemerkt, wie schnell die Kaiserin jedes Glas leerte. Doch da auch der Großfürst und die Woronzowa immer lauter und lustiger geworden waren, bis Peter seine quietschende Mätresse vor den Augen aller Gäste wild zur Musik herumgeschwenkt hatte, war ihr der Zustand Elisabeths nicht besonders ins Auge gefallen. Zudem hatte Florentin den Ball vor dem offiziellen Ende verlassen, weil Nikolaus Iwanowitsch sich nicht davon abbringen ließ, sie immer wieder einzuladen.

»Wenn Ihr Pferdeschlitten nicht mögt, dann lasst Euch mit der Kutsche von mir abholen. Oder zu Fuß!«, hatte er gedrängt.

Doch sie hatte stets den Kopf geschüttelt, wenn auch mit Bedauern. So gut ihr der redegewandte, schlagfertige Russe gefiel – sie musste stets auf der Hut sein, was sie von sich preisgab. Daher mied sie allzu enge Kontakte mit den Bediensteten und wollte sich auch nicht mit einem Mann treffen, von dem sie kaum etwas wusste. Und wer sagte denn, dass dieser Nikolaus tatsächlich für ein Ende des Krieges war? Vielleicht hatte er beim Ball schamlos gelogen, um »Viktoria« auszuhorchen. Immerhin war sie Deutsche, und Nikolaus hätte sogar im Auftrag von Großfürstin Katharina handeln können!

Doch wenn Florentin ehrlich war, hatte die Ernsthaftigkeit in Nikolaus' dunklen Augen ihren Verdacht Lügen gestraft. Vermutlich, so dachte sie mit einem Anflug von Wehmut, war sie anderen gegenüber deswegen stets misstrauisch, weil in Wahrheit *sie* es war, der niemand trauen konnte.

»*Bozhe moi*, was ist das für eine Näherei?«

Florentin schrak auf und blickte erst in Wanjas strenges Gesicht und dann auf ihre Näharbeit. Die Bänder an einem Kleid der Kaiserin, die sie annähen sollte, waren krumm und schief, die Stiche viel zu grob.

»Verzeihung. Ich war … abgelenkt.«

Ehe Wanja noch etwas erwidern konnte, stolperte ein etwa elfjähriger Junge in Straßenkleidung in die Stube. Außer Atem und mit rotgefärbten Wangen von der Winterkälte blickte er sich suchend um. »Gibt es hier eine Dame namens Viktoria?«, keuchte er.

»Eine Dame nicht, eine ›Viktoria‹ schon«, gab Wanja trocken zurück, und die Frauen kicherten.

Florentin stand von ihrem Schemel auf. »Das bin ich. Was willst du?«

Der Junge zog ein geschnitztes Kästchen aus der Tasche seiner zerschlissenen Jacke. Ein Teil des Holzes war von Nässe leicht dunkel verfärbt. »Ihr müsst es schnell öffnen«, sagte der kleine Bote hastig, »das hat der Herr befohlen, der es mir für Euch gab!«

Zögernd nahm Florentin das Geschenk entgegen. Von wem sprach der Junge?

Doch noch ehe sie ihn fragen konnte, war er bereits aus der Stube geflitzt.

Die anderen Näherinnen drängten sich neugierig heran und lugten über ihre Schulter.

»Nun mach schon auf«, drängte die dicke Wanja.

Behutsam klappte Florentin den Deckel des Holzkästchens zurück. In seinem Inneren lag – ein Schneeball.

Die Frauen in der Nähstube brachen in Gelächter aus, allen voran Irina. »Hast du deinen Liebsten so verärgert, dass er dir nun mitteilen will, du seist kalt wie Schnee?«

»Oder das Geschenk ist in Wirklichkeit für Wanja – immerhin ist es eine *Kugel*«, spottete eine junge Zofe, die Florentin ein paar Mal vor dem Gemach der Kaiserin gesehen hatte.

Mit drohendem Blick fuhr die pummelige Wanja zu ihr herum. »Ich werde dir gleich mit dem Schneeklumpen dein freches Mundwerk stopfen!«

»Da – seht nur!«, rief Anna in diesem Augenblick aus.

Die zankenden Frauen verstummten, und auch Florentins Blick ging zu dem Geschenk. »Oh« war alles, was sie herausbrachte. In der Wärme der Stube schmolz der Schnee rasch, und nun offenbarte sich das wahre Geschenk: Auf dem Boden des Kästchens lag eine dunkelrote Rosenblüte, die vorher im Inneren des Schneeballs verborgen gewesen war.

»Wer auf so einen Gedanken kommt, ist wirklich ein besonderer Mann«, sagte Irina andächtig und musterte Florentin mit neugewonnener Achtung.

»Dass dieser besondere Mann dich nur ja nicht von der Arbeit abhält«, knurrte Wanja, doch sie zwinkerte Florentin dabei zu.

Offenbar dachten alle, die Rose wäre von ihrem geheimnisvollen Liebhaber, den man ihr seit längerem andichtete. Nur Florentin wusste, wer ihr in Wahrheit das Kästchen geschickt haben musste: Nikolaus Iwanowitsch.

*

Am darauffolgenden Tag bekam Florentin die Bestätigung ihrer Vermutung – mit einer erneuten Aufmerksamkeit. Diesmal war es ein winziger Holzschlitten, vor den ein hölzernes Pferdchen gespannt war. Wie Nikolaus es auch geschafft haben mochte, das zu bewerkstelligen, jedenfalls waren Schlitten und Pferd in einen durchsichtigen Eisblock eingefroren, der kaum größer war als das hölzerne Kästchen von gestern. Florentin konnte nichts dagegen tun, dass ihr Herz schneller zu schlagen begann. Der schwarzhaarige Russe sorgte dafür, dass sie beständig an ihn denken musste. Ob das kleine Holzspielzeug die erneute Einladung zu einer winterlichen Schlittenpartie war? Florentin konnte ihm ja nicht einmal antworten, da sie nicht wusste, wo Iwanowitsch sich aufhielt.

Doch als sie am späten Nachmittag aus dem Palast kam und auf dem Weg zum Dienstbotentrakt den Park mit den steinernen Statuen durchschritt, denen der russische Winter eine Mütze aus Schnee aufgesetzt hatte, lehnte seine schlanke Gestalt an einem Brunnen.

Unwillkürlich hielt Florentin den Atem an, während ihr Herz mit einem Mal flatterte wie ein gefangener Vogel im Käfig. Erbittert redete sie sich ein, es sei nur wegen seines überraschenden Auftauchens, keinesfalls wegen Nikolaus selbst.

Lächelnd kam er auf sie zu. »Wie haben Ihnen meine Geschenke gefallen, Viktoria?«, wollte er wissen und wechselte dabei in die etwas vertraulichere Anrede.

Sie lächelte ihn an. »Ich bin erstaunt, dass *Sie* sich nicht auch in einen Eisblock verwandelt haben, während Sie hier draußen standen.«

»Ich bin Russe, vergessen Sie das nicht. Wir sind hart im Nehmen.«

»Und offenbar sehr erfinderisch, wenn es darum geht, die Aufmerksamkeit einer Frau zu erringen.«

»Nun, ich habe gehofft, Ihr Widerstand gegen meine Einladung würde beim Anblick der Rosenknospe ebenso dahinschmelzen wie der Schneeklumpen, in dem sie verborgen war. Und der Schlitten war ein kleiner Vorgeschmack auf die Fahrt über die gefrorene Newa, die Sie mit mir unternehmen werden.«

»Ach, werde ich das? Davon weiß ich ja gar nichts.«

Nikolaus seufzte theatralisch. »Eigentlich hatte ich gehofft, Sie wären mir nach meinen Einfällen inzwischen verfallen.«

»Damit mögen Sie vielleicht bei anderen Frauen Erfolg haben, aber ich bin anders.«

»Ja, das habe ich inzwischen gemerkt«, sagte Nikolaus gespielt verzweifelt, aber er konnte sein Lächeln nicht verbergen. »Sie sind wirklich ein harter Brocken. Dann sagen Sie mir doch, mit was ich Sie erfreuen könnte.«

»Mit einem Duell«, entfuhr es Florentin. Gleich darauf schalt sie sich einen Narren. War sie nun endgültig verrückt geworden?

Nikolaus riss die Augen auf, dann begann er zu lachen. »Sie meinen, ich soll mit Ihnen *fechten*?«

Florentin zögerte kurz, dann aber nickte sie trotzig und vergab somit die letzte Gelegenheit, ihren Wunsch als Scherz abzutun. Jetzt war es einmal ausgesprochen, und nun konnte sie keinen Rückzieher mehr machen. Außerdem wollte sie mit diesem Fremden fechten, sich mit ihm messen – nicht nur im koketten Wortabtausch, sondern auch so, wie es ihrem Naturell entsprach. Und obwohl ihre innere Stimme Florentin warnte und ihr zuflüsterte, dass der ständige Rollenwechsel zwischen dem Holstein-Soldaten Florentin und der Näherin Viktoria sie inzwischen zermürbt hatte und die Einsamkeit der lichtlosen russischen Nächte sie unaufmerksam und leichtsinnig werden ließ, schlug sie alle Vorsicht in den Wind und sagte: »Der Fechtpartner meines Vaters hat es mich gelehrt, als ich sieben Jahre alt war.«

Der schwarzhaarige Mann schüttelte lächelnd den Kopf. »Verehrte Viktoria, ich fürchte, da überschätzen Sie sich gewaltig! Mein Ruf als ausgezeichneter Degenfechter ist unbestritten.«

»Ach, wirklich? Wollen Sie es mir beweisen?«

»Mit Verlaub, Sie sind eine Frau. Zwar eine ganz reizende, aber es wäre ein ungleicher Kampf.«

»Stimmt, denn ich werde gewinnen.«

Nikolaus lachte ungläubig. »Jetzt machen Sie mich neugierig. Was ist Ihr Einsatz?«

»Mein … was?«

»Ihr Einsatz. Lassen Sie mich einen Vorschlag machen: Wenn ich verliere, dürfen Sie mich fortschicken, und ich werde Sie nie mehr belästigen – weder mit Rosen noch mit Worten. Doch wenn ich gewinne, schenken Sie mir einen ganzen Tag in Ihrer Gesellschaft, einverstanden?«

Florentin nickte. Diesem hochmütigen Kerl würde sein Spott schon noch vergehen.

Die Stimme in ihrem Inneren aber, die sich wieder meldete und ihr zu verstehen gab, dass sie einen großen Fehler beging, ignorierte sie so lange, bis diese schließlich verstummte.

*

Florentins Atem kräuselte sich wie Rauch von Winterfeuern in der kalten Februarluft, und unwillkürlich musste sie an das Duell denken, das sie vor vielen Jahren gefochten hatte, um die verlorene Ehre ihrer Schwester Terese zu rächen. Ihr Vetter war plump, aber kräftig gewesen und hatte hinterrücks und unrechtmäßig gefochten. Welch ein Unterschied zum heutigen Duell.

Nikolaus war ein ebenso gewandter wie geübter Fechter, und zum ersten Mal seit langer Zeit hatte Florentin in ihm einen Gegner gefunden, den sie nicht besiegen konnte.

Doch auch ihm gelang es nicht, das Duell für sich zu entscheiden.

Zu Nikolaus' offenkundigem grenzenlosen Erstaunen hatte er in der jungen Deutschen, die wie beim Ball auch heute in Männerkleidung erschienen war, eine ebenbürtige Kontrahentin gefunden.

Lange fochten die beiden stumm in der winterklaren Luft. Irgendwann begann Florentins Arm, mit dem sie die Waffe führte, zu brennen, doch sie war nicht bereit, aufzugeben. Mit erbitterter Genugtuung sah sie, wie auch Nikolaus die Kräfte schwanden, und schließlich ließ ihr Kontrahent den Degen in seiner Rechten sinken und hob die linke Hand. »Genug«, sagte er schwer atmend. »Ich sehe, verehrte Viktoria, Sie verfügen über zwei ausgezeichnete Waffen: Ihren Degen – und Ihr Mundwerk. Es fällt mir schwer zu urteilen, womit Sie schneller sind.«

»Ich sagte bereits, dass ich von Kindesbeinen an fechte.«

»Was erstaunlich ist. Ihr Vater scheint ein außergewöhnlicher Mann zu sein«, erwiderte Nikolaus und musterte Florentin eindringlich.

Die merkte, dass es sich mit ihrem Vorschlag zum Duell ähnlich verhielt, als hätte sie ihr Pferd auf das Eis der Newa gelenkt, auch wenn diese noch nicht vollständig zugefroren war, und mit glasklarer Deutlichkeit stand ihr auf einmal vor Augen, dass ihre Tollkühnheit und Eitelkeit gegenüber Nikolaus Iwanowitsch ihr nun zum Verhängnis werden konnte.

»Mein Vater hielt mehr von Schriften Newtons und Descartes' und wenig von Konventionen«, erwiderte sie und bemühte sich, das Zittern in ihrer Stimme zu verbergen. »Er sah, dass mich der Umgang mit dem Degen faszinierte, und wagte den Versuch, einem Mädchen die Fechtkunst beizubringen.«

Nikolaus lächelte. »Wie ich merke, mit Erfolg. Ich habe selten einen so gewandten Gegner gehabt wie Euch!«

»Das Duell ist noch nicht entschieden«, widersprach Florentin, obwohl sie das Gefühl hatte, die Waffe keinen Augenblick länger halten zu können.

»Einigen wir uns auf ein *Remis*«, schlug Nikolaus vor.

Er wollte also ein Unentschieden, was Florentin zupasskam, wäre nicht der Wetteinsatz gewesen.

Nikolaus sah Florentin unverwandt an. Ihr wurden die Knie weich, was sie jedoch vor sich selbst auf den harten Fechtkampf zurückführte.

»Nun, Viktoria, Sie dürfen entscheiden. Wollen Sie mich nie wiedersehen – oder ziehen Sie eine Ausfahrt mit dem Pferdeschlitten vor?«

Florentin schluckte und fühlte sich wie ein Fuchs in der Falle. Einerseits schreckte sie aus einem Grund, den sie sich selbst nicht eingestehen wollte, davor zurück, mehrere Stunden alleine mit Nikolaus zu verbringen. Doch der Gedanke, ihn nie wiederzusehen, schmerzte sie wie ein kleiner, aber scharfer Schnitt mit der Degenklinge. Dennoch wollte sie sein Angebot entschieden ablehnen, ja, sie musste es sogar. Alles andere wäre Wahnsinn gewesen. Sie öffnete den Mund.

»Also gut«, sagte sie zu ihrer eigenen Überraschung, ehe sie hinzufügte: »Aber ich lenke die Pferde!«

»Natürlich«, seufzte Nikolaus, »ich hätte es mir denken können.«

*

Am nächsten Nachmittag stand Nikolaus mit einem prächtigen Pferdegespann auf dem Weg vor dem Schloss. Er hatte beschlossen, die junge Näherin nicht in Sichtweite des Winterpalastes zu treffen.

»Keine Sorge, Viktoria. Ich weiß um die flinken Zungen der kaiserlichen Dienerschaft. Schleichen Sie sich einfach zu dem östlichen Seitenausgang des Parks. Ich werde dort auf Sie warten«, hatte Nikolaus ihr gesagt, und er hielt sein Versprechen. Mit einer tiefen Verbeugung empfing er die junge Frau, die sich heute für ein langes, gefüttertes Kleid und ein warmes *Cape* entschieden hatte.

Nikolaus lächelte fein und übergab ihr bereitwillig die Zügel des Zweiergespanns.

Sie schnalzte mit der Zunge, und die beiden Grauen im Geschirr zogen an.

Voller Freude beobachtete er, wie sehr sie es genoss, den Schlitten zu lenken, dessen Kufen weich und lautlos durch den Schnee glitten wie über Seide.

Auch wenn seine Begleiterin es nicht zugeben wollte, so bemerkte er doch, wie begeistert sie war, und unwillkürlich musste er lächeln, als er sah, wie dieses Wintervergnügen ihre blaugrauen Augen strahlen ließ. Die klirrende, klare Luft färbte ihre Wangen rosig, und ihre vollen Lippen waren zu einem Lächeln verzogen.

Nikolaus Iwanowitsch sah die junge Frau, deren üppige dunkle Locken aus der Pelzmütze hervorquollen, von der Seite an und spürte trotz der Winterkälte ein warmes Gefühl. Von der kühlen Schönen, als die sie sich beim Hofball ausgegeben hatte, war bereits beim Fechtduell nichts mehr übrig gewesen. Da hatte Nikolaus die leidenschaftliche Kämpferin kennengelernt, die mit unbedingtem Siegeswillen bis zur Erschöpfung focht. Es hatte ihn beeindruckt, doch jetzt, da er die fast kindliche Begeisterung in ihrem Gesicht sah, mit der sie den Schlitten über den funkelnden Schnee lenkte, spürte er noch etwas anderes als Bewunderung und den Reiz, ihre harte Schale aufzubrechen. Sie war in jeder Hinsicht eine ungewöhnliche Frau, und sein Herz schlug schneller als sonst. Er wollte Viktoria an sich ziehen, um sie vor aller Welt zu beschützen, und sie gleichzeitig so lange küssen, bis sie ihm ebenso verfallen wäre wie er ihr.

Doch er beherrschte sich.

Inzwischen glaubte er sie gut genug zu kennen, um zu wissen, dass sie sich gegen seine Annäherungsversuche sträuben würde wie eine Wildkatze. Er sah auf ihre schlanken Hände, mit denen sie die Zügel hielt, griff kopfschüttelnd unter den

Sitz des Schlittens und zog ein paar warme, pelzgefütterte Handschuhe hervor.

»Hier, Ihre Hände sind von der Kälte ja schon ganz rot.«

Die junge Frau merkte erst jetzt, wie kalt und steif ihre Finger waren, sodass sie kaum die Zügel loslassen konnte.

»Warten Sie, ich helfe Ihnen«, sagte Nikolaus.

Während die Pferde in einen gemächlichen Schritt verfielen, nahm er behutsam ihre rechte Hand und streifte den warmen Fäustling darüber. Dasselbe tat er mit ihrer Linken. Es war eine zärtliche, fast sinnliche Geste, und ihre Wangen färbten sich dunkler.

»In diesen unhandlichen Felldingern kann ich die Zügel nicht mehr richtig greifen«, beschwerte sie sich.

»Nun, dann darf ich wohl übernehmen«, lachte Nikolaus, und ehe seine Begleiterin protestieren konnte, lenkte er die Pferde im schnellen Trab zu einer Stelle, wo das Ufer der Newa nicht steil abfiel, sondern beinahe eben war.

*

Ehe Florentin sich's versah, glitt der Schlitten auf dem zugefrorenen Fluss dahin. Nun wurde ihr doch etwas bange. Was, wenn das Eis unter den Kufen brach?

Ohne zu ihr hinüberzusehen, sagte Nikolaus: »Keine Sorge, wenn die Newa friert, dann ist das Eis viele Ellen dick. Uns kann nichts passieren.«

»Ich weiß«, konterte Florentin forsch und sah wieder sein spöttisches Lächeln, bei dem ihr Magen sich anfühlte wie nach mehreren Krügen Kwass.

»Wissen Sie, ich muss mir das immer selbst vorsagen, sonst habe ich furchtbare Angst«, sagte Nikolaus und verbiss sich ein Lachen.

Nun musste auch Florentin lächeln.

Schweigend flogen sie mit dem Schlitten über die schneebedeckte Eisfläche des Flusses und genossen den tiefblauen Himmel, der den Schnee mit tausenden funkelnder Diamanten zu überziehen schien, bis Nikolaus die Pferde ans Ufer und anschließend zurück nach Sankt Petersburg lenkte.

Noch immer sprachen sie kein Wort, und Florentin erkannte, dass sie sich zum ersten Mal seit ihrer Ankunft in Russland rundum wohl fühlte. Die Sorge um Preußen und die Gedanken an den Krieg waren für ein paar Augenblicke vergessen, und obwohl sie neben einem Fremden saß, hatte sie erstmals das Gefühl, sich nicht verstellen zu müssen. Auch wenn Nikolaus sie nur als »Viktoria« kannte und sie ihm ihr Geheimnis auf keinen Fall anvertrauen würde, bedrängte er sie nicht mit Fragen oder Forderungen, für die sie nicht bereit war. Aber wie würde ihr Abschied ausfallen? Doch mit einem Kuss?

Florentin spürte, wie sich ihr Körper anspannte und ihr Herz fast so schnell galoppierte wie die Pferde vor dem Schlitten.

»Was hat Sie eigentlich von Moskau nach Petersburg geführt?«, fragte sie rasch, um davon abzulenken, dass dieser Mann sie ziemlich aus der Fassung brachte.

»Oh, Geschäfte. Unter anderem habe ich als Schüler des Bartolomeo Rastrelli beim Bau des Winterpalastes mitgewirkt. Leider hat sich die ganze Sache wegen erheblicher Materialmängel ziemlich lange hingezogen.«

Florentin verschlug es den Atem. Er hatte mit einem solch berühmten Baumeister gearbeitet und tat, als wäre das gar nichts? Entweder war er tatsächlich bescheiden, oder er buhlte um ihre Bewunderung.

Ein kleiner Teufel ritt sie, ihn auf die Probe zu stellen. »Also sind Sie ein Maurer?«, fragte sie daher unschuldig und sah Nikolaus von der Seite an.

Doch statt empört über ihre Frechheit zu sein, brach er in schallendes Gelächter aus. »Sehr richtig, verehrte Viktoria, ich bin Maurer, wenn Sie so wollen. Kein Architekt sollte einen Bau planen, ohne nicht wenigstens die Grundlagen des Handwerks zu verstehen.«

Florentin nickte leicht und war bemüht, sich nicht anmerken zu lassen, wie beeindruckt sie nun erst recht von Nikolaus war. Er war offenbar ein hochrangig angesehener Mann in der Stadt und im Palast, doch weder war er hochmütig, noch berichtete er nun lang und breit von seinen Werken.

Widerwillig gestand Florentin sich ein, dass dieser Mann anfing, ihr immer besser zu gefallen.

»Brrrrr, ruhig!«, sagte Nikolaus schließlich, als sie am Ende ihrer Fahrt angekommen waren, und brachte sanft die Pferde zum Stehen. Ihr Atem dampfte weiß in der schneidenden Winterluft.

»Nun, Viktoria, es war mir ein außerordentliches Vergnügen, von Ihnen kutschiert zu werden«, sagte er, und seine dunkelbraunen Augen blitzten spitzbübisch.

»Ganz meinerseits«, antwortete sie und bemühte sich, seinem Blick standzuhalten, ohne zu erröten.

Er beugte sich etwas zu ihr, und Florentin konnte nicht verhindern, dass ihr Herzschlag einen Moment lang aussetzte.

Ein Kuss.

Nun würde es so weit sein!

Doch Nikolaus zog nur sanft die Pelzdecke von ihren Knien, ehe er aus dem Schlitten sprang und ihr die Hand entgegenstreckte, um ihr beim Aussteigen behilflich zu sein.

Geschmeidig sprang Florentin vom Trittbrett und ignorierte die ihr dargebotene Hand, doch dann rutschte sie auf dem festgetretenen Schnee aus und wäre gefallen, hätte Nikolaus sie nicht rasch um die Taille gefasst und festgehalten.

»Vielen Dank«, sagte Florentin etwas atemlos.

Sie standen nun dicht voreinander, sodass sie die kleinen, goldenen Punkte sehen konnte, die das Dunkel seiner Augen durchbrachen und wohl für dieses besondere Funkeln sorgten.

Ihr ganzer Körper wollte sich ihm entgegenneigen, da ließ er sie sanft los und trat einen Schritt zurück.

»Ich muss die Pferde in den Stall bringen, ehe sie sich verkühlen. Es war ein herrlicher Ausflug mit Ihnen.« Und mit diesen Worten schwang er sich elegant wieder auf den Bock.

Noch ehe sich Florentin von ihrer Überraschung erholen konnte, hatte Nikolaus die Zügel ergriffen. Ein letztes, strahlendes Lächeln, dann glitt der Schlitten lautlos wie ein Traum in die anbrechende Dämmerung, und kurz darauf verschluckte ihn die weite, weiße Landschaft.

Florentin sah ihm benommen nach und strich sich verwirrt über die Stirn. Da merkte sie, dass sie immer noch Nikolaus' Pelzhandschuhe trug. Hatte er nur vergessen, sie zurückzufordern, oder bedeutete es, dass es ein Wiedersehen geben würde?

Langsam ging Florentin zurück zum Schlosspark. Doch in Gedanken war sie immer noch bei dem Russen, aus dem sie einfach nicht schlau wurde. Hatte er sie nicht geküsst, weil er doch nichts für sie empfand, oder wollte er sie nicht bedrängen?

Als die Glocken der Kathedrale von Sankt Petersburg Mitternacht schlugen und Florentin immer noch wach lag und über Nikolaus Iwanowitsch grübelte, kam ihr der Gedanke, dass es vielleicht einen ganz anderen Grund geben konnte, warum er bei der Schlittenfahrt nicht versucht hatte, sich ihr zu nähern: Es war der sicherste Weg, damit sie ständig an ihn dachte.

*

Schon am nächsten Tag wurde in der Nähstube erneut ein Bote vorstellig, und ungeachtet der Tuscheleien der Frauen sprang Florentin von ihrem Stuhl auf, begierig darauf, ob wieder eine Überraschung von Nikolaus auf sie wartete.

Der Bote überreichte ihr ein zusammengerolltes Pergament.

Doch obwohl Florentin ihre eigene brennende Neugierde in den Augen Wanjas und der anderen gespiegelt sah, öffnete sie das Briefsiegel erst, als sie in ihrer Kammer alleine war.

Das Papier enthielt nichts weiter als eine Zeichnung mit unzähligen Linien, die ineinander verschachtelt waren. Florentin runzelte die Stirn. Es war keine Schrift, jedenfalls keine, die sie kannte. Die Striche schienen zwar ein Muster zu ergeben, aber es war ihr ein Rätsel, was Nikolaus – wenn er denn der Absender des geheimnisvollen Papiers war – ihr damit mitzuteilen gedachte. In der Mitte war ein Kreis aufgemalt, in dem winzige Buchstaben standen.

Florentin beugte sich dicht über die Zeichnung und konnte den Namen »Nikolaus« entziffern. Doch noch immer blieb ihr die Bedeutung ein Rätsel. Kopfschüttelnd legte sie das Pergament auf ihre schmale Liegestatt und ging zur Tür. Die dicke Wanja würde schon in der Nähstube auf sie warten. Sie hatte nur eine kurze Rast erlaubt, doch sie würde nicht dulden, dass »Viktoria« ihre Arbeit wegen Nikolaus vernachlässigte.

Noch einmal drehte Florentin sich um, und ihr Blick schweifte von dem Papier mit den merkwürdigen Zeichen zu ihrem Kammerfenster. Die wenigen Bäume vor dem Winterpalast hoben sich kahl und schwarz gegen den überraschend blauen Februarhimmel ab, und die kalte Sonne ließ den Schnee glitzern wie die unzähligen Diamanten auf den Kleidern der Kaiserin. Die Sicht war erstaunlich klar, und Florentin konnte über den ganzen Schlosspark blicken, bis dorthin, wo die dichten Hecken standen, die so angepflanzt waren, dass sie eine Art Labyrinth mit verschlungenen Gängen zwischen den dichten Zweigen bildeten. In die Mitte hatte die Kaiserin einen steinernen, runden Pavillon bauen lassen, obwohl sie selbst sich nie dort aufhielt, weil sie viel zu bequem war, um den Weg durch die Irrgänge zu laufen.

Selbst jetzt schimmerte das Immergrün der Stauden durch die dicken, hohen Schneehauben auf den Zweigen, und die Anordnung der Sträucher bildete bizarre Formen, die sich gegen den Winterhimmel abhoben …

Florentins Blick flog zu Nikolaus' Brief, und auf einmal verstand sie seine Bedeutung: das Labyrinth! Tatsächlich entsprach die Anordnung der gezeichneten Striche auf dem Papier der Form der geschnittenen Hecken draußen vor ihrem Fenster. Dort wollte Nikolaus sie also treffen. Nur wann?

Doch sosehr sie das Blatt auch drehte und wendete, außer seinem Namen hatte er nichts mehr geschrieben. Die junge Frau beschloss, sich nach getaner Arbeit das Labyrinth zumindest einmal anzusehen.

*

Die Sonne stand schon tief über der weiten Landschaft, als Florentin sich endlich aus der Nähstube schleichen konnte. Hastig schlüpfte sie in ihrer Kammer in warme Stiefel und zog die Pelzhandschuhe an, die Nikolaus ihr bei der Kutschfahrt überlassen hatte, ehe sie mit raschen Schritten den Park durchquerte und sich dem äußeren Rand näherte, wo die hohen Hecken begannen. Auf der Suche nach dem Eingang des Labyrinths strich Florentin mit den Fingerspitzen an den harten, dunkelgrünen Zweigen entlang. Da entdeckte sie Vertiefungen im Schnee, die zu groß und zu tief waren, um von den Hunden der Großfürstin zu stammen. Sie kamen von der anderen Seite und führten in einen schmalen Gang zwischen den Hecken. Sie mussten von Nikolaus sein und wirkten noch frisch.

Ihre Neugier erwachte, und rasch folgte sie den Spuren, die mitten ins undurchdringliche Immergrün hineinführten. Die Sträucher waren etwa zwei Mal so hoch wie Florentin, und die Wände aus grünem Thuja hatten das restliche Tageslicht beinahe verschluckt, sodass sie sich in einem diffusen Dämmerlicht durch die verschlungenen Gänge bewegte.

Ihr Herz begann unwillkürlich schneller zu schlagen. Die Fußabdrücke von Nikolaus – Florentin hoffte, dass es wirklich seine waren – leiteten sie immer tiefer ins Herzstück des Irrgangs. Unvermittelt teilte sich jedoch die Spur, der Florentin folgte, und verwirrt blieb sie stehen. Nun verlief die Fährte sowohl geradeaus als auch nach rechts. Waren es doch mehrere Personen, die das Labyrinth betreten hatten? Oder hatte Nikolaus sich verlaufen und war umgekehrt? Doch sie konnte keine Fußstapfen entdecken, die zurückführten.

Kurz entschlossen folgte Florentin den Abdrücken, die geradeaus wiesen. Doch nach einem Dutzend Schritten endete die Spur vor einer Hecke. Einfach so. Nun war die junge Frau endgültig verwirrt. Wie konnte das sein?

Dann aber huschte ein Lächeln über ihr Gesicht. Nikolaus war ein schlauer Fuchs und machte es ihr wahrhaftig nicht leicht. Offenbar war er einfach rückwärts in seiner eigenen Fußspur gelaufen.

Rasch kehrte Florentin um und schlug den rechten Weg ein. Tatsächlich gelangte sie nach wenigen Schritten zu einer scharfen Linksbiegung, und als sie um die Ecke bog, erblickte sie den Pavillon. Zwei steinerne Säulen säumten seinen offenen Eingang, die Rückseite bestand aus einem gemauerten Halbrund. Auf der Kuppel türmte sich der Schnee, doch im Inneren brannten Dutzende Kerzen und zwei Fackeln. Die Flammen warfen einen zuckenden, orangefarbenen Schein auf den Schnee, dessen Eiskristalle im Licht der hereinbrechenden Abenddämmerung fast bläulich glitzerten.

Verzaubert von diesem Farbenspiel und dem Gegensatz von Kälte draußen und dem Versprechen von Wärme im Inneren des Bauwerks, hielt die junge Frau den Atem an. Langsam erklomm sie die drei Stufen und sah, dass an der Rückseite des Pavillons ein gedeckter Tisch stand. Doch wo war Nikolaus Iwanowitsch?

»Nun, Viktoria, wie gefällt Ihnen meine kleine Inszenierung?«

Florentin fuhr herum. Nikolaus war unbemerkt hinter einer der Säulen hervorgetreten und stand nun dicht neben ihr.

Florentins Herz schlug heftig, und eine ganz und gar unwinterliche Hitze schoss ihr ins Gesicht. »Ich bin sprachlos«, gab sie schließlich zu.

Nikolaus lachte hell und jungenhaft auf. »Dass ich diesen Tag noch erleben darf«, rief er vergnügt, ehe er sich formvollendet vor ihr verbeugte. »Erlauben Sie mir, Sie zu Tisch zu führen?«

Er bot ihr seinen Arm, und gemeinsam schritten sie zu der gedeckten Tafel. Weiche, warme Felle lagen auf den Stühlen, und unter einer Platte mit silberner Haube fanden sich köstliche, kleine *Blini* mit dicker, säuerlicher Sahne. Dazu schenkte Nikolaus heißen, stark gesüßten Tee ein, den er über einem kleinen Feuer hinter dem Pavillon gebrüht hatte.

Sosehr Florentin seine Bemühungen um sie schmeichelten, fragte sie sich dennoch, warum er diesen ganzen Aufwand betrieb. Wirklich nur um ihretwillen – oder versprach er sich

Vorteile im Palast? Immerhin war Florentin, besser gesagt »Viktoria«, eine Zofe der Kaiserin und hörte allerlei Geschichten und Gerüchte, die am Kaiserhof herumschwirrten.

Oder sollte sie für ihn ein gutes Wort bei der Kaiserin einlegen, um ihm ein Amt oder sonstige Vorteile bei Hofe zu verschaffen?

Nikolaus bemerkte ihre gefurchte Stirn und blickte sie fragend an.

Florentin hob entschlossen den Kopf. »Warum tun Sie das, Nikolaus Iwanowitsch?«

»Was meinen Sie?«

Stumm deutete sie auf den dampfenden Tee und die Blini.

»Oh, ich dachte, Sie wären hungrig, wenn Sie mein Rätsel schließlich gelöst hätten und hier ankämen. Und der heiße Tee lässt einen die Kälte hier draußen weniger spüren«, sagte er leichthin.

»Weichen Sie nicht aus, Sie wissen genau, was ich meine!«

Nikolaus seufzte. »Ihr Deutschen! Stets so ernst, und immer erpicht darauf, alles erklärt haben zu wollen. Nun gut …« Er sah Florentin lange in die Augen, und sie spürte unter seinem eindringlichen Blick einen merkwürdigen Schwindel in sich aufsteigen. »Ihr gefallt mir, Viktoria«, sagte Nikolaus schließlich und benutzte nun wieder die förmliche Anrede. »Ich mag Euren wachen Geist und bewundere Eure Fertigkeit beim Fechten. Und – glaubt es mir oder nicht – auch Eure spitze Zunge, obwohl Ihr kurz davor seid, mein armes Herz damit zu durchbohren, wenn Ihr noch länger meine guten Absichten anzweifelt.«

Wider Willen musste Florentin lachen und schlug die Augen nieder. Warum schaffte dieser Mann es, sie mit einem Satz in ein Mädchen mit verlegenheitsroten Wangen zu verwandeln, während es ihr doch so leicht fiel, in ihrer Rolle als Spionin ohne Scheu mit wildfremden Männern zu schäkern und zu tändeln?

Obwohl sie es ungern zugab, kannte sie die Antwort: Weil diese anderen Männer ihr nie etwas bedeutet hatten. Selbst wenn sie noch so gut aussehend und charmant gewesen waren, keiner hatte sie so durcheinanderbringen können wie Nikolaus Iwanowitsch.

In diesem Augenblick spürte sie, wie seine Hand zart ihr Kinn umfasste und es anhob, sodass sie ihm in die Augen sehen musste. »Ich bin nicht nur beeindruckt, sondern auch sehr angezogen von dir, Viktoria«, sagte Nikolaus leise. »Du kämpfst mit dem Degen ebenso gut wie ein Mann, gleichzeitig bist du eine der schönsten Frauen, die ich je gesehen habe. Ich gebe zu, dass ich mich diesen Reizen schwer entziehen kann.«

Florentin wurde die Kehle trocken. Einerseits durchströmte sie ein helles, reines Glücksgefühl, denn auch sie sehnte sich inzwischen nach Nikolaus' Gegenwart. Andererseits verheimlichte sie ihm nicht nur ihren wahren Namen, sondern auch den Grund, warum sie in Russland weilte. Nikolaus kannte nur die Geschichte der »Viktoria von Nanckenreuth«, dem Waisenmädchen aus Nürnberg. Einer Stadt, die von Russland so weit entfernt war wie die Wahrheit von Florentins Herkunft. Ein heftiges Schuldgefühl durchzuckte sie wie ein plötzlicher Schmerz, und am liebsten hätte sie ihm alles erzählt. Angefangen von ihrer Flucht vom väterlichen Gut bis hin zu ihrer Angst, der Krieg könnte nicht aufhören, ehe einer der Gegner völlig zerstört war. Inzwischen wusste Florentin nicht einmal mehr, welche Möglichkeit die schlimmere wäre: die Niederlage Preußens – oder die Vorstellung, als verhasste Deutsche aus dem besiegten Russland fliehen und Nikolaus zurücklassen zu müssen.

Doch ehe sie weitergrübeln konnte, beugte er sich zu ihr und küsste sie. Es war kein vorsichtiger Kuss, der abwartete, wie sie darauf reagierte. Nikolaus küsste wie ein Mann, der genau wusste, was er wollte, und Florentin spürte, wie sie aufhörte zu denken. Ihre Lippen öffneten sich bereitwillig für sein drängendes Verlangen, und ihr Körper bog sich seinem entgegen.

Nikolaus' kräftige Arme umfassten sie und zogen sie eng an sich. Nie zuvor war Florentin auf eine solche Weise geküsst worden – und noch nie hatte sie eine solche Leidenschaft förmlich überschwemmt, nicht einmal bei Hans damals. Nikolaus ließ alles, was von den Erinnerungen an ihren Jugendfreund und seine Zärtlichkeiten noch übrig war, verblassen. Seine Zunge strich über ihre kühlen Lippen und teilte sie, ehe sie begann, mit spielerischer Lust gegen die ihrige zu stoßen.

Unwillkürlich zog Florentin scharf den Atem ein und krallte ihre Hände in Nikolaus' Mantel. Sogar durch den dicken Stoff hindurch konnte sie seinen muskulösen Rücken fühlen. Er presste sie an sich, und Florentin stöhnte leise auf.

Hätten sie nicht draußen in der Kälte gestanden, wer weiß, wohin dieser Kuss geführt hätte. So aber ließen sie nach einer gefühlten Ewigkeit voneinander ab, und ihr hastiger Atem bildete vor ihren Gesichtern zwei weiße Wolken, die über ihren Köpfen zusammenflossen und sich zu einer vereinigten.

»Hast du Hunger?«, fragte Nikolaus schließlich zärtlich, als sich Florentins Herzschlag langsam wieder beruhigt hatte.

»Ja«, hätte sie am liebsten gerufen, »Hunger nach mehr Küssen von dir!« Doch eine ungewohnte Schüchternheit hatte von ihr Besitz ergriffen, und so nickte sie nur und setzte sich auf das weiche Fell des Stuhls, den er ihr galant zurechtrückte.

An diesem Abend sprachen sie wenig. Im weichen Schein der Kerzenflammen, der geheimnisvolle Schattenspiele auf ihre Gesichter zauberte, waren ihre Blicke beredt genug und die Gefühle füreinander zu groß für Worte.

Später, nachdem ihnen Hände und Füße trotz der pelzgefütterten Handschuhe und Stiefel kalt geworden waren, nahm Nikolaus eine der Fackeln und geleitete Florentin aus dem Labyrinth zurück zum Palast. In der schützenden Dunkelheit der russischen Winternacht küsste er sie noch einmal, diesmal behutsam und zart, als sei sie aus zerbrechlichem Porzellan.

»Ich muss morgen für einige Tage verreisen«, murmelte Florentin, die Wange an seinen weichen Mantelkragen geschmiegt.

»Wohin? Du willst doch nicht etwa in deine Heimat zurückkehren und mich künftig nur mehr gegen meinen eigenen Schatten fechten lassen?«, scherzte er, doch seine Augen waren ernst.

»Niemals«, sagte sie im Brustton der Überzeugung. »Ich muss nur ein paar *Werst* von Sankt Petersburg fort. Warum, kann ich dir noch nicht sagen«, wich sie rasch aus, als sie seinen forschenden Blick bemerkte. Sie musste sich wenigstens für einige Zeit beim Großfürsten in Oranienbaum sehen lassen, damit dieser keinen Verdacht schöpfte. Doch Florentin hatte nicht vor, lange dort zu bleiben. Sie wollte ihm vorgaukeln, ihr Vater wäre schwerer erkrankt als erwartet und daher müsste sie sogleich wieder zu ihm. Niemand würde bemerken, dass sie stattdessen nach Sankt Petersburg ritt und wieder in die Rolle der Viktoria schlüpfte. Diesmal jedoch nicht wegen des Preußenkönigs, sondern um bei Nikolaus zu sein.

Dieser Gedanke ließ ihre Augen strahlen, und sie lächelte ihn an. »Sobald ich zurück bin, warte ich darauf, was du dir als Nächstes ausdenkst!«

»Ich werde all die Nächte nicht schlafen, um darüber nachzudenken«, sagte Nikolaus zärtlich. »Komm bald wieder, und schicke mir eine Nachricht. Der Bote soll in Sankt Petersburg nach dem Haus der Iwanowitschs fragen. Es liegt direkt an der Newa und ist leicht zu finden.«

Florentin nickte lächelnd. »Das werde ich.«

»Meine Liebste«, sagte Nikolaus, und der dunkle, zärtliche Klang seiner Stimme löschte jeden Zweifel in Florentins Herz aus. Sie schlang die Arme um seinen Hals und versank erneut in einem nicht enden wollenden Kuss.

Schließlich schob sie ihn sanft von sich.

»Ich werde auf dich warten«, flüsterte er.

»Und ich werde nicht lange fortbleiben«, versprach sie.

Nachdem er gegangen war, sah sie ihm noch lange nach. Florentin konnte nicht ahnen, dass sie ihr Versprechen schon bald brechen sollte.

*

Unser Vater ist tot. Er hat Dir in seinem Testament das Gut hinterlassen. Da Du wohl nicht abkömmlich bist, werden Mutter und ich dorthin zurückkehren. Ich hoffe sehr, das ist in Deinem Sinne, Florentin. Ob wir das Gut jedoch erhalten können, liegt im Ungewissen. Ich wünschte, Du wärst hier.

In Liebe,

Terese.

Reglos starrte Florentin auf die Handschrift ihrer älteren Schwester. Die geschwungenen Buchstaben verrieten kaum etwas vom Gemütszustand der Älteren. Nur wenn sie ganz genau hinsah, erkannte Florentin die eine oder andere Unregelmäßigkeit in einzelnen Buchstaben, bei denen Tereses Hand leicht gezittert haben mochte. Den Flecken und Knittern des Schreibens sah man an, dass es monatelang unterwegs gewesen war. Bestimmt hatte ihre ältere Schwester es an den preußischen Königshof gesandt, und der treue Fredersdorf war so freundlich gewesen, es Florentin über seinen geheimen Boten nach Oranienbaum zukommen zu lassen. Drei Tage nach ihrer Ankunft dort, ausgerechnet an dem Tag, an dem sie Großfürst Peter ihre erfundene Geschichte auftischen wollte, hatte ein Bote ihr den Brief überreicht. So wurde Florentins Lüge von der schweren Erkrankung des Vaters unversehens zur schrecklichen Wahrheit von seinem Tod, dennoch dankte Florentin dem preußischen Kämmerer im Stillen für seine Fürsorge und Loyalität, weil er das Schreiben unverzüglich weitergeleitet hatte. Das Siegel war unversehrt, also hatte weder er oder sonst jemand den Brief bisher gelesen. Nun jedoch übermannte Florentin die Trauer, und sie ließ das Papier sinken, weil die Buchstaben vor ihren Augen verschwammen.

Der Vater – tot. Wahrscheinlich hatte der viele Wein ihn umgebracht. War er einsam und verbittert gestorben? Wie lange mochte es gedauert haben, bis man seinen Leichnam gefunden hatte? Florentin hatte lange nicht mehr an ihr Zuhause und ihren Erzeuger gedacht, doch nun holten die Erinnerungen sie ein wie Verfolger einen Flüchtenden. Sie sah sich und ihren Vater auf dem Reitplatz, wo Florentin mit ihrem störrischen Pferdchen Lenz kämpfte, sah den stolzen Ausdruck in Heinrich von Rosenbergs Gesicht, nachdem sie ihr erstes Fechtduell gegen Meister Gottfried gewonnen hatte.

Aber sie erinnerte sich auch an die blinde Wut in seinem Blick, als er begriff, dass seine Tochter sich gegen das Leben auf diesem einsamen, heruntergekommenen Gut wehrte, das er ihr unbedingt hatte aufzwingen wollen. Sie sah ihn betrunken nach der Peitsche greifen und sich selbst den Degen ihres Großvaters von der Wand reißen und ihren Vater damit bedrohen, ehe sie das Gut mitten in der Nacht verließ …

Hastig schob Florentin einen Stuhl vor die Tür ihrer Kammer, damit kein Soldat der großfürstlichen Garde hereinkam, ehe sie sich auf die schlichte Liegestatt warf und ihren Tränen freien Lauf ließ. Sie weinte um ihren Vater und darum, was aus ihm geworden war. Sie trauerte um die Vergangenheit und um das, was hätte sein können, wenn aus Heinrich von Rosenberg nicht der gewalttätige Trunkenbold geworden wäre, zu dem ihn die Einsamkeit und die Verzweiflung über sein eigenes Unvermögen, das Gut erfolgreich zu führen, gemacht hatten.

Und dennoch hatte er alles seiner Jüngsten vermacht. War es späte Reue gewesen – oder die Rache an seiner Gattin, die ihn verlassen hatte, und an der ältesten Tochter, weil diese nicht der Stammhalter war, den er sich so sehnlich gewünscht hatte? Vielleicht wollte er aber Florentin doch noch in die Pflicht nehmen, Gutsherrin zu werden, obwohl oder gerade weil sie sich zu Lebzeiten des Vaters dagegen gewehrt hatte.

Und nun waren Mutter und Schwester dorthin zurückgekehrt und versuchten, dem heruntergewirtschafteten Betrieb neues Leben einzuhauchen. Zwar standen die Aussichten nicht schlecht, das Gut hatte ausreichende Ackerflächen zum Bestellen und die Ausfuhr von Getreide über die Landesgrenzen und bis nach England könnte gerade wegen des Krieges weiterhin florieren, doch würden zwei Frauen diese hohe Verantwortung mit all den Bediensteten, die solch ein Gut benötigte, alleine tragen können? Oder war auch Tereses Gemahl, Balthasar Imhoff, dabei? Ihre Schwester hatte ihn in ihrem Brief mit keinem Wort erwähnt.

Florentin verbrannte das Schreiben mit Hilfe eines hastig angezündeten Fidibus zu feiner Asche, doch sie konnte die Zeilen nicht aus ihrem Kopf verbannen, ebenso wenig wie die Erinnerungen, die immer noch auf sie einprasselten wie harte, schmerzhafte Hagelkörner. Sie sah sich und Hans als Kinder am Fluss und verspürte erneut die kindliche Verzweiflung darüber, nicht so zu sein wie ihr Jugendfreund. Damals hatte sie kein Mädchen sein und schon gar nicht zur Frau werden wollen. Jetzt aber, da sie Nikolaus kannte, mit dem sie ihr Herz in nie gekannter Weise spürte, war sie froh darüber, kein Mann zu sein. Gleichzeitig wurde durch diese Gefühle ihr beständiger Rollenwechsel noch gefährlicher. Was, wenn Nikolaus hinter ihr Doppelspiel kam? Und wie lange konnte sie dem Großfürsten noch vorspielen, dass sich sein preußischer Gardesoldat Florentin von Rosenberg tage- und wochenlang um seinen kranken Vater kümmern musste? Und nicht zuletzt: Würde sie durch ihre Bemühungen wirklich Einfluss auf den Krieg nehmen können, den der Preußenkönig gegen Russland führte?

Zwar hatte sie längst ein verschlüsseltes Schreiben an Fredersdorf gesandt, in dem sie ihm die Pläne der russischen Armee offenbarte, die sie in der Nähstube erfahren hatte und nach denen die Kaiserin im Frühling Schlesien einzunehmen plante. Doch ob Friedrich seinen Wissensvorteil zu nutzen wusste und was die Russen und ihre Verbündeten detailliert vorhatten, konnte auch Florentin nicht wissen.

Doch was die junge Frau gerade am meisten plagte, war das Gefühl, Mutter und Schwester im Stich zu lassen. Per Fideikommiss wurde zwar üblicherweise festgelegt, dass das Vermögen in der Familie blieb und nicht belastet werden durfte, aber laut Primogenitur hätte eigentlich zunächst die Ehefrau des Freiherrn und nach deren Tod Terese als Älteste das Erbe antreten müssen. Offenbar hatte für das väterliche Gut aber nur das persönlich abgefasste Testament des Freiherrn Gültigkeit. Deswegen hatte Florentin nun nicht nur mit dem schlechten Gewissen zu kämpfen, das gesamte Vermögen ihres Vaters – oder was davon übrig war – alleine geerbt zu haben, sie fühlte sich auch verpflichtet, der Mutter und Terese beizustehen, damit diese von den Erträgen des Gutes leben konnten.

Doch um Schwester und Mutter helfen zu können, musste sie Russland zumindest eine Zeitlang verlassen und nach Hause reisen. Bei dem Gedanken, Nikolaus für eine lange Zeit nicht mehr wiederzusehen, schmerzte ihre Brust, als trüge sie ein eisernes Korsett mit scharfen Stacheln darin. Würde sie ihn, kaum dass sie einander gefunden hatten, schon wieder verlieren? Wenn die Lage im Krieg sich weiter zuspitzte, konnte sie vielleicht nie wieder nach Russland reisen.

Doch es ging nicht anders. Florentin beschloss, nicht mehr nach Sankt Petersburg zurückzukehren, sondern sofort abzureisen. Mochte die Kaiserin ihre Näherin »Viktoria« ruhig für undankbar halten, weil sie einfach ohne Abschied verschwand. Viel wahrscheinlicher war jedoch, dass Elisabeth das Fehlen einer einzelnen Dienstbotin am Hof überhaupt nicht auffiel.

Schwerer fiel es Florentin, dass sie Nikolaus nichts erklären konnte. Sie hatte ihn über ihre Familienverhältnisse bisher im Dunkeln gelassen. Jetzt setzte sie sich mit einem Zentnergewicht auf dem Herzen hin und schrieb ihm einen Brief. Darin berichtete sie von der Not ihrer älteren Schwester, der sie nun aus Pflicht und Liebe beistehen musste und wollte. Florentin erlitt Qualen, doch sie zwang sich zu den Zeilen:

Ich komme zurück, sobald ich kann. Dass Du auf mich wartest, kann ich nicht hoffen. Doch vielleicht denkst Du ab und zu an mich, auch wenn der Schnee irgendwann geschmolzen ist und die Newa wieder fließt.

Als sie das Wachs auf den Brief drückte, liefen ihr heiße Tränen über das Gesicht, aber sie hatte keine Wahl. Sie wurde beim Großfürsten vorstellig und bat ihn als Soldat Florentin von Rosenberg, sie aus seinen Diensten zu entlassen, was Peter bedauernd, aber mit überraschender Wärme und Mitgefühl für ihre familiären Pflichten bewilligte. Er ging davon aus, dass Florentins angeblich kranker Vater seines »Sohnes« bedurfte, und Florentin ließ ihn in diesem Glauben, weil sie keine Kraft für die Wahrheit hatte.

Später am Tag drückte sie einem Boten mehrere Rubel in die Hand, ehe sie befahl, den Brief zum Haus der Iwanowitschs nach Sankt Petersburg zu bringen. »Es liegt an der Newa und ist leicht zu finden«, wiederholte sie Nikolaus' Worte.

Der Bote ritt davon, und Florentin war es, als trüge er mit dem Brief auch alle Freude und das Lachen mit sich fort, die in der kurzen, aber so kostbaren Zeit der vergangenen Tage durch Nikolaus in ihr Leben getreten waren.

Kapitel 24

Frühling 1760 bis Sommer 1761,
Gut derer von Rosenberg

»Florentin!« Tereses Aufschrei klang gleichermaßen erfreut und überrascht. Kaum dass die junge Frau sich vom Pferd geschwungen hatte, flog ihr die ältere Schwester um den Hals. »Dass du gekommen bist! Ich muss Mutter rufen. Und der Magd Bescheid geben, dass sie Wasser heiß macht. Bestimmt bist du auch halb verhungert …«

»Gemach, Terese, gemach!«, rief Florentin lachend, während sie ihre Schwester nach all den Jahren endlich wieder an sich drückte.

»Ich bin so glücklich, dich zu sehen«, sagte diese mit Tränen in den Augen.

»Ich auch«, beteuerte Florentin, und die Schwestern tauschten einen innigen Blick.

Florentin sah, dass die vergangenen Jahre an Terese nicht spurlos vorübergegangen waren. Ihre Augen leuchteten immer noch in demselben vertrauten Kornblumenblau, doch um die Augenwinkel hatten sich Fältchen gebildet, und in ihren blonden Haaren zeigte sich bereits das eine oder andere weiße Haar. Trotzdem war ihr warmes Lächeln das gleiche wie früher.

Florentin löste sich behutsam aus Tereses Armen. »Ich bin nicht gekommen, um gleich wieder fortzugehen. Ich habe also viel Zeit, zu baden, zu essen und Mutter zu begrüßen!« Florentin sah sich um und verspürte ein Ziehen zwischen Kehle und Nabel. Obwohl sie die Erinnerungen an das väterliche Gut nahe der Reichsstadt Nürnberg lange beinahe gewaltsam unterdrückt hatte, lösten die liebliche Landschaft und der vertraute Anblick der Gebäude nun doch einen Sturm der Gefühle bei ihr aus. Offenbar hatte sie sich ihre fränkische Heimat doch nie ganz aus dem Herzen reißen können.

Terese schob Florentin eine Armeslänge von sich und musterte nun ihrerseits die schlanke, junge Frau in den Reitkleidern eines Mannes. »Lass dich ansehen, kleine Schwester! Schmal bist du geworden. Hat man dir am preußischen Hof nicht genug zu essen gegeben, oder ist es der Krieg, der an dir zehrt?«

Florentin biss sich auf die Lippen. »Ich komme nicht aus Preußen«, gestand sie, »sondern aus Russland. Daher habe ich nach deinem Brief auch so lange hierher gebraucht.«

Die Erstgeborene sah sie mit offenem Mund an. »Russland?«, wiederholte sie verständnislos. »Aber …«

»Ich erzähle dir alles später, versprochen. Sag nur vorläufig Mutter nichts davon, ich bitte dich. Bestimmt echauffiert sie sich sowieso, wenn sie meiner ansichtig wird …«

»Florentine! Ja, bist du es wirklich?« Maria von Rosenberg kam aus dem Hauptgebäude geeilt und blieb vor ihrer jüngeren Tochter stehen. »Immer noch dieselben Flausen im Kopf«, sagte sie missbilligend, während sie Florentins staubige Männerstiefel, die nicht mehr ganz saubere Hose und den nach mehr als vier Monaten Reise schäbig gewordenen Reitrock musterte.

Florentin zog eine Augenbraue hoch und sah Terese an. Siehst du?, sagte ihr Blick.

»Wäre es dir lieber gewesen, ich wäre als Frau gereist? Stets in Gefahr, belästigt zu werden – oder Schlimmeres?«, fragte Florentin spitz. Sie konnte es nicht ändern: Sobald ihre Mutter anfing, sie wegen ihrer Männerrolle zu maßregeln, vergaß sie alle guten Vorsätze, sich zu mäßigen.

Als sie jedoch sah, wie bei ihren Worten die Farbe aus Tereses Wangen wich, bereute sie ihre unbedachten Worte sogleich heftig. Wie konnte sie nur so dumm sein, die ältere Schwester an das furchtbare Ereignis von damals zu erinnern, als ihr Vetter über sie hergefallen war?

Mit einem Druck ihrer Hand und einem zerknirschten Blick bat sie Terese wortlos um Verzeihung. Die nickte Florentin leicht zu, während die Mutter nun anfing, den unmöglichen Zustand des Gutes anzuprangern und über das wenige Dienstpersonal zu jammern. »Dein Vater hat eine Ruine hinterlassen! Ich weiß gar nicht, warum wir noch einmal hierher zurückgekehrt sind!«

»Ich habe es nicht von Ihnen verlangt, Mutter«, unterbrach Florentin, weil sie die Tiraden langsam leid wurde.

Die Freiherrin funkelte sie ärgerlich an, und Florentin fiel auf, wie alt und verhärmt Maria von Rosenberg geworden war. Die zwei Falten zwischen Nase und Mundwinkeln, die sich bereits in Florentins Kindheit leicht in das Gesicht ihrer Mutter eingegraben hatten, waren nun tief und hoben sich dunkel von der blassen Haut der welken Wangen ab. Auch zwischen den Brauen hatte sich eine scharfe Kerbe gebildet, die Marias Gesicht einen Ausdruck permanenten Missfallens verlieh. Hatten ihr die Jahre in Bayreuth so zugesetzt, oder war es die Enttäuschung über das Leben allgemein, die zerbrochenen Hoffnungen und zerschmetterten Träume in einer lieblosen Ehe, die keinen Sohn hervorgebracht hatte?

»Eigentlich sollte ich kein Wort mehr mit dir wechseln, Florentine! Immerhin bist du damals ohne Abschied einfach aus Bayreuth auf und davon«, fuhr Maria mit ihren Vorwürfen fort.

»Ich bin froh, dass meine Schwester hier ist. Und ich bin sicher, Sie denken genauso, Mutter. Aber nun sollten wir Florentin erst einmal etwas Zeit geben, sich von den Strapazen der langen Reise zu erholen«, mischte sich Terese ein, ehe zwischen Mutter und ihrer jüngsten Tochter ein offener Streit ausbrechen konnte. »Ich rufe den Knecht, damit er sich um dein Pferd kümmert, Schwesterchen.«

Florentin nickte nur. Mit einem Mal war sie erschöpft und ausgelaugt von der monatelangen Reise, die sie von Sankt Petersburg zuerst nach Potsdam geführt hatte. Viele Straßen und Pfade waren im Winter unpassierbar oder durch den fortschreitenden Krieg zu gefährlich geworden, sodass sie sich häufig über Umwege fortbewegt hatte. Müde und durchgefroren war sie froh gewesen, wenn sie wenigstens am Abend einen schäbigen Gasthof fand, in dem sie um ein Bett für die Nacht ersuchen konnte.

Erstaunt hatte sie bei ihrem Abschied aus Oranienbaum festgestellt, dass die Soldaten von Peters Garde Geld für sie gesammelt hatten. Simon, der kleine Schwarzhaarige, dem Florentin erste Fechtstunden gegeben hatte, hatte ihr einen prall gefüllten Lederbeutel in die Hand gedrückt. »Mit vielen guten Wünschen von uns allen für dich und deine Familie«, hatte er etwas unbeholfen gesagt.

Vor Rührung war Florentin kaum in der Lage gewesen, sich zu bedanken.

»Du schuldest uns keinen Dank. Komm lieber zurück, sobald du kannst«, hatte der blonde Hüne Philipp gesagt, und unwillkürlich hatte Florentin an Friedrichs Kämmerer Fredersdorf denken müssen, der sie mit fast den gleichen Worten nach Russland entsandt hatte. Nun würde sie ihn bald wiedersehen, doch nicht aus dem Grund, den sie erhofft hatte – nämlich, weil der Krieg zu Ende wäre.

Nach Monaten beschwerlichen Rittes durch die eisige Kälte des soeben angebrochenen Jahres 1760 hatte Florentin dann endlich Fredersdorf die Hand schütteln können. Zugleich musste sie jedoch erfahren, dass der Preußenkönig keinen Fußbreit von seinen Eroberungsplänen abzurücken bereit war.

»Der *Sire* will die eigenen ebenso wie die eroberten Gebiete um jeden Preis halten«, verriet ihr der Kämmerer, als sie am Abend am prasselnden Kaminfeuer zusammensaßen. Florentin hatte ihre Hände und Füße in die behagliche Wärme gestreckt und versucht, beim Anblick der orangegoldenen Flammen nicht an Nikolaus Iwanowitsch und ihr letztes Stelldichein im Pavillon zu denken, damit der Schmerz über den Verlust nicht erneut von ihr Besitz ergriff. Während sie sich jeden Tag ein Stück mehr von Sankt Petersburg entfernt hatte, galten ihre Gedanken nur ihm. Der erste, brennende Kummer hatte allmählich nachgelassen und war mit der Zeit zu einer dumpfen Pein geworden, doch die Erinnerung lauerte stets im Hintergrund, bereit, beim kleinsten Erinnerungsfunken aufzulodern und die Wunde in ihrem Herzen, die der Abschied geschlagen hatte, erneut aufzureißen.

»Habt Ihr mein Schreiben erhalten, dass die russische Armee Schlesien einzunehmen gedenkt, sobald das Frühjahr naht?«, hatte sie gefragt, um sich von ihrer Sehnsucht nach Nikolaus abzulenken.

Fredersdorf nickte. »Der König war anfangs außer sich, als er von deiner Reise nach Russland erfuhr. Doch nun ist er äußerst beeindruckt von dir, Bursche. Seine Dankbarkeit ist dir gewiss, wenn er zurückkehren sollte. Und das wird er bestimmt«, fügte der Kämmerer hastig hinzu, denn er hatte selbst gemerkt, wie fatalistisch seine Worte klangen.

Florentin sah Fredersdorf offen an. »Ich werde Euch für einige Zeit nicht mehr behilflich sein können. Meine Schwester bedarf meiner Hilfe, und in diesem Fall muss ich die familiäre Pflicht als …«, sie stockte kurz, »*Bruder* über meine Treue zum *Sire* stellen.«

»Natürlich, natürlich. Du hast sowieso mehr für Preußen getan, als es deine Pflicht gewesen wäre«, beeilte sich Fredersdorf zu versichern. »Ich werde dir eine Kutsche zur Verfügung stellen, die dich nach Hause bringt.«

Doch Florentin bat nur um ein Pferd. Sie hatte in Russland immer wieder die Rösser getauscht, denn die Tiere waren meist nach ein paar Tagen Ritt erschöpft gewesen, und Florentin hatte sich nicht mit unnötigen Rasten aufhalten wollen. Die letzte Etappe jedoch hatte sie mit einem einzigen Tier zu schaffen gehofft. Wäre Luzifer noch am Leben, so hätte ich ihn gewählt, hatte Florentin traurig gedacht. Es war ihr auch nach all der Zeit immer noch schwergefallen, den Stall zu betreten und nicht mehr das vertraute Wiehern des Hengstes zu hören.

Immerhin hatte sich der alte Stallmeister Harsdorf unbändig gefreut, seinen ehemaligen Schützling wiederzusehen. Auch er war alt geworden und seine Gestalt noch hagerer. Auch sein Gang war nicht mehr so federnd wie früher, doch sein Habichtblick war immer noch scharf und unbestechlich wie eh und je gewesen.

»Leider kann ich nicht lange bleiben«, hatte Florentin bedauert, und tatsächlich war sie nach wenigen Tagen der Rast erneut aus Potsdam aufgebrochen. Sie hatte keine Zeit mehr verlieren, aber vor allem nicht ihrer verhassten Base Louise über den Weg laufen wollen. Nur nach Louises Geliebtem, dem Minister, hatte sie sich flüchtig erkundigt.

»Oh, er weilt weiterhin am Hofe. Unglücklicherweise noch immer mit seiner Mätresse, dieser Giftnatter«, hatte Fredersdorf geantwortet, und da wusste sie, dass Louise sich nicht verändert hatte. Umso eiliger war Florentin vom Schloss in Richtung Franken aufgebrochen, um Mutter und Schwester zu unterstützen.

Jetzt jedoch, unter dem missbilligenden Blick der Freifrau, fragte Florentin sich, ob es die richtige Entscheidung gewesen war. Doch als sie an Tereses Gesicht dachte, das bei dem Wiedersehen mit ihr aufgeleuchtet hatte, bereute sie ihren Entschluss nicht. Sie würde versuchen, das Gut wieder wirtschaftsfähig zu machen. Nicht ihrer Mutter zuliebe, sondern für ihre Schwester.

»Wo ist eigentlich Imhoff?«, fragte Florentin, als sie gewaschen und in frischer Männerkleidung mit Terese in der geräumigen Gutsküche stand, in der die Ältere eigenhändig eine Suppe zubereitete, weil sie und die Mutter sich im Augenblick keine Köchin leisten konnten.

Die Schwester senkte den Kopf. »Fort«, sagte sie nur, aber ihr Mund bekam einen bitteren Zug. Florentin wollte sie nicht weiter drängen und schwieg, doch nach ein paar Augenblicken begann Terese von sich aus zu reden. »Bis zu unserer Hochzeit hat er mich formvollendet umworben. Doch sobald er sich meiner gewiss war, änderte sich das rasch. Vor allem, als er merkte, dass ich …« Terese stockte und schluckte krampfhaft.

Florentin tat es in der Seele weh, wie ihre Schwester sich quälte, daher legte sie den Arm um sie. »Ich verstehe.«

»Gewiss hätten Mutter und ich von seinem Geld profitiert. Dafür erhoffte er sich durch meinen Adelsstand jedoch eine bessere gesellschaftliche Stellung. Und natürlich wollte er Kinder. Doch ich konnte ihm keine schenken. Nach fast zwei Jahren wollte er schließlich nicht mehr länger warten und bat mich, die Ehe aufzulösen.«

Florentin blickte zu Boden. »Es tut mir so leid, Terese.«

Die junge Frau schüttelte nur leicht den Kopf und rührte in dem großen Kessel, aus dem köstlich riechender Dampf aufstieg. »Weißt du, was das Schlimmste ist? Dass ich Balthasar sogar verstehen kann. Ich habe mich wirklich redlich bemüht, eine gute Ehefrau zu sein, aber seit … damals …« Tereses Stimme kratzte vor unterdrücktem Schluchzen.

Florentin brach es fast das Herz. »Ist ja gut, du musst nicht mehr daran denken. Du brauchst keinen Mann zum Leben. Nun bin ich hier und werde dir und Mutter helfen, das Gut wieder zur Blüte zu führen.«

*

Und Florentin hielt ihr Versprechen. Etwas länger als ein Jahr blieb sie bei ihrer Familie und packte mit an, um Mutter und Schwester den Lebensunterhalt auf dem Gut zu sichern. Der Gleichklang der Tage ließ ihr nicht viel Zeit, sich Gedanken um Nikolaus oder die politische Lage Preußens zu machen. Bei Sonnenaufgang stand sie auf, überprüfte die Arbeit auf dem Gut, rechnete und verhandelte mit Bauern und Kaufleuten, um kurz vor Mitternacht todmüde auf ihre Liegestatt zu sinken.

Der Respekt der hartgesottenen Geschäftsmänner, die Florentin natürlich für einen von ihnen hielten, trug sie durch die Anfangsschwierigkeiten und später durch die langen Tage voller Arbeit und Mühsal. Und Terese vergalt es ihr, indem sie aufblühte. Ihre neue Rolle als Gutsherrin füllte sie aus und schien sie die Vergangenheit endlich vergessen zu lassen. Florentin dachte, dass sich alleine dafür die lange Reise von Russland auf das elterliche Gut und alle Mühen gelohnt hatten.

Nur manchmal, wenn die Nacht besonders dunkel war und der Schlaf trotz aller körperlichen Erschöpfung nicht kommen wollte, suchten Florentin Erinnerungen heim, die sie nicht verdrängen konnte. Dann stand ihr Nikolaus' Gesicht so deutlich vor Augen, als hätte sie ihn erst gestern verlassen müssen, und der Klang seiner Stimme schien durch die Ritzen ihrer Kammer zu dringen. Nach diesen Traumbildern erwachte sie am nächsten Morgen stets mit schwerem Herzen und einem bitteren Geschmack auf der Zunge. Doch ihre Familie brauchte sie, und Florentin hielt eisern durch – hauptsächlich Terese zuliebe, die mit rührender Dankbarkeit an ihrer Schwester hing und Florentin nach getaner Arbeit mit ihren Lieblingsspeisen verwöhnte.

Die Freifrau von Rosenberg grollte zwar, weil ihre jüngste Tochter stets in Männerkleidung auftrat und sich als Sohn und männlicher Erbe des Gutes präsentierte, aber sie musste dennoch zugeben, dass es dem Betrieb zum Vorteil gereichte. Florentin hatte in der kurzen Zeit, da sie mit ihrem Vater das Gut betrieben hatte, viel gelernt. Ihr scharfer Verstand und das Gespür für Menschen ließen sie weder bei der Einstellung von Dienstpersonal noch bei geschäftlichen Verhandlungen im Stich.

Nachdem ein Jahr nach ihrer Ankunft erneut der Frühling anbrach, die Knospen der Bäume aufbrachen und die Luft mild über die sanften Hügel wehte, warf das fränkische Gut erstmals Gewinn ab. Endlich wagte Florentin seit langem wieder einmal, an ihr eigenes Leben zu denken. Mutter und Schwester wussten inzwischen ebenso gut wie sie, wie man das Gut erfolgreich bewirtschaftete und führte. Terese hatte den verhärmten Ausdruck im Gesicht und den stumpfen Blick in ihren Augen verloren und war wieder die fröhliche und tatkräftige Schwester, die Florentin schon als Kind geliebt hatte. Außerdem war inzwischen auch ein älterer Gutsverwalter gefunden worden, dem Florentin vertrauen konnte.

Nun brannte sie darauf, nach Russland zurückzukehren. Sie wagte nicht zu hoffen, dass Nikolaus auf sie gewartet hatte, trotzdem zog es sie magisch in seine Heimat.

Vor sich selbst rechtfertigte Florentin ihre Pläne damit, dass der Krieg sich seit dem vergangenen Jahr nicht zu Preußens Vorteil entwickelt hatte. Der treue Fredersdorf hatte ihr nach Franken geschrieben, dass Friedrich zwar offenbar eingedenk Florentins Warnung auf die Pläne Russlands vorbereitet gewesen, es den österreichischen Truppen aber dennoch gelungen war, in Schlesien einzufallen und wichtige Festungen zu erobern. Ein preußisches Korps bei Landeshut wurde dabei vernichtend geschlagen. Der Preußenkönig hatte vergeblich versucht, mit starken Kräften Dresden zurückzugewinnen. Als österreichische Truppen jedoch der Stadt entgegenstrebten und Friedrich von den Entwicklungen in Schlesien hörte, war er mit seinem Heer dorthin gezogen. Bei Liegnitz gelang den preußischen Truppen ein Sieg, und sie schlugen eine Verbindung zu Truppen unter dem Regiment von Friedrichs jüngerem Bruder Prinz Heinrich, der dadurch die russischen Gegner auf Distanz halten konnte.

Diese Erfolge waren jedoch rasch zunichtegemacht worden, denn den Feinden gelang die Rückeroberung Sachsens durch die Reichsarmee und eine kurze Besatzung Berlins. Anfang November schaffte der Preußenkönig in der Schlacht bei Torgau noch einmal einen Befreiungsschlag, indem er die russischen Truppen besiegte und nach Sachsen zurückdrängte. Trotzdem war die Lage katastrophal, denn Ostpreußen, Sachsen und Schlesien waren inzwischen in feindlicher Hand.

»Ich muss zurück, Mutter. Schließlich stehe ich noch immer in den Diensten des Königs!« Florentin versuchte mühsam, ihre Stimme ruhig klingen zu lassen. Seit sie der Freifrau eröffnet hatte, das Gut käme ab jetzt gut ohne ihre Hilfe zurecht, überschüttete diese ihre jüngere Tochter mit Vorwürfen. Und bei Florentins Ankündigung, sie in Kürze ganz zu verlassen, war es mit Maria von Rosenbergs Beherrschung endgültig vorbei. »Der König, der König! Ich höre von dir nichts anderes mehr! Ist dir Preußen etwa wichtiger als deine Heimat – und deine Familie?«

»Mutter, ich habe mich mehr als ein Jahr lang um Sie und das Gut gekümmert. Was verlangen Sie von mir – dass ich den Rest meines Lebens hierbleibe und Getreide verkaufe?«

»Hätte dich dein Vater nicht mit diesen Flausen im Kopf erzogen, müsste ich mir diese Frage nicht stellen!«, blaffte sie.

»Wäre ich als Mädchen aufgewachsen, stünde das Gut inzwischen wohl kaum so gut da. Ginge es nach Ihnen, Mutter, hätte ich einen Ehemann, mehrere Kinder – und nichts zu sagen«, gab Florentin scharf zurück.

Die Freifrau schnappte nach Luft, ehe sie zischte: »Und was hast du nun von deiner sogenannten Freiheit, Florentine? Du bist nichts weiter als ein Wechselbalg – weder Mann noch Frau! So wirst du niemals jemanden finden, der dich liebt!«

Florentin musste unwillkürlich an Nikolaus denken und fühlte einen scharfen Stich. Er hatte sie geliebt, doch was war in der Zwischenzeit geschehen? Ob er sich vielleicht längst ein hübsches russisches Mädchen gesucht hatte, das ihn nicht von einem Tag auf den anderen verließ, sondern ihm bereitwillig Kinder schenkte?

»Ach, was habe ich nur falsch gemacht«, klagte Florentins Mutter derweil. »Die eine Tochter fristet ihr Leben in Männerkleidung, und die andere vergrault ihren Ehemann, den Einzigen, der sie zur Frau haben wollte …«

»Mutter!«, unterbrach Florentin sie da scharf. »Das reicht. Ich lasse nicht zu, dass Sie Ihren Verdruss über mich an Terese auslassen!«

»Du bist meine Tochter! Wie kannst du es wagen, so mit mir zu reden«, rief die Freifrau mit überkippender Stimme.

Florentin dachte jedoch gar nicht daran, ihre Mutter um Verzeihung zu bitten, auch wenn sie damit nicht nur gegen das Gebot Gottes, sondern auch gegen die gesellschaftlichen

Konventionen verstieß. »Sie wissen, was Terese erleiden musste. Wie können Sie ihr deswegen Vorwürfe machen?«

Maria von Rosenberg verstummte. In ihrem Zorn hatte sie tatsächlich nicht darüber nachgedacht, warum ihre ältere Tochter sich ihrem Gatten verweigert hatte. Unwillkürlich musste sie an ihre eigene Ehe denken. Wie oft hatte sie sich gewünscht, nein sagen zu können, wenn Heinrich sie wieder einmal bedrängte. Aber gewagt hatte sie es nie. War sie eine schlechte Mutter, weil sie nun ihrer älteren Tochter genau das vorwarf, wozu sie gerne in der Lage gewesen wäre?

Ihr Kopf begann zu schmerzen, wie so oft in den vergangenen Jahren, wenn die Gedanken und Sorgen um ihre und die Zukunft ihrer Töchter sie nachts nicht schlafen ließen.

»Dann tue, was du nicht lassen kannst«, sagte die Freifrau schließlich müde zu Florentin. »Das hast du ja sowieso schon immer so gehandhabt.«

»Ich wünschte nur, Ihr würdet mein Tun ein einziges Mal anerkennen«, sagte die junge Frau in Männerkleidern leise, ehe sie sich zum Gehen wandte.

*

Diesmal verlief der Abschied von Terese nicht heimlich und verstohlen wie beim letzten Mal, doch war er deswegen nicht weniger schmerzlich. Die Schwestern umarmten einander lange, und beiden liefen die Tränen über das Gesicht.

»Es muss nicht für immer sein, Schwester. Aber ich habe Verpflichtungen, die ich erfüllen will. Und ich muss wissen, wie Nikolaus zu mir steht. Auch wenn er nicht mehr auf mich gewartet haben sollte, ist es für mich doch wichtig, Gewissheit zu haben.«

Terese, die in den vergangenen Monaten alles über Nikolaus Iwanowitsch erfahren hatte, nickte und lächelte unter

Tränen. »Alles Glück der Welt, Schwesterchen. Dein Nikolaus wäre ein Narr, wenn er nicht einmal ein Jahr ohne dich ausgehalten hätte!«

Ein letztes Mal drückte Florentin die Ältere an sich, dann bestieg sie ihr Pferd. Ein zweites Tier, das ihre Habe in den Satteltaschen trug, führte sie am Halfterstrick mit sich.

»Leb wohl!«, rief Terese, und in diesem Augenblick hörte Florentin auch die Mutter ihren Namen rufen. Schon im Sattel, drehte sie sich um und sah die Freifrau aus dem Haus eilen. »Hier, damit du mir nicht verhungerst«, erklärte Maria von Rosenberg und drückte Florentin ein eingewickeltes Päckchen in die Hand. »Trockenfleisch und ein Laib Brot für die Reise«, sagte sie barsch.

Florentin nickte und griff danach, doch ihre Mutter hielt ihre Hand fest. »Und … Florentine? Hab Dank für alles, was du für uns getan hast. Vielleicht warst du nicht immer die Tochter, die ich mir gewünscht hatte, aber du sollst wissen, dass ich dich immer geliebt habe. Pass auf dich auf!«

»Danke, Mutter«, erwiderte Florentin gerührt. »Ich werde mich bemühen. Und wer weiß, vielleicht schaffe ich es irgendwann doch noch, Ihnen Freude zu bereiten.«

Maria von Rosenberg schnaubte und wedelte nur mit der Hand, aber ihr sonst so strenger Mund war zu einem leichten Lächeln verzogen. Sie ging zu Terese und legte in einer ungewohnten Geste der Zärtlichkeit den Arm um ihre Älteste. So blickten die ältere und die jüngere Frau der davonreitenden Florentin nach.

»Möge Gott sie beschützen«, sagte Terese leise.

Die Mutter nickte. Im Gegensatz zu Terese wusste sie ja nicht, dass Florentins Reise sie nicht nach Potsdam, sondern viel weiter östlich nach Russland führen würde, sonst hätte sie sich bestimmt mehr Sorgen gemacht.

Kapitel 25

Anfang August 1761,
Oranienbaum
und Sankt Petersburg

Lang lebe der Großfürst, unser künftiger Zar!«

Schon weit vor den Toren Oranienbaums drangen die Hochrufe an Florentins Ohr. Eine wilde Hoffnung keimte in ihr auf. Stand ein Machtwechsel etwa kurz bevor, oder hatte die alte Kaiserin sogar bereits abgedankt? Etwas Besseres könnte Preußen nicht passieren, denn sobald Peter auf dem Thron war, würde er den Krieg Russlands gegen Friedrich beenden, dessen war Florentin sich sicher. Sie hatte vergangenes Jahr bei ihrer kurzen Rast in Potsdam weiterhin dafür gesorgt, dass Fredersdorf immer wieder kleine Aufmerksamkeiten im Namen des Preußenkönigs nach Oranienbaum sandte. Peter vergalt es Friedrich mit Briefen, in denen er dem *Sire* stets seine glühende Verehrung versicherte.

Nun lauschte Florentin den Jubelschreien und hoffte, dass sie nach mehr als drei Monaten beschwerlicher Reise gute Nachrichten erwarteten.

Der Weg nach Russland war hart und gefahrvoll gewesen. Zwar war sie als Alleinreisender in schäbiger Kleidung für Wegelagerer keine lohnende Beute, doch in diesem Jahr hatte der Mai ihr am Monatsende mit plötzlichen Kälteeinbrüchen und Hagelschauern zugesetzt, und im Juni waren mit der unvermittelten schwülen Hitze die Mückenschwärme gekommen, die Florentin und ihr Pferd oft bis weit nach dem Dunkelwerden geplagt hatten. Je näher sie an das Gebiet gelangt war, das von den Gegnern Preußens beherrscht wurde, desto größer war ihre Furcht geworden, es diesmal nicht bis nach Sankt Petersburg zu schaffen.

Innerhalb des Heiligen Römischen Reiches war Florentin mit einer Empfehlung des Königshofes im Gepäck gereist und hatte besetzte Gebiete weiträumig gemieden. Kurz vor der Grenze jedoch hatte sie das Schreiben mit dem Siegel Preußens verbrannt und die Asche im Wald vergraben, damit kein Verbündeter Russlands sie für einen Königstreuen hielt und ihr dies bitter vergelten würde.

Dennoch hatte sie Herzklopfen, als sie zum ersten Mal nach mehr als einem Jahr wieder die fremden und doch vertrauten russischen Klänge hörte. Inzwischen kam Florentin zugute, dass sie durch ihren Aufenthalt in der Nähstube des Kaiserpalastes die Sprache fast im Schlaf beherrschte. Zudem hatte sie während ihrer Zeit auf dem elterlichen Gut im Geiste oft lange Zwiegespräche mit Nikolaus geführt, und diese waren, ebenso wie ihre nächtlichen Träume von ihm, stets in russischer Sprache gewesen.

Daher hatte Florentin bei den wenigen Gelegenheiten, da Soldaten den einsamen Reiter in schäbigen Männerkleidern angehalten hatten, in flüssigem Russisch von ihrer Gefangenname durch die feindliche Armee berichtet und die Mär einer gelungenen Flucht aus den Fängen der Preußen erzählt.

Im Geiste hatte sie sich bei Peters Gardesoldaten bedankt, die dem Neuzugang damals bereitwillig russische Schimpfwörter beigebracht hatten, damit Florentin sich gegen eventuelle Anfeindungen der Einheimischen rund um Oranienbaum wehren konnte. Dieses Repertoire kam ihr jetzt zupass, denn nichts öffnete die Herzen der Russen mehr, als den Preußenkönig mit den schlimmsten Beleidigungen betitelt zu hören, die ihre Sprache zu bieten hatte.

»Alles, was ich will, ist, zum Palast unserer geliebten Kaiserin zu reiten und ihr zu erzählen, dass ich die Hoffnung nie aufgegeben habe«, hatte Florentin zum Schluss stets beteuert und zum Lohn für ihre Treue von den raubeinigen Männern nicht nur herzliches Schulterklopfen, sondern auch die eine oder andere Wegzehrung erhalten – manchmal auch in Form von selbstgebranntem Schnaps.

Und jetzt war sie endlich am Ende ihrer Reise angelangt.

Fast.

Florentin hatte vor, nur einige Tage in Oranienbaum zu bleiben und danach weiter nach Sankt Petersburg zu reisen. Der Gedanke an Nikolaus Iwanowitsch ließ ihr keine Ruhe. Sie musste sich zumindest vergewissern, dass er wohlauf war – auch wenn er sie vielleicht längst vergessen hatte.

Doch zunächst galt es herauszufinden, wie es um die politische Lage und Großfürst Peter stand.

Florentin ritt durch den steinernen Torbogen Oranienburgs und platzte mitten in ein ausgelassenes Sommergelage. Zwar wurde sie überschwenglich von ihren Kameraden begrüßt, wobei vor allem Philipp und Simon sich über das Wiedersehen unbändig freuten, doch zu Florentins Enttäuschung wurden ihre Hoffnungen, Peter stünde kurz vor der Krönung, zunichtegemacht. Die Jubelrufe waren lediglich der Tatsache geschuldet, dass der Großfürst die geplante Heirat mit seiner Geliebten Elisabeth Woronzowa verkündet hatte und aus diesem Anlass für seine Garde ein Fest ausrichten ließ, bei dem es reichlich zu essen gab und das Kwass in Strömen floss.

»Was wird aus seiner Ehe mit Katharina?«, fragte Florentin, als sie davon erfuhr.

Philipp winkte verächtlich ab. »Diese Erzhure! Man munkelt, sie erwarte erneut ein Kind. Drei Mal darfst du raten, von wem.«

Grigori Orlow, dachte Florentin.

Natürlich wollte der Großfürst nicht noch einen Bastard großziehen. Die Gerüchte, dass Graf Saltykow der Vater von Katharinas erstem Sohn Paul war und nur Stanislaus Poniatowski als Erzeuger von Katharinas verstorbener Tochter Anna in Frage kam, waren nie verstummt. Peter hatte seinen Erstgeborenen zwar als sein leibliches Kind anerkannt, aber nun hatte seine Gemahlin die Grenzen seiner Langmut überschritten. Wahrscheinlich plante der Großfürst nun, sich scheiden zu lassen und Katharina in ein Kloster abzuschieben, um dann seine Mätresse Woronzowa zu ehelichen.

»Was sagt Kaiserin Elisabeth zu alldem?«

»Die alte Schabracke will einfach nicht sterben«, lallte Philipp, während er nach einem frischen Krug Kwass griff und einen tiefen Schluck von dem erfrischenden Getränk nahm. »Sie ist kaum noch in der Lage, ein paar Schritte zu laufen, so viel Wasser sammelt sich in ihren Beinen – aber ihren Neffen schikanieren, das kann sie. Peter rast in letzter Zeit oft vor Zorn, nachdem er ihr einen seiner seltenen Besuche abgestattet hat.«

»Und was tut die Großfürstin?«, tastete Florentin sich vor.

»Ah, diese falsche Schlange. Sie hetzt gegen den Großfürsten, wo sie nur kann. Die Gebrüder Orlow sind stets an ihrer Seite, und Grigori führt sich auf, als sei *er* Katharinas Gemahl und nicht Peter.«

»Auf meine künftige Gattin, die wundervolle, einzigartige, wonnige Elsa … Elisa … Elisabeth!«, rief der Großfürst in diesem Augenblick mit schwerer Zunge und hob sein Glas.

Die Woronzowa stand an seiner Seite, drall und vulgär gekleidet wie eh und je, und kicherte betrunken, während die

Soldaten ihr und Peter zuprosteten. Einzig Florentin nahm den künftigen Zaren scharf in Augenschein. Peter hatte einen gehetzten, beinahe irren Blick, und sein Mund war grotesk in die Breite gezogen, was ein Lachen, aber auch Furcht und Qual ausdrücken konnte. Sein Gesicht glänzte vor Schweiß. War ihm bewusst, was er aufs Spiel setzte, wenn er öffentlich verkündete, seine Mätresse heiraten zu wollen?

Florentin wurde von Sorge ergriffen. Sie hatte die Großfürstin lange nicht mehr gesehen, doch sie erinnerte sich noch gut an den Ausdruck in Katharinas Augen. Ihr Blick war der eines Raubtieres gewesen, das seine Beute längst entdeckt hatte und nur noch auf den richtigen Augenblick wartete, um anzugreifen.

Florentin fürchtete, dass dieser Augenblick nicht mehr fern war – und die Beute »Peter« hieß.

Umso größer war ihre Unruhe, möglichst rasch nach Sankt Petersburg aufzubrechen. Es ging ihr nicht nur um Nikolaus, sondern auch darum, die Lage im Palast auszukundschaften und den Großfürsten notfalls zu warnen. Daher sattelte die junge Frau zwei Tage später nach dem obligatorischen Morgenappell ihr Pferd und machte sich in Männerkleidern auf den Weg zum Winterpalast.

Erleichtert hatte sie vernommen, dass die Kaiserin noch nicht in ihre Sommerresidenz *Zarskoje Selo* aufgebrochen war. Sie sei zu krank und der Umzug aus Sankt Petersburg wäre zu beschwerlich, hieß es.

Je mehr Florentin sich der prächtigen Hauptstadt näherte, desto schneller schlug ihr Herz. Was sollte sie zuerst tun: im Schloss vorstellig werden oder sich auf die Suche nach dem Wohnsitz von Nikolaus Iwanowitsch machen? In jedem Fall müsste sie vorher ihre Uniform gegen die Frauenkleider in ihren Satteltaschen tauschen, denn schließlich kannten sowohl Nikolaus als auch der kaiserliche Hof sie nur als »Viktoria«.

Während Florentin noch überlegte, vernahm sie den raschen Hufschlag eines Pferdes hinter sich. Ein etwa fünfzehnjähriger Junge in einfacher, aber sauberer Kleidung trabte heran und neigte ehrerbietig den Kopf, als er sein Pferd neben Florentin zum Stehen brachte.

»Ich fürchte, ich bin in die Irre geritten«, sagte er etwas atemlos. Florentin schlug dabei ein Schwall säuerlicher Luft entgegen, was sie vermuten ließ, dass der Bursche eher den Abzweig zu einer der Spelunken genommen hatte, die den Weg nach Petersburg säumten. Wahrscheinlich war er dort länger geblieben als beabsichtigt. »Ich muss rasch zum Palast der Kaiserin«, gab der Junge unter Florentins forschendem Blick zu. »Ich habe ein Schreiben zu überbringen. Bisher hat mein Vater stets die Briefe überbracht, doch seine Gicht ist so schlimm geworden, dass ich es nun tun muss. Aber es ist mein erster Ritt nach Petersburg, und mein Vater wird zornig werden, weil ich so lange gebraucht habe, aber als ich an der einen Wegkreuzung abgebogen bin …«

Florentin hatte aufgehorcht, als der Bote das Schreiben erwähnte. »Beruhige dich, Bursche«, unterbrach sie nun seine hastige Rede. »Du hast Glück, denn ich bin auf dem Weg zum Winterpalast – und ich stehe im Dienst bei Hofe. Ich werde das Schreiben dort gerne übergeben.« Einladend streckte sie die Hand aus.

»Nein, ich darf es nur persönlich überreichen«, widersprach der Junge. Er schwankte etwas im Sattel, und seine Augen stierten Florentin leicht glasig an. »Mein Vater hat gesagt, es kommt aus Moskau und ist für die Großfürstin, aber ich soll sagen, es sei für Grigori Orlow.« Offenbar lockerte der Schnaps seine Zunge.

Florentin zwang sich zu einem schelmischen Lächeln und zwinkerte ihm verschwörerisch zu. »Ich verstehe schon. Die alte Kaiserin soll nichts davon erfahren, stimmt's? Was glaubst du, wie oft ich schon Briefe an Ihrer Hoheit vorbei ins Gemach der Großfürstin Katharina geschmuggelt habe.«

Der Junge bekam große Augen. »Wirklich?«, fragte er ehrfürchtig.

Florentin nickte. »Ich kenne das Geheimwort, mit dem ein Bote direkt zu Grigori und seinem Bruder Alexei geführt wird. Es lautet …«

Florentin sah mit Genugtuung, wie der junge Kerl gespannt die Augen aufriss. Gespielt zerknirscht schlug sie sich vor die Stirn. »Ach, ich darf es ja nicht sagen, es ist schließlich geheim.« Sie zuckte bedauernd die Schultern. »Nun, du wirst zuerst einmal deinen Rausch loswerden und dich wohl bis morgen gedulden müssen, bis Orlow dich empfängt.«

Ein ebenso ertappter wie furchtsamer Ausdruck huschte über das Gesicht des Botenjungen. »So lange? Aber ich … mein Vater …!« Dem jungen Kerl stand die Angst vor der Knute seines Erzeugers ins Gesicht geschrieben.

Florentin überlegt währenddessen fieberhaft, wer Katharina wohl aus Moskau Briefe zukommen ließ.

»Würdet … würdet Ihr mir vielleicht doch helfen? Ihr könnt mir das Geheimwort verraten, ich sage es bestimmt nicht weiter. Oder Ihr nehmt mich mit zu Orlow …«, setzte der Heranwachsende hoffnungsvoll an.

Florentin bekam beinahe Mitleid, aber sie durfte keine Schwäche zeigen. Daher schüttelte sie den Kopf. »Ich bedaure, das geht nicht. Ich riskiere bei meinem Freund Grigori Kopf und Kragen, wenn ich einem Fremden gegenüber das Passwort ausplaudern oder meine Vertrauensstellung anderweitig ausnutzen würde, indem ich einen angetrunkenen Boten anschleppe. Du wirst dir also irgendwo eine Schlafstelle suchen und deinem Vater morgen wohl oder übel den kleinen *Kwass*-Abstecher beichten müssen.« Beim Blick in sein entsetztes Gesicht wusste Florentin, dass sie den Jungen am Haken hatte. »Schade, dass du mir nicht vertraust. Ich hätte dir helfen können«, spielte sie ihren letzten Trumpf aus, ehe sie ihr Pferd wendete.

»Wartet!«, schrie der Bursche hinter ihr, und Florentin bemühte sich, das Feixen von ihrem Gesicht zu verbannen, ehe sie sich betont unwillig zu ihm umdrehte.

»Was denn noch?«

»Ich … vertraue Euch. Aber bitte sagt Orlow nicht, dass ich mich verspätet habe. Und wenn mein Vater davon erfährt …«

»Keine Sorge, meine Lippen sind versiegelt«, versicherte Florentin vergnügt.

Der Junge zog ein dickes, versiegeltes Pergament aus seinem Wams, das er ihr überreichte.

»Sieh zu, dass du nach Hause kommst. Und meide diesmal die Abzweigung zum Gasthaus«, riet Florentin, ehe sie ihrem Pferd die Sporen gab und davongaloppierte. Sie würde das Schreiben im Palast abliefern, oh ja. Aber vorher würde sie noch einen Blick hineinwerfen.

Sobald sie sicher sein konnte, unbeobachtet zu sein, zügelte Florentin ihr Reittier und sprang ab. Mit Hilfe von trockenem Moos, einem Feuerstein, den sie stets am Sattel trug, sowie der Stahlklinge des Dolches, den sie zur Verteidigung im Ernstfall mit sich führte, entfachte Florentin ein kleines Feuer, ehe sie den Brief hervorzog und behutsam das Siegel brach. Die Hitze der Flammen würde später die Bruchstelle des Wachssiegels so gut wie unsichtbar machen.

Rasch entfaltete Florentin das Schreiben und begann zu lesen. Nicht nur der Inhalt des Briefes ließ sie nach Luft ringen, sondern auch die Antwort auf ihre Frage, wer Katharina da schrieb: Es war Bestuschew, der ehemalige Kanzler der Kaiserin, der von ihr wegen Hochverrats in die Nähe von Moskau verbannt worden war. Dass die Großfürstin mit dem Mann korrespondierte, der einst die Fäden am Hof gezogen hatte und später bei der Kaiserin in Ungnade gefallen war, konnte nur eines bedeuten: Katharina wollte nach dem Tod der Kaiserin selbst den Zarenthron besteigen und hatte dafür bereits Verbündete gewonnen.

Florentin faltete das Schreiben sorgfältig zusammen und schmolz das Wachs über dem Feuer leicht an, bis nur noch ein haarfeiner, kaum sichtbarer Riss darauf hindeutete, dass das Siegel schon einmal gebrochen worden war.

Dann trat sie sorgfältig die Flammen aus, ehe sie sich in den Sattel schwang.

Ihre Entscheidung war gefallen: Nikolaus Iwanowitsch würde noch ein wenig warten müssen. Sie musste zuerst zur Kaiserin – und sie hatte keine Zeit zu verlieren.

*

»… dass ich es befürworten würde, verehrte Großfürstin, wenn Euer erstgeborener Sohn Paul Zar würde. Ihr sollt jedoch auch einen nicht unerheblichen Einfluss in der Regierung innehaben. Und meine Wenigkeit könnte dann wieder an den Hof kommen und Generalleutnant sowie Präsident einiger Ministerien werden.«

Elisabeth ließ das Schreiben sinken und starrte schweigend vor sich hin. Nur ihr schwerer Atem war zu hören, und Florentin, die sich mit Hilfe eines einfachen, hochgeschlossenen Kleides und etwas Lippenrot in »Viktoria« verwandelt hatte, betrachtete die Kaiserin verstohlen. Elisabeth war schon füllig gewesen, als Florentin zum ersten Mal an ihren Hof gekommen war, doch inzwischen war ihr Leib krankhaft aufgedunsen. Die fahlen Wangen hingen noch stärker als früher, und das fleischige Kinn verschmolz förmlich mit dem dicklichen Hals, um den ein funkelndes Collier gezwängt war wie ein zu enges Hundehalsband. Zwar versuchte die Kaiserin, die Zeichen des Alters mit Unmengen von Schminke und prächtigen Kleidern zu kaschieren, aber inzwischen konnte sie nicht mehr verbergen, wie sehr sie in die Jahre gekommen war. Ihr Dekolleté, das sie immer noch mit trotzigem Stolz in tiefausgeschnittenen Oberteilen zur Schau stellte, war welk und die Haut von tiefen Falten durchzogen. Nur in ihren Augen funkelte noch derselbe eiserne Wille wie früher.

»Es ist ungeheuerlich. Ich habe eine Natter an meinem Busen genährt«, murmelte Elisabeth. Sie sah hoch, und ihr Blick traf den von Florentin. »Woher hast du diesen Brief?«

»Ich war gerade im Park spazieren, Hoheit, da traf ich auf einen jungen Boten. Er war sichtlich angetrunken und lallte nur, dass er der ›höchsten Dame am Hof‹ eine Nachricht überbringen müsse. Die Palastwachen hätten ihn in seinem Zustand niemals passieren lassen. Daher habe ich ihn überredet, mir den Brief zu geben. Ich war natürlich der Überzeugung, dass er mit der Empfängerin Euch meinte«, flunkerte Florentin, die sich diese Lüge sorgfältig zurechtgelegt hatte.

»Hm, damit hast du wohlgetan«, brummte Elisabeth und nahm ihre vermeintliche Näherin in Augenschein. »Ich habe dich lange nicht mehr gesehen, Mädchen. Oder täusche ich mich?«, fragte sie unvermittelt.

Florentin erschrak. Sie hätte niemals gedacht, dass die Kaiserin sich für ihr Dienstpersonal interessierte, geschweige denn sich Gesichter merken konnte.

»Nein, Hoheit. Ich meine … Ich war tatsächlich eine Zeitlang … abwesend«, stotterte sie überrumpelt, während sie verzweifelt darüber nachdachte, welchen Grund sie anführen könnte. Im Zarenpalast hatte sie stets die Geschichte vom Waisenkind Viktoria erzählt. Daher konnte sie nun schlecht berichten, dass sie Mutter und Schwester nach dem Tod des Vaters zur Hand gegangen war.

Doch Elisabeth schien ihre eigenen Schlüsse zu ziehen, denn sie nickte und lächelte verkniffen. »Jaja, die Liebe«, seufzte sie und zupfte gedankenverloren die Spitze am Ausschnitt ihres blauen Kleides aus Atlasseide mit Goldstickerei zurecht. Offenbar ging sie davon aus, dass ihre Magd den Kaiserhof wegen eines Liebhabers verlassen hatte.

»Männer sind zuerst heiß und süß wie Tee. Doch man verbrennt sich dabei oft den Mund. Und der letzte Schluck ist stets schal und schmeckt bitter.«

Für die Verhältnisse der Kaiserin war der Vergleich ebenso poetisch wie überraschend.

Offenbar sah Elisabeth Florentin die Verblüffung an, denn sie lachte freudlos auf. »Nur weil ich Zarin bin, heißt das nicht, dass ich keine Gefühle habe, kleine Näherin«, sagte sie. »Sei's drum. Geh zurück in die Schneiderstube, und lass dir diese Erfahrung das nächste Mal eine Lehre sein!«

Froh, dem Habichtblick der älteren Frau entkommen zu sein, knickste Florentin tief, ehe sie sich rückwärtsgehend entfernte. Kurz bevor sie die Tür schloss, hörte sie die Kaiserin nach ihrer Zofe klingeln. Mit angehaltenem Atem blieb Florentin noch kurz vor der angelehnten Türe stehen und spähte durch den Spalt.

Eine hagere Frau um die fünfzig schlüpfte durch die Tür am anderen Ende des Gemachs. »Schick die Großfürstin zu mir!«, hörte Florentin die gebieterische Stimme der Kaiserin.

Behutsam drückte sie das Türblatt ins Schloss und schenkte den Wachen, die ein Stück weiter Spalier standen, ein strahlendes Lächeln, während sie an ihnen vorbeihuschte.

Florentin würde Katharina nicht davon abhalten können, ihre Pläne weiterzuverfolgen. Aber sie hatte dem Großfürsten etwas Zeit verschafft, sich gegen die Intrigen seiner Gemahlin zu wappnen und Vorkehrungen zu treffen. Sie beschloss, gleich morgen zurück nach Oranienbaum zu reiten, um Peter zu warnen.

Leichtfüßig lief Florentin aus dem Palast. Sie würde später in die Nähstube gehen. Zuvor musste sie jedoch Nikolaus Iwanowitsch sehen. Danach würde sie wissen, ob er endgültig zu ihrer Vergangenheit gehörte oder es eine Zukunft für sie beide geben würde.

*

Das Haus an der Newa zu finden, war nicht schwer. Florentin hatte nur zwei Mal fragen müssen, und man hatte ihr bereitwillig den Weg gewiesen. Nun stand sie vor einem hohen, schmalen Bürgerhaus, dessen Fenster direkt auf den Fluss zeigten, der jetzt im Hochsommer in einem breiten, glitzernden Strom dahinfloss.

Florentin schluckte. Plötzlich hatte sie Angst vor der Begegnung mit Nikolaus. Vielleicht war er ihr böse, weil sie ihm nur einen Brief hinterlassen hatte und ohne Abschied gegangen war? Was, wenn er sie mit harschen Worten und kühlem Blick abwies? Doch dann hörte sie in ihrer Erinnerung seine dunkle Stimme, mit der er sie »meine Liebste« genannt hatte. Nein, ihre Gefühle waren zu stark, um einfach unverrichteter Dinge wieder zu gehen. Doch was sollte sie nun machen – einfach klopfen und nach ihm fragen? Vielleicht kam sie gerade ungelegen.

Florentin beschloss, das Haus einmal zu umrunden und sich zu überlegen, ob sie ihm nicht lieber doch einen Brief schreiben sollte, dass sie wieder in Petersburg weilte. Und da, noch während sie grübelte, welche Anrede sie im Brief wählen könnte, sah sie ihn. Er stand mit dem Rücken zu ihr vor der Hausseite, die zum Fluss ging, und blickte sinnend auf das munter dahinfließende Wasser. Sein schwarzes Haar, das er immer noch zum Zopf gebunden trug, war etwas länger geworden, aber seine Schultern waren noch ebenso breit und sein Rücken so muskulös, wie Florentin sie in Erinnerung hatte.

Bei Nikolaus' Anblick fühlte sie ihr Herz so heftig pochen, dass die Schläge durch ihren ganzen Körper zu pulsieren schienen. Gerade wollte sie sich bemerkbar machen, da tauchte eine junge Frau auf und gesellte sich zu Nikolaus. Auf dem Arm trug sie ein Kind, dessen winzige Hände blind in der Luft herumfuchtelten und dessen Augen in seinem roten Gesichtchen fest zusammengekniffen waren. Es konnte höchstens zwei Monate alt sein.

Florentin erstarrte, als sei sie ohne Vorwarnung in die eiskalte Newa geworfen worden, und ihr Magen verwandelte sich in einen eisigen Klumpen, während gleichzeitig ihr Herz zunächst ein paar Schläge aussetzte und dann so hart zu trommeln begann, als wolle es gleich bersten. Nikolaus hatte nicht viel Zeit verloren und sich eine neue Frau gesucht.

Sie war schön, das konnte Florentin sogar aus der Entfernung erkennen. Ihre Figur war aufgrund der Schwangerschaft noch füllig, aber wohlgeformt, und sie war hochgewachsen. Ihr Haar schimmerte ebenso schwarz wie das von Nikolaus, und als sie den Kopf seitwärts wandte, sah Florentin ihr Profil mit hohen Wangenknochen und vollen Lippen. Sie und Nikolaus gaben ein schönes Paar ab.

Die Luft, die in Florentins Kehle steckte und weder hinein- noch hinauskonnte, begann zu brennen. Ein zweites Mal in ihrem Leben hatte ein Mann seine Wahl getroffen – und Florentin verschmäht. Nur hatte es damals bei Hans nicht annähernd so weh getan wie beim Anblick von Nikolaus und seiner Geliebten. Ihr ganzer Körper schmerzte, und in diesem Augenblick verstand Florentin auf einmal, warum manche aus Liebe sterben wollten. Ein solcher Kummer war wirklich kaum zu ertragen.

Sie spürte, dass sich ein heißes Rinnsal Tränen hinter ihren Augen zu sammeln begann. Sie machte auf dem Absatz kehrt und war bereits ein paar Schritte mehr getaumelt als gelaufen, da vernahm sie Nikolaus' erstaunten Ausruf. »Viktoria?«

Sie drehte sich nicht um, denn er sollte nicht sehen, wie kurz sie vor dem Weinen stand. Sie wollte nur noch fort. Doch schon hörte sie seine schnellen Schritte hinter sich, und sosehr sie sich beeilte, er holte sie doch ein und fasste sie am Arm.

»Viktoria!«, sagte er noch einmal.

Florentin biss die Zähne so hart zusammen, dass es schmerzte, aber sie schaffte es, den Kopf zu wenden und Nikolaus ins Gesicht zu sehen, ohne dass die Tränen überliefen.

Ein paar Augenblicke standen sie schweigend voreinander. Nikolaus hielt immer noch ihren Arm umfasst, aber es war eine sanfte Geste, die Florentin jedoch umso mehr schmerzte. Ihre Brust brannte, und sie atmete in kurzen, harten Stößen, um nicht doch noch die Beherrschung zu verlieren.

Nikolaus ließ sie nicht aus den Augen. »Ich habe vor mehr als einem Jahr deinen Brief erhalten, aber ich wusste wahrhaftig nicht, was ich tun sollte. Du hattest mir nicht einmal gesagt, wohin du gehst.«

»Diese Angelegenheit duldete keinen Aufschub«, murmelte Florentin erstickt. »Nun bin ich zurück und … und habe einen Spaziergang gemacht.«

Nikolaus setzte sein spöttisches Lächeln auf, das Florentin auf quälende Weise vertraut war. »Ah, und dieser *Spaziergang* hat dich rein zufällig an meinem Haus vorbeigeführt?«

Florentin reckte trotzig das Kinn. »Ganz recht. Und wie ich sehe, bist du wohlauf.«

»Oh ja. Ich bin sehr glücklich über den Familienzuwachs«, sagte Nikolaus lächelnd.

Florentins Traurigkeit verwandelte sich in heißen Zorn. Ahnte er nicht, wie sehr er sie mit diesen Worten verletzte? Sie konnte noch keine vier Monate aus Sankt Petersburg fort gewesen sein, als er sich schon eine andere gesucht hatte.

»Meine Schwägerin hat zwei Jahre sehnlich darauf gewartet, ein Kind zu bekommen. Sie und mein jüngerer Bruder konnten es daher gar nicht erwarten, mir endlich meinen kleinen Neffen zu präsentieren«, fuhr Nikolaus fort.

In ihrer Wut und Trauer dauerte es geraume Zeit, bis die Worte zu Florentin durchdrangen. »Deine … Schwägerin und dein Bruder?«, wiederholte sie verständnislos und überrumpelt. »Seit wann hast du einen Bruder?«

»Oh, seit ein paar Jahren schon. Ich habe ihn damals auf dem *Sytni Rynok* gekauft.« Nikolaus spielte auf den großen Markt an, wo es Lebensmittel und Waren für den täglichen Gebrauch gab. Er bemühte sich um eine ernste Miene, aber das Funkeln in seinen samtbraunen Augen war nicht zu übersehen.

Florentin wusste nicht, ob sie lachen oder nicht doch lieber weglaufen sollte. Es musste für ihn offensichtlich sein, dass sie aus Eifersucht und gekränktem Stolz vor ihm hatte fliehen wollen. Florentin schwankte zwischen Erleichterung und Zorn, weil er sie so in die Irre geführt und sie dadurch ihre Gefühle für ihn preisgegeben hatte.

»Ich bin fast vergangen vor Kummer«, sagte Nikolaus in diesem Augenblick leise und umfasste zärtlich ihr Kinn. »Der

Gedanke, dich womöglich nie wiederzusehen, hat mich fast wahnsinnig werden lassen. Einzig dein Satz, du kämest zurück, hat mich davor bewahrt.«

Florentins Wut verwehte bei seinen Worten wie Rauch im Wind, und alles in ihr wurde ganz weich und warm. Ein strahlendes Lächeln machte sich auf ihrem Gesicht breit. »Dann hast du tatsächlich auf mich gewartet.«

Nikolaus zuckte die Schultern. »Was blieb mir denn anderes übrig? Du hast ja mein Herz mitgenommen!«

»Das habe ich gebraucht. Denn meins ist bei dir in Russland geblieben«, erwiderte sie leise.

Heftig zog Nikolaus sie an sich, und endlich, nach so langer Zeit, fühlte sie seine Lippen wieder auf den ihrigen. Die Zeit schien stillzustehen, bis sie sich endlich voneinander lösten.

Florentin versuchte, wieder zu Atem zu kommen. »Du bist deinem kleinen Neffen ein schönes Vorbild! Küsst mitten auf der Straße eine ehrbare Frau!«

Nikolaus lachte. »Dann wird es Zeit, dass die ›ehrbare Frau‹ mit hineinkommt und meine Familie kennenlernt.«

Florentin zuckte zusammen. Darauf war sie nicht vorbereitet gewesen. Ein mulmiges Gefühl machte sich in ihrem Magen breit. Es reichte schon, dass sie Nikolaus immer noch einen Teil ihres Lebens vorenthielt, indem sie einen falschen Namen benutzte, und ihm stets ausgewichen war, wenn er nach dem Grund ihres Aufenthaltes in Russland gefragt hatte. Die vielen kleinen Lügen nun jedoch seiner ganzen Sippe gegenüber aufrechterhalten zu müssen, schreckte sie.

»Meine lieben Eltern sind leider schon beide tot. Es sind nur mein Bruder Iwan, seine Gemahlin und ich da. Ach ja, und der kleine Iwan Nikolaus Pjotr Iwanowitsch.«

»Ein andermal, Nikolaus. Heute bin ich noch viel zu überwältigt von unserem Wiedersehen. Deine Familie soll kein deutsches Nervenbündel zu Gesicht bekommen. Aber bald werde ich sie alle kennenlernen, das verspreche ich dir«, versicherte Florentin ihm, als sie den Anflug von Enttäuschung in seinem Gesicht sah.

Nikolaus ergriff ihre Hände und seufzte. »Einverstanden. Aber du schwörst mir, dass du nicht einfach wieder fortgehst und nichts als ein paar mit Tinte geschriebene Zeilen hinterlässt!«

»Ich schwöre es.« Feierlich hob Florentin die Hand.

Nikolaus küsste sie noch einmal leidenschaftlich, ehe er sich abwandte und mit einem letzten Winken im Haus verschwand.

Mit einem Gefühl, als würde sie schweben und gleichzeitig die staubige Straße sich unter ihren Füßen auf und ab bewegen, machte Florentin sich auf den Rückweg zum Palast. Doch erneut mied sie die Nähstube. Stattdessen schlich sie sich in den Marstall und holte heimlich ihr Pferd. Obwohl es bereits später Nachmittag war, machte sie sich unverzüglich auf, um Oranienburg noch vor der Dämmerung zu erreichen. Sie musste den Großfürsten vor den Plänen seiner machthungrigen Gemahlin warnen. Je weniger Zeit Peter verlor, Katharinas Machenschaften zu durchkreuzen, desto besser.

Kapitel 26

Sommer und Herbst 1761,
zwischen Oranienbaum
und Sankt Petersburg

»Die Großfürstin ist in Ungnade gefallen!« In Peters schriller Stimme schwang Triumph. An seinem Hals hing die Woronzowa und bedeckte sein Gesicht mit stürmischen Küssen, während der Großfürst die Neuigkeit strahlend verkündete.

Vor drei Tagen hatte Florentin durch Peters ehemaligen Erzieher Professor von Staehlin die Warnung vor Katharinas falschem Spiel übermitteln lassen.

Der Großfürst strahlte. »Meine Tante, die Kaiserin, hat mich gestern zu sich rufen lassen, um mir zu versichern, dass ich im Falle ihres Ablebens ihr rechtmäßiger Nachfolger bleiben werde. Sie ist sehr zornig über Katharinas heimliche Korrespondenz mit Bestuschew.«

»Es freut mich, das zu hören. Seid jedoch weiterhin auf der Hut, ich bitte Euch«, antwortete Florentin. Sie war erleichtert, andererseits kannte sie die Wankelmütigkeit der Kaiserin. Eine deplazierte oder respektlose Bemerkung ihres Neffen, die ihr zu Ohren kam – und schon konnte sich ihr Entschluss, ihn zum Zaren zu bestimmen, wieder ändern.

Zudem würde Katharina sicher alles tun, um die zornige Kaiserin zu besänftigen und wieder für sich einzunehmen.

Florentin vermutete, dass der einzige Grund, warum die Großfürstin sich im Augenblick so zahm verhielt, die fortschreitende Schwangerschaft mit ihrem dritten Kind war, von der im Kaiserpalast niemand erfahren durfte – am wenigsten die Zarin. Denn sie – ebenso wie jeder andere im Palast – würde wissen, dass der Großfürst auf keinen Fall der Vater sein konnte.

Falls Peter etwas zu Ohren gekommen war, ließ er sich nichts anmerken. Er hatte sich Florentins Bericht von der verräterischen Korrespondenz der Großfürstin mit Bestuschew schweigend und ohne nennenswerte Reaktion angehört, und die junge Frau in der Uniform eines Holstein-Soldaten hatte schon überlegt, ob Peter überhaupt begriffen hatte, was vorgefallen war.

Weder der Professor noch der Großfürst hatten gefragt, woher Florentin von dem Schreiben wusste, das ja eine unbedeutende Näherin namens »Viktoria« der Kaiserin übergeben hatte. Dabei hatte Florentin sich bereits eine passende Ausrede überlegt gehabt. Sie hätte einfach behauptet, einen der kaiserlichen Domestiken in einer Schenke belauscht zu haben, als sie einmal zufällig nahe Sankt Petersburg weilte.

Doch Peter hatte sich überhaupt nicht für Florentins Bericht interessiert, so schien es ihr jedenfalls. Jetzt jedoch, da er vom Unmut seiner Tante gegen seine verhasste Gattin erfahren hatte, wehrte Peter seine dralle Mätresse ab und ergriff mit beiden Händen Florentins Rechte, die er überschwenglich schüttelte. »Hab Dank, treuer Soldat! Du hast wahrhaftig Holsteinblut in den Adern. Und eine aufmerksame Geliebte. Es ist die Kleine aus der kaiserlichen Nähstube, habe ich recht?«

Florentin zuckte zusammen. Wie dumm sie gewesen war, nicht daran zu denken, dass die Kaiserin ihrem Neffen natürlich erzählen würde, wer ihr die Depesche überbracht hatte.

Wie gut, dass Peter Florentin nicht gefragt hatte, weil sie sich sonst nur in Widersprüche verwickelt hätte.

Peter sah die Bestürzung seines vermeintlichen Soldaten und boxte Florentin lachend gegen die Schulter. »Deine Liebste hat meiner Tante erst den Brief gebracht und dir anschließend alles erzählt, nicht wahr? Daher wusstest du schon vor ein paar Tagen davon!«

Unwillkürlich musste Florentin lächeln. Der Großfürst hielt »Viktoria« tatsächlich für Florentins Auserwählte – ahnungslos, dass es sich bei den beiden um ein und dieselbe Person handelte.

Der Großfürst wertete ihre Miene als Zustimmung. »Also habe ich recht«, stellte er befriedigt fest.

»Wie klug du bist, mein Herzstück«, gurrte darauf die Woronzowa.

»Ach, *Bubliki*, dazu gehört nur ein wenig Menschenkenntnis«, winkte Peter bescheiden ab, aber der Stolz stand ihm ins pockennarbige Gesicht geschrieben.

Florentin hütete sich, ihn eines Besseren zu belehren. Im Gegenteil – dadurch würde sie nun weit weniger Schwierigkeiten haben. Ihr zweites Ich »Viktoria« war ein wunderbarer Vorwand, um künftig ihre tagelange Abwesenheit von Oranienburg zu begründen. Nur vor Katharina würde sie sich in Acht nehmen müssen.

»Weiß die Großfürstin, wie Bestuschews Schreiben in die Hände der Kaiserin gekommen ist?«, fragte Florentin vorsichtig.

»Aber nein! Meine Tante genießt es, Katharina zappeln zu lassen wie einen Fisch im Netz. Sie ergötzt sich daran, wie wütend es diese kleine deutsche Prinzessin macht, dass sie nicht weiß, wer sie verraten hat. Aber die Kaiserin wird es ihr nicht sagen. Und weißt du, warum?«

Florentin schüttelte stumm den Kopf.

Peter stemmte seine langen, dünnen Arme in die Seiten und warf lachend den Kopf zurück. »Weil es ein Zufall war, dass dein Liebchen den Brief des Boten in die Hände bekam! Meine Tante will es aber lieber wie einen klugen Schachzug ihrerseits aussehen lassen.«

Florentin verstand. »Ihr meint, die Kaiserin gibt Katharina damit zu verstehen, dass ihr nichts verborgen bleibt, was an ihrem Hof geschieht.«

»Genau!«, schrie Peter vergnügt und klatschte in die Hände. »Du bist aber auch nicht dumm, Florentin von Rosenberg!«

»Ich werde das Geheimnis natürlich bewahren. Bis ins Grab«, versprach diese mit einer Verbeugung und legte verschwörerisch den Zeigefinger auf die Lippen.

Peter tat es ihr gleich und kicherte wie ein Kind. »Nun sind wir Verschworene«, erklärte er feierlich. Dann fasste er die Woronzowa um die Taille und wirbelte sie herum. »Komm, *Bubliki*, das müssen wir feiern«, rief er und zog seine Mätresse zur Tür hinaus.

Florentin sah ihm nach und versuchte ihre innere Unruhe zu unterdrücken. Für Peter war die Welt wieder in Ordnung. Doch ihr Gefühl sagte Florentin, dass dies genauso gut die Ruhe vor dem Sturm sein konnte.

*

Zurück in Sankt Petersburg, wurde sie endlich in der Nähstube vorstellig. Die dicke Wanja war in den eineinhalb Jahren, die Florentin fort gewesen war, noch ein bisschen breiter geworden, aber ihrer Gutmütigkeit hatte das keinen Abbruch getan. Florentin hatte beschlossen, die Vermutung der Kaiserin, sie sei mit einem Mann durchgebrannt, als Grund für ihre Abwesenheit heranzuziehen. Wanja musterte sie und schnalzte voll Mitgefühl mit der Zunge.

»Männer! Ein völlig nutzloses Geschlecht«, polterte sie.

»Aber ihr Geschlecht ist nicht nutzlos«, gab Irina zur Antwort, und die Näherinnen begannen zu kreischen und zu kichern.

»Das reicht. Zurück an die Arbeit. Alle. Das gilt auch für dich, Viktoria«, rief Wanja streng, aber ihr schwerer Busen bebte vor unterdrücktem Lachen.

Widerspruchslos griff Florentin nach den Bändern, die die Ältere ihr hinlegte, um sie an ein neues, prunkvolles Kleid der Kaiserin zu nähen.

»Was macht eigentlich die Großfürstin?«, fragte sie unschuldig, während sie sich den Anschein gab, ganz in ihre Näharbeit vertieft zu sein.

Die blasse Anna, die immer noch dünn wie ein Faden war, hob den Kopf. »Oh, sie ist seit Tagen schlechter Stimmung. Anscheinend ist die Kaiserin nicht gut auf sie zu sprechen, aber den Grund weiß niemand. Seitdem vergräbt sich die Großfürstin jedenfalls in ihren Gemächern, und Wanja hat gehört, dass Elisabeth sie einmal als ›Schlangenbrut‹ bezeichnete.«

Florentin hatte Mühe, sich ihre Befriedigung nicht anmerken zu lassen.

»Ach, die Kaiserin fühlt sich seit Monaten sowieso von allem und jedem verfolgt«, warf Irina ein. »Aus lauter Angst vor einer Verschwörung schläft sie nachts fast nicht mehr, nur noch am Tage. Stets in verschiedenen Gemächern, wobei sie mindestens vier Soldaten bewachen müssen.«

Anna nickte. »Seit sie zu schwach ist, um auf eine Wallfahrt zu gehen, betet sie oft nächtelang ihre Ikonen an.«

»Besser als Männer – so wie früher«, spottete Irina.

»Schluss jetzt! Die Kaiserin verschafft uns Arbeit und gibt uns zu essen, das solltet ihr nicht vergessen«, beendete Wanja den Tratsch.

»Fragt sich nur, wie lange noch«, hörte Florentin eine der Schneiderinnen murmeln.

Widerwillig besannen die Frauen sich wieder auf ihre Beschäftigung, und Florentin tat es ihnen gleich und griff zu Nadel und Garn. Doch sie konnte nicht verhindern, dass erneut Hoffnung in ihr aufkeimte. Sie wünschte der Kaiserin keinesfalls den Tod, aber wenn sie zu krank und schwach war, um zu regieren, würde sie vielleicht doch bald abdanken müssen. Mit Peter als ihrem Nachfolger würde das Ende des Krieges gegen Preußen in greifbare Nähe rücken.

Florentin hatte seit ihrer Ankunft keine Post von Fredersdorf erhalten, doch in Peters Garde kursierten viele Gerüchte und Wahrheiten über den Krieg. Immer noch war Schlesien zentraler Kriegsschauplatz, und Friedrich hatte gegen die anrückenden Truppen der Österreicher und Russen in der Nähe von Bunzelwitz Position bezogen. Jedoch stand das preußische Heer mit etwa fünfzigtausend Mann gegen mehr als doppelt so viele Soldaten des verbündeten Gegners. Wenigstens konnte der König das Lager den ganzen Sommer lang gegen seine Gegner verteidigen, da diese mit Versorgungsschwierigkeiten zu kämpfen hatten.

Schließlich zogen die Russen zermürbt ab. Aber auch die Preußen mussten wegen der ständigen Knappheit von Lebensmitteln kapitulieren und den Rückzug antreten, sodass die strategisch wichtige Festung Schweidnitz samt Oberschlesien in die Hände der Österreicher fiel.

Immerhin gelang es Friedrich, sich in Vorpommern mit seiner Armee gegen die Schweden zu behaupten. Er hatte Glück, denn aus verschiedenen Gründen war keiner seiner Feinde in diesem Kriegsjahr zu einem entscheidenden Schlag fähig. Dennoch war die Lage Preußens weiterhin kritisch.

Doch ungeachtet der politischen Anspannung war es einer der schönsten Sommer in Florentins Leben. Ihre Liebe blühte mit der Natur um die Wette. In den letzten Weißen Nächten, in denen die Sonne noch beinahe bis Mitternacht die prächtige Allee, genannt Große Perspektivstraße, am linken Newa-Ufer von Sankt Petersburg in helles Licht tauchte, schlief sie kaum, dennoch fühlte sie sich so lebendig wie nie zuvor. Nikolaus begehrte sie, behandelte sie jedoch stets ebenbürtig, etwas, das Florentin noch nie erlebt hatte. Im Gegensatz zu Hans wollte er nicht, dass sie nach seinen Wünschen handelte oder ihm zuliebe ihr Leben änderte. Wenn sie zusammen durch die milden, stillen Abende ritten und er dabei ihre Hand ergriff oder sie zärtlich umfasste, während er ihr galant vom Pferd half, hätte Florentin nicht glücklicher sein können.

Sie fochten spielerische Duelle, und zum ersten Mal ließ Florentin sich von einem Mann besiegen, nicht nur mit dem Degen. Denn immer, wenn sie einander küssten, durchflutete sie eine derart heftige Aufwallung von Leidenschaft, dass sie sich beinahe fürchtete.

Wenige Wochen später, an einem milden Abend Anfang September, lud Nikolaus sie in sein Haus an der Newa ein. Der wuchtige Holztisch im Salon war nur für zwei Personen gedeckt, denn Nikolaus' Bruder war mit seiner kleinen Familie vor ein paar Tagen wieder abgereist. Ein Kandelaber stand in der Mitte, und seine Kerzen warfen einen milden Schein, der die Kelche funkeln und das Silberbesteck matt schimmern ließ.

Eine dicke, ältere Hauswirtschafterin mit einem runden, freundlichen Gesicht brachte eine Platte mit köstlich aussehenden Speisen, von denen Florentin allerdings nicht wusste, um was es sich handelte.

»Danke, Roska, das ist alles für heute«, sagte Nikolaus ruhig.

Die ältere Frau lächelte Florentin zu, ehe sie sich mit einem angedeuteten Knicks zurückzog. Kurz darauf hörte Florentin die Haustür ins Schloss fallen.

Sie war mit Nikolaus alleine.

Wortlos sahen sie einander an, und Florentin hatte das Gefühl, in Nikolaus' Blick zu ertrinken. Ihr Herz schlug so heftig, dass sie meinte, man müsse es im ganzen Zimmer dröhnen hören.

Nikolaus hob den Arm und strich ihr eine widerspenstige Locke aus der Stirn. Seine Berührung durchfuhr sie vom Kopf bis zu den Zehenspitzen.

»Du bist so schön«, flüsterte er rau, ehe er sie unvermittelt an sich zog und küsste.

Florentin schlang ihre Arme um seinen Hals, und seine Hände strichen über ihren Rücken. Sie fühlte, wie seine Finger kleine, fordernde Kuhlen von den Schulterblättern abwärts gruben, und sie durchlief ein Schauer.

Langsam und ohne Hast löste Nikolaus die einzelnen Knöpfe am Rückenteil ihres Kleides, während Florentin nichts gegen das Beben tun konnte, das sie ergriff, als sie seine Fingerspitzen auf ihrer nackten Haut fühlte. Es war nicht die Angst, die ihren Atem stoßweise gehen ließ, sondern eine heftige, alles vergessen machende Lust nach diesem Mann, der ihren Körper zum Klingen brachte wie ein erstmals von einem Könner gespieltes Instrument.

*

Nikolaus war beim letzten Knopf angekommen und zog die Teile ihres Kleides zur Seite. Genießerisch fuhr er mit beiden Händen über die zarte, fast durchscheinend blasse Haut ihres Rückens und musste sich eingestehen, dass er noch nie im Leben eine Frau so begehrt hatte wie diese junge Deutsche. An ihrem Körper war nichts Weiches, Rundes, wie bei anderen Frauen. Sie war schmal und biegsam, ihre Taille war straff, und Nikolaus konnte die Muskeln an ihrem Rücken spüren, als sein Griff, mit dem er sie umfasst hielt, fester wurde.

Er zog sie so dicht an sich, dass Florentin das Gefühl haben musste, sie würde mit ihm verschmelzen. Als er erneut seine Lippen auf ihre presste, drängte sie sich an ihn. Er lachte leise, als sie seine Reaktion darauf spürte, doch sie wich nicht aus, sondern schmiegte ihre Hüften umso enger an die seinen. In einer einzigen, fließenden Bewegung zog Nikolaus ihr das aufgeknöpfte Kleid von den Schultern und genoss es, den heißen Lufthauch an seinem Hals zu fühlen, als sie heftig den Atem ausstieß.

Eng umschlungen sanken sie auf den dicken, weichen Teppich, der einen Teil des Salons bedeckte. Im milden Licht der orangebläulichen Kerzenflammen spielten Licht und Schatten auf Nikolaus' Gesicht, als er sich über Florentin beugte, um sie erneut zu küssen.

Sie legte ihre Hände um seinen Nacken, um ihn zu sich hinunterzuziehen, während sie mit der Zunge den salzigen Schweiß von seiner Oberlippe leckte. Nikolaus unterbrach ihren Kuss kurz, um sich das Hemd über den Kopf zu streifen. Dann stemmte er sich über sie, und Florentin sah das Spiel seiner Brustmuskeln und der kräftigen Arme, mit denen er sich neben ihrem Kopf abstützte. Ihre Haare waren wie eine dunkle Flut auf dem Teppich ausgebreitet, und noch nie war sie ihm begehrenswerter erschienen. Langsam beugte er sich hinunter, und seine Lippen strichen erst über ihren Hals und dann tiefer zu ihren Brüsten.

*

Florentins Denken setzte aus. Erst als sie in blindem Verlangen nach Nikolaus' Gürtel tastete und er sanft, aber bestimmt ihre Hand festhielt, kam sie wieder zu sich.

»Tu das lieber nicht«, raunte er und rollte zur Seite, wobei er etwas Abstand zwischen sich und Florentin brachte, »sonst ist es gleich mit meiner Beherrschung und deiner Jungfräulichkeit vorbei!«

Erst jetzt wurde Florentin bewusst, wie sie wohl aussehen mochte, halbnackt auf dem Teppich im Haus eines angesehenen Mannes.

Was, wenn jemand sie so fand?

Hastig und mit brennenden Wangen setzte sie sich auf und zog ihr Kleid hoch.

Nikolaus half ihr, die Knöpfe zu schließen.

Florentin konnte ihm nicht in die Augen sehen. Plötzlich schämte sie sich ihrer Hemmungslosigkeit. Was würde Nikolaus von ihr denken?

Als könne er ihre Gedanken lesen, strich er Florentin eine verschwitzte Haarsträhne hinters Ohr. »Wir müssen nichts überstürzen«, versicherte er ihr zärtlich. »Ich heirate dich nämlich sowieso!« Sein Ton war scherzhaft, doch seine Augen sagten, dass er es ernst meinte.

»Nikolaus …«, fing sie an, aber er legte ihr den Finger auf die Lippen und schüttelte leicht den Kopf.

»Lass uns essen. Roska wäre sehr gekränkt, wenn wir ihre Küchenkunst nicht zu würdigen wüssten.«

Also setzten sie sich an den Tisch und griffen zu.

Florentin hatte nicht gewusst, wie hungrig sie war. Den Rest des Abends verbrachten sie lachend und plaudernd, und erst als Nikolaus sie vor die Palasttore gebracht hatte, küsste er sie erneut, diesmal aber sanft und zärtlich.

»Ich liebe dich«, sagte er, ehe er sich rasch umwandte und sein Schatten kurz darauf mit der Nacht verschmolz.

Florentin hingegen lag noch lange wach, weil die Größe ihrer Gefühle für Nikolaus ihr den Schlaf stahl. Doch mit der Morgendämmerung kroch auch die Angst heran und streute mit klammen, dürren Händen ihre Saat in Florentins Herz. Was, wenn der Krieg weiterging und immer schlimmere Verluste auf beiden Seiten mit sich brachte? Würde dann nicht auch Nikolaus im Namen der Kaiserin auf das Schlachtfeld ziehen müssen? Und selbst wenn nicht: Irgendwann würde Florentin ihrem Liebsten doch verraten müssen, warum sie in Wirklichkeit in seine Heimat gekommen war.

Bisher hatte Nikolaus nicht viele Fragen gestellt, da er ihre Zurückhaltung spürte, sobald er nach ihrer Familie fragte. Immer noch war er der Meinung, ihr Name sei »Viktoria«, und je länger sie ihn in diesem Glauben ließ, desto schwerer wurde es, ihm die Wahrheit zu erzählen.

Kapitel 27

November 1761 bis Frühjahr 1762,
Sankt Petersburg

Als Petersburg von den ersten kalten Boten des Winters heimgesucht wurde, ging es der Kaiserin zunehmend schlechter. Der Atem in ihren Lungen klang rasselnd, wie ein schlecht geschmiertes Mahlwerk, und das Aufstehen fiel ihr zusehends schwerer. Sie schlief kaum noch, sondern nickte immer nur für kurze Zeit im Bett sitzend und von vielen Kissen gestützt ein.

Die Ärzte versuchten mit allen möglichen Mitteln, ihr Linderung zu verschaffen, doch vergeblich. Sie begann, Blut zu spucken und dazwischen wie eine Ertrinkende nach Luft zu schnappen.

Großfürstin Katharina wich nicht von der Seite Elisabeths. Sie wachte bei der Kranken, wischte ihr das Blut aus dem Gesicht und verzog keine Miene, wenn die Kaiserin dicke Klumpen gelblichen Schleims über ihr Nachtgewand oder die Bettdecke spie. Florentin musste wider Willen das Durchhaltevermögen der Großfürstin bewundern, auch wenn sie ahnte, dass Katharina diesen Samariterdienst nur verrichtete, weil sie hoffte, Elisabeth würde sie doch noch zu ihrer Nachfolgerin bestimmen.

Doch die Kaiserin war bereits jenseits ihrer Kräfte, um noch Entscheidungen treffen zu können. Ihr Geist war verwirrt, und sie stammelte nur noch sinnlose Worte. Jeder im Palast wusste inzwischen, dass es mit ihr zu Ende ging.

Drei Tage vor dem Weihnachtsabend reiste endlich auch Peter aus Oranienbaum an.

Florentin hielt sich wohlweislich in der Nähstube versteckt, um ihm nicht über den Weg zu laufen. Einmal konnte sie sich gerade noch in die Stoffkammer retten, als Elisabeth Woronzowa die Schneiderei betrat.

Zum Glück hatte die pummelige Mätresse Peters keinen Blick für die Näherinnen. »Ich habe gehört, die Kaiserin lässt mehrere tausend Kleider zurück. Der Großfürst hat mir versprochen, ich könne mir einige davon aussuchen«, hörte Florentin ihre quengelnde Stimme durch die dünne Holztür dringen, welche die Nähstube von der engen, mit Taft, Samt und Seide vollgestopften Kammer trennte.

Sie konnte nicht sehen, wie die dicke Wanja sich vor der Woronzowa aufbaute und kämpferisch die Hände in die Seiten stemmte, aber ihre energische Antwort drang bis zu Florentin. »Mag sein. Aber noch lebt die Kaiserin, und solange gehören die Kleider ihr. Gehabt Euch wohl.« Damit drängte sie Peters Geliebte zur Tür.

Sprachlos vor Wut rauschte die Woronzowa ab, und Wanja schnaubte empört, während Florentin den Kopf aus der engen Kemenate steckte. »Elende Leichenfledderer. Keiner besser als der andere. Die Großfürstin spielt die Mildtätige, dabei will sie genauso wie Peter nur die Zarenkrone für sich haben!«

»Wenn sie weiterhin Tag und Nacht bei der Kaiserin wacht, schafft sie es vielleicht sogar«, prophezeite Irina.

Doch dazu sollte es nicht mehr kommen. Am Weihnachtstag wurden die Flügeltüren zum kaiserlichen Gemach aufgestoßen, und der Leibarzt Elisabeths verkündete laut den Tod der Herrscherin.

Florentin, die das Weihnachtsfest mit Nikolaus beging, erfuhr erst am nächsten Tag von ihrem Ableben. Die anderen Näherinnen waren sofort nach der Todesnachricht in den großen Empfangssaal geeilt, um mit den anderen Domestiken Peter III., dem neuen Kaiser Russlands, die Ehre zu erweisen.

»Du hättest das Gesicht der Großfürstin sehen sollen«, gluckste Irina, als sie Florentin davon erzählte. »Sie hielt das Haupt wohlweislich gesenkt, aber wer genau hinsah, konnte erkennen, dass sie eine Miene zog, als habe sie verdorbenen Fisch gegessen.«

Das glaubte Florentin sofort. Für Katharina musste der Tod Elisabeths eine Katastrophe sein. Vor allem, da die Herrscherin verstorben war, ohne die Entscheidung rückgängig gemacht zu haben, ihren Neffen als Kaiser von Russland auf den Thron zu setzen.

Dem schadenfrohen Geflüster der Schneiderinnen konnte Florentin entnehmen, dass diese keinerlei Mitleid mit Katharina hatten. Dennoch mischte sich in Florentins Erleichterung auch Furcht. Würde die ehrgeizige Großfürstin wirklich kampflos die Aussicht auf die Krone aufgeben? Im Augenblick hielt sie wohlweislich still, denn ihre Schwangerschaft schritt voran, und Katharina konnte ihren schwellenden Leib in der Öffentlichkeit nur durch den glücklichen Umstand verbergen, dass gerade ein kalter Winter herrschte und jeder sich in dicke Kleidungsschichten hüllte. Doch eine Kammerzofe hatte getratscht, dass es nicht mehr lange dauern konnte, bis das Kind von Katharina und Grigori Orlow zur Welt kam. »Im Frühjahr gibt es einen kleinen Bastard im Palast!«, hatte die Frau Wanja anvertraut, als die dicke Näherin ein Kleid für die Großfürstin weiter machen musste.

Florentin befürchtete, Katharina würde die Zeit, in der ihr Bauch wuchs, dennoch nutzen, um mit den Orlows finstere Pläne zu schmieden. Sie durfte daher keine Zeit verlieren.

Einmal mehr schrieb Florentin über ihre Mittelsmänner eine geheime Botschaft an Fredersdorf, den treuen Kämmerer Friedrichs. Es war vier Tage nach Elisabeths Tod, und während die Großfürstin, eingehüllt in schwarzen Pelz, vor dem Sarg der aufgebahrten Zarin stoisch Totenwache hielt, bereitete Peter den endgültigen Umzug in den Zarenpalast nach Petersburg vor.

Das neue Jahr war nur wenige Wochen alt, da erreichte den jüngst ernannten Kaiser die Nachricht, dass der Preußenkönig ihm den *Hohen Orden vom Schwarzen Adler* verlieh, eine Auszeichnung, die den Träger in den Ritterstand erhob. Geschmeichelt von der Geste des von ihm glühend verehrten Königs, setzte Peter unverzüglich die Vorbereitungen in Gang, den Krieg mit Preußen zu beenden.

Anfang Mai 1762 schloss Russland mit dem *Frieden von Sankt Petersburg* einen Bündnisvertrag mit Preußen. Peter stellte dem *Sire* sogar ein tausend Mann umfassendes Hilfskorps zur Verfügung. Kurz darauf sah sich Österreich gezwungen, mit Preußen den *Frieden von Hubertusburg* zu unterzeichnen, der den »Status quo ante« festschrieb, womit die Verhältnisse so blieben, wie sie vor dem Krieg gewesen waren. Da Schweden kurz vor dem Bankrott stand und Russland unter Peter zudem drohte, an der Seite Preußens in den politischen Konflikt einzutreten, entschied sich zuletzt auch der schwedische Senat für einen Friedensvertrag. Nach sieben Jahren blutiger Kämpfe und entsetzlicher Verluste auf beiden Seiten war der Krieg endlich vorbei. Doch alle Länder würden noch lange den Preis dafür zahlen müssen. Tausende Familien waren zerstört, Väter, Söhne und damit viele männliche Erben tot, und Preußen war die letzten Jahre schon in Armut versunken. Dennoch war dieser späte Friede allemal besser als weitere Monate, die die Länder mit sinnlosen Scharmützeln verbrachten.

»Wir alle danken Gott, dass er dem holsteinischen Großfürsten Peter das Schicksal zugedacht hat, als neuer Kaiser Russlands die Kämpfe beizulegen«, schrieb Fredersdorf an Florentin. »Und ich danke dir für den klugen Schachzug, dem König die Ordensvergabe vorzuschlagen. Damit wurden die Friedensverhandlungen mit Sicherheit rascher vorangetrieben und unser Land vor der völligen Niederlage bewahrt.«

Florentin verbrannte das geheime Schreiben mit einem Gefühl grenzenloser Erleichterung. Nun würde ihre Liebe zu Nikolaus nicht mehr von einem blutigen Krieg überschattet werden, in dem ihr Volk gegen seines kämpfte. Endlich konnte sie ihre Verbindung voll und ganz genießen, denn nun würde der König ihre Dienste als Spionin nicht mehr brauchen.

Die größte Überraschung für Florentin war allerdings Zar Peter. Er, der sich als Großfürst oft inkonsequent und geradezu bizarr verhalten hatte, zeigte sich in seiner neuen Rolle als Kaiser gerecht und geduldig. Alle höheren Staatsbeamten durften ihre Ämter behalten. Er schaffte die Folter ab und verzieh seinen Feinden, mochten sie sich gegen ihn auch noch so unwürdig benommen haben. Florentin begann zu hoffen, dass sich ihre Befürchtungen als nichtig erwiesen und Peter ein langes, zufriedenes Leben als Herrscher in Russland gewährt sein würde.

Doch schon im April zeigte sich Katharina wieder in der Öffentlichkeit. Gerüchten zufolge hatte sie ihr drittes Kind in aller Heimlichkeit zur Welt gebracht und es gleich nach der Geburt fortgegeben. Sowie die ersten grünen Blattspitzen an den kahlen Bäumen erschienen, drängte auch die Großfürstin vermehrt aus ihrem Gemach und an die Seite ihres widerstrebenden Gemahls, der ihre Gegenwart allerdings nur dem öffentlichen Schein zuliebe duldete.

Der Woronzowa passte das gar nicht. Die Mätresse sah sich bereits als künftige Gattin Peters und schoss mit spitzen Sätzen gegen die Zarengemahlin, wann immer sich Gelegenheit dazu bot. Leider waren ihre Bemerkungen wenig geistreich, und mochte der neue Zar auch nach und nach die Zuneigung der Bevölkerung gewinnen – die Auftritte der plumpen, dümmlichen Woronzowa lösten stets Befremden und Spott aus. Und Katharina verstand es, durch bezeichnende Blicke und wohlgezielte Kommentare die Lächerlichkeit der kaiserlichen Mätresse auf grausame Art und Weise zur Schau zu stellen.

Bei einem Bankett anlässlich des Geburtstags der Großfürstin Anfang Mai bestand Peters Geliebte darauf, am Fest teilzunehmen.

Florentin war aus purer Neugierde ebenfalls gekommen. In ihrem kostbaren Kleid sowie dem kunstvoll aufgesteckten Haar fiel sie als Frau unter den mehr als fünfhundert adligen Gästen gar nicht auf. Von den Näherinnen war keine anwesend, und nach Kaiserin Elisabeths Tod war fast die ganze Entourage der Bediensteten ausgewechselt worden, sodass für Florentin keine Gefahr bestand, erkannt zu werden. Und Nikolaus lag mit einer heftigen Verkühlung danieder, die er sich bei einem frühmorgendlichen Ausritt geholt hatte.

Trotz ihrer Verkleidung hielt Florentin sich wohlweislich im Hintergrund. Von dort aus beobachtete sie mit Sorge, wie die Woronzowa einen Becher Wein nach dem anderen leerte, während sie finstere Blicke in Katharinas Richtung warf. Zu ihrer Schmach saß die Großfürstin an Peters Seite, während sie selbst mit einem Platz in der Mitte der Tafel vorliebnehmen musste. Schmollend stopfte die Woronzowa wahllos von dem Gebratenen und Gesottenen in sich hinein, ohne auf die höflichen Gesprächsversuche ihres Tischnachbarn einzugehen.

Am Kopfende, dort wo Katharina saß, ging es dagegen lustig zu. Die Großfürstin hatte einige Minister und Adelsdamen in ein munteres Gespräch verwickelt, das sich darum drehte, ob Tiere wohl in der Lage wären, zu denken. Anlass dazu hatte eine feingekleidete Dame gegeben, die ihr wolliges Hündchen, einen russischen Bolonka Zwetna, mitgebracht hatte, den sie beständig mit Häppchen von der Tafel verwöhnte.

»Ich schwöre, dieses Tierchen weiß, dass es adlig ist«, rief die schmuckbehangene Dame lachend. Ihr seidenes Kleid saß so eng, dass man befürchten musste, jederzeit würde eine Naht reißen, wenn sie auch nur einen Bissen mehr zu sich nähme. Sie wandte sich direkt an Katharina. »Geht mein Diener mit ihm nach draußen, dreht mein Hündchen jedes Mal hochmütig den Kopf weg, sobald es eines Straßenköters ansichtig wird! Selbst zum Bellen ist es sich zu schade!«

Gelächter und Scherze flogen hin und her, bis sich Peter an seine Gemahlin wandte. »Und Ihr, Katharina? Glaubt Ihr, dass Tiere zum Denken fähig sind? Vielleicht sogar ebenso gut wie Ihr selbst?« Peters pockennarbiges Gesicht war vom Alkohol gerötet, und in seiner Stimme schwang ein gehässiger Ton.

Katharina drehte langsam den Kopf und maß ihren Gatten mit einem langen Blick. »Selbstverständlich glaube ich das«, sagte sie mit träger Stimme. »Wie sonst ist es zu erklären, dass eine Kuh vom Land denkt, sie wäre die künftige Gattin des Zaren von Russland?«

Ein paar Augenblicke lang blieb es vollkommen still an der Tafel, dann kicherte die Edeldame, die eben noch von ihrem Hund erzählt hatte, schrill, und einige Gäste fielen in das Gelächter ein.

Das Gesicht der Woronzowa war dunkelrot angelaufen, während Peter mit gerunzelter Stirn dasaß und offenbar noch über Katharinas Worte nachdachte. Schließlich hob er mit einer hastigen Geste seinen Kristallkelch. »Lasst uns trinken. Auf die kaiserliche Familie!«, rief er laut.

Alle erhoben sich.

Bis auf Katharina.

Peter blickte sie auffordernd an, doch sie schenkte ihm nur ein zuckersüßes Lächeln und blieb weiterhin sitzen.

»Ich würde es begrüßen, wenn Sie sich erheben würden, Teuerste, damit wir trinken können«, sagte Peter, und der Groll in seiner Stimme war nicht zu überhören.

»Ich dachte, wir trinken auf die kaiserliche Familie. Schließlich gehöre ich dazu, warum also soll ich aufstehen?«, gab Katharina zurück.

Nun war es mit der Beherrschung des Zaren vorbei. Er setzte seinen Kristallkelch so heftig auf dem Tisch auf, dass der Stiel abbrach und der rote Wein über das kostbare Tischtuch spritzte wie Blut.

Einige Damen schrien vor Schreck leise auf.

»Du dumme Gans!«, brüllte Peter seine Gemahlin an.

Dann verstummte er.

Im Saal herrschte Totenstille, nur Peters heftiger Atem war zu hören.

Keiner rührte sich, keiner sagte etwas. Alle saßen sprachlos und erstarrt auf ihren Stühlen.

Florentin, die hinter einer Säule verborgen stand, schloss resigniert die Augen. Der Zar hatte soeben einen furchtbaren Fehler begangen. Die öffentliche Beschimpfung seiner Gattin war unverzeihlich.

Da wandte sich Katharina an ihren Tischnachbarn zur Linken. »Erzählt doch weiter, verehrter Minister«, sagte sie mit ruhiger Stimme. »Ihr habt vorhin von Eurem Jagdausflug im Herbst berichtet. Wir waren stehengeblieben, als Ihr einen Schwarzbären erblicktet.«

Der Angesprochene schluckte, dann aber nahm er sich zusammen. »Nun, wie gesagt, Hoheit, ich stand am Waldrand, und mit einem Male kommt dieser riesige, schwarzbraune Kerl zwischen den Bäumen hervor …«

Peter setzte sich wieder hin, und alle Gäste atmeten auf. Langsam kehrten sie zu ihren Gesprächen zurück, und als Peter zusammen mit seiner Mätresse kurz darauf die Tafel verließ, schien niemand Notiz davon zu nehmen. Doch Florentin bemerkte sehr wohl das kleine, triumphierende Lächeln, das in Katharinas Mundwinkeln nistete, und ein schwerer Stein schien in ihrem Magen zu liegen.

Sie verließ ebenfalls den Winterpalast und schlich ungesehen zu ihrer einfachen Dienstbotenkammer. Doch sie hatte auf dem ganzen Weg das Gefühl, als hätte sich ein dunkler, zäher Schatten an ihre Fersen geheftet. Sosehr sie sich auch umblickte, sie war allein, und doch wurde sie den Gedanken nicht los, etwas könnte schon bald aus der Schwärze hervorspringen und sie mit spitzen Klauen anfallen. Es war die Vorahnung einer Gefahr, die sich bald schon bewahrheiten sollte – nicht nur für den Zaren und seine Mätresse, sondern auch für dessen Getreuen, Florentin von Rosenberg.

Kapitel 28

Sommer 1762,
Sankt Petersburg

»Diese vulgäre Schlampe Woronzowa braucht eine Lektion!« Grigori Orlow durchmaß mit langen Schritten Katharinas Gemach und schlug aufgebracht mit der Reitpeitsche gegen seinen rechten Stiefel. Er sah Katharina an, den kantigen Kiefer zusammengepresst, und seine blauen Augen funkelten aufgebracht.

Die Großfürstin, die sich auf einer mit gelbem Chintzstoff bezogenen Chaiselongue räkelte, beobachtete ihren Liebhaber schweigend.

Wieder einmal war sie von Grigoris unbändiger Art fasziniert, die er nur mühsam im Zaum zu halten schien. Er kam ihr vor wie ein wildes Tier, das niemand zähmen konnte, nicht einmal sie selbst. Vor allem im Bett war der Russe unersättlich, und bei dem Gedanken an die vergangene Nacht durchlief sie ein wohliger Schauer.

»Wie willst du das anstellen? Mein Gemahl mag ein Dummkopf und ein Schwächling sein, aber seine Mätresse wird er nicht aufgeben.«

»Um sie zu schützen, hat er dich öffentlich beleidigt! Willst du dir etwa weiterhin seine und ihre Unverschämtheiten gefallen lassen? Eine stolze, starke Frau wie du?«

Katharina senkte den Blick, doch Grigori hob ihr Kinn sanft mit dem Griff seiner Reitgerte, sodass sie ihn ansehen musste. »Willst du das, Katharina?«, wiederholte er leise, und sein durchdringender Blick machte es ihr unmöglich, auszuweichen.

»Nein. Das will ich nicht.«

»Na also. Dann wirst du mir erlauben, mich der Sache anzunehmen, nicht wahr?«

Seine Augen bezwangen jeden Widerspruch, der sich in ihr regen wollte, daher nickte sie nur.

»Gut«, sagte Grigori. Spielerisch strich er mit dem Peitschenende an ihrem Hals entlang hinunter zu der Stelle, an der das Mieder ihres Kleides begann. Katharina erbebte. Langsam und genüsslich ließ ihr Liebhaber das raue Leder über ihre weiche Haut gleiten, und unwillkürlich seufzte sie und öffnete ein wenig ihre Schenkel.

Darauf hatte Grigori nur gewartet. Er warf die Gerte beiseite und beugte sich über Katharina. Mit festem Griff packte er ihr Oberteil und zerriss mit einem einzigen, harten Ruck den Stoff. Sie stöhnte auf. Und als er seine Lippen auf ihre presste und seine Hände ihre nackten Brüste umfassten, wusste sie, dass sie diesem Mann verfallen war. Daher würde sie ihm stets seinen Willen lassen – egal, was er von ihr verlangte.

*

»*Mademoiselle*, es ist Zeit, dass wir uns einmal unterhalten.«

Elisabeth Woronzowa zuckte zusammen. Sie hatte niemanden hereinkommen hören, doch als sie sich nun umdrehte, standen plötzlich Grigori und Alexei Orlow in dem prächtigen Gemach des Palastes.

Die Woronzowa hatte sich soeben einige Kleider der verstorbenen Kaiserin bringen lassen. Peter hatte es ihr bewilligt, und sie wollte die schönsten und kostbarsten für sich aussuchen. Im Geiste sah sie sich in einer der prächtigen Roben an Peters Arm den Kirchgang hinabschreiten, der endlich das Ehegelöbnis einlösen wollte, das er ihr schon so lange versprochen hatte.

Um Katharina machte sich die Mätresse keine Gedanken. Sie war sich sicher, der frischgekrönte Kaiser würde nicht lange zögern und seine ungeliebte Gemahlin sowieso bald in ein Kloster verbannen. Ärgerlich über die Unterbrechung ihrer kühnen Träume blickte die Woronzowa die Gebrüder Orlow an.

»Der Zar hat es erlaubt«, sagte sie trotzig und legte ihre pummelige Hand besitzergreifend auf die teuren Stoffe.

»Ach, was interessieren mich Kleider und Tand«, sagte Grigori wegwerfend und entblößte seine makellosen Zähne zu einem wölfischen Lächeln.

Alexei verzog keine Miene, doch die brandrote, scharfgezackte Narbe, die sich von seinem Mundwinkel bis zum Haaransatz zog, war furchterregend genug.

Der Woronzowa wurde es unheimlich, und sie wich zurück. »Was wollt Ihr?«

»Oh, nur ein wenig plaudern«, sagte Grigori leichthin.

Er schlenderte durch das Gemach, berührte hier eine kostbare Silberdose, die einst der Kaiserin gehört hatte, und strich dort über die glatte Seide eines Gewands. Schließlich blieb er vor einer zierlichen Kommode stehen. Deren eingefasster Spiegel konnte mit Hilfe von zwei beweglichen Streben an der Seite nach vorne und hinten gekippt werden.

Die Woronzowa beobachtete ihn unbehaglich. Am liebsten wäre sie aus dem Raum gelaufen, doch Alexei blockierte mit seiner kräftigen Gestalt die Tür.

Grigori richtete den Spiegel so, dass er hineinblickte, gleichzeitig aber Peters Mätresse hinter seinem Rücken im Blick hatte. »Wer hat der alten Zarin damals eigentlich den Brief von Bestuschew gegeben?«, fragte er beiläufig, ohne sich umzudrehen. Doch seine blauen Augen im Spiegelglas blickten starr und unerbittlich.

Die Woronzowa brauchte geraume Zeit, bis sie die Frage verstand. Das Ganze war schon lange her, doch offenbar waren die Orlow-Brüder im Auftrag der Großfürstin hier, um sie auszuhorchen. Peters Geliebte konnte sich noch gut an dessen Triumph erinnern, nachdem seine Tante ihm erzählt hatte, auf welche Weise das Schreiben des ehemaligen Kanzlers an die Großfürstin in ihre Hände gekommen war. Sie hatten damals die ganze Nacht getrunken und sich hemmungslos geliebt. Warum sollte sie ihr kostbares Wissen diesen russischen Raubeinen auf die Nase binden? Die Orlows hielten sie wohl für eine dumme, einfältige Gans. Dabei war Grigori nicht besser als sie, dachte Elisabeth, denn seine Stellung am Hof hatte er sich auf dieselbe Art und Weise gesichert wie Peters Mätresse: indem er seinen Körper dort einsetzte, wo Ansehen und Einfluss lockten. Nur mit dem Unterschied, dass *sie* Peter liebte. Grigori aber, dieser schöne, grausame Offizier, liebte nicht Katharina, sondern die Macht, das spürte sogar eine wie die Woronzowa, die selbst wusste, dass sie nicht gerade mit Geistesgaben gesegnet war.

Trotzig warf sie daher den Kopf in den Nacken und blickte Orlow an. »Wenn die Großfürstin neugierig ist, soll sie Hoheit doch selbst fragen«, gab sie schnippisch zurück.

Grigori holte aus, und gleich darauf barst der Spiegel in tausend Scherben.

Die Woronzowa schrie auf.

Orlow hatte so schnell zugeschlagen, dass er sich nicht einmal die Fingerknöchel am splitternden Spiegelglas verletzt hatte. Geschmeidig wie ein Raubtier schnellte er vor, und seine Hand umklammerte den Arm der Mätresse. Unerbittlich zog Grigori sie vor den zerstörten Spiegel, und die Woronzowa sah ihr bleiches Gesicht dutzendfach in den Scherben gespiegelt, die noch im Rahmen steckten.

»Wer?«, wiederholte er, und die dickliche junge Frau brach in Tränen aus. Auf einmal hatte sie schreckliche Angst, Orlow würde ihr Gesicht in die scharfen Glaszacken drücken, wenn sie ihm nicht die gewünschte Antwort gab.

»Eine der Näherinnen der Kaiserin«, schluchzte sie daher. »Ihren Namen kenne ich nicht, aber sie ist eine Deutsche – und die Geliebte eines der Soldaten aus Peters Holstein-Garde.«

»Name?«

»Ich weiß es nicht! Das sagte ich doch bereits!«, heulte die Woronzowa.

Orlows Stimme klang trügerisch sanft, sein Griff um Elisabeths Arm aber wurde fester. »Dummchen. Ich will den Namen des Soldaten!«

Peters Mätresse sog schluchzend den Atem ein. »F-Florentin von … R-Rosenberg.«

»Sieh an, es geht doch«, sagte Grigori und warf seinem Bruder Alexei einen zufriedenen Blick zu, während er den Arm der Woronzowa losließ. »Alexei, wir brechen noch heute nach Oranienbaum auf! Und die kleine Näherin nehmen wir mit. Sie wird uns höchstpersönlich zu ihrem Geliebten führen.«

Zitternd flüchtete die Woronzowa in eine Ecke des Gemachs.

»Es war mir ein Vergnügen, *Mademoiselle*«, sagte Katharinas Geliebter mit einer spöttischen Verbeugung und ging zur Tür. Er hatte bereits die Hand am Knauf, da drehte er sich noch einmal um. »Ach, und ich wäre Euch sehr verbunden, wenn Ihr künftig jegliche Bemerkungen bezüglich unserer verehrten Katharina unterlassen würdet.« Mit einer eleganten Bewegung hob er eine große, gezackte Scherbe auf. »Es könnte Euch sonst in Schwierigkeiten bringen.«

Er setzte die Scherbe an der Wand an, die mit einem blauweißen Stoff bezogen war, und fuhr beinahe zärtlich daran entlang. Mit einem hässlichen Geräusch riss der Stoff der Länge nach auf. Achtlos ließ Grigori das Glas fallen, und die beiden Brüder gingen hinaus.

Noch lange nachdem die Tür hinter ihnen zugefallen war, kauerte die Woronzowa in der Ecke. Sie konnte ihren Blick nicht von der Wandbespannung wenden, die wie eine klaffende Wunde wirkte. Sie hatte Orlows Warnung verstanden und wagte nicht, sich vorzustellen, was denjenigen drohte, die sich allzu offen gegen Katharina stellten.

*

»Der Zar hat seine Gemahlin nach Monplaisir in den Pavillon von Peterhof geschickt, damit sie dort den Rest des Sommers verbringt.«

»Er selbst weilt mit seiner Mätresse in Oranienbaum und will seine Gattin nicht sehen.«

»Es ist nur eine Frage der Zeit, bis er Katharina endgültig in ein Kloster abschiebt, darauf wette ich.«

Die Schneiderinnen tuschelten und kicherten.

Wanja drängte sich zwischen sie. »Und was dann, Irina? Seine Mätresse kann er nicht heiraten, das erlaubt ihr Stand nicht. Peter würde sich nur zum Narren machen.«

»Er wird aber genauso wenig dulden, dass seine Gemahlin ihm vor den Augen des Palastes weiterhin mit Orlow Hörner aufsetzt. Was, wenn sie noch ein Kind von ihm bekommt?«

Wanja schnaubte unwillig. »Nun ist aber Schluss mit dem Getratsche, Mädchen! Irina, du säumst das Wams hier. Anna, diese Bänder müssen gebügelt werden. Und du, Viktoria, geh in die Kleiderkammer und such nach dem silbernen Seidenkleid unserer verstorbenen Herrscherin. Der Zar hat befohlen, dass die Woronzowa es bekommen soll.«

Seufzend fügte sich Florentin. Sie mochte das enge, vollgestopfte Kabinett nicht. Aberhunderte Kleider, Capes und pelzgefütterte Stolen hingen darin, und stets lag ein Hauch von altem Schweiß und dem Fell toter Tiere in der abgestandenen Luft. Doch sie wagte nicht, Wanja zu widersprechen. Eine weitaus größere Strafe wäre es, wenn sie zierliche Bänder annähen oder ein Kleid säumen müsste.

Florentin hatte sich soeben bei angelehnter Tür, damit wenigstens ein Hauch Luft hereinkam, zwischen den schweren Stoffen auf die Suche nach dem Gewünschten gemacht, da hörte sie, wie an die Tür der Nähstube gehämmert wurde. Gleich darauf fragte eine barsche Männerstimme: »Welche von euch ist die Deutsche?«

Florentin zuckte zusammen und spähte durch den Türspalt. Zu ihrem Schrecken erkannte sie Grigori Orlow.

In diesem Augenblick schob sich Wanjas füllige Gestalt vor den schmalen Türschlitz. »Die ist nicht da«, hörte Florentin sie mit Bestimmtheit sagen.

»Dann holt sie her!«, forderte Orlow.

»Oh, das wird nicht möglich sein«, antwortete Wanja. Wie zufällig lehnte sie ihr breites Hinterteil gegen den Eingang der Kleiderkammer, sodass die Tür sich lautlos schloss. Nun drangen die Stimmen zwar gedämpft, aber immer noch gut verständlich an Florentins Ohr. »Das Mädchen ist zu einem Familienbesuch aufgebrochen. Ein unerwarteter Krankheitsfall zwang sie dazu, wie ich hörte. Sie wird erst in drei bis vier Tagen zurückkehren.«

Orlow zischte einen Fluch. »Von wegen Familienbesuch! Zufällig weiß ich, dass sie Waise ist. Sie muss also bei ihrem Geliebten sein!« Florentin erschrak. Also wussten Katharina und die Orlows von Viktorias angeblichem Liebhaber. Doch von wem?

»Davon ist mir nichts bekannt«, erklang in diesem Moment Wanjas durchdringendes Organ.

Einige Zeit war es still, dann begann Orlow erneut zu sprechen. »Wer sagt mir, dass du die Wahrheit sprichst?«

Florentin schluckte und drückte ihr Ohr eng an die hölzerne Türe. Eine dumpfe Furcht kroch in ihr hoch. Nicht nur um ihretwillen, sondern auch um Wanjas willen. Orlow war für seine Gnadenlosigkeit bekannt, und sie traute ihm durchaus zu, dass er nicht davor zurückschreckte, Menschen körperlich einzuschüchtern, auch wenn es sich um Frauen handelte.

Doch sie – und wahrscheinlich auch Grigori – hatten die dicke Näherin unterschätzt. Mit dem Mut einer Bärenmutter ging sie Orlow an. »Ich mag eine einfache Frau sein, aber der Blitz soll mich treffen, wenn ich je zuvor gelogen hätte!«

»Ist ja schon gut«, hörte Florentin ihn sagen. Beinahe hätte sie trotz der eisigen Klammer der Furcht, die um ihr Herz lag, gelacht, denn Orlows Stimme klang nicht mehr so selbstsicher wie zuvor. »Ich erwarte, dass man mir Bescheid gibt, sobald die junge Deutsche wieder hier auftaucht, verstanden?«

»Ja, Herr«, brummte Wanja.

»Ich weiß, ihr Näherinnen seid dem Zaren treu ergeben. Aber hütet euch. Der Wind kann sich schneller drehen, als ihr eure Nasen danach zu richten vermögt«, sagte Orlow. Gleich darauf knallten seine Stiefelabsätze auf dem Holzboden. Knarrend schwang die Tür auf und fiel kurze Zeit später krachend ins Schloss.

Lange Zeit herrschte vollkommene Stille. Mit angehaltenem Atem stand Florentin in undurchdringlicher Schwärze. Nach einer gefühlten Ewigkeit wurde die Klinke lautlos her untergedrückt. Zur Vorsicht verbarg Florentin sich rasch zwischen zwei Pelzcapes und einer Robe aus Taft.

Doch es war nur Wanja, die den Kopf hereinstreckte. »Du kannst herauskommen. Er ist weg«, flüsterte sie.

Florentin schlüpfte aus der Kammer und sah in die bleichen, erschrockenen Gesichter von Anna und Irina. »Ich danke euch. Von ganzem Herzen«, sagte Florentin.

Wanja nickte grimmig. »Diese Orlow-Brüder hat der Satan erschaffen«, murmelte sie. »Aber warum suchen sie ausgerechnet dich?«

Florentin blieb nun nichts anderes übrig, als von dem Brief zu erzählen, den sie dem reitenden Boten bei ihrer Rückkehr nach Russland abgeschwatzt hatte. »Er war für die Großfürstin bestimmt, ich gab ihn jedoch Kaiserin Elisabeth. Es war ein Missverständnis, für das ich nun teuer bezahlen muss«, beendete sie ihren Bericht. Sie hatte wohlweislich verschwiegen, dass ihr der Inhalt des Briefes sehr wohl bekannt gewesen war, da sie vorher heimlich das Siegel gebrochen und ihn gelesen hatte. »Ich danke dir, dass du für mich geschwindelt hast, Wanja.«

»Nun, ich habe nur gesagt, der Blitz solle mich treffen, wenn ich *vorher* je gelogen hätte. Würde Orlow besser zuhören, wäre ihm das vielleicht aufgefallen.«

Unwillkürlich mussten Florentin und die anderen Näherinnen lächeln, doch sogleich wurde Wanja wieder ernst. »Du musst weg von hier«, bestimmte sie. »Wenn du den Orlows in die Hände fällst, kann dir niemand mehr helfen.«

»Ich will mir gar nicht ausmalen, was sie mit dir anstellen werden«, jammerte nun auch die dünne Anna und rang die Hände.

Florentin sah das grausam-schöne Gesicht Grigori Orlows vor sich, der einen Kopf größer war als sie und nur aus Muskeln und Sehnen zu bestehen schien. Ihren Degen hatte sie bei Nikolaus gelassen, und körperlich war sie dem Russen hoffnungslos unterlegen. Florentin musste unwillkürlich an ihre Schwester Terese denken. Würde Grigori Orlow eine Frau, die in seinen Augen zur Verräterin geworden war, strafen, indem er ihr Gewalt antat? Nein, dachte Florentin, denn Grigori war der Liebhaber der Großfürstin. Wahrscheinlich aber würde er das Opfer seinem Bruder Alexei überlassen.

Ein eisiger Schauer der Angst durchlief sie, und sie wandte sich an Wanja. »Du hast recht. Ich kann dir nur nochmals danken, dass du mich nicht verraten hast. Dir und euch allen.«

»Ach was«, knurrte die füllige Frau, »sieh zu, dass du von hier verschwindest. Und komm nicht zurück, hörst du?«

Sie senkte hastig den Blick, doch Florentin hatte sehr wohl gesehen, dass ihr Tränen in den Augen standen. In einer Aufwallung von Zuneigung umarmte sie Wanja, ehe sie sich an die anderen Näherinnen wandte. »Ich werde euch nicht vergessen«, versprach sie.

Anna nickte und drückte Florentin stumm beide Hände, während Irina einen Schürzenzipfel vor ihren Mund presste, um ein Schluchzen zu unterdrücken.

Wanja machte dem Ganzen ein Ende, indem sie Florentin energisch zur Tür drängte. »Wir werden nicht fragen, wohin du gehst. Je weniger wir wissen, desto besser. Versteck dich auf dem Schnürboden, bis es dunkel ist. Dann verlass unverzüglich den Palast und am besten auch Sankt Petersburg. Möge Gott dich beschützen.«

Das Letzte, was Florentin sah, ehe sie den Gang entlanghuschte, war Wanjas rundes Gesicht im Türspalt. In den dunklen Augen der älteren Frau standen Sorge und Zuneigung, und Florentin wurde das Herz schwer. Auch wenn sie das Nähen und Sticken nach wie vor hasste, waren ihr die Frauen doch ans Herz gewachsen.

*

Erst nachdem die Sonne untergegangen war und der ganze Winterpalast sich zum Schlafen niedergelegt hatte, wagte sich Florentin aus ihrem Versteck. Obwohl sie wusste, dass sie sich unter Umständen in Gefahr begab, schlich sie noch einmal in ihre Kammer, um ihre wenigen Habseligkeiten zu packen. Dort hatte jemand ihre Sachen durchwühlt. Der oder diejenigen waren sehr vorsichtig zu Werke gegangen, doch Florentin merkte es an ihrem Kleiderstapel auf dem einfachen Holzregal, der etwas nach rechts verschoben worden war. Auch das einzige Buch, das sie besaß, eine Sammlung französischer Gedichte, lag anders auf den Dielen, als sie es letzte Nacht hingelegt hatte.

Florentin verlor keine Zeit. Das Buch ließ sie liegen, und auch ihren beiden Kleidern schenkte sie keine Beachtung. Sie wollte nur die holsteinische Uniform mitnehmen, die sie unter einem losen Dielenbrett verborgen hatte. Florentin bückte sich und tastete in der Dunkelheit unter ihrer schmalen Liegestatt nach der lockeren Holzbohle. Sie atmete auf, als sie den groben Uniformstoff zwischen ihren Fingern spürte. Dort hatten die Eindringlinge also nicht nachgesehen.

Rasch wechselte sie die Kleidung, und wenig später eilte ein junger Soldat über den nachtschwarzen Schlosshof. Dann tauchte er zwischen die Hecken des Parks ein und war gleich darauf verschwunden.

*

»Sag einmal, Kerl, bist du verrückt, mitten in der Nacht vor meinem Haus ...« Nikolaus verstummte und kniff die Augen zusammen. »Viktoria?« Erstaunt und belustigt musterte er die junge Frau, die in der Uniform von Peters Holstein-Heer vor ihm stand. »Im ersten Augenblick dachte ich tatsächlich, es wäre ein Soldat«, sagte er kopfschüttelnd und fuhr Florentin mit dem Zeigefinger über die Wange. »Ist das etwa Ruß in deinem Gesicht?«

Florentin nickte. »Ich hatte nichts anderes, um auf die Schnelle einen Bart vorzutäuschen!«

Nikolaus lächelte, doch dann sah er den gehetzten Blick der jungen Frau und die zwei roten Flecken, die auf ihren Wangen brannten. Ihr Atem flog, als hätte sie den ganzen Weg zu seinem Haus im Laufschritt zurückgelegt.

Schlagartig wurde seine Miene ernst: »Was ist geschehen?«

»Du musst mir helfen, Nikolaus«, keuchte Florentin und drängte sich an ihm vorbei ins Innere. »Die Orlows suchen nach mir. Bitte frag jetzt nicht, warum«, warf sie ein, weil sie sah, dass er den Mund öffnete. »Es geht um eine lange zurückliegende Angelegenheit der verstorbenen Kaiserin, weshalb die Großfürstin und ihr Liebhaber mir grollen. Ich muss nur eines wissen: Wirst du mir helfen?«

»Aber natürlich, Liebste. Nun komm erst einmal wieder zu Atem. Ich mache dir einen starken Tee, und dann erzählst du mir alles.«

Nikolaus legte der aufgelösten Florentin den Arm um die Schultern und geleitete sie sanft in den Salon. »Keine Angst, Roska ist nicht da, wir sind ungestört«, versicherte er ihr und drückte sie in ein weiches Fauteuil. Dann trat er zwei Schritte zurück und musterte sie. »Ich hatte dir ja schon bei unserem Kennenlernen gesagt, wie reizend du in Männerkleidung aussiehst. Aber woher hast du diese holsteinische Uniform?«

Florentin schluckte. Orlow und seine Schergen suchten bereits fieberhaft nach der Näherin Viktoria. Daher war sie in ihre Rolle als Mann geschlüpft, um zu Nikolaus' Haus zu gelangen, in der Hoffnung, die Orlow-Brüder würden zunächst auf Peters Landsitz Oranienbaum nach dem Holstein-Soldaten »Florentin von Rosenberg« suchen. Zu ihrer grenzenlosen Erleichterung war sie unbehelligt zu Nikolaus' Haus gelangt. Nun aber war sie in der Zwickmühle, und es blieb ihr nichts anderes übrig, als Nikolaus endlich die Wahrheit zu erzählen.

»Ich bin … ich war Mitglied in Peters Holstein-Heer.«

Nikolaus starrte sie verblüfft an. »Du?«

Florentin nickte. »Er hielt mich jedoch für einen jungen Mann.«

»Aber … warum hast du das getan – und dich als Soldat verkleidet?«

Florentin konnte ihm nicht in die Augen sehen. »Wie sonst hätte ich in Russland als Frau reiten und fechten können?«

Nikolaus schwieg einen Augenblick, dann lachte er schallend. »Jedem anderen hätte ich es nicht geglaubt. Dir schon!«

Florentin atmete auf. Da fuhr Nikolaus fort. »Doch das ist nicht der einzige Grund, habe ich recht? Nicht einmal du würdest die Gefahren dieser Maskerade und den stetigen Wechsel zwischen Oranienbaum und Sankt Petersburg auf dich nehmen, wenn es nur darum gegangen wäre, ab und an das Florett zu schwingen oder über die Felder zu galoppieren.«

Florentin liebte ihn für seinen scharfen Verstand, doch gerade wünschte sie sich, Nikolaus wäre etwas weniger hellsichtig. Weil er jedoch auf eine Antwort wartete, blieb ihr nichts anderes übrig, als ihm die ganze Wahrheit zu erzählen.

Sie richtete sich auf und ergriff seine Hand. »Ich bin im Dienst des Preußenkönigs nach Russland gegangen, Nikolaus.«

Sie hörte, wie er scharf den Atem einzog, und fuhr hastig fort: »Anfangs tat ich es nur für mein Land, ja. Aber schon bald sind mir die Menschen hier ans Herz gewachsen. Ganz besonders du.«

Nikolaus blieb stumm. Nur an der Art, wie er sein Kinn heftig mit Daumen und Zeigefinger seiner linken Hand rieb, erkannte Florentin seine Anspannung.

»Du musst mir glauben, Nikolaus! Ich habe dem Vertrauten und Berater des Preußenkönigs immer wieder Briefe geschickt, in denen ich gebeten habe, an den *Sire* zu appellierten, die Kämpfe einzustellen. Sein Kämmerer Fredersdorf war auf meiner Seite, doch leider zeigte der König sich unbelehrbar.«

Nikolaus musterte Florentin von oben bis unten und entzog ihr seine Hand. »Du bist also eine Spionin.«

»Ich war es.«

Nikolaus schüttelte fassungslos den Kopf. »Ich kann es nicht glauben!«

Florentin trat einen Schritt auf ihn zu. »Ich wollte nur, dass der Krieg aufhört – genau wie du!«

Nikolaus lachte bitter auf. »Und wie wolltest du Einfluss auf den Krieg nehmen, Viktoria? Das Einzige, was du tun konntest, war doch, geheime Kriegspläne der Kaiserin auszuspionieren und diese an Preußen zu verraten!«

Florentin senkte den Kopf. »Das habe ich tatsächlich getan. Doch nicht viel später habe ich versucht, zwischen dem Großfürsten und dem König zu vermitteln. Ich habe Peter im Namen des *Sire* kleine Aufmerksamkeiten zukommen lassen. Zum Dank verfasste der Großfürst mehrere Briefe an Friedrich, was gleich nach dem Machtwechsel dazu beigetragen hat, dass Russland und Preußen rasch Frieden schlossen.«

Nikolaus fuhr sich müde durch das Gesicht. Es war spät geworden, und der Tee war inzwischen so schwarz und kalt wie die Nacht vor den Fenstern.

»Ich würde dir deine guten Absichten gerne glauben, Viktoria. Aber ich muss darüber nachdenken. Morgen früh reden wir weiter.«

Florentin nickte mit einem Gefühl, als zöge ein schwerer Mühlstein an ihrem Herzen. Wie gelähmt blieb sie sitzen und sah Nikolaus nach. An der Tür drehte er sich noch einmal um. »Warum bist du nicht gleich abgereist, als der Krieg vorüber war?«

»Deinetwegen. Weil ich … weil ich dich liebe«, sagte Florentin leise. Das hatte sie noch zu keinem Menschen gesagt, und sie hoffte, dass es nun nicht zu spät war.

Nikolaus nickte mit undurchdringlicher Miene.

Lautlos fiel die Tür hinter ihm ins Schloss.

Florentin ließ den Kopf auf die Knie sinken. Sie musste an ihre Mutter denken. »Du bist nichts weiter als ein Wechselbalg – weder Mann noch Frau! So wirst du niemals jemanden finden, der dich liebt!«, hatte die Freifrau ihr vorgeworfen. Damals hatte Florentin den Worten keine Bedeutung beigemessen, doch nun fragte sie sich, ob ihre Doppelrolle ihr inzwischen zum Verhängnis geworden war. Hatte sie sich damit vielleicht um ein Leben gebracht, das sie sich insgeheim längst wünschte – nämlich das als Frau an Nikolaus' Seite?

Über all den schweren Gedanken döste Florentin schließlich erschöpft ein. Schon halb im Traum, bemerkte sie, wie Nikolaus noch einmal hereinkam und behutsam eine Decke über sie breitete. Anschließend verließ er leise das Zimmer.

*

Der Duft von frisch geröstetem Brot und heißem dunklen Kaffee weckten Florentin am nächsten Morgen. Schlaftrunken setzte sie sich auf und sah Nikolaus, der soeben ein zierliches Tablett mit dem Frühstück auf einem Tischchen abstellte.

»Guten Morgen«, sagte er, doch seine Miene war undurchdringlich.

Ein eiskalter Klumpen schien in Florentins Magen zu liegen. Ob Nikolaus ihr böse war? Wollte er sie gar nach dem Frühstück fortschicken?

Sie schluckte und griff mit zitternden Fingern nach der gefüllten Kaffeetasse, die Nikolaus ihr reichte.

Er musterte sie prüfend. »Ich habe mich etwas umgehört«, sagte er. »Die Orlows suchen in ganz Petersburg nach einer jungen Deutschen namens Viktoria.«

Florentin schloss die Augen. Es wäre wohl am klügsten, sich sofort auf den Weg nach Oranienbaum zu machen, um unerkannt bei Peters Garde Schutz zu suchen.

Doch als sie Nikolaus das vorschlug, schüttelte er den Kopf. Seine Miene war ernst, und sie sah die Sorge in seinem Blick. »Der Zar wird dir nicht helfen können. Es ist ungewiss, ob er sich überhaupt selbst schützen kann. Katharina und die Orlows haben seit Wochen das Volk gegen ihn aufgehetzt. Peter hat sich durch den übereilten Friedensschluss mit Preußen viele Feinde gemacht. Und er hat sich mit dem Klerus angelegt – ein weiterer, schwerer Fehler.«

Florentin waren Gerüchte darüber zu Ohren gekommen. Peter war als Junge bei seiner Ankunft gezwungen worden, den orthodoxen Glauben anzunehmen. Seitdem hasste er alles, was mit der russischen Kirche zu tun hatte. Nun, da er endlich an der Macht war, hieß es, er würde ein Gesetz planen, das die Macht der Priester beschneiden sollte.

Dennoch hatte er auch viel Gutes bewirkt.

»Die Bauern verehren ihn. Immerhin hat er deren Leibeigenschaft abgeschafft«, warf sie ein.

»Die Bauern haben aber keine Macht. Die besitzen die Offiziere, und in deren Reihen herrscht seit geraumer Zeit heftiger Unmut, weil der Zar darauf besteht, dass die russischen Soldaten holsteinische Uniformen tragen. Außerdem wollen sie nicht in den Krieg gegen Dänemark ziehen«, erklärte Nikolaus und fügte hinzu: »Auch das Volk hat genug von Kampf, Tod und Hungersnöten. Es regt sich immer mehr Widerstand, angefeuert von Katharina und den Orlows. Jeder, der mit dem Zaren gut steht, ist inzwischen im Visier der Aufständischen.«

Florentin biss sich auf die Lippen. Egal also, in welche Rolle sie schlüpfte, es würde ihr zum Verhängnis werden. Ihre Maskerade war nicht länger ein Schutz, sondern eine Gefahr geworden.

»Ich habe die halbe Nacht wach gelegen und über das nachgedacht, was du mir erzählt hast«, sagte Nikolaus und sah Florentin an.

Sie konnte seinem Blick nicht standhalten. Ob er sehr enttäuscht von ihr war?

»Ich muss gestehen, es fiel mir anfangs schwer, zu verstehen, warum du mir nicht gleich die Wahrheit gesagt hast. Aber inzwischen glaube ich zu wissen, warum.«

Florentin sah ihn überrascht an.

Sein Mund verzog sich zu einem Lächeln. »Zudem habe ich dummerweise eine Schwäche für couragierte und kluge Frauen und bewundere deinen Mut, sodass meine Liebe zu dir beinahe noch stärker ist als zuvor«, fügte er hinzu. »Daher werde ich dich einfach so lange in meinem Haus festhalten, bis sich die Wogen geglättet haben. Und dann werden wir weitersehen. Wie gesagt: Hier bei mir bist du sicher. Jedenfalls vor den Orlows.«

Und mit diesen Worten nahm er Florentins Gesicht in seine Hände und küsste sie mit einer Leidenschaft, die sie alles vergessen ließ. Die Frage, was mit Zar Peter geschehen würde, die Pläne Katharinas und sogar die Gefahr, von den Orlows gejagt zu werden, verschwanden unter Nikolaus' brennenden Küssen.

Als er begann, Florentins Uniformrock aufzuknöpfen, den sie noch immer trug, wehrte sie sich nicht, sondern half ihm dabei, sie aus der groben Jacke zu befreien.

Seine Hände glitten unter ihr Leinenhemd, und Florentins Atem wurde schneller. Mit seinen Fingerspitzen rief er alles in ihr wach, was sie nie zu träumen gewagt hatte.

Mit einem einzigen Griff hob Nikolaus sie schließlich hoch und trug sie in sein Schlafgemach. Eng umschlungen sanken sie auf das große Bett. Florentin schloss die Augen, als Nikolaus begann, sie auch aus den restlichen Kleidern zu schälen.

»Du bist wunderschön. Und ich liebe dich«, sagte er heiser.

Er küsste sie erst sanft, dann hart, während er über ihre weiche Haut strich. Schon bald wand Florentin sich vor Lust unter seinen fordernden Händen und konnte es kaum erwarten, ihm ihrerseits seine Kleidung vom Leib zu streifen. Nikolaus liebkoste weiterhin ihren Körper und ließ ihre Hände den seinen erforschen, bis sie beide nicht mehr wussten, wo der eine begann und der andere aufhörte.

Und dann war er über ihr, und Florentin spürte, dass er kaum mehr in der Lage war, sich zurückzuhalten.

Da schlang sie die Arme um seinen Nacken. »Komm zu mir«, hauchte sie.

Doch er hielt inne, sein Blick war eindringlich und seine Stimme ruhig. »Bist du dir sicher? Ich will nichts tun, was du später bereust!«

Statt einer Antwort verschloss Florentin ihm die Lippen mit einem Kuss.

Nikolaus zog sie eng an sich und gelangte endlich dorthin, wohin er sich schon längst sehnte. Und Florentin fand bei ihm, was sie sich schon lange erträumt hatte.

Als die Abenddämmerung hereinbrach, lagen sie immer noch atemlos und verschwitzt in enger Umarmung.

»Ich sollte uns etwas zu essen holen«, sagte ihr Geliebter und biss Florentin spielerisch in die Schulter. »Aber zuerst solltest du mir vielleicht verraten, wie ich dich künftig nennen soll …?«

Sie lachte. »Florentin wäre mir lieber. Viktoria fühlt sich zu sehr nach der Spionin an, in deren Rolle ich immer dann geschlüpft bin, wenn ich ein Geheimnis aufdecken wollte.«

»Gut, dann fange ich also mit Florentin noch einmal ganz neu an«, lächelte Nikolaus und ließ seine Lippen leicht über ihren Hals gleiten.

Florentin erschauerte. »Ja, lass uns noch einmal von vorne beginnen«, flüsterte sie, ehe die beiden erneut in einer leidenschaftlichen Umarmung versanken.

*

Noch vor sieben Uhr am nächsten Morgen wurde Florentin von einem Tumult geweckt, der draußen unter Nikolaus' Fenster ertönte. Rufe und die trommelnden Hufe von Pferden waren zu hören. Mit einem Satz sprang die junge Frau aus dem Bett. Die Orlows hatten sie gefunden!, war ihr erster Gedanke, der sie nach ihrem Degen tasten ließ, ehe ihr bewusst wurde, dass sie ihn nicht bei sich hatte.

Auch Nikolaus war aufgewacht und schlüpfte bereits in seine Kleidung, die wild im Gemach verstreut lag. »Rühr dich nicht vom Fleck. Ich gehe nach draußen und sehe nach«, befahl er ihr. »Sollte jemand das Haus stürmen, wirst du es rechtzeitig hören. Nimm die Hintertreppe in den Keller des Hauses. Von dort führt eine Tür in den Garten, der zur Newa geht. Dort liegt ein Stocherkahn. Sollte es zum Schlimmsten kommen, ruderst du den Fluss hinab bis zu einer kleinen Kiesbucht. Dort kannst du dich verstecken, und ich hole dich später dort ab.«

Florentin nickte. Sie ließ Nikolaus ungern gehen und wäre am liebsten mitgekommen, um ihn zu beschützen, aber sie wusste, dass es diesmal sie selbst war, die seines Schutzes bedurfte. Trotz ihrer Angst durchströmte sie ein warmes Gefühl der Freude, dass ein Mann sie so liebte, dass er alles tun würde, damit ihr nichts geschah.

Dennoch war das Warten beinahe unerträglich. Florentin biss sich die Fingerknöchel wund und lauschte angespannt, doch von der Straße drangen nur unverständliche Wortfetzen zu Nikolaus' Fenster hinauf. Die Flügel zu öffnen, wagte sie nicht, obwohl niemand Anstalten machte, an die Haustür zu schlagen und Einlass zu begehren.

Dann kam Nikolaus zurück. Es konnte nicht mehr als eine Stunde vergangen sein, Florentin allerdings war es vorgekommen, als wäre er den halben Tag fortgeblieben.

»Katharina hat sich im Morgengrauen in der Kirche der Heiligen Muttergottes von Kasan zur Zarin ausrufen lassen«, berichtete Nikolaus atemlos, nachdem er die Zimmertür hinter sich geschlossen hatte.

Florentins Augen wurden groß. »Aber … das geht doch nicht!«, stammelte sie.

»Oh doch«, beschied Nikolaus grimmig. »Offenbar haben sie und die Orlow-Brüder den Staatsstreich monatelang vorbereitet. Und heute Nacht war es so weit. Peters Soldaten haben Leutnant Passek, einen der Verschwörer, verhaftet. Das war offenbar das Signal für Katharina, sofort zu handeln. Soeben reitet sie in der Uniform der preobraschenkischen Garde durch Petersburg und lässt sich vom Volk als neue Zarin feiern. Die Regimenter der Semjonowschen, Ismajlowschen und Preobraschenskischen eskortieren sie.«

Florentin griff nach ihrer Kleidung. »Wir müssen sofort zu Peter nach Oranienbaum und ihn warnen!«

Doch Nikolaus hielt ihre Hände, mit denen sie nach ihrem Hemd greifen wollte, fest. »Das wäre höchst unklug. Ihre Garde wird schnurstracks nach Peterhof reiten, und dort könnte es zu einem blutigen Gefecht mit Peters Holstein-Heer kommen. Du weißt am besten, dass er über tausend Mann und mehrere Kanonen verfügt. Ich lasse nicht zu, dass du in Gefahr gerätst. Der Putsch ist von langer Hand vorbereitet worden, Florentin. Du kannst im Augenblick nichts für den Zaren tun!«

*

Schon am nächsten Tag verbreitete sich die Nachricht wie ein Lauffeuer: Der Zar hatte abgedankt. Wie gelähmt hatte Peter sich in Oranienbaum verkrochen und war offensichtlich nicht einmal auf den Gedanken gekommen, sein Holstein-Heer zur Verteidigung gegen die Orlows und ihre Getreuen aufzustellen. »Er hat sich den Thron wegnehmen lassen, wie ein Kind, das man zu Bett schickt«, fasste Nikolaus die Berichte zusammen, die er gehört hatte.

Florentin ließ sich auf einen samtbezogenen Schemel fallen. »Was werden sie mit ihm machen?«

»Keine Sorge, die Orlows werden ihm nichts tun. Katharina ist klug. Sie weiß, dass es dumm wäre, ihrem Gemahl zu schaden. Mit einem Mord würde sie das Volk, das ihr jetzt zujubelt, gegen sich aufbringen. Mit dem Putsch heute Nacht hat sie Peter sowieso vernichtet.«

Florentin senkte den Kopf. Sie hatte Mitleid mit dem schwächlichen Zaren, der nie ein Herrscher hatte sein wollen und nun von seiner verhassten Gattin und dem wankelmütigen Volk, das mit Geld und Versprechungen geködert worden war, gezwungen worden war, die Krone auf so schändliche Weise abzugeben. Ein jämmerliches Ende einer kurzen Ära.

Und das war es auch. Noch in der Nacht setzte die Garde der selbsternannten Kaiserin Katharina Peter gefangen.

Kapitel 29

17. Juli 1762,
Landsitz Ropscha,
nahe Sankt Petersburg

Peter saß auf dem unbequemen Fauteuil, dessen feuchter Seidenbezug sich unter seinen Schenkeln unangenehm klamm anfühlte, und starrte blicklos vor sich auf die blanke Holzplatte des wackligen Tischchens. Vor ein paar Stunden hatte er in Oranienburg seine Abdankungsurkunde unterschrieben – der letzte Schritt, um ihn endgültig zu entthronen. Merkwürdigerweise schmerzte ihn der Verlust seiner Zarenwürde viel weniger als die Tatsache, dass seine Gemahlin es nun doch geschafft hatte, über ihn zu triumphieren. Er lachte bitter auf, als er daran dachte, dass Katharina nicht einmal selbst erschienen war, sondern die Gebrüder Orlow mit den nötigen Papieren geschickt hatte. Sie waren es auch gewesen, die ihn hier in sein Landhaus gebracht hatten. »Ihr braucht sicher ein wenig Ruhe und werdet den Vorschlag Eurer Gattin, Euch hierher zurückzuziehen, gerne annehmen, nicht wahr?«, hatte Grigori Orlow freundlich gesagt, doch Peter hatte sehr wohl den falschen Ton in seiner Stimme gehört und das wölfische Lächeln des Liebhabers seiner Gemahlin gesehen. Peter war vor Orlow nicht bange, aber er wusste, wann er verloren hatte. Daher hatte er nur schweigend genickt und sich abgewandt.

Offiziell würde es heißen, der entthronte Zar habe sich aus freien Stücken in sein Landhaus Ropscha zurückgezogen, doch inzwischen wusste wahrscheinlich im Petersburger Palast jeder, bis hinunter zum einfachen Lakaien, die Wahrheit: Peter war ab jetzt ein Gefangener und genau jener Frau ausgeliefert, die er unter allen Umständen hatte loswerden wollen.

Seine größte Angst war, in die Schlüsselburg verbracht zu werden – eine Festung, die vornehmlich als Gefängnis für politische Gegner von Zarin Elisabeth und ihrer Vorgänger genutzt worden war und aus der es kein Entkommen gab, weil sie auf einer Insel lag. Doch vielleicht würde Katharina jetzt, da sie endlich hatte, was sie wollte – nämlich Orlow und die Zarenkrone –, bei Peter Gnade walten lassen. Ein kleiner Hoffnungsfunke glomm in seinem Herzen auf, und er zog die wackelige Schublade des schäbigen Tisches auf. Zwar war er schon mehr als drei Jahre nicht mehr hier in Ropscha gewesen, aber er erinnerte sich, dass irgendwo noch Papier sein musste. Das Tintenfass und die Feder, mit der er seine Abdankung unterzeichnet hatte, standen noch vor ihm. Tatsächlich wurde Peter fündig. Das Papier war zwar etwas stockfleckig, aber für einen Brief an seine verkommene Gemahlin war es allemal brauchbar. Er griff nach der Feder, tauchte ihren Kiel in die nachtschwarze Tinte und begann zu schreiben.

Verehrte Zarin, hochgeschätzte Gattin Katharina,
Ihr tragt nun die Herrscherkrone, und ich weiß, Ihr seid ihrer wahrhaft würdig.

Peter stockte kurz und schnaubte. Zweifellos war Katharina mit ihrer angeborenen Machtgier und dem absoluten Willen, sich jeden zu unterwerfen, befähigt, über ein so großes Territorium wie Russland zu herrschen, doch auch sie würde den Preis für die Macht zahlen. Wie jeder, der bisher nach dem Zepter gegriffen hatte. Doch es lag nicht mehr in Peters Interesse, sich Katharina in den Weg zu stellen, im Gegenteil. Rasch tunkte er die Feder erneut ein und schrieb hastig weiter:

Ich ersuche Euch um nicht viel, und wenn Ihr mir meine Bitte erfüllt, werde ich Euch nie wieder inkommodieren. Ich bitte nur um meine drei Hunde und dass Ihr mir die Gesellschaft Elisabeth Woronzowas nicht verwehrt. Ich habe mich Eurer Liaison mit Orlow nie in den Weg gestellt, und nun ersuche ich Euch, es bei mir ebenso zu halten. Ihr müsstet nicht einmal unsere Anwesenheit in Russland dulden, denn mein drittes und letztes Gesuch lautet …

»Interessant, der Entmachtete stellt Forderungen an die Kaiserin!«

Peter fuhr herum. Lautlos wie zwei Schatten waren Grigori und Alexei Orlow ins Zimmer getreten, und der Ältere sah Peter über die Schulter.

»Es ist keine Forderung, vielmehr eine Bitte«, gab Peter steif zurück. Alexeis Feixen zog die sowieso schon auffällige Narbe noch mehr in die Breite und offenbarte gnadenlos die Entstellung seines Gesichts. Grigori trat einen Schritt nach vorne, und seine Stimme triefte vor Spott. »Eine Bitte an unsere verehrte Zarin? Von dem Manne, der sie vor kurzem noch öffentlich eine dumme Gans genannt hat? Was meinst du, Alexei, wird unsere geliebte Herrscherin wohl diese Bitte erfüllen?«

Alexeis Lachen glich dem Knurren eines Hundes, und Peter spürte, dass wie eine schwarze, zähe Masse der Hass sich in ihm ausbreitete. Ein heftiger Widerwille gegen die beiden Brüder schüttelte ihn förmlich, doch er zwang sich zur Demut. Wenn er sie als Fürsprecher gewinnen könnte, wäre seine Zukunft und die seiner geliebten Elisabeth gerettet. Er legte den Federkiel beiseite und sah den Brüdern in die Augen.

»Ich habe nie aufgehört, von meiner alten Heimat zu träumen, daher lasst mich nach Holstein zurückkehren«, sagte er leise. »Dann hätte das Ganze wenigstens noch sein Gutes, und die Kaiserin braucht mich nie wiederzusehen.«

Als er in Grigoris Gesicht blickte, ahnte er jedoch, dass es für ihn ein unerfüllter Traum bleiben würde. Ehe der hünenhafte Russe aber etwas entgegnen konnte, drangen aufgeregtes Geschrei und barsche Rufe zu ihnen herein. Peter, der die Stimme Elisabeth Woronzowas erkannte, stürzte zu einem der offenen Fenster, während die Brüder Orlow sich aus dem anderen lehnten, um zu sehen, was da draußen vor sich ging.

Peter sah, wie seine Mätresse versuchte, an den vier Palastsoldaten vorbeizukommen, die von den Getreuen Katharinas aufgestellt worden waren, um den entthronten Zaren an einer möglichen Flucht zu hindern. »Lasst mich zu ihm«, kreischte die Woronzowa und warf sich mit ihrem nicht unbeträchtlichen Gewicht gegen zwei der Wächter, die sie jedoch mühelos festhielten. Peter sah, wie die Orlow-Brüder einen belustigten Blick tauschten, und ein dumpfer Groll kroch in ihm hoch. Auch er sehnte sich nach seiner Geliebten und bewunderte unwillkürlich ihre Sturheit und den Mut, mit dem sie sich erneut gegen die Wachen wandte. Dem einen Soldaten schienen ihr Gekreisch und ihre hartnäckigen Versuche, an ihm vorbei ins Innere des Landhauses zu gelangen, zu dumm zu werden, denn er versetzte der Woronzowa einen groben, wenn auch nicht heftigen Stoß. Doch es reichte aus, um die plumpe junge Frau aus dem Gleichgewicht zu bringen. Sie taumelte nach hinten, ruderte hilflos mit den Armen und fiel schließlich mit einem Laut, als würde alle Luft schlagartig aus ihr entweichen, auf ihr gut gepolstertes Hinterteil. Bevor Peter noch zu einer Reaktion fähig war, begann Grigori Orlow schallend zu lachen. Peters Groll verwandelte sich in blendend weißen Zorn. »Hört sofort auf«, schrie er den kräftigen Russen an, doch er merkte selbst, wie schrill seine Stimme klang. Orlow beeindruckte er damit auch keinen Deut, er amüsierte sich weiterhin königlich über die füllige Woronzowa, die nun heulend auf der Erde saß. Peter beugte sich weit aus dem Fenster und stieß dabei Alexei, der ihn daran hindern wollte, grob zurück. »Lasst mich mit Elisabeth sprechen!«

Grob riss Grigori ihn am Arm zurück. »Das werdet Ihr schön bleibenlassen. Ihr habt nichts mehr zu bestimmen, und Eure fette Mätresse wird sich einen anderen suchen müssen, an den sie sich künftig hängen kann!«

Grigoris eiserner Griff um seinen Arm und sein Tonfall hätten Peter eine Warnung sein sollen. Doch in diesem Augenblick kochte all seine Wut in ihm hoch: über die jahrelangen Demütigungen, nicht nur in Russland, sondern bereits im elterlichen Schloss. Stets war der schwächliche Kronprinz dem Willen anderer unterworfen gewesen, und seine Wünsche hatten nie gezählt, ja, sie waren allenfalls belächelt worden, so wie jetzt von Orlow. Die Erinnerungen an seinen despotischen Vater und den brutalen Erzieher Brümmer überschwemmten Peter und ließen ihn nicht mehr Herr seiner selbst sein.

»Gottverdammter Bastard einer russischen Hündin«, brüllte er Grigori an. »Geh er und ficke seine eigene Mätresse, die sich nun Zarin nennt, aber wage er es nicht, Elisabeth noch einmal zu beleidigen!«

Das Lachen fiel Grigori förmlich aus dem Gesicht, und Peter sah ihm an, dass er niemals mit Widerworten seines schwächlichen Gegners gerechnet hätte – geschweige denn in dieser Deutlichkeit. Doch dann wurden Orlows Augen schwarz vor Hass. »Was habt Ihr soeben gesagt?«

Etwas sagte Peter, dass er nun lieber stillschweigen sollte, um den Russen nicht noch mehr zu reizen. Doch ein anderer Teil in ihm, der des geprügelten, gedemütigten deutschen Kronprinzen, war erwacht und nicht bereit, sich noch länger der Schmach und dem Spott auszusetzen. Grigoris hämisches Feixen schien ein Spiegelbild der Verachtung derer, die Peter ein Leben lang gedemütigt hatten. Er hob den Arm, um Orlow ins Gesicht zu schlagen. Doch der schmächtig gebaute Peter war körperliche Auseinandersetzungen nicht gewohnt, und so fing Grigori seinen Arm mühelos ab, als er ungeschickt zum Schlag ausholte. Der ehemalige Zar wehrte sich zappelnd und tretend, doch Alexei sprang seinem Bruder bei und hielt Peter fest. Der merkte selbst, dass seine Versuche wirkten wie die einer Katze, die gegen zwei Bären kämpft. Trotzdem war er nicht in der Lage, aufzuhören. Eine rasende, blinde Wut zwang ihn, selbst in dieser aussichtslosen Lage nicht einzuhalten. »Elisabeth«, brüllte Peter und versuchte, sich von den Orlows loszureißen, »Elisabeth!«

»Bring ihn zum Schweigen«, hörte Peter Alexei zischen, und schon legte sich die kräftige Pranke Grigoris auf seinen Mund, während der Russe seinen anderen Arm um Peters Hals schlang, um ihn in Schach zu halten.

Peter wehrte sich erbittert, doch er spürte, wie seine Kräfte nachließen. Der Druck auf seine Kehle wurde enger und enger. Rote Funken tanzten vor seinen Augen, und zuerst dachte er verschwommen, es müsse der Zorn sein. Doch dann spürte er auf einmal, dass alle Wut und Erbitterung verschwanden und sich in ein Gefühl des Friedens verwandelten. Verwundert merkte Peter, wie leicht sich sein Kopf anfühlte. Er schien auf einer Wolke dahinzutreiben, die weich war wie das Fell eines Kätzchens und die ihn mit sich forttrug. Nichts hatte mehr Bedeutung – weder, dass er als Kronprinz, Großfürst, Ehemann und nicht zuletzt als Zar versagt hatte, noch, dass draußen seine Geliebte stand und hysterisch nach ihm schrie. Peter war schon zu weit fort, die Wolke trug ihn – und dann sah er sich mit einem Mal am Hafen seiner Geburtsstadt Kiel stehen. Nur äußerst selten war es ihm als Kind vergönnt gewesen, die großen Kähne dort zu sehen, da ihn Zofen und Hauslehrer meist im Schloss behalten hatten. Doch seit er zum ersten Mal zur Hafenmole gelaufen war, hatte seine Sehnsucht stets diesem Ort gegolten. Nun stieg ihm erneut der Geruch des Hafenwassers in die Nase, dieses Gemisch aus Fisch und Salz, und er wurde freudig der stolzen, mächtigen Schiffe ansichtig, die dort ankerten.

Einer der prächtigen Kähne hisste gerade die Segel. »Nehmt mich mit!«, wollte Peter dem Kapitän zurufen, doch aus seiner Kehle kam kein Laut. Also nahm er Anlauf, um auf Deck zu springen. Seine Beine stießen sich wie von alleine vom Boden ab, für ein paar Wimpernschläge schwebte er in der Luft, und sein Herz wurde weit vor Freude. Das Letzte, was er sah, waren die blendend weißen geblähten Segel, und er wusste, dass das Schiff in See stechen und ihn mit auf seine Reise nehmen würde. Endlich war er kein Gefangener mehr. Peter verspürte das Gefühl grenzenloser Freiheit – zum ersten Mal in seinem Leben. Und zum letzten Mal.

Kapitel 30

Juli 1762,
Sankt Petersburg

Wie ein Lauffeuer ging es durch Sankt Petersburgs Straßen: »Der einstige Zar ist tot!«

Florentin erfuhr es von Roska, Nikolaus' treu ergebener Haushälterin, die inzwischen zu der jungen Deutschen eine herzliche Zuneigung gefasst hatte.

Bei der Nachricht wurde Florentin blass, und sie konnte es kaum erwarten, bis Nikolaus heimkehrte. Kaum hatte er die Tür hinter sich geschlossen, überfiel sie ihn mit Fragen.

»Ja, es stimmt«, bestätigte er und schloss Florentin in seine Arme. »Ich habe auch soeben davon gehört. Er starb an einer schweren Kolik – so sagt man jedenfalls. Die Woronzowa weint sich seitdem die Augen aus dem Kopf, heißt es. Ich glaube, sie hat Peter wirklich geliebt.«

»Ich wette, diese ›Kolik‹ heißt Grigori Orlow«, rief Florentin aufgebracht.

Nikolaus wiegte den Kopf. »Falls das stimmt, hat er einen schweren Fehler begangen. Vor kurzem noch hat die Kaiserin ein ziemlich umfangreiches Register mit Peters Verfehlungen verbreitet. Gibt sie zu, dass es Mord war, wird niemand an ihre Unschuld glauben, selbst wenn sie von den Plänen der Orlow-Brüder nichts gewusst haben sollte.«

Florentin nickte. »Sie tut also gut daran, Peters wahre Todesursache zu vertuschen.«

»Man wird ihr nichts beweisen und ihrem Liebhaber auch nicht. Die Orlows haben sich im Zarenpalast verschanzt, mit Sicherheit wurden sämtliche Ärzte bestochen, und morgen wird der ehemalige Zar schon beigesetzt.«

Florentin war erschüttert. Peter, Herzog von Holstein, Großfürst und für kurze Zeit Zar von Russland mochte ein wankelmütiger und in vielen Dingen unfähiger Mann gewesen sein. Doch Florentin hatte ihn auch als großherzig und menschenfreundlich kennen- und schätzen gelernt. In ihren Augen war Peter stets ein Stück weit der ungeliebte, heimwehkranke Junge geblieben, den man gegen seinen Willen in das fremde Russland gebracht hatte. Und nun würde er hier begraben werden – für alle Ewigkeit zum Bleiben in dem ihm so verhassten Land gezwungen.

Nikolaus nahm Florentin erneut in die Arme. »Du kannst nichts mehr für ihn tun, Liebste.«

Florentin schwieg, doch insgeheim fasste sie einen Entschluss. Sie würde Peter trotzdem noch einen letzten Dienst erweisen – das war ihre Pflicht.

Und so kam es, dass bei der Totenwache für den aufgebahrten Zaren im Alexander-Newskij-Kloster zu Sankt Petersburg ein junger Soldat in holsteinischer Uniform auftauchte. Da viele Männer aus Peters Heer ihm ebenfalls die letzte Ehre erwiesen, fiel Florentin nicht auf.

In einem unbeobachteten Augenblick beugte sie sich über den Toten, der prächtig gekleidet in seinem mit weißer Seide ausgekleideten Sarg lag. Peters Gesicht war wachsbleich, seine Züge starr und streng. Erst im Tod schaffte er, was ihm zu Lebzeiten nicht gelungen war: Er sah aus wie ein Herrscher.

Florentin jedoch suchte das Geheimnis, von dem andere vielleicht hofften, dass der Verstorbene es mit ins Grab nehmen würde. Peters Gesicht war stark geschminkt, aber unversehrt, die Schläfen wiesen keine Schusswunde auf. Doch seine Lippen waren bläulich verfärbt, und die gefalteten Hände hatten an zwei Knöcheln leichte Abschürfungen – als hätte ein Kampf stattgefunden und Peter hätte versucht, sich zu wehren. Gegen seine Mörder?

Verstohlen zog Florentin die Halsbinde des Toten beiseite und zuckte zusammen. Um Peters Kehlkopf und seitlich am Hals befanden sich violett-schwarze Male. Der Anblick ließ keinen Zweifel zu: Der ehemalige Zar war nicht an einer Kolik gestorben – er war erwürgt worden.

*

»Bringt mir den Spion!« Katharina stampfte mit dem rechten Fuß auf, der in einem zierlichen Schuh mit edelsteinverziertem Absatz steckte.

Nie zuvor war sie so aufgebracht gewesen. Ihre dunklen Locken flogen, als sie zu den Brüdern Orlow herumwirbelte und voller Zorn mit dem eng beschriebenen Pergament vor deren Gesichtern herumwedelte. »Der Verfasser dieses Briefes hat sich des Hochverrats schuldig gemacht, und ich will, dass er unverzüglich gefunden und zu mir gebracht wird – tot oder lebendig!«

Trotz ihres Grolls sah sie den Blick sehr wohl, den Grigori seinem Bruder zuwarf. Die Sache war unerfreulich genug, schließlich gingen trotz aller Vorsichtsmaßnahmen Gerüchte um, er und Alexei hätten Zar Peter trotz dessen vermeintlich freiwilliger Abdankung getötet. Und nun dieses Schreiben. »Ein Günstling, der den Gemahl seiner Geliebten beiseiteschafft, und ein unheilvoller Bruderbund«, so stand es darin.

Der Absender hatte die Zeilen auf Französisch verfasst und seinen Namen nicht daruntergeschrieben, aber da sie an den Preußenkönig gerichtet waren, musste ein Getreuer des toten Zaren und Landsmann von Friedrich der Urheber sein, so viel wusste Katharina bereits. Es dauerte nicht lange, da hatte sich in ihr der Verdacht geregt, bei dem Verfasser könnte es sich um denjenigen Holstein-Soldaten handeln, der ihr schon einmal Ärger bereitet hatte: Florentin von Rosenberg. Noch konnte sie es nicht beweisen, aber Katharina war nicht dumm und nicht erst seit ihrer Machtergreifung mit den Instinkten eines Raubtiers ausgestattet, die sie Ungemach förmlich wittern ließen.

Zum Glück befanden sich am Zarenhof fähige Leute, die auf der Seite der Herrscherin waren und seit ihrer Machtergreifung Tag und Nacht Augen und Ohren offen hielten. Jeder Brief wurde ausnahmslos geöffnet, so auch diese Depesche, die an einen unbedeutenden Adeligen auf dem Land adressiert und äußerlich von trügerischer Harmlosigkeit gewesen war. Ganz im Gegensatz zu ihrem Inhalt. Man hatte die brisanten Zeilen unverzüglich an die Orlows gemeldet, die sogleich entsprechende Maßnahmen ergriffen.

Wären die Zeilen an den ursprünglich angedachten Empfänger, nämlich zum preußischen Königshof gelangt, wären die Folgen unabsehbar gewesen, dachte Katharina mit einem Schaudern. Zwar hielt Friedrich auch nach ihrer Machtübernahme klugerweise still, doch stellte eine derartige Beschuldigung stets eine Gefahr dar – vor allem, da sie sich mit einem gewagten *Coup d'État*, einem Staatsstreich, selbst zur Herrscherin ernannt hatte.

Das Versprechen der Brüder, den Urheber des Schreibens zu finden, konnte sie jedoch nicht beruhigen. »Ihr Narren«, keifte sie. »Ich habe sowieso schon mehrere gütige Erlasse für das Volk aufsetzen und meine Minister gnädig stimmen müssen, damit es nach Peters Tod nicht zu einem Aufstand kam. Ich kann mir nicht noch mehr Ungemach erlauben – und Ihr könnt es auch nicht. Mitgefangen, mitgehangen!«

Obwohl sie versuchte, die Angst in ihrer Stimme zu verbergen, konnte sie sehen, dass ihr Liebhaber sie durchschaute. Auf ihren Wangen fühlte sie zwei rote Flecken brennen, und ihre Hand, die den verräterischen Brief hielt, zitterte.

Alexei trat vor. Die lange Narbe in seinem Gesicht schien sein Lächeln in zwei Hälften zu teilen. »Keine Sorge, Hoheit. Das Schreiben hat niemand zu Gesicht bekommen. Der Bote hat uns verraten, wohin es zunächst gehen sollte. In der Tat haben wir kurz darauf den Mittelsmann gefunden, der die Depesche nach Preußen weiterleiten sollte.«

Grigori schnaubte verächtlich. »Ein alter Mann, der bereits zu Zeiten von Kaiserin Elisabeth vom Zarenhof geflohen ist. Wahrscheinlich hat er sich damals geraume Zeit von Preußen schmieren lassen, bis er Gefahr lief, enttarnt zu werden.«

Alexei ballte die Fäuste. »Wir haben ihn hierhergebracht und werden nicht eher ruhen, bis er uns sagt, wer der Verfasser dieser verräterischen Behauptungen ist. Und sollte es sich bewahrheiten und dieser von Rosenberg dahinterstecken, dann gnade ihm Gott.«

Katharina nickte wortlos und warf das Schreiben auf ein zierliches Tischchen in der Ecke, ehe sie das Gemach verließ.

*

Alexei nickte Grigori zu. »Gehen wir den Mittelsmann befragen.«

An der Tür drehte er sich noch einmal zu seinem Bruder um und fügte fast beiläufig hinzu: »Lass uns die Hunde mitnehmen, falls der Alte sich bockbeinig stellt. Sie haben seit drei Tagen nichts zu fressen bekommen.«

*

»Florentin, was hast du getan?« Mit diesen Worten stürzte Nikolaus ins Zimmer. Er war totenbleich, um seine Augen lagen dunkle Schatten, und Florentin erschrak. So aufgelöst hatte sie ihn noch nie gesehen.

»Wo warst du den ganzen Tag, Nikolaus? Was ist geschehen?«

Der dunkelhaarige Russe ließ sich in einen Sessel fallen und rieb sich erschöpft die Augen. »Katharinas Spione haben einen geheimen Brief abgefangen, der offensichtlich an den Preußenkönig adressiert war. Darin werden die Orlows beschuldigt, den Zaren ermordet zu haben.«

Florentin schnappte nach Luft. Sie wusste sogleich, wovon Nikolaus sprach – schließlich hatte sie die Zeilen verfasst. Seine folgenden Worte bestätigten ihre dunkle Vorahnung.

»Alexei und Grigori haben den Mittelsmann des Briefes gefunden. Er hat gestanden, monatelang Briefe eines Holstein-Soldaten aus Peters Heer bis zur deutschen Grenze geschmuggelt zu haben. Offenbar haben die Orlows sich vor Peters Tod bereits die Woronzowa vorgenommen und ihr entlockt, dass die kleine deutsche Näherin Viktoria, die damals durch einen merkwürdigen Zufall an den Brief von Bestuschew für Katharina gekommen war, einen Geliebten in der Holstein-Garde des verstorbenen Zaren hatte. Sein Name lautet Florentin von Rosenberg. Und nun rate, welche Schlüsse sie daraus gezogen haben …«

Florentin schlug die Hände vor das Gesicht und verfluchte den Tag in Oranienbaum, an dem Peters Mätresse Zeugin des Gespräches zwischen ihm und Florentin geworden war. Hätte sie nur Peters Vermutung, Viktoria sei Florentins Geliebte, abgestritten! Das, was ihr damals als geniale Lösung erschienen war, hatte sich nun als verhängnisvoller Fehler erwiesen.

»Verdammt!«, entfuhr es ihr ganz und gar undamenhaft.

Nikolaus ergriff ihre Handgelenke und zwang sie, ihn anzusehen. »Verdammt leichtsinnig, das warst du! Nun sind alle Wachposten um Sankt Petersburg angehalten, nach dem deutschen Spion Ausschau zu halten. Niemand kann mehr unbehelligt die Stadt verlassen, alle Depeschen und Papiere werden überprüft!«

»Woher weißt du das alles?«

»Wie gesagt, ich habe meine Quellen im Zarenpalast. Die Orlows glauben, ich stehe auf ihrer Seite. Noch. Sollten sie allerdings erfahren, wen ich in meinem Haus verstecke, ist es damit schnell vorbei!«

Florentin senkte den Kopf. Das Letzte, was sie gewollt hatte, war, Nikolaus zu schaden. »Es tut mir so leid. Ich wollte doch nur Gerechtigkeit«, murmelte sie betroffen.

Nikolaus rieb sanft ihre Hände, die vor Schreck eiskalt waren. »Wem wäre mit diesem Brief geholfen gewesen, Florentin? Der Preußenkönig würde den Teufel tun, sich nach den schrecklichen Verlusten des Krieges erneut mit Russland anzulegen. Er ist insgeheim froh, dass Katharina den Frieden nicht in Frage stellt!«

»Aber …«

»Nichts aber! Peter ist tot und begraben. Du jedoch hast dir selbst eine Grube geschaufelt, indem du solch ein Schreiben aufgesetzt hast. Nun wird nicht nur fieberhaft nach einer jungen Frau namens ›Viktoria‹ gesucht, sondern auch nach einem Soldaten in Holstein-Uniform namens ›Florentin von Rosenberg‹. Selbst wenn du dich als einfacher Bursche verkleiden würdest – eine Flucht aus Russland ist für dich ohne Papiere so gut wie unmöglich geworden.«

Florentin biss sich auf die Lippen. Verzweiflung übermannte sie, und sie bereute zutiefst ihr impulsives Temperament, das sie in einer Aufwallung von Zorn auf die feigen Orlows – denn für sie bestand kein Zweifel, dass die Brüder für Peters Tod verantwortlich waren – verleitet hatte, das Schreiben aufzusetzen. Sie hatte den *Sire* wenigstens in Kenntnis setzen wollen, was mit seinem russischen Bündnispartner geschehen war – und dass die neue Kaiserin Russlands die Tat durch ihr Schweigen billigte, auch wenn sie den Mord vielleicht nicht in Auftrag gegeben hatte. Aus Leichtsinn hatte Florentin den Brief jedoch nicht raffiniert genug verschlüsselt. Da sie seit geraumer Zeit nichts mehr von Fredersdorf gehört hatte, war sie sich außerdem nicht sicher gewesen, ob Friedrichs Kämmerer noch am Königshof war, und hatte daher das Schreiben auf Französisch verfasst, damit der *Sire* es auch bestimmt las. Das war Florentin jetzt zum Verhängnis geworden – ganz abgesehen davon, dass sie auch Nikolaus in Gefahr gebracht hatte, den Mann, den sie liebte und schützen wollte.

Sie hob den Kopf. »Was soll ich tun?«

Nikolaus holte tief Luft. »Nichts. Ich werde mich darum kümmern. Versprich mir nur, dass du einfach hier sitzen bleibst und nichts mehr tust, was dir noch mehr schaden könnte!« Mit diesen Worten verließ er das Gemach, und Florentin verfluchte sich erneut für ihre Dummheit. Wenn irgendjemand herausfand, dass Nikolaus sie beherbergte, drohte auch ihm eine drakonische Strafe.

Daher überfiel ihn Florentin sogleich mit ihrem Entschluss, als er ein paar Stunden später zurückkam: »Ich darf dir nicht länger zumuten, mich zu verstecken«, sagte sie und wies auf ihre wenigen Habseligkeiten, die sie bereits gepackt hatte.

Nikolaus wollte widersprechen, aber sie unterbrach ihn. »Wie soll deine Zukunft aussehen, Nikolaus? Du kannst nicht meinetwegen dein gesamtes gesellschaftliches Leben aufgeben und dich in deinem Haus verschanzen. Irgendwann wird jemand misstrauisch. Oder Roska verplappert sich, und dann gerätst auch du ins Visier der Orlows. Nein, Liebster, das kann und will ich nicht verantworten. Ich versuche, als einfacher Pferdebursche gekleidet aus der Stadt …«

Ehe sie noch weitersprechen konnte, packte Nikolaus sie und zog sie an sich. »Nun hörst *du* mir einmal zu! Ich werde nicht zulassen, dass dir etwas geschieht. Daher habe ich vorhin ganz zufällig im Palast den einen oder anderen alten Bekannten aufgesucht und ein paar Neuigkeiten gestreut. Dank meiner früheren Arbeit dort habe ich nämlich noch Beziehungen zu einigen Leuten, die man als ›empfänglich für Gerüchte‹ bezeichnen könnte«, lächelte Nikolaus.

Florentin verstand kein Wort.

»Du glaubst ja gar nicht, wie begierig sie die Neuigkeit aufgenommen haben, dass einige Getreue des ehemaligen Zaren angeblich in Richtung Sibirien aufgebrochen sind, um dort in Ruhe einen Putsch gegen die neue Kaiserin zu planen. Darunter auch ein paar Holstein-Soldaten aus Peters früherer Garde …«, fuhr er verschmitzt lächelnd fort.

Es dauerte eine Weile, bis Florentin begriff. »Du hast eine falsche Fährte gelegt!«

Nikolaus nickte. »Ich bin sicher, in Kürze wird die Zarin erfahren, was man munkelt.«

Doch Florentin konnte sich nicht über die List ihres Geliebten freuen. »Wenn herauskommt, dass du gelogen hast, wirst du genauso rasch zum Gejagten der Gebrüder Orlow wie ich!«

»Das ist mir bewusst. Aber bis dahin vergehen noch ein paar Tage, und dann werden wir Sankt Petersburg bereits verlassen haben – gemeinsam.«

»Nikolaus, nein! Das kann ich nicht von dir verlangen!«, rief sie, doch er beendete Florentins Widerspruch mit einem Kuss.

Dann löste er sich sanft von ihr, während seine Hände ihre Schultern umfasst hielten. »Liebste. Seit Katharina an der Macht ist, bin auch ich nicht mehr glücklich hier. Ihre politischen Handlanger lassen mich zwar in Frieden, aber wie lange noch?

Peter hat einige Gesetze erlassen, die ich befürwortet habe. Doch die neue Kaiserin hat vieles wieder rückgängig gemacht, was das Recht des Volkes beschneidet. Zudem wird sie schon aus Prinzip keinen Baumeister beauftragen, der für die alte Zarin gearbeitet hat. Meine Aussichten sind also nicht allzu rosig, und vielleicht ist es daher Zeit, von der Lockerung des Reiseverbotes unter Zar Peter Gebrauch zu machen, ehe Katharina auch hier Einspruch erhebt.«

Florentin starrte ihren Geliebten an. »Du meinst … wir sollen nicht nur die Stadt, sondern auch Russland verlassen?«

Er lächelte. »Ich würde gerne einmal deine Heimat kennenlernen, nachdem du jahrelang in der meinigen gelebt hast.«

»Was ist mit deinem Haus? Und mit Roska – und deinem Bruder?«

»Ich trage mich schon seit zwei Jahren mit dem Gedanken, mich auf ein kleines Gut auf dem Land zurückzuziehen. Mein lieber Bruder würde mit Freuden mein Stadthaus mit seiner Familie beziehen. Inzwischen ist das zweite Kind unterwegs, und ihr Häuschen nahe Moskau wird langsam zu klein. Zudem findet er hier bessere Arbeit. Und es muss ja nicht für immer sein, dass wir Russland den Rücken kehren.«

»Aber – wie sollen wir hier herauskommen? Du hast selbst gesagt, dass überall nach mir gesucht wird. Meine Papiere würden mich sogleich verraten, doch ohne sie bin ich ebenso verdächtig!«

»Hm, damit kommen wir zu der unangenehmen Seite meines Plans«, sagte Nikolaus. Er versuchte, eine bekümmerte Miene aufzusetzen, aber das Funkeln in seinen Augen verriet ihn. »Du musst mich heiraten. Und zwar sofort.«

»Was?«, brachte Florentin nur heraus.

»Ich kenne einen Priester, der keine Fragen stellt. Und in unserer Heiratsurkunde wird nur der Name ›Iwanowitsch‹ auftauchen, da du als meine Gemahlin den meinen annimmst.«

In Florentins Kopf wirbelten die Gedanken wild durcheinander. Auf diese Weise könnte sie nach Preußen zurückkehren, oder vielleicht sogar zu ihrer Schwester Terese auf das fränkische Gut, und müsste dafür nicht einmal Nikolaus zurücklassen. Weil er sie liebte und mit ihr kommen wollte.

Florentin holte tief Luft und versuchte, das Zittern in ihrer Stimme zu verbergen. »War das gerade ein Heiratsantrag, Nikolaus Iwanowitsch?«

»Nein«, sagte er ernst, »der kommt noch.« Und mit diesen Worten beugte er ein Knie und ergriff ihre Hand. »Florentin-Viktoria, willst du meine Frau werden?«

Florentins Gefühle waren in diesem Augenblick zu groß für Worte, also nickte sie nur mit Tränen in den Augen.

Nikolaus sprang auf und riss sie in seine Arme, wobei er sie stürmisch küsste. Als sie endlich atemlos voneinander abließen, ergriff er ihre Hand. »Dann komm. In einem der Schränke hängt noch das Hochzeitskleid meiner Mutter. Es müsste dir wunderbar passen.«

*

Grigori Orlow konnte die Nervosität der Kaiserin förmlich in der Luft spüren, als er mit Alexei in ihr Gemach trat. »Es sind bereits Soldaten abgestellt, die sämtliche Stadttore bewachen. Niemand kann Sankt Petersburg verlassen, ohne dass wir davon erfahren. Florentin von Rosenberg wird uns nicht entkommen«, versicherte Alexei der Zarin. »Aller Wahrscheinlichkeit nach ist seine kleine deutsche Näherin bei ihm, und wir schlagen gleich zwei Fliegen mit einer Klappe.«

Katharinas erzürnte Miene glättete sich ein wenig. Sie nickte, wenn auch mit zusammengepressten Lippen, und warf ihre langen dunklen Haare in den Nacken, die sie heute ungepudert trug. »Gut. Zwar hat Elisabeth von Russland damals die Todesstrafe abgeschafft, aber ich bin überzeugt, sie hat dabei ausschließlich *russische* Bürger gemeint.« Die Zarin sah Grigori Orlow an, und ein katzenhaftes Lächeln stahl sich in ihr Gesicht.

Er lächelte zurück. »Und wie wir alle wissen, ist Florentin von Rosenberg ein Deutscher«, erwiderte er, und mit einem komplizenhaften Nicken besiegelten die Kaiserin und ihr russischer Liebhaber den stummen Pakt, den Spion nicht lebend davonkommen zu lassen.

Doch Alexeis Stirn legte sich in sorgenvolle Falten, nachdem die beiden Orlows das kaiserliche Gemach verlassen hatten. »Wenn die wahre Todesursache des ehemaligen Zaren ans Licht kommt, ehe wir von Rosenberg erwischen, dann …«

Grigori unterbrach ihn. »Peter starb an einer Kolik. Du solltest besser aufpassen, was du sagst, Bruder!«

Alexei lachte auf. »Und *du* solltest wissen, mit wem du sprichst. Ich war dabei, als der Disput in Peters Gemach eskalierte, hast du das etwa vergessen?«

Einen Augenblick lang musterten die beiden Brüder einander finster, dann hob Grigori die Hände. »Lass uns nicht streiten«, lenkte er ein. »Wichtig ist nur, dass wir Katharina den Spion liefern. Welch ein Malheur, dass ich erst jetzt von dem Brief erfahren habe! Vor zwei Tagen hätten wir bei der Totenwache für Peter die Augen nach diesem Kerl offen halten können, nachdem wir weder ihn noch die kleine Näherin in Oranienburg auftreiben konnten. Dann wäre Rosenbergs Leben heute bereits zu Ende. Die Newa hätte seine Leiche fortgespült, und niemand würde ihn vermissen.«

»Er wird uns nicht entwischen. Mit Sicherheit befindet er sich noch in der Stadt – und dort sitzt er wie eine Ratte in der Falle. In ebendieser werden wir ihn bald zappeln sehen.«

Die beiden Brüder sahen einander an, und das grausame Feixen Alexeis spiegelte sich in Grigoris Gesicht.

*

Die Trauung von Florentin und Nikolaus am nächsten Morgen erfolgte rasch und heimlich. »Schade eigentlich, dass meine Familie dich nicht sehen kann, du bist nämlich eine bildschöne Braut«, seufzte Nikolaus, und Florentin hatte Mühe, ihn davon abzuhalten, ihr das schlichte, helle Kleid aus Seide, welches nur am Ausschnitt und an den Ärmeln mit Spitze eingefasst war und eine mit kleinen Perlen bestickte Schleppe besaß, gleich wieder auszuziehen.

Sosehr sie die Zeremonie genoss, weil sie und Nikolaus nun tatsächlich so tief verbunden waren, wie es zwei Menschen sein konnten, war sie doch froh, dass der Priester keine Fragen stellte, sondern sie und Nikolaus nach ein paar formellen Sätzen zu Mann und Frau erklärte.

Auf einem Pergament mit Siegel stand neben Nikolaus' Namen nun »Vikuscha Iwanowitsch«, was der eher selten gebrauchten russischen Form von Viktoria entsprach.

»Niemand wird Verdacht schöpfen, und sobald wir aus Sankt Petersburg hinaus sind, wird uns sowieso keiner mehr nach unseren Papieren fragen. Dann sind wir einfach ein frischgetrautes Ehepaar, das in seiner Kutsche zu einem Verwandtenbesuch aufgebrochen ist.«

*

Zunächst sah es tatsächlich so aus, als würde Nikolaus recht behalten. Er hatte einen Kutscher bezahlt, der sie bis zu einem Quartier fahren sollte, das weit genug von Sankt Petersburg entfernt war. Von dort aus würden immer neue Gefährte das junge Paar Stück für Stück näher an die russische Grenze bringen. Florentin hoffte, dass immer weniger Wachposten und Soldaten von der gesuchten deutschen Näherin Viktoria aus dem Zarenpalast sowie einem Soldaten namens Florentin von Rosenberg aus der Garde des verstorbenen Zaren wissen würden, je weiter sie sich vom Zarenpalast entfernten.

Inzwischen waren sie fast am Rande der Stadt angelangt, und Florentin versuchte soeben, ihren hauchzarten Schleier zurechtzurücken, der ihr während der holprigen Kutschfahrt immer wieder ins Gesicht fiel, da schallte von draußen der scharfe Befehl: »Stoi!« Anhalten.

Sofort richtete Nikolaus sich auf, den ganzen Körper angespannt, wie ein Wolf vor dem Sprung. Florentins Hände krampften sich in ihr Brautkleid, während sie beide dem kurzen Wortwechsel eines Mannes mit dem Kutscher lauschten.

Florentin verstand kaum etwas außer dem Wort »Hochzeit«. Einen kurzen Augenblick hatte sie die wilde Hoffnung, wer auch immer dort draußen war, würde sie einfach weiterfahren lassen, doch da vernahm sie schon das Hämmern einer Faust an der Kutschtür, und die barsche Stimme desjenigen, der sie zum Anhalten aufgefordert hatte, befahl nun, zu öffnen.

»Nikolaus«, flüsterte Florentin zitternd. Zum ersten Mal in ihrem Leben hatte sie Todesangst. Gleichzeitig wusste sie jedoch, dass Nikolaus ihr diesmal nicht helfen konnte. Wie auch?

Schon wurde ein zweites Mal gegen die Kutschtür geklopft, lauter und ungeduldiger diesmal.

»Verzeih mir, was ich jetzt gleich tun werde«, raunte Nikolaus.

Ehe Florentin noch fragen konnte, was er damit meinte, hatte ihr frisch angetrauter Gatte sie an den Schultern gepackt. Das Nächste, was sie hörte, war das Reißen von Stoff in ihrem Rücken, dann zog Nikolaus ihr auch schon mit einem Ruck das Mieder ihres Brautkleides herunter.

Florentin, die unvermittelt halbnackt auf dem Kutschsitz saß, schrie auf, doch statt ihre Blöße zu bedecken, umfasste Nikolaus ihre Brüste mit hartem Griff und presste seine Lippen auf ihren Mund. Im selben Augenblick wurde die Kutschtür aufgerissen, und zu ihrer grenzenlosen Scham blickte Florentin in die Gesichter zweier russischer Soldaten. Einige Wimpernschläge lang starrten sie sprachlos auf die Szene. Dann rammte der eine Soldat seinem Gefährten den Ellbogen in die Seite und rief lachend: »Jolki palki!«

Trotz Schreck und Überrumpelung erinnerte sich Florentin vage, dass diese Worte ein Ausdruck der Verwunderung waren, aber auch durchaus anerkennend gemeint sein konnten.

Auch der andere Soldat grinste breit.

Endlich hob Nikolaus den Kopf. »Habt ihr Burschen nichts anderes zu tun, als zwei Frischvermählte bei ihrer Hochzeitsreise zu stören?«, brummte er, ohne die Hände von Florentins nacktem Busen zu nehmen. Mit einer kurzen Kopfbewegung deutete er auf die Heiratsurkunde auf dem gegenüberliegenden Kutschsitz. »Meine Gemahlin und ich wollten eigentlich mit der Nachricht bei unseren Verwandten ankommen, dass bereits ein kleiner Iwanowitsch unterwegs ist!«

Das ging nun doch zu weit.

»Nikolaus!«, rief Florentin empört. Das Blut stieg ihr in die Wangen, und vor lauter Verlegenheit zog sie sich ihren Brautschleier vor das Gesicht.

Die beiden Wachposten schlugen sich jedoch laut lachend auf die Schenkel und warfen nur einen flüchtigen Blick auf das Dokument, ehe der eine mit einer saloppen Handbewegung die Türe zuknallte und dem Kutscher zurief, weiterzufahren.

Rumpelnd setzte sich das Gefährt wieder in Bewegung.

Florentin schnappte nach Luft. »Wie konntest du nur«, rief sie. Immer noch schwankte sie zwischen Schreck und Verlegenheit.

Zärtlich zog Nikolaus ihr das zerrissene Kleid über die Schultern. »Es tut mir leid, Liebste, aber hättest du von meinem Vorhaben gewusst, wäre deine Reaktion nicht überzeugend gewesen. Ich hoffe, du kannst mir verzeihen!«

Florentin wusste nicht, ob sie lachen oder Nikolaus verfluchen sollte. In Russland hatte man eine Schwäche für leidenschaftliche Gefühle, und so hatten die Soldaten weder die Heiratsurkunde genauer in Augenschein genommen noch nach weiteren Papieren der frischgebackenen Eheleute gefragt. Zwar war Florentin ob ihres Anblicks, den sie den Männern geboten haben musste, tief beschämt, jedoch hatte Nikolaus ihnen damit wahrscheinlich das Leben gerettet.

Florentin holte tief Luft. »Sollten wir noch einmal angehalten werden, muss ich leider *dein* Hemd zerreißen. Damit wären wir dann *d'accord*!«

Nikolaus lachte und zog sie zärtlich an sich. »Es besteht Hoffnung, dass mir das erspart bleibt. Sieh einmal …« Er wies aus dem Fenster, und Florentin sah, dass sie Sankt Petersburg hinter sich gelassen hatten. Die Türme der Kathedrale waren nur noch als Schemen zu erkennen, und die breiten Straßen wurden immer schmaler.

Bemüht, sich ihre Erleichterung nicht anmerken zu lassen, raffte Florentin ihr Kleid und lächelte ihren Gemahl an. »Schade eigentlich. Der leidenschaftliche Liebhaber stand dir gut«, neckte sie ihn.

Nikolaus' Augenbrauen schossen nach oben. »Sei vorsichtig, was du sagst«, entgegnete er heiser. Und mit diesen Worten zog er Florentin auf seinen Schoß und schob erneut die zerrissenen Hälften des Kleides beiseite. Als er seine Hände unter den zarten Stoff schob, unterdrückte sie nur mühsam ein Stöhnen.

Nikolaus umfasst erneut ihre Brüste, sanfter als vorhin, aber dennoch nicht weniger erregend. Seine Finger spielten auf ihrer bloßen Haut, bis Florentin anfing zu beben. Auf ihm sitzend, spürte sie, dass er sie ebenso begehrte wie sie ihn. Sie stemmte ihre Füße gegen den Kutschsitz und erhob sich gerade so weit von seinem Schoß, dass sie seinen Gürtel lösen konnte.

Nun war er es, der aufstöhnte, während seine Hände zu ihren Hüften glitten und er sie hart umfasste. Halb angezogen versanken sie ineinander, und das Rollen und Holpern der Kutsche floss in ihre Bewegungen ein, bis Florentin sich in weißer Hitze auflöste.

Danach lehnte sie atemlos an Nikolaus' Schulter, dessen Brustkorb sich ebenfalls rasch hob und senkte. Zärtlich strich er ihr eine verschwitzte Haarsträhne aus der Stirn. »Ich hatte Bedenken, unsere Reise könnte zäh und beschwerlich werden. Aber ich muss gestehen, dass ich mich inzwischen darauf freue, mit dir noch sehr lange in der Kutsche zu fahren.«

Trotz dieser Beteuerung kamen sie ab jetzt rasch und ohne Zwischenfälle voran. Man spürte, dass der Krieg vorbei war. Die Soldaten, die die Gefechte überlebt hatten, waren heimgekehrt und versuchten zusammen mit ihren Familien, das durch den Siebenjährigen Krieg brachliegende Land wieder aufzubauen. Überall waren die Bauern dabei, ihre Felder zu bestellen oder die ersten Ernten einzufahren, und endlich sahen Florentin und Nikolaus unter ihnen wieder junge, kräftige Männer, die ihren Vätern zur Hand gingen, statt auf den Schlachtfeldern zu sterben. Rascher, als Florentin es damals zu Pferd geschafft hatte, waren sie in Riga angelangt, und Florentin wagte zum ersten Mal zu hoffen, Katharinas Häschern in der Tat entkommen zu sein.

*

Die Kaiserin tobte. »Was soll das heißen, das Gerücht hat sich als haltlos herausgestellt?«, rief sie erzürnt und stampfte mit dem Fuß auf wie ein trotziges Kind, das nicht einsehen wollte, dass es die begehrte Süßigkeit nicht haben konnte. »Habe ich dir und Alexei nicht ausdrücklich aufgetragen, nicht ohne den Spion zurückzukommen? Mit welchen Dummköpfen warst du unterwegs, Grigori?«

Orlow, unrasiert und von einem langen Tagesritt erschöpft, spürte, wie er allmählich die Geduld verlor. Sosehr er Katharina begehrte – seit sie als Zarin an die Macht gekommen war, reizte es ihn sogar noch mehr, sie sich zumindest im Bett zu unterwerfen –, wurde ihm ihre Launenhaftigkeit nun doch zu viel. Tagelang waren er und seine Brüder zusammen mit einigen Getreuen Richtung Moskau geritten, um Florentin von Rosenberg samt der übrigen Abtrünnigen zu fangen, die gen Sibirien zogen, um offenbar einen Aufstand gegen die neue Kaiserin anzuzetteln, wie die Gerüchte besagten. Doch wo sie auch fragten und mit welchen Mitteln – niemand hatte die versprengten Holstein-Offiziere gesehen oder gar etwas von einem Putschversuch gehört.

Mehr als eine Woche später war Grigori in den Zarenpalast zurückgekehrt, um Katharina Bericht zu erstatten. Die Hitze des Hochsommers hatte sein Gesicht dunkel gebrannt, die vielen Fliegen hatten seine Haut zerstochen. Sein Körper war während der stundenlangen Ritte und der windigen, kühlen Nächte, die sie alle oft genug im Freien hatten verbringen müssen, da keine Unterkunft zu finden gewesen war, hager und sehnig geworden. Nun fasste er Katharina hart am Arm und zog sie zu sich, bis ihre Gesichter einander beinahe berührten. »Auch wenn Ihr die Herrscherin seid, passt auf, mit wem Ihr sprecht«, zischte Orlow warnend. »Ich bin nicht sieben Tage lang durch die Ödnis gestreift, um mich nach all den Strapazen von Euch behandeln zu lassen wie ein dummer kleiner Junge!«

Katharina funkelte ihn aufgebracht an, doch sie war klug genug, den Mund zu halten. Grigoris Zorn und seine förmliche Anrede waren ihr eine Warnung. Sie wollte ihn als Verbündeten nicht verlieren – und auch nicht als Geliebten. Ohne die Orlows wäre sie nicht an die Macht gekommen, und nun waren sie, Grigori und Alexei aufeinander angewiesen. Peters Tod hatte sie durch ein Verbrechen aneinandergeschmiedet, das stärker war als jede Eisenkette. Wenn Katharina versuchen sollte, auszubrechen, würden die Orlows nicht zögern, sie unweigerlich mit in den Abgrund zu reißen.

Daher schluckte sie ihren Groll hinunter und legte Grigori ihre weiche, schlanke Hand auf die Wange. »Ich weiß, du hast dein Bestes gegeben«, schnurrte sie und schmiegte sich an ihn.

Grigori, der seit mehr als einer Woche keine Frau mehr gehabt hatte, reagierte so, wie sie es sich erhofft hatte. Aus seiner Kehle drang ein Knurren, während er Katharina an sich riss und ihr gleichzeitig die Röcke hochschob.

Da klopfte es. Unwillig ließ Grigori die Kaiserin los, die sich gerade noch ihr Kleid richten konnte, bevor schon Alexei Orlow im Zimmer stand. Ehe sein Bruder ihn noch wegen seines unerlaubten Eintritts maßregeln konnte, platzte der heraus: »Es scheint, als ob uns auch die gesuchte Näherin entwischt ist!«

Grigori und die Kaiserin starrten ihn fassungslos an. »Wie ist das möglich?«

Alexeis Narbe schien förmlich zu brennen und hob sich dunkelrot von seinem zornbleichen Gesicht ab. »Wir haben doch damals die Woronzowa wegen des Briefes von Bestuschew befragt, und sie brachte uns auf die Spur der Deutschen aus der Schneiderstube …«

»Viktoria«, warf Grigori ein.

Alexei nickte. »Exakt. Viktoria, die vermeintliche Geliebte eines jungen Holstein-Offiziers namens Florentin von Rosenberg. Doch wie es aussieht, ist besagte Viktoria inzwischen die Frau eines anderen – nämlich die von Nikolaus Iwanowitsch.«

»Dem Baumeister?«, fragte Grigori verblüfft.

»Ebendem. Vor ein paar Tagen hielten ihn Wachposten mit der Kutsche an. Er nannte seinen Namen und hatte eine junge Frau bei sich. Die Beschreibung passt auf die kleine Näherin, und inzwischen wissen wir auch, dass er am Tag, da er angehalten wurde, geheiratet hatte. Und der Name seiner frisch angetrauten Gemahlin lautet ›Vikuscha‹. Ein merkwürdiger Zufall, nicht wahr?«

Grigori begriff als Erster. »Verflucht«, zischte er.

»Wieso hat man diesen Iwanowitsch nicht angehalten und die Papiere seiner Frischangetrauten überprüft?«, rief Katharina außer sich.

Alexei zuckte die Schultern »Nun, er und seine Gattin waren offenbar in eine – wie soll ich sagen – amouröse Angelegenheit vertieft. Die Soldaten dachten sich nichts dabei. Sie haben sich auch erst an die Sache erinnert, nachdem ich vorhin nochmals eine großangelegte Befragung durchgeführt habe.«

Grigori schlug mit der geballten Faust in seine linke Handfläche. »Nikolaus Iwanowitsch. Ausgerechnet. Die Sache mit der Hochzeit stinkt doch zum Himmel! Dabei wähnte ich ihn stets auf unserer Seite.«

Katharina warf den Kopf in den Nacken. »Die deutsche Näherin ist uns entwischt. Na und, wen kümmert es?«

»Mich«, raunzte Grigori. »Sie hätte uns verraten können, wo sich ihr ehemaliger Geliebter aufhält!«

Die Zarin zuckte die Schultern. »Ich bin mir sicher, dass von Rosenberg noch im Lande ist. Alexei, mach den Soldaten klar, dass ab sofort niemand mehr die Stadt und die angrenzenden Provinzen verlässt, ohne ganz genau überprüft zu werden. Egal, ob er sich in ›amourösen Angelegenheiten‹ befindet oder kurz vor dem Tode steht. Ich will Florentin von Rosenberg. Und ihr beide werdet ihn mir beschaffen!«

Doch Katharina irrte sich. Zum ersten Mal in ihrem Leben bekam sie nicht, was sie wollte. Florentin von Rosenberg war und blieb verschwunden. Auf den Gedanken, dass der Holstein-Soldat und die Gemahlin Nikolaus Iwanowitschs ein und dieselbe Person waren, kam die vor Zorn rasende Katharina nie. Florentin hatte eine Schwäche der Zarin klug genutzt – deren Überheblichkeit. Zwar war Katharina auf einem der Bälle von Kaiserin Elisabeth selbst in Pagenkleidung aufgetreten und bei ihrer Krönung in die Uniform der russischen Soldaten geschlüpft, doch hätte sie nie gedacht, dass noch ein anderer diese Maskerade bis zur Vollkommenheit beherrschen könnte. Florentin von Rosenberg hatte die Kaiserin ohne ihr Wissen übertroffen. Weil sie eine Frau war, die bereits mit der Lüge geboren worden war, ein Mann zu sein.

Kapitel 31

Herbst 1762,
Schloss Sanssouci bei Potsdam

»Ist das wahr? Ich kann kaum glauben, dass er tot ist.« Erschüttert ließ Florentin sich auf ein samtbezogenes Fauteuil sinken. Nach einer langen, aber glücklicherweise reibungslos verlaufenden Reise waren sie und Nikolaus endlich in Preußen eingetroffen, und Florentin war sofort nach Sanssouci aufgebrochen – alleine.

»Ich muss einige Dinge klären, Liebster«, hatte sie gesagt, und Nikolaus hatte nur verständig genickt und seine Gemahlin in Männerkleidern ziehen lassen.

Der Erste, dem Florentin begegnete, war Daniel, der treue Kammerdiener von König Friedrich. Er unterrichtete sie sogleich darüber, dass der königliche Kämmerer Fredersdorf gestorben war.

Für Florentin war diese Nachricht ein schmerzhafter Stich in die Eingeweide. Es fiel ihr schwer, sich vorzustellen, dass der Vertraute des *Sire*, dem sie über all die Jahre ihre verschlüsselten Briefe hatte zukommen lassen, nicht mehr am Leben war.

»Er starb vor etwa sieben Monaten im Schlaf«, berichtete Daniel.

Florentin musterte ihn. Auch an Friedrichs Domestiken waren die Kriegsjahre nicht spurlos vorübergegangen. Daniels jungenhaft-weiche Züge waren verschwunden und von ein paar scharfen Linien abgelöst worden, die sich zwischen Mund und Nase eingekerbt hatten. Aber seine Augen blickten immer noch mit jener kindlichen Unschuld in die Welt, die Florentin von Anfang an für den jungen Kammerdiener eingenommen hatte.

»Wie hat der *Sire* Fredersdorfs Tod aufgenommen?«

Die Miene des jungen Burschen wurde bekümmert. »Ich weiß es nicht, um ehrlich zu sein. Ihr kanntet den König noch vor dem Krieg, Florentin.« Daniel benutzte inzwischen die förmliche Anrede, und Florentin fragte sich unwillkürlich, ob Fredersdorf nicht doch einmal eine Andeutung gemacht hatte, wie wichtig Florentins Dienste für den preußischen Hof gewesen waren.

Daniel blickte sinnend aus dem Fenster. »So wie damals ist es schon lange nicht mehr – so ist der *Sire* nicht mehr. Er hat sich stark verändert, wisst Ihr? Er ist verbittert geworden und verbringt seine Tage beinahe ausschließlich in Gesellschaft seiner Hunde. Selbst mich lässt er manchmal tagelang nicht in sein Gemach, und ich muss ihm das Essen vor die Tür stellen. Seit der Krieg vorüber ist, vergräbt er sich hier und will Sanssouci auch während des Winters nicht verlassen. Der Einzige, mit dem er regelmäßig korrespondiert, ist Voltaire.«

»Erstaunlich, nachdem die beiden sich vor dem Krieg im Streit getrennt haben und der Franzose damals so überstürzt den Palast verlassen hat!«

Daniel zuckte die Schultern. »Der König hat den Briefwechsel wiederaufgenommen, lässt es jedoch auf ein persönliches Treffen nicht mehr ankommen. In den vergangenen Jahren sind zu viele bei ihm in Ungnade gefallen, darunter sein treuer Vorleser Henri de Catt. Nun zieht der *Sire* es vor, seine Korrespondenz alleine zu tätigen. Trifft ein Schreiben

Voltaires ein, ist er danach meist einen oder zwei Tage guter Dinge. Doch nicht lange, und er neigt wieder zu Wutausbrüchen, tobt durchs Schloss, und wehe dem, der ihm in die Quere kommt. Der bekommt dann seinen gnadenlosen Spott zu spüren.«

Florentin biss sich auf die Lippen. »Hat der Krieg das aus ihm gemacht?«

Daniel nickte. »Die vielen Gefallenen, die ständige Konfrontation mit dem Tod auf den Schlachtfeldern und die Verluste in der Bevölkerung durch Seuchen … das hat den *Sire* stärker mitgenommen, als er zugibt. Nun ist Frieden, ja. Aber was haben wir durch sieben Jahre Kampf gewonnen?«

Sicher nicht das, was Friedrich sich ursprünglich erträumt hatte, dachte Florentin. Zwar war Preußen zur fünften europäischen Großmacht aufgestiegen und hatte sich als gleichwertiger Gegner Habsburgs bewiesen, dagegen standen jedoch fast zweihunderttausend tote Soldaten und eine marode Wirtschaftslage. Teile Preußens und Sachsens waren verwüstet und ausgeplündert, die Zivilbevölkerung lebte zum Teil immer noch in großer Armut.

»Leider habe auch ich keine guten Nachrichten im Gepäck«, sagte Florentin zu Daniel. »Ich nehme an, der *Sire* weiß um den Tod von Zar Peter?«

Der Kammerdiener nickte.

Florentin senkte die Stimme. »Er starb nicht an einer Kolik, wie offiziell verlautet, sondern wurde vorsätzlich umgebracht.«

Daniel riss die Augen auf, war aber klug genug, ebenfalls leise zu sprechen. »Seid Ihr sicher?«

»Ich habe die Leiche gesehen. Sie wies Würgemale am Hals auf, und ich glaube, seine Mörder zu kennen. Allerdings werden sie von Kaiserin Katharina protegiert, und daher ist ihnen nichts nachzuweisen. Trotzdem sollte der König die Wahrheit kennen, finde ich.«

Daniel wiegte zweifelnd den Kopf. »Vielleicht. Aber sagt es ihm nicht ins Angesicht. Man weiß nie, in welcher Stimmung er ist. Schreibt ihm lieber einen Brief, damit er Zeit hat, diese Neuigkeit zu verdauen. Ich werde dem *Sire* das Schreiben übergeben. Mit etwas Glück gewährt er Euch eine seiner inzwischen höchst selten gewordenen Audienzen.«

»Danke, Daniel. Ihr seid dem König immer noch ein guter Diener – und ein treuer Freund. Auch wenn er es nicht immer zu schätzen weiß«, sagte Florentin.

Der Diener errötete. »Und Ihr seid wahrhaft ein mutiger Mann, Florentin von Rosenberg«, sagte er feierlich.

Florentin lächelte und zog vor, nichts darauf zu erwidern. Es gab Dinge, die besser für immer ein Geheimnis blieben.

Als sie aus dem Schloss trat, blieb Florentin einen Augenblick lang stehen und ließ ihren Blick über die sanft abfallenden Terrassen des Sommerschlosses schweifen. Sie sah sich selbst als junges, unerfahrenes Mädchen in Männerkleidung auf ihrer Stute vor die Tore Sanssoucis reiten. Mit keinerlei Besitz, dafür mit dem Talent ausgestattet, zu fechten, zu reiten und in die Rolle eines jungen Mannes zu schlüpfen. Sie lächelte in der Erinnerung an den ungestümen Hengst Luzifer und den alten Stallmeister Harsdorf, der sie mit dem schwierigen Pferd ihrer ersten Prüfung am Hof unterzogen hatte. Mit leiser Wehmut, aber ohne Groll dachte Florentin auch an ihren Jugendfreund Hans, dessen Brief sie überhaupt erst nach Preußen geführt hatte. Der Schmerz, dass Hans sie verlassen hatte, weil sie nicht das Leben führen wollte, das er von ihr verlangte, war längst verflogen. Das Glück mit Nikolaus hatte alle Wunden geheilt, die Florentins Doppelleben und ihre Vergangenheit ihr zugefügt hatten. Ihre Jahre am preußischen Königshof würden ihr stets im Gedächtnis bleiben, aber die junge Frau spürte ganz deutlich, dass diese Zeit sich nun dem Ende zuneigte und ein neuer Lebensabschnitt begann. Nachdem sie mit dem König gesprochen hatte, würde sie nicht nur Sanssouci, sondern auch Preußen verlassen und mit Nikolaus auf das fränkische Gut ihrer Familie ziehen. Und schon bald würde Florentin von Rosenberg, der Spion des Königs, am Hof in Vergessenheit geraten sein.

*

Eines jedoch hatte Florentin nicht bedacht: Dass es eine Person im Schloss gab, die sie mehr als alles andere auf der Welt hasste und die weder vergeben noch vergessen hatte, was vor vielen Jahren bei einem Fechtduell geschehen war: Louise.

Der Zufall spielte ihr in die Hände, und sie trat am nächsten Tag genau zu dem Zeitpunkt aus einem der rückwärtigen Ausgänge Sanssoucis ins Freie, als Florentin mit dem jungen Kammerdiener Daniel am Eingang zum Schlosspark über das Schreiben an den *Sire* sprach.

Louise erkannte ihren Vetter sogleich, obwohl sie zu ihrem Missmut feststellen musste, dass Florentin die Jahre nichts hatten anhaben können. Von schlanker Gestalt und mit vollen, dunklen Haaren war ihr Vetter ein Abbild von Gesundheit und Kraft, während Louise, gefangen in der unerquicklichen Rolle der Mätresse eines zunehmend seniler werdenden älteren Mannes, deutlich an Körperumfang gewonnen hatte. All ihre eigenen Träume von Macht und Einfluss hatten sich dagegen in nichts aufgelöst. Der Minister, der in den Kriegsjahren nicht an Ansehen gewinnen konnte, hielt zwar mit zäher Hartnäckigkeit an seinem Amt bei Hofe fest, doch Louise vermutete, dass der Preußenkönig seine Minister und Berater nur deshalb behielt, weil er kriegsmüde und bequem geworden war.

Auch im Bett brachte Louises Gönner nichts mehr zustande, außer nach kurzer Zeit laut zu schnarchen. Außerdem reizte er seine Mätresse seit geraumer Zeit mit seinem ständigen Gejammere über die Tatsache, dass der *Sire* nicht mehr auf ihn hörte, zur Weißglut. Und wenn er nicht lamentierte, verlangte er von Louise, dass sie sich um ihn kümmerte, ihm die mageren Schultern knetete, weil er dort Schmerzen hatte, oder seine gichtigen Hände hielt, weil ihn einmal mehr der Weltschmerz überfiel. Zudem benutzte er ihr gegenüber seit einigen Monaten die allzu vertrauliche Du-Anrede, was bei Louise den Eindruck verstärkte, eher seine Magd als die begehrte Geliebte zu sein. Vor zwei Tagen hatte der Minister sie dann tatsächlich gebeten, ihm die gelblich verhornten Zehennägel zu stutzen: »Du weißt, meine Liebe, ich kann mich nicht mehr bücken.«

Doch dagegen hatte sie sich energisch verwehrt. »Ich bin nicht Ihre Leibeigene, und es wäre angemessen, Sie würden sich daran erinnern, was unser Verhältnis früher einmal bestimmt hat«, hatte sie ihm schnippisch hingeworfen.

»Dann sieh einmal in den Spiegel und erinnere dich, warum ich dich früher einmal begehrt habe«, hatte er gekränkt erwidert, und Louise war türenknallend aus dem Gemach gelaufen. Am Abend hatte der Minister dann ihre Hände geküsst und sie mit einer schäbigen Kette aus falschen Perlen zu versöhnen getrachtet.

Jetzt loderte beim Anblick ihres Cousins der alte Hass in Louises Herz wieder auf. War nicht Florentin überhaupt daran schuld, dass sie ihr Leben als Mätresse fristen musste? Wenn ihr Bruder Wilhelm noch leben würde, hätte er ihr eine gute Position in Adelskreisen verschafft – und eine bessere Partie als einen inzwischen verwitweten Minister, der trotz des Todes seiner Gemahlin vor zwei Jahren nicht daran dachte, Louise zu ehelichen, obwohl auch sie längst Witwe war.

Ehe Florentin sie entdeckte, zog Louise sich rasch wieder in den Flur des Palastes zurück, ließ aber die Flügeltüren nach draußen einen Spalt offen und lauschte.

»Ich habe den Brief an den König bald fertig«, hörte sie ihren Vetter sagen.

Daniel nickte. »Legt ihn einfach in meine Kammer, wenn Ihr fertig seid. Ich werde dem *Sire* das Schreiben später übergeben, nachdem ich im Schloss meinen Dienst versehen und etwas gegessen habe«, versprach er.

Louise verzog geringschätzig den Mund. In ihr reifte ein Plan, und mit schnellen Schritten ging sie zurück in das Zimmer, in dem der Minister am helllichten Tage ein Mittagsschläfchen hielt. Emotionslos betrachtete Louise ihren Gönner, die im Alter eingesunkenen Wangen, von weißen Stoppeln bedeckt, und den halboffenen Mund, aus dem ein Speichelfaden über das schlaffe Kinn rann. Sie widerstand dem Impuls, ihm etwas von dem Wasser, das in einer Karaffe auf einem Tischchen stand, ins Gesicht zu schütten. Stattdessen bemühte sie sich um einen honigsüßen Ton, als sie ihn sanft rüttelte. »Wachen Sie auf, mein Lieber.«

Mit einem unwilligen Schnarchlaut öffnete der Minister die Augen. »Was ist denn?«

»Hier ist es schrecklich unordentlich«, klagte Louise. »Sie müssen unbedingt diesen Kammerdiener Daniel bitten, etwas aufzuräumen. Und ich habe noch einige Besorgungen zu machen, die Sie ihm ebenfalls auftragen können. Der König hat keine Beschäftigung für ihn, und der Kerl wird etwas frech, wie ich finde.«

Ächzend stemmte der ältere Mann sich hoch und gähnte herzhaft. Angewidert sah Louise die Lücken zwischen seinen bräunlich verfärbten Zähnen und roch seinen säuerlichen Altmänneratem.

»Muss das sein?«, brummte er.

Louise lächelte strahlend, während sie ihm die Kordel für die Dienstbotenklingel in die Hand drückte. »Ja, es muss sein. Wenn ich zurückkomme und es ist aufgeräumt, werde ich mich auch gerne um Ihren schmerzenden Rücken kümmern, mein Guter.« Mit diesen Worten rauschte Louise aus dem Gemach und verbarg sich hinter einem schweren Vorhang im Gang, der breit genug war, um selbst ihre Körperfülle zu verdecken.

Kurze Zeit später hörte sie befriedigt den hellen Klang der Glocke, die Daniel aus der Schlosskapelle zu seinen Pflichten rief. So schnell es ihre Leibesfülle zuließ, huschte Louise über den Gang und über den Hof zu den Dienstbotengemächern.

Tatsächlich war das Schreiben Florentins nur nachlässig unter der dünnen Linnendecke von Daniels Bett in der kargen Dienstbotenkammer verborgen. Rücksichtslos brach Louise das Siegel und las interessiert, dass ihr Vetter offensichtlich bis vor kurzem im fernen Russland geweilt hatte. Sie war bisher stets davon ausgegangen, dass Florentin sich vor Jahren schon auf das väterlich-fränkische Gut zurückgezogen hatte. Noch interessanter war allerdings für sie zu lesen, was sich kürzlich in Peters Palast in Ropscha zugetragen hatte.

»Der Zar – ermordet«, murmelte sie vor sich hin. »Das wird dem König gar nicht gefallen.«

Doch wie konnte sie ihr Wissen nutzen, um ihrem verhassten Cousin eins auszuwischen? Zu ihrem Missmut wollte Louise partout nichts einfallen.

Trotzig verbarg sie das Schreiben im weiten Spitzenärmel ihres Kleides, ehe sie aus der Kemenate stapfte und sich in das Teehaus im Schlosspark begab, das weit genug entfernt lag, um nicht vom König aufgesucht zu werden. Die Gicht machte Friedrich zu schaffen, und er verließ kaum noch seine privaten Gemächer. Trotzdem hatte er seine Augen und Ohren überall, und wehe, er erfuhr, dass jemand sich unbefugt in seinen ganz privaten Räumlichkeiten des Schlosses aufhielt – vor allem wenn es Frauen waren. Falls überhaupt möglich, war der *Sire* ein noch schlimmerer Weiberfeind als früher, und Louise hatte beim Minister mit allen Mitteln kämpfen müssen, um nicht ganz aus dem Schloss vertrieben zu werden.

Der Preis dafür war hoch.

Sie durfte sich weder bei offiziellen Anlässen noch im Alltag in den meisten Räumen Sanssoucis blicken lassen und musste ihre Mahlzeiten entweder im Gemach ihres Gönners oder mit den wenigen weiblichen Dienstboten in der Küche des Schlosses einnehmen. Eine Demütigung, die Louise dem *Sire* ebenso wenig verzieh wie die Feigheit des Ministers, der sich kein einziges Mal gegen das königliche Gebot aufgelehnt hatte.

Auch jetzt saß Louise dumpf brütend in ihrem Groll auf einem der unbequemen, weil für ihren Reifrock zu schmalen Stühlchen des Teehauses und studierte erneut den entwendeten Brief. Fieberhaft überlegte sie, auf welche Weise sie dieses Schreiben gegen ihren verhassten Vetter nutzen konnte. Florentin schrieb von zwei Helfershelfern der Kaiserin, die angeblich den Zar ermordet hatten. Einer von ihnen war offensichtlich der langjährige Geliebte Katharinas. Gehässig dachte Louise an die Gerüchte über die Triebhaftigkeit der neuen Zarin, die sogar schon bis nach Preußen gedrungen waren. Katharina stand ihrer Vorgängerin Elisabeth von Russland damit in nichts nach. Und ihrem Gemahl Peter, dem armen Tropf, hatte sie nicht nur Hörner aufgesetzt, sondern ihm auch noch den Kaiserthron weggenommen. Unwillkürlich überkam Louise der blanke Neid auf diese Frau, die sich ohne Skrupel nahm, was sie wollte – und auch noch Erfolg damit hatte. Louise hingegen hatte es trotz hartnäckiger Versuche all die Jahre nicht geschafft, auch nur den geringsten gesellschaftlichen Einfluss am Hof zu nehmen, geschweige denn ihren Minister in die Ehe zu zwingen und damit aus ihrer Rolle der Mätresse herauszukommen. Vielleicht hätte sie sich ebenso wie die deutsche Prinzessin von Anhalt-Zerbst, die Zarin Katharina einst gewesen war, an den russischen Hof begeben und sich dort einen einflussreichen Gönner suchen sollen, dachte Louise und lachte bitter auf. Doch wehe, sie hätte auf der falschen Seite gestanden, spann sie ihren Gedankenfaden weiter. Was aus den Getreuen Peters geworden war, konnte man ja an den zahlreichen Holstein-Soldaten sehen, die seit der Machtübernahme aus Russland geflohen und nach und nach beim Preußenkönig vorstellig geworden waren. Erst gestern war wieder so ein armer Tropf in Sanssouci aufgetaucht und hatte den *Sire* um Bleiberecht ersucht, weil seine gesamte Familie im Krieg ausgelöscht worden war. Doch die Staatskasse war leer, und der Preußenkönig fütterte keinen mehr durch, selbst wenn derjenige jahrelang treu Friedrichs glühendem Bewunderer Peter gedient hatte. Der Soldat würde sich anderweitig umsehen müssen, woher er ein paar Taler für Essen und Quartier bekam. Und mit einem Mal hatte Louise eine Eingebung, die sie trotz ihrer plumpen Statur behende von dem filigranen Stühlchen aufspringen ließ. Soeben waren nämlich zwei Dienstmägde eifrig plaudernd hereingekommen, um zwei zierliche Tassen samt einer Kanne auf ein Silbertablett zu stellen und es hinauszubringen. Louise unterbrach das Geschnatter der beiden jungen Dinger: »Wo befindet sich der Soldat des ehemaligen Zaren, der gestern hier vorstellig geworden ist?«

Zwei erschrockene Augenpaare richteten sich auf die füllige Mätresse, die sich um ein freundliches Lächeln bemühte. »Keine Sorge, ich will dem armen Mann nur helfen. Bringt mich zu ihm!«

Während Louise aufstand, tastete ihre Hand unwillkürlich nach dem Brief ihres Vetters an den König. Vielleicht würde er sich doch nicht als so nutzlos erweisen, wie sie zunächst gedacht hatte …

*

»Der *Sire* will Euch sprechen!« Aufgeregt stand Daniel vor Florentin, die den ganzen gestrigen Tag ruhelos darauf gewartet hatte, von dem Kammerdiener Nachricht zu erhalten. Doch Daniel war offenbar beschäftigt gewesen. Trotzdem hatte Florentin nicht gewagt, Sanssouci zu verlassen und zu Nikolaus zu reiten, sondern in einer der Knechtskammern über dem Pferdestall genächtigt.

Zu ihrem Kummer war auch der Stallmeister Harsdorf nicht mehr da. Zu alt, um sich noch um die Pferde zu kümmern, war er vor acht Monaten zu seiner Nichte gezogen. Der König hatte seine Pferdezucht sowieso aufgegeben und hielt nur noch so viele Kutschgäule, wie er für seine seltenen Ausfahrten benötigte.

Vieles hatte sich in Potsdam verändert, und Florentin spürte, dass der Königshof für sie kein Zuhause mehr war. Umso eiliger hatte sie es, mit Nikolaus zusammen fortzugehen. Nun sprang sie erleichtert auf. »Endlich. Hat er meinen Brief gelesen?«

Daniel runzelte die Stirn. »Aber Ihr habt mir doch den Brief noch gar nicht gegeben!«

»Nein«, widersprach Florentin. »Ich habe ihn gestern unter das Bett in deiner Kammer gelegt, wie du es mir gesagt hast.«

Daniel schüttelte ratlos den Kopf. »Da lag nichts. Ich bin zwei Mal in meiner Kemenate gewesen. Ich habe angenommen, Ihr hättet das Schreiben entgegen meines Ratschlags dem König persönlich übergeben.«

Florentin war nun vollends verwirrt. »Das habe ich nicht. Seltsam, weshalb gewährt mir der *Sire* jetzt dennoch eine Audienz?«

Daniel zögerte. Sein Blick huschte unruhig umher, dann holte er tief Luft. »Ich weiß es nicht. Aber er schien in keiner guten Stimmung zu sein, also seid gewarnt.«

Florentin zuckte die Schultern. »Was ich ihm zu sagen habe, sind auch keine erfreulichen Dinge.«

Daniel dachte nach. »Vielleicht hat einer der anderen Kammerdiener den Brief liegen sehen und ihn dem *Sire* gegeben.«

»Wie auch immer, ich werde es herausfinden«, erwiderte Florentin betont munter, obwohl sie mit einem Mal den Eindruck hatte, als tauche eine schwarze Wolkenwand am Horizont auf, die ein drohendes Unwetter verhieß.

*

Florentin erschrak, als sie den König nach beinahe acht Jahren wiedersah. Seine Perücke saß schief und zerzaust auf seinem Haupt, das ihm zwischen die Schultern gesunken zu sein schien. Er trug einen schäbigen, blauen Uniformrock, auf dem Spuren von Essen und Schnupftabak davon zeugten, dass sein Träger sich in letzter Zeit offenbar ziemlich gehenließ. Neben seinem einfachen Sessel lehnte ein Gehstock.

Friedrich schien um die doppelte Anzahl von Jahren gealtert zu sein. Nur seine blitzblauen Augen blickten so scharf wie früher. Allerdings konnte Florentin nichts von dem spöttischen Wohlwollen darin entdecken, mit dem der König sie früher stets gemustert hatte. Seine Mundwinkel in dem bleichen, von tiefen Furchen durchzogenen Gesicht waren nach unten gezogen, und auch Florentins ehrerbietiger Gruß rief keine nennenswerte Reaktion hervor.

»Nachdem ich vom Tod des Zaren gehört habe, war ich sehr bedrückt«, fiel er ihr ins Wort.

Florentin nickte. Schließlich war der gebürtige Holsteiner Peter ein großer Bewunderer Friedrichs gewesen, und seine Herrschaftsübernahme hatte den König im letzten Augenblick vor einer vernichtenden Niederlage Preußens bewahrt, die ohne den Tod der Kaiserin kaum mehr abzuwenden gewesen wäre.

»Doch nun bin ich nur mehr aufgebracht und fassungslos, weil ich erfahren musste, dass keine Kolik, sondern ein feiger Akt seinem Leben allzu früh ein Ende gesetzt hat. Das alles nur, weil er seiner Gemahlin in ihrer Herrschsucht offenbar lästig geworden war.«

Florentin atmete auf. Also waren ihre Zeilen doch auf irgendeine Art und Weise in die Hände des Königs gelangt, und er wusste nun um das vertuschte Verbrechen der Orlows.

»Ich bin froh, dass die Wahrheit ans Licht gekommen ist«, sagte Florentin. Sie hatte mit allem gerechnet, nur nicht mit dem Zorn, der unvermittelt Friedrichs Gesicht verzerrte. Aufgebracht stand er auf und hieb seinen Gehstock wütend auf den Steinboden. »Wie kann er es wagen, Florentin von Rosenberg?«, donnerte er.

Die junge Frau in Männerkleidung zuckte zusammen. Offenbar steigerte sich der König in einen seiner Wutanfälle hinein, vor denen Daniel sie bereits gewarnt hatte. Aber was war in den *Sire* gefahren, das ihn derart in Rage brachte, noch dazu gegen einen seiner treuesten Leute?

»Pah, von wegen treu! Einen Verräter habe ich protegiert!«, wütete Friedrich, als Florentin ihn vorsichtig auf seinen ungerechten Zorn aufmerksam machen wollte.

Bei diesen Worten wurde es Florentin unheimlich.

»Was soll das heißen, *Sire*?«, fragte sie.

»Das heißt, dass ein ehemaliger Holstein-Offizier des verstorbenen Zaren gestern bei mir war. Der Mann hat unter Eid ausgesagt, dass Peter III. ermordet wurde. Von einem Günstling der Kaiserin, der ihr wohl des Nachts gern das Bett gewärmt hat! Und dieser Mann – warst du!« Vor Zorn merkte der König offenbar gar nicht, dass er Florentin wie einen niederen Domestiken duzte, etwas, das er vorher noch nie getan hatte.

Der Beschuldigten wurde schwarz vor Augen. Wie konnte der König so etwas annehmen? Und vor allem: Wer war dieser Holstein-Offizier, und wie kam er dazu, sie zu beschuldigen?

Nur langsam gewannen die Konturen des königlichen Gemachs wieder an Schärfe. Florentin atmete tief ein und zwang sich zur Ruhe. Wenn sie ebenso zornig wie Friedrich antwortete, würde das den *Sire* nur noch mehr aufbringen. Daher sagte sie so ruhig wie möglich: »Das ist eine infame Lüge! Ich verlange, diesen vermeintlichen Offizier zu sprechen. Dann wird sich herausstellen, dass er nicht die Wahrheit sagt – oder mich verwechselt hat.«

Der König spuckte die folgenden Worte förmlich aus. »Ausgeschlossen. Der Mann kannte dich ganz genau, Rosenberg! Er hat dich hier in Potsdam wiedererkannt und geschworen, dass er dich am Todestag des Zaren in Ropscha aus dessen Gemach hat schleichen sehen. Er ist dir gefolgt und hat beobachtet, wie du anschließend zur Kaiserin geritten bist, die dich mitten in der Nacht noch empfangen hat!«

Nun war Florentin klar, dass es sich um ein Komplott handeln musste. Lodernder Zorn schoss in ihr hoch. »Das ist hanebüchener Unsinn! Und eine schamlose Verleumdung dazu. Keiner von Peters Soldaten war bei ihm. Holt den Offizier her, und ich werde Euch beweisen, dass Ihr irrt!«

»Er hat hier keine Forderungen zu stellen, Kerl!«, beschied ihr der König kalt. Dann klopfte er zwei Mal mit seinem Gehstock auf den Boden. Gleich darauf wurde die Tür aufgerissen, und zwei kräftige Soldaten kamen herein. »Sperrt ihn ein«, befahl Friedrich. »Ich werde morgen ein Gericht zusammenrufen, das über seine Strafe entscheiden soll.«

Noch ehe Florentin reagieren konnte oder wusste, wie ihr geschah, hatten die beiden hochgewachsenen Männer sie gepackt und aus dem Gemach geschleppt.

*

Schwer atmend ließ Friedrich sich in seinen Sessel zurückfallen. Sein ganzer Körper brannte vor Schmerz. Die verfluchte Gicht ließ ihn keinen Augenblick mehr in Frieden, nicht einmal nachts gönnte sie ihm mehr als wenige Augenblicke Schlaf. Doch heute waren es nicht nur seine Knochen, die ihm weh taten, sondern auch sein Herz – doch das hätte er niemals zugegeben. Er hatte Florentin von Rosenberg gemocht, und nun war ausgerechnet dieser junge unerschrockene Fechter zu der russischen Kaiserin übergelaufen, die zwar klug und schön, aber auch machtgierig und skrupellos war. Gerne hätte Friedrich nicht geglaubt, was er hörte, als man ihm den Holstein-Offizier aus Peters ehemaliger Garde vorführte. Doch der Mann hatte den jungen Rosenberg genau beschrieben und glaubhaft versichert, dass er ihn auf dem russischen Landsitz, wo Peter festgesetzt worden war, gesehen hatte – kurz bevor die Nachricht von dessen Tod die Runde machte.

Was für eine Ironie des Schicksals, dass der Offizier dem Mörder des Zaren ausgerechnet in Potsdam wieder begegnete, dachte der Preußenkönig. Natürlich hatte der Soldat es als seine Pflicht angesehen, ihn darüber zu unterrichten, was er wusste. Und dennoch … Ein leiser Zweifel, dass von Rosenberg tatsächlich derart kaltblütig war, hatte Friedrich von Anfang an befallen und ließ sich nicht verscheuchen.

Da klopfte es, und einer seiner Minister buckelte herein. Friedrich verabscheute den unterwürfigen Gang des älteren Mannes und seine spitze Nase, die stets zuckte wie eine schnüffelnde Ratte. Am schlimmsten aber war dessen fettleibige Mätresse, die seine Verbote, sich im Schloss aufzuhalten, ebenso hartnäckig wie unverfroren ignorierte. Leider brauchte der König seine Berater, daher duldete er zähneknirschend die eine oder andere unangenehme Begleiterscheinung. Bei dem einen war es seine Geldgier und bei dem anderen eben der Johannistrieb, der ihn seiner Geliebten gegenüber schwach machte. Umso ärgerlicher, dass der Offizier ausgerechnet diesen Minister in seine Beobachtungen eingeweiht und über ihn um eine Audienz beim König gebeten hatte.

»*Sire*«, sagte der Minister, »wie ich sehe, habt Ihr recht gehandelt und lasst den Verräter einkerkern.« Er warf theatralisch die Hände in die Luft. »Welch glückliche Fügung, die uns einen Zeugen in die Hände gespielt hat, um einen feigen Mörder zu überführen. Und wie gut, dass ich sogleich gemerkt habe, was für wichtige Neuigkeiten dieser Offizier für uns hat. Und dass ich ihn dazu gebracht habe, bei Euch vorstellig …«

Friedrich unterbrach ihn harsch. »Spare er sich die Floskeln. Was will er?«

»Nun, eine kleine, monetäre Entschädigung für den tapferen Soldaten wäre angemessen, glaube ich. Immerhin weiß der Arme nach dem Tod des Zaren nicht, wohin.«

»Gut, ich will ein paar Taler dafür hergeben. Aber er weiß wohl, verehrter *Minister*, unsere Kassen sind leer.«

Das linke Augenlid des älteren Mannes zuckte nervös. »Natürlich, Eure Majestät.«

Er entfernte sich rückwärtsgehend und wagte nicht, zu fragen, wie hoch die Summe sein würde.

Doch als er ein paar Stunden später in seinem Gemach den Lederbeutel öffnete, den der König geschickt hatte, beklagte er sich bitterlich bei Louise über den Geiz des *Sire*. »Ich habe dem Holsteiner eine höhere Summe vorgesteckt. Soll ich etwa auf der Differenz sitzenbleiben?«

Seine Mätresse lächelte und schmiegte ihre üppigen Formen an seinen Rücken – etwas, das sie schon lange nicht mehr getan hatte. »Die paar Taler und Guldiner sollte ich Ihnen wert sein, mein kleines graues Eselchen«, schnurrte sie, während sie begann, dem Minister den Nacken zu kneten.

Wohlig seufzend lehnte der sich zurück und genoss die Berührungen mit geschlossenen Augen. »Ja, das ist ein guter Anfang«, murmelte er, und seine Hand wanderte nach oben und verschwand in Louises Ausschnitt. »Aber vergiss nicht, was du mir noch versprochen hast …!«

Zu seinem Glück hatte er die Augen nicht geöffnet, und so sah er nicht die hässliche Grimasse, die seine Geliebte schnitt. Der Preis war wirklich hoch, dachte Louise und blickte angewidert auf den halbkahlen Schädel ihres Gönners hinunter.

Seufzend begann sie, ihr Kleid aufzuknöpfen. Aber die Genugtuung, ihren verhassten Vetter Florentin lebenslang im Kerker oder vielleicht sogar auf dem Richtplatz zu sehen, war es allemal wert.

*

Florentin rüttelte in ohnmächtigem Zorn an den Gitterstäben, die das einzige Fenster ihrer Zelle umschlossen. Stundenlang war sie in dem winzigen Raum hin- und hergelaufen wie ein ruheloses Tier, und unzählige Fußspuren auf dem sandigen Boden zeugten von ihrer Verzweiflung. Sie war noch immer fassungslos über das Vorgehen des Königs. Wie hatte er sie einfach so abführen lassen können, ohne ihr auch nur die geringste Gelegenheit zu geben, sich zu rechtfertigen? Wieso war einer von Peters Offizieren überhaupt auf den Gedanken gekommen, sie zu denunzieren? Florentin hatte zu allen Soldaten, die sie in Oranienbaum kennengelernt hatte, ein gutes Verhältnis gehabt. Niemals hatte sie einen Kameraden beleidigt oder schlechtgemacht. Es konnte sich also nur um jemanden handeln, der ihr bewusst schaden wollte. Aber wer – und warum?

Auf einmal beschlich sie ein neuer Verdacht: Was, wenn der angebliche Holstein-Gardist nur Mittel zum Zweck war? Vielleicht wollte er sich gar nicht persönlich an Florentin rächen, sondern war von jemandem beauftragt worden, einen falschen Eid vor dem König zu schwören?

Wie bei einem Schachspiel, in dem ein Zug zum nächsten führt, stand Florentin auf einmal die Antwort auf ihre Frage deutlich vor Augen: Louise. Nur ihre Base besaß die Gewissenlosigkeit und die Mittel, um eine solche Verschwörung in Auftrag zu geben.

In einer Aufwallung von Zorn schlug Florentin mit der flachen Hand an die gekalkte Wand. Das also war die Rache, auf die ihre Cousine jahrelang gewartet hatte. Am liebsten hätte Florentin getobt und geschrien, doch sie wusste genau, wie wenig das nützen würde.

Trotzdem war es nicht Louises späte Genugtuung, die ihr am meisten zu schaffen machte, sondern der Gedanke an Nikolaus, der ahnungslos in Potsdam weilte und seit zwei Tagen auf sie wartete. Sie hatte keinerlei Möglichkeit, ihm eine Nachricht zukommen zu lassen. Die Bitte an den Gefängniswärter, ihr wenigstens Tinte, Feder und Papier zu bringen, beantwortete dieser nur mit einem höhnischen Grinsen, ehe er wortlos vor Florentin ausspie und ging.

Verzweifelt sank die junge Frau in Soldatenuniform auf die schmale Liegestatt und schlug die Hände vor das Gesicht. Würde sie Nikolaus je wiedersehen?

Ihre Sehnsucht nach ihm trieb ihr die Tränen in die Augen, und Florentin wischte sich hastig über das Gesicht. Sie wollte nicht von einer der Wachen beim Weinen gesehen werden und bemühte sich um ein paar tiefe Atemzüge, um zur Ruhe zu kommen. Doch Angst und Ungewissheit, was der *Sire* mit ihr vorhatte, lähmten sie. Ob sie wohl morgen in aller Frühe sofort auf den öffentlichen Richtplatz geführt werden würde?

Florentin war klar, dass sie unter allen Umständen den Vorwurf des Zarenmordes entkräften musste. Nach längerem Nachdenken wusste sie, dass es dafür nur eine Möglichkeit gab – und dazu musste sie mit dem Preußenkönig alleine sein, wenigstens für einen kurzen Augenblick.

Kapitel 32

13. Oktober 1762,
Gefängnis Potsdam

»Das Kriegsgericht wird in zwei Stunden zusammenkommen.« Mit diesen Worten stellten zwei Wärter Florentin am nächsten Morgen eine Waschschüssel samt einem Krug frischen Wassers in die Zelle.

Florentin tauchte Hände und Gesicht in das kühle Nass und versuchte, ihren rasenden Herzschlag, der sie die ganze Nacht wach gehalten hatte, zu bändigen. Sie musste es schaffen, den Preußenkönig noch vor dem Gang zum Tribunal ungestört zu erwischen. Doch wie sollte sie das anstellen, wenn man sie in Ketten gelegt direkt vor die Judikatur schleppte?

Florentin überlegte fieberhaft, ob sie einen Ausbruchsversuch wagen sollte, verwarf den Gedanken aber sofort wieder. Die Festung war bewacht, und selbst wenn es ihr gelänge, den Zellenwärter zu überwältigen, würden in den Gängen und vor dem Tor mehrere Dutzend Soldaten stehen, die eine Flucht unmöglich machten. Also blieb ihr nichts weiter übrig, als zu warten, bis man sie holte.

Kurz darauf erklang ein heftiger Wortwechsel von draußen, den sie allerdings nicht verstehen konnte. Da kratzte bereits der eiserne Riegel im Schloss zu ihrer Gefängniszelle. Florentins Angst wich Überraschung, denn die Stimme, die nun ertönte, gehörte zweifellos dem *Sire*. »Der Teufel soll ihn holen, dass ich auf seinen törichten Vorschlag höre, Kerl«, fauchte Friedrich, just als die Tür aufsprang.

Die junge Frau in ihrer Uniform blinzelte in das unvermutete Tageslicht und sah verschwommen neben dem König seinen Diener Daniel stehen. Noch ehe sie sich von ihrer Überraschung erholt hatte, bellte der *Sire* die Wächter an: »Hinaus!«

Verschreckt entfernten die beiden sich durch die offene Tür, während Daniel Florentin ein ermutigendes Lächeln schenkte.

Friedrich funkelte seinen ehemaligen Degenfechter drohend an und deutete anklagend mit seinem gichtigen Zeigefinger auf Florentin. »Mein Kammerdiener hat etwas von einem Brief gefaselt, den er an mich geschrieben hat, der jedoch angeblich verschwunden ist, ehe er ihn mir übergeben konnte. Daniel bekniete mich, also bin ich bereit, ihn dazu anzuhören, ehe man ihn dem Gericht überantwortet. Also, was hat er zu sagen?«

Florentin richtete sich auf und sah dem König in die Augen. »In meinem Schreiben stand, wer die wahren Mörder von Zar Peter sind: Grigori und Alexei Orlow. Grigori ist zudem der Günstling Katharinas, dem sie sogar noch ein Kind geboren hatte, kurz bevor sie sich selbst zur Kaiserin ernannt hat. Irgendjemand hier am Hof muss an mein Schreiben gekommen sein und beschlossen haben, es gegen mich zu verwenden. Daraufhin hat man offensichtlich den Holstein-Soldaten bestochen. Denn ich schwöre bei meinem Leben, ich habe mit Peters Tod nichts zu tun. Ich war stets auf seiner Seite.«

»Sein Leben ist nicht mehr viel wert, wenn das Kriegsgericht erst einmal tagt, Florentin von Rosenberg«, brummte der Preußenkönig, aber er schien zumindest bereit, über Florentins Worte nachzudenken.

»Dabei werden sie aber auf den Hauptzeugen verzichten müssen«, schaltete Daniel sich ein. »Der Soldat, der all dies ausgesagt hat, ist nämlich seit dem Morgengrauen spurlos verschwunden!«

»Halt deinen vorwitzigen Schnabel«, raunzte Friedrich seinen Domestiken an, aber in Florentin keimte Hoffnung auf.

»Das beweist doch, dass etwas Unlauteres im Gange ist«, rief sie, doch der König schnitt ihr mit einer unwirschen Geste das Wort ab.

»Gar nichts beweist es. Woher soll ich wissen, dass er den Brief nicht vorsätzlich aufgesetzt hat, um sich von jeglichem Verdacht zu befreien, von Rosenberg? Vielleicht hat der Holsteiner nicht nur ihn erkannt, sondern auch umgekehrt? Um zu verhindern, dass er gegen ihn aussagt, hat er rasch zur Feder gegriffen und das Orlow-Komplott samt des ominösen Günstlings der Kaiserin erfunden.«

Florentin merkte, dass der König noch nicht bereit war, ihr zu vertrauen – und sie daher keine andere Möglichkeit mehr hatte, als ihren Plan von gestern Abend zu verwirklichen. Wenn sie noch länger zögerte, würde der König vielleicht die Geduld verlieren und gehen.

Sie holte tief Luft und wappnete sich gegen das, was sie nun erwarten würde.

»*Sire*. Ich kann gar nicht der Geliebte der Kaiserin gewesen sein. Ebenso wenig wie ich den Zaren hätte erwürgen können. Denn dies wäre nur einem kräftigen *Mann* möglich gewesen.«

Bei diesen Worten hatte Florentin sich bereits den Uniformrock aufgeknöpft. Unter Friedrichs verwirrtem Blick tat sie nun dasselbe mit ihrem Leinenhemd. Die Miene des Königs wurde ungläubig, als darunter die Brustbinde zum Vorschein kam.

Florentins Hände zitterten, aber für Scham war hier und jetzt kein Platz. Mit zwei Handgriffen wickelte Florentin den langen Leinenstreifen ab – und stand nun mit freiem Oberkörper vor dem Preußenherrscher. Ihre vollen, runden Brüste ließen keinen Zweifel daran, welchen Geschlechts sie war.

»Gottverdammich«, flüsterte der *Sire* heiser.

Daniel war die Kinnlade heruntergefallen. »Das ist ja eine Frau!«, rief er ungläubig und blickte den König an, als wäre er soeben Zeuge eines besonders perfiden Zauberkunststücks geworden.

Der *Sire* schnappte nach Luft und wandte schnell den Blick ab. »Bedeckt Euch, verdammt noch mal!«, brüllte er aufgebracht.

Wäre es nicht um ihr Leben gegangen, hätte Florentin gelacht, denn für den Frauenfeind Friedrich musste der Anblick ihres nackten Busens ein persönlicher Affront sein. Immerhin sprach er sie nun mit der höfischen Anrede an. Gehorsam streifte sie sich ihr Hemd über. »Glaubt Ihr mir nun?«

Der Preußenherrscher öffnete ein, zwei Mal den Mund, ohne dass er einen Ton hervorbrachte. Dann presste er heraus: »Das ist … das ist … Ihr habt mich zum Narren gehalten! All die Jahre! Ich sollte Euch aufhängen lassen!«

»Ich bin sicher, das Kriegsgericht wird zögern, eine Frau hinzurichten, die über Jahre im Dienst Preußens – und des Königs stand.«

»Ich habe einen jungen Burschen angestellt, der meine Pferde versorgt. Das dachte ich jedenfalls«, spuckte der König giftig aus.

»In der Tat war ich die Einzige, die mit Eurem Hengst Luzifer fertig geworden ist. Und mit Eurem ungestümen Neffen. Hätte er gewusst, dass ich eine Frau bin, wären die Lektionen im Fechten schon bald zu einer anderen Art Lehrstunde geworden. So jedoch konnte ich ihm zwar nicht den anständigen Umgang mit Frauen, aber wenigstens den mit Degen und Florett beibringen.«

Die blauen Augen des Königs funkelten zornig. »Eure Erfolge geben Euch noch lange nicht das Recht, mich derart zu täuschen!«

»*Sire*, ich tat es nicht aus Bosheit oder um mich über Euch lustig zu machen. Hätte ich sogleich die Karten offen auf den Tisch gelegt, ich hätte keinen Schritt in Euren Schlosshof tun können! Ganz abgesehen davon, dass Ihr niemanden gehabt hättet, der für Euch in Russland Augen und Ohren offen hielt.«

Friedrich blies seine hageren Wangen auf und machte eine wegwerfende Handbewegung. »Pah, sie überschätzt sich, Weib! Das hat mir auch nichts genutzt!«

»Oh doch. Ich habe Euch mit meiner Maskerade einen größeren Dienst erwiesen, als Ihr ahnt«, gab Florentin hitzig zurück. »Schon in Potsdam war es meiner Rolle als Frau zu verdanken, dass ich Euch damals im Berliner Schloss den russischen Spion im desertierten Holstein-Heer geliefert habe. Und in Russland war ich als Mann der Vertraute des Zaren Peter – aber nur in den Kleidern einer Frau hatte ich Zutritt zum Schloss von Kaiserin Elisabeth, wo ich einige wertvolle Dinge erfahren habe – unter anderem den geplanten Angriff der Russen auf Schlesien!«

Friedrich klappte den Mund zu, sein Atem ging schwer. Florentin sah ihm immer noch in die Augen und fuhr fort: »Ich war die perfekte Spionin und stand stets loyal zu Euch. Deswegen kann ich nicht zulassen, dass man mich als Verräter und Überläufer in Erinnerung behält, *Sire*!«

»Ich muss mich setzen«, ächzte der König, und Daniel beeilte sich, ihm den schlichten dreibeinigen Hocker heranzuziehen, das einzige Möbelstück in der schmalen, dämmrigen Kammer. Schwer ließ der Herrscher sich auf die hölzerne Sitzfläche fallen. »Eine Frau als mein bester Stallbursche und Degenfechter. Der Teufel soll's holen!«, murmelte er.

Daniel, der Florentin immer noch fasziniert anstarrte, kratzte sich am Kopf. »Wenn das herauskommt, Majestät, wird sich der ganze Hof – ach, was sage ich, das ganze Land – über Euch lustig machen. Stellt Euch einmal vor, welchen Skandal das auslösen würde«, sagte er, während er Florentin heimlich zuzwinkerte. »Selbst wenn Ihr die Beteiligten des Kriegsgerichtes zu Stillschweigen verpflichtet, wird sicher einer von ihnen reden. Ich sehe schon die Gazetten vor mir, die Karikaturen …«

»Ja, schon gut, schweig er still! Dasselbe werden wir alle tun«, beschloss Friedrich. Stöhnend erhob er sich von dem Schemel und bedachte Florentin mit einem finsteren Blick. »Ich werde das Kriegsgericht in Kenntnis setzen, dass sich der Verdacht gegen Euch als unhaltbar erwiesen hat, *Mademoiselle*«, knurrte er. »Als Gegenleistung verlasst Ihr sofort meinen Hof – und Potsdam. Am besten geht Ihr fort. Sehr weit fort! Und kein Wort zu niemandem, verstanden?!«

Florentin verbeugte sich. »Wie Ihr wünscht, *Sire*. Nur eines noch …«

Friedrich schlug wütend mit seinem Gehstock auf den Boden. »Jaja, eine Abfindung werde ich Euch auch geben. Immerhin habt Ihr mir gute Dienste geleistet. Obwohl Ihr eine Frau seid!«

»Verbindlichen Dank, aber es geht noch um etwas anderes. Ich bin verfemt und denunziert worden, und das hätte mich beinahe mein Leben gekostet. Ich finde, man sollte diejenigen, die mich des Hochverrats bezichtigt haben, zumindest zur Rede stellen.«

Einen Augenblick befürchtete Florentin, sie wäre mit dieser Forderung zu weit gegangen und der König würde gleich einen seiner gefürchteten Zornesausbrüche bekommen. Doch Friedrich tippte sich nachdenklich mit dem Zeigefinger gegen die Nase. »Gut«, sagte er schließlich. »Aber das muss mit Raffinesse geschehen. Lasst mich darüber nachdenken, und kommt heute Abend zu mir. Daniel wird Euch holen. Bis dahin aber«, er schenkte Florentin einen vernichtenden Blick, wobei er sich bemühte, nicht auf ihr Hemd zu sehen, unter dem sich ohne die Binde deutlich ihre weiblichen Formen abzeichneten, »bleibt mir vom Leibe!«

»Mit dem größten Vergnügen, *Sire*«, antwortete Florentin lächelnd, und ehe sie sich noch verbeugen konnte, stapfte der König wortlos hinaus.

Nun zitterten der jungen Frau doch die Beine, und sie ließ sich auf dem Schemel nieder, auf dem vorhin Friedrich gesessen hatte.

»Danke«, sagte sie und sah zu Daniel hoch, der immer noch in der Zelle stand und aussah, als könne er das, was sich gerade hier abgespielt hatte, noch nicht glauben. »Hab tausend Dank, Daniel. Ich glaube, du hast mir das Leben gerettet.«

»So, wie Ihr meines gerettet habt, vor etwa zehn Jahren«, antwortete der Kammerdiener leise. »Erinnert Ihr Euch? Die Gemahlin des *Sire* hatte mich damals des Diebstahls beschuldigt. Wenn Ihr nicht gewesen wäret, würde ich heute mein Leben als Verbannter fristen, mit dem Ruf, ein schäbiger Räuber zu sein.«

»Quid pro quo«, lachte Florentin erleichtert. Sie sprang auf und schüttelte Daniel die Hand. »Trotzdem schulde ich dir viel!«

Der junge Mann wurde rot bis über beide Ohren. »Aber dass ich nie gemerkt habe …«, fing er an und wandte schamhaft den Blick von Florentin ab. »Wie auch immer, Ihr könnt in meiner Kammer in Sanssouci warten, ich habe sowieso zu tun. Wenn der *Sire* Euch am Abend rufen lässt, hole ich Euch«, fügte er hastig hinzu und machte, dass er aus der engen Kammer kam. Scheinbar überforderte ihn die Tatsache, mit einer leichtbekleideten Frau im Raum zu sein.

Ohne Eile zog Florentin ihre Uniformjacke an und verließ die Kemenate. Unbehelligt konnte sie aus dem Gefängnis spazieren. Keiner der Soldaten hielt sie auf; wahrscheinlich hatte der Sire ihnen eine entsprechende Anweisung gegeben.

Doch Florentin zog es nicht ins Schloss. Sie wollte nicht in Daniels Kammer bis zum Abend warten, sondern so schnell wie möglich zu Nikolaus und ihm alles erzählen.

*

»Meine Liebste. Wenn ich gewusst hätte …« Nikolaus hielt Florentin so fest im Arm, dass sie kaum Luft bekam. »Ich habe mir Sorgen gemacht, aber du hattest mir gesagt, es könne etwas länger dauern, um zum König vorzudringen. Daher habe ich mich an deine Anweisung gehalten und bin nicht zum Schloss geritten. Ich Esel.«

»Nein, Nikolaus, bitte mach dir keine Vorwürfe. Du hättest unter Umständen alles nur schlimmer gemacht. Ja, vielleicht hätten sie dich als Russen ebenfalls verdächtigt und sofort eingesperrt! Ich bin einfach nur froh, dass ich dich wiedersehe.« Florentin schmiegte ihre Wange an die ihres Mannes.

Nikolaus schloss die Augen, als er sanft ihre Stirn küsste. »Ich hätte es nicht ertragen, auch nur einen Tag ohne dich zu leben«, murmelte er und hielt Florentin so fest, als wollte er sie nie wieder loslassen.

Florentin konnte nur wortlos nicken, denn ihr ging es ebenso.

Nikolaus ließ sie los und sah sie eindringlich an. »Versprich mir, dass du dich nie wieder in Gefahr begibst. Schwöre es mir, Florentin!«

Wäre sie dieselbe wie vor ein paar Jahren gewesen oder hätte Hans sie um diesen Gefallen gebeten, sie hätte sich gesträubt wie eine Katze gegen den Griff eines Fängers. Doch heute erschien Florentin ihre Liebe zu Nikolaus als das Einzige, was sie brauchte und wollte. Daher nickte sie leichten Herzens, während sie seine Hände ergriff. »Ich verspreche es dir. Gleich morgen früh verlassen wir Preußen – und dann ist die Spionin des Königs bald Geschichte.«

»Und wir werden eine neue Geschichte schreiben. Zusammen«, flüsterte Nikolaus, ehe er seine Lippen auf Florentins senkte und alle ausgestandenen Schrecken sich unter seinem Kuss auflösten.

Kapitel 33

13. Oktober,
Schloss Sanssouci

Ein paar Stunden später ritten Florentin und ihr Gemahl gemeinsam nach Sanssouci. Diesmal hatte Nikolaus es sich nicht nehmen lassen, Florentin zu begleiten, und wich auch nicht von ihrer Seite, während sie die breite, geschwungene Schlosstreppe von Sanssouci erklommen. Florentin hatte bewusst ihre Männerkleidung gewählt – ein letztes Mal. Dem König zuliebe, aber auch, weil sie sicher war, auf ihre Base Louise zu treffen, die Florentin von Geburt an nur als ihren Vetter kannte.

»Ich habe keine Ahnung, was der Herrscher vorhat, aber ich bin mir sicher, er ist inzwischen auf meiner Seite – und sei es nur, damit er sich nicht der Lächerlichkeit preisgibt«, erklärte sie Nikolaus, kurz bevor sie den Dienstboteneingang erreichten.

Florentin wollte sich gerade auf die Suche nach dem Kammerdiener Daniel machen, doch da kam er ihnen bereits entgegen. »Der *Sire* erwartet Euch«, sagte er zu Florentin, aber sie bemerkte wohl, wie er Nikolaus einen neugierigen Blick zuwarf.

»Darf ich vorstellen: Nikolaus Iwanowitsch, mein Gemahl. Und das ist Daniel, dem ich meine Freiheit verdanke.«

»Ihr seid wahrhaftig ein Held«, sagte Nikolaus auf Französisch und schüttelte dem jungen Domestiken ohne Umschweife die Hand.

Daniel wand sich verlegen. »Ich stand in der Schuld Eurer Gattin, Herr«, murmelte er.

»Sag mir, Daniel, weißt du um die Pläne des Königs?«, unterbrach Florentin. Ein Rest Misstrauen war geblieben, denn sie hatte am eigenen Leib erfahren müssen, wie wankelmütig der Preußenkönig offenbar geworden war. Oder hatte sie früher diesen Wesenszug an ihm einfach nicht erkannt?

Daniel senkte die Stimme. »Ich hörte, wie der *Sire* den Auftrag gab, den Minister samt seiner Mätresse kommen zu lassen.«

Nikolaus blickte grimmig. »Ich hoffe, er wird die beiden ins Verhör nehmen und sie der Lüge überführen.«

»Hat man den Holstein-Soldaten aufspüren können?«, fragte Florentin.

Daniel schüttelte den Kopf.

»Keine Angst, mein Schatz, der König wird dir nichts mehr tun. Du hast schließlich aufsehenerregend bewiesen, dass du nicht der Mann bist, für den dich alle hielten«, ermutigte Nikolaus sie.

»Wahrhaftig, das hat sie!«, sagte Daniel im Brustton der Überzeugung.

Florentin musste lachen und fühlte sich gleich etwas leichter.

Trotzdem durchschritt sie mit gemischten Gefühlen das in Silbergrau und Gold gehaltene Vestibül, das den Besuchern mit seiner lichten Offenheit *»Entrez!«* signalisierte. Unwillkürlich musste Florentin daran denken, wie sie vor vielen Jahren diesen Marmorsaal zum ersten Mal betreten hatte. Geblendet von der Schönheit des Gebäudes und fasziniert von den vielen Säulen und dem Deckengemälde war sie wie im Traum durch Sanssouci gewandelt. Ein Traum, der ihr beinahe zum Verhängnis geworden wäre – dank ihrer rachsüchtigen Cousine. In Florentin regte sich der alte Groll, gegen Louise, aber auch gegen deren ehrlosen Bruder. Sogar über seinen Tod hinaus war es Wilhelm gelungen, durch seine Schwester in das Schicksal der Familie Rosenberg einzugreifen. Wie gut, dass Florentins Schwester Terese die furchtbaren Ereignisse verkraftet und mit dem Gut eine neue Aufgabe und Erfüllung gefunden hatte. Nun konnte Florentin es kaum mehr erwarten, aus Potsdam und Berlin fortzukommen und ihre ältere Schwester endlich wieder in den Arm zu nehmen.

Doch zuvor musste sie dieses Kapitel endgültig abschließen.

Einmal mehr betrat Florentin den Marmorsaal, gefolgt von Nikolaus. Doch diesmal würde sie hoffentlich Klägerin statt Angeklagte sein.

Staunend blickte Nikolaus zu der Kuppel des Marmorsaales hinauf, die sich durch ein Lichtfenster zum Himmel öffnete. »Es sieht aus wie das Innere des Pantheons in Rom«, sagte er beeindruckt.

»Ich sehe, Ihr kennt Euch aus. Aber wer seid Ihr, und wer hat Euch in mein Schloss gelassen?«, ertönte Friedrichs Stimme hinter dem Paar.

Florentin drehte sich um und verbeugte sich, ebenso wie Nikolaus. »Dies ist Nikolaus Iwanowitsch, Baumeister der verstorbenen Zarin – und mein Gemahl«, sagte sie auf Französisch.

»Ein Russe«, schnaubte der *Sire*.

»Ein Mensch«, erwiderte Nikolaus auf Französisch.

Die Augenbrauen des *Sire* schossen in die Höhe. Anscheinend war er seit Fredersdorfs Tod Widerspruch nicht mehr gewohnt.

Nikolaus lächelte leicht. »Wir mögen auf verschiedenen Seiten einer Grenze geboren sein, *Sire*, doch eint uns unter anderem die Begeisterung für die Schönheit und Kunst. Sonst hätte ich den Winterpalast nicht miterbaut und Ihr diese herrliche Residenz nicht in Auftrag gegeben.«

Der Preußenkönig musterte den schlanken, dunkelhaarigen Mann mit zusammengekniffenen Augen.

Ruhig hielt Nikolaus dem Blick stand.

»Hm, er ist nicht auf den Mund gefallen, Euer Gemahl«, knurrte der Regent schließlich, und Florentin nahm es als Lob. »Er ist nicht nur mein Gatte, sondern auch mein Zeuge. In jener Nacht, als der Zar ermordet wurde, war ich bei ihm.«

»Oh ja, und ich kann Euch versichern, ich erinnere mich sehr gut daran«, lächelte Nikolaus.

»Genug, ich will keine Einzelheiten«, fauchte Friedrich, und Florentin sah ein kleines, boshaftes Lächeln auf Nikolaus' Lippen. Sie hatte ihm von der Aversion des Königs gegen Frauen erzählt, und Nikolaus konnte es sich nicht verkneifen, ihn damit etwas zu reizen.

»Ich habe meinen Minister samt seiner Mätresse einbestellt«, fuhr der König fort. »Ich bin neugierig, was sie zu sagen haben. Aber überlasst das Reden mir, verstanden?«

»Wie Ihr wünscht, *Sire*«, sagte Florentin, obwohl Nikolaus die Stirn runzelte. Mit einem leichten Händedruck beruhigte sie ihn.

Der König war klug und gerissen, und daher wartete auch Florentin gespannt, wie sich das Zusammentreffen mit ihrer Base gestalten würde.

Just da ging die in Weiß und Gold gehaltene Flügeltüre auf, und die leicht gekrümmte Gestalt des Ministers trippelte herein – gefolgt von Louise.

Florentin hätte ihre Cousine beinahe nicht erkannt, so verhärmt waren ihre Gesichtszüge und so aufgedunsen ihre Figur geworden.

»*Sire*, Ihr habt mich gerufen …« Der Minister stockte mitten in seiner Verbeugung, und seine Augen weiteten sich, als er Florentin erblickte.

Auch Louise schnappte bei dem Anblick nach Luft. »Was machst du denn hier?«, entfuhr es ihr.

»Warum? Habt Ihr Euren Vetter Florentin von Rosenberg etwa hinter Gittern gewähnt, *Mademoiselle*? Oder bereits auf dem Richtplatz?«, fragte Friedrich bissig.

Louise kniff die Lippen zusammen und schwieg, doch ihr hasserfüllter Blick sagte genug.

»Dann wäre Euer Plan ja aufgegangen«, fuhr der König fort. »Ihr habt Euch nicht einmal gescheut, meinen Minister mit hineinzuziehen.«

Betont freundlich wandte er sich an den schmächtigen Mann. »Was hat sie Euch versprochen, damit Ihr den Holsteiner bestecht?«

Nikolaus hatte sich hinter eine der Säulen zurückgezogen und beobachtete mit unbewegter Miene, wie sich auf der Stirn des älteren Mannes Schweißtropfen bildeten. Seine Mätresse, plump und mit verkniffenen Mundwinkeln – kaum vorstellbar, dass dies die Cousine der schlanken, schönen Florentin sein sollte –, nestelte nervös an dem goldenen Armband an ihrem fleischigen Handgelenk.

»Versprochen? Nichts hat sie mir versprochen!« Der Minister leckte sich nervös die Lippen. »Ich meine, sie musste mir nichts versprechen. Alles ist mit rechten Dingen zugegangen. Der Holsteiner, ein aufrichtiger, ehrlicher Soldat, erkannte in diesem Mann«, damit deutete er mit seinem mageren Finger auf Florentin, die seinem Blick gelassen standhielt,

»den Mörder des Zaren. Ich habe nur meine Pflicht getan, Euch davon zu unterrichten!«

Der Preußenkönig stützte scheinbar nachdenklich sein Kinn in die Hand. »Warum ist dann dieser ›aufrichtige, ehrliche Soldat‹ seit heute Morgen spurlos verschwunden?«

Der Minister lief dunkelrot an. »Dieser Hundsfott! Erst nimmt er mein Geld …«, platzte er heraus, ehe er erschrocken verstummte.

Louise funkelte ihn böse an. »Narr«, zischte sie, doch nicht leise genug, denn die Kuppel des Marmorsaals trug ihre Stimme weit genug, damit der *Sire* sie hören konnte.

»Très intéressant«, sagte er leise und wechselte ins Französische. »Ihr habt den Mann also tatsächlich bestochen.«

»Nein, nein«, stotterte der Minister, »ich habe ihm nur aus Mitgefühl ein paar Taler vorgestreckt. Der arme Kerl war verzweifelt …«

»Und offenbar auch blind!«, donnerte Friedrich. »Denn wie sonst erklärt Ihr Euch, dass dieser Mann hier«, damit deutete er auf Nikolaus Iwanowitsch, der nun aus dem Schatten der imposanten Säule trat, »zum Zeitpunkt des Mordes an Peter zusammen mit Florentin von Rosenberg in Sankt Petersburg weilte, fernab von dem Landsitz, auf dem der Zar den Tod fand?«

»Wer sagt, dass dieser Russe nicht lügt?«, meldete Louise sich schnippisch zu Wort, obwohl ihr Französisch holprig war.

An der Stirn des *Sire* schwoll eine Ader, und er warf der vorlauten Mätresse einen bitterbösen Blick zu.

Nikolaus kam ihm jedoch mit einer Antwort zuvor: »Weil ich im Gegensatz zu dem holsteinischen Soldaten kein Geld erhalten habe«, sagte er, obwohl er damit gegen das Gebot des Königs verstieß, das Reden ihm zu überlassen.

»Damit steht die Aussage eines desertierten Soldaten gegen die eines Anwesenden. Nur, dass Euer Zeuge verschwunden ist, während *Monsieur* hier den heiligen Eid auf seine Aussage geschworen hat und bereit ist, es jederzeit wieder zu tun«, fuhr der König fort.

Ein paar Augenblicke herrschte gespannte Stille, dann begann Louise unvermittelt zu schluchzen. Alle Blicke wandten sich zu der Mätresse des Ministers, die ihre Augen nun theatralisch mit einem Spitzentüchlein bedeckte, das sie aus dem ausladenden Ausschnitt ihres engen Kleides zog. »Warum glaubt Ihr einem so verdorbenen Menschen wie meinem Vetter?«, heulte sie auf Deutsch. »Florentin von Rosenberg hat mir unsägliches Leid zugefügt, als ich noch ein junges, unschuldiges Mädchen war!«

Florentin sog scharf die Luft ein und wappnete sich gegen die Geschichte von der Verwundung Wilhelms. Bestimmt würde Louise sie als Schuldige an seinem Tod hinstellen. Sosehr Florentin sich wünschte, dass sie Terese hätte schützen können und ihr schreckliches Geheimnis nie hätte preisgeben müssen, so wusste sie doch, dass jetzt der Zeitpunkt gekommen war, da sie das schändliche Vergehen ihres Cousins offenlegen musste. Sonst würde sie ein zweites Mal als Mörder dastehen.

Louise holte tief Luft. »Florentin von Rosenberg hat mir Gewalt angetan, als ich dreizehn Jahre alt war«, behauptete sie.

»Dieser Unmensch!«, schrie der Minister Florentin an, die vor lauter Verblüffung stumm dastand und ihre Base anstarrte. Mit einer solchen Finte hätte sie nicht gerechnet.

»Er hat mich geschändet, und als mein Bruder dies herausfand, tötete Florentin ihn bei einem heimlichen Duell«, fuhr Louise fort, wobei sie ihre Worte mit dramatischen Schluchzern untermalte. »Mein Cousin war damals ein Junge von kaum sechzehn Jahren, und doch war er fähig, meinen Bruder Wilhelm, der meine Ehre rächen wollte, herzlos umzubringen.

Weshalb also zweifelt Hoheit daran, dass Florentin von Rosenberg Katharinas Geliebter und der Mörder ihres Gemahls ist?«

Chapeau, dachte Florentin, wider Willen beeindruckt. Ihre Cousine war doch nicht so dumm, wie man meinen könnte, wenn man sie so sah – in ein billiges Kleid gepresst und ohne Eleganz, gefangen in einem Leben als ewige Mätresse eines an Körper und Geist immer schwächer werdenden Mannes.

Aber weil Louise nicht ahnte, was der König inzwischen wusste, überführte sie sich mit dieser Anschuldigung selbst der Lüge.

Der *Sire* ließ sie noch etwas zappeln. »Könnt Ihr beschwören, *Mademoiselle*, dass es wirklich Euer Vetter Florentin von Rosenberg war, der Euch Gewalt antat?«

»Selbstverständlich«, jammerte Louise und warf Florentin unter gesenkten Wimpern einen schlangenhaften Blick zu. »Nun habe ich dich«, schien dieser Blick zu sagen.

Der König spitzte die Lippen in scheinbarer Anteilnahme. »Und Ihr seid ganz sicher, dass die Tat genauso stattgefunden hat, wie Ihr es beschreibt?«

»Natürlich!«, schrie Louise auf und rang in gespielter Qual die Hände. »Bitte zwingt mich nicht, mich in abscheulichen Einzelheiten zu ergehen. Danach war mein Leben zerstört! Mein Gatte hat mich verstoßen, und es hat Jahre gedauert, bis ich mich von diesem Schrecken erholte.«

Bei jedem ihrer Worte spürte Florentin, wie ihr Zorn wuchs. Wahrscheinlich wusste Louise immer noch nichts von Tereses Vergewaltigung durch Wilhelm, doch was ihre Base da schilderte, waren genau die Qualen, die Florentins ältere Schwester hatte durchleiden müssen. Nur, dass es für Terese schreckliche Wirklichkeit gewesen war, während Louise alles frei erfand.

Florentin biss die Zähne zusammen und blickte zum König. Friedrich saß ruhig in seinem Sessel, seine Miene war unbewegt, doch der Blick, den er ihr zuwarf, bedeutete unmissverständlich, weiterhin zu schweigen. Mühsam unterdrückte Florentin daher den Wunsch, ihrer Cousine in die Parade zu fahren.

Louise, die sehr wohl bemerkte, welche Gefühle sich in Florentins Gesicht spiegelten, drehte den Kopf und schenkte ihr ein hämisches Lächeln, das der König nicht sehen konnte.

Der *Sire* räusperte sich. »Ihr würdet also dies alles beschwören, vor jedem Gericht?«

Louise richtete sich auf. »Ja.«

»An Eurer Stelle wäre ich damit sehr vorsichtig, *Mademoiselle*. Es könnte Euch den eigenen Kopf kosten«, sagte Friedrich träge.

Louises triumphierende Miene zerfloss. »Wie meint Ihr das?«

Nun fiel auch beim König die Maske der Gelassenheit. Er erhob sich von seinem Stuhl und blickte die Mätresse seines Ministers wutentbrannt an. »Weil Euer vermeintlicher Vetter Euch gar nicht geschändet haben *kann*! Florentin von Rosenberg ist nämlich eine Frau! Sie stand jahrelang auf meinen ausdrücklichen Befehl hin als Spionin am russischen Zarenhof in meinen Diensten.«

Florentin konnte es nicht lassen, mit Nikolaus einen belustigten Blick zu tauschen. Der Preußenkönig bog sich die Tatsachen raffiniert hin, wie es ihm zupasskam, aber immerhin entlastete er sie damit, und daher würde sie ihm sicherlich nicht widersprechen.

Louise jedoch stand der Mund offen und betonte so auf unvorteilhafte Weise ihr fleischiges Doppelkinn. Sie erinnerte Florentin an einen Fisch, der aus dem Wasser gezogen wurde und krampfhaft nach Luft schnappte. »Aber … damals in Franken. Dein Vater! Er hat nie etwas gesagt … und deine Mutter auch nicht«, stotterte sie.

»Oh, mein Vater zog mich von Geburt an als Jungen auf. Er

hatte seine eigene Vorstellung von einem Stammhalter«, sagte Florentin ruhig und warf dem König einen entschuldigenden Blick zu, doch der gab ihr mit einem Nicken zu verstehen, dass sie sprechen durfte. »Zugegeben, es war für mich nicht immer leicht, diesen Part zu spielen. Doch habe ich mich zunächst den Wünschen meines Vaters gebeugt. Später sah ich dann, welche Vorzüge es hat, abwechselnd als Mann oder Frau in Erscheinung zu treten. Du hast mich sogar einmal in Frauenkleidern kennengelernt, verehrte Cousine. Bei einem Ball der Gemahlin des Königs. Ich stellte mich dir als Viktoria von Nanckenreuth vor, und du hast nichts gemerkt.«

Louise war so weiß geworden wie der Marmorboden des königlichen Saals. Sie öffnete und schloss den Mund, doch kein Ton kam aus ihrer Kehle. Sie wirkte wie erstarrt.

Dafür ergriff nun der Minister das Wort. »Ihr hättet mich und Eure anderen Minister über diese Tatsache informieren müssen, *Sire*. Schon zu Eurem eigenen Schutz!«, keifte er, doch er schien selbst zu spüren, wie hohl und leer seine Worte klangen.

Friedrich musterte den Mann und seine korpulente Mätresse finster. »Unsinn! Genau dieses Geheimnis um Florentin von Rosenberg gereichte mir zum Vorteil. Durch ihre Maskeraden hat sie für mich sowohl in Preußen als auch in Russland wertvolle Neuigkeiten in Erfahrung gebracht.« Er schüttelte den Kopf und musterte Louise angewidert. »Eure Behauptung, Ihr wurdet geschändet, ist also nichts als eine infame Lüge. Dafür sollte ich Euch vor das Tribunal bringen!«

Louise war bei den Worten des Preußenkönigs immer bleicher geworden. Jetzt rang sie nach Atem und wedelte sich mit ihrem Spitzentüchlein Luft zu, wobei sie haltsuchend nach dem Arm des Ministers griff.

Doch der streifte ihre Hand ab, als habe ihn eine schleimige Kröte angesprungen. »Und ich war so dumm, auf dich zu hören«, sagte er angewidert. »Meinen guten Ruf habe ich aufs Spiel gesetzt. Wegen einer Intrigantin, die nichts anderes wollte als mein Geld.«

»Von dem sie künftig nicht mehr viel bekommen wird, schätze ich«, erklärte Friedrich. »Denn hiermit verbanne ich Euch wegen Bestechung und Missbrauch Eures Amtes auf Lebenszeit aus Preußen. Zieht Euch auf irgendein Landgut zurück, züchtet Schafe oder legt Patiencen, aber lasst Euch nie wieder an meinem Hof blicken!« Mit einer harschen Handbewegung signalisierte er seinem Minister, dass dieser entlassen war.

Fahl und wie an Fäden gezogen wankte der schmächtige Mann zur Tür. Er hätte Florentin beinahe leidgetan, wäre er nicht das willige Spielzeug einer Frau gewesen, die von Anfang an nichts anderes im Sinn gehabt hatte, als Florentin zu vernichten.

Louise blickte ihrem Gönner nach; dann starrte sie Florentin an, als könne sie noch gar nicht fassen, dass sich das Schicksal erneut zu deren Gunsten gewendet hatte. »Es kann nicht sein«, flüsterte sie heiser. »Du bist keine Frau! Das ist nur wieder eine deiner schmutzigen Finten, um den König auf deine Seite zu ziehen!«

Doch der angstvolle Ausdruck in ihren Augen spiegelte das Begreifen wider, das ihr Verstand nicht wahrhaben wollte.

Nikolaus trat an Florentins Seite und ergriff ihre Hand, ehe er sich Louise zuwandte. »Ich kann Euch versichern, *Mademoiselle*, Florentin ist voll und ganz eine Frau. Ich muss es wissen, denn seit einiger Zeit ist sie meine Gemahlin.«

Louises Gesicht verzerrte sich, und sie rang hasserfüllt nach Luft. »Es ist nicht gerecht, dass du immer alles bekommst«, schrie sie. »Ich wünschte, du wärst bei der Geburt gestorben wie die vorigen Kinder deiner Mutter! Dann wäre mein Bruder noch am Leben!«

Nun hatte Florentin genug. Sie trat einen Schritt auf Louise zu und blickte ihr fest ins Gesicht. »All die Jahre habe ich über den Grund des Duells zwischen mir und Wilhelm geschwiegen. Nicht, um ihn, sondern um meine Schwester zu schützen. Denn dein Bruder hat sie am Tag der Beerdigung deines Vaters vergewaltigt. Er hat Terese all die Dinge angetan, derer du mich soeben beschuldigt hast. Nur, dass du gelogen hast und Terese die Wahrheit sagte. Meine Schwester war danach nicht mehr dieselbe. Ihre Ehe ist daran zerbrochen, und sie hatte jahrelang Alpträume. Ich konnte ihr nicht helfen, aber ich wollte deinem Bruder wenigstens eine Lektion erteilen. Der Schmiss in seinem Gesicht stammte von meinem Degen und sollte ihn stets daran erinnern, dass meine Schwester ebenfalls ein Leben lang eine Narbe tragen wird, wenn auch eine unsichtbare. Die Wunde am Oberarm habe ich ihm beigebracht, nachdem er mich hinterrücks angegriffen hatte. Doch Wilhelm war zu stolz, seine schändliche Tat zuzugeben oder wenigstens seine Niederlage im Duell zu akzeptieren. Er hat die Wunde verschwiegen und damit seinen Tod selbst verschuldet.«

Nachdem Florentin geendet hatte, herrschte Stille. Louises teigiges Gesicht hatte jede Kontur verloren. Nikolaus legte seinen Arm um Florentin, eine stumme Geste, die ihr Trost und Zuspruch vermittelte.

Schließlich ergriff der Preußenkönig das Wort. »Eigentlich dürfte ich Euer Verhalten nicht billigen, Florentin von Rosenberg, und doch tue ich es. Denn auch ich hatte Schwestern, die mir alles waren. Wäre einer von ihnen angetan worden, was Eurer Schwester widerfahren ist, ich hätte ebenso gehandelt.«

Sein Blick aus eingesunkenen Augen wandte sich Louise zu. »Zudem ist es um *Eure* Familie nicht schade, *Mademoiselle*. Und nun geht mir aus den Augen!«

Florentin wusste, dass ihre Cousine mit diesem Satz vernichtet war, noch ehe diese schluchzend aus dem Saal stolperte. Innerhalb weniger Stunden war Louise nicht nur jeglicher Ehre, sondern auch ihres Gönners beraubt worden und stand nun mittellos da. Ihr würde nichts anderes übrigbleiben, als in das Haus ihrer Mutter zurückzukehren. Der ehemaligen Mätresse stand ein erbärmlicher Lebensabend mit einer alten, verbitterten Frau bevor, und jeden Tag würde sie ihre eigene Zukunft in den Augen ihrer Mutter gespiegelt sehen.

Florentin versuchte, Mitleid mit ihrer Base zu empfinden, die alles auf eine Karte gesetzt und verloren hatte, aber es wollte ihr nicht gelingen. Denn umgekehrt hätte Louise nicht mit der Wimper gezuckt, wenn Florentin durch ihre infame Intrige lebenslang in Festungshaft oder sogar auf dem Richtplatz geendet wäre.

Nikolaus schien ihre Gedanken zu erahnen, denn er zog sie noch enger an sich. »Du wirst dieses verlogene Weibsbild doch hoffentlich nicht bedauern?«, flüsterte er ihr ins Ohr.

Florentin schüttelte den Kopf, obwohl sie wünschte, sie hätte das Geheimnis von Tereses Schändung nie preisgeben müssen.

»Heda, was steht Ihr hier noch herum?«, riss die barsche Stimme des Preußenkönigs die beiden in die Gegenwart zurück.

Florentin wandte sich an den Herrscher und versank in einer tiefen Verbeugung. *»Sire«*, sagte sie, »ich danke Euch von Herzen.«

»Ach, papperlapapp. Spart Euch Eure Worte«, fauchte Friedrich und machte eine wegwerfende Handbewegung. »Ich will, dass Ihr meinen Hof noch heute verlasst. Und Euren Russen nehmt gefälligst mit.«

Nikolaus nickte und warf Florentin einen auffordernden Blick zu. Die musste sich beherrschen, sich ihre Enttäuschung nicht anmerken zu lassen. Friedrich war nur so lange auf ihrer Seite gewesen, wie es seinen eigenen Ruf schützte. Jetzt, da er die Peinlichkeit und den möglichen Skandal verhindert hatte, jahrelang unwissentlich eine Frau an seinem Hof beherbergt zu haben, zeigte er sein wahres Gesicht.

Daniel hatte recht gehabt: Aus dem König war ein Misanthrop geworden, der sich in seinen Groll und in seine Verbitterung zurückzog und keinen Menschen mehr an sich heranließ. Vorbei war es mit dem geselligen jungen Herrscher, der sich mit Mathematikern, Musikern sowie Philosophen umgeben und mit Leidenschaft und Können seine Flötenkonzerte komponiert hatte. Übrig geblieben war ein alter, kranker Mann mit staubigen Reitstiefeln und schmutziger Uniform, der der Welt den Rücken gekehrt hatte.

»Worauf wartet Ihr beide? Mein Diener hat die Anweisung, Euch einen Säckel Taler zu geben. Ich betrachte es als Schweigegeld. Und Ihr tut gut daran, Florentin von Rosenberg, das ebenso zu handhaben, verstanden?«

»Natürlich, *Sire*. Und auch wenn Ihr es nicht hören wollt: Ich wünsche Euch nur das Allerbeste.« Mit diesen Worten drehte Florentin sich um, und Hand in Hand mit Nikolaus schritt sie durch die prächtigen, weiß-goldenen Flügeltüren des Marmorsaals.

*

Der Abschied von Daniel war kurz, aber herzlich. »Wenn du es mit dem König nicht mehr aushältst oder ebenfalls in Ungnade fällst, kommst du zu uns nach Franken. Auf dem Gut gibt es immer einen Platz für dich«, sagte Florentin und schüttelte dem Domestiken die Hand.

Daniel konnte vor Rührung nicht sprechen, daher nickte er nur, ehe er zum Schloss zurückging.

Florentin blickte ein letztes Mal zu der prächtigen Fassade des königlichen Sommersitzes zurück. In Gedanken hörte sie

Friedrichs Stimme, der ihr zu Beginn ihres Aufenthalts in Sanssouci erklärt hatte, warum ihm diese Residenz so viel bedeutete: »*Quand je suis là, je suis sans souci* – wenn ich hier bin, bin ich unbeschwert.«

»Komm, meine Liebste. Es ist Zeit, nach Hause zu gehen«, sagte Nikolaus und küsste sie zärtlich.

Florentin wandte sich lächelnd um. »Ja. Es ist höchste Zeit.«

*

Im Schloss stand Friedrich von Preußen an einem der hellen Fensterbögen und sah seinen besten Fechter davongehen, der sich als Frau und damit als gerissener entpuppt hatte, als der König je geglaubt hatte. Kopfschüttelnd wandte Friedrich sich ab und pfiff nach seinen Hunden. Ungestüm kläffend rannten drei Windspiele zu ihm und leckten ihm die Hand.

»Ihr seid mir Gesellschaft genug. Neben euch will ich begraben werden«, murmelte Friedrich und tätschelte ihnen die Flanken.

Die Hunde wedelten und folgten ihrem Herrn treu ergeben. Von seinen Worten jedoch verstanden sie genauso wenig, wie die Menschen um Friedrich herum ihn je verstanden hatten. Vielleicht gab es außer seinem Kämmerer Fredersdorf nur eine Person, die den Preußenkönig wirklich gekannt hatte – und das war Florentin von Rosenberg. Denn genauso wie sie abwechselnd die Persönlichkeit eines Mannes und einer Frau verkörpert hatte, war der König von Jugend an zwischen seinen Rollen als Künstler und Kriegsherr zerrissen worden. Doch im Gegensatz zu Florentin hatte ihn das hart und unversöhnlich werden lassen, und so stand Friedrich dem Großen, Herrscher von Preußen, ein einsamer Tod bevor, während Florentin zusammen mit Nikolaus ihrem neuen Leben entgegenritt.

Epilog

31. August 1767,
Gut derer von Rosenberg,
nahe der Freien Reichsstadt Nürnberg

Die Sonne versank satt vom Tage hinter den Bäumen und verlieh dem grünen Laub für wenige Augenblicke einen goldgelben Strahlenkranz. Der heraufziehende Abend hatte die Hitze des Hochsommers zu einer trägen Wärme werden lassen und trug den staubigen Duft von Heu und reifem Getreide mit sich. Die Landschaft am Horizont lag hinter einem zarten Schleier, die Farben waren weich und die Konturen gedämpft, als würden sie die Vergänglichkeit eines Sommertages spiegeln. Irgendwo hinter den sanft geschwungenen Hügeln Frankens bellte ein Hund, und ein paar Kühe, die eben noch zufrieden aus dem kleinen Bach getrunken hatten, der sich zwischen den saftig grünen Wiesen hindurchschlängelte, hoben den Kopf und muhten eine Antwort. Hinter einer Wegbiegung tauchten zwei einfache hölzerne Leiterwagen auf, bis oben hin voll goldgelben Getreides, die jeweils von einem kräftigen Braunen im Geschirr gezogen wurden. Die Ernte war in diesem Jahr reichlich ausgefallen, und das Gut würde seine Bewohner weiterhin gut ernähren.

Nikolaus und Florentin traten aus dem Gutshaus, als sie das Knirschen der Räder auf dem Weg hörten. Auf dem Rücken des Kaltblüters, der den ersten Wagen zog, saß ein kleines Mädchen von etwa fünf Jahren, dem die schwarzen Locken wild vom Kopf abstanden. Sie winkte mit beiden Händen und rief auf Französisch: »*Maman, Papa!* Ich bin den ganzen Weg vom Feld hierher auf Mischka geritten!«

Beifallheischend sah sie sich nach dem Kutscher um und wechselte ins Deutsche: »Ganz allein, nicht wahr, Anton?«

Der ältere Mann, seit Jahren im Dienste derer von Rosenberg, schmunzelte. »Oh ja, mein Fräulein, ganz allein!«

»Sie kommt ganz nach dir«, raunte Nikolaus auf Russisch seiner Gemahlin zu, und Florentin lachte.

»Was das reiterliche Können angeht, ja. Die vorlaute Art scheint mir jedoch ein väterliches Erbe zu sein«, neckte sie ihn.

Nikolaus blickte sie gespielt grimmig an. »Willst du dich mit mir anlegen, Florentin-Vikuscha?« Manchmal nannte er sie bei ihren zwei Namen, dem deutschen und dem russischen, eine kleine Erinnerung an ihre gemeinsame Zeit in seiner Heimat.

Florentin reckte das Kinn. »In einer Stunde auf dem Fechtplatz?«

»Ich werde da sein. Und wenn ich gewinne, musst du mir einen ganzen Tag lang deine Zeit schenken, so wie damals in Sankt Petersburg.«

»Für eine Schlittenfahrt ist aber nicht der richtige Zeitpunkt«, widersprach Florentin scherzend.

»Oh, ich bin mir sicher, da fällt uns schon etwas anderes ein«, erwiderte Nikolaus und zog sie eng an sich.

»*Maman,* hast du gesehen, wie ich geritten bin?«, unterbrach das schwarzhaarige Mädchen, das inzwischen vom Rücken des dicken, gutmütigen Pferdes gesprungen war, und zupfte ungeduldig an Florentins Kleid.

Die lächelte und gab der Kleinen einen Kuss. »Ja, natürlich, Mascha, das hast du wunderbar gemacht. Ich bin sehr stolz auf dich!«

»Und ich erst, Maschenka. Du bist meine kleine Heldin«, ergänzte Nikolaus und hob das Kind schwungvoll auf, wobei er es ein paar Mal im Kreis wirbelte.

Maria Teresa Iwanowitsch, genannt »Mascha«, kreischte vor Vergnügen, ehe sie zappelnd verlangte, zu Boden gesetzt zu werden, denn sie hatte zwei Frauen durch das Küchenfenster entdeckt.

»Tante Terese, haben du und Großmutter mich auch gesehen?«, rief sie.

Am Fenster erschienen die Köpfe von Terese und Maria von Rosenberg. Die Haare der Freiherrin waren inzwischen vollkommen weiß, doch ihre Gestalt immer noch aufrecht und ihr Verstand scharf und klar.

»Maria Teresa, wie oft habe ich dir gesagt, ein Mädchen reitet nicht im Herrensitz?«, fragte sie streng, und Mascha blickte betreten zu Boden.

»Mach dir nichts draus, Moschmosch«, flüsterte Florentin ihrer kleinen Tochter zu, »als ich so alt war wie du, musste ich mir genau das Gleiche anhören.«

»Meine Ohren sind noch sehr gut, Florentine!«, rief ihre Mutter.

»*Matuschka*, es ist meine Schuld. Ich werde meine Tochter später züchtigen«, sagte Nikolaus und schaffte das Kunststück, zerknirscht zu der Freiherrin zu blicken und Mascha gleichzeitig schalkhaft zuzuzwinkern.

»Nikolaus Iwanowitsch, ich bitte um ein wenig mehr Respekt vor dem Alter«, sagte Maria von Rosenberg scharf, doch ihre Mundwinkel bogen sich verräterisch nach oben. Der russische Schwiegersohn hatte bei seiner Ankunft in

Franken ihr Herz mit seiner zuvorkommenden Art im Sturm erobert und durfte sie seitdem sogar ungestraft *Matuschka* – Mütterchen – nennen. Insgeheim glaubte Florentin jedoch, dass die Freifrau einfach froh war, dass ihre ungebärdige jüngere Tochter überhaupt einen Mann abbekommen hatte.

Nun tauchte auch Tereses Gestalt im Rundbogen des Fensters auf. Sie winkte Mascha zu sich. »Ich glaube, mutige Reiterinnen brauchen etwas zu essen. Wie wäre es mit einem Honigbrot? Deine Großmama hat heute frisches gebacken.«

Das ließ sich die Kleine nicht zweimal sagen. Flink wie eine Eidechse schlüpfte sie ins Haus.

Lächelnd blickten ihre Eltern ihr nach. »Wenn sie weiter so temperamentvoll ist, wirst du ihr bald das Fechten beibringen müssen«, stellte Nikolaus fest.

»Nur keine Eile. Erst einmal bringe ich es später *dir* bei.«

Er seufzte theatralisch. »Du wirst dich nie ändern! Deinen Gemahl mit dem Degen herausfordern, im Herrensitz reiten …«

»Du hast die Hosen vergessen, die ich ab und an immer noch trage!«

»Stimmt. Aber weißt du, was? Um nichts in der Welt würde ich tauschen wollen. Ich habe dich als Näherin am russischen Zarenhof kennen-, als ausgezeichnete Fechterin schätzen und als Spionin im Dienste des Königs lieben gelernt. Und mein Herz gehört dir heute noch genauso unwiderruflich wie damals.«

Florentins Gesicht wurde weich. Sie schmiegte sich an Nikolaus und blickte über die liebliche fränkische Hügellandschaft. Einst hatte sie möglichst schnell aus ihrem Zuhause fliehen wollen, und nun konnte sie sich nicht mehr vorstellen, es je wieder zu verlassen. Trotzdem stellte sie Nikolaus, der ihr nicht nur Gatte, sondern auch Geliebter und Freund war, die Frage: »Vermisst du Russland immer noch nicht? Schließlich ist dort deine Heimat.«

Er nahm ihr Gesicht in seine Hände, und ihre Blicke tauchten ineinander, bis es nichts mehr auf der Welt zu geben schien außer ihnen beiden. »Heimat ist dort, wo du bist, Florentin. Hier auf dem Gut liegt nicht nur deine Vergangenheit, sondern auch unsere Gegenwart und mit Mascha unsere Zukunft. Was brauchen wir mehr?«

Florentin lächelte und zog ihn ins Haus, wo all ihre Lieben warteten. Und all die Jahre, die gewesen waren und die noch kommen würden, verschmolzen zu einem einzigen, glücklichen Augenblick.

Danksagung:

Ich danke

- Eveline Petraschka von der Bücherei Pullach, die mich durch ihre Empfehlung, eine historische Biographie zu lesen, indirekt auf die Idee für diesen Roman gebracht hat
- Anja Koeseling, meiner Agentin und »mentalem Korrektorat« bei (selten) auftretenden Schreibkrisen
- Moni, der treuesten Freundin und unschlagbaren Ratgeberin
- allen FreundInnen, die mich schon so lange durchs Leben begleiten und immer da sind, wenn ich sie brauche
- meiner Patchworkfamilie, die akzeptiert, dass ich selbst bei den Besuchen in meiner Heimat den Kopf immer voller Geschichten habe und darüber schon mal das Gassigehen mit dem Hund vergesse
- Professor Wolfgang Burgdorf, der mit großer Geduld und Freundlichkeit all meine Fragen zu historischen Details beantwortet hat
- meiner Fechtlehrerin Andrea, die mir einen Einblick in die Kunst mit Degen und Florett verschaffte
- Momo Evers für ihr ebenso kluges wie konstruktives Lektorat
- und last but not least dem Droemer Knaur Verlag und Martina Wielenberg für das Vertrauen und die gute Zusammenarbeit.

Heike Eva Schmidt

Die Spionin des Königs

Roman

KNAUR

Besuchen Sie uns im Internet:
www.knaur.de

FSC
www.fsc.org
MIX
Papier aus verantwortungsvollen Quellen
FSC® C083411

Originalausgabe September 2015
Knaur Taschenbuch

Ein Imprint der Verlagsgruppe
Droemer Knaur GmbH & Co. KG, München

Redaktion: Momo Evers, Haus der Sprache
Umschlaggestaltung: ZERO Werbeagentur, München
Umschlagabbildung: FinePic®, München
Satz: Adobe InDesign im Verlag
Druck und Bindung: CPI books GmbH, Leck
ISBN 978-3-426-51469-6

2 4 5 3 1